पेंगुइन स्वदेश

. . . .और प्राण

एक सचित्र जीवन यात्रा

बन्नी रूबेन ने फ़िल्म पत्रकारिता को 1960 के बाद अपनाया। वह एक फ़ील्ड रिपोर्टर के साथ-साथ इंडियन एक्सप्रेस ग्रुप, *फ़िल्मफ़ेयर* और *स्टार एण्ड स्टाइल* के लिए फ़ीचर लेखन भी करते रहे। 1975 में बन्नी *सिने ब्लिट्ज़* के फ़ाउंडर एडिटर बने। बन्नी रूबेन ने कई किताबें भी लिखीं, जिनमें *महबूब ख़ान की जीवन-कथा, ग्रेट शोमेन राजकपूर* और स्टार *लीजेंड ऑफ़ इंडियन सिनेमा दिलीप कुमार* शामिल हैं। वह एक ऐसे जाने-माने एडिटर हुए जिनके बारे में यह रेखांकित किया गया कि बन्नी रूबेन ने फ़िल्मी पत्रकारिता को साहित्य के स्तर तक पहुंचाया।

"एक विराट व्यक्तित्व है प्राण साहब का, जिनकी उपस्थिति ने फ़िल्म दर्शकों की कई पीढ़ियों को प्रभावित किया है। वास्तव में साठ साल तक दर्शकों और उनके बीच पूरी तरह एक जादुई रिश्ता व डायलॉग बना रहा।"

– अमिताभ बच्चन

. . . .और प्राण

एक सचित्र जीवन यात्रा

लेखक

बन्नी रूबेन

भूमिका

अमिताभ बच्चन

अनुवाद

अजीत बच्छावत

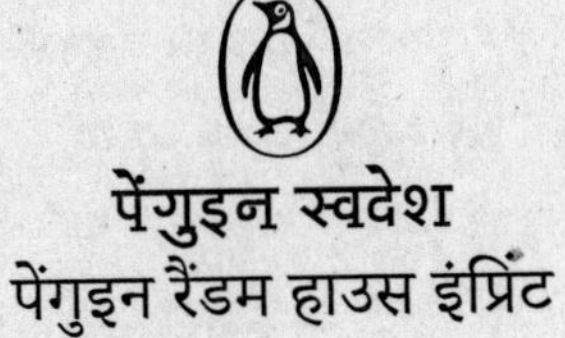

पेंगुइन स्वदेश
पेंगुइन रैंडम हाउस इंप्रिंट

पेंगुइन स्वदेश

यूएसए। कनाडा। यूके। आयरलैंड। ऑस्ट्रेलिया। सिंगापुर
न्यू ज़ीलैंड। भारत। दक्षिण अफ्रीका। चीन

पेंगुइन स्वदेश, पेंगुइन रैंडम हाउस ग्रुप ऑफ़ कंपनीज़ का हिस्सा है,
जिसका पता global.penguinrandomhouse.com पर मिलेगा

पेंगुइन रैंडम हाउस इंडिया प्रा. लि.,
चौथी मंज़िल, कैपिटल टावर-1, एम जी रोड,
गुरुग्राम 122 002, हरियाणा, भारत

पेंगुइन
रैंडम हाउस
इंडिया

प्रथम हिंदी संस्करण हिन्द पॉकेट बुक्स द्वारा 2008 में प्रकाशित
प्रस्तुत हिंदी संस्करण पेंगुइन स्वदेश में पेंगुइन रैंडम हाउस द्वारा 2025 में प्रकाशित

हिन्दी अनुवाद : अजीत बच्छावत

10 9 8 7 6 5 4 3 2

ISBN 9789353492526

मुद्रक : रेप्रो इंडिया लिमिटेड

www.penguin.co.in

विषय-क्रम

भाग 3

भाग 4

भाग 5

अमिताभ बच्चन

प्रतीक्षा, 10 वी नार्थ-साउथ रोड, जूहू पार्ले स्कीम, मुम्बई 400 049

कुछ अभिनेता हमारे द्वारा प्रशंसित कलाकार अथवा किसी अनजाने खेल के मोहरे मात्र नहीं होते हैं। वे स्वयं हमें उजागर करते हैं। मानसिक रूप से जटिल से लेकर बिल्कुल सहज व सरल भूमिकाओं की शृंखला निभाते हुए वे हमारी निर्मलतम से लेकर मलिनतम भावनाओं को अभिव्यक्त करते हैं। वे हमारा ही विराट रूप होते हैं।

अभिनेता हमारे ऐसे मित्र हैं जो हमारे अवचेतन में अवस्थित व्यक्तित्व का अवतरण करते हैं।

इसी प्रकार का एक विराट व्यक्तित्व प्राण साहब का है, जिनकी उपस्थिति ने फ़िल्म दर्शकों की कई पीढ़ियों को प्रभावित किया है। वास्तव में लगभग पांच दशकों तक उनके और दर्शकों के बीच एक भेदभरा और पूरी तरह जादुई सम्पर्क व सम्वाद बना रहा!

प्राण का अर्थ है—जीवन या जान, और उन्होंने अपनी बेजोड़ व बेदाग कला. कारी से सिनेमा में यही डाला भी। उन्होंने दर्शकों के दिलों को आतंक से दहला

देने के बाद यह शिक्षा देकर उसका शमन भी किया कि, 'देवियों और सज्जनों, बुराई कभी नहीं जीतती!'

तिरस्कृत करने वाले खलनायकी के कार्य को प्रसन्नता से स्वीकार कर प्राण साहब ने इसे इतनी सटीकता से अंजाम दिया कि वे एक ऐसे अभिनेता बन गए जिन्हें सारा देश नफ़रत करना पसन्द करता था।

वास्तव में यह उनकी असाधारण सफलता का द्योतक था, कोई भी माता-पिता नहीं चाहते थे कि उनके बच्चे उनसे एकान्त में मिलें। कई बार तो लोग उनसे भीड़ में भी भयभीत हो जाते थे।

प्रत्यक्ष रूप से सिनेमा की भ्रमित कर देने वाली क्षमता के कारण उन्होंने जनमानस पर ऐसा असर डाला कि उनकी पर्दे की छवि को ही लोग उनका वास्तविक व्यक्तित्व समझने लगे, बाद में, अद्‍भुत करामात के साथ, इस दुख. ान्त संज्ञा ने अपना स्थान परिवर्तन कर लिया और उन्होंने उसी कुशलता से, सफलतापूर्वक चरित्र अभिनेता का जामा भी धारण कर लिया। बहुमुखी प्रतिभा उनका पर्याय बन गई।

1960 के आसपास मैंने प्राण साहब की प्रथम झलक प्राप्त की थीं। मुम्बई की एक संक्षिप्त यात्रा के दौरान मैंने अपने पारिवारिक मित्रों से शूटिंग दिखाने का अनुरोध किया। वे मुझे आर.के स्टूडियो ले गए। वहां मैंने देखा कि लोगों की नज़रों से दूर तथा चहल-पहल से ज़रा हटकर टीन की छाया में प्राण साहब एक कुर्सी पर बैठे हैं। वे बहुत विनम्र और शालीन थे। उन्होंने हम लोगों के साथ फोटो खिंचवाई। उनका ऑटोग्राफ लेकर घर लौटते समय मैं ज़रा संशय में था।

अन्य लोगों की भांति मेरे मन में भी यही प्रश्न उठ रहा था कि एक खलनायक इतना भला, उदार व सत्कार करने वाला कैसे हो सकता है?

उस दिन अभिनेता और इंसान में फ़र्क करने में कठिनाई का अनुभव करने वाला मैं अब निश्चित रूप से उन्हें बेहतर जानने लगा हूं। आर.के. स्टूडियोज में उस दिन शायद फ़िल्म 'छलिया' की शूटिंग हो रही थी, जो निर्देशक के तौर पर मनमोहन देसाई की पहली फ़िल्म थी, बाद में जिनके निर्देशन में मैंने भी अपनी अनेक अविस्मरणीय फिल्मों में अभिनय किया।

कुछ वर्षों बाद, फ़िल्मों में कैरियर बनाने के लिए जब मैं मुम्बई आया तो

अपने भाई अजिताभ के मित्र और प्राण साहब के पुत्र सुनील सिकंद 'टुन्नी' से अक्सर मिलता था, लेकिन एक अभिनेता के तौर पर स्थापित होने की कोशिश करते हुए पहली बार मैं प्राण साहब से रू-ब-रू 'ज़ंजीर' के सेट पर हुआ। तब तक 'उपकार' में उत्कृष्ट प्रदर्शन करने के बाद वे खलनायकी से चरित्र भूमिक. ाओं में पदार्पण कर चुके थे।

उन्होंने इस धारणा को बल दिया कि एक खलनायक का हमेशा खलनायक ही बनते रहना अनिवार्य नहीं है। उन्होंने महत्त्वपूर्ण मिसाल क़ायम की और नकारात्मक भूमिकाओं से अपना कैरियर शुरू करने वाले शत्रुघ्न सिन्हा व विनोद खन्ना ने बाद में नायक बनकर प्राण साहब का अनुगमन किया।

'ज़ंजीर' की प्रथम दिन की शूटिंग में हम लोगों ने थाने के उस प्रकरण का फ़िल्मांकन किया जिसमें मैं शेर खान (प्राण साहब के किरदार) से काफ़ी कठोर व धृष्ट व्यवहार करता हूं। मैं अपना आपा खोकर उस पर गालियों की बौछार कर देता हूं। उनके लिए कटु शब्दों का प्रयोग करने में मुझे ज़रा झिझक महसूस हो रही थी, मगर उन्होंने मुझे आश्वस्त कर दिया। आखिरकार मुझ मुख्यतः प्राण साहब के कारण ही 'ज़ंजीर' में लिया गया था। ओमप्रकाश जी ने 'परवाना' में मेरे प्रदर्शन की प्रशंसा करते हुए चेन्नई के फ़िल्म निर्माताओं व प्राण साहब से मेरी ज़ोरदार सिफ़ारिश की थी। इसके फ़लस्वरूप 'ज़ंजीर' के लिए कलाकारों के चयन के समय प्राण साहब ने नायक की भूमिका के लिए दृढ़ता से मेरे नाम का अनुमोदन किया।

वह प्रकाश मेहरा और सलीम-जावेद के साथ मेरी पहली फ़िल्म थी। मैं फ़िल्म उद्योग में अपेक्षाकृत नया था, और कुछ हद तक आशंकित भी था। मुझे तन. ावमुक्त व सामान्य रहने में प्राण साटब बहुत मददगार साबित हुए। वास्तव में, इस फ़िल्म के सबसे बड़े सितारे व आकर्षण के केन्द्र वे ही थे।

अपने गेट-अप के प्रति अत्यधिक जागरूक रहने की उनकी प्रवृत्ति पर तो मैं बाग़-बाग़ और अचम्भित ही था। मेंहदी से रंगे विग और दाढ़ी से लेकर पोशाक और मेकअप में हर चीज सटीक हो, इस बात पर वे पूरा ध्यान देते थे। ज़ंजीर में उनके साथ फ़िल्माए गए मेरे सारे ही दृश्य दुःसाध्य थे, लड़ाई के दृश्य में तो, अक्सर ही, मुझे ध्यान रखना पड़ता कि मेरे मुक्के ज़रूरी तौर पर उनके

अंग छू सकने के पहले ही अपनी प्रहार क्षमता खो बैठें। एक दृश्य में हम लोगों को रस्सी के सहारे दीवार पर चढ़ना था। सबसे पहले ऊपर पहुंचने वाले वे ही थे। काफ़ी समय लेने वाले अपने जटिल मेकअप व पोशाक के बावजूद बिना कोई चूक किए हमेशा सबसे पहले सैट पर वे ही पहुंचते!

अपना शॉट पूरा हो जाने के बाद भी वे सैट पर मौजूद रहते और उत्सुकता व रुचि से सारा कार्य देखते।

प्राण साहब पर फ़िल्माया गया गाना, 'यारी है ईमान मेरा यार मेरी ज़िंदगी' फिल्म का मुख्य आकर्षण था, जिसमें उन्होंने अतुलनीय उत्साह व शक्ति के साथ नृत्य करके एक उत्तम उदाहरण प्रस्तुत किया।

प्राण साहब कभी भी किसी के कार्य में हस्तक्षेप नहीं करते थे, न ही कभी किसी से कोई बहस करते। वे कभी किसी कहानी, सिचुएशन या डॉयलोग तक में फेर-बदल करने के लिए कुछ नहीं कहते, और अप्रिय स्थिति में भी वे अपना आपा नहीं खोते। वे पूरे श्रम व शक्ति के साथ अपना कार्य निपटाकर ही स्टू. डियो से प्रस्थान करते।

कुछ समय बाद ऋषिकेश, हरिद्वार व जयपुर में 'गंगा की सौगन्ध' की आ. उटडोर शूटिंग के दौरान मुझे उनके कुछ और गुणों को जानने का मौका मिला, उन्हें उर्दू, अदब और शायरी का ज़बरदस्त शौक़ व गहन जानकारी है, खेल जगत की घटनाओं की तो उन्हें ताज़ा-तरीन जानकारी रहती थी और एक जमाने में वे शिकार का भी शौक़ रखते थे। उनके पास शेरो-शायरी, लोककथाओं व लतीफ़ों का तो मानो ख़ज़ाना ही था। शाम की महफ़िलों में वे अपने शेरों व रोचक लतीफ़ों से सारी यूनिट का मन मोह लेते थे।

शूटिंग के बाद, अवकाश के समय, उनका सान्निध्य बड़ा आनन्ददायक होता था। वे शाम को स्कॉच का लुत्फ़ उठाते थे। पर्दे पर तथा वास्तविक जीवन में भी सिगरेट पीने का उनका अन्दाज़ इतना निराला होता था कि वह उनका विशिष्ट पहचान चिह्न ही बन गया।

उनका प्रदर्शन देखने वाला हर व्यक्ति प्रामाणिक रूप से स्वीकार करेगा कि उन्होंने अपने हर किरदार में छोटी-छोटी भाव-भंगिमाएं भरकर अपनी हर भूमिका को विशिष्ट बना दिया। जैसे 'जिस देश में गंगा बहती है' में डकैत राका

इस आशंका के साथ कि उसे आख़िरकार फांसी हो जाएगी, हर वक्त अपनी गर्दन पर ही हाथ फेरता रहता है।

अपने सम्पूर्ण सम्माननीय व उल्लेखनीय कैरियर के दौरान उन्होंने अपनी आंखों, आवाज़, लहज़े, मुख-मुद्रा तथा देह की हरकतों के सशक्त प्रयोग द्वारा अपने प्रत्येक किरदार को असरदार बना दिया।

मात्र सरसरी निगाह डालकर भी वे लम्बे-लम्बे डॉयलॉग याद कर सकते थे। शॉट से जरा ही पहले दिए गए अपने डॉयलॉग बोलने में भी उनसे कोई भूल नहीं होती थी, फोटोग्राफ़िक स्मृति से शब्द मानो सहजता पूर्वक उड़ते हुए चले आते!

यह प्रमाणित बात थी कि वे कठोर परिश्रम और अद्भुत कौशल से अपने प्रत्येक किरदार को भिन्नता व विशिष्टता से चित्रित करके उसे विश्वसनीय बना देते फिर चाहे वह 'मजबूर' का स्नेही ईसाई माइकल हो या 'ज़ंजीर' का लहराते वालों वाला पठान शेर खान या 'विक्टोरिया नं. 203' का दादामोनी अशोक कुमार के साथ अद्भुत हास्य का तारतम्य बैठाने वाला मस्तमौला राणा या ब्लैक एंड व्हाइट फ़िल्म 'शहीद' का उग्र अपराधी या 'बॉबी' का उच्च वर्गीय कुलीन पिता।

मुझे उनके साथ अनेक फ़िल्मों में कार्य करने का सौभाग्य व गौरव प्राप्त हुआ। जिनमें 'अमर अकबर एंथोनी', 'कसौटी', 'मजबूर', 'डॉन', 'कालिया', 'नसीब', 'नास्तिक', 'शराबी', 'अन्धा कानून' और 'इनक़लाब' शामिल हैं। रिवाल्विंग रेस्टोरेंट में फ़िल्माए गए 'नसीब' के क्लाइमेक्स सीन के लिए उन्होंने तलवारबाज़ी का प्रशिक्षण लिया—हालांकि इससे पहले भी अपनी कई फ़िल्मों में वे इरा तरह के करतब कुशलता पूर्वक प्रदर्शित कर चुके थे, मगर हर कार्य को सटीकता से ही करने के आदी होने के कारण उन्होंने एक पखवाड़े तक उस प्रशिक्षण की पुनरावृत्ति की। आखिरी बार हम दोनों ने 'मृत्युदाता' में एक साथ अभिनय किया था, जिसमें उन्होंने एक विशिष्ट भूमिका निभाने की स्वीकृति देने की कृपा की थी।

उनके साथ इतनी फ़िल्मों में काम करने पर यह अच्छी तरह समझ में आ गया कि वे अपने सिद्धान्तों पर दृढ़ रहने वाले व्यक्ति हैं। यदि किसी कहानी में कोई

सिचुएशन या किसी डॉयलॉग में कोई शब्द सभ्यता की सीमा के बाहर होता या सामाजिक व नैतिक रूप से आपत्तिजनक होता तो वे तत्क्षण उस पर टिप्पणी कर देते। वे किसी लेखक या निर्देशक से न सुलझने वाले विवाद में नहीं पड़ते थे। मगर समुचित कारण या तर्क के साथ अपने दृष्टिकोण को प्रभावशाली ढंग से सामने रख देते थे। इसलिए हर फ़िल्मकार समझता था कि प्राण साहब किस हद तक जा सकते हैं। उन्होंने स्वयं अपने लिए अपनी मर्यादा तय कर रखी थी। अतः उन्होंने कभी कोई अशालीन या भोंडा कार्य नहीं किया।

प्राण साहब, अन्तर्मुखी व्यक्ति रहे, केवल अपने मित्रों व हमख्याल साथियों के सामने ही खुलते हैं। वे मेरे लिए एक कृपालु शिक्षक और पथ-प्रदर्शक रहे हैं। साथ में कार्य करते हुए उन्हें कभी महसूस होता कि एक रीटेक से मैं और बेहतर प्रदर्शन कर सकता हूं, तो क्षमा मांगते हुए धीरे से कहते, 'मुझे ग़लत मत समझना, मगर यह दृश्य तुम उस तरीके से करने की कोशिश क्यों नहीं करते?' यदि वे मेरे कार्य से सन्तुष्ट होते तो कभी भी शाबासी देने से भी नहीं चूके।

आश्चर्य की बात है कि प्राण साहब कभी अपनी फ़िल्म नहीं देखते। 'ज़ंजीर' प्रदर्शित होने के लगभग बीस वर्षों बाद अनायास ही उन्होंने वह फ़िल्म देखी। उन्होंने मुझे फोन करके शाबासी देते हुए कहा, कि मुझे तुम्हारा प्रदर्शन बहुत पसन्द आया।' दो दशकों बाद उनकी प्रशंसा प्राप्त करके मुझे एक अद्‌भुत आनन्द की अनुभूति हुई।

किसी भी सिने प्रेमी के सामने यह तथ्य प्रत्यक्ष है कि प्राण साहब महान और उत्कृष्ट समझे जाने वाले अभिनेताओं को भी कांटे की टक्कर देने का माद्‌दा रखते थे। वे गिरगिट की भांति अपना व्यवहार व चेहरे के भाव बदल सकते थे। उन्हें आकृति बदलने के लिए मात्र एक गहरे या मोटे शीशे का चश्मा या जोधपुरी कोट और चमड़े के बूट ही पहनना पर्याप्त होता, जैसे कि उन्होंने

पुरानी फ़िल्मों में सारे देश में पूजे जाने वाले नायकों के समक्ष कड़ी चुनौती पेश करते हुए किया। 'राम और श्याम' में दिलीप साहब के उत्पीड़क तथा ब्लैक एंड व्हाइट फिल्म 'जब प्यार किसी से होता है' में देव साहब के रास्ते के रोड़े बने प्राण साहब ने अपना दबदबा बनाकर रखा। आखिरी मुकाबले तक जिसमें उनके किरदार को तो नायक के हाथों पराजित होना पड़ा, मगर अभिनेता के तौर पर वे विजयी रहे।

मैंने उनसे सीखा कि अपने पेशे के प्रति पूर्ण निष्ठा व समर्पण ही एक अभि. नेता की विशिष्टता व शक्ति होती है। वे सैट पर पहुंचने में कभी देर नहीं करते थे। मिज़ाज ठीक न होने के कारण उन्होंने कभी शूटिंग कैंसिल नहीं की। एक दिन वे सैट पर अस्वाभाविक रूप से गुमसुम से खामोशी से अपना कार्य कर रहे थे। कई घंटों तक जब वे उदासी से नहीं उबरे तो निर्देशक ने पूछा, क्या कोई असुविधा हो रही है? तो उन्होंने शान्तिपूर्वक बताया कि मेरे भाई की मृत्यु हो गई है, मगर मैं शूटिंग कैसिल नहीं करना चाहता क्योंकि जीवन की गति व कार्य निर्बाध रूप से चलने चाहिए। स्व. सतीश भल्ला व यश जौहर उनके निकट मित्रों में थे। प्राण साब ने अपना आडम्बर रहित जीवन आत्म सम्मान और गरिमा के साथ जिया है। उन्होंने कभी किसी से अनुग्रह की अपेक्षा नहीं की।

एक ख़लनायक होने के बावजूद उन्होंने फ़ैशन के चलन और लोगों के जीवन को प्रभावित किया!

खेद का विषय है कि सम्मान की जिस मात्रा के वे पात्र हैं उसका लेशमात्र भी उन्हें नहीं मिला है! यह कहने की आवश्यकता नहीं कि उनके कैरियर की दीर्घता व भव्यता तथा इसके प्रति उनकी निरन्तर निष्ठा उन्हें उच्च सरकारी सम्मान और पुरस्कार का पात्र बनाती है, जो अब तक उनसे रुष्ट है।

उनके स्तर और रुतबे के कलाकार को यूरोप और अमेरिका में सर्वोच्च सरक. ारी सम्मान से सम्मानित किया जाता है, मगर अफ़सोस है कि यहां उन्हें ऐसा सम्मान नहीं दिया गया, यह समझ के बाहर की बात है।

उनके जीवन और कैरियर के वृत्तान्त के रूप में यह पुस्तक उनके प्रति एक श्रद्धा-सुमन है। इस प्रयास में सम्भागिता करके मैं गौरवान्वित हूं तथा इस अमूल्य व अतिवांछित रीति से अपने पिता का सम्मान करने के लिए अरविन्द, सुनील व पिंकी को अपनी शुभकामनाएं व बधाई प्रेषित करता हूं।

विषय-वस्तु व तकनीक, दोनों ही दृष्टिकोणों से सिनेमा में परिवर्तन हो सकते हैं। मगर भारतीय सिनेमा में प्राण साहब के असीम अवदान का महत्त्व किसी भी स्थिति में कम होने वाला नहीं है।

जब भी कोई दुष्कर कार्य करने का अवसर आया, उन्होनें हमें यानी अगली पीढ़ी को पीछे छोड़ दिया।

वे हमेशा अव्वल रहे।

श्रीमान, निरपेक्ष भाव से हमें इतना कुछ देने के लिए हम आपके आभारी हैं।

आप हमारे प्रेरणास्रोत हैं, हमारे प्राण साहब हैं।

आभार

मैं अपनी बेटी लक्ष्मी रूबेन गोपाली को यह जीवनी लिखने के लिए मिले उनके क़ीमती सहयोग के लिए धन्यवाद देना चाहूंगा।

मैं प्राण साब की बेटी पिंकी भल्ला द्वारा मेहनत करके सावधानी से तस्वीरों का चुनाव और उनकी सूची तैयार करने तथा परिवार के लोगों से साक्षात्कार दिलाने को कोर्डिनेटर की भूमिका निभाने के लिए उनका आभार व्यक्त करना चाहूंगा।

इस पुस्तक का शीर्षक '...और प्राण' भी उन्होंने ही सुझाया है। जब उनसे पूछा गया, 'वजह?' तो उन्होंने प्राण के किसी प्रशंसक का भेजा एक ई-मेल दिखाया, जिसमें उनका नाम लिखा था, 'और प्राण' और चूंकि हमेशा से उनकी हर फ़िल्म में कलाकारों की लिस्ट में उनका नाम आख़ीर में दिखाया जाता रहा है '...और प्राण' इसलिए उसने सोच लिया प्राण साब का नाम ही रहा होगा ... और प्राण!

आभारी तो मैं प्राण साब के बड़े बेटे अरविन्द सिकन्द का भी हूं, जिन्होंने इस पुस्तक की कल्पना की। इस जीवनी को लिखने के समय में उन्होंने मेहनत और लगन के साथ कथा प्रसंगों को सुनाकर बेशक़ीमती सहयोग दिया, प्राण

साब के छोटे बेटे सुनील सिकन्द के प्रति भी मुझे कृतज्ञता प्रकट करनी है कि उनसे इस पुस्तक के सम्पादन में सहायता मिली। उन्होंने अनेक घटनाएं याद करके सुनाईं, कुछेक तो एन आख़िरी मिनट तक!

ये मित्र एवं शुभेच्छु भी धन्यवाद के पात्र हैं, जिनसे इस पुस्तक के लिए उनका कीमती सहयोग मिला—सबसे पहले खासकर लम्बे समय तक प्राण के प्रशंसक रहे और फिर मित्र बने दिनशॉ मेहता का धन्यवाद, जिन्होंने बहुत बड़ी तादाद में प्राण से सम्बन्धित सूचनाएं इकट्ठी कर सुरक्षित रखे रखीं, यहां तक कि टी. वी. चैनलों पर प्रदर्शित हुई पुरानी फ़िल्मों में से प्राण की फ़िल्मों के वीडियो टेप तैयार कर प्राण के अपने संग्रह के लिए भेंट भी किए।

धन्यवाद 'फ़िल्म इंडिया' के स्व. बाबूराव पटेल की पत्नी डॉक्टर (श्रीमती) सुशीला रानी पटेल और बड़े बेटे सूर्यकान्त पटेल का भी, स्क्रीनवर्ल्ड पब्लिकेशन के राजेन्द्र ओझा, पुणे के शशिकान्त फिनीकर, अहमदाबाद के डॉ. पदमनाथ जोशी, सूरत के हरीश रघुवंशी, पूणे फ़िल्म एण्ड टेलिविजन इन्स्टीट्यूट की रिटायर्ड ला. इब्रेरियन अपर्णा फड़के के लिए कृतज्ञ भाव रखते हुए मैं जिन समाचार-पत्रों एवं पत्रिकाओं को धन्यवाद देना चाहूंगा, उनमें 'स्क्रीन', 'सिने एडवान्स' (कलकत्ता के साप्ताहिक समाचार पत्र का मुम्बई संस्करण), 'द टेलिग्राफ', 'साकाल', (पुणे), 'लोकसत्ता', 'द टाइम्स ऑफ इन्डिया', 'फ़िल्मफ़ेयर', 'सिने ब्लिट्ज़', 'स्टारडस्ट', 'स्टार एण्ड स्टाइल', 'सनडे-मिडडे', 'ट्रेडगाइड', और 'स्पोर्ट्स वर्ल्ड' हैं।

धन्यवाद मेरी पूर्व सचिव वनिता को, जिसने सूचनाओं के भारी भण्डार में से जाने कितना कुछ 'खंगालकर' इस पुस्तक के लिए उपयोगी सामग्री को खोज निकाला, क्रमवार किया और कम्प्यूटर में फ़ीड करने की कठिन प्रक्रिया को पूरा किया और प्राण के सेक्रेट्री रामकुमार जी को भी धन्यवाद, जिन्होंने धैर्य के साथ अपनी क्षमता की अन्तिम सीमा तक फ़िल्मोग्राफी के अनेक उन तथ्यों को उजागर करने की कृपा की, जो इस किताब के लिए बहुत ही उपयोगी साबित हुए।

उन अनेक मित्रों, पारिवार के लोगों तथा फ़िल्मवालों का भी मैं कृतज्ञ हूं, जिन्होंने अपना क़ीमती समय और प्राण साब के संबंध में सुखद संस्मृतियां इकट्ठा कर सकने में भागीदारी निभाई और उन सबकी ऐसी बेहतर कोशिशों के कारण ही तो यह पुस्तक प्राण साब से स्नेह रखने वाले उनके प्रशंसकों के लिए संग्रहणीय बनकर अपने पास रखने योग्य हुई है।

बन्नी रूबेनेन

प्रस्तावना

पर्दे पर चल रहे दृश्यों के प्रकाश व ध्वनि के अलावा थियेटर में अन्धकार और ख़ामोशी का साम्राज्य रहता है। दर्शक चुपचाप फ़िल्म देखते हैं!

सहसा, दृश्य बदलता है और शीघ्र ही, यह स्पष्ट हो जाता है कि बॉलीवुड की फ़िल्मों में, व्यावसायिकता की दृष्टि से आवश्यक तत्व समझा जाने वाला, नाच-गाना शुरू होने वाला है। मगर, निश्चित रूप से वास्तविकता यह है कि दर्शक कहानी में पड़ रहे इस संगीतमय व्यवधान के समय का उपयोग लघुशंका या सिग्रेट की हुड़क मिटाने में करते हैं और अपने उपयोग के अनुसार इसे 'लूगीत' या 'सिग्रेट-गीत' का नाम दे देते हैं।

मगर इस बार सब कुछ बदला हुआ है! वातावरण में ऊर्जा का संचार हो गया है। दर्शक अपनी सीटों पर जमे हुए हैं। ऐसा लग रहा है, वे किसी प्रतीक्षित दृश्यावली विशेष के लिए तैयार हो रहे हैं।

शीघ्र ही यह भी स्पष्ट हो गया कि वह विशेष क्या है...संगीत शुरू होता है

कलाकार गाना शुरू करते हैं–

'राज़ की बात कह दूं तो जाने महफ़िल में फिर क्या हो'[1]

दर्शक पागल हो जाते हैं! चारों ओर से सीटियों, चीखों और कव्वाली[2] की ताल पर तालियों की आवाज़ें आनी शुरू हो जाती है! कुछ दर्शक तो गैलरी में नाचने भी लगे हैं! जब तक कव्वाली चली दर्शकों पर एक उन्माद सा छाया रहा!

दर्शकों की प्रतिक्रिया इतनी स्वप्रेरित व उत्साहपूर्ण रही कि किसी को भी यही लगेगा कि पर्दे पर यह कव्वाली गाने वाला अभिनेता निश्चित रूप से उस समय का कोई लोकप्रिय हीरो ही होगा!

मगर नहीं, दर्शकों की ऐसी उत्साही प्रतिक्रिया पाने वाला अभिनेता लोकप्रिय हीरों नहीं, बल्कि नायक से खलनायक और खलनायक से चरित्र अभिनेता बना प्रातिभ अभिनेता प्राण है–जो दर्शकों की लघुशंका की हाज़त और सिग्रेट की हुड़क को भी टलाए रखने की क्षमता रखता है!

वर्षों तक एक ही जैसी खल पात्रों की भूमिकाएं करते रहने के बाद साठ के दशक के अन्त में चरित्र भूमिकाएं शुरू करने वाले अधेड़ उम्र के अभिनेता प्राण ने तत्कालीन लोकप्रिय नायकों के समान ही दर्शकों में उन्मादी उत्साह भरकर पागलपन की हद तक उन्हें अपना दीवाना बनाने का चमत्कार किस प्रकार कर दिखाया है! खास तौर से ऐसे समय में जब उनकी पीढ़ी के अन्य अभिनेता या तो पर्दे से ग़ायब ही हो गए या फिर समय से समझौता करके ऐसी भूमिकाओं में दिखने लगे, जिन्हें उनके स्तर का दूसरा अभिनेता नहीं करना चाहेगा।

प्राण अपने छः दशकों लम्बे कैरियर में किस तरह एक से बढ़कर एक प्रभावशाली भूमिकाएं व महत्त्वपूर्ण मुक़ाम हासिल करने में सफल रहे?

प्राण खुद यह बताना पसंद करते हैं कि अपने पिता द्वारा सिखाए गए तीन सिद्धान्तों को अपनाने के कारण ही वे दर्शकों और निर्माताओं के चहेते अभिनेता के रूप में इतना लम्बा कैरियर पाने में सफल रहे हैं।

---

1. एस. के. कपूर की फ़िल्म 'धर्मा' (1973) में; गीतकार वर्मा मलिक द्वारा लिखित और सौनिक ओमी द्वारा संगीत बद्ध गीत; जिसे स्वर दिए गायक मोहम्मद रफ़ी और आशा भोंसले ने।

2. क़व्वाली मूलतः सूफ़ी समूह गायन शैली है, जिसे हिन्दी में फ़िल्मों में प्रायः स्त्री-पुरुष गायकों के मध्य काव्य स्पर्धा के रूप में मोहक संगीत बद्धता सहित दर्शाया जाता है।

उनके पिता की पहली सीख यह थी कि 'सफलता की सीढ़ियां चढ़ते समय नीचे उतर रहे लोगों से हमेशा अच्छा व्यवहार करना चाहिए, क्योंकि हो सकता है कि भविष्य में तुम्हें नीचे की राह देखनी पड़े और वे पुनः सफलता की सड़क पर सफ़र करने लगें। ऐसी स्थिति में वे तुम्हारी भलाई और सद्व्यवहार को याद करके तुम्हारी पुनः सफलता की कामना करेंगे।'

उनके पिता ने उन्हें दूसरी बात जो सिखाई वो यह थी कि 'किसी ऐसी पार्टी में, जिसमें शराब पेश की जाने वाली हो, जाने से पहले अपने घर में ही दो पैग पी कर जाओ जिससे मेज़बान के घर ज़्यादा न पीओ और लोग तुम्हें लालची न समझें!' इस सीख पर चलते रहने के कारण उन्होंने कभी भी अपने निर्माताओं से अपने वास्ते कोई भी अतिरिक्त या अनुचित मांग नहीं की, जबकि उनके कई समकालीन ऐसा करने में कुछ बुराई नहीं समझते थे!

उनके पिता की तीसरी शिक्षा यह थी कि 'किसी भी मुद्दे पर ऐसा क़दम न उठाओ कि उससे पीछे हटना पड़े और न्याय की खातिर जो भी कदम उठाओ उस पर डटे रहो।'

प्राण ने हमेशा अपने पिता की शिक्षाओं पर निष्ठा पूर्वक अमल किया है और वे यह मानते हैं कि एक सज्जन खलनायक के रूप में उनकी प्रतिष्ठा व जीवन की सफलताओं में इन सिद्धान्तों का बहुत बड़ा योगदान रहा है।

यह अद्भुत यात्रा कब और कहां शुरू हुई?

यह वास्तविकता किसी काल्पनिक उपन्यास के चमत्कार पूर्ण हिस्से से कम रोमांचक नहीं है!

इसमें महान अभिनेता के जीवन-प्रसंगों से अधिक उन जीवन क़दरों का भी उल्लेख है जो आज आमतौर पर अग्रिम पंक्ति के लोगों के जीवन से अनुपस्थित होती जा रही हैं....

भाग 1

1

पान की दुकान पर क़िस्मत का इंतज़ार

1

विभाजन से पहले के लाहौर शहर में रहने का अपना एक अलग ही मज़ा था।

शहर में अपनी ही एक ख़ास किस्म की ज़िंदगी रची-बसी थी—वास्तव में कई ज़िंदगीयां। अविभाजित भारत के इस पश्चिमोत्तर केन्द्र के प्रत्येक स्थान में अलग-अलग समय में, लोगों के जीने के अलग-अलग अंदाज़ और मिज़ाज होते थे।

लाहौर की हीरा मंडी सौन्दर्य, *शेरो-शायरी*[1] व नाच-गाने के शौकीनों को अपने आनन्द में समा जाने के लिए आकर्षित व आमन्त्रित करती थी। यहांआने वाला हर व्यक्ति इसके उत्साही अन्तःस्थल की मादक महक में

---

1. उर्दू में रचित दो चरणों में बद्ध काव्यानुभूति।

डूब जाता। यहां सुर और ताल, *ग़ज़ल*[2] और *ठुमरी*,[3] *घुंघरू*[4] और *वाह-वाह*[5] की अनजानी सी, मगर सुहानी सी स्वर लहरियां कानों में घुलती सी प्रतीत होती तथा कई मोहक स्वर लहरियां और अधिक आनन्द की आशा जगाती।

कई प्रकार की मिली-जुली गंधों का अद्भुत समावेश समान रूप से लुभावना होता था—अमूमन रात्रि कालीन गंधों का—हीरा मंडी से सम्बन्धित गंधों का। इत्र की कड़ी गंध कोठों में अपार आनन्द के इच्छुक लोगों के साथ सिमट जाने पर लकड़ी के कोयले की अंगीठी पर भूने जा रहे, मुंह में पानी लाने वाले, क़बाबों से निकलने वाली गंध में समाहित हीरा मंडी में बह रहे शीतल समीर के झोंकों में तैरती चमेली की गंध। रास्ते में कुछ पुरुष उस माहौल की मस्ती में तर अनेक प्रकार से आनन्द प्राप्त करने की आशा में घूम रहे थे। उनमें से कुछ अपने में ही मगन आनन्दित व एकाग्रचित्त होकर सुख प्राप्ति का अगला साधन तलाश रहे थे।

वह थी हीरा मंडी। एक आनन्ददायक स्थान। जहां था आनन्द-आनन्द-और केवल आनन्द। यहां पश्चिमोत्तर सीमान्त प्रदेश के लज़ीज़ व्यंजनों का लुत्फ़ भी उठाया जा सकता था।

जैसे भारत में मनभावन ख़ुशबूदार मसालों से भरकर तिकोने मोड़ कर बनाए गए पान के पत्ते के बीड़े—'पान' के बिना कोई भी भोजन पूरा नहीं माना जाता, वैसे ही हीरा मंडी की मौज-मस्ती भी वहां मिलने वाले अनेक प्रकार के पानों में से किसी एक प्रकार का पान खाए बिना सचमुच पूरी नहीं होती। पान का लुत्फ़ उठाने पर ही मस्ती भरी शाम मुकम्मल होती। हीरा मंडी की अन्य विशेषताओं की तरह इन पान की दुकानों में भी कड़ी होड़ होने के कारण इन दुकानदारों ने अनेक असाधारण किस्म के पान बनाने के हुनर में महारत हासिल

---

2. उर्दू या फ़ारसी में रचित शृंगार रस की गाई या सुनाई जाने वाली कविता।

3. दो बोल का छोटा गीत, जिसे हिन्दुस्तानी शास्त्रीय संगीत में सँवारा जाता है।

4. धातु की बनी हुई, पोली गुरियां, जिसके परस्पर टकराने से घुन-घुन शब्द गूंजता है। इन्हें चमड़े या कपड़े की पट्टी पर टांक कर पैरों में बांधकर नाचने वाली नृत्य करती हैं।

5. आश्चर्य सूचक प्रशंसा

कर रखी थी। इनकी ख्याति के कारण यहां नियमित रूप से न आने वाले लोग भी इनके विलक्षण पान का लुत्फ़ उठाने अक्सर यहां आते थे।

एक सर्द शाम को, मैसालोर रोड, की एक पान की दुकान पर, तीन-चार मित्र पहुंचे और पान बनाने को कहा। इनमें एक गोरा-चिट्टा युवक था, जो एक फोटोग्राफर का सहायक था और साफ़ तौर पर इन मित्रों में सबके आकर्षण का केंद्र था। युवा अवस्था में घर-परिवार से दूर रहने के कारण उसने यहां अनेक मित्र बना लिए थे। बेशक उसकी अच्छी आमदनी के कारण भी उसे आसानी से अनेक मित्र मिल गए। फ़ोटोग्राफर के युवा सहायक प्राण को उस समय यह अहसास नहीं था कि यह रात एक यादगार व उसके जीवन में एक महत्त्वपूर्ण मुलाकात कराने वाली होगी। उस रात क़िस्मत उसकी तलाश में थी!

हीरा मंडी के रंगीले राम लुभाया की दुकान पर पान बनाने का ऑर्डर देने के साथ ही प्राण के जीवन में पूर्ण रूप से नया अध्याय खुलने जा रहा था। उसके जीवन में एक नाटकीय मोड़ आ रहा था। चार शब्दों ने उसके जीवन को नई दिशा देते हुए अन्वेषण और अनुभव की अद्‌भुत यात्रा द्वारा अनन्त सम्भावनाओं भरी मंज़िल की ओर अग्रसर कर दिया।

बस चार शब्द!—'तुम्हारा नाम क्या है?'

चूंकि प्रत्येक मित्र ने अपने लिए एक अलग व विशेष प्रकार के पान का ऑर्डर दिया था, अतः पान बनने में कुछ समय लग रहा था। कुछ मित्रों ने पान पा कर अपने मुंह में डाल लिया था और कुछ शान्ति से खड़े अपने पान की प्रतीक्षा कर रहे थे।

अचानक प्राण ने महसूस किया कि एक अधेड़ उम्र का व्यक्ति उसे ही एकटक घूर रहा है। वह व्यक्ति प्रसन्नचित्त व प्रफुल्लित दिख रहा था। साफ़ तौर पर वह पिए हुए था। और ज़्यादती यह कि वह अपनी आंखों से बार-बार उसे सर से पांव तक नापने की गुस्ताख़ी कर रहा था।

जवानी के ग़रूर में प्राण ने उसकी परवाह न की। मगर कुछ देर बाद वह व्यक्ति खुद को किसी भी तरह रोक न सका और वह प्राण के पास पहुंच कर पूछने लगा—'तुम्हारा नाम क्या है?'

प्राण इस बात का सूत्र जोड़ते हुए बताते हैं कि—तब तक, मैं थोड़ा नशे में होने के कारण, उसके मुझे ऊपर से नीचे तक घूरने के गुस्ताखाना अन्दाज़ से चिढ़ भी चुका था, सो मैंने पलट कर जबाव दिया—'आपको इससे क्या करना है?'

'नहीं! नहीं!' उस व्यक्ति ने शीघ्रता से शान्त स्वर में जबाव दिया, 'कृपया मुझे गलत न समझें। मेरा नाम वली मुहम्मद वली'.....

'तो फिर?' मैंने नाम से न पहचानते हुए बीच में ही टोक दिया'

'मैं एक लेखक हूं और प्रसिद्ध फ़िल्म निर्माता दलसुख़ एम. पंचोली ने मेरी एक कहानी ख़रीद कर उस पर एक फ़िल्म बनाई और वह फ़िल्म प्रदर्शित भी हो चुकी है। अब मैं उनके लिए एक और कहानी लिख रहा हूं।'

'तो?'

....'फ़िल्म का नाम है-'यमलाजट्ट', जो पंजाबी भाषा में बनाई जाएगी। और मैं यह कहना चाहता हूं कि मैंने आपके पान चबाने के अन्दाज़ पर गौर किया है, उसने मुझे कुछ-कुछ धमकाने का सा रंग लगा और आपका यह रूप-रंग मेरी कहानी के एक किरदार से मेल खाता है। क्या आप फ़िल्म में अभिनय करेंगे?'

प्राण ने उन्हें शक के साथ घूरते हुए देखा। यह प्रस्ताव उनके लिए एक झटके की तरह आया था। आख़िरकार उन्होंने जबाव दिया,—'नहीं।'

लेकिन अजनबी इस इनकार से हताश नहीं हुआ और वह प्राण से अगले दिन फ़िल्म स्टूडियो आने का आग्रह करने लगा।

किसी और बात की अपेक्षा उस व्यक्ति से पीछा छुड़ाने की ग़रज़ से प्राण ने हामी भर ली।

'बस तो फिर ठीक है—यह मेरा कार्ड लो और कल सुबह दस बजे पंचोली आर्ट स्टूडियो में आ जाओ।'

न चाहते हुए भी प्राण ने कार्ड ले लिया। बात को जारी रखते हुए प्राण बताते हैं कि, 'तब तक हम सभी मित्रों ने पान खा लिया और वहां से चले गए'।

अगली सुबह साफ़ चमकीले दिन के उजाले में उस अजनबी व उसके असामान्य प्रस्ताव को मन से मिटाने से पहले प्राण ने गत रात मिले अजनबी को एक बार याद किया। क्यों?

उस अजनबी ने प्राण को एक ऐसी फ़िल्म में एक महत्त्वपूर्ण रोल देने का प्रस्ताव दिया, जिसे दलसुख एम. पंचोली बना रहे थे–जो अविभाजित पंजाब की राजधानी लाहौर के श्रेष्ठतम उपकरणों से सुसज्जित स्टूडियों के मालिक थे तथा तब के फ़िल्म जगत में उनका अच्छा रुतबा था। अतः वली मोहम्मद वली द्वारा सड़क पर पहली बार मिले किसी अजनबी को इतने बड़े निर्माता की फ़िल्म में अभिनय करने का प्रस्ताव देने की बात को प्राण आसानी से पचा नहीं पाए।

बाद में इस बात को समझाते हुए प्राण बताते हैं कि – 'यह बात बिल्कुल साफ़ थी कि, जब हम दोनों पान की दुकान पर मिले थे तो उन्हें चढ़ी हुई थी। और जब आप पर चढ़ी हुई हो तो आप हर तरह के झूठे वादे कर सकते हैं, यहां तक कि एक अजनबी से भी जिसे खुद भी थोड़ी चढ़ी हुई हो।

मैंने सोचा कि फ़िल्म में अभिनय का प्रस्ताव भी एक ऐसा ही झूठा वादा है और इसके पीछे पड़ कर वक्त बरबाद न करने का फैसला करते हुए मैं उस अजनबी को अपने दिमाग से निकाल कर अपनी दुकान में रम गया।'

वली मोहम्मद वली नाम के उस अजनबी के पास गत रात को मिले सुन्दर नौजवान को ढूंढ़ने का कोई रास्ता न था क्योंकि कि वे उसका ठिकाना नहीं जानते थे। परन्तु नियति ने उस पान की दुकान पर ही दम नहीं तोड़ दिया। और वह भी सिर्फ़ इसलिए कि नशे में धुत फ़िल्म वाले द्वारा एक अजनबी नौजवान को फ़िल्म में अभिनय का प्रस्ताव दिए जाने पर नौजवान उसे गम्भीरता से ले या नहीं।

नहीं, नियति ने यहां कुछ सांस जरूर लिया। हालांकि गत रात मिले अजनबी के प्रस्ताव को वह नौजवान अपनी तरफ़ से तो पूरी तरह ख़ारिज कर चुका था, फिर भी नियति के भण्डार में उस नौजवान के लिए अब भी बहुत कुछ था, और इसलिए वह लगातार उसके आस-पास मंडराती ही रही।

2

'अगले शनिवार को', प्राण ने प्रसंग को बढ़ाते हुए बताया, जब मैं प्लाजा सिनेमा हॉल में एक फ़िल्म देखने गया, वहां एकाएक वली साहब से सामना हो

गया। उन्होंने तुरन्त मुझे पहचान लिया और वहां अनजाने लोगों की उपस्थिति की चिन्ता किए बिना वे मुझ पर बिफ़र पड़े। और मुझ पर बेसाख्ता पंजाबी की चुनिन्दा गालियों की बौछार कर डाली!'

''शर्म आनी चाहिए, तुम्हें! पूरी तरह अनजान होते हुए भी मैंने तुम्हारे सामने ऐसा प्रस्ताव रखा। तुम्हें, तुम्हारी ज़िंदगी संवारने का मौका दिया—और तुमने मुड़ कर देखा तक नहीं। मुझे पंचोली साब के सामने शर्मिन्दा होना पड़ा। मैंने उन्हें बताया कि मुझे अपनी फ़िल्म के लिए किरदार में पूरी तरह फिट होने वाला लड़का मिल गया है, मगर तुमने हमें पूरी तरह निरस्त कर दिया! मैं अब उनके सामने कुछ कहने लायक नहीं रहा।' प्राण ने उन्हें शान्त करने के लिए तहे-दिल से माफ़ी मांगते हुए जहां भी वे कहें जाने का वादा किया।

मगर इस बार वली साहब ने उस नौजवान की बात पर भरोसा नहीं किया और ज़ोर देकर उसका पता ले लिया फिर खुद वहां जा कर पक्का किया कि इस बार वह नौजवान निश्चित रूप से स्टूडियों आ जाए।

इसके बाद सब कुछ आसानी से होता चला गया। वली साहब प्राण को अपने साथ लेकर पंचोली आर्ट स्टूडियो गए, जहां उनके स्क्रीन-टैस्ट का इंतजाम पहले से ही किया हुआ था।

इस संदर्भ में प्राण पुरानी याद ताज़ा करते हुए बताते हैं—'हमारे वहां पहुंचते ही उन लोगों ने मेरे स्क्रीन टैस्ट के लिए कार्य करना शुरू कर दिया। सर्वप्रथम मोती बी. गिडवानी ने मेरा मेकअप किया, बाद में मुझे पता चला कि वे इस फ़िल्म के निर्देशक हैं।

'मेरे स्क्रीन टैस्ट के साथ ही उन लोगों ने मेरे फ़ोटोग्राफ़्स भी लिए और शीघ्र ही उन्हें प्रिंट भी करा लिया। मैंने भी वे फोटोग्राफ़्स देखे थे।

'वर्षों बाद अतीत में झांकने पर मुझे साफ़ याद आता है कि मैं कैसा महसूस कर रहा था.....चूंकि वे मेरे पहले फोटोग्राफ्स थे। 'तब से अब तक मेरी हजारों फोटों ली जा चुकी है, मगर जो बात उन पहले फोटोग्राफ्स में दिखी वह फिर कभी किसी भी फोटो में नहीं दिखी।

'ऐसा सिर्फ़ इसलिए नहीं कि मेरा मेकअप अच्छी तरह किया गया था या

कैमरा मेन काफी कुशल था या मैं उस वक्त बहुत सुन्दर दिखता था। 'नहीं—वास्तविक अन्तर यह था कि तब मैं एक अभिनेता नहीं था। मैं अपनी असली ज़िंदगी जी रहा था, एक साधारण ज़िंदगी, अन्य लाखों करोड़ों लोगों की तरह ही।

'परन्तु एक अभिनेता बनने के बाद मेरे कई तरह के अलग-अलग व्यक्तित्व हो गए हैं। मैंने अनेकों और अलग-अलग तरह की ज़िंदगियां जी हैं। कीमती व साधारण अनेक प्रकार की पोशाकें, धारण की हैं। अनेक प्रकार के विग व दाढ़ी मूंछ लगाए हैं। किसी भी किरदार, पोशाक या विग की तुलना एक साधारण और असली ज़िंदगी जीने वाले व्यक्ति से नहीं की जा सकती।

'यहां तक की कीमती व उच्च तकनीक से लैस कैमरे भी मेरे उस सच्चे रूप को नहीं पकड़ पाते हैं, जो उन पहले फोटोग्राफ्स ने पकड़ा था।

'गिडवानी साब और पंचोली साब दोनों ने ही उन तस्वीरों को देखा और उन्हें पसन्द किया। इस प्रकार वह रोल मुझे मिला, जो दिलाने के लिए वली साब बड़े बेचैन थे।'

इस बात के लिए प्राण की प्रशंसा की जानी चाहिए कि युवा अवस्था में परिवार से दूर रहते हुए भी उन्हें उनके पारिवारिक बन्धनों का इतना लिहाज रहा कि उन्होंने पंचोली साब से गुज़ारिश कर डाली 'जनाब' कृपया केवल एक बार इन सब बातों के लिए मुझे मेरे परिजनों से पूछ तो लेने दीजिए। आख़िर मैं, एक पेशे को छोड़ कर, दूसरे बिल्कुल अलग पेशे में जा रहा हूं—फ़िल्म लाइन में! प्राण जानते थे कि उनके जीवन में अचानक आए इस परिवर्तन पर उनके परिजन उन्हें कुछ कहेंगे। वास्तव में उन्हें काफ़ी कुछ कहना था।

बीसवीं सदी के उन शुरू के दशकों में फ़िल्म वालों के प्रति लोगों के मन में काफ़ी कड़े पूर्वग्रह थे। फ़िल्मवाला होना गड्ढे में गिरने जैसा माना जाता था। इन पूर्वद्वेषों के उचित कारण भी थे।

भारतीय सिनेमा के उन आरम्भिक वर्षों में अभिनेत्रियों की तलाश कोठों में की जाती थी। नाचने वाली, गाने वाली, तवायफों, व सन्दिग्ध चरित्र की लड़कियों को हीरा मंडी से चुनकर सिनेमा के बड़े व गंदे संसार में झोंक दिया जाता तथा उन्हें पाने की औक़ात रखने वाले पुरुषों के बिस्तरों पर भी!

सम्भ्रान्त परिवार की लड़कियां तो फ़िल्म अभिनेत्री बनने की बात सोचने का भी साहस नहीं कर सकती थी।

दलसुख पंचोली ने यह साफ़ शब्दों में कह दिया कि, उन्हें नौजवान की यह झिझक पसन्द नहीं है। उन्होंने संक्षेप में कहा, 'नौजवान, फ़िल्म का हीरा बनने के लिए हमारे पास हर रोज़ काफ़ी लोग चक्कर काटते हैं। तुम्हारी किस्मत अच्छी है कि वली साहब ने तुम्हें पसन्द किया और मुझसे तुम्हारी सिफ़ारिश की है। इसलिए यदि तुम तैयार हो तो इसी वक्त हमारे स्टूडियों का फार्म भर कर दस्तखत करो।'

प्राण को वास्तव में यह चिन्ता थी कि उन्हें फ़िल्म में काम करने के लिए पचास रुपए प्रतिमाह देने का प्रस्ताव किया गया था और वे फोटोग्राफी की दुकान में दो सौ रुपए प्रतिमाह कमा रहे थे। उन्होंने इस समस्या के बारे में पंचोली को बताया। पंचोली ने तुरन्त समाधान देते हुए कहा–'ठीक है, दुकान में काम करना ज़ारी रखो। शूटिंग के लिए जब हमें तुम्हारी ज़रूरत होगी, हम तुम्हें बुला लेंगे।

उस पान की दुकान पर टल जाने वाली नियति काफी दूर तक पीछा करते-करते पंचोली साब के पीछे पंजों के बल खड़ी होकर सामने खड़े नौजवान को हाव-भाव से समझा रही थी –

'कह दे-हां!'

'अभी दस्तख़त कर!'

'सुनहरी मौका है, गंवा मत।'

'भविष्य में इन पचास रुपयों से' खुलने वाले दरवाजे से होकर तुझे लाखों करोड़ों आने वाले हैं!

शायद नियति की पुकार मौन संकेतों से नौजवान के दिल में उतर गई या फिर ईश्वर ने उसे गुदगुदा कर इशारा कर दिया। या शायद.....कुछ और

'ठीक है, सर, मैं अभी दस्तखत करूंगा!' कुछ क्षणों बाद प्राण ने फार्म पर दस्तखत कर दिए। अब वह कानूनन एक कर्मचारी था। दलसुख एम. पंचोली के विशाल स्टूडियो, अविभाजित भारत के हॉलीवुड लाहौर का एक अभिनेता!

ऐसे समय के जब कि उनके परिवार के अन्य पुरुष सदस्य पारम्परिक रोज़गार अपना रहे थे, साहसिक कार्य करने के जिस ज़ज़्बे ने उन्हें स्टिल फ़ोटोग्राफी के क्षेत्र में उतरने को प्रेरित कर दिया था, उसी ने अब दूने उत्साह के साथ अभिनय के नए व उत्तेजक पेशे में उनका प्रवेश करा दिया, उन्होंने अपने परिवार की प्रतिक्रियाओं को नज़रअन्दाज़ कर दिया। अनन्त रोमांचक सम्भावनाएं उनके सामने थी और वे उन्हें पीठ दिखाने वाले नहीं थे।

नहीं, अभी नहीं।

2

सफ़र की शुरूआत

1

प्राण कृष्ण सिंकद का जन्म 12 फरवरी 1920[1] को बल्लीमारान, पुरानी दिल्ली के एक रईस परिवार में हुआ था। सिकंद ख़ानदानी व सम्पन्न थे, इनका कई पीढ़ियों का इतिहास था, और ये अपने समाज में काफ़ी प्रतिष्ठित व सम्मानित थे।

---

1. प्राण को अपनी वास्तविक जन्म तिथि के सम्बम्ध में केवल इतना ही याद था जो उनकी बुआ ने उन्हें एक बार बताया था कि उनका जन्म सन् 1920 में फ़रवरी के तीसरे हफ़्ते में हुआ था और उसी ख्याल से उन्होंने अपने ड्राइविंग लाइसेंस के आवेदन-पत्र में अपनी जन्म तिथि 22 फरवरी 1920 लिख दी थी, जो उनकी अधिकारिक जन्म-तिथि बन गई। इसके कुछ ही दिनों बाद प्राण को अपने जन्म स्थान बल्लीमारान के एक बुजुर्ग बाशिंदे का पत्र मिला। वह व्यक्ति वहां की म्यूनिसिपलिटि का कर्मचारी था। उसने सूचित किया कि एक लेख में मैंने आपकी जन्म तिथि 22 फरवरी 1920 पढ़ी है, मगर मेरे पास प्रमाण है कि आपकी वास्तविक जन्म तिथि 12 फरवरी 1920 है। प्राण ने जवाब में उसे पत्र लिखा, तो उस व्यक्ति ने अपने वादे के मुताबिक उन्हें उनकी वास्तविक जन्म तिथि 12 फरवरी 1920 अधिकारिक साक्ष्य जन्म प्रमाण-पत्र ही उपलब्ध करा दिया!

प्राण याद करते हुए बताते हैं, 'हमारा घर दिल्ली के एक घने बसे हुए उप. नगर के एक मुहल्ले में था। यहां की गलियां काफ़ी तंग थी, मगर मकान काफ़ी विशाल और खुले-खुले थे।

मेरे पिता का नाम लाला केवल कृष्ण सिकंद और मां का नाम रामेश्वरी था। हम लोग कुल सात भाई-बहन थे, चार भाई और तीन बहनें। सबसे बड़ी मेरी दो बहनें थी—प्रमिला, फिर करुणा। उनके बाद भाइयों में सबसे बड़े प्रेम कृष्ण, फिर एक और बहन राजिन्दर, जिन्हें हम हमेशा उनके प्यार के नाम-जिन्दों से पुकारते थे। उनके बाद राजकृष्ण, फिर मैं प्राण कृष्ण और आख़िर में सबसे छोटे भाई कृपाल कृष्ण।

मूलतः हम लोग पंजाब से हैं। हमारा संयुक्त हिन्दू परिवार था और अपने गांव में हमारी कई *बीघा*[2] जमीन थी। हमारे गांव का नाम भारोवल था, जो होशियारपुर शहर के पास था। उस छोटे से गांव भारोवल पहुंचने के लिए हमें रेल से सैलाखुर्द उतरना पड़ता था। सैलाखुर्द से पूरे सात माइल या तो पैदल जाते या फिर बैलगाड़ी से।

मेरे पिता एक सिविल इंजीनियर थे और उनका सरकारी ठेकेदारी का सुस्थापित व्यवसाय था। उन्हें पुलों और सड़कों के निर्माण में महारत हासिल थी। अपनी विशेष दक्षता के कारण उन्हें बार-बार वहां जाना पड़ता था, जहां पुलों व सड़कों का निर्माण हो रहा होता। इस तरह परिवार के विकास के साथ ही हर दो-तीन वर्षों में हमारा निवास-स्थान बदल जाता, इस कारण हम लोग किसी एक स्थान पर अपनी जड़ें, नहीं जमा पाए।

हमारा ठिकाना बदलता रहा—कपूरथला से उन्नाव, फिर मेरठ, देहरादून और रामपुर। निवास स्थान के साथ ही अक्सर मेरे स्कूल भी बदलते रहे! इस तरह मैंने अनेक स्थानों के अनेक स्कूलों में शिक्षा प्राप्त की। स्थान और स्कूल बदलते हुए मैंने रामपुर स्टेट (एक पूर्ववर्ती रियारात जो ब्रिटिश शारान गें यूनाइटेड प्रोविंस का हिस्सा बन गई थी) में स्थित रज़ा हाई स्कूल से मैट्रिक पास किया।[3]

---

2. 1.6 एकड़ = 1 बीघा

3. वर्तमान में कपूरथला पंजाब में है। उन्नाव, मेरठ और रामपुर उत्तर-प्रदेश में तथा देहरादून उत्तरांचल में हैं।

हालांकि बार-बार स्थान परिवर्तन के कारण सिकंद परिवार कई मायनों के स्थिरता प्राप्त न कर पाया, मगर ऐसा जान पड़ता है कि इस विशाल उपमहाद्वीप भारत के इतने अलग-अलग स्थानों को देखने तथा भांति-भांति के लोगों के सम्पर्क में आने से युवा प्राण लाभान्वित भी हुआ। उस समय तो उन्हें इस बात का भान नहीं था, मगर उन दिनों देखी हुई वे मुख मुद्राएं उनके अवचेतन मन में बस गई थी और बाद में एक अभिनेता के तौर पर प्रत्येक किरदार के लिए नया रूप, नया चेहरा, नई बोली व भाव-भंगिमा अपनाते समय उनके ज़हन में उभर कर आती और वे उनका उचित उपयोग कर लेते।

2

बचपन में प्राण आस-पड़ोस के अन्य लड़कों की तरह ही शरारती थे। प्राण की सबसे बड़ी भाभी (उनके सबसे बड़े भाई प्रेम कृष्ण की पत्नी) कुलदीप को उनकी शरारतों के कई रोचक किस्से याद हैं। उनमें से एक उन्होंने इस प्रकार बताया, – 'ये उन दिनों की बात है जब हम लोग उन्नाव में रहा करते थे। प्राण एक स्कूल के छात्र थे। उन्हें हर चीज़ को देखने और सीखने की बड़ी उत्सुकता रहती और वे उस कार्य को करने का पूरा प्रयत्न करते।[4]

'*बाउजी* (प्राण के पिता लाला केवल कृष्ण सिकंद) अपनी गाड़ी से ही आवा-जाही करते थे। जब भी वे कहीं जाते तो प्राण उनके गाड़ी स्टार्ट करने और चलाने के तरीक़े को एकटक देखतें

'एक दिन दोपहर को जब बाउजी भोजन करने घर पर आए, तो प्राण ने उनकी गाड़ी ली और जिस तरीक़े से बाउजी को गाड़ी स्टार्ट करते देखते थे, उसी तरीक़े से गाड़ी स्टार्ट करके चलाने लगे। कुछ देर बाद जब बाउजी भोजन कर ही रहे थे कि प्राण आए और उनके निकट खड़े हो कर हकलाते हुए कहने लगे .....गाड़ी.....गाड़ी.....'बाउजी ने क्रोधित हो कर पूछा, 'हकला क्यों रहे हो?' तब *माताजी* (प्राण की मां) ने पूछा, – 'क्या हो गया?'

---

4. इस जीवनी के लिए अपने संस्मरण सुना देने के कुछ महीनों बाद दिसम्बर 2002 में कुलदीप प्रेम कृष्ण सिकंद का स्वर्गवास हो गया।

प्राण के बाल्यकाल का
एक दुर्लभ चित्र

तो प्राण ने जबाव दिया – 'गाड़ी तालाब में गिर गई।'

अपनी शरारत का खुलासा करते हुए प्राण ने बताया–'मैंने बाउजी को गाड़ी स्टार्ट करते हुए तो देखा था, मगर दाहिने या बाएं मोड़ते हुए या रोकते हुए कभी नहीं देखा था। इसलिए जब मैंने देखा कि सामने तालाब है तो मैं गाड़ी का दरवाज़ा खोल कर कूद गया और अपनी जान बचा ली, लेकिन.....लेकिन.....गाड़ी तालाब में गिर गई।'

यह घटना न सिर्फ़ बचपन में उनकी शरारती प्रवृत्ति को प्रदर्शित करती है, बल्कि भविष्य में चीज़ों पर ग़ौर करने और उनके प्रभावशाली उपयोग करने की उनकी क्षमता की झलक भी दिखलाती है।

3

प्राण याद करते हैं कि विद्यार्थी के रूप में वे लगभग आज्ञाकारी थे, कम से कम स्कूल में पढ़ने तक, परन्तु उन्हें पढ़ाई में विशेष रुचि नहीं थी। उन्हें याद है कि शुरू के वर्षों में वे स्लेट पर लिखा करते थे, क्योंकि उस वक्त कापियां दुर्लभ थी और आमतौर पर इस्तेमाल नहीं की जाती थी। मैट्रिक करने तक उन्होंने उर्दू भाषा के माध्यम से शिक्षा ग्रहण की थी। उर्दू के इस ज्ञान की बदौलत ही वे उर्दू शायरों की दार्शनिक शायरी को समझ पाए। जिसे वे, समय-समय पर, जब चाहें अपनी याददाश्त से ही दोहरा सकते हैं।

बार-बार और जल्दी-जल्दी स्थान परिवर्तन करने के कारण उनकी पढ़ाई का क्रम टूट गया और वे उच्च शिक्षा प्राप्त नहीं कर सके। हाई स्कूल पास करके

प्राण ज़िंदगी के उस प्रथम महत्त्वपूर्ण पड़ाव पर पहुंच गए जहां शुरू के महत्त्वपूर्ण निर्णय लिए जाते हैं, ऐसे निर्णय जिनके दूरगामी परिणाम होते हैं और ये निर्धारित करते हैं व्यक्ति का भविष्य, पेशा और जीने का अन्दाज़!

उनके पिता ने उनसे पूछा, 'आगे की पढ़ाई के बारे में क्या विचार है?'

प्राण ने तुरत जबाव दिया, 'मैंने किसी तरह खींच-तान कर हाई स्कूल पास किया है और आगे पढ़ने की मेरी कोई इच्छा नहीं है।'

और तब यह बात सामने आई कि वे स्टिल फोटोग्राफी को अपना पेशा बनाने की मंशा रखते हैं।

लाला केवल कृष्ण सिकंद ने कुछ समय तक इस विषय पर गम्भीर चिन्तन करने पर महसूस किया कि अपने पुत्र को उसकी रुचि का कार्य करने की अनुमति व अवसर प्रदान करने में ही समझदारी है। अतः उन्होंने प्राण को अपने मित्र व दिल्ली के कनाट प्लेस स्थित दुकान, ए. दास एण्ड कम्पनी फोटोग्राफर्स के मालिक के पास विशेष रूप से प्रशिक्षण लेने की सलाह दी। उन्हें इस बात की तसल्ली थी कि उनका पुत्र उनके मित्र के संरक्षण में दिल्ली में ही रहेगा जहां परिवार के और बहुत से लोग भी हैं।

प्राण भी समझ गए कि पिता के मित्र से प्रशिक्षण प्राप्त करने की बात से उनके परिजनों में प्राण को उनकी छत्र-छाया से दूर होने से उत्पन्न भय या आशंका कम होगी।

अतः प्राण ए. दास एण्ड कम्पनी फ़ोटोग्राफ़र्स में प्रशिक्षु के तौर पर जुड़ गए। प्राण ने बाद में यह राज़ खोला कि 'उन्होंने वहां फ़िल्म को डेवेलप और प्रिंट करना भी सीखा!'

यह सब तीस के दशक के बीच के व आखिरी वर्षों में घटित हुआ, जब पूरे भारत पर अंग्रेज़ों का शासन था।

उत्तर भारत को झुलसा देने वाले गर्मी के महीनों में अंग्रेज़ हिमालय की तलहटी में बसी अपनी ग्रीष्म कालीन राजधानी सिमला (अब शिमला) में चले जाते थे। अतः पूरे वर्ष व्यापार करने के लिए एक कुशल व्यावसायिक नीति के तहत दिल्ली की ए. दॉस एंड कम्पनी भी अपने ग्राहकों की तरह ग्रीष्मकाल में

शिमला पहुंच गई। उस प्रतिष्ठान ने प्राण को भी अपनी नई शाखा शिमला में भेज दिया जहां वे फ़ोटोग्राफ़ी के कार्य में और अधिक कुशल हो गए तथा पेशे के गुर सीख गए।

रोचक तथ्य यह है कि इसी दौरान प्राण ने वहीं प्रथम बार अभिनय भी किया! उन्होंने वार्षिक रामलीला में सीता की भूमिका निभाई थी, जिसमें राम की भूमिका में मदन पुरी थे जो आगे चलकर स्वयं भी प्राण की तरह फ़िल्म अभिनेता बने।

प्राण को तब यह अहसास नहीं था, मगर प्रत्येक व्यक्ति के जीवन में उथल-पुथल मचाने वाले भाग्य और ज़ाहिर तौर पर परिस्थितियों द्वारा उसके जीवन में एक और अकारण स्थान परिवर्तन का ख़ाका तैयार किया जा रहा था।

प्राण बताते हैं–'शिमला में अपनी सफलता से उत्साहित होकर ए. दास एण्ड कम्पनी ने लाहौर में अपनी एक और शाख़ा खोलने का फ़ैसला किया और इसके पार्टनरों में से एक के साथ मुझे वहां भेजा गया। लाहौर में अपने स्टिल फ़ोटोग्राफ़ी के ज्ञान व हुनर को निख़ारते हुए मैं दुकान का सारा काम संभालने लगा। अब मुझे तनख्वाह भी मिलने लगी और कुछ ही समय में ही मैं वहां का इंचार्ज बन गया।'

अब हम समझ सकते हैं कि भाग्य ने प्राण ने लिए एक रास्ता बना दिया, जिस पर यह उज्जवल, उत्साही व कर्मठ नौजवान क़दम-दर-क़दम आगे बढ़ रहा था।

जीवन के दूसरे दशक की दहलीज़ पर दस्तक दे रहे प्राण को भाग्य ने सुनियोजित ढंग से लाहौर पहुंचा दिया, जो उस वक्त अविभाजित भारत में फ़िल्म निर्माण का मुख्य केन्द्र था।

यह प्राण का लाहौर में प्रथम निवेश था।

यह लाहौर शहर ही था, जिसने प्राण को ऐसी दिशा प्रदान की जिससे उसका जीवन व भविष्य उससे अत्यधिक जगमगाते पथ पर अग्रसर हो रहा था, जिस पर एक अच्छा स्टिल फोटोग्राफर बनने की उसकी सीमित महत्त्वाकांक्षा उसे ले जा सकती थी!

3

लाहौरः एक सितारे का उदय

1

लाहौर[1] पहुंचने के कुछ महीनो बाद ही फ़ोटोग्राफर के सहायक उन्नीस वर्षीय प्राण को किस्मत ने अभिनय के बिल्कुल नए पेशे में दाख़िल करा दिया!

उस समय, अगर श्रेष्ठ कास्टिंग डायरेक्टर के लिए कोई अवार्ड होता तो किसी अजनबी को, मात्र उसकी शक्ल-सूरत व भयभीत कर देने वाले पान चबाने के उसके अन्दाज़ को देख कर, एक महत्त्वपूर्ण रोल दे देने के लिए निश्चित रूप से वली मोहम्मद वली ही वह अवार्ड जीतते। ऐसा दृढ़ विश्वास पंजाबी भाषा में बनाई जा रही फ़िल्म यमला जट के खलनायक की भूमिका लिखते समय की गई उनकी परिकल्पना की सत्यता को प्रकट करता है।

1. पुराने मित्र वी. एन. नय्यर के अनुसार पहली बार लाहौर जाने पर प्राण कुछ दिनों तक चन्दरमल इन्दरकुमार फ़िल्म डिस्ट्रीब्यूशन ऑफिस के चन्दर के साथ रहे थे। उनके रहने की यह व्यवस्था उनके कलकत्ता ऑफिस के जनरल मैनेजर और प्राण के बहनोई रायज़ादा नरेन्द्र कुमार ने की थी, चूंकि कलकत्ता के कर्नावीस परिवार से चन्दर के व्यावसायिक सम्बम्ध थे और लाहौर में ब्रांच ऑफिस था।

आश्चर्यजनक बात यह है कि जब वली साहब ने प्राण को राम लुभाया की पान की दुकान पर देखा था तो वे ज़रा सरूर में थे और उन्हें यह निश्चित करने का भी कोई उपाय नहीं था कि संयोगवश हुई इस मुलाकात में नौजवान उनके प्रस्ताव को स्वीकार कर लें। प्राण यह मानते हैं कि उन्हें फ़िल्मों में प्रवेश कराने में नियति का ही बड़ा हाथ था और जो कुछ भी घटित हुआ वह चमत्कार से कुछ कम नहीं था।

ऐसा प्रतीत होता है कि प्राण की कुंडली में स्थान परिवर्तन के प्रबल योग ने एक बार पुनः अपने प्रभाव से उनका एक और स्थान परिवर्तन करा दिया—कैमरे के पीछे से कैमरे के सामने!

इसके बाद प्राण कृष्ण सिकंद कभी कैमरे के पीछे नहीं गए मगर फ़ोटोग्राफी के कार्य से प्राप्त अनुभव से उनके नए कार्य अभिनय में भी उन्हें काफ़ी मदद मिली। कम्पोज़ीशन, कैमरा एंगल, लाइट, शेड तथा मेकअप के अच्छे व्यावहारिक ज्ञान से उनके लिए अभिनय का कार्य काफ़ी आसान हो गया।

2

प्राण की प्रथम फ़िल्म यमलाजट पंजाबी भाषा में बनाई जा रही थी। मगर मुश्किल यह थी कि पंजाबी परिवार में पैदा होने के बावजूद जीवन में व्यक्तित्व निर्माण के महत्त्वपूर्ण वर्षों को दिल्ली तथा यूनाइटेड प्रोविंस में बिताने के कारण वे एक जन्मजात पंजाबी की तरह से शब्द, लय, लहज़े और ध्वनि के साथ पंजाबी भाषा नहीं बोल सकते थे!

इस कमी को याद करते हुए प्राण ने बताया—'दो दिन कैमरे के सामने काम करने के बाद मुझे यमला जट में खलनायक का रोल दे दिया गया, मगर चारों ओर से आने वाली फुसफुसाहटें मुझे बेचैन कर रही थी 'वह ठीक तरह से पंजाबी नहीं बोल पा रहा है', 'उसका पंजाबी बोलने का लहजा सही नहीं है।'

प्राण के व्यक्तित्व के प्रभावित होने तथा खुद अपने ही द्वारा उसे यहां लाने के कारण वली साब ने यह पक्का करने की भद्रता दिखाई कि उन्होंने पंचोली साब से जिस व्यक्ति की सिफ़ारिश की है, उसे 'रिजेक्ट' न कर दिया जाए।

प्राण ने बताया कि वली साब ने पंचोली साब को आश्वस्त करते हुए कहा, 'सर आप चिन्ता न करें, कृपया मुझे एक मौका दें, मैं कुछ ही दिनों में उसे ऐसी पंजाबी बोलना सिखा दूंगा कि लगेगा वो पंजाब में ही जन्मा और पला-बढ़ा है।

'फिर वली साब ने, अपने भाई नाज़िम पानीपती को, मेरा पंजाबी बोलने का लहज़ा दुरुस्त कराने के काम में लगा दिया। यह एक कठिन कार्य था, मगर मैं जल्द ही ठेठ पंजाब बोलने में प्रवीण हो गया। यहां तक कि उन चुनिन्दा शब्दों का भी इस्तेमाल करने में सक्षम हो गया, जिनका इस्तेमाल वली साब ने, प्लाजा सिनेमा के अहाते में, मुझ पर किया था।'

यमला जट (1940) के एक दृश्य में अंजना और प्राण

यमलाजट में उनके कार्य को देखकर उन्हें और भी कई पंजाबी फ़िल्मों में रोल मिल गए। इस तरह अपने कैरियर के प्रथम दशक में प्राण ने केवल कुछ

पंजाबी भाषा की सामाजिक फ़िल्मों में ही अभिनय किया। एक ही लीक पर चलते रहना पसन्द न होने के कारण वे पंजाबी के साथ-साथ हिंदुस्तानी (हिंदी) भाषा की फ़िल्मों में भी अभिनय करने लगे और उन्हें पूरे देश में प्रदर्शित होने वाली फ़िल्मों में देखा जाने लगा।

यमला जट में अपने रोल तथा फिल्मों में अपने काम के बारे में प्राण स्वीकार करते हैं कि, 'शुरू में फ़िल्मों से जुड़ने की मेरी बिल्कुल भी रुचि नहीं थी। वास्तव में मुझे लगता था कि फ़िल्मों में मेरा रोल ज़रा मूर्ख़तापूर्ण है परंतु बाद में इसे एक चुनौती के रूप में लेकर मैंने इसी पेशे में सफल होने की ठान ली। इसके बाद प्राण ने और अधिक शक्ति और श्रम लगा कर अपना श्रेष्ठ प्रदर्शन किया।

स्टूडियों में अपने शुरुआती अनुभव को याद करते हुए प्राण बताते हैं, 'शुरू में निर्देशक मुझे जिस तरह अपने डायलॉग बोलने को कहते, मैं उसी तरह बोलता। मैं केवल दिए गए निर्देशों का स्वाभाविक रूप से पालन करता। फ़िल्म के रशेज़ देखकर मुझे काफी राहत महसूस होती थी। उससे पहले मुझमें एक तरह की बेचैनी सी रहती थी, मगर मैं उसे किसी पर ज़ाहिर नहीं होने देता था। मैंने अपने छात्र जीवन में, मंच पर भी कभी नाटकों में हिस्सा नहीं लिया था, अतः ऐसा नहीं था कि मैं बचपन से ही अभिनय की ओर आकृष्ट था। मेरा अनुमान है कि मेरे कार्य को दर्शक पसंद करते थे क्योंकि मैं अभिनय नहीं करता था, बल्कि अपने किरदार में ही रम जाता था।'

प्राण स्वयं महसूस करते थे कि उनकी पहली फ़िल्म 'यमला जट' में उनका रोल हास्यास्पद था, मगर उन्होंने इसे बहुत अच्छी तरह निभाया।

पंचोली ने पंजाबी भाषा की अपनी एक और फ़िल्म 'चौधरी' में भी प्राण को खलनायक का रोल दिया, यह फ़िल्म काफ़ी हिट रही।

'चौधरी' के बाद पंचोली ने हिंदी भाषा की अपनी प्रथम प्रस्तुति 'ख़ज़ांची' में भी प्राण को एक छोटा रोल दिया। इस फ़िल्म ने पूरे देश में अच्छा व्यापार किया। 'ख़ज़ांची' को हॉलीवुड की फ़िल्म *दॉ वे ऑफ ऑल फ़्लेश*[2] के

2. एमिल जेनिंग्स की 1927 में प्रदर्शित एक फ़िल्म के आधार पर बनी *दॉ वे ऑफ आल फ्लैश* 1940 में प्रदर्शित हुई थी। इसके निर्देशक थे लुइस किंग और प्रमुख सितारे थे अक़ीम टैमिरोफ तथा ग्लेडीज जार्ज।

आधार पर बनाया गया था और यह मूल फ़िल्म के भारत में प्रदर्शित होने से काफ़ी पहले ही प्रदर्शित हो गई थी और काफ़ी सफल रही। अतः जब वितरकों ने *दा वे ऑफ ऑल फ़्लेश* को भारत में प्रदर्शित किया तो उसे अंग्रेज़ी ख़ज़ांची कह कर प्रचारित किया!

'ख़ज़ांची' की सफलता में गुलाम हैदर के बेहतरीन संगीत का बड़ा योगदान था। इस फ़िल्म की सफलता से उत्साहित होकर पंचोली ने देशव्यापी दर्शकों के लिए शीघ्र ही एक और फ़िल्म 'खानदान' शुरू कर दी। इस फ़िल्म में पंचोली ने अलग तरह का नया प्रयोग करने का विचार किया। 'यमला जट' और 'चौधरी' में अभिनय कर चुकी बेबी नूरजहां, जो अब किशोरावस्था प्राप्त कर चुकी थी, उसके साथ उन्होंने प्राण को प्रथम बार बतौर रोमांटिक हीरो पेश करने का फैसला किया।

हालांकि प्राण और नूरजहां ने 'खानदान' में अपनी भूमिकाएं अच्छी तरह निभाई, मगर कहानी की मांग के अनुसार रोमांटिक डुएट गाते हुए प्राण को काफ़ी कठिनाई महसूस होती। इस बात को विस्तार से बताते हुए वे कहते हैं—बतौर नायक मुझे नूरजहां के साथ डूएट गाना था। इतना बड़ा मौक़ा मिलने पर मुझे बहुत खुशी हुई, मगर पर्दे पर खुद को गाते हुए देख कर मुझे अच्छा नहीं लगा। अतः मैंने ऐसी फ़िल्में लेने का फ़ैसला किया जिनमें गाने हों ही नहीं और यदि हों भी तो कम से कम मुझ पर न फ़िल्माएं जाएं। पेड़ों के इर्द-गिर्द हीरोइन के पीछे भागने में मुझे बड़ी असुविधा होती। असल में जब भी मुझे हीरोइन के पीछे भागना होता, मैं वहां से भाग जाता।'

गानों में प्राण की असुविधा के बावजूद 'खानदान' ने सिल्वर जुबली की और पूरे देश में सुपरहिट रही। बड़े ही गुणी और तब तक प्रसिद्ध हो चुके संगीतकार गुलाम हैदर द्वारा संगीतबद्ध किए गए 'खानदान' के गाने काफ़ी लोकप्रिय हुए और वे आज भी गाएं और सुने जाते हैं।

सितारों की दुनिया में पहुंचकर, जगमगाने का, फ़िल्म जगत की महान हस्ती, पंचोली द्वारा पसंद और प्रस्तुत किए जाने से, बेहतर रास्ता और नहीं था। एक के बाद एक वे चारों फ़िल्में सफल रही!

3

आज के हिन्दी फ़िल्म दर्शकों को, साफ़ तौर पर, प्राण का खलनायक या चरित्र अभिनेता का ही रूप याद आएगा जब कि उन्हें लाहौर के ज़माने में प्राण की युवा अवस्था के रूप को भी जानना जरूरी है, क्योंकि उनके रूप-रंग ने ही वली मोहम्मद वली का ध्यान आकृष्ट किया था।

लाहौर में ही रहने और पढ़ने वाली अभिनेत्री कामिनी कौशल ने हाल ही ने बताया, 'प्राण की अपनी ही एक खास स्टाइल थी, जो शहर में काफी चर्चित थी।'

उर्दू के मशहूर लेखक सआदत हसन मंटो का चालीस के दशक के शुरू में प्राण के व्यक्तित्व के बारे में कहना है कि, 'प्राण काफ़ी सुन्दर थे और अपने सलीक़ेदार फ़ैशनेबल कपड़ों तथा शानदार तांगे के लिए लाहौर में काफी

प्राण लाहौर में अपना तांगा हांकते हुए

लोकप्रिय थे। उन दिनों वे शाम को *तांगे*[3] पर सैर किया करते थे।'

प्राण के मित्र व बाद में उनके समधी बने सतीश भल्ला उन दिनों को याद करते हैं जब वे खुद भी लाहौर में रहा करते थे।[4]

'मैं लगभग तेरह साल का था और प्राण जी हमारे हीरो थे। हम सभी बच्चे उनके प्रशंसक थे। वे अपने तांगे में हम लोगों के पास से होकर गुज़र जाते, हम उनकी प्रशंसा करते, मगर वे हमारी ओर ज़्यादा ध्यान नही देते।'

जी हां, प्राण में हीरो के सभी गुण थे। वे सदा शानदार कपड़े पहनते, चुस्त सूट, रेशमी टाई, रेशमी रुमाल; तथा कमानीदार मूंछे रखते थे। प्राण स्वयं यह स्वीकार करते हैं कि, 'उन दिनों मुझे केवल खेलों तथा अमेरिकन अन्दाज़ के आकर्षक वस्त्रों का ही शौक़ था, जो अपने पिता के लाड़-प्यार के कारण पनपा था।'[5]

अविभाजित भारत के उत्तरी भाग से लाहौर तक की अपनी ज़िंदगी में पीछे झांकते हुए प्राण बताते हैं:

'लाहौर में ज़िंदगी बेफिक्री व मस्ती भरी थी, लाहौर उस समय फ़िल्म निर्माण का सबसे उन्नत व समृद्ध केन्द्र था। यही तो शहर था जो पुरुषों को फैशन के क्षेत्र में ज़माने के साथ रखता था।

'यहां के पुरुषों को आप चुस्त अंग्रेज़ी शैली के सूट में देख सकते थे। यहां हर फ़र्लांग[6] पर बार होता था। लाहौर ही ऐसी जगह थी जहां आप रेलवे कैन्टीन में आधी रात के बाद भी शराब पा सकते थे। और तब इस शहर में मनोरंजन और संस्कृति का केंद्र थी—हीरा मंडी, जहां सारे पुरुष सुन्दर लड़कियों का नाच-गाना देखने-सुनने आते थे!

पचास के दशक में एक इंटरव्यू में दलसुख पंचोली ने प्राण के बारे में अपनी विशेष यादगार बात बताते हुए कहा, 'भारतीय पर्दे के मशहूर 'बुरे

---

3. घोड़े से खींची जाने वाली दुपहिया गाड़ी।

4. इस जीवनी के लिखे जाने के दौरान सतीश भल्ला का स्वर्गवास को गया था। उनके पुत्र विवेक का विवाह प्राण की पुत्री पिंकी से हुआ है।

5. स्क्रीन के 18 जनवरी 1952 के अंक में।

6. 201.2 मीटर

व्यक्ति' प्राण के बारे में बताए बगैर मेरी लाहौर की यादों की बात पूरी नहीं हो सकती। मैं प्राण से बड़े विचित्र तरीके से मिला। एक दिन मैंने देखा कि लाहौर के चहल-पहल भरे फैशनेबल रास्ते 'मॉल' पर कंधे पर कैमरा लटकाए एक युवक बड़ी लापरवाही से साइकिल चलाते हुए जा रहा है। मैं उसके लापरवाह अन्दाज़ से बहुत प्रभावित हुआ। जब वली साहब उसी लड़के को मुझसे मिलाने लाए तो मुझे बड़ा आश्चर्य हुआ। वे यह नहीं जानते थे कि मैं उन्हें मॉल पर साइकिल चलाते हुए पहले ही देख चुका हूं। प्राण के व्यक्तित्व में ऐसी विशेषता थी कि बिल्कुल अनजान लोग भी उनकी ओर आकर्षित हो जाते। पंचोली ने प्राण की अर्थपूर्ण मुस्कान और इस कथन को भी याद किया कि, वे मेरे कहने पर स्टूडियों तभी आएंगे 'जब हीरोइन उन्हें अपनी फ़ोटो खींच लेने दे।'

पंचोली प्राण के पिता की उम्र के होते हुए भी उनके गहरे प्रशंसक बन गए। उन्हें लाहौर में प्राण से जुड़ा एक और रोचक किस्सा भी बताना याद रहा।

घटना के समय सम्भवतः प्राण ने लापरवाही से साइकिल चलाने से बढ़कर लापरवाही से मोटर साइकिल चलाने तक की प्रगति कर ली थी! वे एक मोटर साइकिल एक्सीडेंट के केस में फंस गए और उन्हें मैजिस्ट्रेट के सामने हाज़िर होने का सम्मन जारी कर दिया गया। काफ़ी समय तक तो प्राण उस सम्मन को टरकाते रहे फिर पुलिस कमिश्नर ने जब पंचोली को फोन किया तो उन्होंने अपने चहेते अभिनेता को एक पैरोकार के साथ मजिस्ट्रेट की कोर्ट में भेजा। काफी ऊपर तक के अधिकारियों से सिफ़ारिश करा के मामले को रफ़ा-दफ़ा करने की कोशिश की गई। यहां तक कि नक़द रिश्वत की पेशकश भी बेकार गई। चार प्रकार के अभियोग लगाए गए थे और प्रत्येक अभियोग के लिए प्राण पर पच्चीस रुपए जुर्माना लगाया गया! प्राण के पैरोकार ने मेजिस्ट्रेट से निवेदन किया कि 'ग़रीब आदमी होने के कारण प्राण इतनी बड़ी रकम का जुर्माना नहीं दे सकतें तो जुर्माना घटा कर बीस रुपए प्रति अभियोग कर दिया गया। मुकदमे की सुनवाई के दौरान प्राण को ध्यान से देख रहे मजिस्ट्रेट ने अचानक ही कुछ असामान्य सा कार्य किया। सामने झुकते हुए उन्होंने युवा अभिनेता के सुन्दर रूप और खास तौर से असंख्य नायिकाओं और युवा स्त्रियों को छलने वाली

तथा आज भी सारे संसार की माताओं के दिलों में दहशत भर देने वाली आंखों के लिए प्रशंसा सूचक टिप्पणी की और (निश्चित रूप से इसीलिए) मुलज़िम के प्रथम अपराध को मद्देनजर रख जुर्माने की राशि घटा कर नाम मात्र को पांच रुपए कर दीं!'

यह साफ़ नजर आता है कि प्राण कृष्ण सिकंद के सम्पूर्ण व्यक्तित्व में उनकी आंखें प्रबल प्रभावशाली थी, जिन्होंने ऐसा काम बना डाला था जिसके लिए नक़द रिश्वत भी अकारथ सिद्ध हुई थी। हां, यह जरूर है कि मजिस्ट्रेट के पास उनकी परख करने वाली पारखी आंखें थी।

उन दिनों लाहौर फ़ैशन की राजधानी थी। फ़ोटोग्राफ़ी के कार्य से अच्छी आमदनी करने के कारण प्राण अपनी रुचि के अनुसार शानदार कपड़े पहनने के अपने शौक़ को आसानी से पूरा कर पाने में समर्थ थे। प्राण बताते हैं–'शुरूआती दौर की एक फ़िल्म में मैंने एक शौक़ीन शहरी बाबू का रोल किया था। कहानी की मांग के अनुसार, शूटिंग के दौरान, मैंने बहुत सारे सूट बदले थे और वे सारे सूट खुद मेरे अपने ही थे। इसलिए आप मेरे गुस्से का अन्दाज़ा लगा सकते हैं, जब एक शाम को मैं अपना एक अच्छा सा सूट पहन कर बाहर निकला तो कॉलेज के लड़कों के एक समूह से जा टकराया, जो मेरे पीछे चलते हुए काफ़ी ऊंचे स्तर में छींटाकशी कर रहे थे–''उसकी धृष्टता व ढिठाई देखो! कैसे इतरा रहा है, कैसी अकड़ से चल रहा है! मगर असल में उसने अपनी कम्पनी का सूट पहन रखा है!'

'आपको आश्चर्य होगा कि फ़ोटोग्राफ़ी का कार्य करते हुए मैं मासिक दो सौ रुपए कमाता था, जो उन दिनों एक अच्छी आमदनी मानी जाती थी, फिर भी वली साहब के प्रस्ताव पर मैं बेझिझक अपना अच्छा जमा हुआ कार्य छोड़कर मासिक पचास रुपए पर काम करने वाला अभिनेता बन गया।' अपनी इस याद पर प्राण के चेहरे पर खुशी की चमक आ जाती है। बात के उज्जवल पक्ष की ओर देखते हुए प्राण याद करते हैं कि, 'इस काम में मुझे यह लाभ समझ में आया कि जो लोग मुझे अभी भी नाकारा या फ़ालतू आदमी समझते हैं, फिल्म यमला जट' के प्रदर्शित होने पर एक अभिनेता और कलाकार समझने लगेंगे!

4

पंचोली की फ़िल्मों में अभिनय करके तत्काल एक सितारा बनने के साथ-साथ प्राण को उस वक्त के चर्चित व चहेते लोगों के साथ काम करते हुए दोस्ती करने के अवसर भी प्राप्त हुए जो आगे भी बहुत दूर तक चले।

दलसुख पंचोली ने एक बिल्कुल नई और छोटी लड़की को फ़िल्मों में बड़ा मौका दिया। इस बारे में पंचोली ने एक इंटरव्यू में बताया—'एक सुबह, एक दस साल की लड़की, मेरे स्टूडियों के गेट पर खड़ी थी। जैसे ही मेरी गाड़ी वहां रुकी और मै बाहर आया, ज़ल्दी से वह लड़की मेरे पास आ गई और गाने लगी। उसकी गायकी तराशी हुई तो नहीं थी और उसकी हरक़त भी बेढंगी थी, मगर उसकी आवाज़ में ग़ज़ब की कशिश थी, जिससे मैं उसकी ओर आकर्षित हुआ और उसे अपनी फ़िल्म 'गुल बकावली' में रोल दे दिया, जो मैंने 1932 में बनाई थी।

वह छोटी लड़की थी—बेबी नूरजहां-जो बाद में एक गायिका-नायिका के तौर पर बहुत प्रसिद्ध हुई तथा—पंजाब की बुलबुल' और बाद में 'पाकिस्तान की मलिका-ए-तरन्नुम' के नाम से जानी गई। पंचोली ने जब 1939 में यमला जट' बनाई तो उसे भी उसमें छोटा सा रोल दिया। प्राण की भी बतौर खलनायक वह पहली ही फ़िल्म थी। प्राण बताते हैं,—'मैं नूरजहां से पहली बार 'यमला जट' के सैट पर मिला। वह उस वक्त बेबी नूरजहां के नाम से जानी जाती थी। मैं उस फ़िल्म में ख़लनायक था और वह नायिका अंजना की छोटी बहन की भूमिका अदा कर रही थी!' उन दोनों की अगली महत्त्वपूर्ण फ़िल्म 'खानदान' थीं, जिसमें प्राण ने प्रथम बार नायक और नूरजहां ने नायिका की भूमिका अभिनीत की। यह फ़िल्म 1942 में प्रदर्शित हुई।

इस फ़िल्म के निर्माण के दौरान ही युवा नूरजहां को प्यार हो गया। नहीं, अपने हीरों के साथ नहीं, बल्कि डायरेक्टर सैयद शौक़त हुसैन रिज़वी के साथ, और वह उनके साथ भाग गई!

हम लोग नूरजहां के बारे में बाद में बात करेंगे।

सआदत हसन मंटो से प्राण की मुलाक़ात अभिनेता श्याम ने कराई थी। प्राण

की सरलता और निष्कपटता के कारण मंटो शीघ्र ही उनके मित्र बन गए। लाहौर में परवान चढ़ी यह मित्रता बाद के वर्षों में प्राण के लिए काफ़ी लाभदायक रही।

5

लाहौर में अपने कैरियर के शुरूआती दौर में, सफलता की सीढ़ियां चढ़ते हुए प्राण ने एक और अच्छा मित्र बनाया और वे थे—वी.एन. नैय्यर।

नैय्यर लाहौर में एक फ़िल्मी पत्रकार थे, उन्होंने 1940 में अपना खुद का अंग्रेज़ी भाषा का एक मासिक पत्र 'फ़िल्म क्रिटिक' शुरू किया और यह समझकर कि फ़िल्म जगत के प्रसिद्ध लोगों से मित्रता इस पत्र की सफलता में मददगार साबित होगी, उन्होंने वली साहब, उनकी पत्नी मुमताज शांति,[7] पंचोली साहब व अन्य कई लोगों से मित्रता बढ़ाने में जरा भी देर नहीं की।

वली साहब के माध्यम से प्राण भी नैय्यर के मित्र बन गए। नैय्यर के कारण प्राण को कम से कम एक फ़िल्म का काम जरूर मिला। जाहिर तौर पर नैय्यर के एक मित्र थे—डॉ. आनंद प्रकाश पारकर। इन डॉ. पारकर ने यौन शक्ति वर्धक व सदाबहार जवानी की दवाएं बेच कर प्रत्यक्ष रूप से बहुत ही कम समय में एक बड़ी रक़म कमा ली थी। नैय्यर के अनुसार उनका यह मित्र प्रति माह तीस से चालीस हजार रुपए कमाता था, जो उन दिनों बहुत बड़ी रक़म थी। आसानी से कमाए हुए अत्यधिक और फ़ालतू पड़े रुपयों तथा फ़िल्मों के प्रति आकर्षण के कारण इन दोनों के आपस में अच्छे सम्बन्ध बन गए। अतः जब नैय्यर ने धनवान डॉ. पारकर को फ़िल्म बनाने का सुझाव दिया तो उन्होंने तुरत मान लिया। स्वाभाविक रूप से चूंकि फ़िल्म निर्माण डॉ. पारकर के लिए बिल्कुल नया और अनजान क्षेत्र था, अतः उन्होंने सारे काम का ज़िम्मा नैय्यर को सौंप दिया।

डॉ. पारकर ने जब नैय्यर से पूछा कि हमें नायक के तौर पर किसे लेना चाहिए?

---

7. मुमताज शांति तीस और चालीस के दशक में काफ़ी मशहूर नायिका थी।

खानदान (1942) का एक दुर्लभ पोस्टर

'निश्चित रूप से प्राण को',—नैय्यर ने ज़ोर दे कर कहा,—'क्या तुमने देखा नहीं 'खानदान' और 'कैसे कहूं' में वो कितना अच्छा लगा है? वह मेरा अच्छा मित्र है और हमें उसके साथ काम करने में कोई कठिनाई नहीं होगीं और इस प्रकार पंजाबी भाषा की फ़िल्म 'परदेशी बालम' के निर्माता के तौर पर डा. पारकार ने स्वयं को फ़िल्म निर्माण के क्षेत्र में उतारा। नैय्यर ख़ास तौर से यह याद करते हैं कि 'इस फ़िल्म की कमाई से ही प्राण ने अपनी प्रथम गाड़ी खरीदी थीं, हालांकि यह ज्ञात नहीं हो पाया कि गाड़ी किस कम्पनी या किस मॉडल की थी। सम्भवतः प्राण के दिल में किसी असाधारण और अनोखी गाड़ी लेने की ही इच्छा ने ज़ोर मारा होगा, जो उनके पहनावे की असामान्य व अद्वितीय शैली से मेल खाने वाली होगी।

6

चालीस के दशक के मध्य तक प्राण द्वारा अभिनीत बीस से अधिक फ़िल्मों ने लाहौर में यह प्रत्यक्ष कर दिखाया कि यह नौजवान नायक और खलनायक दोनों

ही तरह की भूमिकाएं अच्छी तरह निभा सकता है!

उनकी ख़ुशमिज़ाजी, कपड़ों का फ़ैशनेबल स्टाइल और ज़िंदगी की उम्दा चीज़ों के प्रति उनका प्यार बरबस ही लोगों का ध्यान खींच लेते थे, यहां तक कि ऐसे लोगों का ध्यान भी कि जिन पर स्वयं दूसरे लोगों की नज़रें टिकी होती थीं। इन गुणों ने भी एक सितारे के रूप में उनकी स्थिति व प्रतिष्ठा को और अधिक मज़बूती प्रदान की। उनकी फ़िल्में इतनी लोकप्रिय थी कि उनकी फ़िल्म 'शाही लुटेरा' 1960 में जब पाकिस्तान में पुनः प्रदर्शित हुई तब भी वह हाउसफुल चली।

फ़िल्में आती रही और उनके साथ आती रही सफलता।

ऐसे समय में जब ज़ाहिरा तौर पर सामान्य स्थिति के मुखौटे में असन्तोष, राजनैतिक फूट और कलह सतह के ठीक नीचे ही उबल रही थी, तब 1947 के कठिन समय में प्राण अभिनीत एक फ़िल्म 'बुत तराश' जो जे. पी. अडवानी द्वारा निर्देशित और लोकप्रिय संगीतकार गुलाम हैदर द्वारा संगीतबद्ध थी, प्रदर्शित हुई।

ये वो साल था जब विविध धर्मों के मानने वाले, अनेक प्रकार की जीवन शैली वाले, लोगों को, उनके मूल निवास स्थान से निकाल कर, भारतीय-उपमहाद्वीप को बिना कोई रजामंदी लिए, मनमाने ढंग से, मुख्यतः धर्म के आधार पर पाकिस्तान और भारत दो राष्ट्रों में बांट दिया गया।

4

विवाह और जीवन का एक नया अध्याय

1

1947 का पूर्ववर्ती वर्ष बहुत महत्त्वपूर्ण था, जब इस विशाल उपमहाद्वीप में ऐतिहासिक परिवर्तन हो रहा था। प्रत्येक घटना एक इतिहास बन गई थी।

लाहौर में एक अभिनेता के तौर पर प्राण का कैरियर प्रगति पर था, मगर पारिवारिक घटनाओं ने जीवन की दिशा बदल दी।

शुरूआती झिझक के बावजूद प्राण अपने पिता से सलाह किए बिना ही अभिनय के कार्य में आगे बढ़ने लगे। वह जानते थे कि उनके पिता का उन पर भरपूर स्नेह है। इसका कारण समझाते हुए प्राण बताते हैं–'तीस के दशक के शुरू में परिवार में सबसे छोटे कृपाल के जन्म के कुछ समय बाद ही मेरी मां का देहान्त हो गया। उस समय मैं मात्र ग्यारह या बारह वर्ष का बालक था। स्वाभाविक रूप से मैं अपने हर कार्य में अपने पिता के स्नेह व सहमति की कामना करने लगा और इस तरह उनके काफ़ी क़रीब आ गया। मैं अपने पिता

का लाडला बन गया था, इस कारण मेरे भाई-बहन मुझसे चिढ़े हुए रहते थे।' अपने प्रति पिता के अतिरिक्त लाड, के कारण ही प्राण बड़ी आसानी व होशियारी से पढ़ाई छोड़ कर फोटोग्राफी का कार्य करने की अनुमति लेने में सफल रहे थे। प्राण कहते हैं–'जब मैंने अपने पिता के सामने स्टिल फोटोग्राफी सीखने की इच्छा प्रकट की तो उन्होंने मुझे अपने मित्र के पास दिल्ली भेज कर फ़ोटोग्राफी का प्रशिक्षण दिलाने की व्यवस्था कर दी।

अतः अपने इस विश्वास के कारण कि उनके पिता फ़िल्मों में अभिनय करने के उनके एक और निर्णय पर भी अपनी सहमति दे ही देंगे, प्राण ने अभिनय की ओर पहला क़दम बढ़ा दिया। फिर भी प्राण के दिमाग़ में अभी तक कहीं हल्की सी एक शंका भी थी कि शायद पिता उनके इस कार्य पर प्रसन्न नहीं होंगे। इसीलिए 'यमला जट' की सफलता के बाद भी वे अपने पिता को यह कहने का साहस नहीं जुटा पाए कि उन्होंने फ़िल्मों में अभिनय करना शुरू कर दिया है। अन्ततः जब लाला केवल कृष्ण सिकंद को यह पता चला तो उन्हें गहरा सदमा लगा।

इससे आगे के घटनाक्रम का खुलासा करते हुए प्राण कहते हैं, 'मेरी शुरू की कुछ फ़िल्में प्रदर्शित होने के बाद, यह बात साफ़ ज़ाहिर हो गई कि मेरा फ़िल्मों से जुड़ना मेरे पिता को बिल्कुल अच्छा नहीं लगा। उन्होंने मुझे दिल्ली घर पर बुलाया और कोई दूसरा पेशा अपनाने को कहा। लेकिन तब तक मैं ए.दास. एण्ड कं. के कार्य को छोड़कर अपने नए कार्य-अभिनय से पूरी तरह जुड़ चुका था। यह समझते हुए भी कि यह एक सम्मानजनक पेशा नहीं समझा जाता, मैं इस पेशे, लाहौर और अपनी आज़ाद ज़िंदगी की ओर लौट जाना चाहता था। परन्तु अपने पिता के प्रति प्यार व सम्मान के कारण मैं रुक गया। किसी तरह इस बार फिर मैं उनके मित्र कुलदीप सिंह के साथ काम करने चला गया, उनकी अम्बाला व पानीपत 1 में फैक्ट्रियां थी।' अपनी सास की मौत के बाद परिवार में माता का कर्त्तव्य निभाने वाली प्राण की सबसे बड़ी भाभी कुलदीप इस बात को साफ़ शब्दों में बताती है कि, 'प्राण बाउजी के दोस्त के साथ काम करने तो लगे, मगर इसमें उनका मन नहीं लगा।'

---

1. अंबाला और पानीपत अब हरियाणा राज्य में है।

भारतीय परम्परा में विवाह को हर प्रकार की दुश्चिन्ता दूर करने का अमोघ उपाय समझा जाता है, यहां तक कि व्यक्ति का पागलपन दूर करने का भी!

प्राण के पिता ने भी शीघ्र ही प्राण का विवाह करने का निश्चय किया, ताकि उसका फ़िल्मों में अभिनय करने का पागलपन दूर हो जाए और वह वापस लाहौर न जाए।

किसी अन्य विधुर परिवार-प्रमुख की भांति लाला केवल कृष्ण सिकंद ने भी योग्य कन्या की तलाश का कार्य परिवार की स्त्रियों को सौंप दिया और उन्होंने पसन्द किया-शुक्ला अहलूवालिया को। शीघ्र ही अहलूवालिया परिवार को विवाह का प्रस्ताव भेजा गया और बातचीत आगे बढ़ी।

दोनों परिवारों के निकट सम्बन्धों तथा कन्या के अच्छे गुणों के कारण सुन्दर-सुशील शुक्ला और प्राण के विवाह के प्रस्ताव को दोनों परिवारों ने मंजूर भी कर लिया।

2

दुर्भाग्य से लाला केवल कृष्ण सिकंद उनका विवाह होने तक जीवित नहीं रहे, न ही उन्होंने अपने इस असाधारण पुत्र को फ़िल्मों में पुनः प्रवेश कर सफलता के शिखर पर चढ़ते हुए देखा।

प्राण संक्षेप में बताते हैं–'मेरे पिता 1944 में दिल्ली में हार्ट-अटैक से गुज़र गए!'

प्राण की बड़ी भाभी कुलदीप ने विस्तार से बताया कि, किस तरह, अम्बाला में अपने पिता के मित्र की फ़ैक्ट्री में काम करने के छोटे से अन्तराल के बाद प्राण अपने फ़िल्मों के कार्य की ओर वापस चले गए। 'बिल्कुल अचानक ही, एक दोपहर को, नींद में ही मेरे ससुरजी चल बसें। सारे क्रिया-कर्म पूरे हो जाने के बाद, पारिवारिक लोगों ने देखा कि, प्राण बहुत ख़ामोश रहने लगे। उनका किसी भी काम में मन नहीं लग रहा था और वे सहमे से रहने लगे। इसलिए उनके बड़े, भाइयों ने सोचा कि जिस कार्य में वे खुश रहें, उन्हें वही करने दिया जाए तो बेहतर होगा।

इस तरह 1944 में प्राण वापस लाहौर चले गए और अभिनय का अपना कार्य उन्होंने फ़िर शुरू कर दिया।'

रोचक बात यह है कि जब स्वयं प्राण से उनके लाहौर लौटने की परिस्थितियों के बारे में पूछा गया तो उन्होंने विस्तृत जानकारी देते हुए बताया कि, 'अपने पिता के बुलाने पर, दिल्ली जाने से पहले, मैं पंचोली की एक फ़िल्म में एक छोटा रोल कर रहा था। जब पंचोली ने, एक दृश्य को दुबारा शूट करने के लिए, मुझे वापस बुलाया, तो मुझे वह मौका मिल गया जिसकी मुझे तलाश थी।' चालाकी से मुस्कुराते हुए प्राण ने बताया कि, 'इस तरह मैं एक दृश्य शूट करने लाहौर गया और फिर वापस दिल्ली नहीं लौटा।'

कुलदीप भाभी ने मंजूर किया, 'हां, तब तक नहीं जब तक शादी का प्रसंग फिर से नहीं उठा।' प्राण ने भी कहा कि 'वे बाउजी द्वारा पसन्द की गई लड़की से ही शादी करेंगे।' और इसके लिए उन्हें फिर दिल्ली लौटना पड़ा।

परिवार की स्वीकृति की मुहर के बावजूद विवाह के प्रस्ताव को कुछ विरोध का सामना भी करना पड़ा। शुक्ला ने बताया कि उनके बहनोई[2], बड़ी बहन पुष्पा के पति अजीत वालिया, को प्राण अहलूवालिया परिवार के दामाद बनने के काबिल नहीं जंचे। इसका मुख्य कारण निश्चित रूप से प्राण द्वारा अपनाया गया अभिनेता का व्यवसाय था।

उस ज़माने में फ़िल्मों का काम अच्छा नहीं समझा जाता था खासतौर पर जब कि दोनों परिवारों के अन्य पुरुष सदस्य या तो पुरानी रियासतों में ऊंचे ओहदों पर थे अथवा व्यापार या फिर फ़ौज में थे। प्राण की मां का परिवार कपूरथला से था। उनके मामा, रायबहादुर मथुरादास,[2] कपूरथला रियासत के प्रधानमंत्री हुआ करते थे और शुक्ला के पिता के सबसे बड़े भाई, उसके बड़े ताऊजी रियासत इन्दौर (पूर्ववर्ती होल्कर स्टेट) के प्रधानमंत्री रह चुके थे, जिन्हें उन दिनों दीवान कहा जाया करता था।[3]

---

2. ये दीवान रामजस के पुत्र थे और पटियाला रियासत के सुयोग्य दीवान जर्मनी दास इनके पुत्र थे। जर्मनी दास की पुस्तक 'महाराजा' बहुत प्रसिद्ध हुई, जो अब फुलसर्कल में पुनः प्रकाशित हुई है।

3. इन्दौर अब मध्य-प्रदेश राज्य में है।

भले ही फ़िल्मों में काम करना उन दिनों सम्मानजनक पेशा नहीं समझा जा रहा हो, फिर भी, शुक्ला को एक फ़िल्म अभिनेता से शादी रचा लेने में कोई बुराई नज़र नहीं आ रही थी। वह बताती हैं—'हमारे परिवारों में परस्पर मेल-जोल रहे होने के कारण, मैं उनसे शादी से काफ़ी पहले ही मिल भी चुकी थी। हमारा परिवार उनकी फ़िल्में देखने भी जाया करता था और उनकी पहली फ़िल्म 'यमंला जट' प्रदर्शित होने के समय हम लोग रावलपिंडी में रहते थे, मगर पूरा परिवार इसे देखने के लिए लाहौर गया था!'

अजीत वालिया की आपत्ति को शीघ्र ही नज़रअन्दाज करते हुए तय कार्यक्रम के मुताबिक विवाह का कार्य आगे बढ़ने लगा।

प्राण यह भी स्वीकार करते हैं कि, 'उनका विवाह आंशिक रूप से प्रेम विवाह और आंशिक रूप से तय शुदा था। आप देख रहे हैं कि हम दोनों के परिवारों में अच्छे मैत्री सम्बन्ध रहे थे। शुक्ला और मैं अपने रिश्तेदारों और मित्रों के घर आते-जाते हुए मिला करते थे और एक दूसरे को पसंद भी करने लगे थे। इस प्रकार यह एक प्रेम-विवाह हुआ। मगर परिवार की पहल और स्वीकृति से होने के कारण आप इसे तयशुदा प्रेम विवाह कह सकते हैं।' इस तरह अपने पिता के स्वर्गवास के केवल एक वर्ष बाद ही, 18 अप्रैल 1945 को, दिल्ली में सुघड़ व सुशील लड़की शुक्ला से मेरा विवाह हो गया।

3

प्राण, जो फ़िल्मों में काम करने के लिए लाहौर चले गए थे, शुक्ला से शादी करने बारात[4] लेकर दिल्ली आ गए।

अपनी यादगार बातें जारी रखते हुए शुक्ला बताती हैं—'रिटायर होने के बाद मेरे बड़े ताऊजी दिल्ली में बस गए थे। तब तक मेरे पिताजी की मृत्यु हो चुकी थी, मेरी माताजी पहले ही गुज़र चुकी थी, मगर मेरी एक सौतेली मां थी, जो अच्छी थी। मेरी शादी की सारी ज़िम्मेदारी मेरे बड़े ताऊजी ने ले ली। दिल्ली

4. बारात 'वरयात्रा', वह समाज (समूह) जो वर के साथ उसको ब्याहने के वास्ते सज-धजकर वधुपक्ष के स्थान तक ले जाता है, जहां शेष सारी वैवाहिक रीतियां सम्पन्न होती हैं।

में मेरे बड़े ताऊजी की विशाल कोठी में 'इनसे, मेरी शादी हुई। उस समय मेरी उम्र लगभग इक्कीस वर्ष की थी।' बड़ा शानदार स्वागत-समारोह आयोजित किया गया और काफ़ी धूमधाम रही। क्योंकि वहां एक नहीं, बल्कि, दो दिनों के अन्तराल पर, दो शादियां थी। शुक्ला की बड़ी चचेरी बहन, बड़े ताऊजी की बेटी की शादी, प्राण और शुक्ला की शादी से दो दिन पहले होनी तय हुई क्योंकि परम्परा के अनुसार बड़ी बहन की शादी पहले ही होनी चाहिए।

प्राण के सबसे बड़े भाई प्रेम कृष्ण और भाभी कुलदीप ने बड़े लाड़-चाव और पूरी रस्मों के साथ हो रही इस शादी में माता-पिता का कर्त्तव्य निभाते हुए माता-पिता द्वारा की जाने वाली सभी रस्में अदा की। कुलदीप बताती हैं—'प्राण की मां के बहुत पहले ही गुज़र जाने के कारण, सबसे बड़ी भाभी होने के नाते, शादी में मां द्वारा की जाने वाली सभी रस्में मैंने ही अदा की जैसे—पानी भरना मुंह दिखाई, कंगना खिलाना।'[5]

दोनों के प्रति अपना एक समान प्रेम प्रकट करते हुए कुलदीप बताती है कि, 'जब भी वे प्राण और शुक्ला से मिलती हैं, अपने दोनों हाथ फैला कर, दोनों को इस प्रकार गले लगा लेती हैं कि, उनमें से किसी को भी यह महसूस नहीं होता कि उसने दूसरे को पहले गले लगाया है!'

अजीत और पुष्पा वालिया के पास अपनी ही यादें हैं, वे बताते हैं कि, 'शुक्ला से उनकी शादी होने से बहुत पहले 1939-40 से ही वे प्राण को जानते थे। अपनी शादी के बाद प्राण और शुक्ला हनीमून के लिए मसूरी गए। हालांकि

---

5. परम्परा के अनुसार भारतीय स्त्रियां अपने पति का नाम नहीं लेती हैं। अतः इस पुस्तक के लिए बात करते समय शुक्ला ने प्राण को 'इन' या 'उन' या 'वे' कहकर ही सम्बोधित किया।

6. ये वैवाहिक रस्में हैं: घर की माता वैवाहिक तैयारियों में सबसे पहले स्त्रियों को साथ लेकर गीत गाते हुए बड़े तड़के कुएं से मंगल कलश भरकर घर लाती है और फिर यह पानी भरा कलश द्वार के बार रखा रहता है; यह शुभ शकुन के लिए होता है कि वधु का आगमन घर-परिवार के लिए शुभ रहेगा; मुंह दिखाई उस समय होती है, जब वधु वर के घर पहुंच जाती है, तब सब लोग भेंटादि देते हैं; विवाह के समय वर तथा कन्या को बांधने का सूत्र कंगना खिलाना होता है - विवाहोपरान्त वधु जब वर के घर पहुंच जाती है, तो उस कंगन को खोलने को भी कंगना खिलाना कहा जाता है। ऐसे समय स्त्रियों द्वारा गाए जाने वाले गानों को भी कंकण या कंगन कहा जाता है।

प्राण अपनी पत्नी शुक्ला के साथ

हमारी शादी चार साल पहले ही हो चुकी थी, मगर हम लोग भी उनके साथ मसूरी गए थे। दरअसल हमारे एक मित्र का मसूरी में मकान था और हमने वहां कुछ हफ़्ते रहने की व्यवस्था की थी।

हनीमून पूरा हुआ और युवा दम्पत्ति अपने दाम्पत्य जीवन में लाहौर में, अपने घर में व्यवस्थित हो गए।

1945 में शादी होने तक प्राण ने छः फ़िल्मों में अभिनय किया था और प्रायः सभी बॉक्स ऑफिस पर सफल रही थी।

शुक्ला कहती हैं—'उनके पिता को उनका फ़िल्मों में काम करना पसन्द नहीं था, इसलिए अपने पिता की प्रसन्नता के लिए उन्होंने कुछ समय के लिए फ़िल्मों में काम करना छोड़ दिया था। उन्होंने अपने पिता को बताए बिना फ़िल्मों में काम करना शुरू कर दिया था। जिससे से वे इतने चिन्तित व नाराज़ हुए। मगर तब मेरे ससुर जी को यह आभास नहीं था कि फ़िल्मों में सफलता इनके क़दम चूमेगी और ये (प्राण) इतनी दौलत और शोहरत हासिल कर लेंगे। उनके पास इतनी फ़िल्मों में काम करने के प्रस्ताव थे कि हमारी शादी होने तक वे फ़िल्मों में अच्छी स्थिति में आ चुके थे' और जब शादी के बाद उन्हें और अधिक फ़िल्मे मिली तो बहुत से लोगों ने यह क़यास भिड़ाया कि शुक्ला उनके लिए सौभाग्य ले कर आई है!'

4

प्रथा के अनुसार, शादी के कुछ महीनों बाद, शुक्ला अपने पीहर दिल्ली आई। वापस लाहौर जाते समय, उनके ताऊजी की बेटी ने, उन्हें एक जर्मन शेफर्ड उपहार में दिया ताकि प्राण के काम पर चले जाने पर, उन्हें घर में अकेलापन न खले। इन दोनों के परिवारों में शुरू से ही कुत्तों को पाला जाता था, जो आज भी ज़ारी है।

पच्चीस वर्षीय प्राण और इक्कीस वर्षीय शुक्ला, शादी होने तक अपनी पारिवारिक पृष्ठभूमि व अपने निजी अनुभवों के आधार पर, अपने जीवन को दिशा व गति प्रदान कर चुके थे।

शुक्ला का जन्म एक अक्टूबर 1924 को हुआ था। अपनी मां की मृत्यु बहुत ज़ल्द ही हो जाने पर वे बहुत ही अच्छी सौतेली मां तथा काफ़ी बड़े संयुक्त परिवार में बड़े लाड़-प्यार से पली-बढ़ी थी। बचपन में पाई सत्संस्कारों की शिक्षा सदा उनके साथ रही तथा उनके अपने परिवार की उन्नति व प्रगति के लिए एक मजबूत नींव प्रदान करने में सहायक सिद्ध हुई।

सम्पन्न परिवार में जन्म लेने व लाड़-प्यार और सुख-सुविधाओं में पली-बढ़ी होने के कारण शुक्ला को आम लोगों की तरह घर-गृहस्थी के कार्यों का अभ्यास नहीं था। उन शुरूआती दिनों को याद करते हुए शुक्ला कहती है, ‘बचपन से अभ्यस्त न होने के कारण घर गृहस्थी संभालने में शुरू-शुरू में कुछ दिक्कत हुई, पर, बाद में, नौकरों की मदद से सब कुछ ठीक-ठाक हो गया।

शादी के सात महीनों बाद शुक्ला को प्रथम सन्तान की उम्मीद जागी।

5

सन् 1945, 1946 और 1947 के वर्षों में विदेशी शासन के ख़िलाफ स्वतन्त्रता की मांग काफ़ी बुलन्द हो गई थी। साफ़ संकेत आ रहे थे कि अंग्रेज़ी हुकूमत निश्चित रूप से अपनी वापसी की राह पर है।

राष्ट्रीय नेताओं के सन्तोषप्रद तरीक़े से सत्ता-हस्तान्तरण के नेक प्रयासों के पीछे जनता का बड़ा हिस्सा कुछ लोगों के छुपे इरादों के कारण होने वाली सम्भावित घटनाओं के प्रति आशंकित था।

सत्ता हस्तान्तरण ने ऐसे लोगों को राष्ट्र का विभाजन करने का मौका दे दिया, जिससे वे इस उपमहाद्वीप की बहुसंख्यक निरक्षर जनता पर वैसा ही निरंकुश शासन कर सकें जैसा उस पर पिछली कई सदियों से होता आया है। सारे देश में फैले उपद्रव की आग ने शीघ्र ही प्रत्येक स्त्री, पुरुष और बच्चे को अपने प्रभाव में ले लिया।

प्राण के लिए इन सब बातों से ज़्यादा महत्त्वपूर्ण ये था कि उनकी फ़िल्में अच्छी चल रही हैं, उनका कैरियर अच्छी स्थिति में पहुंच गया तथा अब उन्हें अपनी प्रथम सन्तान के आगमन की उम्मीद व इंतजार है।

11 अगस्त 1946 को अरविन्द ने अपने माता-पिता के जीवन के आंगन में प्रवेश किया। शीघ्र ही उसे उपनाम बुब्बू दिया गया और वह अपने माता-पिता की आंखों का तारा बन गया। आने वाले दिनों में अनजाने में ही उसने अपने पिता की प्राण-रक्षा की!

5

अगली मंजिल बोम्बे

1

अगस्त 1947!

'बोम्बे'[1]

सुर्खियों में आने की तमन्ना रखने वाले तथा सिनेमा हॉल के बुर्ज़ पर विशालकय निऑन लाइटों में अपना नाम जगमगाता देखने की चाहत रखने वाले हर व्यक्ति के सपनों का शहर!

बोम्बे[1]..................भारत का हॉलीवुड!

हालांकि कलकत्ता, मद्रास और भारत के अन्य शहरों में भी फ़िल्में बनती थी, मगर वे सब क्षेत्रीय भाषाओं की फ़िल्में होती थी। बांग्ला, पंजाबी, गुजराती,

1. अब मुम्बई।

मराठी, तमिल, तेलुगु, कन्नड़ और मलयाम फ़िल्में।[2] हर क्षेत्रीय फ़िल्म उद्योग के अपने-अपने निर्देशक और अभिनेता होते थे। उनमें कोई बिरला ही अपनी भाषा की फ़िल्म के अलावा किसी दूसरी भाषा की फ़िल्म में काम करता था!

मगर बोम्बे, चालीस के दशक के बीच के वर्षों में भी, दूसरों से अलग तरह का था। तब का बोम्बे भी, आज ही की तरह, बड़े नाम वाला था। एक बड़े नाम वाला अभिनेता बनने के लिए बोम्बे में बनने वाली राष्ट्रीय भाषा हिन्दी की फ़िल्मों का जगमगाता सितारा बनना अनिवार्य था। फ़िल्मों की जादू नगरी-बोम्बे, जो अपनी जवानी के बिल्कुल करीब थी, यहां प्रतिवर्ष हॉलीवुड[3] में बनने वाली अंग्रेज़ी फिल्मों से अधिक संख्या में हिन्दी फिल्में बनती थी।

1947 के उस घातक दिन से पहले के वर्षों में अविभाजित भारत के फ़िल्म निर्माण केन्द्रों में से एक-लाहौर में पंजाबी और हिन्दी दोनों ही भाषाओं की फ़िल्में बनती थी। यदि विभाजन न होता तो शायद शादीशुदा और बाल-बच्चेदार प्राण ताउम्र लाहौर को ही अपना घर बनाकर रहते।[4]

मगर विभाजन हो गया।

हालांकि बड़ी संख्या में लोगों के इस उपमहाद्वीप के एक ओर से दूसरी ओर आने में होने वाले अत्याचारों के शिकार प्राण स्वयं तो नहीं हुए फिर भी विभाजन ने उनकी आत्मा को आहत अवश्य कर दिया। उन्हें लगा कि अपने प्राण-प्रिय शहर को छोड़ने के लिए उन्हें मजबूर किया जा रहा है जहां शायद वे फिर कभी न आ सकें।

उस बहुत पुराने बीते ज़माने का ज़िक्र करते हुए प्राण पूछते हैं, 'क्या आप जानते हैं मैं दुबारा फिर कभी लाहौर क्यों नहीं गया? कई बार बुलाया जाने पर भी इतने वर्षों में एक बार भी नहीं गया, क्यों?' और फिर अपने प्रश्न का स्वयं ही उत्तर देते हुए प्राण ज़ोर देकर कहते हैं, 'क्योंकि जिस जगह को छोड़ने

2. 1930-40 के बीच विभिन्न केन्द्रों में क्षेत्रीय भाषाई फ़िल्मों के निर्माण के अतिरिक्त कुछेक फ़िल्में अंग्रेज़ी भाषा में भी बनी, जिनमें एक थी जे. बी. एच. वाडिया की 'कोर्ट डांसर' इसे हिन्दी और बंगाली में भी बनाया गया और नाम था राज नर्त्तकी।

3. यद्यपि इन्हें हिन्दी फ़िल्म कहा जाता है, लेकिन इनकी भाषा दरअसल हिन्दुस्तानी, जो हिन्दी और उर्दू दोनों के मिलाप से बनी है, कहना उचित होगा।

4. फ़िल्म निर्माण के अन्य प्रमुख केन्द्र थे, बोम्बे, मद्रास, कलकत्ता और हैदराबाद।

के लिए मुझे मजबूर किया गया, मैं कभी भी उस जगह नहीं जाना चाहता' घटनाक्रम को विस्तार से बताते हुए प्राण कहते हैं, 'मेरे बड़े बेटे अरविन्द, जिसे हम लोग बुब्लू कहते हैं, का जन्म 11 अगस्त 1946 को हुआ। लाहौर की राजनैतिक स्थिति बड़ी तेजी से बिगड़ रही थी। देश के सम्भावित विभाजन की अटकलें और अफ़वाहें तेज़ी से फैल रही थी। लाहौर में अशान्ति और दंगे शुरू हो गए। अन्य लोगों की तरह मुझे भी अपनी तथा परिवार की सुरक्षा के लिए चिन्ता होनी स्वाभाविक बात थी। अपनी सुरक्षा के लिए तो मैं अपने पास हरदम एक रामपुरी चाकू रखने लगा, मगर इतनी अनिश्चितता का वातावरण बन गया था कि मैंने अपनी पत्नी और पुत्र को अपनी साली पुष्पा वालिया के घर इन्दौर भेज दिया। सब कुछ होते हुए भी, मैंने सोचा कि, अगर यहां से कभी तुरत ही भागने की ज़रूरत पड़ जाए तो पत्नी और बच्चे की रक्षा करते हुए भागने की अपेक्षा एक अकेला आदमी आसानी से भाग सकेगा।

दंगों के कारण स्थिति बदतर होते जाने पर भी मैं लाहौर में अकेला रहता रहा और वहां काम करना भी ज़ारी रखा।

उन्हीं दिनों शुक्ला ने मुझे फोन किया और बुब्बू के पहले जन्मदिन, जो 11 अगस्त 1947 को आने वाला था, पर जश्न मनाने के वास्ते इन्दौर आने के लिए आग्रह किया। मैंने कहा—'यहां मुझे काफ़ी काम है, और मैं नहीं आ सकूंगा। इस पर शुक्ला ने तुरन्त धमकी देते हुए कह डाला, 'आपकी अनुपस्थिति में हम लोग भी जन्मदिन का जश्न नहीं मनाएंगे।'

प्राण को शुक्ला की इस ज़िद पर एक बार तो गुस्सा आया, मगर ये गुस्सा क्षणिक था। उन्हें अपनी पत्नी और पुत्र से बहुत प्यार था और शुक्ला द्वारा अपने पुत्र के प्रथम जन्मदिन के अवसर पर अपने पति व बच्चे के पिता की उपस्थिति की कामना की भावना उन्हें जायज़ लगी और अपनी पत्नी को मायूस न होने देने के लिए प्राण ने एक हफ़्ते के लिए अपने कपड़े पैक किए और अपने बेहतरीन और फ़ैशनेबल सूट लेकर झटपट इन्दौर रवाना हो गए ताकि अपने पहले बच्चे के पहले जन्मदिन के अवसर पर समय पर पहुंचा जा सके।

शुक्ला का हठपूर्वक आग्रह शीघ्र ही प्राण के लिए वरदान साबित हुआ! जैसा प्राण ने बताया 'मैं खुद भी नहीं चाहता था कि मेरे बेटे का पहला जन्मदिन

बिना किसी जश्न व लोगों की जानकारी के बीत जाए। अतः मैं 10 अगस्त 1947 को इन्दौर पहुंच गया। 'देश की तनावपूर्ण स्थिति के बीच अगली सुबह हम लोगों ने रेडियो पर लाहौर में भयंकर खून-ख़राबे के समाचार सुने। हर व्यक्ति पर उन्माद छा रहा था और लाहौर में क़त्ले-आम शुरू हो चुका था। हम लोगों ने आसमान की ओर देखते हुए मौन प्रार्थना द्वारा ईश्वर को धन्यवाद दिया। अपने प्रथम बच्चे के प्रथम जन्मदिवस पर मेरी पत्नी द्वारा मेरी उपस्थिति के हठ ने मेरी जान बचाई।

बात जारी रखते हुए प्राण बताते हैं, 'मैं इन्दौर में अपनी पत्नी व बच्चे के साथ अपने रिश्तेदार के घर ठहरा हुआ था। यहां हमारा अपना कहने को कोई स्थान नहीं था। मैं लाहौर न लौट सका, क्योंकि मेरा घर अचानक ही विदेश बन चुका था!

'जी हां, 14 अगस्त 1947 को पाकिस्तान का निर्माण हुआ और उसके अगले ही दिन 15 अगस्त 1947 को भारत आज़ाद हो गया!

एक निकट मित्र से कुछ रुपए उधार लेकर प्राण अपने परिवार को बोम्बे ले आए क्योंकि वे जानते थे कि लाहौर के बाद बोम्बे में ही एक अभिनेता के तौर पर उन्हें अच्छा काम मिल सकता है। उन्हें पूरा विश्वास था कि वे लाहौर में जो अपना जमा-जमाया अभिनय का कार्य छोड़ आए हैं उसे बोम्बे में वे फिर से जमा लेंगे। आखिरकार वे इस क्षेत्र में कोई नौसीखिए तो थे नहीं। 1940 में प्रदर्शित अपनी पहली फ़िल्म 'यमला जट' से लेकर 1948 में प्रदर्शित फिल्म 'बिरहन' तक वे बीस से अधिक फ़िल्मों में अभिनय कर चुके थे।[5]

उन्होंने बताया, 'मैं लाहौर में पंचोली के अलावा अन्य निर्माताओं की फ़िल्मों में भी नायक और खलनायक दोनों ही तरह के रोल कर चुका था अतः मुझे पूरा विश्वास था कि बोम्बे के फ़िल्म जगत में भी स्थापित होने में मुझे कोई कठिनाई नहीं होगी। लाहौर में उनका फ़िल्मों में प्रथम प्रवेश किसी चमत्कार से कम नहीं था, वे आज भी इसे नियति ही मानते हैं। उनका भारत में सुरक्षित पहुंच जाना भी उनके प्रबल भाग्य का परिणाम है।

---

5. लाहौर में प्राण अभिनीत कुछ फ़िल्में 1947 से पहले बन चुकी थीं, मगर उनका प्रदर्शन 1948 में विभाजन के बाद हुआ। ऐसी फ़िल्मों में मुख्य थीं - 'बरसात की एक रात', 'नेकदिल', 'चुनरिया', और 'बिरहिन'।

लेकिन क्या एक बार फिर कोई चमत्कार होगा? क्या वे अपने विश्वास के मुताबिक बोम्बे में आसानी से काम पाने और अपने को जमा सकने में सफल होंगे?

2

आत्मविश्वास से भरपूर यह आशावादी सत्ताइस वर्षीय युवक जब 14 अगस्त 1947 को बोम्बे पहुंचा तो उसके साथ उसकी पत्नी और पुत्र को छोड़कर अपनी प्रतिभा के सिवा कुछ भी नहीं था।

और पत्नी? वह केवल सर्वशक्तिमान ईश्वर से अपने पति का स्वप्न साकार करने की प्रार्थना ही कर रही थी।

प्राण समझ रहे थे कि फ़िल्मी सितारे के रूप में लाहौर में जो शान-शौक़त थी, वह अब अतीत की बात हो चुकी है। अब वे बिल्कुल नए शहर बोम्बे में हैं। तो भी आत्मविश्वास से भरे हुए प्राण अपने छोटे से परिवार को लेकर ता. जमहल होटल में ठहरे।

चालीस के दशक में भी ताजमहल होटल बोम्बे की उच्चस्तरीय श्रेष्ठ होटल थी। आज भी ताजमहल होटल और गेटवे ऑफ इण्डिया आमने-सामने साकार खड़े भारत के इस प्रमुख शहर के अमर प्रतीक चिह्न प्रतीत होते हैं।

1947 में ताजमहल होटल द्वारा सेवा के वास्ते लिए गए मूल्य के बारे में एक आनन्ददायक याद के तौर पर प्राण रहस्योद्‌घाटन करते हैं कि 'उस समय प्रतिदिन पचपन रुपयों की शाहाना राशि देकर दो बड़े कमरों और बाल्कनी का सूइट मिलता था। और इसके साथ मिलते-सुबह की चाय और केले, फिर सुबह का नाश्ता, फिर दोपहर का भोजन, उसके बाद शाम की चाय और बिस्कुट और अन्त में उम्दा रात्रि-भोजन-यह सब कुछ केवल पचपन रुपए में आज तो केवल एक कप चाय के लिए भी वहां इसके ज़्यादा कीमत चुकानी पड़ती है।'

शुक्ला को और भी ज़्यादा बातें याद हैं, 'वे लोग (ताजमहल होटलवाले) बच्चे के लिए एक या दो रुपए ज़्यादा लेते थे। बुब्बू को संभालने में मदद के लिए मैं अपने साथ अपनी नौकरानी लाई थी। असल में होटल वाले इतना

भोजन देते थे कि हमारे लिए आए हुए भोजन में से ही हमारी नौकरानी भी खा लेती।'

प्राण वो समय याद करते हुए कहते हैं, 'मेरी आशा के अनुरूप मुझे फ़िल्मों में काम नहीं मिल रहा था। कुछ लोग जैसे वली साहब हमसे पहले ही बोम्बे आ गए थे। उन्होंने अभिनेत्री मुमताज शान्ति से शादी कर ली और महालक्ष्मी[6] स्थित फ़ेमस स्टूडियों में एक ऑफिस ले ली। कुछ और लोग जैसे अभिनेता ओम प्रकाश, निर्माता बी. आर. चोपड़ा भी इनका अनुसरण करते हुए यहां आ गए थे। इन सभी से मेरा अच्छा परिचय था अतः मैंने सोचा यहां काम पाने में दिक़्क़त नहीं होगी।

'उस समय की प्रमुख फ़िल्म कम्पनियों में से एक–बोम्बे टाकीज में कार्यरत मेरे प्रिय मित्र और उर्दू के महान लेखक सआदत हसन मंटो मुझे, काम दिलाने के लिए, मलाड 7 स्थित बोम्बे टाकीज के स्टूडियों लेकर गए, मगर उस समय वहां कोई काम नहीं मिला!

'बड़ी आशा और उम्मीद से शुरू की गई, फिल्मों में काम की तलाश न जाने क्यों एक लम्बी असफलता से निराशा और उदासी भरे निरर्थक श्रम में तब्दील हो रही थी।' बीस से अधिक फ़िल्मों में अभिनय कर चुके लाहौर के एक सफल अभिनेता को हर जगह से इसी तरह के जवाब मिल रहे थे।

'नहीं.....नहीं, क्षमा करें।'

'क्षमा करें,........अभी कोई काम नहीं है।' ये नकारात्मक कर्कश ध्वनियां निष्ठुरता से उन्हें आगे बढ़ने से रोक रही थी (दिमाग़ में), मगर दिल में प्राण को दृढ़ विश्वास था कि, 'भाग्यशाली शुभ समय अब शीघ्र ही आने वाला है।

'मगर', प्राण याद करते हैं, 'हमारे पास पर्याप्त पैसे नहीं रह गए थे!'

3

निश्चय ही युवा अभिनेता और उसकी पत्नी ऊंची आशाओं के साथ बोम्बे आए थे, मगर धीरे-धीरे उनकी ये आशाएं धुंधलाने लग गई थी।

---

6. मध्य बोम्बे का एक क्षेत्र, जो अपने रेसकोर्स, मन्दिर और फ़ेमस स्टूडियोज के लिए ख्यात् है।

7. बम्बई का एक उपनगर।

उन्होंने कई होटल बदले। शानदार व महंगे ताजमहल से लेकर साधारण व सस्ते, उससे आधी कीमत, भोजन सहित पच्चीस रुपए, प्रतिदिन तक के और जब पच्चीस रुपए प्रतिदिन देने भी भारी पड़ने लगे तो युवा-दम्पत्ति और भी सस्ते होटल स्ट्रेंड होटल में चले गए जो रेडियो क्लब के पास था।

यह देखते हुए कि ज़िंदगी को दुबारा स्थापित करने के लिए संघर्ष लम्बा चल सकता है, प्राण और शुक्ला ने नन्हें बुब्बू को संघर्ष के समय के कठिन कष्टों से बचाने के लिए उसकी मौसी के पास इन्दौर छोड़ कर आने का फैसला कर लिया। कुछ समय के लिए अपने अनमोल रत्न को अपनी बहन पुष्पा वालिया को सौंप कर शुक्ला वापस अपने पति के पास आ गई। पैसे बचाने के अलावा शुक्ला ने स्ट्रेंड होटल छोड़ने का एक और कारण प्रकट किया, 'हालांकि यह सस्ता था, मगर हम लोगों को यहां का खाना पसन्द नहीं आया, सो, हम लोग होटल फ्रे़डरिक में चले गए। इसमें ताज की तरह ही कमरे बड़े थे, मगर वहां भी खाना मूलतः यूरोपियन ढंग का था—नरम और मंदी आंच में पका हुआ। यह भोज़न उनकी (प्राण की) रुचि के अनुरूप नहीं था इसलिए कई बार हम लोग ग्रांट लेन की कोरोनेशन दरबार रेस्टोरेंट[8] से खाना मंगाते। हम लोग फ्रेडरिक होटल में भी लगभग पांच-छः महीने रहे।'

अपनी पीढ़ी की स्त्रियों की सहनशक्ति और स्वाभिमान को याद करते हुए शुक्ला कहती हैं, 'फ्रे़डरिक होटल के निकट ही मेरे *मामा* रहते थे। उनके दामाद नौसेना में थे और वे पास ही नेवल बेस में रहते थे। हम लोग अक्सर उस परिवार में मिलते रहते थे। जब ये काम की तलाश में चले जाते तो मैं अक्सर उनके घर भी चली जाया करती थी। उन्होंने हमें अपने साथ रहने का आग्रह किया, हम वहां कुछ दिनों के लिए रहे भी, मगर वहां कुछ सहज-सामान्य नहीं लगा इसलिए हम मेरीन ड्राइव स्थित डेलमार होटल में चले आए। वहां का वातावरण अच्छा था। उन्होंने मुझे कमरे में बुब्बू के लिए भोजन पकाने की अनुमति भी दे दी। वे बहुत अच्छे लोग थे इसलिए हम लोग वहां काफ़ी लम्बे समय तक रहे, लगभग दस महीने।'

---

8. सेन्ट्रल बोम्बे स्थित रेस्टोरेन्ट अपने मुग़लई व्यंजनों के लिए प्रसिद्ध था।

अन्त ज्यादा दूर नहीं रह गया था।

उन्हें होटल का बिल हर हफ़्ते के अन्त में चुकाना पड़ता था। एक ऐसा समय भी आया जब उनके पैसों का भंडार एकदम निचले स्तर पर आ गया और एक हफ़्ते के अन्त में उन्हें अपने जीवन की सबसे बुरी स्थिति का सामना करना पड़ा। किस्मत उनसे रूठ गई और उनके पैसे खत्म हो गए। पति-पत्नी एक दूसरे की आंखों में देखने लगे।

दोनों खामोश!

दोनों में से कोई भी दूसरे को क्या कह सकता था? क्या सचमुच सारे रास्ते बंद हो गए? क्या अब कोई भी उपाय नहीं है?

पति से ज़रा हट के, ताकि वो देख न सके कि वो क्या कर रही है, शुक्ला ने अपने सोने के कंगन उतार दिए और पति की तरफ घूम कर उन्हें देते हुए कहने लगी, 'लीजिए! इस बुरे वक्त में ये मदद करेंगे।'

'नहीं!' लगभग गुस्से से पति ने कहा। गुस्सा पत्नी पर नहीं, बल्कि अपनी बेबसी पर था।

'अभी इनका उपयोग कर लीजिए'। पत्नी ने पति से आग्रह किया। वह पति की बेबसी बरदाश्त नहीं कर पा रही थी।

'नहीं!' इस बार गुस्सा स्पष्ट दिखने लगा।

पत्नी ने शीघ्रता से कहा, 'ये सब चीजें गाढ़े वक्त में काम आने के लिए ही बनाई जाती हैं। पारम्परिक तौर पर ये सोने के कंगन ऐसे कठिन समय के लिए ही दिए जाते हैं।'

'नहीं!' वह चिल्लाया।

मगर पत्नी की पूर्ण शान्ति ने पति को क्रोध पर विजय प्राप्त कर ली। वह समझ रही थी कि पति का अभिमान बुरी तरह आहत हो रहा है।

'इन्हें इसी वक्त ले जाइए।' इस अंतिम बात ने फ़ैसला कर दिया।

'मैं बोम्बे में नया था और नहीं जानता था कि कहां जाऊं, किससे मिलूं?' प्राण बोले, और बोलते समय उस क्षण की याद की पीड़ा उनके चेहरे पर साफ़

झलक रही थी। एक फ़िल्म कम्पनी में सहायक, जो कभी-कभी मिलता था, उससे मैं बोला, 'मुझे ऐसी सही जगह ले चलो, जहां मैं अपनी पत्नी के सोने के कंगनों के बदले पैसा पा सकूं।'

प्राण उस क्षण को कभी नहीं भूल सकते जब उन्होंने शुक्ला के हाथ मे रुपए दिए और उनसे उनकी नज़र मिली। उन्हें ऐसा लग रहा था कि धरती फ़ट जाए और वे उसमें समा जाएं। उन्हें यह महसूस हो रहा था कि अपनी पत्नी के कंगन गिरवीं रखकर उन्होंने बहुत बुरा काम किया है।

फ़िल्मी दुनिया के बहुत से दरवाज़ों पर दस्तक देने पर भी कुछ हासिल नहीं हुआ तो उन्हें अपना भविष्य अंधकारमय नजर आने लगा!

उस बुरे वक्त को याद करके आंखें नम करते हुए प्राण ने कहा,–'ऐसी शर्मिन्दगी से हमारा सिर नीचा कर देने के लिए मैंने मुरली वाले को कोसा।'

ईश्वर के अन्याय के खिलाफ रोष प्रकट करने पर भी प्राण का मुरलीवाला उन पर अर्थ पूर्ण ढंग से मुस्कुराया होगा। इस बात को प्राण तब नहीं समझ पाए। वे जब इस कटु स्थिति से थक-हार कर बिस्तर पर निढ़ाल हो गए तो पत्नी की सान्त्वना व सहानुभूति भी उन्हें सकून नहीं दे सकी।

नहीं, शुक्ला और प्राण, दोनों ही, इसे नहीं समझ पाए, मगर भाग्य ने अचानक ही उनकी दशा पर फिर इनायत करने का निर्णय ले लिया।

अगले चौबीस घंटों में ही, कैरियर पर लाहौर में लगे अल्पविराम के बाद, बोम्बे में नई शुरूआत प्रारम्भ हो गई।

प्राण इसे भाग्य का तीसरा चमत्कार मानते हैं।

6

प्राण के दरवाजे पर भाग्य की दस्तक

1

14 अगस्त 1947 को भारत की स्वतन्त्रता की पूर्व संध्या पर भारत के प्रथम प्रधानमन्त्री जवाहरलाल नेहरू ने स्वतन्त्रता के अनुभव से अनजान राष्ट्र को अपने अमर उद्‌गारों से सम्बोधित किया–'बहुत वर्षों पहले हमने भाग्य से भेंट की थी।' और अब उसी तरह प्राण ने भी भाग्य से भेंट की।

आठ महीनों के अथक कड़े परिश्रम और संघर्ष के बाद सौभाग्य की धारा को युवा सिकंद, परिवार की ओर मुड़ना पड़ा, अब यह धीरे-धीरे उनके करीब आ रही थी। किस्मत उन पर मेहरबान होकर आने वाली खुशियों की सूचना दे रही थी।

1948 के शुरू में खुशी की पहली ख़बर एक फ़ोन कॉल के द्वारा मिली। यह फ़ोन कॉल बोम्बे के दूरस्थ उपनगर मलाड स्थित बोम्बे टाकीज स्टूडियोज़ से था 'हमारे स्टूडियो में आओ, हमारे पास तुम्हारे लिए कुछ काम हो सकता है।'

आठ महीनों की बेरोज़गारी के बाद ये अब तक के सबसे मधुर शब्द सुनने को मिले और जो भी काम मिले उसे स्वीकार कर लेने का निर्णय लेकर ही प्राण वहां गए।

वह इतनी भयंकर तंगी में थे कि सुबह एकदम जल्दी मलाड के लिए रवाना हो गए ताकि लोकल ट्रेन में बिना टिकट यात्रा की जा सके।

प्रोडक्शन मैनेजर सुबह दस बजे आया और आगे की बातचीत में यह साफ़ हो गया कि फ़िलहाल मेहनताने की राशि ही मुख्य मुद्दा थी।

प्रोडक्शन मैनेजर ने जब उन्हें रोल देना निश्चित किया तो उन्होंने तुरन्त पूछा 'कितना?'

प्रोडक्शन मैनेजर ने कहा,–'पांच सौ रुपए, तो फिर तय रहा।' ऐसा लग रहा था कि उर्दू के मशहूर लेखक सआदत हसन मंटो, अभिनेता श्याम तथा नर्तकी–अभिनेत्री कुक्कू द्वारा की गई सिफ़ारिश अन्ततः काम कर ही गई!

बोम्बे आने से पहले प्राण ने, लाहौर में, कुक्कू के साथ कुछ फ़िल्मों में काम किया था; अतः जब वे उन्हें ताजमहल होटल के अहाते में मिले तो कुक्कू ने उनके बारे में बोम्बे टाकीज़ मे बात की। मंटो की सिफ़ारिश के बाद श्याम ने भी बोम्बे टाकीज के मालिकों से अनुरोध किया कि देखे बिना ही अस्वीकार करने की बजाए कम से कम एक बार प्राण का स्क्रीन टैस्ट अवश्य ले लिया जाए जिससे पता चले कि वो पर्दे पर कैसा लगता है।

उन्होंने यह बात मान ली और प्राण को फ़िल्म 'ज़िद्दी' में एक रोल मिल गया। यह बोम्बे में प्राण का पहला अनुबंध था। जब प्राण से कहा गया कि उनका मेहनताना पांच सौ रुपयो से एक पैसा भी ज्यादा नहीं होगा, तो भी प्राण को बोम्बे में पहला काम पाने की खुशी हुई और एक छोटी सी चुप्पी के बाद उन्होंने कहा–'मुझे स्वीकार है, पर एक शर्त है।'

'तो क्या?'

'मुझे एक सौ रुपए एडवांस चाहिए।'

प्राण इस बातचीत को याद करके मुस्कुराए और आगे बोले कि वे लोग खुश हुए कि मैं इतनी आसानी से पांच सौ रुपए में मान गया, जो वास्तव में काफ़ी

कम थे। उन्होंने मुझे एक सौ रुपए एडवांस दे दिए। मैंने घर आकर शुक्ला से कहा,—तैयार हो जाओ, हम लोग बाहर चलेंगे। हम लोग सीधे एम्बेस्डर होटल गए और दोनों ने खाना खाया बल्कि यूं कहिए कि शुक्ला ने खाया और मैंने पीया। कहने की जरूरत नहीं कि पूरे एक सौ रुपए वहां खाने-पीने में ही उड़ा दिए, यह और बात हुई कि इसके बाद हमें और भी सस्ते होटल में जाना पड़ा, जहां हम स्थितियां बेहतर होने तक रहे। बोम्बे में प्राण की पहली फिल्म 'ज़िद्दी' में नायक थे—शोख़ देव आनंद और नायिका थी सुन्दरी कामिनी कौशल।

अब सौभाग्य के सभी दरवाज़े खुलने लगे और फिर एक के बाद एक खुशी की ख़बरें आने लगी।

जब काम मिलने की खुशी व शराब के नशे में झूमते हुए प्राण अपनी पत्नी के साथ वापस अपने छोटे से होटल में पहुंचे तो एक और शुभ समाचार वहां उनका इंतज़ार कर रहा था।

रात की ड्यूटी वाले बैरे ने प्राण को बताया कि 'नवलकर'[1] नाम के व्यक्ति आपसे मिलने आए थे, उन्होंने आपके लिए यह सन्देश छोड़ा है कि वे कल सुबह दस बजे आपके पास फिर आएंगे।'

प्राण याद करते हैं—'अगली सुबह नवलकर आए और मुझे जाने-माने फ़िल्म निर्माता बाबू राव पाई के दफ़्तर में ले गए, जो कैडेल रोड[2] के फ़ेमस स्टूडियों में था। यहां मेरा परिचय साहेब मामा[3] से कराया गया, जो एक कला निर्देशक होने के साथ ही पूना के प्रभात स्टूडियोज़ के एक पार्टनर भी थें

प्राण चुपचाप नवलकर और साहेब मामा की बातचीत सुन रहे थे। वे निश्चित रूप से उन्हीं के बारे में बात कर रहे थे। जिस व्यक्ति से प्राण का परिचय कराया गया, वे चित्रकार भी थे, क्योंकि वे प्राण से सवाल पूछने के साथ ही चित्र भी बना रहे थे। नवलकर और साहेब मामा मराठी भाषा में बात कर रहे थे, जो प्राण नहीं समझते थे। फिर भी यह समझ कर कि बात उन्हीं के बारे

---

1. नवलकर प्रभात स्टूडियो, पूना में कैमरामेन थे और निर्माता के. अमरनाथ के पार्टनर भी थे।
2. वर्तमान में इसका नाम वीर सावरकर मार्ग हो गया है। कई दशकों पहले फ़ेमस स्टूडियो को तोड़ कर रिहायशी मकान बना दिए गए।
3. श्री फ़तेहलाल को लोग आदर से साहेब मामा कहते थे।

में हो रही है, प्राण ने पूछ लिया कि आप लोग क्या बात कर रहे हैं? नवलकर ने बताया कि साहेब मामा प्राण की आंखों की सुन्दरता व भावाभिव्यक्ति की क्षमता की प्रशंसा कर रहे थे। जब प्राण ने सुना कि साहेब मामा उनकी आंखों की प्रशंसा कर रहे हैं, उन्हें पूरी तौर पर इतमीनान हो गया कि अब उन्हें इनकी फ़िल्म में भी काम मिलने वाला है! प्राण ने बताया,–'उन्होंने मुझे अगले दिन पूना आने के लिए कहा, और मैं वहां चला गया। उन्होंने मुझे रेल का भाड़ा और ठहरने का खर्च दे दिया। फिर पैसों के बारे में बात हुई।

साहेब मामा ने पूछा?–'तुम एक फिल्म में अभिनय करने के लिए कितने रुपए लोगे?'

मैंने पूछा,–'आप कितने देंगे?'

उन्होंने जबाव दिया, 'फ़िलहाल तुम्हें पांच सौ से ज्यादा नहीं दे सकते। मैंने सोचा कल बोम्बे टाकीज़ में भी मुझे पांच सौ रुपए ही देने की बात हुई है।, अब अगर अगली फ़िल्म में कुछ भी ज्यादा मिले तो मेरी कीमत बढ़ेगी। इसलिए मैंने वहां से उठने का दिखावा करते हुए कहा,–'इतना पैसा पर्याप्त नहीं है मुझे और ज्यादा चाहिए।'

मेरी बात सुनकर उन्हें झटका सा लगा और उन्होंने कहा, 'जब हम अपने हीरो राम सिंह को प्रति माह पांच सौ रुपए देते हैं, तो हम तुम्हें इससे ज्यादा कैसे दे सकते हैं?

'प्रतिमाह! हे भगवान! मैं तो समझ रहा था। पूरी फ़िल्म के पांच सौ रुपए मगर नहीं, यहां तो पांच सौ रुपए प्रतिमाह की बात हो रही है।'

परन्तु एक अच्छा अभिनेता होने के कारण प्राण ने अपने हृदय में उमड़े आश्चर्य के भावों को अपने चेहरे पर नहीं फटकने दिया और ज़्यादा पैसों की अपनी मांग पर अड़े ही रहे। अन्ततः दोनों पक्षों में क़रार हो गया। साहेब मामा ने खीन्झते हुए कहा–'ठीक है....ठीक है। हम तुम्हें प्रतिमाह छः सौ रुपए दे देंगे, मगर ध्यान रखना यह बात हमारे हीरो को पता नहीं चलनी चाहिए।'

इस प्रकार, ज़िद्दी के तुरन्त बाद प्राण को दूसरी फ़िल्म प्रभात कम्पनी की 'अपराधी' मिली। बेचारा नायक यह कमी न जान सका कि उसे ख़लनायक प्राण से प्रतिमाह सौ रुपए कम मिल रहे हैं। हीरो से ज्यादा तनख्वाह दे कर प्राण को एक युवा क्रान्तिकारी की सशक्त भूमिका देने का नवलकर और साहेब मामा का फ़ैसला सही साबित हुआ।

शूटिंग शुरू होने से ज़रा पहले किसी ने साहेब मामा को सलाह दी कि क्रान्तिकारी की भूमिका में प्राण उपयुक्त नहीं होंगे। इस पर साहेब मामा क्रोधित हो गए और उस व्यक्ति से प्रतिप्रश्न कर डाला कि, 'तुम प्रत्यक्ष से परे क्यों नहीं देखते हो? उसकी सुन्दर आंखें तुम्हें बता देंगी कि वह उस भूमिका के लिए एकदम सही पसन्द है।'

निश्चित रूप से उनकी भूमिका लीक से हट कर थी। साहेब मामा ने उन्हें *'अपराधी'* [4] में सकारात्मक व समानान्तर भूमिका दी थी। जाने-माने राष्ट्रीय नेता अच्युतराव पटवर्धन और जयप्रकाश नारायण के राजनैतिक जीवन से प्रेरित होकर उस किरदार को गढ़ा गया था। कहानी में उन लोगों के उस समय के कई अनुभवों का उपयोग किया गया था, जब वे भूमिगत थे।

इस फ़िल्म में पहली बार प्राण ने अपने किरदार के लिए एक भेष बदला था। प्राण इस बात को मानते हैं कि साहेब मामा जैसे अनुभवी बुजुर्ग की प्रशंसा ने उन्हें हवा में उड़ाने की बजाए अपने काम से आलोचकों का मुंह बंद करने की प्रेरणा दी। अपनी अभिनय क्षमता पर साहेब मामा के भरोसे की मोहर से लैस प्राण ने इस फ़िल्म में ऐसा प्रदर्शन किया जिससे यह साबित हो गया कि फ़िल्म के दूसरे पक्ष कमजोर होने पर भी प्राण अपना कार्य असरदार ढंग से करने की क्षमता रखते हैं।

फिल्म 'अपराधी' में अपनी भूमिका को प्राण बहुत महत्त्वपूर्ण मानते थे। उन्हें उस समय बहुत प्रसन्नता हुई जब महान फिल्म समीक्षक बाबू राव पटेल ने उस फिल्म की अपनी समीक्षा में प्राण पर प्रशंसा की वर्षा कर दी।[5]

---

4. 'अपराधी' 25 फरवरी 1949 को प्रदर्शित हुई।

5. बाबूराव पटेल भारत की शुरूआती काफ़ी प्रभावशाली फ़िल्मी पत्रिका 'फिल्मइंडिया' के संपादक और मालिक थे। बाद में इन्होंने अपनी पत्रिका का नाम 'मदर इंडिया' कर दिया।

बाबू राव पटेल बिना लाग-लपेट के अपनी स्पष्टवादिता के लिए जाने जाते थे। उन्हें फ़िल्म में जो भी कमी नज़र आती वे उस पर कटु व साफ़ शब्दों में तीखे प्रहार करते। यह निश्चित था कि फ़िल्म का कोई भी निन्दनीय पक्ष उनकी कलम की उग्र झिड़कियों से बच नहीं सकता था।

बाबूराव पटेल द्वारा की गई 'अपराधी' की समीक्षा का शीर्षक थाः—

'अपराधी'—एक कमजोर कहानी का बदतर निर्देशन' ऐसे आक्रामक शीर्षक द्वारा फ़िल्म को नकार देने के बावजूद फ़िल्म में प्राण के अभिनय के बारे में टिप्पणी करते हुए उन्होंने लिखा, 'एक देशभक्त क्रान्तिकारी की भूमिका में प्राण बिल्कुल अच्युतराव पटवर्धन की तरह लगते हैं और उन्होंने बड़ी कुशलता से प्रभावशाली प्रदर्शन किया है।'[6]

यह मुक्तकन्ठ प्रशंसा और भी मूल्यवान हो जाती है, यह देखते हुए कि इसी अंश की पूर्व पंक्ति में नायक रामसिंह के प्रदर्शन की धज्जियां उड़ाते हुए वे लिखते हैं—'रामसिंह भावशून्य चेहरा लिए किसी भी शॉट में ग़लती से भी अभिनय की कोशिश तलक करते हुए नज़र नहीं आते।'

मधुबाला के बहुमुखी व प्राण के कुशल अभिनय के अलावा इस समीक्षा में पूरी फ़िल्म को नाकारा बताया गया। बाबूराव ने अन्त में यह लिखकर समीक्षा पूर्ण की, — फ़िल्म दर्शकों को आकर्षित करने में असफल रही।' प्रभात स्टूडियोज़ के साहेब मामा व नवलकर से फ़लप्रद मुलाक़ात से उल्लसित प्राण, विभाजन के कारण लाहौर में विराम पाए, अपने कैरियर को पुनः प्रारम्भ करने और गति देने के प्रयास में नए जोश व उत्साह से, जुट गए।

इसी क्रम में वे वली मोहम्मद वली से मिलने गए जिन्होंने उन्हें, लाहौर में राम लुभाया की पान की दुकान पर हुई पहली मुलाक़ात में ही परख़ कर पहली बार फ़िल्म में काम दिलाया था। प्राण को फ़िल्मों में लाने का श्रेय वली साहब को ही था।

वली साहब भी विभाजन के बाद भारत चले आए थे और उन्होंने यहां फ़िल्म निर्माण का कार्य शुरू कर दिया था।

जैसे ही प्राण वली साहब के दफ़्तर में दाखिल हुए उन्होंने एक हिन्दुस्तानी

---

6. फ़िल्म इंडिया के अप्रैल 1949 के अंक में।

के हृदय से स्वाभाविक रूप से निकलने वाले शब्दों से उन्हें आशीर्वाद दिया– 'तुम्हारी लम्बी उम्र होगी।

दरअसल उस समय वे अपनी फ़िल्म 'पुतली' के लिए पात्रों का चयन करते हुए प्राण के ही बारे में बात कर रहे थे। वली साहब को किसी भी किरदार के लिए उपयुक्त कलाकार का चयन करने में महारत हासिल थी। उन्हें लगा कि 'पुतली'[7] में खलनायक की भूमिका के लिए प्राण ही उपयुक्त होंगे और वे प्राण की तलाश शुरू ही करने वाले थे कि उसी समय प्राण स्वयं उनके दफ़्तर में दाखिल हो गए। उन्होंने प्राण को उस फ़िल्म के लिए एक हज़ार रुपए प्रतिमाह देने का प्रस्ताव किया। प्राण अवाक् हो गए। जिस व्यक्ति ने उन्हें चमत्कारिक ढंग से परख़ कर पहली फ़िल्म में काम दिलाने में महत्त्वपूर्ण भूमिका निभाई, वही उनके रुके हुए कैरियर को फिर से गति प्रदान करने में मददगार साबित हो रहा था।

वे वली साहब को स्वीकृति देने से ज्यादा और क्या कह सकते थे। वली साहब से सौदा नक्की करने के बाद वे पास ही स्थित अपने मित्र एस.एम.यूसुफ़ के दफ़्तर गए। युसूफ ने कहा कि, 'मेरी अगली फ़िल्म 'गृहस्थी'[8] में तुम्हारे लिए एक रोल है और इसके लिए मैं तुम्हें प्रतिमाह एक हज़ार रुपए दे सकता हूं।' प्राण ने आसानी से इस प्रस्ताव को भी स्वीकार कर लिया।

'ज़िद्दी' साइन करते ही लगातार चार दिनों में उन्होंने तीन और फ़िल्में साइन की–'अपराधी', 'पुतली' और 'गृहस्थी'। 'गृहस्थी' सारे भारत में सुपरहिट रही और एक ही सिनेमा हॉल में चौवन हफ़्ते चल कर सबको चकित कर दिया। इस फ़िल्म की शानदार सफलता ने प्राण को प्रकाश में ला दिया।

---

7. पंजाब फ़िल्म कारपोरेशन के बैनर तले निर्मित फ़िल्म पुतली (1950) में वली साहब की अभिनेत्री पत्नी मुमताज़ शान्ति नायिका क्रान्तिकारी पुतली बाई की भूमिका में थी और प्राण उरागें खलनायक थे - दूसरे कलाकारों में याकूब 'हुस्नबानो' मजनू (एक हास्य अभिनेता, जिसका वास्तविक नाम हेरोल्ड लीविस था) आदि थे।

8. आइना पिक्चर्स की फ़िल्म गृहस्थी (1948 में प्रदर्शित) के मुख्य अभिनेताओं में मसूद परवेज (जिनका फ़िल्मी कैरियर बहुत अल्पकालीन रहा) और नायिका थी सुलोचना चटर्जी। अन्य कलाकारों में प्राण के अतिरिक्त, 40-50 के दौर की मशहूर खलनायिका कुलदीप कौर, ललिता पवार, श्यामा, याकूब, मिर्जा मुशर्रफ़ और शारदा थे।

प्राण ने इस फ़िल्म में एक भले व्यक्ति की भूमिका अदा की थी।

'यमला जट' से लेकर अब तक, ज़्यादातर बुरे व्यक्ति की भूमिकाएं निभाने के कारण, उन पर खलनायक का ठप्पा लग गया था, हालांकि कुछ फ़िल्मों में उन्होंने भले व्यक्ति की भूमिकाएं भी की थी।

अधिकांश फ़िल्मों में बुरे व्यक्ति की भूमिका करने का प्राण पर पड़े प्रभाव के बारे में फ़िरोज रंगूनवाला ने एक लेख में बड़ी रोचक बात लिखी है। 'लगातार बुरे व्यक्ति की भूमिकाएं करते-करते एक आंख को छोटी और दूसरी को बड़ी करने की आदत ने उनके अवचेतन मन पर गहरा असर डाला। मुझे याद है कि फ़िल्म 'गृहस्थी' में प्यारी सी नायिका शारदा के साथ रोमांटिक डुएट *'तेरे नाज़ उठाने को जी चाहता है'* गाते हुए भी उनके चेहरे के भाव बता रहे थे कि उस लड़की के प्रति उनकी नीयत अच्छी नहीं है![9]

लगभग इन्हीं दिनों प्राण द्वारा साइन की गई एक फ़िल्म ने अगले दो दशकों तक उनके कैरियर को खलनायक की निश्चित दिशा प्रदान कर दी।

वो फ़िल्म थी—'बड़ी बहन'

2

ज़्यादातर लोग यह मानते हैं कि डी.डी. कश्यप की फ़िल्म 'बड़ी बहन'[10] ने प्राण को खलनायक के तौर पर स्थापित किया था।

'बड़ी बहन' साइन करने तक प्राण ने सोच-समझ कर अपने किरदारों में ऐसी-ऐसी बातें डालनी शुरू कर दी कि जिससे एक किरदार दूसरे से पूरी तरह अलग लगे।

'बड़ी-बहन' मैं प्राण ने एक खास अन्दाज़ अपनाया। उस फ़िल्म में अपनी भूमिका याद करते हुए प्राण यह रहस्योद्घाटन करते हैं कि, 'उस किरदार की

9. यह लेख स्क्रीन के 25 नवम्बर, 1988 में प्रकाशित हुआ।

10. फ़ेमस पिक्चर्स द्वारा निर्मित, 1949 में प्रदर्शित, 1940-1950 के दौर के निर्माता, डी. डी. कश्यप द्वारा निर्देशित इस फ़िल्म में गीताबाली, सुरैया और रहमान मुख्य किरदारों में थे।

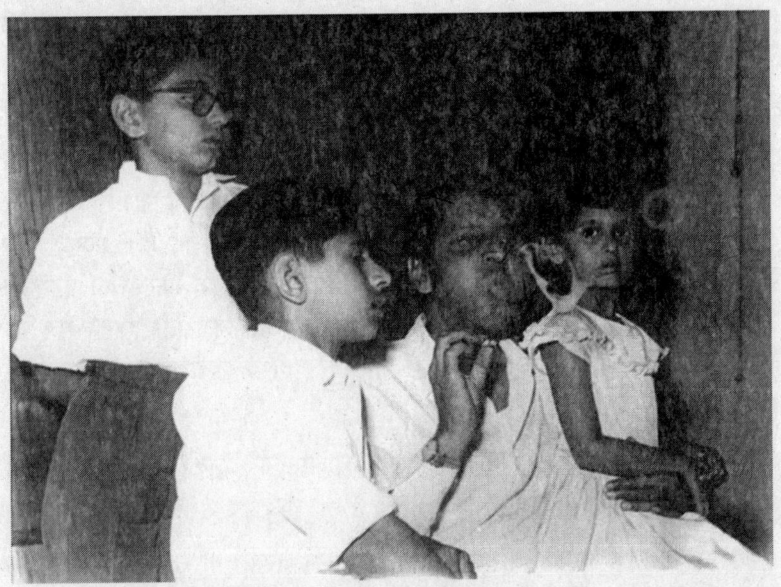

सिग्रेट के धुएं के छल्ले बनाकर उड़ाने की अपनी
क्षमता अपने बच्चों सुनील, अरविन्द और पिंकी को दिखाते हुए प्राण

अपनी ख़ास स्टाइल बनाने के लिए मैंने सिगरेट पीते समय धुएं के छल्ले उड़ाने के अपने कौशल का उपयोग करने का फ़ैसला किया।'

प्राण बताते हैं कि, 'सिगरेट के धुंए के छल्ले उड़ाने के मेरे कौशल से इस फ़िल्म के निर्देशक इतने प्रभावित हुए कि उन्होंने फ़िल्म में मेरे प्रथम परिचय का दृश्य ही बदल दिया। पहले लिखे गए दृश्य के अनुसार मेरा परिचय मुझे पर्दे पर दिखाए बगैर ही किसी अन्य पात्र द्वारा कराना था। मगर बाद में उन्होंने दृश्य बदल दिया और सबसे पहले पूरे पर्दे पर मेरे द्वारा छोड़े गए धुंए के छल्ले तैरते दिखाए, जो गीता बाली को चकित करते हुए उससे टकराते हैं, तब कैमरा धीरे-धीरे मेरी ओर बढ़ता हुआ मेरा क्लोज-अप लेता है और मेरा किरदार प्रकट होता है।'[11]

कहानी के महत्त्वपूर्ण किरदार 'बुरे तत्त्व के आगमन के अनुमान में दर्शकों में

---

11. 'बड़ी बहन' में सुरैया ने गीता बाली की बड़ी बहन का रोल निभाया था, वह नौकरी करके छोटी बहन को पढ़ा रही है। प्राण ने इस फ़िल्म में दुष्ट अजीत का किरदार निभाया था, जो गीताबाली को शादी का झांसा देकर उसकी पवित्रता भंग कर भाग जाता है।

एक साकार भय व्याप्त कर देने का यह एक बिल्कुल मौलिक तरीक़ा था। जिस असाधारण तरीक़े से यह दृश्य फ़िल्माया गया इसका आशानुरूप असर पड़ा। पर्दे पर जब भी धुंए की छल्ले दिखते दर्शक समझ जाते कि प्राण अब अपनी कोई करतूत दिखाने वाला है।

'बड़ी बहन' बॉक्स ऑफ़िस पर सुपरहिट रही। संगीतकार हुस्नलाल भगतराम द्वारा संगीत बद्ध इसके सुरीले गाने आज भी लोगों को याद हैं। प्रथम 'वेणी फिल्म अवार्ड' के कार्यक्रम में 'बड़ी बहन' को वर्ष की श्रेष्ठ फिल्म का पुरस्कार दिया गया। ये एकदम शुरू के फ़िल्म अवार्ड विख्यात गुजराती फ़िल्म पत्रकार और पत्रिका 'वेणी' के सम्पादक और मालिक बद्री कच्छवाला द्वारा शुरू किए गए थे।

अपने विचारों पर दृढ़ 'वेणी' तीस और चालीस के दशकों में गुज़राती भाषा की बहुत ही लोकप्रिय पत्रिका थी।

'बड़ी बहन' के अवार्ड जीतने से प्राण को सही जरूरत के समय पर आवश्यक ऊर्जा मिली।

यह तो सब जानते हैं कि किसी कलाकार की पिछली फ़िल्म हिट होने पर निर्माता अपनी अगली फ़िल्म में साइन करने के लिए चक्कर काटने लगते हैं। फ़िल्म के हिट होने के साथ ही उसे यदि समीक्षकों की प्रशंसा भी प्राप्त हो जाए तो यह सोने पर सुहागा हो जाता है और कलाकार को सफलता की सीढ़ियां चढ़ाने में सहायक हो जाता है।[12]

फ़िल्म 'बड़ी बहन' के संदर्भ में फ़िल्मफ़ेयर ने घोषित कर दिया कि, 'इस फ़िल्म ने प्राण को भारतीय सिनेमा के एक नम्बर के बुरे व्यक्ति खलनायक के रूप में स्थापित कर दिया और प्राण के कैरियर की निश्चित दिशा निर्धारित कर दी।

3

जिन स्टूडियोज़ के दरवाजे किसी समय उनके लिए बंद हो रहे थे, अब वे अपने

12. अप्रेल 1997 में।

आप ही खुलने लगे। प्राण ने एक के बाद एक लगातार कई फ़िल्में साइन कर ली। अब उसके पास पीछे मुड़कर देखने का समय नहीं था।

अन्ततः लाहौर प्राण के लिए एक भूला हुआ अतीत बन गया। केवल वहां के कुछ समान रुचि वाले मित्रों से ही सम्पर्क रहा और ये सभी सच्चे मित्र साबित हुए।

धीरे-धीरे प्राण को बोम्बे की फ़िल्मों में अच्छा काम मिलने लगा और उन्होंने अपने कुछ साथी कलाकारों से प्रगाढ़ मैत्री सम्बन्ध बनाए जिनमें अशोक कुमार और देव आनन्द प्रमुख थे।

प्राण याद रखते हैं, 'मैं अशोक कुमार से पहली बार बोम्बे टाकीज में मिल चुका था। देव आनन्द से शुरू से ही मेरी अच्छी दोस्ती थी। देव और दादा मोनी (अशोक कुमार) दोनों में ही ख़ास बात थी कि वे किसी भी व्यक्ति की बुराई नहीं करते थे। मलाड स्थित बोम्बे टाकीज जाने-आने के लिए साथ में ही ट्रेन में यात्रा करने के दौरान देव से मेरी मित्रता और भी गहरी हो गई।' प्राण उन दिनों की बात बता रहे हैं, जब बोम्बे की लोकल ट्रेनों में आज की तरह जन-सैलाब नहीं उमड़ता था और फ़िल्मी कलाकारों तथा उभरते हुए सितारों का लोकल ट्रेनों में यात्रा करना कोई बड़ी बात नहीं होती थी। वे भीड़ में घिरने और हंगामा होने के भय के बिना ही ट्रेनों में यात्रा करते थे। 1948 के अपने संघर्ष के दिनों के बारे में बताते हुए प्राण कहते हैं, 'हम कलाकार देव आनन्द, कामिनी कौशल और मैं एक साथ ही चर्चगेट से ट्रेन में चढ़ते और मलाड उतर कर वहां से पैदल ही स्टूडियो जाते। शाम को भी हम लोग चर्चगेट तक साथ ही आते और वहां से अपने-अपने घरों की तरफ चले जाते। ट्रेन में हम लोगों को बातें करने व एक दूसरे के बारे में जानने का अच्छा समय मिल जाता। इस सहयात्रा ने हमें मित्रता बढ़ाने का मौका दिया और हमने इसका पूरा लाभ उठाया।

4

जब प्राण को बोम्बे टाकीज से वो सौभाग्य सूचक फोन कॉल मिला तब वे और उनकी पत्नी मेरीन ड्राइव स्थित होटल डेलमार में रहते थे जो चर्चगेट स्टेशन से थोड़ी ही दूर था।

1948 में लगातार कई फ़िल्में मिलने से उनके पास पैसे आने लगे तो उन्होंने मौसी पुष्पा वालिया के पास इन्दौर में रह रहे अपने नन्हें पुत्र बुब्बू को वापस अपने पास बोम्बे बुला लिया।

जैसे ही सब कुछ स्थिर होने लगा, प्राण, अपनी पत्नी और पुत्र के साथ कुछ दिन शुक्ला के चचेरे भाई के घर रहे, फिर किसी और रिश्तेदार के घर। उन शुरूआती दिनों में बार-बार स्थान परिवर्तन व अन्य कठिनाइयां झेलने पर शुक्ला को लगा कि उन्होंने कभी सपने में भी ऐसी स्थिति का सामना करने की बात नहीं सोची थी। मगर उन्होंने सारी स्थितियों का सामना दृढ़ प्रतिज्ञ होकर किया। उन्हें अपने पति की क्षमता पर पूरा भरोसा था।

कुछ महीने वर्ली में निर्माता निर्देशक एस.एम.यूसुफ के घर उनके व उनकी पत्नी के साथ रहने के बाद सिकंद परिवार को बॉयकुल्ला के एक हिस्से मजगांव में 'मजगांव टैरेस' नामक मकान में किराए पर फ़्लैट मिल गया।

किराए का यह फ़्लैट उन्हें कैसे मिला, इसके बारे में शुक्ला बताती हैं, 'मेरा ममेरा भाई फ़ौज में था और हमारी उससे अक्सर मुलाकात होती रहती थी। एक एंग्लो इंडियन उसका मित्र था, जिसका परिवार 1947 में भारत छोड़ कर लंदन चला गया और वह अपने फ़्लैट में अकेला ही रहा था, इसलिए हमें उसके फ्लैट में पेइंग गेस्ट के तौर पर रहने की सुविधा मिल गई। इस प्रकार हम यहां पर दो साल तक रहे। मि. स्टेनले एक भले बुजुर्ग व्यक्ति थे। अपने लिए रखे गए एक बैडरूम के अलावा उन्होंने बाकी सारा फ़्लैट हमारे हवाले कर दिया। बुजुर्ग मि. स्टेनले कई बार हमारे साथ ही भोजन भी कर लिया करते। हमारे वहां से चले जाने पर भी वे कई बार हमसे मिलने आया करते थे। कुछ समय बाद उनकी कोई ख़बर नहीं मिली। शायद उनका देहान्त हो गया या वे अपने परिवार के पास रहने चले गए।' देश के विभाजन ने ऐसा विनाशक असर छोड़ा कि दोनों ओर वर्षों तक खून बहता रहा। कुछ लोगों को कमी न भरने वाले भावात्मक जख्म हो गए।

परिस्थितियों के दबाव में आकर होने वाली लाचारी कोई भी महसूस कर सकता था।

मगर शुक्ला को अपने पति के साथ बोम्बे आने का अफ़सोस कभी नहीं

हुआ। शुक्ला ने दृढ़ता से कहा कि, 'मैंने पूरी इच्छा शक्ति से उन्हें सहारा दिया और कठिनाइयों से कभी नहीं घबराई और उन्होंने भी मुझे कभी कोई कठिनाई महसूस नहीं होने दी।

'अपनी मजबूत पारिवारिक पृष्ठभूमि पर यकीन के कारण ही मैं इन सारी कठिनाइयों का मुक़ाबला कर सकी। मैं जानती थी कि यदि कठिनाइयां हमारी सहनशक्ति की सीमाएं पार करने लगेंगी तो हम लोग अपने रिश्तेदारों के पास जा सकते हैं, वे ज़रूर हमारी मदद करेंगे। और कुछ लोगों ने की भी।

'मजगांव में व्यवस्थित होने तक मैंने लाहौर में अपने पिता के समय से अपनी सेवाएं देते आ रहें बूढ़े बावर्ची को अपने पास बुला लिया और बुब्बू की देखभाल के लिए एक आया भी रख ली। यह दोनों घर के कार्यों में मेरे लिए काफी मददगार, साबित हुए' शुक्ला कृतज्ञता से कहती हैं।

1949 के शुरू में शुक्ला पुनः गर्भवती हो गई। पेशे और परिवार दोनों ही क्षेत्रों में उज्जवल भविष्य की उम्मीद जाग रही थी। अन्ततः बुरा वक्त बीत गया था।

विभाजन के कारण अपनी अर्जित की हुई तमाम सम्पत्ति खो कर लाहौर से आए युवा अभिनेता पर अब मुरली वाले की सम्पूर्ण कृपादृष्टि हो रही थी।

भाग 2

7

उन्नति की ओर अग्रसर

1

विभाजन के तूफ़ान के बाद प्राण चमत्कारक ढंग से बोम्बे के फिल्म जगत में अपने पैर जमाने में सफल हो गए। चालीस के दशक के उत्तरार्द्ध में स्वयं को पुनः स्थापित करने के लिए भोगी हुई संघर्ष की कठिनाइयों ने उन्हें एक बात के लिए दृढ़-प्रतिज्ञ कर दिया, 'अब वे अपने परिवार पर ऐसी कठिनाइयां कभी नहीं आने देंगे।' और इसके लिए उन्होंने ऐसा प्रयास किया कि दुबारा शुरू हुआ उनका कैरियर पहले से बेहतर हो और वे इसमें अच्छी तरह टिके रहें। अपने द्वारा चुने हुए अभिनय के पेशे में लम्बे समय तक सफलता से टिके रहने के लिए उन्होंने अपनी अभिनय प्रतिभा में निखार के साथ-साथ कुशल व्यावहारिक नीति भी अपनाई। आमतौर पर, नियति द्वारा प्रदान किए इस दुर्लभ, दूसरे मौके को अपने कौशल के बल पर बरक़रार रखने के लिए अब वे तीव्र गति और परिश्रम के साथ अपने कार्य को काफ़ी समय देने लगे थे।

उस समय की फ़िल्मों में बहुरंगी चरित्र-चित्रण नहीं होता था। कहानी व

निर्देशक की मांग के अनुसार पात्र की दुष्टता दिखाने के लिए अपनी शुरू की फ़िल्मों में तो प्राण ने भी उसी तरह कार्य किया जिस तरह उस समय के अन्य खलनायक किया करते थे। प्राण ने हर किरदार का चित्रण अपनी पूरी क्षमता के साथ वैसा ही किया जैसा करने की उससे उम्मीद की जाती थी।

पचास के दशक के पूर्वार्द्ध में प्राण ने अपने नाम के साथ लम्बे समय तक जुड़ी आई खलनायक की विशिष्ट छवि को नया आयाम प्रदान करने की दिशा में लम्बी छलांग लगाई।

1954 तक अपने अभिनय कैरियर के दूसरे दशक के पहले पांच वर्षों में, प्राण ने लगभग तैंतीस फ़िल्मों में अभिनय किया जो उनके कैरियर के पहले दस वर्षों में की गई फ़िल्मों की संख्या से अधिक थी।[1] अपने कैरियर के दूसरे दशक में प्राण ने तिहत्तर फिल्मों में अभिनय किया!

निम्मी और प्राण अलिफ़ लैला के एक दृश्य में

1. ज्ञात सूचनाओं के अनुसार प्राण ने अपने कैरियर के प्रथम दशक 1940 से 1949 तक कम से कम तीस फ़िल्मों में अभिनय किया था। इस अवधि में प्राण के अभिनय से सजी और भी फिल्में थीं, मगर विभाजन के कारण उनकी सूचनाएं खो गई।

प्राण सिन्दबाद जहाज़ी के किरदार में

पचास के दशक में प्राण के कैरियर की उत्कृष्ट फिल्मों में उनकी मनचाही भूमिकाओं की भरमार रही। इसी दशक में प्राण ने सामाजिक फ़िल्मों के पूरी तरह दूषित खलनायक की भूमिकाओं के अलावा सिनेमा की अन्य धाराओं की फ़िल्मों में भी विभिन्न प्रकार की भूमिकाएं निभाई।

प्राण ने 'शीश महल', 'आन'-बान', 'हलाकू' व 'राजतिलक' जैसी कई कॉस्ट्यूम ड्रॉमा फ़िल्मों में अभिनय किया और कुछ परीकथाओं में भी हाथ आजमाया जैसे–'सिंदबाद-द सेलर', अलिफ़ लैला', डॉटर ऑफ़ सिंदबाद'।

ये फिल्में उस समय सामाजिक फिल्मों का ही अतिशय रूप थीं। इनमें विशेष प्रकार की वेशभूषा, तकनीकी प्रभाव और पूरी तरह छाए हुए दुष्ट खलनायक के प्रभाव के साथ काल्पनिक कहानियां होती थीं। एक्शन प्रधान फिल्मों में भी प्राण ने अपनी अदाकारी के जौहर दिखाए। 'तूफ़ान', 'दो गुन्डे' और 'मेडम एक्स वाइ ज़ैड' प्राण अभिनीत इस धारा की कुछ फ़िल्में थीं।

विक्टर ह्यूगो की उच्च कोटि की साहित्यिक कृति लॉ मिजरेबल्स पर आधारित महान फ़िल्मकार सोहराब मोदी द्वारा अनुपम शैली में निर्मित फ़िल्म 'कुन्दन' भी एक और अलग प्रकार की फ़िल्म थी, जिसमें प्राण ने अभिनय किया था। पचास के दशक में प्राण की फ़िल्मों की कतार में रोमांचक सस्पेंस फ़िल्मों ने भी स्थान पाया। 'मधुमति' के अलावा 'मोती महल' और 'गेस्ट हाउस' इस श्रृंखला की फिल्में थीं।

फ़िल्म पिलपिली साहेब के एक दृश्य में श्यामा और प्राण

विभिन्न धाराओं की फ़िल्मों में अभिनय के प्रयोग की इस अवधि में प्राण ने कॉमेडी फ़िल्मों में भी अपने अभिनय की छटा बिखेरी। 'छम छमा छम', 'पिलपिली साहब', 'हम सब चोर हैं' और 'एक झलक' इस धारा की प्रमुख फ़िल्में थीं। ये फ़िल्में भविष्य में प्राण की कई मशहूर हास्य भूमिकाओं के चरित्र-चित्रण की पृष्ठभूमि साबित हुई।

'पिलपिली साहब' फ़िल्म और इसमें प्राण के अभिनय दोनों ने ही समीक्षकों

की अच्छी प्रशंसा बटोरी। फ़िल्मफ़ेयर में इस फ़िल्म की समीक्षा का शीर्षक थाः 'पिलपिली साहब : गै रॉलिकिंग कॉमेडी' 'केवल मनोरंजन के उद्देश्य से बनाई गई फ़िल्म जो अपने उद्देश्य में पूरी तरह सफल रही। प्राण ने नायिका के पति और कुलदीप के विवाहेतर प्रेमी की सहायक भूमिका को अच्छी तरह निभाया है।'

स्क्रीन में फिल्म 'आशा' की समीक्षा का शीर्षक था 'आशा मेक्स फ़ास्ट एन्टरटेनर' समीक्षक ने टिप्पणी की 'खलनायक राज की भूमिका में प्राण को अपनी अभिनय क्षमता के प्रदर्शन के अच्छे मौके मिले और उन्होंने इनका पूरा लाभ उठाते हुए किरदार के साथ न्याय किया तथा वे काफी प्रभावशाली रहे।'

बेशक अपने एक विशेष गुण के कारण उन्होंने इतनी सहजता और सफलता से अपनी हास्य भूमिकाएं निभाई इसका खुलासा उस ज़माने की सफल नायिका और आज की टी.वी. कार्यक्रमों की निर्माता, निर्देशक और चरित्र अभिनेत्री आशा पारेख ने किया, जो फ़िल्म 'आशा' के सेट पर उनसे पहली बार मिली और बाद में उनके साथ कई और फिल्मों में भी काम किया। उन्होंने बताया 'मुझे प्राण को निकट से जानने का मौका मिला और मैंने पाया कि उनमें ग़जब का सेंस आफ ह्यूमर है। अपने इसी सेंस आफ ह्यूमर के कारण ही वे हास्य भूमिकाओं में इतने सहज लगते हैं। दरअसल इस दशक की कॉमेडी मूल रूप से सामाजिक धारा की ही फ़िल्में थीं। सामाजिक फ़िल्मों में निर्माता बड़ी कुशलता से अच्छी मात्रा में कॉमेडी, रोमांस और कभी-कभी सस्पेंस व नाटकीयता सब कुछ एक साथ मिला देते ताकि एक ही फ़िल्म में हर तरह की रुचि के दर्शकों के लिए कुछ न कुछ मसाला ज़रूर मिल जाए। इन फ़िल्मों की औसत से लेकर अच्छी सफलता प्राण के कैरियर को आगे बढ़ाने में सहायक साबित हुई।

ऐसा लग रहा था कि सामने वाले को लाचार कर देने वाली आंखों तथा उग्र व्यक्तित्व का स्वामी एक नया अभिनेता अचानक ही पूर्ण प्रकाश में आ कर सबकी नज़रों में चढ़ गया। बड़ी कुशलता से अपने किरदारों में जान फूंक देने

फ़िल्म आशा के एक दृश्य में वैजयन्ती माला और प्राण

की कला ने प्राण को फ़िल्म जगत का सबसे चहेता खलनायक बना दिया।

2

'अब मुझे निरन्तर फ़िल्में मिलने लगीं और हर फ़िल्म में मेरी अपनी ही तरह की विशेष भूमिका होती' पचास के दशक की बात बताते हुए प्राण के चेहरे पर मुस्कान खिल उठती है। 'मिनर्वा मूवीटोन स्टूडियोज के महान सोहराब मोदी ने पहले से ही अनेक सितारों से सजी अपनी फिल्म 'शीश महल'[2] में मुझे भी एक अच्छी भूमिका दी। सोहराब मोदी के भव्य फिल्मांकन तथा अनेक सितारों के

---

2. शीशमहल (1950 में प्रदर्शित) सोहराब मोदी ने निर्देशित की थी, वे इसके निर्माता भी थे और उन्होंने इसमें अभिनय भी किया था। इस फ़िल्म में कई बड़े सितारे थे, जिनमें नसीम बानो (अभिनेत्री सायरा बानो की मां), पुष्पाहंस, निगार सुल्ताना, मुबारक, अमरनाथ, जवाहर कौल, लीला मिश्रा और प्राण थे।

जमघट के कारण यह फ़िल्म काफ़ी हिट रही'।

अपनी शुरू की सफलताओं के बारे में बात करते हुए प्राण स्वीकार करते हैं कि, 'बी. आर. चोपड़ा की 'अफ़साना'[3] को मेरी बोम्बे में पहली बड़ी सफल फ़िल्म माना जा सकता है। मुझे पहले बोम्बे टॉकीज में मिल चुके अशोक कुमार इस फ़िल्म के नायक थे और नायिक थी वीणा। मैंने इसमें अशोक कुमार के दोहरे पात्र में से एक पात्र की पत्नी के प्रेमी की महत्वपूर्ण भूमिका निभाई थी। यह फ़िल्म भी सिल्वर जुबली हिट रही। यह बी. आर. चोपड़ा की पहली फ़िल्म थी।'

साप्ताहिक पत्रिका 'मूवी टाइम्स' ने 'अफ़साना' की समीक्षा में लिखा 'प्राण ने उत्कृष्ट दुष्टता दिखाई!'

इस दशक की उनकी एक और सफल फिल्म ए. वी. एम की 'बहार' की मूवी टाइम्स में 'बहार : एन्टरटेन्मेंट पार एक्सीलैन्स' शीर्षक से छपी समीक्षा में प्राण के प्रदर्शन के बारे में लिखा गया कि, 'आदर्श खलनायक माने जाने वाले प्राण ने 'बड़ी बहन' से बनी अपनी छवि के अनुसार स्वाभाविक उत्साह व ऊर्जा के साथ काम करते हुए खलनायक की बिल्कुल उपयुक्त भूमिका अदा की है!'

ऐसी ही कुछ और समीक्षाएं भी हैं, जिनमें फ़िल्मों की सफ़लता में प्राण के अभिनय की सहभागिता को भी रेखांकित किया गया।

रोचक तथ्य यह है कि प्राण द्वारा अभिनीत कुछ फिल्मों को समीक्षकों की कटु आलोचना व तीखी टिप्पणियां मिलने के बावजूद प्राण के अभिनय को प्रशंसा मिली या फिर किसी भी कीमत पर प्राण का प्रदर्शन अपेक्षा से कम पाया गया तो उसका दोषी कमज़ोर चरित्र-चित्रण, घटिया पटकथा या पूरी तरह अविश्वसनीय कहानी को ठहराया गया।

---

3. 1951 में प्रदर्शित 'अफ़साना' श्री गोपाल पिक्चर्स के बैनर तले बनी थी। इसके निर्देशक बी. आर चोपड़ा और संगीतकार थे हुस्नलाल भगतराम। इसमें नायक अशोक कुमार ने बड़ा ही आकर्षक डबल रोल किया था तथा नायिका थी वीणा। इनके अलावा मुख्य कलाकार थे चमनपुरी, कुलदीप कौर, जीवन, कुक्कु, बेबी तबस्सुम, रतन कुमार और प्राण। बाद में 1972 में बी. आर. चोपड़ा ने अपने बैनर बी. आर. फ़िल्म्स के तले ही इसी कहानी पर फ़िल्म।

इस प्रकार फ़िल्मफ़ेयर में छपी फ़िल्म 'बहू'[4] की समीक्षा – उन कुछ समीक्षाओं में से एक है जिनमें कदाचित् ही प्राण पर नकारात्मक टिप्पणी की गई। प्राण भी (खलनायिका शशिकला की तरह) कमजोर लिखी हुई खलनायक की भूमिका में घबराइए हुए से दिख रहे थे।

फ़िल्म 'आशा'[5] की समीक्षा में फ़िल्मफ़ेयर ने एक क़दम और आगे बढ़ते हुए प्राण के प्रदर्शन पर यह टिप्पणी की 'अपेक्षाकृत कम कुशल निर्देशन के बावजूद प्राण ने खलनायक की भूमिका में एक बार फ़िर मंजा हुआ प्रदर्शन किया है!'

उसी पत्रिका में फिल्म 'लकीरें'[6] की समीक्षा का शीर्षक था : Poor Film Despite First Rate Portrayals और पूरे एक पेराग्राफ में प्राण की भूमिका और प्रदर्शन का वर्णन इस प्रकार था 'एक व्यभिचारी युवक, जो आशा (नलिनी जयवन्त) को बचपन से चाहता है और बर्बरता से अपनी दूषित वासना की पूर्ति और बदले की भावना से उससे विवाह करता है, ऐसे युवक की भूमिका में प्राण ने उत्कृष्ट व सजीव अभिनय किया है।'[7]

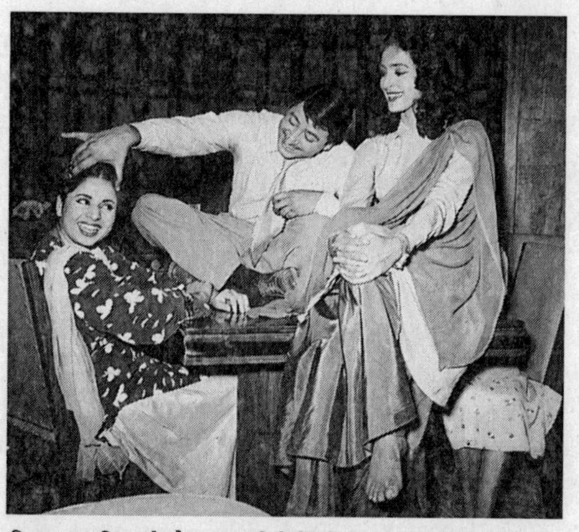

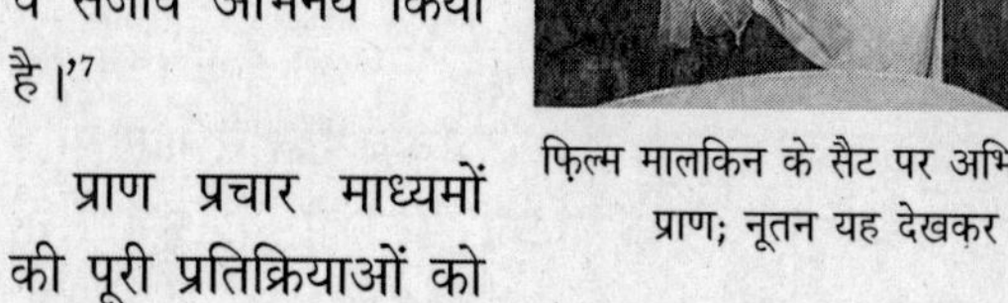

फ़िल्म मालकिन के सैट पर अभिनेत्री गीताबाली का सिर घुमाते हुए प्राण; नूतन यह देखकर प्रफुल्ल मुद्रा में बैठी हुई है

प्राण प्रचार माध्यमों की पूरी प्रतिक्रियाओं को

4. 'बहू' (1955) शक्ति सामन्त के निर्देशन में बनी और उषा किरण, करण दीवान और प्राण ने किरदार निभाए थे।

5. प्रोडयूसर डायरेक्टर एस. वी. रमन की फ़िल्म 'आशा' 1957 में रिलीज़ हुई थी और इसमें किशोर कुमार, वैजयन्ती माला तथा प्राण की भूमिकाएं थीं।

6. 'लकीरें' (1954) में अशोक कुमार और नलिनी जयवन्त जैसे बड़े सितारे थे।

7. यह समीक्षा फिल्मफेयर के 14 मई 1954 के अंक में प्रकाशित हुई थी।

देख-सुनकर अपने कार्य का आकलन करते थे, जबकि ज़्यादातर दूसरे कलाकार केवल प्रशंसा की ही बातें सुनते थे। किसी का ज़रा भी नकारात्मक कथन होता, तो प्राण उस पर पूरा ध्यान देते।

जब मूवी टाइम्स ने फ़िल्म 'मालकिन'[8] की समीक्षा 'मालकिन में एक अच्छी फ़िल्म के सारे तत्व मौजूद हैं' शीर्षक से करते हुए प्राण की उत्कृष्ट अदाकारी की प्रशंसा की तो प्राण को राहत की सांस लेनी चाहिए थी, मगर इस समीक्षा की एक अन्य टिप्पणी पर उनका ध्यान ज़्यादा आकृष्ट हुआ जो इस प्रकार की–'अस्वाभाविक और विषम केश सज्जा के कारण प्राण का प्रदर्शन ज़रा कुन्द हो गया।' इस टिप्पणी से उन्होंने अपने किरदार के रूप और आकृति का महत्व तथा भूमिका पर इसके पूरे असर पर योगदान को समझा।

बस इसके बाद तो उन्होंने पर्दे के पीछे काम करने वाले विभिन्न तकनीशियनों जैसे–मेकअप मैन, विग मेकर, ड्रेस डिजानइर, फ़ाइट मास्टर, डांस डायरेक्टर तथा सबसे महत्वपूण कैमरामेन से दोस्ती बनानी व बढ़ानी शुरू कर दी।

प्राण समझते थे कि समीक्षकों के अलावा दर्शकों की नब्ज़ पर हाथ रखकर अपने प्रदर्शन के बारे में उनकी प्रतिक्रिया भी जानना आवश्यक है। वे मानते थे कि यह उनके काम को परखने का श्रेष्ठ मानदंड है। अतः उन्होंने दर्शकों की जो भी प्रतिक्रिया मिलती उसे ग्रहण करके व उसके अनुसार कार्य करके फ़िल्म-दर-फ़िल्म अपने कार्य को और बेहतर बनाया। दर्शकों से इस तरह की निकटता तथा सम्पर्क से वे निरन्तर लाभान्वित होते रहे।

उनकी कुछ फ़िल्मों के बॉक्स आफिस पर अच्छी सफलता मिलने से उनके पास बड़े सितारों के साथ महत्वपूर्ण व प्रभावशाली भूमिकाओं के प्रस्ताव आने लगे।

अपने कैरियर में आए अल्पविराम की कसर पूरी करने के लिए उन्होंने अधिकतर फ़िल्में स्वीकार कर लीं।

अब उन्होंने ऐसी फ़िल्मों पर अपना ध्यान केन्द्रित करना शुरू कर दिया

8. गोप प्रोडक्शन की फ़िल्म 'मालकिन' (1953 में रिलीज) में नूतन, सज्जन पूर्णिमा और प्राण थे।

जिनमें उनके लिए कुछ विशेष महत्व का कार्य होता, ऐसी भूमिकाओं पर जो उन्हें किरदार को और अधिक विस्तार देने की आज़ादी का अवसर प्रदान करती। प्राण ने इन भूमिकाओं में थोड़ा-थोड़ा करके कुछ अतिरिक्त रंग भरना शुरू कर दिया। वे चतुराई से उनमें कुछ ऐसा पुट दे देते कि वो महज़ एक भूमिका न रहकर एक यादगार चरित्र बन जाता। पचास के दशक में प्राण की उल्लेखनीय फ़िल्मों में से एक थी विमल राय निर्देशित 'विराज बहू'।[9] यह एक सामाजिक विचारोत्तेजक फ़िल्म थी। इसमें प्राण ने गांव के दुष्ट जमींदार की भूमिका अदा की थी, जो विराज के प्रति लालायित है और उसे किसी भी कीमत पर पाना चाहता है। व्यावहारिक तौर पर यह एक-आयामी खलनायक की भूमिका थी, मगर प्राण ने इसके चरित्र-चित्रण में अनेक विलक्षण रंग भर दिए। स्वयं को एक विचारशील खलनायक के रूप में स्थापित करने की दिशा में यह उनका पहला कदम था।

पुनर्जन्म के विषय पर आधारित दिलीप कुमार और वैजयन्ती माला की मुख्य भूमिकाओं वाली विमल राय की ही फिल्म 'मधुमति'[10] उनकी उल्लेखनीय भूमिकाओं की फ़िल्मों की कतार में अगली फिल्म थी। इसमें उन्होंने एक बार फिर आदिवासी लड़की मधुमति पर आसक्त गांव के लम्पट ज़मींदार राजा उग्र नारायण की भूमिका निभाई। अपनी दुष्टता में शिष्टता का समावेश करके प्राण ने इस किरदार को अपनी अब तक की गई सभी भूमिकाओं से बिल्कुल अलग ढंग से पेश किया।

'मधुमति' की समीक्षा में 'सिने एडवान्स' ने लिखा, 'प्राण जयन्त और तिवारी के उत्कृष्ट अभिनय के कारण सहायक पात्रों का चयन विशेष रूप से अच्छा रहा।'

इसके विपरीत फ़िल्मफ़ेयर ने इंगित किया कि, 'प्राण की भूमिका में कुछ कर दिखाने का अवसर नहीं था। जिस दृश्य में प्राण एक अलौकिक आगन्तुक से भेंट करके भयभीत होते हैं, वह अविश्वसनीय था'।

---

9. हितेन चौधरी प्रोडक्शन कृत 'विराजबहू' (1954 में रिलीज) को विमल रॉय ने निर्देशित किया था और इसमें मुख्य भूमिकाओं में कामिनी कौशल और अभिभट्टाचार्य थे।

10. 'मधुमति' 1958 में रिलीज हुई थी।

हालांकि यह थी भी अविश्वसनीय कहानी और इस भूमिका में प्राण के लिए सीमित अवसर ही था, फिर भी यह तथ्य बरकरार रहा कि प्राण ने उग्र नारायण के चरित्र चित्रण में इतने रंग भर दिए कि यह सब पारखी आंखें ही देख सकती थीं कि उग्र नारायण के मन में मधुमति के प्रति कितनी वासना है और उसने किस तरह अपनी बदनीयति पर सहानुभूति और सद्भाव का मुलम्मा चढ़ा रखा है!

1958 में प्रदर्शित अपार सफल संगीतमय विचारोत्तेजक फिल्म 'अदालत'[11] ने प्राण को विशिष्ट पहचान व समीक्षकों की वाह-वाही दिलाई।

फ़िल्मफ़ेयर ने अपनी समीक्षा में इस बात का विशेष उल्लेख किया कि, 'वर्षों में एक बार देखे जाने वाले महादुष्ट खलनायक की भूमिका में निर्दोष अभिनय द्वारा प्राण ने सारी फ़िल्म अपने नाम कर ली। उनके द्वारा धारण किए गए अनेक प्रकार के भेष उनकी बहुमुखी प्रतिभा को दर्शाते हैं और उन्हें नरगिस के साथ अभिनय करने का उच्च सम्मान मिला।'

समीक्षक ने अपनी बात पूरी करते हुए यहां तक कह दिया कि 'अदालत' बीते हुए कल के अखबार की तरह बासी है, फिर भी इसे देखने का मज़ा है कलाकारों के उत्कृष्ट अभिनय के कारण जिसमें एक है प्राण का।'

प्राण स्वयं 'अदालत' और 'हलाकू' में अपने अभिनय को अपने कैरियर[12] के दो सर्वाधिक रोचक व सन्तोषप्रद प्रदर्शन मानते हैं। 'अदालत' क्योंकि इसमें उन्हें अनेक प्रकार के भेष बदलने के साथ ही नायिका को निरन्तर सताने के लिए विशेष रूप से एक अलग तरह के खास लहज़े में बोलने का मौक़ा मिला और 'हलाकू' इसलिए कि ऐसा मौक़ा ज़िंदगी में एक बार मिलता है।

3

पचास के दशक के दौरान (और बाद में भी) प्राण अपने अधिकतर साक्षात्कारों

---

11. क्वात्रा फ़िल्म्स की फ़िल्म 'अदालत' में प्राण, नरगिस और प्रदीप कुमार थे।

12. प्राण ने अपनी रोचक फिल्मों में 'जिस देश में गंगा बहती है', 'शहीद' और 'उपकार' का भी उल्लेख किया।

में 'हलाकू' की अपनी भूमिका का विशेष उल्लेख करते थे।[13] प्राण ने इस फ़िल्म को अपने दिल के इतने क़रीब क्यों रखा?

पहली बात, इस उत्तेजक नई धारा ऐतिहासिक कॉस्ट्यूम ड्रामा की फ़िल्म में प्राण को शीर्षक भूमिका के लिए चुना गया था। हालांकि फ़िल्म में हक़ीकत कम कल्पना अधिक थी, मगर उन्हें इतनी लम्बी भूमिका में अपने विचारों से कुछ विशेषता भरने का सुनहरा मौक़ा मिला था।

दूसरा कारण—यह फ़िल्म लीक से हटकर थी। पहली बार किसी फ़िल्म का टाइटल खलनायक के नाम पर रखा गया था और प्राण को शुरू से ही लीक से हटकर किए जाने वाले कार्यों में विशेष रुचि रहती थी।

तीसरा और सम्भवतः सबसे महत्वपूर्ण कारण था इस फ़िल्म में प्राण का बिल्कुल अलग तरह का मेकअप और उनकी विशिष्ट पोशाक। उनके द्वारा अब तक धारण किए गए ज़्यादातर वेशों में यह आसानी से पहचाना जा सकता था कि फ़लां किरदार अभिनेता प्राण ने अभिनीत किया है, मगर हलाकू के वेश में अभिनेता प्राण की रंच मात्र भी पहचान नहीं हो पाती थी![14]

जब प्राण हलाकू का मेकअप और पोशाक धारण कर लेते, यही जान पड़ता कि महान मंगोल योद्धा चंगेज़ खान का पौत्र हलाकू ही सेट पर आया हुआ है। प्राण की समकालीन अभिनेत्री नादिरा ने इस जीवनी के लिए बात करते हुए कहा कि, 'प्राण ने हलाकू की अपनी भूमिका के हर दृश्य को सजीव बना दिया। वे इस भूमिका में बहुत जंच रहे थे। कोई नए तरह का काम मिलने पर वे उसे चुनौती के रूप में स्वीकार कर सफलतापूर्वक पूरा करते हैं। सार की बात यह है कि यह उनकी स्वाभाविक विशेषता है कि वे किसी भी चुनौती को स्वीकार करने के लिए हर समय तैयार रहते हैं।'

---

13. पी. एन. अरोरा की फ़िल्म 'हलाकू' (1956 में प्रदर्शित) के निर्देशक डी. डी. कश्यप थे। प्राण इसमें मुख्य भूमिका में थे; अन्य कलाकारों में मीना कुमारी, बीना, शम्मी और अजीत थे।

14. हलाकू मंगोल और तातार जनजातियों के नायक चंगेज खान का पोता था और वह हुलागू के नाम से भी जाना जाता था।

पहचानिए यह प्राण है या हलाकू?

'हलाकू' के बारे में बात करते हुए प्राण कहते हैं, 'निर्देशक डी.डी. कश्यप इसके पहले भी कई फ़िल्में निर्देशित कर चुके थे। मैं इस फ़िल्म की शीर्षक भूमिका में था, मीना कुमारी नायिका व अजीत साब नायक थे। जब कश्यप साब इस फ़िल्म की नायिका की भूमिका के लिए मीना कुमारी से बात करने गए तो उन्होंने जानना चाहा कि हलाकू की भूमिका कौन कर रहा है, उन्होंने बता दिया 'प्राण साब'। मेरा नाम सुनकर मीना कुमारी की मुख-मुद्रा ने कश्यप साब की पसंद पर निराशा व असन्तोष प्रकट किया। परन्तु, जब उन्होंने मुझे हलाकू के रूप में देखा तथा फिल्म के कुछ रशेज देखे तो वे बड़ी प्रसन्न हुई और कश्यप साब से बोली 'आपका चुनाव सही है!' मुझे यह बात सुनकर काफ़ी प्रोत्साहन मिला कि इतनी बड़ी कलाकार मेरी प्रशंसा कर रही है। मुझे सचमुच इससे अपार प्रसन्नता हुई!'

साफ़तौर पर प्राण इस भूमिका को जीवन में एक बार मिलने वाला मौका

समझकर इसके लिए कोई भी क़ीमत चुकाने को तैयार हो गए, यहां तक कि उन्होंने अपनी मूल आकृति में भी परिवर्तन करना स्वीकार कर लिया।

भारतीय उपमहाद्वीप के अधिकतर पुरुषों के लिए बड़े प्यार से पाली हुई उनकी मूंछें निर्विवाद रूप से मर्दानगी का चिह्न व पौरुष का गौरव समझी जाती हैं। प्राण ने हलाकू की भूमिका के लिए जो किया उससे यह ज़ाहिर होता है कि उनके लिए उनकी भूमिकाएं कितनी महत्वपूर्ण और सम्माननीय होती हैं और वे इसके निर्वाह के लिए किसी भी हद तक जा सकते हैं। किरदार को सच्चा स्वरूप प्रदान करने के लिए उन्होंने अपनी प्रसिद्ध व प्यारी मूंछें साफ़ करा ली थीं।

'हलाकू' की नायिका मीना कुमारी की मुख्य दासी की भूमिका निभाने वाली चरित्र अभिनेत्री शम्मी इस फ़िल्म की शूटिंग के दौरान घटी एक रोचक घटना को याद करती है जिससे यह ज़ाहिर होता है कि प्राण हलाकू की अपनी भूमिका के प्रति कितने गम्भीर थे। निर्देशक कश्यप छायाकार राजेन्द्र मेलोन की धारणा के अनुसार एक शॉट फ़िल्मा रहे थे। विशाल सैट बनाया गया था। यह एक लम्बे बरामदे का दृश्य था, जिसके एक तरफ दरवाज़े थे। इसे उस महल का एक हिस्सा दर्शाया जा रहा था, जिसमें महान मंगोल योद्धा की भूमिका निभा रहे प्राण ने नायिका मीना कुमारी को क़ैद कर रखा था। यह दृश्य बरामदे की पूरी लम्बाई में लांग शॉट में प्राण को दिखाते हुए शुरू करना था। प्राण को अपने नौकरों और अफ़सरों के समूह के साथ बरामदे के दूसरे किनारे से तेज़ क़दमों से चलते हुए एक के बाद एक दरवाज़े पार करते हुए आखिरी दरवाज़े तक आना था (जो मीना कुमारी का कमरा था)। कैमरे को उस आखिरी दरवाज़े के पास रखा गया था। प्राण को आखिरी दरवाज़े में प्रवेश करके मीना कुमारी के पास जाकर उन्हें अपनी इच्छापूर्ति के लिए विवश करने की बात करनी थी।

चूंकि शॉट काफ़ी लम्बा था अतः ज़्यादा प्रभावशाली बनाने के लिए इसे एक ही टेक में लिया जाना चाहिए। प्राण ने निश्चय किया कि इस लम्बे और थका देने वाले शॉट को एक ही टेक में पूरा करने में वे अपनी पूरी शक्ति लगा देंगे। उन्होंने तय किया कि वे मीना कुमारी के दरवाज़े के पास पहुंचकर एक उद्देश्यपूर्ण छलांग से एक ही झटके में उनके कमरे में घुसकर उन्हें धमकाने का काम कर लेंगे।

कश्यप और मेलोन दोनों ही मीना कुमारी के रूप व अभिनय प्रतिभा पर इतने अभिभूत थे कि अपना ध्यान व कैमरा उन्हीं पर केन्द्रित रखते थे। उन्हें इस बात से भी कोई फ़र्क नहीं पड़ता कि अन्य सितारे उनकी इस कमज़ोरी को समझकर उनका मज़ाक भी उड़ा रहे हैं। इसके अलावा अन्य कलाकारों पर ध्यान की कमी से कार्य की गति भी धीमी हो जाती थी।

शम्मी प्राण की उस चाल और उसके साथ अपने क़दम मिलाकर चलने की चेष्टा को याद करती हुई बताती है, 'उन दिनों मैं मस्ती से भरी, हर समय शरारत करने का मौका ढूंढ़ती रहती थी। वे उस बात का मज़ा लेते हुए बताती है कि कैमरे से तीसरे दरवाज़े से ठीक पहले मैंने पीछे से उनकी पसलियों में उंगली से एक धक्का-सा दिया, यह देखने के लिए कि क्या वे अपनी राजसी चाल से लड़खड़ाते हैं, हालांकि वे लगभग लड़खड़ा ही गए थे पर शीघ्र ही वे संभल गए और अपनी गति बरक़रार रखते हुए योजना के मुताबिक शॉट पूरा कर दिया! जैसे ही निर्देशक ने 'कट' कहा और शॉट पूरा हुआ, वे मेरी तरफ पलटे और यह समझते हुए कि मैंने ऐसा मज़ाक में किया है, एक आश्चर्यजनक गम्भीरता से बोले, 'आइंदा ऐसा मत करना, नहीं तो मैं तुम्हें मार डालूंगा।' बहुत छोटी होने के कारण मैंने इनकार की चेष्टा की, पर वे जानते थे कि वो मैं ही थी' फिर वे छायाकार राजेन्द्र मेलोन और निर्देशक कश्यप के पास गए और शॉट के बारे में पूछते हुए बोले कि वे अपने इस काम से सन्तुष्ट नहीं हैं और इस शॉट को दुबारा करना चाहते हैं। लेकिन कश्यप और मेलोन दोनों ने ही कहा कि शॉट एकदम सही हुआ है, इसे और बेहतर बनाने के लिए कुछ भी करने की ज़रूरत नहीं है। वास्तव में जब उन्होंने इस दृश्य को दुबारा देखा तो उनकी गति और छलांग में कहीं भी कोई अवरोध नहीं दिखा।'

'अपने काम के प्रति प्राण की निष्ठा और समर्पण ने मेरा ध्यान आकृष्ट किया और तब मेरी समझ में आया कि फ़िल्म किस पर केन्द्रित है इस बात को महत्व न देकर हर कलाकार को प्रत्येक दृश्य में अपने श्रेष्ठ अभिनय कौशल का प्रदर्शन करना चाहिए तभी उसका कार्य प्रशंसित होगा।'

'हलाकू' की शूटिंग शुरू होने से पहले ही प्राण के मन में इस भूमिका के प्रति जो उत्सुकता और आशा की भावना थी कि यह बड़ी दमदार केन्द्रीय पात्र की भूमिका है जो जीवन में एक बार मिलने वाला सुनहरा मौका है, इसकी पुष्टि

करते हुए फ़िल्मफ़ेयर में छपी 'हलाकू' की समीक्षा ने प्राण को निश्चित रूप से प्रसन्न किया होगा।

इस समीक्षा का शीर्षक था 'उत्कृष्ट अभिनय से सजी चंगेज़ खान के पोते की कहानी।' समीक्षक ने लिखा कि, 'कई सितारों के बीच हलाकू की शीर्ष भूमिका में प्राण का ही प्रभुत्व रहा। उन्होंने अपने तेजस्वी प्रदर्शन से हूण जाति की उत्कट अभीप्सा व अतिहिंसा का सजीव चित्रण कर दिया! उनके सन्दर्भ में पात्र के चरित्र व स्वभाव के अनुसार आवश्यक एक्शन की कमी के लिए उन्हें दोषी नहीं ठहराया जा सकता। एक अभिनेता के हाथ में इतना ही है कि वह निर्देशक द्वारा दिए गए कार्य को अच्छी तरह से करते हुए अपने बल व कौशल से फ़िल्म पर पूरी तरह छा जाए।'

वास्तव में क्रूर मंगोल योद्धा के रूप में उनका प्रदर्शन इतना प्रभावशाली व तेजस्वी था कि उस वर्ष फ़िल्मफ़ेयर पुरस्कारों में श्रेष्ठ अभिनेता के लिए उन्हें बड़ी संख्या में वोट मिले।

इन कथनों की सच्चाई को पक्का प्रमाण मिला, जब 1956 में प्रथम बार प्रदर्शित यह फ़िल्म नियमित रूप से पुरानी कलात्मक हिन्दी फ़िल्में दिखाने वाले एक लोकप्रिय टी.वी. चैनल में 2003 में प्रसारित हुई। प्राण, न केवल, उन सभी दृश्यों में छाए रहे, जिनमें वे नज़र आए, बल्कि उन्हें दर्शकों की ऐसी प्रतिक्रियाएं भी मिलीं जो एक दुर्लभ मंजा हुआ अभिनेता ही पा सकता है। एक घृणित किरदार के लिए दया की भावना!

4

सिनेमा की विभिन्न धाराओं में हाथ आज़माने की बढ़ती इच्छा व सफलता ने प्राण को अपनी भूमिकाओं में नयापन डालने की चेष्टा को प्रेरित किया। उन्होंने इस बारे में आलोचकों की बातों को भी नज़रअंदाज़ कर दिया।

यहां तक कि उन्हें मिलीं कुछ भूमिकाएं सामान्य चालू किस्म की भी थी, जिनमें नए प्रयोगों और बेहतर बनाने के लिए काफ़ी कम अवसर थे, मगर प्राण

ने हर भूमिका के लिए दिल लगाकर तैयारी की और कहानी के सामान्य स्तर से ऊपर उठकर कुशल और विश्वसनीय प्रदर्शन किया।

उनके द्वारा अभिनीत खल पात्रों द्वारा पर्दे पर किए गए घृणित कार्यों तथा कुछ फ़िल्मों में कहानी व चरित्र-चित्रण की कमियों के बावजूद चौथे स्तम्भ (प्रेस) द्वारा उनके काम और प्रतिभा को सदैव सराहना और पहचान ही मिली।[15]

पचास के दशक की शुरूआत से ही प्राण की फ़िल्मों की जो झड़ी लग गई थी, वो इस दशक के अन्त तक पूरे वेग से जारी रही। इनमें से कुछ काफ़ी बड़े बैनर की फ़िल्में भी थीं। इन फ़िल्मों की समीक्षाओं से यह स्पष्ट होता था कि वो हरदम ही लोगों की प्रशंसा के पात्र और आकर्षण का केन्द्र रहे हैं। इससे खलनायक के तौर पर उनकी स्थिति और भी मजबूत हुई। पचास के दशक में प्रदर्शित उनकी तिहत्तर फ़िल्मों में से काफ़ी कम फिल्मों की ही समीक्षाएं उनकी प्रशंसा के बग़ैर लिखी गईं, जो किसी भी अभिनेता के लिए एक रेकार्ड है!

हालांकि उनकी महत्वपूर्ण फ़िल्मों में से एक 'चोरी-चोरी'[16] फ़िल्मफ़ेयर के समीक्षक को प्रभावित नहीं कर पाई। और उसने प्राण का शुमार उन पुराने चरित्र कलाकारों में किया जो संक्षिप्त व उत्कृष्ट भूमिकाओं में दिखे, परन्तु साथ ही यह भी कहा कि उन सबों का लापरवाही के कारण उचित उपयोग नहीं हुआ।

दूसरी तरफ 'मुनीम जी'[17] के साथ समीक्षक अच्छी तरह पेश आए। फ़िल्मफ़ेयर की समीक्षा का शीर्षक था 'मुनीम जी' की विशेषता-सशक्त आनन्दित करने वाले नाच-गानों से सजे कारनामों और रोमांस से झनझनाती एक्शन भरी कहानी है। इसके भड़कीले डायलॉग व उत्कृष्ट प्रदर्शन के बारे में कुछ भी कहने की आवश्यकता नहीं है। मुख्य खलनायक की भूमिका में प्राण

---

15. शक्ति का चौथा स्तम्भ विशेषतया समाचारपत्रों को ही माना गया है।

16. ए. वी. एम. प्रोडक्शन की फ़िल्म 'चोरी-चोरी' (1956 में रिलीज) के निर्देशक अनन्त ठाकुर थे और इसमें मुख्य भूमिकाओं में राजकपूर, नरगिस और प्राण थे।

17. सुबोध मुखर्जी द्वारा निर्देशित 'मुनीमजी' (1955 में प्रदर्शित) में देवानंद, निरुपाराय, नलिनी जयन्त और प्राण थे।

ने घटनाक्रम को आगे बढ़ाने में महत्वपूर्ण योगदान दिया है। कमज़ोर लिखी गई भूमिका के बावजूद प्राण ने अपने सशक्त अभिनय से इसे वास्तविक व घातक बना दिया।

'तुमसा नहीं देखा' 18 की समीक्षा में फ़िल्मफ़ेयर ने प्राण के लिए एक ही वाक्य लिखा—प्राण ने अपनी खलनायक की भूमिका के प्रति पूरा न्याय किया है।'

1957-58 में भी प्राण को समीक्षकों की वाह-वाही मिलती रही। 1958 में जेमिनी स्टूडियो के अमर निर्माता एस. एस. वासन ने बड़े सितारों से सजी अपनी फ़िल्म 'राजतिलक' में प्राण को महत्वपूर्ण भूमिका दी।

जेमिनी की 'राजतिलक इज एन एन्ग्रोसिंग एडवेन्चर रोमांस' शीर्षक से फ़िल्मफ़ेयर में छपी समीक्षा में इस बात पर विशेष ज़ोर दिया गया कि, 'यह एक बड़े बजट की फ़िल्म है, जो शुरू से आखीर तक दर्शकों को बांधे रखती है। कहानी का विषय-वस्तु मजबूत है तथा घटनाक्रम इतनी तेज़ी से घूमता है कि दर्शकों को घटनाओं की विश्वसनीयता के बारे में सोचने का समय ही नहीं मिलता है।'

समीक्षक ने आगे यह भी जोड़ा कि, 'प्रमुख कलाकारों का चित्रण समान रूप से प्रशंसनीय है। प्राण ने प्रभावशाली प्रदर्शन किया है। लम्बा व शक्तिशाली खलनायक अपनी भूमिका में आत्मविश्वास भरे प्रदर्शन से पूरी फ़िल्म पर छा गया।'

साप्ताहिक स्क्रीन ने फ़िल्म 'चन्दन'19 की समीक्षा 'चन्दन हैज एक्सीलेन्ट मॉस एपील' शीर्षक से करते हुए इस बात का विशेष उल्लेख किया कि, 'कुटिल मोती और उसकी पत्नी की भूमिका में प्राण और श्यामा ने अपने उत्कृष्ट अभिनय द्वारा दर्शकों पर दीर्घ प्रभाव छोड़ा।' फ़िल्मफ़ेयर ने अपनी समीक्षा में प्राण की प्रशंसा करते हुए लिखा कि, 'एक लम्पट व्यभिचारी के रूप में प्राण ने एक और चमकदार चरित्र का चित्रण किया है!'

---

18. फ़िल्मिस्तान की 'तुमसा नहीं देखा' का निर्देशन नासिर हुसैन ने किया था और यह 1957 में प्रदर्शित हुई थी, जिसमें शम्मी कपूर, अमिता और प्राण मुख्य कलाकार थे।

19. केमरामैन फ़ाली मिस्त्री की 1958 में प्रदर्शित फ़िल्म चन्दन का निर्देशन एम. वी. रामन ने किया और नूतन, श्यामा, किशोर कुमार, माला सिन्हा, करण दीवान और प्राण कलाकार थे।

पचास के दशक में यह बात साफ ज़ाहिर हो गई कि प्राण एक ऐसा अभिनेता है जो कहानी में कई प्रकार की कमियां होने के बावजूद हरदम समान रूप से उल्लेखनीय व उत्कृष्ट प्रदर्शन के लिए जाना जाता रहेगा। उनकी फ़िल्मों की समीक्षाओं ने इस बात को पुष्ट व सत्यापित कर दिया।

5

एक ऐसा अभिनेता, जिसने अपने कैरियर के शुरू में नायक के तौर पर काम किया और फिर उसे जारी रखने का मौका भी मिला, फिर भी उसके द्वारा ज़्यादा से ज़्यादा खलनायक की भूमिकाएं स्वीकार करना लोगों के लिए कौतुहल का विषय बन गया। खासतौर से जब कि उनके आस-पास का हर अभिनेता नायक के तौर पर ही अपना कैरियर बनाना चाहता था। ऐसे में आश्चर्यजनक रूप से प्राण ने न सिर्फ खुशी से खलनायक की भूमिकाएं स्वीकार ही की, बल्कि उनमें उत्कृष्ट प्रदर्शन करने के लिए दिलोजान लगाकर काम भी किया।

शुरू से ही प्राण में आम लोगों से अलग हटकर काम करने की प्रवृत्ति थी। जो कुछ भी उन्होंने किया, चाहे अपने कैरियर का चुनाव (पिता का पारम्परिक पेशा न अपनाकर फोटोग्राफर बने) या फिर परिवर्तन (फोटोग्राफर से एक्टर बने) सबमें उनकी कुछ नया कर दिखाने की ललक शामिल रही जिसके कारण उन्होंने अपनी दो सौ रुपयों की सुरक्षित आय को एक ओर सरका कर पचास रुपए प्रतिमाह मिलने का काम मंजूर किया और अब अभिनय के पेशे में व्यवस्थित होने तथा कैरियर की शुरूआत में बहुतायत में मिलने वाली नायक की नीरस भूमिकाओं (जो उनके कई समकालीन अभिनेताओं ने की) की अपेक्षा खलनायक की रोमांचक भूमिकाएं स्वीकार करना और उनका अच्छी तरह निर्वाह करना उनके लीक से हटकर काम करने के स्वभाव का ही परिचायक है।

फ़िल्म 'चम्पाकली'[20] में प्राण के साथ प्रथम बार काम करने वाली शुभा खोटे ने प्राण के बारे में कहा कि, 'वे बहुत ही विनम्र व्यक्ति हैं। उनके साथ काम करते

---

20. फ़िल्मिस्तान की फ़िल्म 'चम्पाकली' का डायरेक्शन नन्दलाल जसवन्तलाल ने किया था और 1957 में प्रदर्शित इस फ़िल्म में बंगाल की प्रसिद्ध अभिनेत्री सुचित्रा सैन के साथ मुख्य भूमिका में भारत भूषण थे।

हुए मुझे कभी ऐसा नहीं लगा कि मैं उस महान कलाकार और बड़े सितारे के साथ काम कर रही हूं जिसे मैंने अपने स्कूल-कॉलेज के दिनों में 'मुनीम जी' जैसी कई फ़िल्मों में देखा था। मैं कई बार सोचती कि ये इतने सुदर्शन व्यक्तित्व के स्वामी होते हुए भी खलनायक की भूमिकाएं क्यों करते हैं, नायक क्यों नहीं बन जाते! पर, फिर यह सोचती कि नायक से प्रतिस्पर्धा करने के लिए एक खलनायक को नायक से ज्यादा सुदर्शन तो होना ही चाहिए!'

इस जीवनी के लिए बात करते हुए कामिनी कौशल ने 'खलनायक कैसा दिखना चाहिए' इस बारे में रोचक विचार प्रकट किए, 'मैं समझती हूं कि नायक के लिए तो सुंदर, सुकुमार और शांत दिखना भर ही पर्याप्त है, जब कि खलनायक को अशिष्ट और कठोर दिखते हुए भी, लोगों को, खासकर नायिका को, आकर्षक और अपरिहार्य तो लगना ही चाहिए!'

वास्तव में प्राण ने अपनी इच्छानुरूप अपनी जो छवि बनाई, वह उनके पहनावे और बोली से नहीं, बल्कि अनजाने में ही या कह सकते हैं, स्वतः ही बन गई। शुरू से ही, प्राण की स्टाइल पर, महिलाएं उनके प्रति आकर्षित रहती थी। खलनायक की भूमिका अदा करने में यह उनका अतिरिक्त प्लस पोइंट रहा!

अतः उन्हें अपने चुम्बकीय व्यक्तित्व के साथ नायक की बजाए खलनायक की भूमिका निभाने में ज्यादा खुशी होती रही क्योंकि उनका मानना था कि खलनायक के बिना कोई भी कहानी पूरी नहीं होती! फिर स्क्रीन के 18 जनवरी 1952 के अंक में प्राण ने साफ़ तौर से कहा कि 'मैं अच्छा-भला नायक नहीं बनना चाहता!' और वे नायक क्यों नहीं बनना चाहते इसका कारण बताते हुए एक बार उन्होंने कहा, 'मैं रोमांटिक गानों में बुरी तरह शर्माता था और यह काम मैं ठीक तरह से नहीं कर पाता था, अपने को जमता नहीं था भाई!'

फिल्म 'खानदान' की शूटिंग के दौरान जब भी बेबी नूरजहां के साथ रोमांटिक दृश्य फ़िल्माना होता, मैं सैट से भागने की चेष्टा करता। बिना किसी लाग-लपेट के अपने विचार प्रकट करते हुए वे कहते हैं, 'एक प्रेम गीत गाते हुए नायक को जो कुछ भी कहना पड़ता है, उससे वह खुद को ही बेवकूफ़ बनाता है। मैं कुछ कहने के लिए नहीं, बल्कि कर दिखाने के लिए खलनायक बनना ही पसंद करूंगा।'

चूंकि पेड़ों के इर्द-गिर्द भागते हुए नाचना-गाना भारतीय फ़िल्मों का अभिन्न अंग है, अतः उन्होंने पर्दे पर खलनायक ही बने रहने का निश्चय किया।

सिने एडवांस के 20 जून 1957 के अंक के लिए बात करते हुए उन्होंने इस विषय पर अपने समुचित विचार प्रकट किए 'फ़िल्म के नायक और खलनायक में क्या फ़र्क होता है, मैं समझाता हूं, खलनायक भी नायक की ही तरह नायिका के प्रेम का आकांक्षी होता है, मगर उसके तौर-तरीक़े और साधन अनैतिक और कु. त्सित होते हैं और आखिरकार नायक उससे नायिका को छीन लेता है। इस समय के मेरे खलनायक के काम में मुझे केवल यही नुकसान है कि मुझे नायक से दो हजार रुपए कम मिलते हैं। कोई बात नहीं, इस नुकसान को मैं अपनी नाटकीय कला के प्रदर्शन के अवसर पाने के लिए खुशी से कुर्बान कर सकता हूं।'

इस नुकसान के बावजूद, पचास के दशक में, प्राण का कैरियर उन्नति की ओर अग्रसर रहा और वे कहा करते कि, 'दुष्टता चाहे परलोक में फल न दे, पर इस लोक में अवश्य देती है, वो है, पर्दे पर की गई दुष्टता। क्षण भर अपनी बात को तौलते हुए अपनी भूमिकाओं और काम के प्रति अपनी धारणा बताते हुए उन्होंने कहा, 'मेरे पास अभी भी खलनायकी का मुखौटा उतारने का मौका है, मगर ऐसा करने से मेरी प्रगति रुक जाएगी!'

मगर प्रगति नहीं रुक सकती। वे ऐसा नहीं होने देंगे।

पेशे में उन्नति व सफलता प्राप्त करते हुए प्राण यह नहीं भूले कि अतीत के कठिनाइयों भरे दिन बीते अधिक समय नहीं हुआ है!

इसके अलावा परिवार में भी इस अवधि में अच्छी वृद्धि हुई।

8

परिवार में वृद्धि

1

1949 के शुरू में जब वे मजगांव टैरेस में पैइंग गेस्ट के तौर पर रहते थे, शुक्ला दूसरी बार उम्मीद से हो गई। प्राण उन दिनों को याद करते हुए कहते हैं 'हमें शुक्ला का प्रसव कराने के लिए किसी नर्सिंग होम की जानकारी नहीं थी। वली साहब की पत्नी और उन दिनों की प्रमुख अभिनेत्री, मुमताज शान्ति ने बान्द्रा स्थित डी सिल्वा नर्सिंग होम बुक करा दिया। आजकल यह 'होली फेमिली हॉस्पीटल' कहलाता है। मुझे याद है, वो डॉक्टर अच्छा आदमी था।'

लगभग इन्हीं दिनों शुक्ला में आध्यात्मिकता का विकास शुरू हुआ।

हाल ही में काफी कठिन समय पार करके निकलने वाली युवती, जिसने अपने पति पर अपने कष्ट प्रकट न करके और भी अधिक कठिनाई झेली। एक बिल्कुल नए शहर में निरन्तर परिवर्तन झेल रही युवा पत्नी व माता को जटिल

परिस्थितियों में आध्यात्मिक सम्बल ही मानसिक शान्ति प्रदान कर सकता था।

निर्माता निर्देशक पी. एल. सन्तोषी की पत्नी ने शुक्ला को शिरडी वाले सांई बाबा1 के अनुयायी एक सन्त, कम्मो बाबा से मिलाया जो पश्चिम बोम्बे के एक उपनगर गोरेगांव में, फ़िल्मिस्तान स्टूडियो के पास, रहा करते थे।

कम्मो बाबा, शुक्ला और प्राण दोनों के लिए ही हितकारी साबित हुए। कम्मो बाबा पर आस्था रखने से शुक्ला को उसके 'कठिन समय में' काफ़ी मदद मिली।

शुक्ला अनुरक्ति से बताती है कि, 'दस-पन्द्रह दिनों में, अथवा जब भी प्रेरणा जागती, मैं उनके स्थान पर चली जाती। बाबा मुझे अपने पुत्री के समान मानते थे और वे मुझे 'बेटी' कहकर ही पुकारते थे। अन्य लोगों को तो उनसे मिलने के लिए लाइन लगाकर आना पड़ता था, मगर मुझ पर ऐसी पाबन्दी नहीं थी। जब कभी मैं वहां उनके भोजन के समय पहुंच जाती, वे मुझे अपने साथ भोजन करने को भी कहते। मैं समझती हूं कि 'जो व्यक्ति आपको प्यार के बदले प्यार देता है, उसके प्रति आपके दिल में प्यार बढ़ता है। वे मुझे बहुत प्यार करते थे और हमेशा अपने दामाद यानी मेरे पति और मेरे बच्चे की भलाई की कामना करते थे।'

19 सितम्बर 1949 को, अपने दूसरे प्रसव से कुछ घंटों पहले, शुक्ला अस्पताल में दर्द से छटपटा रही थी। अपनी पत्नी की पीड़ा बरदाश्त न कर पा रहे प्राण शुक्ला के कहने पर कम्मो बाबा से मिलने गए। प्राण सारी घटना को ऐसे याद करते हैं, जैसे यह कल ही की बात हो, 'एक मित्र से गाड़ी लेकर मैं गोरेगांव पहुंचा तो पाया कि फ़कीर2 किसी दूसरे स्थान के लिए रवाना होने ही वाले हैं। जब मैंने उन्हें शुक्ला के दर्द के बारे में बताया तो उन्होंने मुझे एक लॉकेट और 'अत्तर में डूबा एक रुई का फ़ाहा दिया और इन्हें शुक्ला के कान के पास रखने को कहा और दो मिनट तक मुझे आलिंगनबद्ध किए रखा, फिर बोले, 'उसके पास जल्दी से जाओ।' प्राण इस बात को बड़े आश्चर्य के साथ बताते हैं कि, 'बाद में मुझे पता चला कि दरअसल जिस क्षण उन्होंने मुझे

1. कृपया सत्य सांई बाबा न समझें। शिरडी के सांई बाबा सादा जीवन जीते थे। वे मूर्ति पूजा नहीं मानते थे। उनका मानना था कि 'सबका मालिक एक है'।

2. साधु व्यक्ति।

आलिंगनबद्ध किया था, उसी अमूल्य क्षण में शुक्ला ने हमारे द्वितीय पुत्र सुनील को जन्म दिया, जिसे हम लोग प्यार से टुन्नी कहते हैं।'

'शुक्ला के पास पहुंचकर मैंने अत्तर का फ़ाहा उसके कान के पीछे रखा तो प्रसव के बाद भी चल रहा उसका दर्द चमत्कारक ढंग से बन्द हो गया।'

'मुझे पुत्र के जन्म की ख़बर देकर हर व्यक्ति प्रसन्न था, मगर अन्दर ही अन्दर मैं थोड़ा हताश था, क्योंकि मुझे पुत्री की चाहत थी। इसका यह कारण था कि हमारे एक पुत्र तो है ही अब पुत्री होने से परिवार पूर्ण हो जाएगा, मगर सब कुछ ईश्वर के हाथ है।'

विशेष रूप से प्राण एक छोटी कन्या पाने को बहुत उत्सुक थे। कन्या, जो पिता की लाड़ली होगी। 'इस आशा के साथ कि इस बार बेटी होगी, हमने एक और सन्तान को जन्म देने का निर्णय लिया। और निराशा से बचने के लिए स्वयं में यह विचार किया कि यदि इस बार भी बेटा ही हुआ तो यह समझकर सन्तोष कर लेंगे कि हमारे घर (बेटी के रूप में) तीन बहुएं तो आएगी।

ईश्वर की कृपा से इस बार हमारी आशा फलीभूत हुई और हमें पुत्री प्राप्त हुई प्राण मुस्कराते हुए कहते हैं, 'मुरली वाले ने इस बार हमारी प्रार्थना सुन ली।'

8 नवम्बर 1952 को शुक्ला और प्राण गर्व के साथ एक बहुप्रतीक्षित कन्या के माता-पिता बन गए। ईश्वर के इस नन्हें से सुन्दर उपहार से प्रसन्न उन्होंने इसका नाम रखा 'पिंकी'।

1945 से 1952 तक की सात वर्षों की अवधि में यह परिवार 'हम दो' से बढ़कर 'हम पांच' हो गया!

2

प्राण याद करते हुए बताते हैं, 'हम लोग 1950 तक मजगांव में रहे। फिर मुझे बेहतर प्रस्ताव मिलने लगे इसलिए जब टुन्नी छोटा था तभी हम लोग पाली हिल के एक बेहतर फ्लैट में चले गए।'

तब तक, फ़िल्म उद्योग और अधिकतर बड़े स्टूडियो नार्थ बोम्बे में स्थानान्तरित हो गए थे। फ़िल्म उद्योग से जुड़े ज़्यादातर लोगों की तरह प्राण ने भी यह महसूस

किया कि साउथ या सेन्ट्रल बोम्बे में रहने की बजाए उपनगरों में रहना ज़्यादा लाभदायक व सुविधाजनक होगा। अतः उन्होंने नं. 2 पाली हिल में ग्राउन्ड फ्लोर में दो बैडरूम का फ्लैट किराए पर ले लिया। 'यह काफी बेहतर और बड़ा स्थान था। इसमें काफी बड़ा बगीचा भी था, जिसमें मकान मालिक शान्ति लाल बजाज ने ककड़ियां भी उगाई थीं।

वे अपने घर में बड़ा सारा लीविंग स्पेस और बगीचा क्यों चाहते थे, इस पर प्रकाश डालते हुए प्राण ने कहा, 'मैं कुछ पीछे की बात बताता हूं, मेरे जीवन की बहुत मूल्यवान चीज़ें, जो मुझसे विभाजन में छिन गई, उनमें थे मेरे कुत्ते। मेरे पिताजी को कुत्ते बहुत पसन्द थे और शुरू से ही हमारे पास बहुत सारे कुत्ते थे। शादी के बाद जब हम, मैं और शुक्ला, लाहौर में बस गए तो हमारे पास शुक्ला के चचेरे भाई जनरल दौलत सिंह का दिया हुआ एक अल्सेशियन कुत्ता था, मगर विभाजन के कारण हमें उसे वहीं छोड़कर आना पड़ा।

'अपने जीवन को पलट कर देखने पर मैं कह सकता हूं कि, मैं अपने सारे जीवन में, कभी भी कुत्तों के बिना नहीं रहा, केवल उस कठिन दौर में ही, जब हम लोगों को विभिन्न होटलों में रहना पड़ा था, हम लोग कुत्ता नहीं रख पाए थे। इसलिए जैसे ही हम लोग पाली हिल वाले फ्लैट में गए, मैंने तुरन्त एक कुत्ता खरीदा। वह एक प्यारा-सा गोल्डन रेट्रीवर था और उसका नाम 'बोंजो' था।'

पिंकी के जन्म के आस-पास, शान्ति लाल बजाज ने अपनी पाली हिल की बहुत सारी ज़मीन को, अमीर और मशहूर लोगों के लिए बंगलों की कॉलोनी के रूप में विकसित करने का निर्णय लिया और उसे 'यूनियन पार्क' नाम दिया।

उन्हें फिल्म उद्योग से जुड़े लोग स्वाभाविक रूप से सम्भावित समर्थ ग्राहक लग रहे थे। सिकंद परिवार की श्रीवृद्धि देखते हुए उन्होंने प्राण को भी वहां एक मकान लेने की सलाह दी। 'मि. बजाज ने किस्तों में भुगतान लेने पर सहमति प्रदान करने की कृपा की। यह एक अच्छी योजना थी। इसलिए पिंकी के जन्म के बाद मैंने वहां दो प्लाट बुक कर दिए, एक बंगले के लिए और दूसरा बगीचे के लिए। मैं हमेशा ही बड़े स्थान में रहा हूं। यहां मुझे अपना खुद का बग़ीचा बनाने का मौका दिखा, जहां मैं अपनी पसन्द से फूल ओर कांटे, गुलाब और

कैक्टस उगा सकूंगा और अधिक कुत्ते रख सकूंगा जो वहां आज़ादी से घूम-फिर सकेंगे।'

1955 के मध्य में हम लोग बंगले में रहने लगे तो मैं और अधिक कुत्ते ले आया! एक अल्सेशियन था जिसका नाम था 'बुलैट' था। एक सफ़ेद पॉमेरियन और काला कॉकर स्पेनियल था, जिन्हें हम लोग सोडा और व्हिस्की के नाम से पुकारते थे। उस समय अरविन्द नौ वर्ष का था और बोर्डिंग स्कूल में जा चुका था। सुनील छः वर्ष का था और पिंकी मात्र तीन वर्ष की थी।

मगर, हमने नं. 2 पाली हिल अभी भी नहीं छोड़ा था, इसे हमने काफ़ी बाद में छोड़ा।'

शायद विभाजन में अपना घर और सम्पत्ति छूट जाने का दर्द और भारत आने पर अनिश्चितता में गुज़रा हुआ कठिन समय अभी तक स्मृति में ताज़ा था!

3

बजाज के फ़िल्मी दुनिया के काफ़ी लोगों से अच्छे सम्पर्क होने के कारण और भी बहुत से फ़िल्म वालों ने यूनियन पार्क में बंगले खरीदे। इनमें प्रमुख नाम थे—निर्माता निर्देशक भगवान दास वर्मा, अमिय चक्रवर्ती, एम. सादिक, नानाभाई भट्ट; नायक रंजन और सज्जन जिन्होंने बाद में खलनायक व चरित्र अभिनेता के तौर पर भी काम किया था; खलनायिका शशिकला और उनके निर्माता पति ओम प्रकाश सहगल; जाने माने हास्य कलाकार गोप व उनकी पत्नी; अभिनेत्री लतिका, संगीतकार गुलाम मोहम्मद तथा और भी बहुत सारे कलाकार।

शीघ्र ही बान्द्रा के उस एक वर्ग मील के क्षेत्र में बोम्बे के किसी भी अन्य क्षेत्र की अपेक्षा अधिक फ़िल्मी लोग रहने लगे, जिससे इस इलाके को बोम्बे का बेवर्ली हिल भी कहा जाने लगा।

'यह बड़ी विचित्र बात थी कि फ़िल्मी लोगों के यूनियन पार्क के बंगलों में आने के शीघ्र बाद ही उन पर दुर्भाग्य और दुर्घटनाओं के काले साये मंडराने लगे। प्राण ने पुराने समय को याद करते हुए बताया, 'गोप की लोकप्रियता कम

हो गई, वे दिवालिया हो गए और मर गए। भगवान दास वर्मा, सादिक़ बाबू और नाना भाई भट्ट मकान बेच कर चले गए। रंजन मलाड में रहने लगे, जहां बाद में पागल होकर खिड़की से कूद गए तथा जल्द ही मर गए!

'शुक्ला जिस लेडीज क्लब की सदस्य थी, वहां ऐसी सुगबुगाहट चलने लगी कि कॉलोनी किसी प्रेतबाधा से पीड़ित है। उन लोगों ने सलाह दी कि यहां का मकान बेचकर किसी अन्य जगह चले जाना बेहतर होगा। इस बात से प्रभावित होकर शुक्ला ने मुझसे कहा कि हम लोगों को यह मकान बेचकर दूसरी जगह मकान ले लेना चाहिए। यह बात कहने के उसके अंदाज़ ने मुझे ज़रा डरा दिया, मैं सोचने लगा, क्या बात हो सकती है? तब तक मैं समझ गया कि किसी ने उन्हें ऐसी बातें कही हैं। इसलिए मैंने कहा कि नया मकान खोजने में कुछ समय लगेगा और यदि हम लोग फ्लैट खरीदते हैं तो कुत्ते नहीं रख पाएंगे। ठीक है, यह पक्का रहा कि हम लोग यह मकान बेचकर दूसरा ले लेंगे, मगर एक शर्त है, 'तुम फिर कभी कम्मो बाबा के पास नहीं जाओगी।'

शुक्ला ने पूछा 'क्यों?'

मैंने कहा, 'याद करो, हमारे मकान की नींव कम्मो बाबा ने रखी थी। यदि तुम्हें उन पर भरोसा है और यहां अपने परिवार को सुरक्षित समझती हो, तभी हम लोग रहेंगे, वरना इसे छोड़कर दूसरी जगह ले लेंगे।

'कम्मो बाबा पर अपनी आस्था के कारण शुक्ला इसी मकान में रहने की बात मान गई। कम्मो बाबा और मुरलीवाले की कृपा से हमारा घर सुरक्षित रहा। वे एक महान सन्त पुरुष थे!'

यह आश्चर्य की बात लग सकती है कि प्राण जैसे चतुर और होशियार व्यक्ति को एक फ़कीर पर इतनी गहरी आस्था थी। स्वयं प्राण के साथ एक ऐसी घटना घटी कि उन्हें कम्मो बाबा की अलौकिक शक्ति पर विश्वास हो गया। वह घटना इस प्रकार थीः

विभाजन से पहले लाहौर में हिंसा और अनिश्चितता के वातावरण में अपनी आत्मरक्षा के लिए प्राण अपने पास हमेशा एक रामपुरी चाकू छुपा कर रखते थे। बोम्बे आने के बाद पचास के दशक में भी वह चाकू सदा उनके पास रहता था। वे इसके इतने आदी हो गए कि जहां भी जाते उसे अपने साथ ही रखते

विदेश यात्रा में भी! सुनील सिकंद ने बताया कि, 'सिंगापुर के एक पब में डैडी शराब पी रहे थे, तभी वहां झगड़ा शुरू हो गया। सम्भावित मार-पीट को देखते हुए उन्होंने चाकू निकाल लिया। 'मैं नहीं समझता कि उन्होंने वास्तव में कभी उसका इस्तेमाल किया होगा। मगर हां, उनके हाथ में चाकू था और लग रहा था कि जरूरत पड़ने पर वे इसके इस्तेमाल को भी तैयार हैं। यदि ऐसा हो जाता तो उन पर बड़ी मुसीबत भी आ सकती थी, मगर ऐसा हुआ नहीं।

'यह घटना किसी भी पत्र-पत्रिका में नहीं छपी थी और न ही किसी को इसकी जानकारी थी।

'सिंगापुर से लौटकर, जब डैडी कम्मो बाबा से मिलने गए तो उन्होंने पूछा कि, 'अपनी सुरक्षा के लिए तुम चाकू पर निर्भर क्यों रहते हो?'

डैडी अवाक्।

'तब कम्मो बाबा ने कहा, 'चाकू हमेशा के लिए छोड़ दो और आइन्दा फिर कभी अपनी सुरक्षा के लिए इस पर निर्भर मत रहना!'

लगभग बीस साल पहले कम्मो बाबा की मृत्यु हो गई। आज भी उनकी *मजार* पर सभी धर्मों के लोग जाते हैं और शुक्ला भी वहां बराबर जाती है।

जिस विलक्षण और अद्भुत तरीके से, आस्था और सिद्धि ने, प्राण के जीवन और कैरियर को प्रभावित करके क्रमशः किन्तु दृढ़ता से उत्तरोत्तर उठाया, विचारणीय है!

4

प्राण और शुक्ला के परिवार ने अब दो पुत्रों और एक पुत्री के साथ पूर्णता प्राप्त कर बान्द्रा में नई स्थिति में प्रवेश किया।

शुक्ला उन दिनों में झांकती हुई बताती हैं, 'आखिरकार हम लोग अपने बंगले में व्यवस्थित हो गए। वे यहां (बोम्बे) की फ़िल्मों में अच्छा काम कर रहे थे। जब दक्षिण भारत (मद्रास, हैदराबाद) की फ़िल्मों का दौर शुरू हुआ तो वे वहां भी शूटिंग के लिए जाने लगे। अपनी डेट्स आदि की व्यवस्था अब उनके लिए, एक अलग और पूरी ज़िम्मेदारी का काम हो गया। उन्होंने कभी अपने पेशे के किसी

भी कार्य में मेरी मदद की अपेक्षा नहीं की। इसलिए मैं इन सबसे अलग ही रही। जब हम लोग मजगांव टैरेस में रहते थे, वे अपना सारा काम खुद ही संभालते थे जिसे बान्द्रा में पूरी तरह व्यवस्थित होने तक वैसे ही जारी रखा। बाद में उन्होंने इन कामों को संभालने के लिए एक सेक्रेटरी रख लिया।'

'प्राण हमेशा अपने काम में व्यस्त रहते तो मुझे अकेलापन महसूस होता। मुझे ताश खेलने का शौक़ था। चूंकि उनकी तरफ से मुझ पर कोई पाबन्दी नहीं थी और मेरे पास काफी फुर्सत थी, तो 1953 में मैं क्रिकेट क्लब आफ इंडिया (CCI) की सदस्या बन गई। मैं प्रतिदिन वहां ताश खेलने के लिए जाती थी। अब भी मैं नज़दीक ही एक क्लब में जाकर रोजाना दो-तीन घंटे ताश खेलती हूं।'

शुक्ला, उन शुरूआती दिनों को याद करती हुई, बताती हैं 'बचपन में खूब ऐशो-आराम, सम्पन्नता और लाड़-प्यार से पली-बढ़ी होने के कारण मैं खाना पकाने, बच्चों को पालने तथा नौकरों की व्यवस्था आदि के कार्यों में कुशल नहीं थी। हमारे नौकरों (जो अधिकतर तो गढ़वाली रहे और एक क्रिश्चियन था) ने ही हमारे बच्चों की देखभाल की। बुब्बू और टुन्नी स्कूल और लौटकर ट्यूशन पढ़ने जाते थे। इसलिए मुझे कभी ज़्यादा काम नहीं करना पड़ा। नौकर ही सारा काम करते रहते थे। घर में क्या कुछ चल रहा है, केवल इसकी ऊपरी देखभाल ही मुझे करनी होती थी।'

वे केवल समय बिताने के लिए ही ताश खेलती थी। शुक्ला के धार्मिक स्वभाव और ईश्वर के प्रति गहरी आस्था ने उनके जीवन में गम्भीरता और स्थिरता प्रदान की जिसकी उन्हें पत्नी और माता के कर्त्तव्य का निर्वाह करते हुए अत्यन्त आवश्यकता थी।

प्राण अपने काम में काफी व्यस्त रहते, शुक्ला की अपनी दिनचर्या थी, बच्चे अपने स्कूल, ट्यूशन और खेल में लगे रहते। उस क्षेत्र में फ़िल्मी दुनिया से जुड़े बहुत से लोग रहते थे। उनके बच्चों के साथ प्राण के तीनों बच्चों का मेल-जोल स्वाभाविक ही था। कुछ वर्षों तक अरविन्द और सुनील मुहल्ले के अन्य बच्चों के साथ खेले। मगर 1953 में अरविन्द इन सबसे दूर हो गए।

प्राण और शुक्ला ने अपने बच्चों को श्रेष्ठ शिक्षा दिलाने का निश्चय किया। उनका मानना था कि यदि उनके बच्चे अच्छा पढ़-लिख लेंगे तो उनके सामने

कैरियर का एकमात्र विकल्प फ़िल्म जगत ही नहीं होगा, बल्कि कई विकल्पों में से एक होगा।

चूंकि तीनों बच्चों में अरविन्द का झुकाव ही शिक्षा की तरफ सबसे ज्यादा था, तो प्राण ने 1953 में अपने सात वर्षीय पुत्र को सनावर स्थित सेंट लारेंस स्कूल में भर्ती कर दिया और उसे वहां व्यवस्थित होनें में मदद के लिए स्वयं वहां गए। जब अरविन्द छुट्टियों में घर आता तो पूरा परिवार एकत्र होकर पूर्णता का अनुभव करता। अरविन्द को सनावर में पढ़ता देखकर सुनील द्वारा उसके अनुसरण की उम्मीद स्वाभाविक थी। मगर, उसने ऐसा 1958 में किया और मात्र चार साल ही वहां रहा और बोम्बे व घर छूटने के ग़म से ग्रसित हो वापस आ गया और कैथेड्रल और फिर जॉन केनन स्कूल में भर्ती हो गया।

चूंकि सुनील ने बोम्बे में अपने भाई से अधिक समय बिताया था, अतः उनके पास बचपन में अपने दोस्तों के साथ खेलकूद में बिताए समय की यादें अधिक हैं। उन्होंने बताया, 'मैं बचपन में हर क्षण का आनन्द लेने में मशग़ूल रहता था। जब हमलोग बच्चे थे, तब इतना ट्रेफिक नहीं था। हम लोग सड़क पर ही क्रिकेट खेला करते थे। हम लोग बग़ीचे तथा आगे की सड़कों पर भी खेलते थे। जब हम लोग *चोर-पुलिस* खेलते तो हमारी सीमाएं एक तरफ डंडा गांव तो दूसरी तरफ ख़ार ज़िमखाना होती थी। हम लोग हर तरफ घूमा करते थे। वहां आसपास में ज़्यादा लोग नहीं थे। थोड़े से बंगले और बाकी कार्टर रोड़ तक गोल्फ लिंक्स थे। उस समय आज की तरह पक्की सड़क नहीं थी, केवल पैदल चलने का रास्ता था। कार्टर रोड़ तक पूरी दूर, बिना उतरे, साइकिल पर नहीं जा सकते थे। वहां खुला चौड़ा स्थान व भरपूर हरियाली थी। इस प्रकार हम बच्चों का विहार-क्षेत्र काफ़ी विस्तृत था।

जब हम लोग क्रिकेट खेलते तो डैडी भी हमारे खेल में शामिल हो जाते। कॉलोनी के सारे लड़के शाम को हमारे मकान में आ जाते थे। आउट! नॉट आउट्! व अन्य तरह की चीख़-चिल्लाहट हमारे खेल के आवश्यक अंग थे। डैडी भी इस चिल्लाहट में शामिल हो जाते। वे बैटिंग करने के बाद चले जाते और फ़ील्डिंग में शामिल नहीं होते।

हमारे साथ खेलने वालों में ज़्यादातर फ़िल्मी लोगों के ही पुत्र होते थे—सादिक़

साब के बेटे महमूद, पूर्णिमा जी के बेटे अनवर, सज्जन साब के दोनों बेटे, संगीतकार गुलाम मोहम्मद के बेटे अजीज और मुमताज़ तथा अन्य कई। सांझ के समय चारों ओर बच्चे ही नजर आते। हम क्रिकेट खेलते और मानसून के समय गोल्फ़ लिंक्स की तरफ चले जाते और फुटबाल खेलते।'

परिवार बढ़ा... पेशे में बरक़त हुई।

हिन्दी फ़िल्मों के निर्माण के क्षेत्र में धनी और सुव्यवस्थित दक्षिण भारतीय निर्माताओं के आगमन से चालीस के दशक के आखिरी वर्षों में शुरू हुआ प्राण का कैरियर पचास के दशक में नई गति पकड़ने लगा!

9

बॉलीवुड से दक्षिण का सम्पर्क

1

1949 के आखिर में भारतीय सिनेमा एक बड़ी महत्वपूर्ण और रोमांचक छलांग लगाने के लिए तैयार हो रहा था। एक ऐसी लम्बी छलांग जो इसके इतिहास में एक जादुई अध्याय जोड़ने वाली थी। मगर जब यह दौर आया तो कोई भी इसके लिए तैयार नहीं था। यह विलक्षण भविष्य का पूर्व संकेत था। दक्षिण भारतीय फ़िल्म उद्योग हिन्दी सिनेमा व इसके छोटे सितारों पर अपना प्रभाव व प्रभुत्व जमाने को उद्यत हो रहा था।

हमेशा से ही, बोम्बे के फ़िल्म उद्योग की अपेक्षा, अधिक अनुशासित और बेहतर ढंग से संगठित, दक्षिण के फ़िल्म उद्योग ने चालीस के दशक के आखिरी वर्षों में, राष्ट्र व्यापी विस्तृत बाजार के लिए, हिन्दी भाषा की फ़िल्मों के निर्माण में पहला बड़ा कदम उठाया। चालीस के दशक के अन्त तक पचास के दशक के शुरू में, अग्रगामी के रूप में, इस दिशा में कदम बढ़ाने वाली दक्षिण की महान हस्तियों में, खासतौर पर, स्टूडियो के मालिक थे—जैमिनी स्टूडियो (मद्रास) के

एस. एस. वासन; ए. वी. एम स्टूडियो (मद्रास) के ए. वी. मैय्यप्पन चेट्टियार; पक्षीराजा स्टूडियो (कोयम्बटूर) के एस. एम. एस. नायडू;, वीनस के कृष्णमूर्ति; और बहुत बाद में, 1967 में, विजया वाहिनी स्टूडियो (मद्रास) के बी. नागि रेड्डी ने इस दिशा में अपना सफ़र शुरू किया।

वास्तव में दक्षिण से बनने वाली पहली हिन्दी फ़िल्म, 1948 में प्रदर्शित, एस. एस. वासन की चमत्कार पूर्ण फ़िल्म 'चन्द्रलेखा' थी। इस फ़िल्म ने निर्माता को बहुत अच्छी कमाई दी, जिसे देखकर दक्षिण के सभी बड़े निर्माता बोम्बे के नामचीन सितारों को लेकर फ़िल्म बनाने को टूट पड़े।

जैसे ही इन सबों ने राष्ट्र व्यापी बाजार वाली व्यावसायिक हिन्दी फ़िल्मों का निर्माण शुरू किया, बोम्बे फिल्म उद्योग के कलाकार भी स्वाभाविक रूप से इनके ज़्यादा लाभदायक अभिनय प्रस्तावों को स्वीकारने में अधिकाधिक दिलचस्पी दिखाने लगे। ज़ल्द ही पचास के दशक के पर्दे पर दिखने वाले और पर्दे के पीछे काम करने वाले बोम्बे के प्रत्येक बड़े सितारे ने बोम्बे की अपेक्षा मद्रास में ज़्यादा समय बिताना शुरू कर दिया।

दक्षिण की फ़िल्मों में काम करने वाले बोम्बे के प्रमुख सितारे थे—अशोक कुमार, दिलीप कुमार, राजेन्द्र कुमार, सुनील दत्त, ओम प्रकाश, निरूपा राय, नूतन, वहीदा रहमान, माला सिन्हा, धर्मेन्द्र, किशोर कुमार, संजीव कुमार, जानी वॉकर, मुकरी और प्राण तथा संगीतकार सी. रामचन्द्र व चित्रगुप्त।

दक्षिण भारतीय निर्माताओं के काम करने के तरीक़े और बोम्बे के बड़े सि. तारों के साथ उनके सम्बन्धों के बारे में अनगिनत किस्से प्रचलित हैं। उनकी अपेक्षा अधिक धन-राशि देकर भी बोम्बे के निर्माता सितारों की चापलूसी किया करते थे। सबसे पहली बात, दक्षिण के निर्माता बोम्बे के सितारों से सीधे मोल-भाव नहीं करते थे। वे अपने कार्यकारी अफसरों व प्रोडक्शन कंट्रोलरों की पूरी टीम रखते थे, जिनका काम होता था बोम्बे के कलाकारों को अनुबन्धित करना, कार्य की शर्तें तय करना तथा उनके यातायात, होटल आदि की व्यवस्था करना।

मोल-भाव करने में कभी कोई दिक्कत नहीं होती थी। दक्षिण भारतीय निर्माताओं के प्रतिनिधि प्रायः बोम्बे आते-जाते रहते थे। वे हर कलाकार की

वर्तमान क़ीमत की पूरी जानकारी रखते थे और उन्हें उनकी सही क़ीमत और कभी-कभी कम क़ीमत पर भी अनुबन्धित कर लेते क्योंकि ये बहुत ज़ल्दी पेमेंट दे देते थे। मद्रास के स्टूडियो मालिकों के कुछ प्रतिनिधियों के बोम्बे के सितारों से इतने अच्छे दोस्ताना सम्बन्ध बन गए कि आगे चलकर वे खुद भी फ़िल्म निर्माता बन गए।

2

दक्षिण भारतीय फ़िल्मों के लिए बोम्बे के सितारों में प्राण की सबसे अधिक मांग थी। अपनी, मद्रास की, पहली फिल्म 'बहार' के बारे में बात करते हुए प्राण ने बताया 'ए वी एम स्टूडियोज़ के मालिक और कई सुपरहिट तमिल फ़िल्मों के निर्माता ए. वी. मैय्यपन चेट्टियार ने एम. वी. रामन द्वारा निर्देशित की जाने वाली अपनी फ़िल्म 'बहार' के लिए मुझे साइन करने के वास्ते अपने प्रतिनिधि को भेजा।

रामन तमिल भाषा की कई सुपरहिट फ़िल्में बना चुके थे, मगर हिन्दी फ़िल्म निर्देशित करने का यह उनका पहला मौका था। ओमप्रकाश, करण दीवान, वैजयन्ती माला और राजेन्द्र कृष्ण[1] के लिए भी यह मद्रास में बनने वाली पहली हिन्दी फ़िल्म थी।

'हम सभी तमिल फ़िल्म निर्माताओं के साथ ही साथ उनके कर्मचारियों के बीच भी बड़ी तेज़ी से लोकप्रिय हो गए। वहां के सभी लोग हमें पसन्द करते व हमारा आदर करते। हमें अच्छे पैसे दिए जाते और हमारी अच्छी खातिरदारी भी की जाती। हमें अच्छा सम्मान मिलता और बदले में हम भी उन्हें अच्छा सम्मान देते।'

इस तरह हमारा छोटा ग्रुप मद्रास में काफ़ी लोकप्रिय हो गया। खासतौर पर ओम प्रकाश, राजेन्द्र कृष्ण, सी. रामचन्द्र 'मैं और कुछ और लोग।'

दक्षिण में काम करने वाले कलाकरों की दिनचर्या प्रायः इस प्रकार होती :

---

1. वैजयन्तीमाला नृत्य प्रवीणा अभिनेत्री, रतन फ़िल्म से प्रसिद्ध हुए करण दीवान, हास्य अभिनेता ओमप्रकाश तथा प्रसिद्ध गीतकार राजेन्द्र कृष्ण।

सुबह ठीक नियत समय पर स्टूडियो की गाड़ी फ़ाइव स्टार होटल के अहाते में उनके लिए पहुंच जाती। हर सितारे के लिए उनका प्रोडक्शन एक्ज़ीक्यूटिव पहले नीचे रिसेप्शन से उन्हें फोन करता, फिर ऊपर जाकर, उनके साथ कार तक चलकर उन्हें सम्मान से गाड़ी में बैठाता। वे ठीक समय पर स्टूडियो के लिए रवाना हो जाते और बिल्कुल तय समय पर वेष-भूषा और मेकअप के साथ सैट पर पहुंच जाते। स्टूडियो के फ़्लोर के प्रवेश द्वार पर निर्माता स्वयं उनकी प्रतीक्षा करता हुआ मिलता तथा विनम्र अभिवादन के बाद उनके साथ सैट तक जाता। दिन के प्रथम शॉट के पूरा होने तक निर्माता वहीं रहता, फिर निर्देशक और अभिनेता को अपना काम करने के लिए सैट पर छोड़कर स्वयं अपना काम करने के लिए अपने ऑफिस की ओर प्रस्थान करता।

मद्रास में पूरे आठ घंटे की शिफ्ट में काम करने का नियम था। किसी दर्शक को अन्दर आने की अनुमति नहीं होती थी। कोई भी सैट के आस-पास मटरगश्ती अथवा सितारों से गप-शप नहीं कर सकता था। उनके लिए फिल्म निर्माण एक गम्भीर कार्य था, करोड़ों रुपयों का उद्योग था और इसके लिए वे पूरे आदर और निष्ठा से यह कार्य करते थे।

शूटिंग के अलावा, फुर्सत के समय में बोम्बे के कलाकारों की अच्छी ख़ाति. रदारी और जिन ऐशों-आराम के साधनों के वे आदी होते, उनका पूरा प्रबन्ध किया जाता।

दक्षिण भारत के दिग्गज फ़िल्म निर्माताओं के कठोर अनुशासन, नियमपूर्वक कार्य, समयबद्ध राष्ट्र व्यापी प्रदर्शन और कुशल प्रबन्धन के कारण दक्षिण में बनने वाली प्रायः प्रत्येक हिन्दी फ़िल्म सारे देश में सुपरहिट होती।

प्राण 'बहार' को कुछ स्नेह और कृतज्ञ भाव से याद करते हैं। कमोबेश यह फ़िल्म बोम्बे के सितारों के लिए दक्षिण के फ़िल्म उद्योग में प्रवेश द्वार की तरह थी।

मद्रास या दक्षिण के किसी भी शहर की कार्यप्रणाली के बारे में प्राण का कहना है कि, 'वहां का प्रत्येक व्यक्ति कार्य-प्रवृत्त होता था। बोम्बे की अपेक्षा वहां पर दिन भर में अधिक कार्य किया जाता था। वे लोग बड़ी गम्भीरता से फ़िल्म निर्माण का कार्य करते थे। दक्षिण भारतीय व्यक्ति बातें कम और काम

ज़्यादा करते थे। हम लोगों ने उनसे अनुशासन और वक़्त की पाबन्दी सीखी।'

3

पचास के दशक के शुरू में प्राण के कैरियर का ग्राफ़ उन्नति की ओर अग्रसर था। उनके पास बड़ी संख्या में फ़िल्मों के प्रस्ताव आ रहे थे। इनसे प्राप्त पैसों से उन्होंने अपने बढ़ते हुए परिवार की आवश्यक ज़रूरतों को पूरा करने के साथ ही ऐशो आराम के वे साधन भी जुटा लिए जो वे बटवारे के पागलपन में सब कुछ गंवाने से पहले पाने में समर्थ थे।

बान्द्रा में पाली हिल के ज़्यादा शान्त और सम्भ्रान्त इलाके में बसने के अलावा उन्होंने शुक्ला के चचेरे भाई जनरल दौलत सिंह से एक हिलमैन गाड़ी भी खरीद ली। प्राण के अलावा शुक्ला और बच्चे भी इस गाड़ी का इस्तेमाल करते थे, खासकर तब जब प्राण कहीं बाहर गए हुए होते या घर पर ही फुर्सत में होते।

गाड़ी के साथ घटी एक घटना को याद करते हुए प्राण बताते हैं 'यह एक रोचक घटना है जो 'बहार' के पूरी होने के आस-पास और बोम्बे में उसके प्रीमियर के थोड़े पहले ही घटी। यह सन् 1951 की बात है।

'चूंकि नं. 2 पाली हिल में हम लोग कुछ ही दिनों पहले आए थे और तब तक हमारे पास टेलिफोन नहीं था। मैं जानता था कि दूसरे माले पर सपरिवार रह रहे शान्ति लाल बजाज के घर में टेलिफोन था। मैंने उनसे कुछ लोगों को उनका टेलिफोन नम्बर देने की अनुमति ले ली।

'एक दिन, जब मैं घर में अकेला था, अचानक एक व्यक्ति ने आकर खबर दी 'आपका फोन कॉल है, कृपया ऊपर आइए!' सीढ़ियां चढ़कर ऊपर पहुंचने पर मैंने पाया कि वह फोन कॉल मेरी पत्नी का है और उसने बताया कि गाड़ी दुर्घटनाग्रस्त हो गई है। बुब्बू (अरविन्द) और टुन्नी (सुनील) उसके साथ थे।

'तुम लोग सब ठीक तो हो ना?' मैंने यह सोचते हुए पूछा कि शायद उन्हें चोट आई हो।

पत्नी ने जबाव दिया 'हम सब बिल्कुल ठीक हैं, मगर गाड़ी बुरी तरह क्षतिग्रस्त हो गई है।'

यह सुनकर मैंने राहत महसूस की, मगर तभी मुझे झुंझलाहट हुई और मैं भड़क गया 'तुमने मुझे बेकार में दो तल्ले क्यों चढ़ाया! दुर्घटना की सूचना पुलिस को देकर भी घर आ सकती थी।'

'जब वह घर पहुंची तो बहुत गुस्से में थी। उसने मुझे झिड़कते हुऐ कहा 'तुम्हें इस बात की फ़िक्र नहीं हुई कि हम लोग दुर्घटनाग्रस्त हो गए, बल्कि यह पूछने लगे कि मुझे दो तल्ले क्यों चढ़ाया। जितना भी सम्भव हुआ मैंने उसे शान्त किया और बात को चकनाचूर हो चुकी गाड़ी की तरफ मोड़ते हुए कहा 'हमें पहली गाड़ी देने वाला मुरलीवाला नहीं चाहता कि यह हमारे पास और रहे शायद वह हमें और भी बड़ी और बेहतर दूसरी गाड़ी देना चाहता है।

'बहार' का प्रीमियर ज़्यादा दूर नहीं था। मैं यह निश्चय कर चुका था कि हम लोग और भी बड़ी कार में जाएंगे। तब तक मैं शुक्ला को किसी भी फ़िल्म के प्रीमियर पर नहीं ले गया था। जब मैंने उसे कहा कि मैं उसे भी 'बहार' के प्रीमियर पर ले जाऊंगा तो उसने कहा कि फिर तो हमें और भी बड़ी गाड़ी में ही जाना चाहिए।

'वह नहीं जानती थी कि मैं एक बड़ी गाड़ी के लिए एक व्यक्ति से मोल-भाव कर रहा हूं। अगर मैं कुछ कड़ाई से मोल-भाव करता तो शायद वो कुछ कीमत घटा देता। मगर मुझे तो 'बहार' के प्रीमियर से पहले ही गाड़ी की सख्त जरूरत थी। और मुरलीवाले को धन्यवाद है कि मुझे गाड़ी मिल गई। हालांकि मुझे उस क्रिस्लर के लिए पांच हजार रुपए ज्यादा देने पड़े!'

उन दिनों नई फ़िल्मों, खासकर बड़ी फ़िल्मों का प्रीमियर करने का चलन था। यह फ़िल्म जगत का महत्वपूर्ण कार्यक्रम होता था। हर व्यक्ति प्रीमियर शो तथा इसके बाद होने वाली शानदार डिनर पार्टी में शामिल होने को उत्सुक रहता था।

'मैं खुश था कि हमलोगों ने गाड़ी खरीद ली। यह ऐसी खरीददारी थी जो मेरी पत्नी द्वारा हिलमैन को चकनाचूर कर देने के कारण आवश्यक हो गई थी।'

'बहार' के प्रीमियर में जाना दो कारणों से महत्वपूर्ण था, एक तो यह प्राण की दक्षिण की प्रथम फ़िल्म थी और दूसरा यह कि ऐसी भाव-भंगिमा के साथ

ऐसी गाड़ी में जाना था, जैसी किसी और के पास नहीं थी, जो कि एक शिष्ट और विनम्र खलनायक वाली प्राण की तत्कालीन छवि से मेल खाती थी।

'बहार' सारे भारत में सुपरहिट रही तथा प्राण ने और भी कई बड़ी फ़िल्में साइन कर लीं, उनमें से अधिकांश सुपरहिट रहीं। 'बहार' में वज़नदार स्टाइल का मोड़ आने से प्राण को बहुत सारी फ़िल्मों में खलनायक की भूमिका के लिए साइन किया गया।

1950 से 1955 के बीच उन्होंने दक्षिण की औसतन छः फ़िल्में प्रतिवर्ष साइन की, साथ ही साथ बोम्बे में भी उनका काम बढ़ा।

इस कारण उन्हें मद्रास और बोम्बे के बीच काफ़ी आवागमन करना पड़ता। हालांकि मद्रास में उनका फ़ाइव स्टार होटलों में शानदार सत्कार किया जाता मगर स्वाभाविक रूप से मद्रास के लम्बे प्रवास में वे घर के बने पंजाबी खाने की कमी महसूस करते और उसकी चाहत रखते।

सौभाग्य से उनके छोटे भाई कृपाल 2 का तबादला मद्रास में हो गया। उन दिनों को याद करते हुए कृपाल बड़े गर्व और गर्मजोशी से बताते हैं कि, 'वे अक्सर हमारे घर आया करते थे, उनके साथ कई बार दिलीप साब व मनोज साब (मनोज कुमार) भी आए। उन्हें घर के भोजन का बहुत चाव रहता था। उन्हें माह-माखनी, कीमा-कबाब और परांठे बहुत पसन्द थे।'

4

1951 (जब 'बहार' प्रदर्शित हुई) और 1955 (जब हिट गानों से सजी 'आज़ाद' प्रदर्शित हुई) के बीच प्राण ने दो दर्जन से अधिक फ़िल्में साइन कर लीं। इनमें से कुछ महत्वपूर्ण और बड़ी फ़िल्में थीं–निम्मी, सुरैय्या और शेख़र के साथ 'सब्ज बाग'; पी. एल. सन्तोषी की 'रेहाना' और किशोर कुमार के साथ 'छम छमा छम', वी. एम. व्यास की 'संस्कार'; वली मोहम्मद वली की 'जमाने की हवा' और के. अमरनाथ की 'अलिफ़ लैला'।

---

2. कृपाल सिकंद मद्रास में रमेश खोसला की कंपनी खोसला फेन्स में सेल्स मैनेजर के पद पर कार्य करते थे।

इस अवधि में प्राण ने एक बड़ी महत्वपूर्ण फ़िल्म राजकपूर की 'आह' साइन की जिसमें राजकूपर और नरगिस की मुख्य भूमिकाएं थी। लीक से हटकर काम करते हुए राजकपूर ने इस फ़िल्म में प्राण को एक भले व्यक्ति की भूमिका दी। चश्मा पहनकर एक भले डॉक्टर की भूमिका करते हुए इस फिल्म में प्राण ने एक मोहक व्यक्तित्व को दर्शाया।

यह पूछे जाने पर कि खलनायक की दृढ़ छवि होने के बावजूद राजकपूर ने उन्हें 'आह' में भले व्यक्ति की भूमिका क्यों दी? प्राण ने जबाव दिया कि, 'आह' में मैंने जो भूमिका निभाई वो पहले (स्व.) मोतीलाल करने वाले थे, मगर उनकी कुछ डेट्स की समस्या थी इसलिए राज साब ने यह भूमिका मुझे दे दी। उन्हें मेरी प्रतिभा पर भरोसा था इसलिए उन्होंने मेरी खलनायक की छवि की परवाह नहीं की।'

'आह' में एक अच्छे डॉक्टर की अपनी भूमिका के बारे में बात करते हुए खासतौर से प्राण बताते हैं, 'शॉट लेते समय राज साब मुझे बड़े क़रीब से देखते और कहते 'कट! कट!' मैं पूछता, 'क्या हुआ?' तो कहते, 'तुम्हारी एक आंख दूसरी से छोटी थी।' मेरे चेहरे पर अनजाने में भी खलनायकी का कोई भाव झलकता तो वे उस शॉट को काट देते। इस तरह वे मुझसे खलनायक की तरह कोई प्रतिक्रिया नहीं देने देते थे।'

प्राण की अन्य बड़ी फ़िल्मों ने पर्दे पर उनकी नकारात्मक छवि को दृढ़ किया। इनमें एक थी हितेन चौधरी की विमल राय निर्देशित 'विराज बहू' जो विशिष्ट बंगला लेखक शरत चन्द्र चटर्जी के उपन्यास पर आधारित थी।

पक्षीराजा स्टूडियोज की फिल्म 'आजाद' इस दशक की एक और महत्वपूर्ण फ़िल्म थी, जिसमें प्राण ने बुरे व्यक्ति का किरदार निभाया। कोयम्बटूर स्थित इस स्टूडियो के मालिक एस. एम. श्रीरामुलु नायडू ने इस फ़िल्म के लिए पर्दे पर तथा पर्दे के पीछे दोनों ही तरह के कार्यों के लिए काफ़ी बड़े और नामचीन सितारों को साइन किया। पर्दे पर अभिनय के लिए दिलीप कुमार, मीना कुमारी, ओम प्रकाश, अचला सचदेव, सब्बुलक्ष्मी और प्राण थे तथा गानों के लिए गीतकार राजेन्द्र कृष्ण और संगीतकार सी. रामचन्द्र थे। इस फिल्म के गाने भी काफ़ी लोकप्रिय हुए।

फ़िल्म 'आजाद' शुरू से आखिर तक तीन महीनों में पूरी हो गई। इसमें कार्य करने वाले प्रत्येक कलाकार के सामने यह अनिवार्य शर्त थी, जिसे सभी ने मान लिया था।

यह एक शिक्षा लेने वाली बात थी कि उन्होंने बोम्बे के सितारों को प्रस्तावित शूटिंग सत्र के पूरे तीन महीने रखने के लिए किस प्रकार के प्रयत्न किए। बोम्बे के कलाकारों के कोयम्बटूर पहुंचते ही उनकी वापसी की टिकटों को निर्धारित तीन महीनों के लिए ताले में सुरक्षित रख लिया गया तथा यह स्पष्ट निर्देश दिया गया कि, 'कोई कलाकार थोड़े समय के लिए भी बोम्बे जाकर आना चाहे तो भी उसे टिकट ही जारी नहीं किया जाए।

यह दीख रहा था कि सबके एकाग्रचित होकर काम करने के कारण 'आजाद' सारे भारत में सुपरहिट रही। फ़िल्मफ़ेयर ने अपनी समीक्षा में लिखा 'पक्षीराजा स्टूडियो की 'आजाद' मनोरंजक कारनामों से भरी रोमांटिक फ़िल्म है। खलनायक के बारे में टिप्पणी करते हुए लिखा 'खलनायक के तौर पर प्राण सुकून देते हैं।'

5

जब प्राण को बोम्बे और मद्रास फ़िल्म निर्माण के दोनों ही केन्द्रो की फ़िल्में बड़ी संख्या में मिलने लगी तो उन्होंने विचार किया कि फ़िल्मों को केवल रोजी-रोटी का साधन ही न मानकर उस समय के खतरनाक खलनायकों के सामने स्पर्धा के साथ टिके रहने और उनके बीच अपना विशिष्ट स्थान बनाने के लिए अपना काम कुछ अलग ढंग से करना होगा।

आलोचक की दृष्टि से प्राण इस बात से वाकिफ़ थे कि उस समय खलनायक का चित्रण मात्र एक आयामी होता था। खलनायक के चरित्र का रंग पूरी तरह काला ही होता था। उसमें किसी अन्य रंग का जरा भी अंश नहीं होता था। चालीस के दशक के आखिरी तथा पचास के दशक के शुरू के वर्षों की उनकी फ़िल्मों में यह बात साफ़ नजर आती है।

हालांकि शुरू में प्राण ने समझदारी से वही सब करके सन्तोष किया जो

अन्य लोग कर रहे थे अधिक जोर से उच्चारना तथा साफ़ तौर पर केवल दुष्टता भरा चरित्र-प्राण की प्रशंसा की जानी चाहिए कि यह सब करते हुए उन्होंने अपने घातक रूप व व्यक्तित्व की अपेक्षा दिमाग़ से अधिक काम लिया। उन्होंने निश्चय किया कि अपने हर किरदार में अपनी समझदारी से कुछ ऐसा भर देंगे कि वो सबसे अलग दिखेगा। प्राण समझ गए कि ऐसा करने के लिए काफ़ी चिन्तन व तैयारी की आवश्यकता है। यदि वे शुरू से ही अपना काम साधारण तरीके से करने की बजाए अपना पूरा कौशल लगाकर करते तो 'बड़ी बहन' से लेकर अब तक की गई तमाम नकारात्मक भूमिकाएं और भी रोचक और विश्वसनीय हो सकती थी और वे अपने किरदारों को बहुरंगी बना सकते थे। वे समझ गए कि आने वाले दिनों में इस क्षेत्र में सफलतापूर्वक टिके रहने की शक्ति का निर्धारण इसी बात पर निर्भर करता है।

इस उद्देश्य की प्राप्ति के लिए उन्होंने अपने किरदारों में बड़ी चतुराई से सूक्ष्म भाव-भंगिमाएं भरने का निश्चय किया, और ऐसा उन्होंने किसी से द्वेष या वैर-विरोध मोल लिए बिना फ़िल्म उद्योग के नैतिक नियमों के दायरे में रहकर ही किया।

इस बात का खुलासा करते हुए प्राण बताते हैं 'मैं लेखक और निर्देशक से मिलकर उनकी सलाह व सहमति से ही अपने किरदार में कुछ नया व अलग रंग भरने की चेष्टा करता। मैं इस बात पर विचार करता कि कहानी में मेरे किरदार के लिए कितना मौका है, कहानी से मुझे कितनी मदद मिल सकती है तथा मैं कहानी में कितनी मदद कर सकता हूं।'

अपने काम के प्रति ऐसी लगन ने उन्हें चहेते खलनायकों की क़तार में अव्वल स्थान पर ला खड़ा किया।

ऐरो कई उदाहरण हैं कि किसी एक ही निर्देशक द्वारा निर्देशित कई फिल्मों में काम करने के बावजूद हर फ़िल्म में प्राण के प्रदर्शन में उल्लेखनीय भिन्नता होती थी। उन्होंने खलनायकी की अब तक प्रचलित परिभाषा को बदलते हुए अपने किरदारों में बड़ी चतुराई व सूक्ष्मता से विभिन्न रंगों की अदाएं व भाव-भंगिमाएं भर दीं।

इस नीति के फलस्वरूप दर्शक, समीक्षक और निर्माता सभी समान रूप से उनकी ओर आकर्षित हुए।

प्रसिद्ध फ़िल्म इतिहासकार राजू भारतन ने संडे मैगज़ीन' के 25 फरवरी 1990 के अंक में प्रकाशित अपने लेख में इस बात के समर्थन में लिखा कि एक ही निर्देशक विमल राय द्वारा निर्देशित 'विराज बहू' और 'मधुमति' के खलपात्रों के अंदाज़ व अदायगी में बिल्कुल भिन्नता थी, जब कि दोनों ही फ़िल्मों में इन किरदारों को निभाने वाले अभिनेता एक ही थे—प्राण!

फ़िल्मफ़ेयर के 15 अक्टूबर 1954 के अंक में छपी 'विराज बहू' की समीक्षा में कहा गया, 'प्राण का खलपात्र सौम्य, शिष्ट और चतुर होते हुए भी पूर्णतः घृणित है, यह उनकी उत्कृष्ट कलाकारी का नमूना है।'

फिल्म दर फिल्म अपने द्वारा चित्रित बुरे व्यक्ति के चित्रण में नए रंग व आयाम भरने के लिए काम करते हुए भी अपने काम के दायरे को बढ़ाने के लिए उन्होंने नई सम्भावनाओं को तलाशने का निश्चय किया। लोग अच्छी तरह समझ गए कि प्राण में विभिन्न धाराओं की फ़िल्मों में हर प्रकार की भूमिकाएं अदा करने की काबलियत है।

1952 में फ़िल्मफ़ेयर के लिए दिए गए एक इंटरव्यू में प्राण ने कहा, 'हालांकि 'अफ़साना', 'शीश महल', 'बहार', और 'बीबी' में खलनायक की भूमिकाएं अदा करने में मुझे मज़ा आया क्योंकि इनमें अपनी अदाकारी के जौहर दिखाने का अच्छा मौका मिला, तो भी मैं हास्य और दर्शकों की सहानुभूति बटोरने वाली करुण भूमिकाएं भी करना चाहूंगा। The Foxes of Harrow के स्टीफन फोकस के जैसा किरदार अदा करना मैं खासतौर पर पसन्द करूंगा।'

प्राण का अगला कथन इस बात का रहस्योद्घाटन करता है कि उनके मन में अपनी छवि बदलने और एक अच्छे व्यक्ति के रूप में प्रशंसा पाने की कितनी उत्सुकता थी। 'निश्चित रूप से मुझे अच्छे व्यक्ति की या चरित्र भूमिकाएं मिलना इस बात पर निर्भर करता है कि मेरे कितने प्रशंसक और दर्शक 'आह' में मेरी भलाई को स्वीकार करते हैं। यदि वे ऐसा करते हैं तो शायद स्त्रियों की आंखों में मेरे प्रति भय और शंका कम हो जाएगी तथा प्रीमियरों, सिनेमा हॉलों,

खेल के मैदानों और स्टूडियो के बाहर लोगों द्वारा मुझे दी जाने वाली गालियों व छींटाकशियों, चार सौ बीस, चिड़ीमार, बदमाश आदि शब्दों के साथ कुछ प्रशंसा के शब्द भी जुड़ जाएंगे' तथा उत्सुकतापूर्वक आगे यह भी जोड़ते हैं क्या पता, हो सकता है मेरे दो बेटों की तरह शायद और भी कई छोटे बच्चे मेरी पीठ में गोली या छूरा लगने पर दर्द महसूस करने लगेंगे' यह कहते हुए प्राण कुछ भावुक हो गए और फिर वास्तविकता की तरफ लौटते हुए उन्होंने घोषित किया कि 'मैं एक अभिनेता हूं। जब लाइट जलती है, कैमरा चलता है और निर्देशक एक्शन की आवाज़ लगाता है, तो मुझे केवल यह याद रहता है कि मुझे फ़िल्म के लिए आवश्यक मेरे किरदार की ही भावनाएं व्यक्त करनी हैं। इस तरह मुझे अच्छे और बुरे दोनों ही तरह के चरित्र निभाने में समान रूप से खुशी मिलती है।'

1954 में प्रदर्शित क्वात्रा फ़िल्म की रोमांटिक कॉमेडी 'पिलपिली साहब' तथा 'शीशे की दीवार' इन दोनों फ़िल्मों में प्राण नायक थे और सुभाष देसाई की 'छलिया' जिसमें उन्होंने एक सहृदय अफ़गान डाकू की भूमिका निभाई और राजकपूर की 'आह' के अलावा भले व्यक्ति की भूमिका के लिए 1965 तक इंतज़ार करना पड़ा जब मनोज कुमार की 'शहीद में उन्हें पूरी तरह सहानुभूतिपूर्ण भूमिका मिली।

प्राण इसका कारण बताते हैं कि, 'मुझे बड़ी संख्या में खलनायक की भूमिकाएं मिल रही थीं और मैं उन्हें स्वीकार कर रह था। आश्चर्यजनक बात यह थी कि इन सब खलनायक की भूमिकाओं के बीच राजकपूर ने 1953 में मुझे 'आह' में भले व्यक्ति की भूमिका दी। दुर्भाग्य से यह फ़िल्म ज़्यादा नहीं चली और फिर किसी निर्माता ने मुझे भले व्यक्ति की भूमिका देने का साहस नहीं दिखाया। हालांकि फ़िल्मफ़ेयर ने 'आह' की समीक्षा में मेरे बारे में सकारात्मक टिप्पणी की थी 'राज के मित्र के रूप में प्राण सहायक भूमिका में अच्छे थे।' इसके बावजूद लम्बे समय तक मुझे और भले व्यक्ति की भूमिकाएं नहीं मिली।'

खलनायक की छवि में बंधे होने के बावजूद, प्राण के लिए दक्षिण की फ़िल्में काफ़ी सौभाग्य वर्धक रहीं। बोम्बे और मद्रास, फ़िल्म निर्माण के दोनों ही केन्द्रों

में प्राण के लिए पचास का दशक सफलता भरा रहा तो आने वाले दशक भी कम रोमांचक नहीं थे।

परन्तु साठ के दशक की बातें शुरू करने से पहले हमें प्राण के कैरियर की योजना व विकास पर ग़ौर कर लेना चाहिए।

10

महान तिकड़ी से प्राण के रिश्ते

1

देव आनन्द राज कपूर और दिलीप कुमार के फ़िल्म जगत में प्रवेश करने से काफ़ी समय पहले ही, 1939 में, प्राण कृष्ण सिकंद लाहौर में अपना फ़िल्मी कैरियर शुरू कर चुके थे।[1]

अपने कैरियर के शुरू से ही स्वयं को खल पात्रों की भूमिकाओं में स्थापित करने तथा अपने साथी कलाकारों के साथ अच्छे पेशेवर सम्बन्ध बनाकर रखने के कारण पचास के दशक के प्रारम्भ से ही बुरे व्यक्ति की भूमिकाओं के लिए ज़्यादातर लोगों की पहली पसंद प्राण ही होते थे। उनकी कुछ

1. वैसे तो राजकपूर ने 1936 से ही बाल कलाकार के रूप में अभिनय शुरू कर दिया था, मगर युवक के रूप में उन्होंने प्रथम बार 1946 में भालजी पेंढ़ारकर की फ़िल्म 'वाल्मीकि' में अभिनय किया था और नायक के तौर पर उनकी पहली फ़िल्म केदार शर्मा की 'नील कमल' 1947 में प्रदर्शित हुई थी। दिलीप कुमार की पहली फ़िल्म बोम्बे टाकीज़ की 'ज्वार भाटा' 1944 में प्रदर्शित हुई थी। देव आनन्द की पहली फ़िल्म प्रभात कं. की 'हम एक हैं' 1946 में प्रदर्शित हुई थी।

प्राण और देव आनन्द – गर्मजोशी से हाथ मिलाते हुए

सफलतम फिल्में मौलिक सदाबहार अभिनेता अशोक कुमार[2] तथा फिल्म जगत में महान तिकड़ी[3] के नाम से प्रसिद्ध देव आनन्द, राज कपूर और दिलीप कुमार के साथ थी। इसलिए थोड़े समय में ही प्राण ने इन तीनों के साथ अच्छा सामंजस्य स्थापित कर लिया, मगर इन तीनों के ही साथ उनके सम्बन्धों के समीकरण अलग-अलग तरह के थे।

1923 में जन्मे देव आनन्द के साथ प्राण के विशेष सम्बन्ध थे। बोम्बे टाकीज़ की फिल्म 'ज़िद्दी'[4] में पहली बार एक साथ काम करते हुए देव आनन्द और प्राण के सम्बन्ध विकसित हुए। 1947 में बोम्बे पहुंचने के बाद प्राण पर काफ़ी समय से चल रहे बुरे वक्त के दौर का अन्त इसी फ़िल्म ने किया।

---

2. अशोक कुमार के साथ प्राण की मित्रता व पेशेवर रिश्तों की विस्तृत चर्चा इक्कीसवें अध्याय में की गई है।

3. भारतीय सिनेमा के स्वर्ण-युग माने जाने वाले चालीस और पचास के दशकों के तीन रोमांटिक हीरो - देव आनन्द, राजकपूर और दिलीप कुमार। इनके बारे में रोचक बात यह है कि इन तीनों ने किसी फिल्म में एक साथ अभिनय नहीं किया।

4. 'ज़िद्दी' देव आनन्द की छठी फ़िल्म थी। इसमें देव आनन्द के अतिरिक्त कामिनी कौशल, वीरा, नवाब, कुलदीप कौर, प्राण, प्रतिभा देवी, इन्दु, मोहसिन, चन्दा बाई, अमीर बानो और शिवराज आदि थे।

प्राण के उर्दू भाषा के अच्छे ज्ञान का उल्लेख भी यहां प्रासंगिक है। वे न केवल उर्दू भाषा लिखना-पढ़ना ही जानते थे, बल्कि शेरो-शायरी के अच्छे शौक़ीन और खासे जानकार भी थे। इससे उन्हें लाहौर की फ़िल्मों में काफी सुविधा होती और लाभ भी मिलता। मगर, हिन्दी फ़िल्मों में उन्हें उच्चारण की असुविधा और लम्बे डायलाग बोलने में कठिनाई महसूस होती।

'ज़िद्दी' देव आनन्द की शुरूआती छह फ़िल्मों में थी और चूंकि उन्हें हिन्दी का अच्छा ज्ञान था, अतः अपने डायलाग याद करने के लिए उर्दू लिपि में लिखते समय कई हिन्दी शब्दों के उच्चारण सीखने और समझने के लिए प्राण उनकी मदद लिया करते थे। देव आनन्द के सहयोग को प्राण कभी नहीं भूले और लगभग समान रूप से ही चले कैरियर में उनके साथ उन्होंने नौ फ़िल्मों में काम किया। कुछ फ़िल्मों में खलनायक, कुछ में सहनायक तथा 1975 में प्रदर्शित फ़िल्म 'वारंट' में उन्होंने उनके पिता की भूमिका भी की।

'ज़िद्दी' के बाद प्राण और देव आनन्द ने फ़िल्मिस्तान की फ़िल्म 'मुनीमजी' में एक साथ अभिनय किया, इसमें नायिका थी नलिनी जयवन्त। यह फ़िल्म हिट हुई। फिर 1958 में शिवाजी प्रोडक्शंस की 'अमरदीप' आई। टी. प्रकाश राव द्वारा निर्देशित इस फिल्म में तीन नायिकाएं थी—रागिनी, पद्मिनी और वैजयन्तीमाला—यह फ़िल्म भी खूब चली। इसके बाद आई नासिर हुसैन की फ़िल्म 'जब प्यार किसी से होता है' इसकी नायिका थी आशा पारेख, और यह फ़िल्म सुपरहिट रही। अब बहुत सारे निर्माता देव आनन्द और प्राण की जोड़ी को शुभ और भाग्यशाली समझने लगे। सत्तर के दशक में प्राण और देव आनन्द ने एक साथ कई फ़िल्में की 'जॉनी मेरा नाम', 'जोशीला', 'ये गुलिस्तां हमारा', 'देस परदेस', 'वारंट'। इनमें से अधिकांश फिल्मों ने बॉक्स ऑफिस पर अच्छा लाभ कमाया।

देव आनन्द के साथ अपनी फ़िल्मों की सफलता देखकर प्राण ने प्रकाश मेहरा की 'जंज़ीर' के नायक की भूमिका के लिए अपने मित्र देव आनन्द का नाम सुझाया था, मगर ऐसा लगता है कि अपनी स्थापित छवि के साथ कोई प्रयोग करने की जोखिम न उठाने के कारण देव आनंद ने यह भूमिका स्वीकार नहीं की। आखिरकार यह भूमिका उस समय संघर्षरत अभिनेता अमिताभ बच्चन को

मिली और इस भूमिका ने उनके कैरियर को नई ऊंचाइयां प्रदान की।[5]

देव आनन्द के साथ प्राण की मित्रता पेशे के अलावा व्यक्तिगत जीवन में भी बरक़रार रही। शुरू से बाद तक कई फ़िल्मों में देव आनन्द के साथ काम करने के कारण प्राण को इस बात पर ग़ौर करने का अच्छा अवसर मिला कि बड़ा सितारा बनने के बाद उनके मित्र देव आनन्द के व्यवहार व स्वभाव में कैसे परिवर्तन आएं। इस बारे में प्राण पूरी दृढ़ता से कहते हैं इतनी सफल फ़िल्मों के नायक बनने के बाद भी, देव आनन्द वैसे ही हैं जैसे शुरू में थे। उनका व्यवहार बिल्कुल नहीं बदला। वह कभी भी किसी के खिलाफ़ कुछ नहीं बोलते।'

देव आनन्द के जीवन-दर्शन, कार्य-शैली और मित्रता की प्रशंसा प्राण बड़ी उदारता से करते हैं। प्राण चंहकते हुए से कहते हैं : 'मैं उस व्यक्ति को सलाम करता हूं। देव एक दिन मेरे पास आए और अपनी एक फ़िल्म में मुझे खलनायक की भूमिका अदा करने का प्रस्ताव दिया। मैंने कहा कि, मैं उन्हें किसी बात के लिए इनकार नहीं करूंगा, मगर मैं अब चरित्र भूमिकाएं करने लगा हूं, इसलिए दर्शक मुझे खलनायक की इस भूमिका में अस्वीकार भी कर सकते हैं। उन्होंने तुरन्त कहा "ठीक है, मैं समझ गया।" सारी बात दो मिनट में पूरी हो गई।

इस इनकार के बाद भी देव आनन्द ने उन्हें अपनी अगली फ़िल्म में उनकी तत्कालीन छवि के अनुरूप भूमिका दी। वो फ़िल्म थी—'देस परदेस' जिसमें प्राण ने देव आनन्द के बड़े भाई की भूमिका की थी। अतः ऐसा नहीं है कि प्राण अकारण ही देव आनन्द के बारे में बड़ी गर्म जोशी के साथ कहते हैं कि "वह व्यक्ति वास्तव में अद्भुत है!" एक अन्य अवसर पर प्राण ने कहा कि, 'देव आनन्द कभी फ़िल्मी दुनिया की राजनीति में नहीं गए। हालांकि मैं, देव, गोल्डी[6] शुत्रघ्न सिन्हा[7], डैनी[8] सभी ने 13 मार्च 1977 को एक रैली में आपातकाल के

---

5. इसकी विस्तृत जानकारी के लिए तेइसवां अध्याय देखें।

6. देव आनन्द के छोटे भाई विजय आनन्द को प्यार से गोल्डी कहा जाता था। फरवरी 2004 में उनका देहान्त हो गया।

7. डैनी डेंग्जोंग्पा ने सत्तर के दशक के शुरू में छोटी भूमिकाओं के साथ अभिनय शुरू किया था। बाद में इन्होंने ख़लनायक, सहनायक और चरित्र भूमिकाएं भी की।

8. शत्रुघ्न सिन्हा ने ख़लनायक के तौर पर अपना कैरियर शुरू किया था और बाद में सफल नायक बन गए। ये प्रधानमंत्री अटलबिहारी वाजपेयी के मंत्रीमंडल में केंद्रीय मन्त्री भी रहे।

दौरान सूचना व प्रसारण मंत्री विद्याचरण शुक्ल की दमनकारी नीतियों के खिलाफ़ भाषण दिया था।'

देव की ऊर्जा व स्फ़ूर्ति की प्रशंसा करते हुए प्राण कहते हैं 'उनके हर कार्य में तेज़ी झलकती है, वे तेज़ी से कार्य करते हैं, तेज़ी से चलते हैं और तेज़ी से ही बोलते हैं। वे हरदम रफ़्तार में ही रहते हैं!' हालांकि देव आनन्द हमेशा की तरह व्यस्तता के कारण पुराने दोस्तों के लिए समय नहीं निकाल पाते, मगर प्राण अपने मित्र के काम में डूबे रहने की आदत को समझते हैं।

2

दिलीप कुमार और प्राण का साथ ज्मेज वजिपउम था। प्राण और तिकड़ी के दूसरे सितारे दिलीप कुमार में कई समानताएं थीं। दोनों ही भारतीय उपमहाद्वीप के पश्चिमोत्तर क्षेत्र[9] से आए हुए थे, दोनों को उर्दूभाषा और इसकी दिलक़श शायरी से बेहद लगाव था, दोनो को ही संगीत का शौक था, दोनों ही ज़िंदगी की उम्दा चीज़ों का रसास्वादन करते थे और दोनों ही सिनेमा को समर्पित थे।

बोम्बे में स्थापित होने के काफ़ी सालों बाद प्राण को दिलीप कुमार के साथ अभिनय करने का मौका मिला। इसके बाद ही दोनों में जान-पहचान और मित्रता बढ़ी। दिलीप कुमार के साथ प्राण की पहली फ़िल्म थी 'आज़ाद'[10], जो 1955 में प्रदर्शित हुई।

कोयम्बटूर, तामिलनाडू में लगातार काम करके तीन महीनों में फ़िल्म पूरी करने के उद्देश्य से निर्माता एस. एम. श्रीरामुलु नायडू ने किसी भी कलाकार को थोड़े समय के लिए भी शहर छोड़ने की अनुमति नहीं दी। अतः उत्तर व दक्षिण की भाषा व सांस्कृतिक भिन्नता के कारण फुर्सत के समय को बोम्बे के सभी कलाकार एक दूसरे के साथ ही बिताते थे।

दक्षिण की कई फ़िल्मों के सैट पर तथा आउटडोर शूटिंग के दौरान भी इनकी मित्रता को पनपने का मौका मिला। फिर आई विमल राय द्वारा निर्मित व

---

9. दिलीप कुमार का जन्म 11 दिसम्बर 1922 को हुआ था।

10. इसकी विस्तृत जानकारी नौवें अध्याय में है।

निर्देशित 'देवदास'। इसमें दिलीप कुमार, वैजयंती माला, सुचित्रा सेन और मोतीलाल के साथ अतिथि कलाकार के तौर पर प्राण की भी छोटी-सी भूमिका थी।

इसके बाद 1958 में सलिल चौधरी के सदाबहार संगीत से सज़ी विमल राय की ही फ़िल्म 'मधुमति' में दिलीप कुमार, वैजयंती माला, जॉनी वाकर और प्राण थे। इस फ़िल्म में दिलीप कुमार और प्राण द्वारा अभिनीत किरदारों का आमना-सामना कम ही हुआ, मगर जिन दृश्यों में भी हुआ उनका उद्देश्य दोनों के गुप्त वैर-भाव ही प्रकट करना था।

दिलीप कुमार के साथ प्राण की अगली फ़िल्म 'दिल दिया दर्द लिया' 11 में दोनों के एक साथ काफ़ी दृश्य थे। इस फ़िल्म में प्राण की बुरे व्यक्ति की काफी सशक्त भूमिका थी। इस फ़िल्म की कहानी और पटकथा दिलीप कुमार की ही थी। निर्देशक के तौर पर फ़िल्म के निर्माता ए. आर. कारदार का ही नाम दिया गया था, मगर यह सच्चाई जग ज़ाहिर है कि निर्देशन में भी दिलीप कुमार का ही दख़ल उनसे ज़्यादा था।

इस फ़िल्म में अपनी भूमिका के बारे में प्राण का कहना था 'हालांकि फ़िल्म ज़्यादा नहीं चली, मगर मेरी खल पात्र की भूमिका बड़ी ही विशिष्ट थी। यह मेरे श्रेष्ठ, प्रदर्शनों में से एक था और यह फ़िल्म आज तक की मेरी प्रिय फ़िल्मों में से एक है।' प्राण इस बात पर विशेष ज़ोर देते हैं कि 'दिल दिया दर्द लिया' में मेरा प्रदर्शन दिलीप साहब के कारण ही इतना अच्छा हुआ।' अपने अच्छे प्रदर्शन का श्रेय दिलीप कुमार को देने के कारण की व्याख्या करते हुए प्राण कहते हैं 'अधिकांश फ़िल्मों में, मैं कभी ज़ोर से नहीं हंसा, मगर 'दिल दिया दर्द लिया' के किरदार की यह मांग थी। यही एकमात्र फ़िल्म थी जिसमें मैंने किरदार की दुष्टता को और अधिक ऊंचाइयां देने के लिए द्वेषपूर्ण अट्टहास का प्रयोग किया है। दिलीप साहब ने मेरे काम में काफ़ी मदद की। उनका हमेशा यह मत रहा कि हर दृश्य में अपनी पूर्णता होनी चाहिए तभी वह अच्छा बन सकेगा। दृश्य में उपस्थित प्रत्येक कलाकार द्वारा बेहतरीन प्रदर्शन करने पर ही दृश्य अच्छा बनेगा। इसलिए वे दृश्य या साथी कलाकारों पर ज़्यादा प्रभाव नहीं डालते

---

11. प्रोड्यूसर-डायरेक्टर ए. आर. कारदार की फ़िल्म 'दिल दिया दर्द लिया' (1966) में दलीप कुमार के साथ-साथ रहमान, वहीदा रहमान और प्राण की भूमिकाएं थीं।

थे। वे दूसरे कलाकार द्वारा अपना काम और बेहतर करने की गुहार लगाने पर भी बार-बार 'रीटेक' नहीं करते। वे अपने पेशे और फ़न के पक्के उस्ताद हैं।'

मनोज कुमार ने बताया कि, 'दिल दिया दर्द लिया' की शूटिंग के बाद प्राण साहब ने मुझे बताया कि दिलीप साहब खुद अपने हाथों से मेकअप करते थे और वे कितना उम्दा काम करते थे! उन्होंने मेरे लिए कितने ज़बरदस्त डॉयलाग लिखे! उन्होंने ऐसा कभी नहीं कहा कि मैंने बहुत खूबसूरती से डॉयलाग बोले, बल्कि विनम्रता से सदा यही कहते कि दिलीप साहब ने मुझसे कितनी अच्छी तरह से काम लिया!

किसी भी रचनात्मक कार्य में दोनों ही ओर से एक-दूसरे के कार्य में मदद मिलती है। जब प्राण अपने कार्य के प्रवाह में होते, वे बड़े प्रभावशाली होते। और जैसा कि प्राण कहते हैं, उनके काम में उन्हें दिलीप कुमार से मदद मिली, वैसे ही दिलीप कुमार भी प्राण के कौशल से लाभान्वित हुए। किसी भी शॉट के बाद वे प्राण की परख़ के कारण उनकी तरफ देखकर यह निश्चित करते कि शॉट ठीक हुआ या नहीं।

3

'दिल दिया दर्द लिया' की शूटिंग के दौरान पश्चिमी मध्य प्रदेश में कुछ रोचक घटनाएं घटी। पूर्ववर्ती मालवा रियासत की राजधानी मांडू के एक दुर्गम महल को फ़िल्म के लिए शानदार पृष्ठभूमि देने के लिए चुना गया। जहाज़ महल के एक हिस्से को, जिसमें सदियों पहले राजा बाज़ बहादुर रहते थे, साठ के दशक के शुरू में एक आधुनिक गेस्ट हाउस में तब्दील कर दिया गया था, उसके निकट ही आज भी बाज़ बहादुर की प्यारी रानी रूपमती को नाचते हुए देखा जा सकता है।[12]

निर्माता-निर्देशक ए. आर. कारदार प्राण सहित अस्सी सदस्यों की विशाल

---

12. वर्तमान मध्य प्रदेश प्राचीन काल में मालवा के नाम से जाना जाता था। इसका इतिहास सम्राट अशोक के समय से है। बारहवीं और सोलहवीं सदी के बीच मांडू के मजबूत दुर्ग में कई युद्ध हुए। 1561 में इसके आखिरी शासक बाज़ बहादुर अकबर की फ़ौज का सामना करने की बजाए मांडू छोड़कर भाग गए और उनकी सुन्दर रानी रूपमती ने अपनी मान-मर्यादा की रक्षा करते हुए जौहर कर लिया।

यूनिट के साथ, 'दिल दिया दर्द लिया' की शूटिंग के लिए, लगभग एक महीने तक मांडू में रहे। जब शूटिंग नहीं हो रही होती तो प्राण अपने हंसी-मजाक से सबको हंसाते रहते।

प्राण ने पत्रकारों के एक समूह को बताया कि जब ए. आर. कारदार (जिन्हें सब मियांजी कहते थे) लोकेशन पर पहुंचे तो अजीब बात हुई। मांडू में अपनी पहली रात को मियांजी ने सपने में रानी रूपमती को नाचते हुए देखा। अगली सुबह वे एक बुलबुल की तरह चंहक रहे थे, परंतु अगले ही दिन वे एकदम खामोश हो गए। प्राण ने इसका बड़ा ही मजेदार कारण बताते हुए कहा—'लगता है पिछली रात मियांजी के सपने में बाज़ बहादुर आ गए थे।'

इस प्रकार हंसी-ठिठोली से प्राण आउटडोर शूटिंग के लम्बे थकान भरे दिनों में भी यूनिट के प्रत्येक सदस्य को खुश व तरोताज़ा बनाए रखते। अपनी एक और अविस्मरणीय फ़िल्म बी. नागि रेड्डी की 'राम और श्याम' के बारे में प्राण बताते हैं 'निर्देशक के तौर पर किसी और का नाम होने पर भी असल काम दिलीप कुमार ही करते थे। वे साथी कलाकारों को उनके काम में मदद करते थे। व्यक्तिगत तौर पर मेरे उनसे मधुर मैत्री सम्बन्ध थे!

'राम और श्याम' में दिलीप कुमार (डबल रोल में) ने जुड़वां भाइयों, राम, और श्याम की भूमिका निभाई थी, जो अपने जीजा गजेन्द्र की साजिश से बचने की कोशिश करते हैं। गजेन्द्र की भूमिका प्राण ने बड़ी कुशलता से अदा की थी।[13] कहानी कुछ इस प्रकार की थी कि दोनों काफ़ी दृश्यों में आमने-सामने थे।

दिलीप कुमार और प्राण के मारपीट के दृश्य बड़ी चतुराई से विचारे गए थे। जिन दृश्यों में गजेन्द्र राम को चाबुक से मारते हैं, वे इतने प्रभावशाली थे कि चाबुक की हर चोट पर दर्शक तड़प उठते।

काफी सालों बाद फरवरी 2000 में प्राण के एक प्रशंसक शहनाज वालजी ने प्राण को ई-मेल द्वारा एक संदेश भेजा जिसमें उन्होंने स्वीकार किया कि मैं आपकी हर फ़िल्म को बहुत पसंद करता हूं, मगर 'राम और श्याम' को सबसे

---

13. जुड़वा भाइयों की बहिन की भूमिका निरूपा रॉय ने की थी।

अधिक याद करता हूं। इस फ़िल्म में आपने मुझे सचमुच डरा दिया था। मुझे अभी भी याद है कि जब आप दिलीप कुमार (राम) को पीटने के लिए चाबुक लेकर आते तो मैं अन्दर तक सिहर उठता था।

प्राण (गजेन्द्र) के लिए दर्शकों के दिल में इतनी दहशत और नफ़रत भर गई थी कि जब दिलीप कुमार (श्याम) पलटवार करते हुए उन्हें उन्हीं के उसी चाबुक से मारते हैं तो दर्शक तालियां बजा-बजाकर अपनी प्रसन्नता व्यक्त करते हैं।

दिलीप कुमार के साथ प्राण की अगली फिल्म थी एस. व्ही. फ़िल्मस की 'आदमी', जिसे ए. भीमसिंह ने निर्देशित किया था और साथी कलाकार थे मनोज कुमार, वहीदा रहमान और सिम्मी।

'आदमी' काफ़ी विकट विषय पर बनी फ़िल्म थी। इस हद तक कि एक युवक जिसे उपहार में करोड़ों की सम्पत्ति मिली, उसके उपकार का बदला चुकाने के लिए अपनी खुशियां तक कुर्बान कर देता है।

इस भूमिका के लिए पहले धर्मेन्द्र को चुना गया था मगर उनके आखिरी समय पर इनकार कर देने पर मनोज कुमार ने यह भूमिका निभाई। मनोज कुमार आज भी मानते हैं कि वे दिलीप कुमार के जबरदस्त प्रशंसक हैं और खुद दिलीप कुमार ने उनसे 'आदमी' में काम करने का आग्रह किया था। यह जानते हुए भी कि उनके आदर्श अभिनेता उन पर पूरी तरह छा जाएंगे, क्या मनोज कुमार ने इतने महान कलाकार के आग्रह पर यह समानान्तर भूमिका स्वीकार की!

नहीं, मनोज कुमार ने यह भूमिका प्राण के कहने से की थी। दरअसल प्राण ने ही फ़िल्म के निर्माता वीरप्पा को इस भूमिका के लिए धर्मेन्द्र का नाम सुझाया था, अतः अचानक बिना कोई कारण बताए धर्मेन्द्र के इस फ़िल्म से हट जाने पर प्राण को बुरा लगा और निर्माता की समस्या हल करने के लिए प्राण ने मनोज कुमार को यह भूमिका करने को राज़ी कर लिया।

4

हमेशा से ही दिलीप कुमार के साथ प्राण के अंतरंग सम्बन्ध रहे हैं। इन दोनों के आवास एक-दूसरे से लगभग आधा किलोमीटर के फ़ासले पर स्थित हैं।

दिलीप कुमार और उनकी तीनों बहनों अख़्तर, सईदा और फ़रीदा का प्राण के घर आना-जाना था। उस समय अविवाहित होने के कारण दिलीप कुमार को परिवार और मित्रों के साथ बिताने को अधिक समय मिलता था।

सुनील सिकंद बिना किसी पूर्व तैयारी के आयोजित पार्टियों के माहौल को याद करते हैं। ये पार्टियां इतनी अनौपचारिक होती थी कि हंसी-मज़ाक और बातों के बीच हम लोग डम्बशरा भी खेलते थे। सारे परिवार पर खेल का जोश चढ़ जाता था। दो टीमें बनाई जाती और इनमें मम्मी, डैडी, और दिलीप कुमार साहब भी शामिल हो जाते। मूक अभिनय के लिए दिलीप साहब सचमुच फ़िल्मों के कितने कठिन और अटपटे नाम देते थे, जैसे उन्होंने एक बार नाम दिया पफ्ट, जो शायद उन्हीं का बनाया हुआ था, पर वे यह समझाने की कोशिश करते रहे कि इस नाम की फ़िल्म है, यह साइलेंसर लगे गन के चलने पर होने जैसी आवाज़ थी!

प्राण और शुक्ला की दरियादिली से शराब और उम्दा भोजन के साथ ऐसी खुशग़वार पारिवारिक शामें पूरी होतीं। चूंकि दिलीप कुमार काफ़ी लंबे समय से, अपने विवाह की बात टालते आ रहे थे और बड़ी चतुराई से किसी भी कन्या या उसके अभिभावक द्वारा दिया गया वैवाहिक प्रस्ताव लौटा देते थे, अतः उनके सभी मित्रों के लिए उनका विवाह एक बड़ी खुशी और उत्सव का अवसर था।

जब उन्होंने नसीम बानू को उनकी पुत्री सायरा बानो से शादी करने की स्वीकृति दी और दो अक्टूबर 1966 को सगाई की रस्म अदा की तो उस अवसर पर उपस्थित निकट मित्रों में प्राण भी शामिल थे।

उनकी शादी बहुत जल्दी में 11 अक्टूबर 1966 को होनी तय हुई। सभी निकट मित्रों ने उनकी शादी में शरीक़ होने की हर सम्भव कोशिश की। इस बात के सबूत के तौर पर प्राण बताते हैं, कि, 'जिस दिन उनकी शादी थी, मैं कश्मीर में था और वहां मूसलाधार बारिश हो रही थी, मगर मुझे किसी भी तरह उनकी शादी में शामिल होने बोम्बे पहुंचना था। खराब मौसम के कारण उड़ानें रद्द हो रही थीं, तभी उनका फोन आया और वे बोले आज मेरी शादी हो रही है और तुम्हें आना ही होगा।' दिलीप की शादी में शामिल होने के लिए कश्मीर से बोम्बे तक की यात्रा भी कम रोमांचक नहीं थी।

'चमत्कारक ढंग से बारिश थम गई और मैं दिल्ली पहुंच गया, मगर दिल्ली से

बोम्बे की फ़्लाइट की टिकट नहीं मिल रही थी। मुझे बड़ी बैचेनी हो रही थी। तभी वहां दो सरदार जी पहुंचे, जो हवाई अड्डे पर मुझसे मिलने आए मेरे मित्र स्वराज सूरी के परिचित थे। पता चला कि उनमें से एक उसी फ़्लाइट से बोम्बे जाने वाले हैं जिसमें मैं जाना चाहता था। सूरी ने उन्हें कहा—'प्राण साहब बड़ी मुश्किल में हैं। उन्हें दिलीप साहब की शादी में शामिल होने के लिए इसी फ़्लाइट से बोम्बे पहुंचना बहुत जरूरी है, मगर उन्हें टिकट नहीं मिल रही है।' उन्होंने तुरत कहा 'हम आपको अपनी टिकट दे देते हैं।' उन्होंने अपने लिए अगली सुबह की टिकट ले ली और उस फ़्लाइट की अपनी टिकट मुझे दे दी।' उनका सामान अन्दर जा चुका था इसलिए उन्होंने अपना बोर्डिंग पास और सामान का टोकन मुझे दे दिया और कहा कि मेरा सामान वे कल ले आएंगे। इस तरह आखिरकार मैं उसी दिन बोम्बे पहुंच गया, मगर देर हो जाने के कारण कन्वेयर बेल्ट से उनका सामान लेना भूल गया। मैं घर पहुंचा और जल्दी से स्नान करके विवाह-स्थल की ओर भागा। मैं उनके सामान को पूरी तरह भूल चुका था।'

विवाह के समय नवविवाहित जोड़े से शरारत पूर्ण हंसी-मज़ाक किया जाता है, दिलीप के मित्रों ने भी ऐसा ही कुछ करने की ठानी। प्राण साहब बताते हैंः 'राज कपूर, मैं और मित्र मंडली के अन्य लोगों ने पहले तो जमकर शराब पी, फिर शोर मचाते हुए उनके बैडरूम के दरवाज़े पर जाकर ज़ोरदार दस्तक दी और सुहागरात में ज़बरदस्ती दरवाजा खुलवाकर उन्हें सबसे दुआ-सलाम करने पर मजबूर किया।' शायद यह उन लोगों की अपने मित्र के साथ आखिरी शरारत थी जो एक अकेले कुंवारे लड़के से बदलकर एक युवा और सुन्दर पत्नी का पति बन गया।

''इस 'चट मंगनी और पट शादी के बाद' दिलीप और सायरा अपने हनीमून के लिए मद्रास गए जहां दिलीप को 'राम और श्याम' की शूटिंग भी करनी थी और मुझे भी वहां अपने काम पर पहुंचना था।

इस तरह उनकी सगाई में, शादी में और यहां तक कि हनीमून में भी मैं उनके साथ था''। प्राण चॅहकते हुए बताते हैं।

'और उन बेचारे सरदारजी के सामान का क्या हुआ?' दिलीप कुमार और सायरा की शादी के बाद अगली सुबह जब प्राण सोकर उठे तो उनकी पत्नी ने उन्हें बताया कि किसी सरदारजी का फोन आया था और वो अपने सामान के

प्राण, शुक्ला और दलीप कुमार (2000) पुराने मैत्री सम्बन्धों को पुख्ता करते हुए

बारे में पूछ रहे थे, तब उन्हें याद आया कि वो सरदारजी का सामान तो हवाई अड्डे पर ही भूल आए, उन्होंने तुरंत हवाई अड्डे फोन किया। गनीमत थी कि सामान वहां मिल गया और तब उन्होंने राहत की सांस ली।

दिलीप कुमार के साथ प्राण की अन्य फ़िल्में थीं 'साधु और शैतान' इसमें दिलीप कुमार अतिथि कलाकार थे, 'गोपी इसके निर्देशक ए. भीम सिंह थे और नायिका थी सायरा बानू। फिर काफ़ी लम्बे अंतराल के बाद इन दोनों ने यश जौहर की फ़िल्म 'दुनिया' में एक साथ काम किया, इस फ़िल्म में सायरा बानू भी थी। दिलीप कुमार के साथ प्राण की आखिरी फिल्म 1986 में प्रदर्शित 'धरम अधिकारी' थी।

प्राण अपने इस मित्र के बारे में कहते हैं ''मैंने दिलीप साहब के साथ काफी फ़िल्मों में काम किया है। पचास वर्षों से अधिक समय से मेरी उनसे अच्छी मित्रता है। पहले उनसे अक्सर मुलाकात हो जाती थी। हफ़्ते में दो या तीन बार अब कम मुलाकात होने के बावजूद हमारी मित्रता पहले की ही तरह बरक़रार है।

5

वह एक दिलचस्प व्यक्ति और प्यारे मित्र हैं।" प्राण कहते हैं, "दिलीप कुमार की ही तरह राज कपूर[14] से भी ज़िंदगी भर मेरे घनिष्ठ सम्बन्ध रहे।"

मगर महान तिकड़ी के इस तीसरे सितारे के साथ प्राण के समीकरण कुछ अलग तरह के थे।

राज कपूर शुरू के उन निर्माता-निर्देशकों में से एक थे, जिन्होंने प्रत्यक्ष दृष्टिगोचर से परे भी देखा। चालीस के दशक के अन्त में जब प्राण बोम्बे के फ़िल्म जगत में संघर्षरत थे, तब उन्हें खलनायक की भूमिकाएं, ही मिलीं जो उन्होंने आगे बढ़कर खुशी से स्वीकार की।

काफ़ी बड़ी संख्या में सफलतापूर्वक बुरे व्यक्ति की भूमिकाएं निभाने के कारण प्राण की एक खलनायक की छवि स्थापित और दर्शकों के दिलो-दिमाग पर अंकित हो गई और दर्शकों द्वारा उनकी शुरू की नायक की भूमिकाओं को भुला दिया गया।

कहा जाता है, 'हर युग में अपने ही जीनियस जन्म लेते हैं।'

लगभग साठ साल पहले 1947 में एक अनुभवहीन अभिनेता राज कपूर, जिन्हें खुद उनके अलावा किसी ने गम्भीरता से नहीं लिया, निर्माता निर्देशक बन गए और उन्होंने फ़िल्म 'आग' बनाई। दो फ़िल्में[15] और बनाने के बाद उन्होंने फ़िल्म 'आह' बनाई।

अपने नव निर्मित संस्थान आर. के. फिल्मूस एंड स्टूडियोज़ की चौथी फिल्म 'आह' में एक भले व्यक्ति की भूमिका देने के लिए उन्होंने प्राण को चुना। इस फ़िल्म में प्राण ने एक भले डॉक्टर की भूमिका की थी जो अन्ततः नायिका से शादी कर लेता है।

फ़िल्म फ़्लाप हो गई, मगर इसके लिए प्राण को दोषी नहीं ठहराया जा

---

14. 1924 में जन्मे राजकपूर इस महान तिकड़ी के तीनों सितारों में सबसे छोटे थे।

15. बरसात और आवारा।

सकता। अपने बचाव में प्राण कहते हैं ''राज कपूर की फ़िल्म 'आह' में मैंने भले व्यक्ति की भूमिका निभाने की कोशिश की थी, मगर फ़िल्म फ्लाप हो गई और साथ ही मैं भी फ्लाप हो गया।''

''आह की असफलता के कुछ ही दिनों बाद महान शो मैन राज कपूर ने मशहूर पत्रकार बन्नी रुबैन से प्राण के बारे में कहा कि, 'बुरे व्यक्ति की भूमिकाओं में हमेशा उत्कृष्ट प्रदर्शन करने वाले इस अद्भुत इंसान के हृदय में अच्छे व्यक्ति की भूमिका की आकांक्षा व सम्भावनाएं छिपी हैं। किन्तु ज़ाहिर तौर पर दर्शक इस परिवर्तन के लिए तैयार नहीं थे।'

जब राज कपूर ने 'आह' के प्रदर्शन के पहले दिन के पहले शो में आम दर्शकों के साथ थिएटर में फिल्म देखी तो वे तुरत ही समझ गए कि उनसे कहां पर ग़लती हो गई। राज साहब बोले ''मैंने प्राण को एक डॉक्टर की भूमिका दी और उन्हें चश्मा पहना दिया। शूटिंग शुरू होने से पहले उनके किरदार के रूप-रंग, चाल-ढाल आदि की विवेचना करते हुए हम दोनों ही इस बात पर सहमत हो गए थे कि एक सज्जन डॉक्टर की भूमिका में उन्हें स्वनियंत्रित, गम्भीर और सम्माननीय दिखना चाहिए। मगर फ़िल्म के प्रदर्शित होने पर जब मैं चुपचाप थिएटर के अंधेरे में दर्शकों की प्रतिक्रिया जानने बैठा तो मेरा दिल डूब गया। मैंने और भी कई ग़लतियां की थीं, मेरा मतलब है प्राण की भूमिका के अलावा और भी ग़लतियां हुईं थीं। मुझे थिएटर के अंधेरे में भी यह साफ़ दिख रहा था कि दर्शकों को प्राण का किरदार शुष्क व नीरस लग रहा था। यदि हमलोग इस किरदार को कुछ अलग रंग में ओजस्वी, चंचल व मुख़र बना कर पेश करते तो शायद यह दर्शकों पर अच्छा प्रभाव छोड़ता। मैं पूरी तरह नहीं जानता मगर 'आह' के ज्यादा न चलने का एक कारण यह भी रहा होगा'- राज साहब ने अपनी बात पूरी करते हुए कहा।

यहां एक बिंदु विशेष विचारणीय है कि 'आह' अपने शुरूआती प्रदर्शन में बॉक्स ऑफिस पर अच्छी नहीं चली फिर भी यह प्रशंसनीय बात है कि राज कपूर ने प्राण को ऐसी भूमिका में देखने की कल्पना तो की जिसे उन्होंने अब तक छुआ भी नहीं था!

प्राण की निर्दोष नाटकीय प्रतिभा के साथ ही अपनी अच्छी मित्रता के कारण

भी राज कपूर ने प्राण के साथ काम करना जारी रखा। राज जानते थे कि प्राण इतने परिश्रमी कलाकार हैं कि अपने चिन्तन व पूर्व तैयारी द्वारा अपने प्रत्येक किरदार में विशेष रंग भर देते हैं। राज कपूर को अपने आस-पास के थोड़े से अपने काम के प्रति समर्पित कलाकारों से बेहद लगाव था। राज कपूर की अनेक सितारों से सजी फ़िल्म 'जागते रहो' में भी प्राण ने छोटी-सी भूमिका निभाई थी। यह फ़िल्म लोगों के मिथ्या जीवन-मूल्यों तथा बनावटी जीवन शैली द्वारा ऊपरी रहन-सहन को देखकर लोगों के मन में बनी भ्रान्त धारणाओं की व्याख्या करती है। यह फ़िल्म बड़े शहर में रहने वाले लोगों की तथाकथित प्रतिष्ठा को भी उघाड़ती है और सबको मासूमियत (बाल कलाकार डेज़ी ईरानी) तथा धर्मपरायणता (आखिरी गाने का दृश्य जिसमें अन्ततः नरगिस प्यासे ग्रामीण को पानी पिलाकर उसकी प्यास बुझाती है) की दृष्टि से देखने की शिक्षा देती है। इस फ़िल्म की कहानी ही कुछ ऐसी थी कि राज कपूर के अलावा अन्य सभी किरदारों की छोटी-छोटी भूमिकाएं ही थीं। 'जागते रहो' ने 1957 में चेकोस्लोवाकिया के कार्लोवी वेरी में आयोजित अंतर्राष्ट्रीय फिल्म समारोह में ग्रांड प्रिक्स जीता था।

प्राण बताते हैं, 'आह' (1953) से लेकर बॉबी (1973) तक मैंने राज कपूर की बहुत सारी फ़िल्मों में अभिनय किया था, मगर इन सबमें अधिक यादगार भूमिका 'जिस देश में गंगा बहती है' की थी।[16]

जब राज कपूर ने मुझे इस फ़िल्म की कहानी सुनाई और डाकू राका की भूमिका करने को कहा तो मैं यह भूमिका करने के लिए काफ़ी उत्सुक हो गया। मैंने उस किरदार व उसके उग्र व्यक्तित्व को चित्रित करने के लिए उसके मेकअप, वेशभूषा तथा आकृति पर काफी चिन्तनपूर्वक कार्य किया।'[17]

इस प्रकार 'जिस देश में गंगा बहती है' ने 'आह' में प्राण द्वारा अदा किए गए डॉक्टर की अपेक्षा अधिक असरदार और सुनियोजित डकैत (राका) को दिखाया। हालांकि प्राण को उनके उत्कृष्ट अभिनय के लिए उस वर्ष का फ़िल्मफ़ेयर आवार्ड नहीं मिला, मगर राज कपूर ने कलकत्ता में एक समारोह

---

16. 1960 में प्रदर्शित।

17. विस्तृत चर्चा अठारहवें अध्याय में।

प्राण और राजकपूर प्रसन्न मुद्रा में (नवम्बर 1961)

आयोजित करके स्वयं अपने हाथों से उन्हें एक शील्ड प्रदान कर उनके ज़बरदस्त प्रदर्शन की प्रशंसा की।

राज कपूर द्वारा काफ़ी प्यार और परिश्रम से बनाई गई फ़िल्म 'मेरा नाम जोकर' 1970 में प्रदर्शित हुई और उन्हें आर्थिक रूप से बिल्कुल साफ़ कर दिया। 1964 में प्रदर्शित 'संगम' से उन्हें जो कमाई हुई थी इस फिल्म ने लगभग वह सारी ही झपट ली। तब उन्होंने दर्शकों की पसंद पहचान कर एक फ़िल्म बनाने का निश्चय किया और फ़ैसला किया किशोरावस्था से युवावस्था की ओर बढ़ रहे अपने दूसरे पुत्र चिंटू और लगभग उसी उम्र की नई लड़की डिम्पल कापड़िया को लेकर, किशोरावस्था की प्रेम कहानी, फ़िल्म 'बॉबी' बनाने का। फ़िल्म 'बाबी' राज साहब द्वारा सबको यह दिखाने का प्रयास था कि वे अभी तक चुके नहीं हैं, अभी उनके तरकश में और भी कई तीर हैं, मगर सब कुछ 'बॉबी' की सफलता पर निर्भर था।

प्राण के काफी पुराने मित्र और स्व. सतीश भल्ला[18] समधी[19] ने बताया कि,

18. प्राण की पुत्री पिंकी के ससुरजी 2003 में इनका स्वर्गवास हो गया।

19. पुत्री के ससुर थे।

“राज कपूर चाहते थे कि नायक के पिता की भूमिका प्राण करें। उस समय प्राण अपने पेशे में बुलंदियों पर थे और अपनी हर भूमिका के लिए लगभग ढाई-तीन लाख रुपए लेते थे, जो उस समय काफ़ी बड़ी रकम थी। प्राण जी रुपए-पैसे की बात करने में काफ़ी संकोच करते थे। राज जी ने कहा ‘मुझे डर है इस वक्त मैं आपको कुछ भी नहीं दे सकूंगा।’ चेहरे पर बिना किसी भाव के प्राण जी ने राज जी से गम्भीर स्वर में पूछा, ‘क्या तुम्हारी जेब में एक रुपये का सिक्का है?’ राज जी असमंजस में पड़ गए, इससे पहले कि वे कुछ कह पाते प्राण जी ही बोले, ‘मुझे एक रुपये का सिक्का दे दो, बस यही मेरी फ़ीस होगी और अपनी बात पक्की समझो। जब भी तुम्हें ज़रूरत होगी, मैं शूटिंग के लिए आ जाऊंगा।’

बाबी में ऋषि कपूर के अनुशासन प्रेमी पिता के रूप में प्राण

बेशक प्राण की इस प्रतिक्रिया ने राज कपूर को चकित कर दिया। प्राण ने न तो कहानी सुनी और न ही अपनी भूमिका के बारे में पूछा और फ़िल्म में काम करने को तैयार हो गए।

प्राण को दृढ़ विश्वास था कि राज कपूर की फ़िल्म में कोई भी किरदार महत्वहीन नहीं होता है। प्रत्येक किरदार और उसे निभाने वाले कलाकार का चयन काफी चिन्तन-मनन व परीक्षण के बाद ही होता है।

इसके अलावा प्राण ने महसूस किया कि उस समय रुपए अथवा अपनी

भूमिका की प्रकृति आदि के बारे में बात करना अशिष्टता और बदजायका होगी। अतः उसी एक रुपये में उन्होंने फ़िल्म में अपना पूरा काम किया। सतीश भल्ला ने एक मुस्कान के साथ यह राज़ खोला।

राज कपूर और प्राण दोनों के ही निकट मित्र रमेश खोसला ने बताया कि, 'प्राण जी के इस महान कार्य के बारे में राज जी ने मुझे बताया कि, 'प्राण जी ने मुझे कहा है कि यदि तुम्हारी फ़िल्म हिट हो जाए तो मेरी पूरी कीमत मुझे दे देना नहीं तो मैं तुमसे एक पैसा भी नहीं मांगूंगा।'

'बॉबी' सुपर डुपर हिट रही! इसने राज कपूर के 'मेरा नाम जोकर' से हुई सारे घाटे की भरपाई कर दी!

ऐसा लग रहा था कि राज कपूर प्राण की उस उदार भावना को नहीं भूले और उन्हें उनकी भूमिका के लिए कीमत बताने को कहा जो उन्होंने बता दी। अपनी बात से पीछे हटते हुए राज ने प्राण को एक लाख रुपए का चेक भेज दिया, जो प्राण द्वारा बताई हुई राशि का एक छोटा हिस्सा था। प्राण ने तुरत ही यह कहते हुए चेक लौटा दिया कि तीन हज़ार की कीमत का चेक लेना हम दोनों का ही अपमान है। बाद में प्राण ने राज जी को समझाया कि टैक्स की भारी रकम चुकाने के बाद इस चेक से तीन हजार ही बचेंगे।

बेशक रुपए-पैसों के लेन-देन में हुई गलतफ़हमियां तथा दिल को ठेस पहुंचाने वाली भावनाएं बाद में सुलझाकर दूर कर ली गई थी। क्योंकि राज कपूर की अन्त्येष्टि के दिन[20] प्राण आर. के. स्टूडियो में मौजूद थे।

प्राण ने 'बॉबी' की शूटिंग के दौरान घटी एक घटना का ज़िक्र किया। 'मैं ऋषि कूपर के तथा प्रेमनाथ डिंपल के पिता की भूमिका अदा कर रहे थे। फ़िल्म के क्लाइमेक्स में ऋषि और डिंपल घर से भाग कर नदी में कूद जाते हैं। जब वे दोनों डूबने लगते हैं तो मैं और प्रेमनाथ उन्हें बचाने के लिए नदी में कूद पड़ते हैं। राज कपूर इस दृश्य को डुप्लीकेट कलाकारों पर फ़िल्माना चाहते थे, मगर मैंने खुद ही करना चाहा।

जब मैं पानी में कूदा तो मैंने पाया कि पानी का प्रवाह काफी तेज़ है जिससे

20. 2 जून 1989 को राजकपूर का देहान्त हो गया।

मैं अपना नियंत्रण खो बैठा और डूबने लगा। मैं नदी के प्रचंड प्रवाह में पानी काटने की चेष्टा करने लगा। नदी के किनारे खड़े राज कपूर व यूनिट के अन्य लोग मेरे इस वास्तविक 'अभिनय' की तारीफ़ करने लगे। आखिरकार मेरे हाथ में एक चट्टान आ गई और उसे पकड़कर मैंने अपनी जान बचाई। बाद में जब मैंने राज कपूर को बताया कि वास्तव में क्या हुआ था तो उन्होंने मुझसे कहा 'लाले, यह तू क्या कर रहा था, अभी हमें तुम्हारी बहुत जरूरत है।'

जब मैंने राज कपूर की मौत की खबर सुनी तो भागता हुआ-सा आर. के. स्टूडियो पहुंचा और वहां राज कपूर को मृत पड़े देखकर मुझे उनकी वो बात याद आ गई और मैंने मन-ही-मन उन्हीं की तर्ज़ पर कहा ''लाले, यह तूने क्या किया, अभी सिनेमा को तुम्हारी बहुत ज़रूरत है।''

प्राण इस बात को ज़ोर देकर कहते हैं कि, ''राज कपूर ऐसे निर्देशक थे जो खाते-पीते, सोते-जागते हर समय अपनी फ़िल्म के बारे में ही सोचते थे। वे अपनी फ़िल्म में दीवानगी की हद तक डूबे रहते थे।''

एक इंसान और एक अभिनेता के तौर पर प्राण के बारे में राज कपूर क्या सोचते थे? एक बार उन्होंने कहा था, ''अपने वास्तविक जीवन में कुछ शर्मीले से इंसान प्राण पर्दे पर एक चमकदार और शक्तिशाली चरित्र के रूप में उभर के सामने आते। कैमरे के सामने आते ही उनमें एक प्रेरक शक्ति का संचार हो जाता। वे अच्छी तरह समझते थे कि उन्हें क्या करना है और उस काम को वे सही तरीके से अपनी विशिष्ट व्यक्तिगत शैली में ही करते।

वे न तो पूरी तरह रुढ़िवादी हैं और न ही अभिनय की पुरानी परम्पराओं से बंधे हुए हैं। वे चतुर परिवर्तनशील और भावाभिव्यक्ति में सिद्धहस्त हैं।

''वे सचमुच एक उत्कृष्ट अभिनेता और प्यारे मित्र हैं। हम दोनों ने बहुत सारी फ़िल्मों में एक साथ अभिनय किया है। बेशक उन्होंने अपने प्रदर्शन से अभिनय की बुलंदियों को छुआ है!''

1960 के अन्तिमांश में एक पार्टी में प्रेम चोपड़ा, दिलीपकुमार, प्राण और राजकपूर अन्य मित्रों के साथ

6

प्राण ने इन तीनों महान कलाकारों को फ़िल्मों में प्रवेश करते व सफलता के शिखर पर चढ़ते हुए देखा है। अतः उनके अभिनय के बारे में प्राण की व्यक्तिगत राय क्या है?

जब 1989 में दिल्ली के पत्रकार (अब स्वर्गीय) बच्चन श्रीवास्तव ने प्राण से पूछा कि राज कपूर और दिलीप कुमार में बेहतर अभिनेता कौन है? तो अपनी स्पष्टवादिता के लिए मशहूर प्राण ने कहा 'मेरे विचार से दिलीप कुमार।' इसका कारण बताते हुए प्राण ने कहा, 'देव आनन्द ने अपनी एक विशेष शैली विकसित की थी। राज कपूर ने एक अभिनेता के तौर पर विकास तो किया, मगर वे एक बिंदु पर आ कर ठहर गए। दिलीप कुमार का अभिनय दिन-प्रतिदिन निखरता ही जा रहा है!'

एक आश्चर्यजनक संयोग है कि इन तीनों ही महान अभिनेताओं ने 'सहस्राब्दी के खलनायक'—प्राण के साथ समान संख्या में ही फ़िल्में की थीं। प्रत्येक ने प्राण के साथ नौ-नौ फ़िल्में[21] ही की थीं। हालांकि अब राज कपूर नहीं रहे। देव साहब, दिलीप साहब और प्राण साहब पर बढ़ती उम्र का असर हो रहा है। मगर देव, दिलीप और राज के परिवार से प्राण का दशकों पुराना आत्मीय सम्बन्ध आज भी क़ायम है।

आज भी राज कपूर के पुत्रों डब्बू (रणधीर) और चिंटू (ऋषि) ने अपने पिता के परम मित्र और सह अभिनेता प्राण के साथ पारिवारिक सम्बन्ध बना रखे हैं। वे उन्हें अपने पिता-तुल्य मानते हैं और कभी-कभी उनसे मिलने उनके घर भी जाते हैं।

डब्बू कहते हैं कि किसी व्यक्ति के जीते जी उसकी उपेक्षा करके मरने के बाद टी.वी. चैनलों में श्रद्धांजलि के शब्द बोलना मेरे विचार से उचित नहीं है।

डब्बू ने बताया कि 2004 के शुरू में उन्होंने और चिंटू ने फ़िल्मी दुनिया की आम मानसिकताः 'रात गई बात गई' के विपरीत अनौपचारिक रूप से प्राण से मिलने उनके घर जाने के लिए उन्हें फोन किया तो उन्होंने कहा दोपहर की बजाए शाम को आओ ताकि डिनर से पहले तुम्हारे साथ ड्रिंक्स भी ले सकूंगा। हालांकि उन्होंने कहा तो था कि मैं तो एक ही ड्रिंक लूंगा, मगर हम लोगों के साथ में की हुई फ़िल्मों के सेट पर हुई मज़ेदार बातों से वे इतने आनन्दित हुए कि उन्होंने दूसरा ड्रिंक भी ले लिया तथा हमें भी और ड्रिंक्स लेने का आग्रह करने लगे ताकि वे हमारे साथ ज़्यादा समय गुज़ार सकें।

प्राण की गर्मजोशी और स्नेह को याद कर के डब्बू की आंखें भर आई कि उनके साथ उनके पिता व उन्होंने सिनेमा का इतिहास रचा था।

---

21. देव आनन्द के साथ प्राण की नौ फिल्में थी - 'जिद्दी', 'मुनीमजी', 'अमरदीप', 'जब प्यार किसी से होता है', 'जानी मेरा नाम', 'ये गुलिस्तां हमारा', 'जोशीला', 'वारन्ट', 'देस-परदेस'। 'साधु और शैतान' (जिसमें दिलीप कुमार मेहमान कलाकार थे) के अलावा दिलीप कुमार के साथ प्राण की नौ फिल्में हैं - 'आजाद', 'देवदास', 'मधुमति', 'दिल दिया दर्द लिया', 'राम और श्याम', 'आदमी', 'गोपी' 'दुनिया', 'धर्म अधिकारी' राजकपूर के साथ प्राण की नौ फिल्में हैं - 'आह', 'चोरी-चोरी', 'जागते रहो', 'छलिया', 'जिस देश में गंगा बहती है', 'दिल ही तो है', 'अराउंड द वर्ल्ड', 'बॉबी', 'चांदी सोना'।

निश्चित रूप से देव आनन्द, दिलीप कुमार और राज कपूर के साथ बनी प्राण की नायक खलनायक जोड़ियों ने हिन्दी सिनेमा को अनेक अविस्मरणीय क्षण दिए, जो दर्शकों के दिलों में सदा अंकित रहेंगे।

11

अभिनेता की तैयारी

1

चालीस के दशक के आखिरी वर्षों में प्राण का कैरियर पुनः प्रारम्भ हो गया था। उन्होंने संकल्प किया कि वे इसमें अब फिर से कोई विराम या अल्पविराम नहीं लगने देंगे।

वे समझ गए कि इस फ़िल्मी दुनिया में लम्बे समय तक टिके रहने के लिए प्रत्येक भूमिका के लिए विशेष तैयारी करनी होगी और यह तैयारी खूब सावधानी व समझदारी से करनी होगी।

उनके इस चिन्तन के पीछे कई कारण थे।

बोम्बे के फ़िल्म जगत—जहां उन्होंने खलनायक के तौर पर पदार्पण किया था—वहां के माहौल और परिदृश्य के परिप्रेक्ष्य में, जहां खल पात्रों की भूमिकाएं अदा करने वाले अभिनेताओं के रूप में कई प्रबल प्रतिद्वंद्वी पहले से ही मौजूद थे।

उस समय के सभी सुस्थापित खलनायकों को अपने-अपने विशेष प्रकार के खल पात्रों को अदा करने में महारत हासिल थी।

कुछ खलनायक जैसे जीवन, हीरालाल, कन्हैयालाल आमतौर से सेनापति, जमींदार, सेठजी, मुनीमजी इस प्रकार के किरदारों के उस्ताद माने जाते थे; मदन पुरी और अनवर हुसैन को ज़्यादातर गुंडे, मवाली और व्यभिचारी की भूमिका के लिए बुलाया जाता। उन्हीं दिनों याकूब ने अपेक्षाकृत कम चर्चित उन्माद भरे अधम व्यक्ति की भूमिकाओं पर अपना विशेष अधिकार जमाया। दिग्गज खलनायक के. एन. सिंह ने विद्रूप चेहरा बनाकर दुष्टता दिखाने की अपनी विशेष शैली विकसित की।

इन सब महारथियों के बीच अपना विशिष्ट स्थान बनाना काफ़ी कठिन कार्य था। 1949 में फ़िल्म 'बड़ी बहन' के प्रदर्शित होने से पहले तक ये सभी खलनायक इस क़दर छाए हुए थे कि अपनी फ़िल्मों के लिए कलाकारों का चुनाव करते समय जिस प्रकार की खल भूमिका निकलती उपरोक्त अनुसार निर्माताओं की जुबान पर इन्हीं गिने-चुने अभिनेताओं का ही नाम आता था। मगर, 'बड़ी बहन' से प्राण को भी पहचाना जाने लगा और लोगों की जुबान पर उनका भी नाम आने लगा।

चूंकि प्राण शुरू से ही कोई भी काम साधारण तरीके से नहीं करते थे, अतः स्वाभाविक रूप से अपनी भूमिकाओं के लिए तैयारी भी उन्होंने काफ़ी चिन्तनपूर्वक और चतुराई से की। पचास के दशक में अद्‌भुत तरीके से अदा की गई उनकी भूमिकाएं इस बात को प्रमाणित करती हैं। अपनी जिज्ञासु प्रकृति के कारण शुरू से ही प्राण सैट पर चल रही प्रत्येक गतिविधि को बड़े ध्यान से देखते और समझते थे। अतः उन्हें अपने पेशे के बारीक से बारीक बिंदुओं का भी ज्ञान हो गया, जिससे अपने फ़न में महारत हासिल करके उन्होंने अपने कार्य में विलक्षण सटीकता का प्रदर्शन किया।

प्राण ने ग़ौर किया कि व्यावसायिक हिन्दी फिल्मों में मोटे तौर पर दो तरह के निर्देशक हैं।

प्रथम श्रेणी में वे निर्देशक (दुर्भाग्य से ये गिने-चुने ही थे) आते थे जिन्हें फिल्म निर्माण की कला में महारत हासिल थी और इन्हें अपने फ़न तथा काम पर पूरा

भरोसा था। वे अच्छी तरह जानते थे कि उन्हें पर्दे पर क्या दिखाना है और उसे वे किस प्रकार दिखा सकते हैं।

दूसरी श्रेणी में वे कामचलाऊ निर्देशक (दुर्भाग्य से ज्यादातर ऐसे ही थे) आते थे, जो केवल अपने हीरो को ही खुश करने में लगे रहते; खासतौर से, बड़े सितारों को फ़िल्म की विश्वसनीयता की कीमत पर भी खुश रखने की खातिर, वे इन सितारों की मर्ज़ी से कहानी तक में फ़ेरबदल कर देते तथा शॉट उनके आदेशानुसार ही लेते।

हालांकि समझदार सितारे आदेश नहीं देते, वे केवल सुझाव ही देते मगर कामचलाऊ निर्देशक अपने हीरो के सुझाव को भी आदेश समझकर काम करते, उस सुझाव के उद्देश्य या कारण को समझने की कोशिश भी नहीं करते।

प्राण चुपचाप सारी बातों पर ग़ौर करते। वे समझते थे कि अपने दृश्यों पर हुकूमत करने के अलावा ये बड़े सितारे, यदि अपने किरदार, मेकअप, वेश-भूषा, चाल-ढाल, बात-व्यवहार आदि सब कुछ भी खुद ही तय करें तो भी ये दूसरी श्रेणी के निर्देशक सब कुछ बिना किसी प्रश्न के खुशी से स्वीकार कर लेंगे।

अपने कैरियर के दूसरे दशक तक, कुछ एक समानान्तर भूमिकाओं को छोड़कर, प्राण को केवल खल पात्रों की ही भूमिकाएं मिलीं। 1952 में स्क्रीन के लिए दिए एक साक्षात्कार में, उन्होंने दृढ़ता से यह घोषणा की कि : 'निर्माताओं ने मुझपर खलनायक का ठप्पा लगा दिया है, इस बात की मुझे चिन्ता नहीं है, निश्चित रूप से, मैं कभी भी सीधा-भला नायक बनना नहीं चाहूंगा, मगर हां मुझे हास्य भूमिकाएं करना बहुत पसंद है। मुझे अभिनय से प्यार है और मैं अनेक प्रकार की भूमिकाएं अदा करना चाहता हूं, मगर मुझे लगता है कि ऐसी भूमिकाएं मुझे नहीं मिलेगी। मैं केवल पर्दे का महानतम खलनायक बनने की ही तमन्ना कर सकता हूं। वास्तव में, प्राण यह अच्छी तरह जानते थे कि इस तरह की महानता की तमन्ना पूरी करने के लिए, उन्हें नायक से मुक़ाबला करना होगा, जिसके चरित्र को कथा लेखक द्वारा ज़्यादा महत्व दिया जाता है तथा दूसरी ओर व्यावसायिकता की दृष्टि से अनिवार्य रूप से फ़िल्म के अन्त में खलनायक पर हमला करके उसे नेस्त-नाबूद कर दिया जाता है।

उसी साक्षात्कार में उन्होंने आगे कहा कि, 'खुद को अच्छा खलनायक दिखाने के लिए कठिन श्रम करना पड़ता है। ख़लनायक को पूरी फ़िल्म में पांच से दस दृश्य ही मिलते हैं, उन्हीं में उसे, अपने किरदार का चित्रण करके, फ़िल्म पर अपना प्रभाव छोड़ना होता है।'

अपनी प्रत्येक भूमिका में कुछ नयापन भरने के लिए प्राण के पास एक और आवश्यक कारण था। उन्हें लगभग एक ही तरह की भूमिकाएं और डॉयलाग मिलते थे। उनके ज़्यादातर साथी कलाकार पश्चिम के कलाकारों से 'प्रेरणा' प्राप्त करते थे, मगर प्राण अपने किरदार के चित्रण के लिए अपने आस-पास के साधारण व्यक्तियों तथा उनकी विलक्षणताओं और विशेषताओं पर ग़ौर करते थे।

प्राण का दृढ़ मत था कि, 'नए विचारों के लिए पश्चिमी देशों और उनकी फिल्मों का मोहताज़ होने का कोई औचित्य नहीं है।' 'फ़िल्म जगत के कुछ लोग कहते हैं कि वे जितनी ज़्यादा अंग्रेजी फिल्में देखते हैं, उतने ही अधिक नए विचार आते हैं, जबकि मेरी राय इनसे बिल्कुल अलग है। मेरा यह मानना है कि जब आप किसी और की नक़ल करते हैं तो आप कुछ नया नहीं सीख पाते, केवल नकलची ही बनकर रह जाएंगे। हमें यह याद रखना चाहिए कि आखिर वहां के कलाकार भी तो काफी चिन्तन के साथ विशेष तरीके से अपनी भूमिकाएं अदा करते हैं, तो फिर हम ऐसा क्यों नहीं कर सकते?'

किसी फ़िल्म या उसके किसी किरदार के प्रभाव से बचने के लिए, प्राण, फ़िल्में और खासकर, हॉलीवुड की फिल्मों को देखने से बचते थे। प्राण कहते हैं, 'मैंने बहुत थोड़ी ही अंग्रेज़ी फिल्में देखी हैं। कोई और विकल्प न होने पर ही मैं अपनी फ़िल्में देखता हूं।'

2

अपने अन्दर के अभिनेता को प्रत्येक भूमिका के लिए तैयार करना प्राण ने किस प्रकार सीखा? उनका प्रथम प्रधान और मौलिक सिद्धांत यह था कि किसी एक

फ़िल्म में निभाए गए किरदार के गेटअप, हाव-भाव और लहज़े की नक़ल दूसरी फ़िल्म में नहीं करनी है।

इस बारे में प्राण के कनिष्ठ पुत्र सुनील बताते हैं, ''डैडी अपने गेटअप और पोशाक़ों पर हमेशा ही काफ़ी मेहनत करते रहे। उनका कहना है : ''यदि आप किरदार के गुणों के अनुरूप दिखते हैं तो समझिए आपने आधे से अधिक मोर्चा मार लिया। यदि एक जवान लड़का लम्बे बालों के साथ पुलिस की पोशाक पहने हुए दिखता है तो वह चाहे जैसा भी अभिनय करे दर्शकों को प्रभावित नहीं कर सकेगा क्योंकि दिखने में वह पुलिसवाला लगेगा ही नहीं। फ़िल्म देखने का माध्यम है, अतः आपकी आकृति और रूप का तदनुरूप होना अनिवार्य है, अन्यथा आप असफल हो जाएंगे।''

प्राण को अलग-अलग तरह की भूमिकाएं मिलने लगी तथा प्रत्येक भूमिका के लिए विशेष तैयारी करते-करते उन्होंने शीघ्र ही सारी बातें सीख लीं।

एक अच्छे अभिनेता की तैयारी के तरीके व उसके राज़ जानने का मौका बार-बार नहीं मिलता। अतः इस विषय पर प्राण द्वारा दिए गए वक्तव्य को सुनना या पढ़ना और समझना उनके जीवन ओर कार्यों पर कही या लिखी गई किसी भी अन्य बात से ज्यादा महत्वपूर्ण है।

प्राण का कहना है : 'मेरी पहली आधा दर्जन फ़िल्में प्रदर्शित होने के बाद से ही मैंने अपने किरदार की आकृति, रूप-रंग और बोल-चाल के लहज़े पर ध्यान केंद्रित करना शुरू कर दिया। मैं जानता था कि अपने कार्य में सर्वश्रेष्ठ बनने व सर्वोपरि जाना जाने के लिए महत्वपूर्ण और आवश्यक क्या है?'

'शुरू में', प्राण स्वीकार करते हैं, 'किरदार की आकृति व रूप-रंग आदि देखने में मेरी खास रुचि नहीं थी, मगर धीरे-धीरे मुझे शौक़ चढ़ा और फिर तो यह मेरी नस-नस में रम गया। मैं निरन्तर चिन्तन द्वारा अपने हर किरदार को अलग-अलग और उसकी प्रकृति के अनुरूप तरह के मेकअप, हाव-भाव, चाल-ढाल और आवाज़ के साथ पेश करता था। मैंने कभी भी इनकी पुनरावृति नहीं की और न ही अन्य कलाकारों की तरह अपने किसी हाव-भाव या लहज़े को अपना ट्रेड मार्क या खास स्टाइल बनाया। यदि आप मेरे काम को फिल्म दर फिल्म देखेंगे तो पाएंगे कि मेरे हर किरदार को बोलने, चलने, पान-खाने,

सिग्रेट पीने यहां तक कि चाय पीने का भी अलग-अलग असामान्य और अनोखा अंदाज रहा है!'

'मेरा मेकअप, विग, दाढ़ी संपूर्ण व्यक्तित्व हर फिल्म में पूरी तरह भिन्न है।' प्राण ने न्यायोचित गर्व के साथ समझाया।

प्राण ने अपनी फ़िल्मों में सिग्रेट और बीड़ी पीने के कई तरीक़ों का इस्तेम. ाल किया। इनमें से एक काफ़ी लोकप्रिय हुआ जो उन्होंने फ़िल्म 'मर्यादा'[1] में इस्तेमाल किया था। इसमें उन्होंने जलती हुई सिग्रेट को जीभ द्वारा मुंह के अंदर ले जाकर जीभ या होठ को जलाए बिना दुबारा उसी तरह होठों पर लगा देने का करतब दिखाया था। प्राण के इस करतब से प्रेरणा पा कर आमिर खान ने 1999 में फ़िल्म 'गुलाम' में जलती सिग्रेट को मुंह में डालकर जीभ से बुझाने का कारनामा किया था।

फ़िल्म 'दिल तेरा दीवाना'[2] में प्राण ने पूरी फ़िल्म में अपने मुंह में एक बीड़ी दबा रखी थी जिसे वे बोलते समय जीभ से निचले होठ के एक सिरे से दूसरे सिरे तक घुमाते थे।

''केवल एक ही बार वो बीडी मेरे होठों से अलग हुई थी, जब एक दृश्य में मुझे एक गिलास पानी पीना था। इस तरह बाएं हाथ से मैंने अपने होठों से बीड़ी हटाई और दाहिने हाथ से पानी का गिलास उठाकर पानी पीया'' प्राण ने हाव-भाव द्वारा ऐसा करके दिखाते हुए बताया।

ये सब अपने किरदार के सम्पूर्ण विकास के लिए प्राण द्वारा अपनाई गई छोटी-छोटी अदाओं के कुछ उदाहरण हैं, मगर इन सबका प्राण द्वारा अदा किए गए किरदारों को प्रामाणिक व विश्वसनीय बनाने में बड़ा योगदान रहा है।

अपने आस-पास के लोगों और घटनाओं को देखने समझने की प्रवीणता प्राण में शुरू से ही पनपने लगी थी। बचपन से ही अविभाजित भारत के विभिन्न प्रांतों के विभिन्न शहरों में रहने के कारण, प्राण इस देश के विभिन्न

---

1. अरविन्द सेन द्वारा निर्मित-निर्देशित इस फ़िल्म में राजकुमार, मालासिन्हा और राजेश खन्ना मुख्य कलाकार थे; यह 1971 में प्रदर्शित हुई थी।

2. 1962 में रिलीज इस फ़िल्म में शम्मीकपूर, मालासिन्हा और महमूद थे।

प्रकार के लोगों के सम्पर्क में आए। इनमें सांस्कृतिक पृष्ठभूमि, शारीरिक सौष्ठव, बोली, पहनावे, केश-सज्जा, हाव-भाव आदि सभी बातों में भिन्नता थी। बेशक अपने सम्पर्क में आने वाले आकर्षक और असाधारण व्यक्तित्व के लोगों को प्राण बड़े गौर से देखते और उनके हाव-भाव, बोली-चाली, आकृति आदि को अपनी स्मृति में संजो कर लेते (अवश्य ही उन लोगों की जानकारी के बिना) तथा बाद में आवश्यकतानुसार अपने किसी किरदार को चित्रित करने के लिए वे उनका इस्तेमाल कर लेते।

प्राण की पुत्री पिंकी भल्ला अपने पिता के हर फ़िल्म में अलग तरह के अद्भुत और असाधारण गेटअप के बारे में कहती हैं, 'उनके गेटअप ज्यादातर उनकी अपनी ही कल्पना और चिन्तन पर आधारित होते थे। वे इसके लिए पुस्तकें और पत्रिकाएं देखते तथा कोई व्यक्ति असामान्य दाढ़ी, विग या गेटअप में दिखता तो उसे अपनी किसी भूमिका में शामिल करने की कोशिश करते। वे हमेशा सचेत व जागरूक रहते थे। वास्तविक जीवन में भी वे किसी अद्भुत और असामान्य हाव-भाव वाले व्यक्ति को देखते तो उसे अपने दिमाग की लाइब्रेरी में संजो लेते और जब भी मौका मिलता उसका उपयोग कर लेते, जैसे उन्होंने मेरे डांस टीचर के चलने के तरीक़े की नक़ल की, जिससे उन्हें अपने किरदार पर मजबूत पकड़ बनाने में मदद मिली!'

प्राण अपनी पुत्री से सहमति प्रकट करते हुए कहते हैं, 'मैं आम लोगों को देखा करता और उनके असाधारण हाव-भाव, चाल-ढाल की नकल करता। मेरी पुत्री पिंकी के एक डांस टीचर थे, जो विकलांग थे। मगर रोचक बात यह थी कि वे कभी बैसाखियां इस्तेमाल नहीं करते मात्र एक छड़ी के सहारे से चलते थे और उनका छड़ी प्रयोग करने का तरीका भी कुछ अनोखा था। चलते समय वे अपने विकृत पांव को छड़ी पर रखकर चलते थे। जब मुझे 'हीर रांझा' में लंगड़े व्यक्ति कैदो की भूमिका करने का मौका मिला तो मैंने उनके चलने के तरीक़े की नक़ल की, जिसे मैं एकदम असामान्य समझता था।'

फिल्म 'चोर के घर चोर' के निर्माता-निर्देशक चंदर सदाना ने रहस्योद्घाटन किया कि किस तरह प्राण ने उनकी फ़िल्म के लिए नई बात सोची, 'प्राण साहब

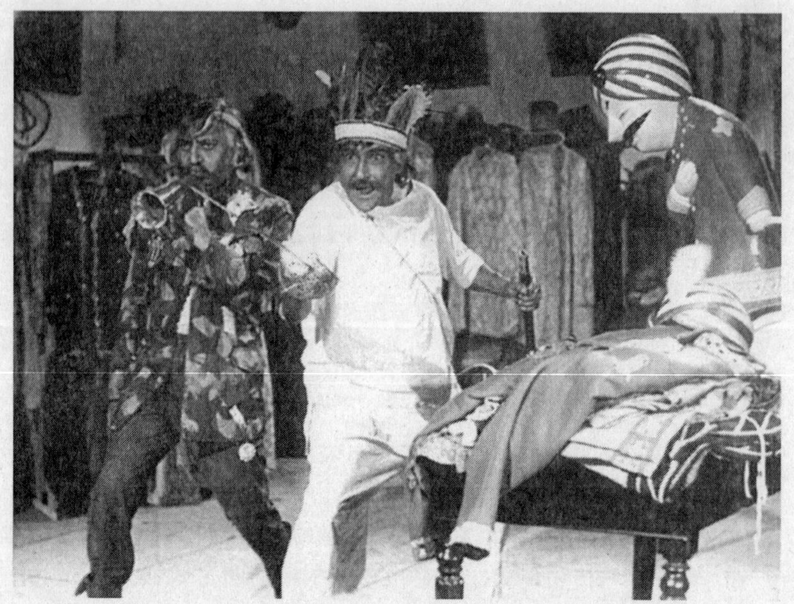

प्राण और अशोक कुमार फ़िल्म 'चोर के घर चोर' के एक हास्यदृश्य में

हमेशा ही अपने किरदार के गेटअप में काफ़ी रुचि रखते थे। 'चोर के घर चोर' में हम लोग एक पागल का किरदार चाहते थे। उन्होंने बताया कि मैंने बांद्रा में एक पागल देखा है, जो मिलिट्री की पोशाक और उस पर मेडल भी पहने हुए रहता है। उसके आधार पर उन्होंने किरदार पर काम किया और सात दिनों में उस किरदार के गेटअप का एक ख़ाका खींचकर हमें दे दिया।'

ये तो चंदर सदाना की स्मृति की बातें थीं, वो किरदार किस तरह प्राण की स्मृति पटल पर अंकित हुआ, इसकी बेहतर जानकारी स्वयं प्राण ने दी। प्राण ने याद करते हुए बताया कि, 'वह एक सनकी सरफिरा था, जो फ़िल्म जगत के कई लोगों को देखने जाया करता था। वो मेडल सहित मिलिट्री की पोशाक पहने रहता और अपने साथ एक गत्ते की सीटी भी रखता और उसे बजाने का दिखावा भी किया करता, मगर वास्तव में सीटी जैसी ध्वनि वह अपनी आवाज़ में निकला करता था।'

अपने किरदार के प्रस्तुतीकरण में प्राण किस प्रकार कठिन श्रम व गहन

चिन्तन करके उसे प्रामाणिक बना देते, इस संदर्भ में अरविंद सिकंद को उनके साथ फ़िल्म 'गैम्बलर'[3] के सेट पर घटी एक रोचक घटना याद आती है, 'उनका गेटअप सचमुच अद्भुत था, उनके पूरे लम्बे बाल और लम्बी दाढ़ी थी। मुझे याद है मैं एक दिन उन्हें अपने साथ ले जाने के लिए चला गया। मैं सैट पर पहुंचकर आस-पास उन्हें खोजने लगा। सहसा अपने पिता के स्वर में अपना नाम सुनकर मैं पीछे मुड़ा, मगर मेरे पिता मुझे कहीं भी नहीं दिखे। मैं भ्रमित हो गया और सैट पर फिर से उनकी तलाश शुरू कर दी। जब उन्होंने दुबारा मुझे पुकारा तो समझ में आया कि मेरे पिता ही उस गेटअप में थे जिन्हें मैं भी नहीं पहचान पाया।'

हर फ़िल्म में अपनी अलग पहचान बनाने के उद्देश्य में प्राण कहां तक सफल हुए, इसे रेखांकित करते हुए अहमदाबाद में आयोजित एक स्टार नाइट की इस घटना का उल्लेख प्रासंगिक होगा।

एक नकलची कलाकार दिलीप कुमार, राज कपूर, देव आनन्द, राजकुमार, महमूद आदि कई अभिनेताओं के अन्दाज़ और आवाज़ की नक़ल करके अपना कार्यक्रम पेश कर रहा था। वह अपना काम इतने अच्छे तरीक़े से कर रहा था कि दर्शकों को बड़ा मज़ा आ रहा था। तभी किसी दर्शक ने प्राण की नकल करने की फ़रमाइश कर दी। एक बार तो वह कलाकार एकदम चुप हो गया, फिर फ़रमाइश करने वाले दर्शक से ही उसने पूछा कि, ''प्राण के किस रूप, 'किस अन्दाज़ और किस किरदार' की नकल करूं?''

3

सिनेमा में दृश्य और ध्वनि एक दूसरे के पूरक होते हैं। अतः अपनी 'हर भूमिका में अलग-अलग तरह के रूप' दिखाने में महारत हासिल करने के साथ ही प्राण ने अपने किरदारों को अविस्मरणीय बनाने के लिए दूसरे पहलू पर भी चिन्तन करना शुरू कर दिया।

---

3. यह फिल्म 1960 में प्रदर्शित हुई थी। कृपया 1971 में प्रदर्शित देव आनन्द, ज़ाहिदा, ज़ाहिरा अभिनीत निर्माता अमरजीत की फ़िल्म गैम्बलर न समझें।

वर्तमान पीढ़ी के दर्शक आज के खलनायकों से 'तकिया-कलाम सुनकर उनका मज़ा लेने के साथ उनकी नक़ल भी करते होंगे। मगर यह रोचक तथ्य है कि अब से बहुत पहले चालीस के दशक के अन्त और पचास के दशक के शुरू में ही प्राण ने अपनी कई फ़िल्मों में 'तकिया-क़लाम' का प्रयोग किया था जो काफी लोकप्रिय हुए।

प्राण ने रहस्योद्‌घाटन किया कि, ''मेरे कुछ 'तकिया कलाम' भी वास्तविक जीवन में देखे गए परिचित व्यक्तियों से प्रेरित थे। उदाहरण के लिए एक मज़ेदार घटना सुनाता हूं, यह उस समय की बात है, जब मैं लाहौर में रूप के शौरी की दो फ़िल्मों—'बदनामी' और 'खामोश निगाहें'[4] में काम कर रहा था। शौरी साहब के एक मामाजी थे, जो उनके स्टूडियो की देखभाल किया करते थे। वे स्टूडियो की थोड़ी नीची हत्थेवाली कुर्सी पर बैठे-बैठे बीड़ी या सिग्रेट का कश लगाते हुए किसी-न-किसी बात की व्याख्या करते रहते।

'उनका सिग्रेट पकड़ने का तरीक़ा बड़ा अटपटा था। वे अपने दाहिने हाथ की तर्जनी को टेढ़ा करके सिग्रेट के सिरे को अपने अंगूठे और तर्जनी के निचले भाग के बीच के स्थान में दबाकर रखते। कभी-कभी वे सिग्रेट का कश खींचते हुए ठेठ पंजाबी लहज़े में कहते ''क्यों? ठीक है ना ठीक!'' ऐसा कहते समय वे आखिरी ठीक के 'क' पर बड़ा जोर देते, और अन्त में शायद सिग्रेट की राख झाड़ने के लिए उसी टेढ़ी की हुई और सिग्रेट थामी हुई तर्जनी से अपनी नाक थपथपाते। ये सारी क्रियाएं वे एक ही क्रम में बड़ी लयबद्धता के साथ करते। अपनी प्रत्येक व्याख्या के अन्त में उनका ये हाव-भाव और कथन उनका तकिया-कलाम बन गया।

'मामाजी हमेशा स्टूडियो में ही रहते और शराब के शौक़ीन थे। एक बार वे बहुत ज्यादा पी कर गिर पड़े और अपनी नाक को आहत कर बैठे। अगले दिन किसी चर्चा के बीच उन्होंने सिग्रेट का एक जोरदार कश लगाया और अपनी आदत के अनुसार तकिया कलाम बोलते हुए अपनी नाक को थपथपाया (शायद, वे पिछली रात लगी चोट को भूल गए) मगर, इस बार अनजाने में ही

---

4. दोनों ही फिल्में 1946 में प्रदर्शित हुई थीं।

उनका तकिया कलाम बदल गया और "क्यों? ठीक है ना, ठीक?" में दर्द की तड़प का "हाय...." भी जुड़ गया और तभी उन्हें अहसास हुआ कि वे अपनी नाक को बुरी तरह आहत कर बैठे हैं!

मैंने इसका इस्तेमाल फिल्म 'पत्थर के सनम' में किया और पूरी फिल्म में यह मेरा तकिया कलाम बना रहा।"

प्राण इस विषय को आगे बढ़ाते हुए और दो फ़िल्मों का जिक्र करते हैं, जिनमें उन्होंने अपने किरदार में कुछ अनोखापन भर दिया, "'दस लाख'[5] में मैंने हर समय अपनी बात को दुबारा ग़लत अंग्रेज़ी में बोलकर हास्य का पुट भर दिया। 'हीर रांझा'[6] के सारे डॉयलाग तुकबंदी में होने कारण मुझे अपने डॉयलाग तुकबंदी में ही बोलने पड़े।"[7]

प्राण उन थोड़े से अभिनेताओं में से एक हैं, जिन्होंने अपने कैरियर में इतने अधिक प्रकार के भेष बनाए और प्रत्येक में डॉयलाग बोलने का अपना विशिष्ट व भिन्न अन्दाज़ भी शामिल किया। इनमें से हर एक का वर्णन करना सम्भव नहीं है। फिर भी ये जो थोड़े से उदाहरण यहां दिए गए हैं, वे यह प्रमाणित करते हैं कि प्राण ने अपने प्रत्येक किरदार को भिन्नता, विशिष्टता व रोचकता प्रदान करने का सफल प्रयास किया। इनकी याद आज भी प्राण की आंखों में सन्तोष की चमक लाने में सफल होती है।

4

प्राण ने तो कभी किसी से अभिनय का प्रशिक्षण लिया, जो उन्हें अपनी आवाज़ को तराशने की तालीम देता और न ही कभी थिएटर में काम किया, जहां उन्हें आवाज़ को ज़्यादा असरदार बनाने का अवसर मिलता। उन्हें तो स्वाभाविक रूप से ही उनकी अपनी आवाज़ तथा हर प्रकार के लहज़ों की नक़ल कर सकने की उनकी क्षमता पूरी तरह रास आई!

5. यह फिल्म 1966 में प्रदर्शित हुई।

6. यह फिल्म 1970 में प्रदर्शित हुई।

7. 'हीर रांझा' के डॉयलाग उर्द के मशहूर शायर कैफ़ी आज़मी ने लिखे थे।

प्राण ने अब अपने किरदारों के लिए उनकी प्रकृति व परिवेश के अनुसार विभिन्न प्रकार की आवाज़ें गढ़ना शुरू कर दिया। उनकी सफलतम फिल्मों की लम्बी फ़ेहरिश्त इस बात को सत्यापित करती है कि उन्होंने अपनें किरदार के चित्रण के इस महत्वपूर्ण पहलू पर काफी चिन्तन व चतुराई से कार्य किया।

बोलने की अपनी विशेष शैली विकसित करने अथवा इसकी तालीम लेने की बजाए लोगों को देखकर उनके जैसी ही बोली निकालने की अपनी क्षमता का उपयोग करके उन्होंने आवश्कतानुसार असामान्य तरीक़े से बोलियां बोलीं।

उर्दू-हिन्दुस्तानी-हिन्दी भारत के हर प्रान्त में अपने अलग और विशिष्ट लहजे में बोली जाती थी। अतः बोलने के सटीक लहज़े में महारत हासिल करना महत्वपूर्ण था। प्राण ने पूरी चेष्टा व मेहनत से हिन्दी बोलने के विभिन्न लहज़ों में महारत हासिल की। उन्होंने इस उपमहाद्वीप के हर क्षेत्र में हिन्दी बोलने के अलग-अलग लहज़ों पर विशेष ध्यान दिया। उदाहरण के लिए एक नेपाली गुरखा और एक दक्षिण भारतीय के हिन्दी शब्दों के उच्चारण व उतार-चढ़ाव में जमीन-आसमान का अन्तर होगा। या फिर एक मराठी का हिन्दी बोलने का तरीका एक बिहारी या भोपाली से बिल्कुल अलग रहेगा। यह कौशल ख़ासकर उस समय काफ़ी मददगार साबित होता है जब किरदार में कुछ हास्य का रंग भरना होता है।

प्राण के विशिष्ट स्वर के बारे में उनकी पुत्री पिंकी भल्ला का कहना है, ''यह उनकी स्वाभाविक आवाज़ है। मैं नहीं समझती उन्होंने इसकी कोई तालीम ली है। वह बड़े पेशेवर थे। उन्होंने हर फ़िल्म में अलग तरह का लहजा इस्तेमाल किया है। आपको याद होगा कि एक नेपाली व्यक्ति की भूमिका निभाते हुए 'कसौटी'[8] में उन्होंने नेपाली लहज़े में ही हिन्दी बोली और दर्शकों को इससे काफ़ी मज़ा भी आया, खासकर उस गाने में 'हम बोलेगा तो बोलोगे कि बोलता है।'[9] यह गाना काफ़ी लोकप्रिय हुआ था और आज भी बड़े चाव से सुना जाता है।'' इस गाने की पहली पंक्ति पूरी फ़िल्म में प्राण का तकिया कलाम थी यह

---

8. यह फिल्म 1974 में प्रदर्शित हुई।

9. यह गाना वर्मा मलिक ने लिखा, कल्याणजी आनन्दजी ने संगीतबद्ध किया और किशोर कुमार ने गया था।

बात लोगों को आज भी याद है और अपने जीवन में मौका पड़ने पर लोग स्वयं भी ऐसा बोलने से नहीं चूकते। किसी एक ही भाषा को विभिन्न लहज़ों में सटीकता से बोलना आसान काम नहीं है!

स्वाभाविक रूप से किसी की भी नक़ल करने में माहिर प्राण के लिए भी सही टोन, स्तर के उतार-चढ़ाव व शब्दों पर ज़ोर देने की कला में प्रवीणता प्राप्त करना काफी श्रमसाध्य कार्य था।

प्राण अपनी बात जारी रखते हुए कहते हैं "हम लोग फिल्में दर्शकों के मनोरंजन के लिए बनाते हैं न कि आत्मतोष के लिए! मात्र वेश-भूषा (सलवार और चोगा पहनकर) तथा लाल डाढ़ी और विग लगाकर मैं 'ज़ंजीर' में एक प्रभावशाली पठान[10] नहीं लग सकता था, इसलिए मैंने अपनी आवाज़ भी पठानों जैसी ही बना ली। कई बार तो सही उच्चारण न कर पाने के कारण मुझे अठ्ठारह रीटेक तक करने पड़े!"

'कश्मीर की कली'[11] में प्राण ने अपनी ख़लनायकी में थोड़ा हास्य का पुट भरने का विचार किया। नायिका चम्पा के प्रणय-प्रार्थी की भूमिका में प्राण ने खास पहाड़ी लहज़े में तक़िया कलाम का प्रयोग किया। अपना धैर्य प्रदर्शित करते हुए पूरी फ़िल्म में वे यही कहते हैं "शताले, शताले, शम्पा! अपना भी शमय आएगा।"[12] हास्य के इस मधुर पुट के कारण दर्शकों को उनसे साहनुभूति भी हो जाती है, जब वे नायक के हाथों परास्त हो कर चम्पा का प्रेम पाने में असफल होते हैं!

एस. एम. सागर द्वारा निर्देशित फ़िल्म 'अधिकार'[13] में उन्होंने एक भोपाली बन्ने खां की भूमिका अदा की थी। इस फिल्म की कहानी व डॉयलाग सलीम-जावेद[14] ने लिखे थे। इसका ज़िक्र आते ही अच्छा कार्य करने के आनन्द

10. मूलतः पठान लोग अफ़गानिस्तान में रहते हैं, लेकिन बहुत सारे आकर भारत में भी बसे हुए हैं।

11. प्रोड्यूसर-डायरेक्टर शक्ति सामन्त की इस फ़िल्म में नायक-नायिका शम्मीकपूर और शर्मिला टैगोर के साथ प्राण खलनायक की भूमिका में थे। यह 1964 में रिलीज हुई थी।

12. चम्पा शर्मिला टैगोर बनी थी, जिसे प्राण शम्पा कहकर हास्य उत्पन्न करते थे।

13. यह फ़िल्म 1971 में प्रदर्शित हुई।

14. सलीम खान और जावेद अख्तर पहले संयुक्त टीम के रूप में कथा पटकथा लिखते थे। ज़ंजीर (1973), दीवार (1975) और शोले (1975) के बाद दोनों साझेदारी खत्म कर अलग-अलग काम करने लगे।

व सन्तोष से उनकी आंखों में चमक आ जाती है। प्राण प्रसन्न हो कर याद करते हैं, "जब मैंने 'अधिकार' की कहानी सुनी तो मुझे बन्ने खां का किरदार बहुत पसंद आया क्योंकि यह काफ़ी रोचक था, पर मैंने यह भूमिका अदा करने के लिए एक शर्त रखी कि जावेद मियां दो दृश्य अपनी आवाज़ मे रेकॉर्ड करके मुझे देंगे। क्योंकि मैं कभी भोपाल नहीं गया था और वहां की भाषा व लहज़े से वाक़िफ़ नहीं था और जावेद इतनी अच्छी भोपाली बोलते थे कि वहां के निवासियों को भी शर्म आ जाए।

"जावेद मान गए और उन्होंने भोपाली भाषा में दो दृश्य अपनी आवाज में रे. कार्ड करके मुझे दे दिए। मैंने उस टेप को रात में शान्ति से सुनकर उसका अच्छी तरह अभ्यास किया। वह किरदार बहुत पसंद किया गया। मैं इसकी सफलता का श्रेय जावेद को देना चाहूंगा, जिन्होंने इतने अच्छे डॉयलाग लिखे और मुझे भी बोलने सीखने में मदद की। "उदाहरण के तौर पर :

एक दृश्य में कुछ गुंडे एक लड़की को अगवा करने की कोशिश करते हैं, लड़की मदद की गुहार लगाती है और बन्ने खां उस मौके पर वहां पहुंच जाता है। गुंडा कहता है जान अगर हम तुम्हें छोड़ देंगे तो हम कहां जाएंगे!

'इस पर बन्ने खां कहते हैं "मियां आप कहां जाएंगे ये हम बता देते हैं, पहले बीबी[15] को छोड़ दो।"

'तब गुंडा उन्हें धमकाता है, "चलो हटो सामने से।" तो बन्ने खां पलटकर जवाब देते हैं, "अगर हम सामने से हट गए तो आपकी बत्तीसी अपने हाथ में आ जाएगी"

'भोपाल, पंजाब या हैदराबाद सभी क्षेत्रों में उर्दू बोलने का अपना-अपना अलग अन्दाज़ और लहज़ा होता है। इसके अलावा हर क्षेत्र की अपनी खास रवायतें और विशेष हाव-भाव होते हैं।

'उदाहरण के तौर पर, 'पान खाने का तरीक़ा। अधिकांश फ़िल्मों में किसी न किसी दृश्य में खलनायक को पान खाते हुए दिखाया जाता है, इसलिए मैंने अनेक क्षेत्रों के लोगों के पान खाने के अन्दाज़ पर भी ग़ौर किया।'

---

15. भोपाली ज़बान में लड़कियों को बीबी कहा जाता है।

'मैंने देखा कि भोपाल में पान में चूना और कत्था बहुत ज्यादा लगाया जाता है और रोचक बात यह है कि वहां के लोग चूना एक उंगली से लगाते हैं और कत्था दूसरी उंगली से। उत्तर प्रदेशा में यह काम और भीं अलग तरीक़े से किया जाता है। वहां एक उंगली से चूना लगाकर चारों उंगलियों से फैलाया जाता है। जब भी मैंने इस तरह के हाव-भाव इस्तेमाल किए, वह किरदार अत्यंत सफल रहा। इससे मेरे साथ-साथ दर्शकों को भी बड़ा मज़ा आया।''

आज के खलनायकों द्वारा अपनी भूमिका में हास्य का पुट देना शुरू करने से वर्षों पूर्व ही प्राण इस विद्या का सफलतापूर्वक प्रयोग करके अपने कई किरदारों को स्मरणीय रूप दे चुके थे।

5

अपनी भूमिकाओं में हास्य का पुट होने के बावजूद प्राण करोड़ों दर्शकों के दिलों में दहशत और आतंक पैदा करने में भी सफल रहे!

निरन्तर सफलतापूर्वक खलपात्रों की भूमिकाएं निभाते हुए भी सर्वत्र समान रूप से लोकप्रियता प्राप्त करने की उल्लेखनीय उपलब्धि अपेक्षाकृत काफ़ी कम अभिनेताओं को ही मिली। कहा जाता है कि विलक्षण बुद्धिमत्ता से चेहरे की मांसपेशियों का प्रयोग करने वाले एकमात्र अभिनेता भी सम्भवतः प्राण ही हैं! वे अपनी भौहों को भी सही समय पर सुन्दरता से खींच कर कुटिलता का प्रदर्शन करते थे।

इस संदर्भ में प्राण समझाते हैं, ''कुछ हाव-भाव और आदतें आमतौर पर बुरे लोगों में ही पाई जाती हैं, जैसे वक्र हंसी, हर समय सिग्रेट पीते रहना, रक्त सी लाल आंखें, बहुत ज्यादा शराब पीना। आमतौर पर बुरे व्यक्ति के चरित्र गें पाए जाने वाले इन सब लक्षणों के अलावा उनके साथ कुछ व्यक्तिगत गुण व आदतें जोड़कर प्राण ने अपने किरदारों का सजीव चित्रण किया! इससे उनके द्वारा अभिनीत अनेक किरदारों में एकरसता नहीं आई। ऐसी व्यक्तिगत आदतें जो ज्यादा प्रभावशाली ढंग से खलनायक का अहंकार व अन्य गुण प्रकट करे।

उदाहरण के तौर पर प्राण फिल्म 'कब क्यूं और कहां?'[16] का उल्लेख करते हैं, "इस फिल्म में हर वक्त मैं एक सिक्का उछालता रहता हूं और वापस चतुराई से उसे पकड़ लेता हूं। वह सिक्का हर बार मेरे हाथ में ही आता है, कभी जमीन पर नहीं गिरता। यह करतब दिखाने के लिए काफ़ी अभ्यास और श्रम करना पड़ा, मगर ये सारा बेकार नहीं गया क्योंकि दर्शकों को इसमें काफी मज़ा आया। आप देखिए कि यह क्रिया अत्यधिक आत्मविश्वास के साथ ही अतिरिक्त चालाकी भी प्रदर्शित करती है, जो उस किरदार का चारित्रिक गुण था।

बहुत सारे प्रशंसकों ने इस करतब की प्रशंसा करते हुए मुझे पत्र लिखा। मुझे प्रसन्नता हुई कि करोड़ों दर्शकों में काफी होशियार लोग मेरे प्रशंसक हैं।"

प्राण की फ़िल्में देखने वाले सभी लोग इस बात पर एकमत होंगे कि उनकी आंखें बेहद चित्ताकर्षक हैं और इनका प्रभावशाली प्रयोग उन्होंने हमेशा किया (फ़िल्मों के अलावा भी)।

लाहौर में लापरवाही से मोटरसाइकिल चलाने के मामले में मजिस्ट्रेट ने उनकी आंखों की प्रशंसा करते हुए जुर्माने की भारी रक़म को माफ़ कर नाम मात्र का जुर्माना किया! बाद में साहेब मामा (प्रभात कं. के श्री फतेहलाल) ने भी कहा "डोले इशांगले आहेत" अर्थात् 'आंखें बहुत सुन्दर हैं।'

प्राण लोगों पर अपनी आंखों के प्रभाव को लेकर पूर्ण आश्वस्त थे और इसका पूरा लाभ उठाते थे। दर्शक मानते हैं कि प्राण ही एकमात्र ऐसे खलनायक हैं जो अपने पहले दृश्य से ही दर्शकों के दिलों में दहशत भर देते हैं, आमतौर पर अपनी आंखों के उत्कृष्ट उपयोग द्वारा! उनके द्वारा निभाए जा रहे खल पात्र को घृणा, इर्ष्या, लोभ, कामुकता जो भी भाव प्रकट करना होता अथवा अन्त में पश्चताप, खेद या दुख प्रकट करना होता, वे सामने वाले को एक नज़र देखकर अथवा कटाक्ष से या फिर भौहों के झटके से प्रकट कर देते।

प्राण इस बात पर ज़ोर देकर कहते हैं कि, "आंखें और आवाज़ किसी को डराने-धमकाने में महत्वपूर्ण भूमिका अदा करती है और मैं इनका पूरा इस्तेमाल करता हूं।

16.यह फिल्म 1970 में प्रदर्शित हुई।

आंखों की एक हल्की-सी हरक़त काफ़ी बड़ी बात समझा देती है, आंखें छोटी करके माहौल में तनाव पैदा किया जा सकता है। स्वर का उतार-चढ़ाव सही हो तो आवाज़ गज़ब ढ़ा सकती है! मैं, कभी भी, किसी भूमिका में ज़ोर से नहीं बोला। 'दिल दिया दर्द लिया' में भूमिका की मांग के अलावा कभी भी जोर से नहीं हंसा!"

इन सब बातों के अलावा प्राण ने निश्चय किया कि वे अपनी भूमिका की तैयारी के महत्वपूर्ण तत्वों को संयोग या भाग्य तथा फ़िल्म के कास्ट्यूम डिपार्टमेंट के भरोसे नहीं छोड़ेंगे। चूंकि वे अपने हर किरदार के रूप-रंग व आकृति के प्रति काफ़ी सचेत थे, अतः वे वस्त्रों तथा विग आदि के डिजाइन व संयोज़न तथा मेकअप के निर्धारण में सक्रिय भूमिका निभाते थे।

इन सब कार्यों के साथ उनकी तैयारी जारी रहती।

12

जारी है तैयारी

1

ज़्यादा सशक्त लिखे जाने वाले नायक के किरदार को शुरू से अन्त तक कड़ी टक्कर देने के लिए प्राण ने खुद अपने श्रम व प्रयत्नों के अलावा कुछ और लोगों की कला का भी अच्छा उपयोग किया।

किसी भूमिका के सफल निर्वाह के लिए उनके द्वारा लागू की गई तीन आवश्यकताओं 'नई तरह की आवाज, नई तरह की चाल-ढाल और नए तरह का ही मेकअप' में से प्रथम दो की पूर्ति तो वे खुद अपने ही ज्ञान, अनुभव, प्रतिभा और कौशल से कर लेते, मगर हर किरदार के वास्ते नए तरह के मेकअप के लिए अपने विचारों के साथ-साथ उन्हें कुशल, अनुभवी व पेशेवर मेकअप करने वाले कलाकारों की भी आवश्यकता रहती, जो उनके साथ बेहतर ताल-मेल रखते हुए काम करें।

पचास और साठ के दशक में 'अलिफ लैला', 'हलाकू', 'अदालत' और 'जिस

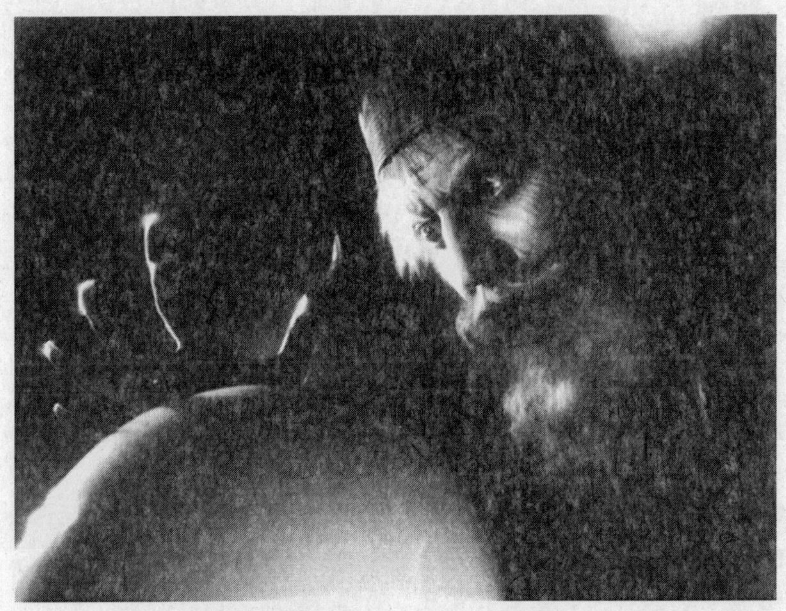

फ़िल्म अलिफ लैला में जादूगरी अन्दाज़ में प्राण

देश में गंगा बहती है' आदि फ़िल्मों में उनके द्वारा धारण किए गए भेष उनकी अपनी प्रतिभा व कार्य निष्ठा के साथ ही साथ उनके मेकअप मेन व विग मेकर की भी प्रवीणता प्रमाणित करते हैं। वे दोनों उनके साथ प्रत्येक फ़िल्म में एक टीम की तरह कार्य करते थे।

प्राण जब भी कोई नई भूमिका साइन करते पहले खुद उस किरदार के बारे में काफ़ी चिन्तन करते और फिर अपने मेकअप आर्टिस्ट पंढ़ारी जूकर तथा विग मेकर एस. कबीर को बुलाकर उन्हें अपने विचारों से अवगत कराते। फिर तीनों एक साथ बैठकर विचार-मंथन करते तो निश्चित रूप से नए विचारों का नवनीत निकल कर आता। इस प्रकार प्राण की प्रतिभाशाली व विश्वसनीय टीम अपना काम करती थी।

तजुर्बेकार मेकअप आर्टिस्ट पंढ़ारी जूकर ने बोम्बे में अपना कैरियर लगभग उसी समय शुरू किया था जब प्राण ने लाहौर में। उन्हें जितनी याद है उससे कहीं अधिक ही फिल्मों में उन्होंने प्राण का मेकअप किया था। पंढ़ारी दादा के

नाम से मशहूर पंढ़ारी जूकर बताते हैं कि, 'किसी भी अन्य अभिनेता ने इतने प्रकार के मेकअप के साथ इतने अधिक गेटअप नहीं बनाए जितने प्राण साहब ने बनाए थे।

'वे, कहानी को पूरी तरह समझकर, अपने किरदार में समा जाते और उसकी प्रकृति के अनुरूप ही मेकअप का चुनाव करते, तत्पश्चात् अपनी लाइब्रेरी (पुस्तकों के साथ-साथ अपने दिमाग़ में मौजूद विचारों के संग्रह) की मदद से उसके उपयुक्त दाढ़ी-मूंछ व विग चुनते।

'कई बार वे अपने किरदार का रेखा-चित्र बनवा लेते, जिससे हम समझ जाते कि वे क्या चाहते हैं और हम उसी के अनुसार अपना कार्य करते। इस प्रकार कार्य की प्रक्रिया में खुद कलाकार के सक्रिय सहयोग में हमें अपना कार्य करने में बड़ा आनंद आता।'' प्राण साहब जैसा मेकअप का शौक़ बहुत कम लोगों में मिलेगा। पंढ़ारी दादा अपनी बात जारी रखते हुए कहते हैं, ''उनके बारे में विलक्षण बात यह है कि एक बार मेकअप पूरा होने के बाद उनकी बोली, चाल-ढ़ाल सब कुछ किरदार जैसा ही हो जाता। उदाहरण के लिए यदि वे लंगड़े ग्रामीण की भूमिका कर रहे हैं तो उन्हें देखकर वैसे ही ग्रामीण का आभास होगा। एक तरह से कह सकते हैं कि सही मेकअप से आधा मोर्चा फतह हो जाता है। एक अभिनेता सही मेकअप के बिना ठीक तरह से अभिनय भी नहीं कर सकता।'' पंढारी दादा इस बात पर ज़ोर देते हैं।

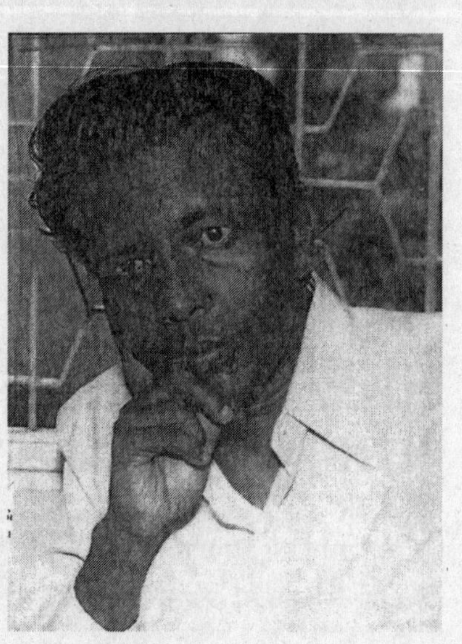

विग बनाने में सिद्धहस्त एस. कबीर

कला और पेशे के प्रति प्राण के समर्पण को दर्शाते हुए पंढ़ारी दादा आगे बताते हैं–''प्राण साहब हमेशा से ही वक्त के पाबन्द थे। वे मेकअप के लिए

पूरा समय देते और कहते—मैं शूटिंग के लिए आया हूं और आपके हवाले हूं। वे कभी ज़ल्दबाजी में या खानापूर्ति के लिए मेकअप नहीं कराते। वे इसे बिल्कुल सटीक चाहते थे इसलिए मेकअप कराते समय कभी कोई समस्या खड़ी नहीं करते।" भारतीय फ़िल्मों के साथ ही कुछ विदेशी फ़िल्मों के लिए भी कार्य कर चुके पंढ़ारी दादा प्राण के अभिनय और कार्यपद्धति को कुछ श्रेष्ठ विदेशी कलाकारों के समकक्ष बताते हैं।

जिनके चेहरे पर मेकअप करके उन्हें हमेशा खुशी मिली उन प्राण साहब के बारे में पंढ़ारी दादा प्रसन्नता पूर्वक कहते हैं – "उन्होंने मेकअप आर्टिस्ट को हमेशा साधारण से ऊपर उठकर सर्वश्रेष्ठ कार्य करने का पूरा मौका दिया।"

पंढ़ारी दादा एक और रोचक बात पर प्रकाश डालते हैं – "आजकल के कलाकार एक शॉट के बाद ही अपनी दाढ़ी वगैरह उतार देते हैं, जबकि प्राण साहब पूरे दिन की शूटिंग पूरी किए बिना दाढ़ी, मेकअप कभी नहीं उतारते, चाहे वह कितना ही असुविधाजनक और जटिल ही क्यों न हो। क्योंकि वो जानते थे कि एक बार उतार कर दुबारा करने पर मेकअप कभी भी पहले जितना सटीक नहीं होगा क्योंकि पहला कार्य ही श्रेष्ठ होता है।"

2

प्राण की आदत थी कि वे शूटिंग की शिफ्ट शुरू होने से पहले ही तैयार हो कर सैट पर पहुंच जाते थे, चाहे उस वक्त उनका शॉट हो या नहीं। ऐसा करके वे फ़िल्म में पूरी तरह उतर जाते। अपने सह कलाकारों के काम को देखकर वे अपनी भूमिका को अकेले ही नहीं बल्कि साथी कलाकारों के साथ किस प्रकार तालमेल बैठाकर करना है यह भी अच्छी तरह समझ जाते।

गहन प्रयत्न के साथ अपनी तैयारी करने के कारण प्राण लगातार एक के बाद एक अत्युत्तम प्रदर्शन करते रहे जो आज भी दर्शकों के ज़ेहन में ज़िंदा हैं। शुरू से ही प्राण अपनी फ़िल्मों की सभी समीक्षाओं पर पैनी नज़र रखते थे। 'मूवी टाइम्स' में छपी गोप प्रोडक्शन की फ़िल्म 'मालकिन' की समीक्षा उन्होंने ज़रूर पढ़ी होगी, जिसमें उनकी उत्कृष्ट अदाकारी की प्रशंसा के साथ ही अस्वाभाविक व असंगत केश-विन्यास की आलोचना भी थी। तब प्राण ने कुछ

ऐसा करने का निश्चय किया जिससे उन्हें फिर कभी ऐसी टिप्पणियां न मिले।

इसके लिए कठोर परिश्रम की आवश्यकता थी और प्राण इससे कभी पीछे नहीं हटे। अपने किरदार का वास्तविक रूप गढ़ने के तरीके पर प्राण कहते हैं, "मैं जब भी किसी अख़बार या पत्रिका में कुछ असामान्य छपा हुआ देखता, तो उसे काटकर फ़ाइल में लगा लेता और जब कभी उस प्रकार की भूमिका मिलती, मैं अपने अभिनय में उसका समावेश कर लेता। मैं वास्तविक समाचारों और उनके साथ की तस्वीरों का भी उपयोग करता था। मैं उन्हें अपने वस्त्र तथा विग निर्माता व मेकअपमेन को दिखाकर किरदार की पोशाक दाढ़ी-मूंछ व गेटअप के बारे में अपने विचारों को उन्हें बताता।

'जुगनू' में राज मेहरा और प्राण (मुजीबुर्रहमान के पहनावे में)

विश्व प्रसिद्ध हस्तियों के व्यक्तित्व ने मुझे हमेशा ही आकर्षित किया, इसलिए मैंने उनके रूप की भी नक़ल की! 1965 में प्रदर्शित फ़िल्म 'खानदान' में मेरा मेकअप हिटलर से प्रभावित था। उन्हीं के जैसी मूंछें और केश। फ़िल्म 'अमर अकबर एंथनी'[1] में मेरा रूप अब्राहम लिंकन जैसा था। 'जगुनू'[2] में मैंने

1. अमर-अकबर-एंथनी – 1977।

2. जुगनू – 1973।

एक प्रोफेसर की भूमिका की थी और गेटअप शेख मुजीबुर्रेहमान जैसा बनाया। उन्हीं के जैसा कुर्ता,[3] विग, चश्मा, मूंछें। हालांकि दर्शकों को लगा होगा कि ये चेहरा कुछ जाना-पहचाना है, मगर वे ठीक तरह से यह नहीं पकड़ पाए कि मैंने किसकी नक़ल की है। वह एक क्रान्तिकारी भूमिका थी। 'निगाहें'[4] में मैंने ठीक वैसी ही दाढ़ी लगाई जैसी स्व. राजीव गांधी के संचार सलाहकार सैम पित्रोदा की थी।''

प्राण दबी हुई हंसी के साथ यह राज़ खोलते हैं कि 'जोशीला'[5] में, उन्होंने किसकी दाढ़ी की नकल की, ''मैंने शशि कपूर के ससुर ज्योफ्री कैंडल की दाढ़ी[6] की नक़ल की थी। मैंने उनकी तस्वीरों को ध्यान से देखा, अपने मेकअपमेन को दिखाया और उनके जैसी लुभावनी दाढ़ी लगाकर मैंने एक अपाहिज व्यक्ति की भूमिका निभाई।'' अद्वितीय विग निर्माता एस. कबीर ने प्राण के अपने किरदार में ढलने में अहम् व अपरिहार्य भूमिका निभाई।

कबीर के कनिष्ठ पुत्र[7] सिराज बताते हैं कि, ''जब भी मेरे पिता प्राण साहब की किसी फ़िल्म के लिए काम करते तो उन्हें प्रत्येक दिन सेट पर हाज़िर रहना पड़ता।''

प्राण स्वयं इस उल्लेखनीय विग निर्माता की भूमिका को स्वीकार करते हुए कहते हैं, ''ये कबीर ही था जिसके बनाए हुए विग से मेरे गेटअप इतने यादगार बन गए। कबीर के बनाए हुए विग इतने अच्छे होते थे कि किसी विग को वर्षों बाद डिब्बे से निकालने पर भी उसका आकार और पड़त वैसी ही मिलेगी जैसी पहली बार थी।''

कबीर अपने अनुभव के आधार पर कहते हैं, ''जिस पल प्राण साहब पूरे मेकअप के साथ वे दाढ़ी-मूंछें लगा लेते, वे प्राण न रहकर जिस किरदार को अदा

---

3. बंगलादेश के निर्माण में महत्त्वपूर्ण भूमिका निभाने वाले जन-नेता (1971) पूरी बाजुओं का हिन्दुस्तानी पहनावा कुर्ता।

4. निगाहें —1989।

5. जोशीला — 1973।

6. स्व. जैनिफर कैंडल व फेलिसिटी कैंडल के पिता जिनकी चलायमान थियेटर कम्पनी शेक्सपीयराना थी, जो भारतीय दर्शकों के लिए बार्ड के कार्यों को प्रदर्शित करते थे।

7. कबीर के दो पुत्रों फारूक़ी और सिराज ने अपने पिता से विग बनाने का कार्य सीखा था।

कर रहे होते वही बन जाते। प्राण साहब के चेहरे पर हर तरह की भूमिका फ़बती है। खुदा के क़रम से उन्हें ऐसा चेहरा मिला है कि मेकअप कर लेने के बाद वे भिखारी भी लग सकते हैं और करोड़पति भी। सब अभिनेताओं को ऐसी तौफ़ीक़ नहीं मिलती! इसके कारण यह तय कर पाना मुश्किल है कि उनका कौन-सा गेटअप ज्यादा असरदार है! सारे एक से बढ़कर एक हैं।"

एक जमाने की नायिका और बाद में खलनायिका बनी शशिकला इस बात की तस्दीक़ बड़ी रोचकता से करती हैं, "सावन कुमार टाक की फिल्म 'सलमा पे दिल आ गया'[8] के सैट पर जब मैंने उन्हें देखा तो वे एक पीर या सन्त के भेष में थे।" शशिकला याद करती हैं कि, "उनके आने से सेट पर उनका ही व्यक्तित्व छा गया। ऐसा आभास हो रहा था कि उनके अन्दर से कोई पवित्र आभा फूट रही है!"

लम्बे समय तक मेकअप के कुशल कलाकारों के साथ काम करते-करते प्राण को स्वयं भी इसका काफ़ी ज्ञान व अनुभव हो गया और उन्होंने मेकअप को ज़्यादा प्रभावशाली बनाने की तकनीक विकसित की।

पंढ़ारी जूकर यह राज़ खोलते हैं कि प्राण ने उन्हें विग लाइन को छुपाने का काफ़ी कारगर तरीका बताया। "विग व्यक्ति के सर का ही एक हिस्सा कैसे लगे, यह तरीका मैंने प्राण साहब से सीखा। प्राण साहब विग को गर्दन के पास चिपका कर उस जगह को ब्राउन पेंसिल से त्वचा व विग के रंग को मिलाकर ऐसा वर्ण बना देते कि व्यक्ति की त्वचा और विग में कोई फर्क ही मालूम नहीं पड़े।" अपने द्वारा निभाए गए किरदारों के मेकअप व गेटअप के प्रति प्राण को इतनी आसक्ति व अनुरक्ति है कि उन्होंने जयपुर के एक कलाकार धरमदास को अपने कुछ स्मरणीय किरदारों के चित्र बनाने का काम सौंपा। उन फ़िल्मों से उपयुक्त चित्र लेकर उनके आधार पर धरमदास ने अद्भुत ढंग से अपना कार्य करके कुल सोलह तस्वीरें बनाई, जिनमें से कुछ आज भी उनके घर की दीवारों पर लगी हैं।

वेश-भूषा की सत्यता के लिए प्राण जिस सम्प्रदाय का किरदार निभा रहे होते, उसी सम्प्रदाय के किसी व्यक्ति का सहयोग लेने में भी वे नहीं हिचकते।

---

8. यह फ़िल्म 'सलमा पे दिल आ गया' 1997 में प्रदर्शित हुई।

फिल्म 'कसौटी'[9] में उन्होंने एक नेपाली गुरखा की भूमिका अदा की थी। इसके लिए उन्हें गुरखाओं जैसे ही वस्त्रों तथा अन्य वस्तुओं, विशेष रूप से गुरखाओं द्वारा रखे जाने वाले छोटे तेज़ चाकू, खुखरी की आवश्यकता थी, जो उन्होंने अपने एक नेपाली मित्र से मंगवाई।

प्राण याद करते हैं, "मेरे एक नेपाली मित्र थे नेत्र राणा जो मेरे घर के निकट ही रहते थे। मैं उनसे उनकी पोशाक मांग कर लाया और उसी की नक़ल करके अपने किरदार के लिए पोशाक बनवाई। मैं उनसे उनकी असली खुखरी भी लाया था। जिस दिन खलनायक के साथ मेरा पहला दृश्य फ़िल्माया जा रहा था मैं वो खुखरी अपने साथ ले गया था। उस दृश्य में मुझे खलनायक के गले पर खुखरी लगाकर धमकाना था। खलनायक उस खुखरी को देखकर सचमुच डर गया। उसकी धार इतनी तेज़ थी कि यदि मेरा हाथ जरा भी हिल जाए तो, निश्चित रूप से सांघातिक दुर्घटना हो सकती थी। इसलिए किसी अवांछनीय दुर्घटना को टालने के लिए उसने मुझे एक नकली चाकू लेने का अनुरोध किया"!

3

गेटअप, पोशाक, चाल-ढ़ाल और लहज़े के अलावा, प्राण ने मारपीट के दृश्यों के लिए भी काफ़ी तैयारी की।

अतिरिक्त साउंड इफ़ेक्ट के कारण 'ढिशुम-ढिशुम' के रूप में लोकप्रिय, मारपीट के दृश्य, उनके खलनायक के कार्य के आवश्यक अंग थे क्योंकि फ़िल्म के अन्तिमांश में नायक-खलनायक की मुठभेड़ अवश्यम्भावी थी। अतः प्राण ने इस क्षेत्र में भी काफ़ी अभ्यास किया।

सत्तर के दशक में प्राण ने अपने प्रत्येक द्वंद्व-दृश्य को अलग व अद्भुत दिखाने का एक और अनोखा व असामान्य तरीका निकाला! वे जब भी किसी विदेश यात्रा पर जाते तो ऐसे स्थानों पर जाने की चेष्टा ज़रूर करते जहां कस्बे का निम्न-स्तर का जीवन हो और जहां उजड्ड व हाथपाई के लिए तैयार बैठे, लोग पाए जाते हों—जिन्हें अपनी लच्छेदार हिन्दी में 'गुंडा' कहा जाता है। वे

---

9. यह फिल्म कसौटी 1974 में प्रदर्शित हुई।

उनके वार व बचाव के तरीक़ों और मारपीट की युक्तियों को देखते।

एक खलनायक के नाते वे अपने मारपीट के दृश्यों को निरन्तर प्रभावशाली बनाने की चेष्टा करते। भूमिका की आवश्यकता के अनुसार किसी द्वंद्व-तकनीक की उसके उस्ताद से तालीम भी लिया करते थे। जब उन्हें अपनी भूमिकाओं में साहसिक कारनामे दिखाने की आवश्यकता पड़ी तो उन्होंने तलवारबाज़ी सीखी और दो वर्षों तक प्रतिदिन फ़ाइट मास्टर के साथ इसका अभ्यास किया।

इस बारे में प्राण के ज्येष्ठ पुत्र अरविन्द बताते हैं, ''तब मैं बहुत छोटा था, मगर मुझे याद है कि, मैं भी कभी-कभी 'सिंदबाद-द सेलर'[10] के सैट पर जाया करता था। इस फ़िल्म में उनके सह अभिनेता रंजन थे।[11] इस फ़िल्म में काफ़ी मात्रा में तलवारबाज़ी व अन्य करतब थे। इस कार्य को सटीकता से करने के लिए डैडी ने तलवारबाज़ी की तालीम ली और इसके लिए वे सुबह बड़ी जल्दी निकल जाया करते थे। कई बार मैं भी सुबह जल्दी उठकर उनके साथ चला जाता। मैं उस समय पांच या छः वर्ष का था, मगर मैं कभी नहीं भूल सकता कि उन्होंने मेरे लिए विशेष रूप से एक छोटी तलवार मंगाई और मुझे भी इसके कुछ गुर सिखाए। इस प्रकार अपने पिता के नित्य क्रम में सम्भागी बनना और उन्हें अपने प्रदर्शन को उत्कृष्ट व वास्तविक बनाने के लिए इतना श्रम करते देखना एक रोमांचक अनुभव था।''

प्राण के काम करने के गम्भीर अन्दाज़ के साथ ही साथ, उनके अंदर विनोद-प्रियता की भावना भी मौजूद थी जो उन्हें तनाव और कठिनाई के क्षणों में सुकून और राहत देने में सहायक होती, ऐसी स्थिति किसी फ़िल्म की शूटिंग के दौरान भी आ सकती थी।

पर्दे की सफल खलनायिका शशिकला प्राण की तुरत बुद्धि, ज़िंदादिली और वक्त की नज़ाक़त को समझने की क्षमता का उल्लेख करती हुई फ़िल्मिस्तान की फ़िल्म 'आबे हयात'[12] के सैट पर घटी एक रोचक घटना का ज़िक्र करती हैं– इस फ़िल्म में प्रेमनाथ नायक थे, प्राण जी खलनायक और मैं नायिका। सेट पर

---

10. सिन्दबाद द सेलर – 1952।

11. दक्षिण भारत के अभिनेता रंजन करतबबाजी वाली भूमिकाओं के लिए मशहूर थे।

12. आबे-हयात – 1955।

प्रेमनाथ के गर्म मिज़ाज को सब लोग जानते थे। ज़्यादातर हम लोग यह नहीं समझ पाते कि प्रेमनाथ कब किस बात पर क्रोधित या व्यग्र हो जाते, कई बार तो उनके व्यवहार से हमारी सहनशीलता की परीक्षा ही हो जाती। एक तलवारबाज़ी के दृश्य के दौरान प्राण और प्रेमनाथ दोनों ही विग पहने हुए थे। पता नहीं प्रेमनाथ किस तरह के मिज़ाज़ में थे, मगर उस दिन वे अपनी तलवार कुछ ज़्यादा ही फूर्ती से चला रहे थे। इससे पहले कि हमलोग कुछ समझ पाते प्रेमनाथ ने जान बूझकर तलवार से प्राण के सर से उनका विग पूरी तरह उतार दिया। इसे एक मज़ाक समझकर हर व्यक्ति हंसने लगा। मैंने जल्दी से प्राण की ओर देखा मुझे लगा वे बहुत क्रोधित होंगे। प्राण एक बार तो विचलित हुए, मगर फिर वे स्वयं भी हंसने लगे। इस प्रकार उन्होंने एक तनाव की स्थिति को टाल दिया।''

ऐसे करतब और मारपीट के दृश्य खतरनाक व जोख़िम भरे होते हुए भी फ़िल्म की व्यावसायिक सफलता के लिए आवश्यक 'रोमांच, मारपीट, एक्शन' की पूर्ति के लिए अनिवार्य हो जाते हैं। आमतौर पर अभिनेता इस तरह के दृश्यों के फ़िल्मांकन के लिए डुप्लीकेट और स्टंटमैन का इस्तेमाल करना पसन्द करते हैं।

स्टंटमैन के तौर पर काम शुरू करने वाले बहुत सारे जूनियर कलाकार जिस अभिनेता के लिए काम करते हैं, उसकी सफलता तथा प्रोत्साहन से बाद में बड़ा काम व उन्नति पाने में सफल हुए हैं। प्राण से प्रोत्साहन पाकर कई स्टंटमैन फ़ाइट डायरेक्टर बन गए। इनमें उल्लेखनीय हैं—बग्गड़, जिन्होंने एस. के. कपूर की फ़िल्मों से फ़ाइट डायरेक्टर का कार्य शुरू किया; मशहूर गंजे शेट्टी प्राण के डुप्लीकेट का काम करते-करते फ़ाइट कम्पोज़र व खलनायक भी बन गए; वीरू देवगन[13] जो 'ज़ंजीर' तक प्राण के डुप्लीकेट का काम करते थे, अपनी योग्यता व गुणों से फ़ाइट डायरेक्टर बन गए!

प्राण बहुत अधिक जोखिम भरे दृश्यों में ही डुप्लीकेट का इस्तेमाल करते, ज़्यादातर मारपीट के दृश्य वे खुद ही करते थे।

'उपकार'[14] में प्राण ने एक लंगड़े ग्रामीण मलंगबाबा की अविस्मरणीय भूमिका अदा की थी। शूटिंग के दौरान प्राण का एक पांव घुटने तक मोड़कर

---

13. आन के प्रसिद्ध हीरो अजय देवगन के पिता।

14. उपकार — 1967।

'तुमसा नहीं देखा' के इस दृश्य की शूटिंग में शम्मीकपूर के पंच से प्राण अपनी नाक बचाने में चूक गए थे

उनकी जांघ से बांधा हुआ रहता, जिससे वो वहां से कटा हुआ दीखे। फिर भी प्राण ने अपने मारपीट के दृश्य खुद ही अपने ठीक दिखाए गए एक पांव के बल पर ही किए!

'तुमसा नहीं देखा'[15] की शूटिंग के दौरान एक दर्दनाक घटना घटी। नायक शम्मी कपूर को प्राण के साथ कुछ मारपीट के दृश्य फ़िल्माने थे। दोनों ने एक साथ अच्छी तरह रिहर्सल कर ली। मारपीट के मुख्य दृश्य तो डुप्लीकेट पर फ़िल्माए जाने थे, केवल कुछ क्लोज़-अप और बीच के मिड-शॉट ही उन दोनों पर फिल्माए जाने वाले थे।

शम्मी कपूर याद करते हैं कि ये घटना कैसे घटी, "हम दोनों ने, हमारी अधिकतर क्लोज-अप और मिड-शॉट खुद ही कर लिए थे। जैसा कि आमतौर पर होता है, हम लोग क्लाइमैक्स के लिए एक मिड-शॉट कर रहे थे, जिसमें मुझे उन पर वार करना था। मुझे तीन शॉटस में उनके चेहरे पर घूंसा मारना था और उन्हें प्रतिक्रिया में अपना चेहरा पीछे करना था, जिससे उन्हें मेरे वार से चोट

15. तुमसा नहीं देखा – 1957।

न लगे। हम लोगों ने अच्छी तरह रिहर्सल कर ली। शॉट लेते वक्त दो घूंसे तो ठीक तरह से ही कर लिए गए, मगर तीसरे घूंसे के समय दुर्भाग्य से उन्होंने अपना चेहरा पीछे ले जाने की बजाए आगे कर दिया और वे मेरे घूंसे की चपेट में आ गए। मेरा हाथ आगे जा चुका था और मैं उसे वापस पीछे नहीं खींच पाया। मेरा घूंसा सीधे उनकी नाक पर लगा और वहां से खून बहने लगा। मुझे इस बात से इतना दुख हुआ कि मैं उनके पीछे-पीछे चलते हुए बार-बार उनसे क्षमा याचना करने लगा। वे मेरी तरफ़ मुड़े और बोले, 'चलो, पागल मत बनो। यह मेरी ग़लती से हुआ है, ऐसा तो होता ही रहता है।' फिर बिना रुके निर्देशक नासिर हुसैन के पास जा कर बोले 'नासिर, अगला शॉट क्या है?'

'मुझे आश्यर्च हो रहा था, मेरे हाथ से उनकी नाक पर घूंसा लग गया और वे मुझसे इतनी अच्छी तरह पेश आ रहे थे।''

एक बार वे नाक से ज़्यादा भी कुछ तुड़ा बैठे! 1975 में मदन मोहला की फ़िल्म 'दस नम्बरी'[16] के लिए एक स्टंट सीन खुद ही करते हुए, पैर की नली तुड़वा कर अस्पताल पहुंच गए।

निर्माता के मना करने के बावजूद उस वक्त पचपन वर्ष की अवस्था में खुद ही लगभग पन्द्रह फ़ीट की ऊंचाई से कूदने की ज़िद्द की और गिर कर पैर की नली तुड़ा बैठे।

यह दूसरा मौका था जब प्राण शूटिंग करते हुए दुर्घटनाग्रस्त हुए। पहली बार मैसूर के निकट एक पहाड़ी से लुढ़कने के लिए डुप्लीकेट के इस्तेमाल से इनकार करने के कारण एक महीने तक बिस्तर पर रहे। यह छुट्टी लेने का उनका एक दर्द-भरा तरीक़ा था!

जब उनसे पूछा गया कि 'दस नम्बरी' के लिए वह ख़तरनाक दृश्य उन्होंने खुद ही क्यों किया? तो उन्होंने आसानी से समझाया ''यदि आप हर समय डुप्लीकेट का ही इस्तेमाल करेंगे तो खुद को चुस्त-दुरुस्त कैसे रख पाएंगे? आजकल हमारी फिल्मों में काफ़ी एक्शन होता है और इस तरह के दृश्य खुद करना मेरे लिए चुस्त बने रहने का बना-बनाया नुस्खा है। हमारे जो नायक इसका उपयोग नहीं करते उनके शरीर पर चर्बी चढ़ जाती है और नायक के

---

16. दस नम्बरी – 1976।

तौर पर उनकी योग्यता घट जाती है। खलनायक की भूमिकाएं अदा करते समय मुझे चुस्त बने रहना अनिवार्य था, चरित्र भूमिकाएं शुरू कर देने पर मैं ऐसे कार्यों में कमी कर सकता था, मगर पुरानी आदतें जल्दी से नहीं बदलतीं।''

यह पूछने पर कि आपने अपने-आपको हमेशा युवा और अपनी शरीर को सुगठित कैसे बनाए रखा? तो प्राण गम्भीरता से जवाब देते हैं, ''अनुशासन और काम के प्रति निष्ठा से। एक अभिनेता के लिए उसका शरीर सौष्ठव व रूप-रंग ही उसकी सबसे मूल्यवान सम्पत्ति है।'' सदा सुगठित व चुस्त होने के कारण ही प्राण काफ़ी कठिन व कष्टदायक स्टंट भी खुद ही करने में समर्थ थे। उदाहरण के लिए फ़िल्म 'हत्यारा'17 के क्लाइमेक्स में खलनायक प्राण को घोड़े से बांधकर कीचड़ से भरी सड़क पर क़ाफ़ी दूर तक घसीटता है। प्राण ने यह दृश्य खुद ही किया था। प्राण उस दृश्य की कष्टदायक पीड़ा को याद करते हैं, मगर कहते हैं यह कार्य बहुत अच्छी तरह से सम्पन्न हुआ था।

'राम और श्याम'[18] के क्लाइमेक्स में थर्रा देने वाले मारपीट के दृश्य देखकर कोई भी समझ सकता है कि मारपीट के दृश्यों के संयोजन में कितना कठोर श्रम लगता है।

एक्शन और करतब एकाएक हो कर अवसर, आयाम, वार, बचाव सब कुछ असामान्य तरीक़े से घटित हों तो मारपीट का दृश्य एकदम अविस्मरणीय बन जाता है।

'राम और श्याम' में पूरी तरह घृणित और अत्याचारी किरदार की अविस्मरणीय भूमिका में प्राण के उत्कृष्ट प्रदर्शन ने उनके प्रशंसकों की संख्या में भारी वृद्धि की, मगर हमेशा की तरह समीक्षकों को प्रसन्न कर पाना काफ़ी कठिन रहा। किसी तरह एक समीक्षक ने स्वीकार किया कि, 'प्राण के किरदार का चरित्र-चित्रण विश्वसनीय नहीं था, मगर हमेशा की तरह उन्होंने पूरे जोश से टक्कर दी।'

पचास से सत्तर के दशक तक का हर सिने-प्रेमी यह स्वीकार करेगा कि जब

---

17. निर्देशक सुरेन्द्र मोहन की यह फ़िल्म 1977 में प्रदर्शित हुई। इसमें प्राण के अतिरिक्त विनोद खन्ना, मौसमी चटर्जी और राकेश रोशन थे।

18. राम और श्याम – 1967।

किसी फ़िल्म के मारपीट के दृश्य में प्राण नायक पर प्रहार करते तो वह कांप उठता और उसे लगता कि यह खलनायक अपेक्षाकृत कम फुर्तीले नायक के टुकड़े-टुकड़े कर देगा। वास्तव में बहुत सारे दर्शक नायक के हाथों प्राण की पराजय देखना पसंद नहीं करते थे।

इस सच्चाई को सत्यापित करती हुई एक घटना फ़िल्म 'फिर वही दिल लाया हूं'[19] की आउटडोर शूटिंग के दौरान घटी। श्रीनगर में खलनायक प्राण और नायक जय मुखर्जी के बीच एक मारपीट के दृश्य की शूटिंग चल रही थी। लोकेशन पर शूटिंग देखने के लिए काफी लोगों की भीड़ इकट्ठा हो जाने के कारण यूनिट को अपना काम करने में काफ़ी कठिनाई हो रही थी। तब नासिर हुसैन ने प्राण से कहा, ''भाई, तुम इस भीड़ को संभालो, इन्हें समझाओ और इन लोगों को यहां से भेजकर यह जगह खाली कराओ।''

प्राण ने भीड़ को सम्बोधित करते हुए कहा, ''भाइयों, मैं जानता हूं कि आप सब लोग भी मेरी ही तरह के शौक़ रखते हैं। आप सब लोग भी वही करना चाहते हैं जो मैं पर्दे पर करता हूं, लड़कियों के पीछे पड़ना और पैसे बनाना, और क्या?''

सब लोग हंसने लगे और बोले, ''आप जैसा भी कहेंगे हम लोग वैसा ही करेंगे'' और सब लोग शांत हो गए। तब नासिर साहब को एक विचार सूझा, 'क्यों न हम लोग इस भीड़ का इस्तेमाल करें, जब नायक प्राण को घूसा मारे तो भीड़ तालियां बजाए।'

प्राण फिर भीड़ से मुख़ातिब हुए, मगर इस बार भीड़ ने उनकी बात मानने से इन्कार कर दिया और उन्हें जबाव दिया, ''ठीक है प्राण साहब, हमलोग ता. लियां बजाएंगे, मगर तब, जब आप नायक को घूसा मारेंगे!''

प्राण ने अपने प्रदर्शन द्वारा दर्शकों को इतना रोमांचित कर रखा था कि उनके द्वारा निभाए जा रहे किरदारों की दुश्चरित्रता के बावजूद भारतीय सिनेमा के दर्शकों का बड़ा हिस्सा उनका प्रबल प्रशंसक था।

जब फ़िल्मफ़ेयर अवार्ड[20] अपने शैशवकाल में ही था, तब प्राण के कुछ

---

19. फिर वो ही दिल लाया हूं – 1963।

20. फ़िल्मफ़ेयर अवार्ड्स शुरू में क्लेयर अवार्ड्स के नाम से जाने जाते थे। इनका नामकरण उनके स्टाफर क्लेयर मेंन्डोन्का की मृत्यु के एक साल बाद किया गया।

प्रशंसकों ने संचार माध्यमों के द्वारा यह आवाज़ उठाई कि फ़िल्मफ़ेयर, को श्रेष्ठ खलनायक का भी अवार्ड शुरू करना चाहिए। उन्हें यक़ीन था कि यह अवार्ड प्राण ही जीतेंगे। और आगामी वर्षों में उन्होंने ऐसा कर के भी दिखाया।

4

प्राण को अपनी प्रत्येक भूमिका के लिए इतना चिन्तन-मनन व इतनी तैयारी करते देखकर यह समझना कठिन नहीं है कि प्राण एकदम ठीक समय पर स्टूडियो क्यों पहुंच जाया करते थे! स्टूडियो में प्रवेश करने तक वे मानसिक रूप से अपनी भूमिका के लिए पूरी तरह तैयार हो चुके होते केवल किरदार की पोशाक और मेकअप ही बाकी रहता।

वे सैट पर पहुंचकर अन्य साथी कलाकारों को काम करते देखते और शान्ति से अपने शॉट का इंतज़ार करते। फिल्म निर्माण के अन्य केंद्रों की तरह बॉलीवुड में भी शायद ही किसी फ़िल्म की शूटिंग क्रमवार होती है, ऐसे में अपने साथी कलाकारों को शूटिंग करते देखकर उनके दिमाग़ में अनेक बातों का सिलसिला जुड़ जाता जिससे वे बेहतर प्रदर्शन करने में सफल होते।

पचास के दशक के उत्तरार्द्ध में प्रमुख पत्र-पत्रिकाओं में समीक्षकों द्वारा की गई प्राण की प्रशंसा के सतही सर्वेक्षण से भी यह बात स्पष्ट हो जाती है कि किस प्रकार वे अपने विचारशील अभिनय द्वारा शिख़र पर जा पहुंचे तथा इस स्थिति को बरक़रार रखकर लम्बे समय तक उस पर टिके रहे। उनके असंख्य प्रशंसक ही उनके वास्तविक समीक्षक थे, जो उनके हर प्रदर्शन पर उन्हें अपने विचारों से अवगत करा के आगे और बेहतर प्रदर्शन में सहायक व प्रेरक बनते।

अभिनय अब उनके लिए मात्र पेशा ही नहीं रह गया था, ये उनका जीवन बन चुका था और वे अपना जीवन पूरी तरह जीना चाहते थे यथासम्भव विस्तृत रूप से।

13

खेल-प्रेमी

1

अपनी प्रत्येक भूमिका के लिए स्वयं को तैयार करने तथा उसे अदा करने में प्राण जिस मात्रा में श्रम, समय व शक्ति का संयोजन करते थे, उसे देखते हुए कोई भी व्यक्ति उनके प्रति यह धारणा बना सकता है कि यह अभिनेता अपने काम के अलावा किसी काम के लिए समय नहीं निकालता होगा। मगर, अपने व्यस्त कार्यक्रमों और उनके लिए आवश्यक समय देने के बावजूद प्राण ने कुछ ऐसी रुचियां व शौक़ पाल रखे थे जो फ़िल्मी दुनिया से काफ़ी हटकर थे—इनमें मुख्य था खेलों का।

प्राण के ज्येष्ठ पुत्र अरविन्द बताते हैं, ''डैडी को कई अलग-अलग तरह के शौक थे। उनमें खेलों और खासकर हॉकी के लिए तो उनमें एक दीवानापन सा ही था। वे बोम्बे प्रोविन्सियल हॉकी एशोसियेशन के सक्रिय सदस्य थे।''

स्टूडियो की तेज आर्क लाइट से दूर, कुछ फुर्सत के क्षणों का लुत्फ़ देने के

अलावा, खेल उन्हें चुस्त-दुरुस्त व तरोताज़ा रखने में भी सहायक सिद्ध होते। जिस दिन उनकी कोई शूटिंग नहीं होती या कोई मैच होता वे अपनी टीम के साथियों के साथ मैदान में फुटबाल खेलने पहुंच जाते। खेलों में शामिल हो कर वे अपनी थकान दूर कर तरोताज़ा हो जाने के साथ ही अपने साथी कलाकारों, मित्रों और खिलाड़ियों के साथ कुछ अच्छा व आनन्ददायक समय भी बिता लेते थे और कई बार चैरिटेबल मैच खेलकर परोपकार व जनसेवा के लिए धन भी जुटा लेते।

सबसे पहले हॉकी खेलने का अवसर उन्हें छात्र जीवन में उत्तर प्रदेश में अपने विद्यालय में मिला, हालांकि वे मानते हैं कि वे बहुत अच्छे खिलाड़ी नहीं थे। 1947 में बोम्बे आने के बाद खेलों में उनकी रुचि पुनः जाग गई। प्राण और उनके मित्र, निर्माता निर्देशक राम कमलानी[1], ब्रेबोर्न स्टेडियम में होने वाले हर बड़े क्रिकेट मैच को देख पाने के लिए बोम्बे के क्रिकेट क्लब ऑफ इंडिया[2] के सदस्य बन गए। ये दोनों मित्र CCI के पैवेलियन में दो खास सीटों पर ही बैठना पसंद करते और उन्हें पाने के लिए CCI के बाहर, सुबह पांच बजे ही सबसे पहले जाकर लाइन में लग जाते!

प्राण को क्रिकेट से इतना गहरा लगाव था कि टेस्ट मैच के दौरान वे पांचों दिन CCI में उपस्थित रहते, फुटबाल व हॉकी का भी उन्हें इतना ही चाव था। जब तक कोई अत्यावश्यक शूटिंग शेड्यूल आड़े न आ जाता, वे फुटबाल और हॉकी का भी हर महत्वपूर्ण मैच देखते थे। यह कहने की आवश्यकता नहीं कि जिस दिन कोई महत्वपूर्ण मैच होता, उस दिन शूटिंग नहीं होती! अरविन्द सिकंद अपने पिता व उनके मित्रों के बारे में एक अल्प ज्ञात, मगर रोचक व चटपटी बात ज़ाहिर करते हैं, ''डैडी, राम कमलानी, सतीश भल्ला[3] व कुछ अन्य मित्रों ने एक ग्रुप बना रखा था जो हमेशा क्रिकेट के सारे टेस्ट मैच देखने जाते और फ्लास्क में

1. क्रिकेट क्लब ऑफ इंडिया (CCT) बोम्बे के ब्रेबोर्न स्टेडियम के दक्षिणी छोर पर बनाया गया था। इसके सदस्यों को छायादार पैवेलियन में बैठ कर मैच देखने का विशेषाधिकार प्राप्त था।

2. राम कमलानी मशहूर कॉमेडियन गोप के भाई थे। उन्होंने अपनी कंपनी गोप प्रोडक्शन्स के बैनर तले 'मालकिन' और 'बिरादरी' बनाई थी।

3. सतीश भल्ला के पुत्र विवेक ने आगे चलकर प्राण की कन्या पिंकी से विवाह किया।

व्हिस्की भरकर ले ज़ाते जो प्रतिबंध के उन दिनों में काफी दुःसाहस का काम था!

"मैं समझता हूं अपने परम मित्र राम कमलानी की मौत से पहले उन्होंने एक भी टेस्ट मैच नहीं छोड़ा होगा। उसके बाद उनके प्रति शोक प्रकट करते हुए डैडी ने भी मैच देखने जाना बंद कर दिया।"

जी हां, प्राण के खेल-प्रेम में शरीक होने वाले और भी कई व्यक्ति हमेशा के लिए उनके मित्र बन गए।

2

ऐसे ही एक मित्र रहे—नरगिस के बड़े भाई अख़्तर हुसैन।

अख़्तर हुसैन ने ही प्राण को फुटबाल के मैदान की राह दिखाई। फुटबाल का शौक़ उन्हें कैसे जागा, इस बात का खुलासा करते हुए प्राण कहते हैं, "अख़्तर हुसैन ने मुझे अपनी फ़िल्म 'प्यार की बातें'[4] के लिए साइन किया। मुझे यह देखकर अचम्भा होता कि अख़्तर साढ़े चार बजे ही पेकअप कर देते हैं। ऐसा एक-दो बार ही नहीं हुआ, वे बराबर ही चार या साढ़े चार बजे तक पेकअप कर देते। इसका कारण हम लोग पहले तो नहीं समझ पाए, मगर शीघ्र ही जान गए। दरअसल अख़्तर हुसैन फुटबाल के ज़बरदस्त शौकीन थे और उन्होंने 'द ग्लोब' के नाम से एक क्लब भी बना रखा था। जब भी उनकी टीम खेल रही होती या कोई अन्य रोमांचक मैच होता, वे कूपरेज[5] की ओर भागते और दूसरी ओर मैंने अब तक कोई फुटबाल मैच नहीं देखा था। जिज्ञासावश एक दिन मैं भी उनके साथ फुटबाल मैच देखने चला गया। मुझे यह खेल इतना अच्छा लगा कि मैं उनके साथ बराबर जाने लगा। मैंने कई फुटबाल खिलाड़ियों से मित्रता कर ली और उन्होंने मुझे अपने क्लब का सदस्य बना लिया।

'मुझे फुटबाल का खेल इतना पसंद आया कि मैं अपनी फुटबाल की टीम बनाने की तमन्ना रखने लगा। मैंने राज कपूर जी से बात की। उन्होंने कहा

4. नरगिस आर्ट प्रोडक्शन की फ़िल्म प्यार की बातें (1951) में नरगिस, त्रिलोक कपूर, अनवर हुसैन और कुक्कू भी थे।

5. बोम्बे के दक्षिणी भाग में स्थित कूपरेज में फूटबाल के मैदान हैं।

‘ठीक है हम लोग अपनी फुटबाल टीम बनाएंगे और भी कई फ़िल्म वाले इसमें सहयोग करेंगे।’

‘तब मैं फुटबाल के खेल और इससे जुड़े लोगों की अच्छी जानकारी रखने वाले एक व्यक्ति से मिला। उसने मुझे कुछ खिलाड़ियों के नाम सुझाए और साथ मिलकर हम लोगों ने, पचास के दशक के शुरू में, एक टीम का गठन किया ओर मास्को की प्रसिद्ध टीम की तर्ज़ पर उसका नाम ‘बोम्बे डायनामोज फुटबाल क्लब’ रखा। हमारी टीम के छः खिलाड़ी महाराष्ट्र की टीम में खेलते थे और उनमें से एक खिलाड़ी तो ओलम्पिक में भारत की टीम में खेल चुका था। यह काफी अच्छी टीम थी, जिसमें ज़्यादातर बोम्बे के स्थानीय लड़के थे। मैंने कलकत्ता के एक खिलाड़ी संजीव को भी टीम में शामिल किया जो 1948 के लंदन ओलम्पिक में गोलकीपर था। हमारी टीम में इनसाइड फारवर्ड खेलने वाला परब भी ओलम्पिक में खेल चुका था।

परोपकारी कार्यों के लिए गठित सितारों की क्रिकेट टीम इसमें प्राण, आगा, निरूपाराय, जीवन, शम्मीकपूर, अजीत, प्रेमनाथ, वहीदा रहमान, निम्मी, राजकुमार, मीनू मुमताज, जानीवाकर पहचाने जा सकते हैं

उन दिनों नाडकर्णी कप के लिए मैच खेले जाते थे। हमारी टीम भी इसमें शामिल हुई और फाइनल समेत अपने खेले हुए सभी मैच जीत गई। यह वर्ष 1952 की बात है। फिर 1953 में हम लोग वेस्टर्न इंडिया फुटबाल चैम्पियनशिप भी जीत गए। जब लीग मैच शुरू हुए तो हम लोग सात-आठ मैच जीत गए। सिर्फ यह देखने के लिए भीड़ उमड़ पड़ती कि हमारी टीम कब हारेगी? और एक दिन हमारी टीम हार भी गई, फिर चार-पांच मैच लगातार ही हारती चली गई, मगर फुटबाल के लिए मेरा चाव जरा भी कम नहीं हुआ। मैंने दो वर्षों तक टीम की व्यवस्था संभाली। एकमात्र असुविधा यह हुई कि बाकी फ़िल्म वाले पीछे हट गए। यह बहुत खर्चीला कार्य था। मुझे पंद्रह खिलाड़ियों को रहने-खाने और अन्य खर्चें देने पड़ते थे, इसलिए दुखी मन से मैंने इसे बंद कर दिया। उनमें से कई खिलाड़ी अभी भी जीवित हैं और कभी-कभी मुझे फोन करते हैं और फुटबाल का मैदान कितना बदल गया है यह देखने के लिए आने का अनुरोध करते हैं।"

शम्मी कपूर पचास के दशक के शुरू की एक बड़ी मजेदार घटना याद करते हैं, जब फुटबाल के लिए प्राण की दीवानग़ी पूरे शबाब पर थी, "मुझे याद है, हम लोग फ़िल्मिस्तान[6] में 'हम सब चोर हैं' की शूटिंग कर रहे थे। उस दिन लीग का फाइनल मैच था। चूंकि एस. मुखर्जी खुद भी फुटबाल प्रेमी थे, इसलिए हम लोगों ने उनके घर जा कर उनसे फुटबाल मैच देखने जाने के लिए सैट से जल्दी चले जाने की इज़ाज़त मांगते हुए पूछा 'आज लीग का फाइनल मैच है ईस्ट बंगाल और मोहनबगान के बीच। क्या हम लोग लंच के बाद जा सकते हैं? उन्होंने जबाव दिया 'कोई रास्ता नहीं! कोई उपाय नहीं! शूटिंग करो।'

'फिर हमने मिलकर एक योजना बनाई और नायिका नलिनी जयवंत की मदद से उसे अमली जामा पहनाया। निर्देशक आई. एस. जौहर ने एक दृश्य इस तरह से फ़िल्माया जिसमें नलिनी जयवंत मुझ पर तकिया फेंकती हैं और मैं वो तकिया वापस उसी पर फेंकता हूं। फिर वो पूरे कमरे में मुझे दौड़ाती है और मैं सोफ़े के ऊपर से कूदता हूं।

रिहर्सल में सब कुछ ठीक हो गया, मगर टेक के वक्त मैं सोफ़े से चूक गया और नीचे गिरकर तीन चक्कर खा गया। प्राण उस समय अपने मेकअप रूम

---

6. हम सब चोर हैं (1956) का निर्देशन आई. एस. जौहर ने किया था और सुबोध मुखर्जी को इस फ़िल्म में शम्मीकपूर, नलिनी जयवन्त, मजनू और अमिता के अतिरिक्त स्वयं आई. एस. जौहर भी थे।

में थे और सारी हलचल सुनकर वहां आ गए। पास वाले सैट पर फिल्म 'दुर्गेश नन्दिनी' की शूटिंग कर रहे अजीत भी हमारी योजना में शामिल हो कर हमारे साथ मैच देखने जाना चाहते थे, अतः वे भी वहां आ गए। हर व्यक्ति हरकत में आ गया। उन लोगों ने मुझे उठाकर गाड़ी में रखा और अस्पताल ले जाने के लिए रवाना हो गए। स्टूडियो से बाहर निकलते ही मैं गाड़ी चलाने लगा। अजीत, आई. एस. जौहर और प्राण जी मेरे साथ थे। ईस्ट बंगाल और मोहनबगान के बीच फाइनल मैच देखने के वास्ते समय पर पहुंचने के लिए मैं बड़ी तेज गति से गाड़ी चला रहा था।

हम लोग वहां पहुंचकर मैच का आनंद ले रहे थे कि सहसा पीछे मुड़कर देखा तो पाया कि एस. मुखर्जी ठीक हमारे पीछे बैठे हैं। उन्होंने पूछा 'बदमाश! इधर क्या कर रहे हो?' मैंने अपने दर्द का प्रदर्शन करके कराहते हुए कहा 'सर वो मुझे चोट लग गई थी ना, इसलिए।'

आश्चर्यजनक रूप से एस. मुखर्जी को भी हमारी शरारत से मज़ा आया और उन्होंने मुस्कुराते हुए कहा, 'शूटिंग से भागने का ये अच्छा तरीका है!''

3

पचास के दशक के शुरू से ही राज कपूर, दिलीप कुमार, देव आनन्द व अन्य सितारों के साथ प्राण भी चैरिटेबल क्रिकेट मैचों के आयोजन में सक्रिय रूप से भाग लिया करते थे। इनमें से कुछ मैच दिल्ली, बोम्बे, कलकत्ता और मद्रास में आयोजित हुए। उन्होंने फ़िल्मी सितारों की दो टीमें बनाकर एक फुटबाल मैच भी आयोजित किया और उससे प्राप्त पैसों को परोपकार में लगाया।

1954 के शुरू में भारतीय सिने-जगत में उत्तेजना का एक ज्वार आया, इसका कारण था भारतीय फ़िल्मी सितारों की एक टीम की सात दिनों की श्रीलंका की सद्‌भावना यात्रा।

इस यात्रा का मुख्य आकर्षण था—फ़िल्मी सितारों का क्रिकेट मैच, जिसमें दो दर्जन से ज़्यादा प्रमुख फ़िल्मी सितारों ने भाग लिया, जिनमें शामिल थे—राज

कपूर, नरगिस, शम्मी कपूर, बेगम पारा, जयराज, निरुपा राय, शेखर, सुमित्रा देवी, स्मृति विश्वास, ओम प्रकाश, आगा, मोतीलाल, मीना शौरी, गायक तलत महमूद, संगीतकार जयकिशन, चरित्र अभिनेता डेविड, दीवान शरर, हरि शिवदसानी, जागीरदार, फ़िल्म फेडरेश्न ऑफ इंडिया के उपाध्यक्ष बी. डी. भरुचा तथा खलनायक सज्जन, अनवर हुसैन और प्राण।

प्राण स्मरण करते हैं, ''कोलम्बो के रत्तमलाना एयरपोर्ट पर हमारा काफी उत्साहपूर्वक स्वागत किया गया। वहां बड़ी भारी संख्या में सितारों के दीवाने उपस्थित थे। उन लोगों ने पुलिस का घेरा तोड़ दिया और अपने प्रिय सितारों को गले लगाने के लिए हवाई पट्टी पर उमड़ पड़े!

''हम लोगों ने वहां तीन शो किए, जिनकी अध्यक्षता श्रीलंका के तत्कालीन प्रधान मंत्री सर जॉन कोटेलावाला ने की थी। तीनों शो हाउसफुल थे। मगर एक दिवसीय क्रिकेट मैच में तो जैसे सारा कोलम्बो ही उमड़ पड़ा। बड़े पैमाने पर प्रचारित फ़िल्मी सितारों के क्रिकेट मैच को देखने के लिए इतने लोग आ गए कि मैदान तो मैच शुरू होने से काफ़ी पहले ही पूरा भर गया। अतः सितारों के काफ़ी दीवाने मैच देखने के लिए मैदान से सटे मकानों में चले गए। उन मकानों के मालिकों ने पेड़ों पर चढ़कर मैच का शानदार दृश्य देखने वाले प्रत्येक दर्शक तक से आठ आने वसूले!''

प्राण ने बात का तार जोड़ते हुए बताया, ''मुझे याद है दोनों प्रतिद्वंदी टीमों की कप्तानी राज कपूर और नरगिस ने की थी। वहां की सिंहली फ़िल्मों की अभिनेत्रियां रुकमणी देवी तथा सीता जयवर्द्धने भी हमारे साथ खेल में शामिल हुईं। राज कपूर ने सबसे ज्यादा पचास रन बनाए और बेग़म पारा ने छत्तीस रन बनाए।

असल में तो यह एक मनोरंजक मैच था। इसमें यह महत्वपूर्ण नहीं था कि कौन-सी टीम जीतती है, बल्कि महत्वपूर्ण यह था कि उस देश की विभिन्न चैरिटेबल संस्थाओं के लिए कितनी अधिक धनराशि एकत्र होती है!''

4

भारत एक क्रिकेट-प्रेमी देश है। भारतीय उपमहाद्वीप के विभिन्नता लिए हुए लोगों में क्रिकेट के समान एकता किसी भी चीज ने नहीं बनाई है। जब भी नामचीन और प्रतिभाशाली खिलाड़ियों द्वारा कोई महत्वपूर्ण मैच खेला जाता है, एक अच्छा-भला आदमी भी पागल-सा हो जाता है।

फ़िल्मी बिरदारी भी क्रिकेट के आकर्षण से अछूती नहीं थी। फ़िल्मी दुनिया के लोग किसी महत्वपूर्ण क्रिकेट मैच के दौरान शूटिंग कैन्सिल करके भी घर पर रहने की कोशिश करते, और यदि वे ऐसा नहीं कर पाते तो सैट पर पोर्टेबल टी. वी. लेकर जाते। पोर्टेबल टी. वी. के ज़माने से पहले, बेतार का इस्तेमाल कर रही, अपने मोबाइल फोन से चिपकी रहने वाली, पीढ़ी से पहले, लोगों के हाथों में पाकेट रेडियो पाया जाता था जो हर वक्त उनके कानों से लगा रहता था। यह और भी रोचक बात देखने को मिलती कि एक रेडियो से दो-तीन व्यक्ति कान लगाकर रनिंग कमेन्ट्री सुनने की कोशिश करते!

प्रकाश कपूर की फ़िल्म 'हमजोली'[7] के सैट पर घटी एक घटना से क्रिकेट के प्रति भावात्मक जुड़ाव व पागलपन पर्याप्त रूप से समझा जा सकता है।

एक ट्रान्जिस्टर रेडियो अपनी पूरी आवाज में कमेन्ट्री सुना रहा था। भारतीय टीम की, रन बनाने की गति धीमी विकेट गंवाने की तेज़ थी और भारतीय टीम हार की कग़ार पर थी। लोगों का उत्साह बिल्कुल मंद पड़ चुका था।

जितेंद्र और प्राण को कुछ हास्य दृश्यों का फिल्मांकन करना था, मगर किसी का भी मूड काम करने का नहीं बन पा रहा था। सबको यही लग रहा था कि जब तक भारतीय बल्लेबाज चौके-छक्के नहीं मारते, उनका मूड हंसी मजाक भरे इन दृश्यों को करने लायक नहीं बनेगा। तब तय कार्यक्रम बदलकर प्राण पर एक दुख भरे दृश्य का फिल्मांकन किया गया। भारतीय टीम की हार के कारण वे सचमुच काफी उदास थे और उन्हें उस दृश्य में दुखी दिखने के लिए अभिनय नहीं करना पड़ा, बल्कि दृश्य स्वमेव एकदम वास्तविक बन गया!

---

7. हमजोली (1970) का निर्देशन रमन्ना ने किया था।

5

प्राण अपनी उदारता और खेल-प्रेम के कारण हर प्रकार के सामाजिक तथा परोपकारी कार्यों में सक्रियता से भाग लेते थे। वे चैरिटी के उद्देश्य से संगीत व अन्य मनोरंजक कार्यक्रम आयोजित करने में काफी कुशल थे।

इस तरह का एक कार्यक्रम काफ़ी रोमांचक व घटनापूर्ण साबित हुआ।

प्राण के ज्येष्ठ पुत्र अरविन्द घटनाक्रम का विवरण देते हुए बताते हैं ''लंदन में मेरे कुछ मित्रों ने, मुझसे सम्पर्क करके, अहमदाबाद में एक चैरिटी शो आयोजित करने में मेरी मदद मांगी। वे, समाज के कमज़ोर तबक़े के लोगों के लिए एक, कॉलेज खोलना चाहते थे और इसी उद्देश्य की पूर्ति के लिए धन एकत्र करना चाहते थे। मुझे लगा कि ये एक अच्छा कार्य है अतः मैंने अपने पिता से बात की।''

अरविन्द के मित्र, गौतम अप्पा[8], ने लंदन से एक पत्र के माध्यम से सारी घटना का ब्यौरा देते हुए लिखा।

''लोक जागृति केन्द्र ने अहमदाबाद में एक कॉमर्स कॉलेज, जिसमें अन्य सामाजिक व शैक्षणिक गतिविधियां भी हों, बनवाने का निर्णय लिया, मगर इस कार्य के लिए आवश्यक प्रारम्भिक पूंजी लगभग दस लाख रुपए जुटाना काफ़ी कठिन कार्य लग रहा था। अहमदाबाद के मेरे मित्रों ने कहा कि फ़िल्मी सितारों के क्रिकेट मैच से यह कार्य आसानी से हो सकता है।

चूंकि उस वक्त मैं और अरविन्द इंडियन वर्कर्स ऐशोसियेशन की लंदन शाखा के लिए एक साथ कार्य कर रहे थे, अतः मैंने अरविन्द से बात की और कुछ रक़म जुटाने के लिए उनके पिता की मदद मांगी।

'फिर मैंने लंदन से इसी विशेष लक्ष्य के साथ प्रस्थान किया जिसका एकमात्र उद्देश्य प्राण अंकल को मदद के लिए तैयार करना था और मुझे उनकी सहमति पाने में मात्र चार मिनट लगे!

---

8. गौतम अप्पा लन्दन स्कूल ऑफ इकोनोमिक्स के ऑपरेशनल रिसर्च में रीडर हैं।

'अरविन्द ने मेरे ठहरने की व्यवस्था, सिकंद परिवार के साथ, उनके घर पर ही कर दी थी। मुझे बताया गया कि वे पूरे दिन शूटिंग में व्यस्त रह कर रात को देर से लौटेंगे और अगले दिन फिर ज़ल्दी ही निकल जाएंगे, मुझे काफ़ी इंतजार करना पड़ सकता है और उस समय उनके भयंकर कुत्तों से भी बच कर रहना होगा। अगले दिन दोपहर में लगभग तीन बजे प्राण अंकल मिले। हालांकि वे काफ़ी थके हुए दिख रहे थे फिर भी उन्होंने मेरा अभिवादन किया और पूछा कि, 'मुझे किसी चीज़ की जरूरत हो तो...और सीधे अपने कमरे में चले गए। उसी शाम मुझे अहमदाबाद जाना था। अतः इस भय के साथ कि कहीं वे मुझ पर क्रोधित न हो जाएं और मैं अपनी बात कहने से वंचित न रह जाऊं मैंने दरवाज़े पर दस्तक दी।

'आ जाओ' एक डरावनी-सी मगर जानी पहचानी आवाज़ आई, जिसने मेरी रीढ़ तक कंपा दी। मैंने भय से कांपते हुए कमरे में प्रवेश किया, प्राण अंकल मालिश करा रहे थे। व्यवधान के लिए क्षमा चाहते हुए मैंने कॉलेज की योजना बताते हुए उसकी सारी सूचना के कागज़ात, जो अब तक मैंने थाम रखे थे, उन्हें सौंप दिए। उन्होंने मुझसे कुछ प्रश्न पूछे। मैं इतना भयभीत था कि तथ्यों के अलावा कुछ भी नहीं बोल पा रहा था। मुझसे बात करते समय वे स्थिर दृष्टि से मुझे देख रहे थे। फिर उन्होंने पूछा कि, 'मैं उनसे क्या चाहता हूं?' मैंने कहा कि, 'आप कुछ फ़िल्मी सितारों को अहमदाबाद ले जा कर क्रिकेट खेलें तो बड़ी कृपा होगी।'

'यह काम हो जाएगा', ऐसा कहकर उन्होंने मेरे दिए हुए कागज़ात अपने तक़िए के नीचे रख लिए और आंखें मूंद लीं। मैं कमरे से बाहर आ गया। 'यह काम हुआ, किस प्रकार! टाइम्स ऑफ इंडिया के अहमदाबाद संस्करण के मुखपृष्ठ पर ये सुर्खियां छपी 'सिने प्रेमियों का स्वप्न साकार हुआ।''

उन्होंने अनेक विख्यात अभिनेता-अभिनेत्रियों को अहमदाबाद जाने के लिए तैयार कर लिया, मगर उन्हें इतने पर ही सन्तोष नहीं हुआ। तब एक दिन, उस वर्ष उनसे हुई मेरी कई मुलाक़ातों में से एक में, मुझे बधाई देते हुए प्रसन्नतापूर्वक मुस्कुराते हुए घोषणा की कि 'अमिताभ बच्चन भी अहमदाबाद जाने के लिए राज़ी हो गए हैं। दुर्घटना ग्रस्त होने के बाद आम जनता के बीच यह उनका प्रथम

कार्यक्रम होगा!'[9] यह पक्का करने के लिए कि हामी भरने वाले सभी कलाकार अहमदाबाद जरूर जाएं, उन्होंने एक सहमति-पत्र लिखवाकर उस पर सबसे दस्तखत करवा लिए!' "

"मगर, सितारों को अहमदाबाद लेकर जाना कोई आसान काम नहीं था।" अरविन्द अपनी बात जारी रखते है, "इस मैच की तारीख तय की गई 13 फरवरी 1983 और अहमदाबाद जाने के लिए एक हवाई जहाज़ बुक कर लिया गया। दुर्भाग्य से इंडियन एयरलाइंस उन दिनों चार्टर करने के लिए केवल एव्रो क्राफ्ट ही देता था, जो धीमी गति का जहाज़ है और उनका बेड़ा हैदराबाद और बैंगलोर में ही था। मैच सुबह साढ़े ग्यारह बजे शुरू होना था और सभी लोगों ने बोम्बे के सांताक्रूज़ हवाई अड्डे पर सुबह आठ बजे एकत्र होना तय किया ताकि साढ़े आठ-पौने नौ बजे तक विमान को अहमदाबाद के लिए रवाना किया जा सके।

'मगर उस दिन भयंकर घना कुहासा छाया हुआ था। हाथ को हाथ नहीं सूझ रहा था। बोम्बे में इतना कुहासा मैंने पहली बार देखा था। 'हम सब सुबह साढ़े आठ बजे हवाई अड्डे पहुंच गए। मैं यह जरूर कहूंगा कि डैडी की निष्ठा व आकर्षण शक्ति इतनी थी कि अहमदाबाद जाने की स्वीकृति देने वाला प्रत्येक सितारा वहां उपस्थित था। ऋषि कपूर, अमिताभ बच्चन, अमजद खान, नूतन, अरूणा ईरानी आदि सब मिलाकर लगभग चालीस सितारे इस मैच के लिए अहमदाबाद जा रहे थे। उनमें से कोई भी नहीं जानता था कि कौन-सी कॉलेज बनाई जा रही है? बहुत थोड़े लोग ही इस मैच का कारण जानते थे, सभी लोग मेरे पिता के आग्रह के कारण ही यह यात्रा कर रहे थे।

जब हम लोग हवाई अड्डे पहुंचे तो पता चला कि हमें अहमदाबाद लेकर जाने वाला विमान अभी तक पहुंचा ही नहीं है। दरअसल वह हैदराबाद से रवाना ही नहीं हुआ था। बोम्बे में विमान के उतरने लायक मौसम न होने के कारण उन लोगों ने उसे हैदराबाद से रवाना ही नहीं किया। धीमी गति का विमान होने के

---

9. अमिताभ बच्चन अस्सी के दशक के शुरू में मनमोहन देसाई की फ़िल्म 'कुली' की शूटिंग करते समय बेंगलोर में गंभीर रूप से जख़्मी हो गए थे। कई महीनों की अस्वस्थता के बाद वे अहमदाबाद के उस क्रिकेट मैच में पहली बार जनता के सामने प्रकट हुए।

कारण उसे बोम्बे पहुंचने में कम से कम तीन घंटे लगने वाले थे। अतः मेरे पिता ने फ़ैसला किया कि विमान के हैदराबाद से रवाना न होने की बात अन्य सितारों को नहीं बताएंगे, नहीं तो वे लोग वहां से चुपचाप खिसक लेंगे। उन्होंने सबको यही सूचना दी कि विमान हैदराबाद से रवाना हो चुका है और एक घंटे के अंदर ही यहां पहुंच जाएगा, तब तक हमलोगों को निकट के रेस्टरोटेंट में नाश्ता कर लेना चाहिए।''

गौतम अप्पा अब अपने विवरण में यह बताते हैं कि इस दौरान वहां अहमदाबाद में क्या घटित हुआ, वे लिखते हैं, ''मैदान नौ बजे ही दर्शकों से भर गया और तब तक यह अफ़वाह फैल गई कि यह सब एक मज़ाक था। हमलोगों ने गुजरात के मुख्यमंत्री व गृहमंत्री से सम्पर्क करके अनुरोध किया कि वे मैदान के बीच जा कर लोगों को समझाएं कि सारी देरी मौसम के कारण ही हो रही है, मगर उन दोनों ने ही इनकार कर दिया!

फिर सौभाग्य ने अद्भुत ढंग से हमारा साथ दिया। एक विरोधी दल ने हम लोगों की तथा प्राण अंकल की प्रतिष्ठा पर प्रहार करने के लिए उसी शाम वहां एक फ़िल्म स्टार नाइट का आयोजन किया था, जिसमें क्रिकेट मैच के लिए आने वाले कुछ सितारों को भी शामिल किया था और कुछ अन्य सितारे पिछली रात ही वहां पहुंच गए थे।'

राजनेताओं से निराश होकर हमलोग अभिनेताओं की मदद से ही स्थिति को नियन्त्रित करने का निश्चय करके पिछली रात वहां पहुंचे हुए सुनील दत्त[10] से मिलने गए। विरोधी दल के छुटमैयों ने हमें उनसे एकान्त में बात करने से रोकने की पूरी कोशिश की। आखिरकार उन्होंने हम में से दो व्यक्तियों के साथ बाथरूम में बंद होकर बात की। हमने उन्हें सारी स्थिति से अवगत कराया तो मौके की नज़ाकत समझकर वे वहां मौजूद सितारों के साथ स्टेडियम में जाने को राजी हो गए। हम लोगों ने उन्हें व अन्य सितारों को जीप में बैठकर यथासम्भव धीमी गति से जीप चलाते हुए स्टेडियम के चक्कर लगवाए। इतना पर्याप्त था,

---

10. हिन्दी फिल्मों के मशहूर निर्माता, निर्देशक, अभिनेता सुनील दत्त का विवाह अभिनेत्री और राज्यसभा की सदस्या नरगिस से हुआ था। संजय दत्त उनके पुत्र हैं। सुनील दत्त भी बाद में राजनीति में प्रवेश करके सांसद और केन्द्रीय मंत्री बन गए।

दर्शकों ने कुछ सितारों को देख लिया और अब वे इंतजार करने को तैयार हो गए।"

अरविन्द आगे बताते हैं, "यदि सुनील दत्त वहां न होते तो उपद्रव हो जाता। अन्ततः दोपहर दो बजे मैच शुरू हुआ और सबको बड़ा मज़ा आया। हम लोग रात के नौ बजे के बाद घर पहुंचे। हम लोग बुरी तरह थके हुए थे मगर प्रसन्न और सन्तुष्ट थे।"

गौतम इस बात के साथ अपने विवरण को विराम देते हैं कि, "प्राण अंकल ने मुझे उस कार्यक्रम में सहयोग देने वाले सभी सितारों का शुक्रिया अदा करते हुए उनकी तरफ से एक पत्र का मसविदा तैयार करने को कहा जिसमें मुझे यह उल्लेख करना था कि अहमदाबाद पहुंचने में जो कठिनाई झेलनी पड़ी उसके बावजूद आपसे मिले सहयोग से वे गद्‌गद् हैं और किस तरह वापस आते समय अमिताभ की शुरूआत पर सबने For he is a Jolly Good fellow! गा कर सारी असुविधाओं को भुलाने का प्रयत्न किया।"

उस मैच से प्रत्यक्ष रूप से चार लाख रुपए एकत्र हुए तथा उसके कारण बनी साख़ से लगभग उतनी ही राशि अप्रत्यक्ष रूप से प्राप्त हुई। कॉलेज की स्थापना हुई। आज यह अहमदाबाद का प्रमुख प्रतिष्ठित कॉमर्स कॉलेज है।

"यह सब कुछ प्राण अंकल की मदद के बिना कभी भी सम्भव नहीं होता।"

6

प्राण ने कभी भी अफ़सरशाही को बरदाश्त नहीं किया। इमरजेंसी[11] के दौरान, जब भारत में टेलीविजन (दूरदर्शन या डी. डी.) केन्द्रीय सरकार के नियन्त्रण में था, एक महत्वपूर्ण मैच का प्रसारण हो रहा था। आधे मैच के बाद दूरदर्शन के अधिकारियों ने अपनी सर्वोच्च सत्ता (व बुद्धिमत्ता) के नशे में इसका प्रसारण बंद करने का फैसला कर लिया। असंख्य खेल प्रेमियों के साथ-साथ, प्राण भी इसे गहन रुचि के साथ देख रहे थे। अधिकारियों के इस सर्वोच्च प्रभुता व

11. जून 1975 में तत्कालीन केन्द्रीय सरकार द्वारा देश में आपातकाल घोषित कर दिया गया था। जो फरवरी 1977 तक चला।

स्वेच्छाचारिता पूर्ण रवैए से वे बड़े क्षुब्ध हुए और तत्काल मशहूर समाचार पत्र मिड-डे और पत्रिका स्पोर्टस्वीक के खालिद अंसारी को बुलाकर उन्हें अनुरोध किया कि वे जनमत बनाकर दूरदर्शन अधिकारियों पर इसका प्रसारण जारी रखने के लिए दबाव डालें।

मशहूर क्रिकेटर कपिल देव स्वयं को प्राण का ऋणी मानते हैं। काफ़ी समय पहले जब वे एक उभरते हुए खिलाड़ी थे, क्रिकेट बोर्ड, उनकी गेंदबाजी को और अधिक उन्नत बनाने के लिए, उन्हें आस्ट्रेलिया की क्रिकेट अकादमी में प्रशिक्षण दिलाना चाहता था, मगर इसके लिए उसने आवश्यक धन मुहैया कराने में अपनी असमर्थता व्यक्त की। जब खालिद अंसारी ने अपनी पत्रिका व अन्य अखबारों के द्वारा ये घोषणा की कि वे स्वयं कपिल की आस्ट्रेलिया यात्रा के लिए हवाई किराया देने के तैयार हैं तथा उन्हें अन्य खर्चों के लिए प्रायोजक की तलाश है। इस पर प्राण ने हवाई यात्रा के किराए तथा अन्य खर्चों सहित पूरे प्रशिक्षण के सभी खर्चों को खुद उठाने का प्रस्ताव दे दिया था।

बाद में कपिल ने उजागर किया कि, ''दरअसल बोर्ड ने प्रशिक्षण का खर्चा देने से इनकार कर दिया था, यह खबर कुछ अखबारों में प्रकाशित हो गई और क्रिकेट प्रेमी प्राण के ध्यान में आ गई। प्राण साहब को हमेशा ये लगता था कि मुझमें एक अच्छा खिलाड़ी बनने की सम्भावनाएं हैं। अतः उन्होंने बोर्ड को कड़े शब्दों में पत्र लिखा कि यदि आप इसके प्रशिक्षण के लिए पैसे नहीं देते हैं तो मैं दूंगा। तब आश्चर्यजनक रूप से बोर्ड ने मेरे प्रशिक्षण का खर्च उठाने की स्वीकृति दे दी और मैंने आवश्यक प्रशिक्षण प्राप्त किया। इसके लिए प्राण साहब का धन्यवाद। मैं हमेशा प्राण साहब का कृतज्ञ और ऋणी रहूंगा।''

चूंकि प्राण को क्रिकेट का अच्छा ज्ञान था, अतः वे इस पर अपनी राय भी प्रकट कर सकते थे। 1990 में स्पोर्ट्सवर्ल्ड को दिए गए साक्षात्कार में उन्होंने अपनी विशिष्ट बेबाक शैली में एक वक्तव्य दिया – जब से अन्तर्राष्ट्रीय क्रिकेट मैच वानखेड़े स्टेडियम12 में होने शुरू हुए मैंने पांच दिनों के टेस्ट मैच देखने जाना बंद कर दिया। पत्रकार वी. गंगाधर द्वारा इसका कारण पूछने पर उन्होंने साफ जवाब दिया 'आपने ब्रबोर्न स्टेडियम जरूर देखा होगा, मुझे बताइए क्या वह

12. वानखेडे स्टेडियम चर्चगेट रेलवे स्टेशन के करीब है!

अन्तर्राष्ट्रीय मैचों के लिए बेहतर स्थान नहीं है? यह विश्व के उम्दा मैदानों में से एक है। वानखेड़े स्टेडियम को सिर्फ कुछ लोगों के अहम् की तुष्टि के लिए बनाया गया है। यह पैसे और वस्तु की किस कदर बरबादी है!"

खेल और खिलाड़ियों के प्रति उनके प्रेम के कारण बहुत से खिलाड़ी उनके मित्र बन गए, खासतौर पर क्रिकेट के खिलाड़ी। इनमें एक थे वेस्टइंडीज के पूर्व कप्तान सर फ्रेंक वॉरेल। वे जब भी बोम्बे आते प्राण से जरूर मिलते। कॉमेडियन ओमप्रकाश भी फ्रेंक वॉरेल से मिलने प्राण के साथ जाया करते थे।

उनके बारे में प्राण ने बताया—'सर फ्रेंक एक अद्‌भुत व्यक्ति थे। ओम और मैं उन्हें हवाई अड्डे पर लेने जाया करते तथा उनके साथ कुछ समय बिताते। हम उनके साथ राजनीति, मनोरंजन, जातिवाद आदि अनेक विषयों पर बात करते। उन्हें विभिन्न विषयों की अच्छी जानकारी थी।'

एक और क्रिकेटर वीनू मांकड से भी प्राण की अच्छी मित्रता थी, जिन्हें वे भारत का महानतम आलराउंडर मानते थे। एक और महान खिलाड़ी लाला अमरनाथ के बारे में प्राण कहते हैं—'वे बड़े चतुर कप्तान थे, उन्हीं की बदौलत हम लोगों ने 1952 में बोम्बे में पाकिस्तान को हराया था।'

अराउन्ड द वर्ल्ड (1967) की शूटिंग के दौरान प्राण सर फ्रैंक वॉरेल (बाएं से तीसरे) और हास्य अभिनेता ओम प्रकाश (दाएं से दूसरे) के साथ

अपने ज़माने के फ़िल्मी सितारों में वे दिलीप कुमार को अच्छा आलराउंडर मानते हैं। राज कपूर और नरगिस को भी क्रिकेट खेलने का अच्छा शौक था। कुछ भारी शरीर के होने के बावजूद हास्य कलाकार गोप एक अच्छे व उपयोगी गेंदबाज थे। प्राण का क्रिकेट प्रेम राजनैतिक सीमाओं से परे था। वे हर देश के खिलाड़ी के अच्छे खेल का आनंद लेते व उसकी प्रशंसा करते। इस संदर्भ में एक घटना उल्लेखनीय है :

प्राण याद करते है 1979 में आसिफ़ इक़बाल के नेतृत्व में दिल्ली टेस्ट मैच में पाकिस्तान टीम काफी मजबूत स्थिति में पहुंच गई और भारत की हार निश्चित लगने लगी तो पाकिस्तानी बोर्ड ने पाकिस्तानी टीम के प्रत्येक सदस्य को गोल्ड मेडल देने की घोषणा कर दी। ध्यान दें! उन्होंने ये घोषणा मैच जीतने से पहले कर दी और यह बात मुझे चुभ गई। मैं मैच ड्रा होने की प्रार्थना करने लगा और भारतीय बोर्ड के अधिकारियों से मैंने कहा कि यदि अपने खिलाड़ी मैच बचा लेते हैं तो मैं उन्हें गोल्ड मेडल दूंगा। यह वही मैच था जिसमें सिकंदर बख़्त ने आठ विकेट लिए थे मगर भारत ने दिलीप वेंगसरकर के शतक की बदौलत मैच बचा लिया। मुझे बहुत खुशी हुई। अपनी घोषणा के मुताबिक मैंने प्रत्येक भारतीय खिलाड़ी को तो गोल्ड मेडल दिया ही साथ ही साथ सिकंदर बख़्त व उस मैच में अच्छा प्रदर्शन करने वाले कुछ पाकिस्तानी खिलाड़ियों को भी गोल्ड मेडल दिए। मैं समझता हूं कि क्रिकेट भद्र व शालीन व्यक्तियों का खेल होने के साथ-साथ आपस में सौहार्द बढ़ाने का साधन है, न कि दो देशों के बीच युद्ध।

ऐसी भावनाएं व्यक्त करने व अपने व्यवहार में सौजन्य प्रदर्शित करने के लिए प्राण प्रशंसा के पात्र हैं। अपने कैरियर की बुलंदी के समय प्राण सैट पर पोर्टेबल टी.वी. ले जाकर निर्माता (अपने काम में कटौती न कर के) के साथ-साथ यूनिट के अन्य लोगों (उन्हें काम के साथ-साथ टी.वी. पर मैच देखने का अवसर प्रदान करके) को भी खुश कर देते थे।

आजकल प्राण अपने लीविंग रूम में ही लगे बड़े टी.वी. के पर्दे पर क्रिकेट, हॉकी और फुटबाल मैचों का आनंद उठाते हैं।

और हां, अपनी पसंद का खेल कार्यक्रम देखते समय उन्हें किसी तरह का विघ्न या व्यवधान पसंद नहीं है।

भाग 3

14

साठ का शानदार दशकः सफर सफलता की लहरों पर

1

अद्भुत के विशेषण के विभूषित, पचास के दशक के समाप्त होने तक, प्राण हिन्दी सिनेमा के सर्वाधिक लोकप्रिय खलनायक बन गए और फ़िल्म जगत में अपना एक विशिष्ट स्थान बना लिया।

साठ का दशक प्राण के लिए विगत दशक की अपेक्षा अधिक रोमांचक व सन्तोषप्रद रहा और कुछ फ़िल्मों ने उन्हें नए आयाम व नई राहें तलाशने का अवसर प्रदान किया।

प्राण को अपनी फ़िल्मों में लेने के लिए मद्रास व बोम्बे, फ़िल्म निर्माण के दोनों ही केन्द्रों के निर्माताओं की क़तार लग गई।

खल पात्रों की भूमिकाओं के लिए अन्य अभिनेताओं की उपलब्धता के बावजूद निर्माताओं की पहली पसंद प्राण ही होते क्योंकि वे जानते थे कि प्राण अपने द्वारा निभाए गए प्रत्येक किरदार में काफ़ी कुछ नया भरकर किसी-न-किसी

रूप में उसे अविस्मरणीय जरूर बना देंगे।

अपने कैरियर की शुरूआत से ही, उस ज़माने के कुछ लोकप्रिय नायकों के साथ अच्छा तालमेल बैठा लेने के कारण, पात्रों के चयन करते समय उन नायकों के साथ खल़नायक के तौर पर, प्राण का ही नाम स्वाभाविक रूप से, निर्माताओं की जुबान पर आ जाता।

इन नायक-खलनायक जोड़ियों ने अपने साझे दृश्य इतनी सटीकता से चित्रित किए कि उनकी आपस की खींचतान व प्रतिद्वंद्विता में भी एक लयबद्धता नज़र आती, जिसकी बदौलत साठ के दशक की कुछ प्रमुख 'दर्शनीय' फ़िल्मों का निर्माण हुआ।

साठ के दशक में, प्राण ने दिलीप कुमार के साथ तीन, राजकपूर के साथ चार, देव आनन्द के साथ एक, अशोक कुमार के साथ चार और शम्मी कपूर के साथ कुल बीस फ़िल्मों में से ग्यारह इसी अवधि में की।

साठ के दशक में, शम्मी कपूर के साथ की गई ग्यारह फ़िल्मों में से दो उल्लेखनीय फ़िल्में हैं–संगीत भरी मनोरंजक फ़िल्म 'एन इवनिंग इन पेरिस', जिसमें नायिका थी शर्मिला टैगोर तथा आनन्दित कर देने वाली फ़िल्म 'ब्रह्मचारी', जिसमें सुन्दरी राजश्री व शरारती मुमताज मुख्य भूमिकाओं में थीं।

बैनर, सितारे, व्यावसायिक सफलता आदि सभी दृष्टिकोणों से इन फ़िल्मों का शुमार, प्राण की, साठ के दशक की सफलतम फ़िल्मों में होता है। 'जिस देश में गंगा बहती है', 'जब प्यार किसी से होता है', 'दो बदन', 'एन इवनिंग इन पेरिस' तथा 'राम और श्याम' जैसी कुछ फ़िल्मों में नायक-खलनायक की जोड़ियों द्वारा उत्पन्न उत्तेजना के उत्कर्ष व ऊर्जा की उष्मा की याद सिने प्रेमियों के दिलो में आज भी ताज़ा है।

1960 में प्रदर्शित 'छलिया' से लेकर 1969 में प्रदर्शित 'आंसू बन गए फूल' तक, इस दशक में, प्राण ने लगभग साठ फिल्मों में अभिनय किया, जिनमें अधिकतर सुपरहिट रहीं और उन्होंने इनमें व्यावसायिक हिन्दी सिनेमा की आवश्यकता के अनुसार अपरिहार्य खलनायक की भूमिका अदा की।

इस बात का श्रेय प्राण को जाता है कि उस अवधि में बनी ये फ़िल्में

अधिकतर एक समान बंधे-बंधाएं ढर्रे की होने के बावजूद उन्होंने इन फ़िल्मों में अपने हर किरदार को अपने सतत चिन्तन, प्रयत्न व परिश्रम द्वारा विशिष्ट व भिन्न बनाया और अपने काम के प्रति गहन निष्ठा व समर्पण के कारण प्राण को निरन्तर बड़ी संख्या में फ़िल्में मिल रही थीं।1

इस दशक के पूर्वार्द्ध में प्रदर्शित उनकी महत्वपूर्ण फ़िल्मों में थी—सुभाष देसाई की फ़िल्म 'छलिया' जो उनके भाई मनमोहन देसाई ने निर्देशित की थी तथा इसमें राज कपूर, नूतन और रहमान ने मुख्य भूमिकाएं निभाई थी। प्राण ने इसमें एक दुर्दमनीय अफ़गान डाकू की भूमिका अदा की थी, जो प्रत्यक्ष में बुरा दिखते हुए भी अन्तर्मन से अच्छा व्यक्ति था, जिसने बंटवारे के दौरान अपने परिवार से बिछड़ गई नायिका व उसके बच्चे की रक्षा की। 'आह' के बाद चरित्र भूमिका निभाने का प्राण का यह एक और प्रयास था, मगर इसमें कठोर व्यक्ति की अपनी लोकप्रिय छवि को बरक़रार रखते हुए किरदार की केवल आत्मा ही बदली। अपने इस प्रयोग में वे सफल सिद्ध हुए और आज भी उनके हजारों प्रशंसक, उनके इस किरदार का शुमार, उनके उल्लेखनीय किरदारों में करते हैं।

प्रशंसा करने में कृपण फिल्म समीक्षकों को भी अपनी समीक्षा में यह कहना ही पड़ा कि 'प्राण ने अपनी भूमिका में रंग जमाकर किरदार में जान फूंक दी!'[1]

हालांकि इससे पहले 1959 में प्राण ने देसाई बन्धुओं, सुभाष और मनमोहन, की फ़िल्म 'बेदर्द ज़माना क्या जाने' में काम किया था, मगर 1960 में 'छलिया' के निर्माण के दौरान इनके साथ प्राण के प्रगाढ़ सम्बन्ध बन गए। कई वर्षों तक पहले दोनों की साथ मिलकर तथा बाद में मनमोहन की अकेले ही बनाई गई बहुत सारी फ़िल्मों में प्राण ने काम किया। उनकी कई सफल फ़िल्में 'ब्लफ मास्टर', 'अमर अकबर एंथनी', 'धरम-वीर', 'नसीब' दर्शकों को आज भी याद हैं।

अपने मित्रतापूर्ण निकट सम्बन्धों के कारण प्राण ने अपने कनिष्ठ पुत्र सुनील (टुन्नी) सिकंद को मनमोहन देसाई का सहायक भी बनाया। प्राण ने

---

1. यह समीक्षा फ़िल्मफेयर के 21 अक्टूबर 1960 के अंक में प्रकाशित हुई थी।

1989 में मनमोहन के पुत्र केतन देसाई की फ़िल्म 'तूफ़ान' में भी अभिनय किया, हालांकि यह फ़िल्म अधिक नहीं चली। जून 1992 में मनमोहन की मृत्यु पर प्राण को लगा कि उन्होंने अपना एक प्रिय मित्र व सहकर्मी खो दिया।

2

1962 में प्रदर्शित सिने टेक्नीशियंस की कालीदास निर्देशित तथा मधुबाला, किशोर कुमार और प्राण अभिनीत फ़िल्म 'हाफ टिकट' इतनी हिट हुई कि इतने वर्षों के बाद आज भी दर्शकों द्वारा याद की जाती है। 20 मई 2000 को प्राण की एक प्रशंसिका ने उन्हें पत्र लिखा :

आदरणीय प्राण साहब,

नमस्कार। मैं पुणे निवासी सुचेता जोशी हूं। मैं एक वैज्ञानिक हूं और औषधीय तथा खाद्यीय मशरूम पर कार्य कर रही हूं। मुझे अभी भी यक़ीन नहीं हो रहा है कि मैं सचमुच आपको पत्र लिख रही हूं। मैं आपको एक राज की बात बताना चाहती हूं अपने 12वीं के बोर्ड की परीक्षाओं से एक दिन पहले अपनी मां को बताए बिना मैंने आपकी अविस्मरणीय फिल्मों में से एक 'हाफ टिकट' देखी।

इसमें कोई आश्चर्य नहीं था कि मुझे किशोर कुमार और उनके चाचा (जो आप थे) के बीच के दृश्य बार-बार याद आ रहे थे और परीक्षा में लिखते समय मैंने गणित में ग़लती कर दी। यद्यपि मैं प्रथम श्रेणी से उत्तीर्ण हुई, फिर भी कुछ अंकों की कमी के कारण मुझे मेडिकल में सीट नहीं मिली, अतः मैं वनस्पतिशास्त्र की स्नातक बन गई।

महोदय, क्या मैं गणित पर नहीं हंसी थी (फिल्म में आप और किशोर दा थे) दिल से ना चाहते हुए भी मुझे एक डॉक्टर बनना पड़ता।

आज मैं जंगलों में घूमकर तथा प्रयोगशाला में निरन्तर कार्य करके पौधे व मशरूम उगाए बिना स्वयं की कल्पना भी नहीं कर सकती। इन सबके लिए 'हाफ टिकट' (और साथ ही आपका व किशोर कुमार का भी) का शुक्रिया अदा करती हूं। मैंने इस फ़िल्म को चौबीस बार देखा है। मेरे पति

प्रदीप तथा आठ वर्षीय पुत्र सलिल को भी यह फिल्म और इसके गाने बहुत पसंद हैं।

सादर

डॉ. (श्रीमती) सुचेता जोशी, पुणे।

बेशक, डॉ. सुचेता जोशी जैसे प्रशंसकों ने ही प्राण को उनके कार्यों की श्रेष्ठ समीक्षा उपलब्ध कराई। प्राण के अभिनय से सजी एक और ध्यान देने योग्य फ़िल्म थी सस्पेंस थ्रिलर 'गुमनाम'। 1965 में प्रदर्शित इस फिल्म के निर्देशक थे राजा नवाथे। इस फिल्म में 'बुरे व्यक्तियों' का पूरा जत्था था। जिसमें प्राण के अलावा मदन पुरी, मनमोहन, तरुण बोस तथा हीरालाल शामिल थे। पारम्परिक रूप से प्रेम प्रदर्शन के लिए नायक-नायिका थे—मनोज कुमार और नन्दा। हेलेन और महमूद सहायक भूमिकाओं में थे। इस फिल्म में शंकर जयकिशन का संगीत आकर्षक, असरदार और असाधारण था। शीर्षक गीत 'गुमनाम है कोई....' सारे पात्रों में से क़ातिल को पहचानने के रहस्य को और अधिक गहरा बनाने में सफल रहा। 'हम काले हैं तो क्या हुआ दिलवाले हैं गीत में महमूद का नृत्य व अभिनय उनके प्रशंसकों द्वारा आज भी याद किया जाता है।

यद्यपि फ़िल्मफ़ेयर ने अपनी समीक्षा में इस फ़िल्म को दो ही सितारे दिए, जिसका अर्थ है 'ठीक-ठीक', मगर फिल्म काफी अच्छी चली और अभिनेताओं को तो बस इसी से मतलब था, क्योंकि फ़िल्म जगत में पिछली फ़िल्म हिट होने पर ही अभिनेता को सफल माना जाता है।

साठ के दशक के उतरार्द्ध में प्रदर्शित प्राण अभिनीत एक उल्लेखनीय फ़िल्म थी 'दो बदन'। राज खोसला द्वारा निर्देशित इस फ़िल्म में मुख्य सितारे थे, मनोज कुमार, आशा पारेख और सिम्मी। प्राण द्वारा चित्रित किरदार की यह विडंबना थी कि वह आधी फिल्म में तो नायिका को पाने की योजना और षड़यंत्र रचता रहता है, बाद में उससे शादी करने में भी सफल हो जाता है, मगर उसका प्यार पाने में नहीं। इस पर वह नायिका से कहता है 'जब तक तुम्हारा प्यार नहीं पा लेता मैं दूसरे कमरे में ही सोऊंगा', और साथ ही नायक को न भुला पाने और उसे प्रेम न करने के कारण उसे यातना भी देता है!

अपने प्रणय निवेदन को नायिका द्वारा ठुकराने से उत्पन्न निराशा व बेबस क्रोध को प्राण बड़ी खूबसूरती से प्रदर्शित करते हैं।

प्राण मानते हैं कि यह एक बुरे आदमी की काफ़ी अच्छी भूमिका थी। इस गम्भीर फ़िल्म की शूटिंग के दौरान घटी एक मज़ेदार घटना प्राण याद करते हैं: 'एक दृश्य इस प्रकार था कि मैं क्रोधित होकर कमरे में प्रवेश करता हूं और टेबल से व्हिस्की की बोतल उठाकर गिलास में डालता हूं फिर सोडे की बोतल खोलता हूं, गिलास में उड़ेलता हूं और उसे एक ही बार में गटक जाता हूं, फिर डॉयलाग बोलना शुरू करता हूं। किसी-न-किसी ग़लती के कारण इसके ग्यारह रीटेक हुए और मुझे ग्यारह गिलास सोडा पीना पड़ा। जब शॉट पूरा हुआ तो सैट पर मौजूद सब लोग हंस रहे थे। मैंने पूछा, 'इतना हंसने की क्या बात है? तो उन लोगों ने कहा आज आपने अपने पैसे बचा लिए। शाम को घर में पीते समय आपको व्हिस्की के साथ सोडा नहीं मिलाना पड़ेगा क्योंकि आपके पेट में पर्याप्त मात्रा में सोडा पहले ही पहुंच गया है।'

इसी तरह की एक और घटना उन्हें याद आती है जो 1948 में बोम्बे में उनके द्वारा साइन की गई पहली फ़िल्म 'ज़िद्दी' के सेट पर घटी थी। ऐसी ही स्थिति का सामना अभिनेता नवाब को करना पड़ा था मगर ज्यादा गम्भीर परिणाम के साथ। कहानी के अनुसार 'नायक और नायिका में कुछ गलतफ़हमी हो जाती है। जब उनकी समस्या सुलझ जाती है तो नायिका के दादा की भूमिका अदा कर रहे अभिनेता नवाब को अपनी प्रसन्नता प्रकट करनी होती है। निर्देशक ने नवाब से कहा, 'नायिका दूध का एक गिलास लाएगी और आपको एक घूंट लेना है।' नबाब ने कहा 'नहीं, मैं गिलास का पूरा दूध पीऊंगा।' तब निर्देशक ने कहा, 'ये आपकी मर्जी है। मगर टेक के लिए तो एक घूंट ही पीना पर्याप्त है।' फिर भी नबाब गिलास का पूरा दूध पीने की जिद्द पर अड़े रहे। तो निर्देशक ने कहा, 'ठीक है, जैसा आप चाहें।' और उस दृश्य को रीटेक करना शुरू किया। ''मुझे आश्चर्य हो रहा था कि निर्देशक द्वारा किए जा रहे रीटेक क्या सचमुच आवश्यक हैं? मगर नबाब को उस दिन पांच गिलास दूध पीना पड़ा। इतना दूध पीने के कारण बेचारे नबाब को बुरी तरह पेचिश हो गई और अगले तीन दिनों तक शूटिंग कैंसिल करनी पड़ी'' प्राण हंसते हुए बताते हैं।

3

साठ के दशक में बोम्बे के साथ ही साथ दक्षिण के भी काफ़ी निर्माताओं ने प्राण को अपनी फ़िल्मों में लिया। इसका कारण पहले ही स्पष्ट किया जा चुका है, 'काम के प्रति उनका समर्पण, समयबद्धता और सिद्धान्त।' इसी कारण बहुत सारे निर्माता व निर्देशकों ने अपनी फ़िल्मों में बार-बार उन्हें दोहराया।

ऐसे ही एक निर्माता-निर्देशक थे प्रमोद चक्रवर्ती। प्यार से चक्की दा कहे जाने वाले प्रमोद चक्रवर्ती ने सर्वप्रथम उन्हें 1965 में प्रदर्शित अपनी फ़िल्म 'लव इन टोकियो'[2] में लिया था और तब से उनकी यही कोशिश रही कि प्राण उनकी हर फ़िल्म में काम करें।

वर्षों तक अभिनेता प्राण की अदाकारी व इंसान प्राण की व्यावहारिकता ने उनके इस निश्चय को और भी दृढ़ कर दिया। चक्की दा ने बताया; "लव इन टोकियों का एक शूटिंग शेड्यूल नववर्ष की छुट्टियों में भी रखा गया था–दिसंबर 1965 से जनवरी 1966 तक। दिसंबर शुरू होने से पहले दो हफ़्तों की शूटिंग बोम्बे में पूरी कर ली गई थी। शूटिंग अपनी पूरी गति में थी और अपनी रीति के अनुसार मैं पुराने साल के आखिरी दिन तथा नए साल के प्रथम दिन भी शूटिंग जारी रखना चाहता था। मेरी मान्यता है कि यह किसी भी कार्य के लिए अच्छा शगुन है। जब मैंने प्राण जी से ऐसा कहा तो वे सहमत हो गए और मुझसे सिर्फ इतना ही पूछा कि, 'यदि मैं एक जनवरी को ज़रा देरी से आऊं तो चलेगा?' मैंने पूछा, 'कितनी देर से?'

चक्की दा विस्मय से बताते हैं कि मुझे सचमुच बड़ा आश्चर्य हुआ जब प्राण जी न कहा कि, 'मैं नववर्ष के दिन सुबह साढ़े नौ बजे पहुंच जाऊंगा।"

चक्की दा अपनी बात जारी रखते हैं, "मैंने तुरत स्वीकार कर लिया और सोचने लगा कि ये सिर्फ कह ही रहे हैं। नववर्ष की पूर्वसंध्या में जश्न मनाकर अगले दिन यानी नववर्ष की सुबह साढ़े नौ बजे काम पर पहुंचना संभव नहीं है। अतः मैं सैट पर थोड़ी देरी से पहुंचा मगर प्राण जी वहां मुझसे काफी पहले ही पहुंच चुके थे!"

---

2. लव इन टोकियो (1966) में नायक-नायिका जोय मुखर्जी और आशा पारेख थे, प्राण इसमें खलनायक थे।

“पैसों के लेन-देन में भी प्राण जी ने मुझसे ऐसा ही हृदयस्पर्शी व्यवहार किया।” चक्की दा बताते हैं, “हालांकि यह बात तय हो चुकी थी कि विदेश में शूटिंग करने के लिए उन्हें विशेष भत्ता मिलेगा, मगर उस समय मैं अपनी बात पूरी करने में समर्थ नहीं था तो प्राण जी ने न केवल अपने पैसे लेने से इनकार कर दिया, बल्कि अपने मित्र से कुछ रकम उधार भी दिलवाई। उन्होंने फ़िल्म का साठ प्रतिशत काम हो जाने तक मुझसे एक पैसा भी नहीं लिया। मैं नहीं जानता कि उन्हें यह सब याद है या नहीं मगर मैं यह कभी नहीं भूलूंगा।

‘टोकियो में हम लोग एक ही होटल में ठहरे हुए थे, वे शाम को मुझसे पूछ लेते कि, ‘कल कितने बजे आपको मेरी आवश्यकता होगी’ और ठीक उसी समय सैट पर पहुंच जाते। कमरे के किराए के अलावा बाहर आने-जाने तथा खाने-पीने के लिए वे खुद अपनी जेब से ही खर्च करते थे।”

साठ के दशक के उत्तरार्द्ध में दिलीप कुमार के साथ प्राण की तीन फ़िल्में बड़ी ज़ल्दी-ज़ल्दी प्रदर्शित हुईं। पहली थी ‘दिल दिया दर्द लिया’,[3] दूसरी बी. नागि रेड्डी की सुपर-डुपर हिट फ़िल्म ‘राम और श्याम’[4] जिसमें पहली बार डबल रोल कर रहे दिलीप कुमार के सामने प्राण की बड़ी भूमिका थी। वहीदा रहमान और मुमताज दिलीप कुमार की दो नायिकाएं थीं और निरूपा राय ने प्राण की काफ़ी प्रताड़ित और दबाकर रखी गई पत्नी की भूमिका अदा की थी। और तीसरी फ़िल्म थी ‘आदमी’[5] इसके सह सितारे थे मनोज कुमार और वहीदा रहमान।

दिलीप कुमार और प्राण का साथ इन तीनों फ़िल्मों में मौजूद वहीदा रहमान ने अपने द्वारा देखे गए प्राण के कुछ गुणों को याद करते हुए बताया “मद्रास में ‘दिल दिया दर्द लिया’ की शूटिंग के दौरान हम लोग एक ही होटल में ठहरे हुए थे। कई बार हम लोग बातें करते हुए साथ में ही डिनर लेते। दिलीप साहब और प्राण साहब की जुगलबंदी से वहां शेरो-शायरी की महफ़िल जम जाती, जो रात के दो बजे तक चलती। मैं वहां आधी रात तक ही रहती, तब मुझे मजबूरन कहना पड़ता कि, ‘यदि में अभी नहीं सोऊंगी तो कल सुबह शूटिंग के लिए नहीं

---

3. दलीप कुमार, वहीदा रहमान, रहमान और प्राण को इस फ़िल्म में ए. आर. कारदार ने निर्देशित किया था। यह 1966 में रिलीज हुई।

4. –1967 में प्रदर्शित।

5. –1968 में प्रदर्शित।

उठ पाऊंगी, मगर रात के दो बजे तक जागने के बावजूद अगली सुबह ठीक नौ बजे प्राण साहब तरोताज़ा होकर स्टूडियो में मिलते। मुझे आश्चर्य होता और इसका राज़ जानने की जिज्ञासा भी। अतः एक दिन मैंने उनसे पूछ ही लिया, 'प्राण साहब, आप रोजाना देर रात तक जागने के बावजूद सुबह ठीक वक़्त पर एकदम तरोताज़ा होकर सैट पर पहुंच जाते हैं, इस करामात का राज क्या है?'? ठीक है, सुबह ज़ल्दी आपको कोई जगा देता होगा, मगर चेहरे पर ऐसी ताजगी कैसे आ जाती है?'

'उन्होंने सच्चाई से जवाब दिया 'मैं नहीं जानता।' चूंकि उन्होंने अपने डॉयलाग और शेरो-शायरी के लिए अपनी अच्छी याददाश्त का कारण बताते हुए कहा 'मैं केवल इतना ही बता सकता हूं कि, 'मैं हर रोज सुबह बादाम खाता हूं।' मैंने कहा, 'ठीक है मैं भी रोज सुबह बादाम खाना शुरू कर दूंगी, मैं जानती हूं लोग कहते हैं इससे याददाश्त बढ़ती है, मगर अभी तक आपने मुझे अपनी ताज़गी का राज़ नहीं बताया?' तो उन्होंने कहा 'इसका मेरे पास कोई जवाब नहीं है, क्योंकि सचमुच इसका कोई नुस्ख़ा मैं भी नहीं जानता।' यह वास्तव में उनकी अद्भुत बात है।'' वहीदा विस्मित हो कर कहती है।

साठ के दशक में भी बॉलीवुड का दक्षिण से अच्छा सम्पर्क बना रहा और प्राण को भी वहां के निर्माताओं की फ़िल्में अच्छी संख्या में मिल रहीं थीं। उनकी दक्षिण की सफल फ़िल्मों में थी 'पूजा के फूल', 'राजकुमार', 'खानदान', 'मिलन', 'साधू और शैतान', 'सच्चाई' और 'नन्हा फरिश्ता।'

एल. वी. प्रसाद की 'मिलन' पुनर्जन्म के विषय पर आधारित थी। इसमें सुनील दत्त, नूतन और जमुना की मुख्य भूमिकाएं थीं। इस फ़िल्म के साथ ही इसका संगीत भी काफी हिट रहा। आनंद बक्षी द्वारा लिखित व लक्ष्मीकान्त प्यारेलाल द्वारा संगीतबद्ध गीतों का फ़िल्म की सफलता में महत्वपूर्ण योगदान था। ये गीत आज भी लोकप्रिय हैं।

ए. भीम सिंह व महमूद प्रोडक्शन की 1968 में प्रदर्शित फिल्म 'साधू और शैतान'[6] दक्षिण और बॉलीवुड का सांझा निर्माण था, जिसमें प्राण ने अपनी

---

6. दक्षिण भारतीय निर्देशक ए. भीम सिंह ने इस फ़िल्म में महमूद, भारती, किशोर कुमार, ओम प्रकाश, नज़ीर हुसैन, टुनटुन और केष्टो मुखर्जी तथा प्राण को निर्देशित किया था।

भारी दाढ़ी मूंछ और पगड़ी धारण किए प्राण महमूद के साथ
साधु और शैतान (1968) में एक हास्य दृश्य में

कला के जौहर दिखाई थे। फ़िल्मफ़ेयर ने इस फ़िल्म की समीक्षा में लिखा कि, "प्राण का प्रदर्शन जीवन्त, चुस्त व बहुरंगी है, यह उन आखिरी क्षणों में सिद्ध हो जाता है जब वे स्वयं को ठगने वाले व्यक्ति से नफ़रत करने से इनकार कर देते हैं। क्या ही अच्छा होता यदि तथाकथित साधू को मार कर शैतान को जीवित रख गया होता!"

4

साठ के दशक में प्राण की फ़िल्मों की झड़ी लग गई। मगर ज़्यादातर निर्माता उन्हें उनकी प्रचलित छवि के अनुरूप खल पात्रों की भूमिकाएं ही दे रहे थे। आखिर इस बात की भी सीमा थी कि वे प्रत्येक कलुषित चरित्र में कहां तक कोई रंग भरते। प्राण अब पूर्ण रूप से कलुषित खल पात्रों के दायरे के बाहर आना चाहते थे।

इस दशक में उन्हें तीन ऐसी फ़िल्में मिली जिनसे उनके खलनायक की छवि वाले कैरियर में नई राहें खुल गईं। उनमें से एक तो ऐतिहासिक विषय की थी,

दूसरी भारत के तत्कालीन प्रधानमंत्री लाल बहादुर शास्त्री द्वारा दिए गए नारे[7] 'जय जवान जय किसान' पर आधारित थी और तीसरी एक आम व्यावसायिक फ़िल्म थी, मगर लीक से हटकर।

1965 में प्रदर्शित 'शहीद' भारत की स्वतन्त्रता के लिए अपनी जान कुर्बान कर देने वाले सरदार भगत सिंह के जीवन पर आधारित थी। इस फ़िल्म में प्राण द्वारा चित्रित किरदार उनके अब तक निभाएं गए किरदारों से काफ़ी अलग था और इससे दर्शकों के बीच उन्हें बहुआयामी अभिनेता के रूप में पहचाना जाकर उनके कैरियर को नई दिशा मिली।[8]

दूसरी फ़िल्म 'उपकार'[9] प्राण के कैरियर में महत्वपूर्ण मील का पत्थर साबित हुई। यह प्राण के कैरियर की स्मरणीय व वज़नदार भूमिकाओं में से एक थी और प्राण ने इस भूमिका के साथ पूरा न्याय किया। और प्राण को अलग अन्दाज़ में दिखाने वाली तीसरी फ़िल्म थी—बी. नागि रेड्डी की 'नन्हा फरिश्ता' इसमें प्राण, अजीत और अनवर हुसैन तीन सहृदय अपहरणकर्त्ता थे जो फ़िल्म को अपने बूते पर ही चला देते हैं।

5

हिन्दी फ़िल्म जगत से दक्षिण की तरफ जाने की शुरूआत प्राण ने की थी, फिर अनेक कलाकारों ने उनका अनुसरण किया। दक्षिण के अनेक लोगों से प्राण ने पेशेवर सम्बन्ध बनाए, उनमें से एक थे विजया इन्टरनेशनल के मालिक बी. नागि रेड्डी।

दक्षिण भारतीय फ़िल्मों के दिग्गज स्टूडियो के मालिक बी. नागि रेड्डी काफ़ी सम्पन्न होने के साथ ही सभ्य, सुसंस्कृत और शिष्ट भी थे। उन्हें बड़े प्रेम से याद करते हुए प्राण कहते हैं कि, ''वे बड़े शालीन और भद्र व्यक्ति थे। लोगों

7. जय जवान – जय किसान!

8. इस फ़िल्म में मनोज कुमार, निरूपा रॉय, कामिनी कौशल, प्रेम चोपड़ा, मनमोहन और सुधीर के साथ प्राण एक संक्षिप्त, किन्तु असरदार भूमिका में थे।

9. मनोज कुमार द्वारा निर्मित और निर्देशित उपकार (1967) में मनोज कुमार, आशा पारेख, कामिनी कौशल, प्रेम चोपड़ा और प्राण थे।

के दिलों में उनके प्रति काफी प्यार और सम्मान था। उनके मन में किसी के प्रति किसी तरह का भेदभाव नहीं था।''

'राम और श्याम' की सफलता से उत्साहित होकर उन्होंने एक और हिन्दी फ़िल्म 'नन्हा फरिश्ता'10 बनाई। इस फ़िल्म में उन्होंने मुख्य भूमिका दी प्राण को और निर्देशन का जिम्मा सौंपा मद्रास के ही निर्देशक टी. प्रकाश राव को, जो प्रथम बार हिन्दी फ़िल्म निर्देशित करने जा रहे थे।

फ़िल्म का विषय बड़ा ही हृदयस्पर्शी और भावुक था—तीन पत्थरदिल अपराधी एक छोटी बच्ची का अपहरण कर लेते हैं और बाद में उस बच्ची की मासूमियत और ममता से उनका हृदय परिवर्तन हो जाता है। तीन निष्ठुर क़ातिल व अपहर्ताओं की भूमिका में प्राण, अजीत व अनवर हुसैन की कठोर भावनाएं बच्ची की बाल सुलभ हरक़तों से पिघलने लगती है और उनके हृदय में उसके लिए स्नेह का स्रोत फूट पड़ता है। पद्मिनी ने बच्ची की आया की

बेबी रानी प्राण का घुटना पकड़े खड़ी है। नन्हा फ़रिश्ता के दूसरे दोनों खलनायक अजीत और अनवर हुसैन हैं

12. 'नन्हा फ़रिश्ता' तीस के दशक की अंग्रेज़ी फ़िल्म 'वी आर नो एन्जल्स' पर आधारित थी, जिसे 1955 में भी हंफ़्री बोगार्ट, पीटर यूस्तीनोव, एलदो रे, बासिल राथबोन जैसे बड़े सितारों को लेकर बनाया गया था। नन्हा फ़रिश्ता में बलराज साहनी और जानी वाकर ने भी झलक दिखलाई थी।

भूमिका बखूबी निभाई। उस समय की चोटी की अभिनेत्री पद्मिनी की भूमिका के समकक्ष ही महत्वपूर्ण भूमिका प्राण की भी थी।

'नन्हा फरिश्ता' की समीक्षा में स्टार एंड स्टाइल ने लिखा "निश्चित रूप से प्राण ही सभी दृश्यों में छाए हुए थे।"[13] फ़िल्म के पूर्ण होते ही प्राण ने इस 'नन्ही बच्ची का हृदयग्राही प्रदर्शन' कहकर इसकी भूरि-भूरि प्रशंसा की। उन्होंने कहा 'नन्हा फरिश्ता' बहुत सुन्दर फिल्म थी। इसकी सुन्दरता छुपी है इसकी कहानी की सादगी में, निर्माता-निर्देशक की निष्ठा में तथा कलाकारों के समर्पण में। 'बच्चे में है भगवान....' गाने में नन्ही बच्ची और उसकी आया के साथ प्राण अजीत और अनवर हुसैन द्वारा भी अपनी आवाज मिलाना फ़िल्म का मुख्य आकर्षण बन गया।

अपने सुखान्त के कारण फ़िल्म सुपरहिट व अविस्मरणीय बन गई।

6

साठ के दशक के दौरान खल पात्रों के चरित्र-चित्रण में थोड़ा हास्य का पुट देने का चलन शुरू हो गया था। खल पात्रों की अपनी दुष्टता के कारण उनकी पूर्ण कलुषित छवि में हास्य का हल्का रंग भरकर उसे कुछ राहत देने के साथ ही अच्छा मनोरंजक हास्य भी उभार दिया जाता तथा आगा, महमूद, असित सेन, केश्टो मुखर्जी, टुनटुन, शम्मी और शोभा खोटे जैसे शुद्ध हास्य कलाकारों द्वारा हास्य में छोड़ी गई कमी को भी पूरा कर दिया जाता। किसी ग़मग़ीन विषय द्वारा उत्पन्न उदास क्षणों को हल्का बनाने के लिए हास्य दृश्यों की नितान्त आवश्यकता होती थी। प्राण स्वयं कहते हैं कि, "'कश्मीर की कली' से उन्होंने अपने किरदारों में हास्य रंग भरना शुरू कर दिया था, और शीघ्र ही दक्षिण के निर्माता भी इस ओर ध्यान देने लगे।

वे लोग ज्यादातर संगीत प्रधान सामाजिक और पारिवारिक फ़िल्में बनाते और हरेक दर्शक की पसन्द का ख्याल रखते हुए बड़ी संख्या में सितारे लेते जिसमें आवश्यक रूप से एक खलनायक, एक खलनायिका तथा एक या अधिक

---

13. 12 दिसंबर 1969 के अंक में।

हास्य कलाकार होते। अतः इतने कलाकारों के बीच अपनी स्थिति मजबूत बनाने के लिए प्रत्येक कलाकार को फ़िल्म के प्रवाह व गति के अनुसार ही चलते हुए 'अन्डर-प्ले' की बजाए 'ओवर-एक्ट' करना होता तथा अपनी ओर दर्शकों का ध्यान आकृष्ट करने के लिए तीन घंटे की फ़िल्म में अपने को मिले समय में ही अपना काम प्रभावशाली ढंग से करना होता।

खल पात्रों की भूमिका में हास्य का रंग भरने का चलन शुरू होने पर खल पात्र चतुर व कुटिल होने की बजाए हास्यास्पद दिखने लगा। कहानी में कोई कमी या किसी अन्य कारण से भी अपने कमज़ोर पड़े किरदार को निभाते हुए भी प्राण अपनी नाटकीय क्षमताओं के प्रयोग से अपनी हर भूमिका में कुछ अलग ही रंग भर देते। उनकी हर भूमिका पूर्ववर्ती भूमिका से पूरी तरह अलग होती!

उदाहरण के लिए 1965 में प्रदर्शित फ़िल्म 'खानदान' को लें। प्राण ने 'खानदान' नाम की दो फ़िल्मों में काम किया, दोनों ही सुपरहिट रहीं। पहली बार 1942 में पंचोली पिक्चर्स की फ़िल्म 'खानदान' जिसे सैय्यद शौक़त हुसैन रिज़वी ने निर्देशित किया और प्राण ने किंवदंती गायिका-नायिका नूरजहां के साथ नायक की भूमिका अदा की। दूसरी बार 1965 में ए. भीमसिंह द्वारा निर्देशित 'खानदान' थी, जिसमें प्राण ने खलनायक की भूमिका अदा की। इस फ़िल्म के नायक-नायिका सुनील दत्त और नूतन थे।

पहली 'खानदान' उनके कैरियर की शुरूआती फ़िल्मों में थी और दूसरी 'खानदान' के समय वे सफल सितारे बन चुके थे। 1965 की 'खानदान' में प्राण ने पुनः साबित कर दिया कि वे एक चिन्तनशील अभिनेता हैं। पर्दे पर अपने कैरियर की खूबियां और चतुराई के सटीक चित्रण के लिए उन्होंने अपने दिमाग़ का बखूबी इस्तेमाल किया, इस बात की परवाह किए बगैर कि हिन्दी सिनेमा के करोड़ों दर्शकों को खुश करने के लिए उन्हें कितनी मूर्खतापूर्ण व हास्यास्पद हरक़तें करनी पड़ रही हैं!

प्राण द्वारा विदूषक और भांड जैसी हरकतों द्वारा अपनी खलनायकी में हास्य का पुट भरते देखने वाले समीक्षकों ने उनके द्वारा गालों पर दिए जा रहे झटकों पर भी गौर किया। फ़िल्मफ़ेयर के समीक्षक ने 'खानदान' में प्राण के प्रदर्शन

को पूरा महत्व देते हुए अपनी समीक्षा की शुरूआत में ही लिखा, भद्र खलनायक 'खानदान' जितना भद्र कभी नहीं दिखा खासतौर से यह देखते हुए कि इससे पहले वह कभी भी दुष्ट खलनायक से कम नहीं दिखा। हिटलर जैसे केश विन्यास व मूंछे तथा बेढंगे कपड़ों के साथ उन्होंने बड़े मज़े से कार्य किया। इससे पहले उनके कपड़े कभी इतने बेढंगे और व्यक्तित्व इतना छिछोरा कभी नहीं था। इस परिवर्तन का स्वागत किया जाना चाहिए। नौरंगीलाल (प्राण का किरदार) घमंड व द्वेष से दुनिया पर नाक-भौं सिकोड़ता है।"

बोम्बे की फिल्मों में खलनायकी के सीमित रंग होते जब कि दक्षिण में ये असीमित होते!

1965 के बाद, अगले पांच वर्षों में प्राण ने फ़िल्मों के नाटकीय माध्यम में अपनी महारत प्रत्यक्ष प्रमाणित की। विवेकशील दर्शक यह आसानी से देख सकते थे कि अपनी तैयारी की प्रक्रिया में प्राण ने दो महत्वपूर्ण तत्वों पर ध्यान देकर उन्हें उन्नत बनाया। एक तो यह कि सिनेमा देखा जाना वाला माध्यम होने के कारण इसमें पात्र की आकृति अत्यन्त महत्वपूर्ण होती है, अतः अपने किरदार को फ़िल्म के अन्य पात्रों से भिन्न दिखाने के लिए उन्होंने काफी चिन्तन व अध्ययनपूर्वक कार्य किया।

दूसरा—अपने पात्रों में मानवीय तत्वों का ऐसा समावेश करते कि वो पर्दे से निकलकर दर्शकों में घुल-मिल जाता।

राज कपूर की 'जिस देश में गंगा बहती है' के अलावा मनोज कुमार की दो फ़िल्मों, 'शहीद' और 'उपकार', ने प्राण को सफलता की ऊंची लहरों पर सफर कराने में अच्छा-खासा योगदान दिया।

आगे के कुछ अध्यायों में प्राण के कैरियर के विकास में तीनों फिल्मों के योगदान की चर्चा की जाएगी।

15

जिस देश में गंगा बहती है

1

अन्य फ़िल्म निर्माताओं की तरह अपनी फ़िल्म की असफलता का दोष दूसरे लोगों के मत्थे न मढ़कर राज कपूर इसकी जिम्मेदारी स्वयं अपने ऊपर ही ले लेते। इसीलिए 'आह' की असफलता के बाद प्राण या इस फ़िल्म के अन्य कलाकारों को दुबारा अपनी फ़िल्म में न लेने की कसम खाने की बजाए उन्होंने पहले तो 'जागते रहो' में प्राण को एक छोटी भूमिका दी और फिर 'जिस देश में गंगा बहती है' में अति महत्वपूर्ण भूमिका दी।

यह भूमिका प्राण की तत्कालीन लोकप्रिय छवि के ही अनुरूप थी। खुद प्राण ने भी माना कि 'जिस देश में गंगा बहती है' की मेरी भूमिका मेरी अत्यधिक चुनौतीपूर्ण व अविस्मरणीय भूमिकाओं में से एक है।

इस फ़िल्म की असाधारण कथा-वस्तु के कारण इस फ़िल्म से जुड़े हुए लोगों को भी लगा कि इस कहानी से केवल डॉक्यूमेंट्री ही बनाई जा सकती है। वास्तव

में जब राज कपूर ने कथाकार अर्जुन देव रश्क को संगीतकार शंकर-जयकिशन के पास यह कहानी सुनाने भेजा तो शंकर को लगा कि यह कहानी एक कमर्शियल फ़िल्म बनाने के उपयुक्त नहीं है। उन्होंने विरक्त हो कर कहा, 'यह एक लूट-पाट और डकैतों की कहानी है, ऐसे विषय में संगीत का अवसर ही कहां है?'

राज कपूर ने किस तरह शंकर और जयकिशन को इस विषय के संगीत अवसरों को सुनाने के लिए बुलाया और प्रेरणा देकर इस फ़िल्म का संगीत तैयार करने के लिए तैयार किया यह एक रोचक कहानी है।

इस प्रसंग से राज कपूर यह अच्छी तरह समझ गए कि जिस कहानी को वे पर्दे पर पेश करने जा रहे हैं, उसे चित्रित करना बड़ा ही चुनौती पूर्ण कार्य है, अतः कलाकारों के चुनाव में काफी सावधानी बरतनी होगी, इसलिए नायक राजू की अपनी भूमिका के बाद फ़िल्म के सबसे शक्तिशाली किरदार के लिए उन्होंने प्राण को चुना। राज कपूर यह अच्छी तरह जानते थे कि प्राण जैसे पेशे के प्रति समर्पित अभिनेता ही अपने अथक श्रम, बुद्धिमत्ता पूर्ण विचार-विमर्श व तैयारी से इस महत्वपूर्ण भूमिका का त्रुटिरहित प्रतिपादन कर सकते हैं। इस प्रकार यह भूमिका देकर, शूटिंग शुरू होने से पहले ही, राज कपूर ने प्राण के प्रति विश्वास प्रकट कर दिया।[1]

और प्राण ने उनके विश्वास को भंग नहीं होने दिया!

2

राज कपूर की कार्य-शैली असाधारण थी। उनकी ज़्यादातर शूटिंग, काफी देर से, दोपहर में शुरू होती और देर रात तक चलती। अगली सुबह वे, अपने निकट सहयोगियों (जिन्हें वे अपने कला पार्षद कहते) के साथ, कहानी पर कार्य करते। व्हिस्की व लज़ीज़ व्यंजनों के साथ इन सत्रों में विचार मन्थन द्वारा बड़े पर्दे के अनेक मनोरंजक व उत्तेजक क्षणों की परिकल्पना हुई।

प्राण याद करते हैं कि, राज कपूर शंकर और जयकिशन के साथ काफी श्रम

1. यह फ़िल्म 1960 में रिलीज हुई!

से काम करके फ़िल्म संगीत का नए रूप में प्रयोग करने का प्रयास करते। इस फ़िल्म में एक पूरी संगीत सीक्वेंस एक तालयंत्र, 'डफ' पर आधारित थी। इसके पहले भाग में संगीत ही नायिका का गुस्सा और फिर धीरे-धीरे प्रेम की पीड़ा प्रदर्शित करता है। प्राण को लगता है कि शंकर-जयकिशन की संगीत-रचना कई बार डॉयलाग से कुछ ज्यादा ही कह जाती है।

यह एक ज्ञात तथ्य है कि राज कपूर अपनी फ़िल्म के प्रत्येक कलाकार को श्रेष्ठ प्रदर्शन की प्रेरणा व अवसर प्रदान करते हैं। साथ ही कोई कलाकार स्वयं भी अपनी भूमिका, गेटअप, चाल-ढाल, बोल-चाल, हाव-भाव आदि के प्रति सचेत और चिन्तनशील हो तो चमत्कारिक प्रदर्शन की आशा की जा सकती है।''

प्राण ने शूटिंग शुरू होने से पूर्व ही राज कपूर से सलाह-मशिवरा करके अपनी भूमिका के लिए काफ़ी तैयारियां कर ली थीं। शूटिंग शुरू होने से कुछ पहले राज कपूर ने प्राण से कहा, ''आप अपने मैनरिज्म यानि विशिष्ट हाव-भाव के लिए विख्यात हैं, मेरी इस फ़िल्म के लिए भी कुछ विशेष सोचिए। कहानी, डॉयलाग और किरदार का चरित्र तो आप जानते ही हैं, इसमें कुछ ऐसा मिला दें कि यह ज्यादा प्रभावशाली हो जाए।''

किसी भूमिका को तैयार करने और फिर उसे अभिनीत करने का प्रत्येक कारगर अभिनेता का अपना अलग तरीक़ा व तकनीक होती है, जो वह निरन्तर प्रयोग तथा प्रयत्न और भूल सुधार के विविध सोपानों से गुजरते हुए अपने अन्तःकरण की आवाज़ मानता हुआ विकसित करता है।

प्राण बार-बार याद करते हैं कि किस प्रकार अन्तर्मन की प्रेरणा व उसके साथ तालमेल ने उन्हें इस फ़िल्म में अपने किरदार को विकसित करने में मदद की : ''जब राज कपूर ने इस फ़िल्म की कहानी सुनाकर मुझे डकैत राका की भूमिका अदा करने को कहा, मैं तभी से उस भूमिका के प्रति उत्सुक हो गया और उस किरदार के गेटअप, मूंछें, वस्त्र, विग आदि के बारे में सोचने लगा क्योंकि राज साहब ने इन सबका चुनाव मेरी पसंद पर ही छोड़ दिया था। काफी समय तक, दिमाग़ पर जोर डालकर सोचने पर भी, मुझे कुछ नहीं सूझ रहा था। आखिरकार अंग्रेजी के एक दैनिक अखबार ने मुझे इस उलझन से उबारा – उसमें पुलिस द्वारा डकैतों के एक गिरोह को पकड़ने की खबर के साथ ही एक

डकैत की तस्वीर भी प्रकाशित की गई थी। यदि वो डकैत पकड़ा न जाता, तो उसका विवरण कोई जान नहीं पाता। यह पता चला कि वह अपने गिरोह का क्रूरतम डकैत था। जब वह पुलिस के साथ मुठभेड़ में मारा गया तो उसका शरीर इक्कीस गोलियों से छलनी हो चुका था। उसकी तस्वीर देखकर मुझे लगा यही है राका। मैंने वह तस्वीर काट ली और राज कपूर को दिखाई। वे भी मुझसे सहमत हो गए। तब हमने उस तस्वीर के मुताबिक विग और मूंछें बनवाईं। जब मैं पूरी पोशाक, मेकअप, विग और मूंछें लगाकर राज कपूर के सामने आया तो वे बड़े प्रसन्न हुए और बोले, 'तुम तो बिल्कुल डकैत लग रहे हों—बड़े खतरनाक!"

प्राण ने अपने किरदार के लिए आकर्षक और डरावना रूप तो बना लिया मगर उसमें जान फूंकने के लिए कुछ और भी चाहिए था, वह उन्होंने कैसे पाया, उसका वर्णन वे इस प्रकार करते हैं : "इस फ़िल्म में मैं एक डकैत था। मैं सोते-जागते हर समय उसी किरदार के बारे में सोचता तथा अपने दिल-दिमाग और अन्तःकरण में उसे देखने की कोशिश करता। मैं उसकी मनोदशा तथा उसके अन्दर छुपे हुए भय को जानने की चेष्टा करता।

और एक रात मुझे यह सब मिल गया। मैं गहरी नींद में था और एक स्वप्न से जाग कर उठ बैठा तथा अपनी एक उंगली गले पर फेरने लगा, जैसे मुझे घुटन हो रही हो। मुझे यह समझ में आया कि हर डकैत के अवचेतन मन में यह भय गहरी जड़ जमाए हुए होता है कि एक-न-एक दिन वह पकड़ा जाएगा और उसके गुनाहों के लिए उसे फांसी हो जाएगी या कोई शत्रु ही किसी दिन उसका गला काट देगा।

उसी समय मैंने तय किया कि ऐसा हाव-भाव मुझे राज कपूर की फ़िल्म के लिए करना है और शूटिंग के प्रथम दिन ही जब मैंने ऐसा किया तो सैट पर मौजूद हर व्यक्ति प्रभावित हुआ ओर मुझे इस माकूल हाव-भाव के लिए सबने बधाई दी।

हालांकि इस फ़िल्म के निर्देशक के तौर पर राधू करमकार का नाम दिया गया था मगर इस बात को सभी जानते हैं कि वास्तव में निर्देशक का कार्य खुद राज कपूर ने ही किया था।

उस दृश्य के फ़िल्मांकन के समय राज साहब निर्देशक के तौर पर कैमरे के पीछे थे, अतः मैं क्या कर रहा था, वे ठीक से नहीं देख पाए। शॉट के बाद उन्होंने मुझसे पूछा कि, "मैं अपने हाथ से क्या हरकत कर रहा था?"

मैंने वह हाव-भाव उन्हें दिखाते हुए कहा, "मैं इस तरह अपनी उंगली को लगातार अपनी गर्दन पर फिरा रहा था।" कुछ क्षणों तक राज साहब मौन रहे, जब यह बात उन्हें समझ में आई तो वे बोले "बहुत खूब।"

'मुझे लगा कि मुझे राज साहब को समझाना चाहिए कि मैंने किस प्रकार यह हाव-भाव अपनाया है? मैंने उन्हें बताया कि किस प्रकार एक रात स्वप्न से जागने पर घुटन-सी महसूस करते हुए मैं अपनी गर्दन पर उंगली फेरने लगा था। तभी मेरी समझ में आ गया कि यह संकेत समझा देगा कि प्रत्येक डकैत को जान लेना चाहिए कि एक न एक दिन वह कानून के शिकंजे में आ ही जाएगा।'

"राज साहब बुद्धिमान व्यक्ति थे। उन्होंने इस बात की सराहना की कि मैंने अपनी भूमिका के लिए रचनात्मक चिन्तन किया है। मुझे उनके साथ काम करके वाकई बड़ा मज़ा आया!"

3

राज कपूर के बारे में एक बार प्राण ने कहा : "भारत में जन्मे कुछ महान व्यक्तियों में से एक थे—राज कपूर! वे महान निर्देशक और बड़े निर्माता थे।

'जिस देश में गंगा बहती है' के एक दृश्य में प्राण और चंचल (मधुबाला की बहन)

अपनी फिल्म के लिए कलाकारों से काम लेते समय वे बड़े प्यार और सम्मान से पेश आते। वे कलाकारों की हर सुख-सुविधा का ख्याल रखते और उनकी अच्छी खातिरदारी करते।''

इस संदर्भ में 'जिस देश में गंगा बहती है' की शूटिंग के समय का अपना अनुभव बताते हुए प्राण कहते हैं : ''हम भी हैं तुम भी हो, दोनों हैं आमने-सामने'' इस गाने का फ़िल्मांकन चल रहा था। पहले दिन की शूटिंग खत्म होने से पहले रात के लगभग नौ बजे राज साहब मेरे पास आए और कहने लगे ''मैं जानता हूं कि आप हर रोज पीते हैं और आपके पीने का समय हो गया है।''

मैंने कहा ''मगर, मैं काम के वक्त और मेकअप में नहीं पीता।''

इस पर राज साहब ने कहा ''मैं डर रहा था कि यदि आप मेकअप में ही पीने लगेंगे तो आपका साथ देने के लिए मुझे भी ऐसा ही करना पड़ेगा जो आप जानते हैं कि मैं कभी नहीं करता। तो अब यह तय रहा कि शूटिंग के बाद हम दोनों साथ बैठकर पीएंगे।''

'शूटिंग समाप्त होने के बाद फ्रेश होकर हम दोनों ने साथ में शराब पी और भोजन किया, तब तक सुबह के तीन बज चुके थे। उन्होंने मुझसे पूछा ''आप घर कैसे जाएंगे?'' मैंने कहा – ''मेरे पास गाड़ी है।''

उन्होंने पूछा ''क्या आपके साथ ड्राइवर भी है?''

मैंने कहा ''नहीं।''

तब उन्होंने कहा ''इस वक्त आपको खुद ड्राइव करके नहीं जाना चाहिए। हमारी कम्पनी की गाड़ी आपको घर पहुंचा देगी।''

मैंने कहा, ''ठीक है, आपकी गाड़ी मुझे घर पहुंचा देगी, मगर मेरी गाड़ी यहीं रह जाएगी तो मैं कल शूटिंग के लिए समय पर कैसे पहुंच पाऊंगा?'' उन्होंने कहा ''इसकी फ़िक्र मत कीजिए। कल सुबह नौ बजे तक आपकी गाड़ी आपके दरवाजे पर मिलेगी।''

इस तरह हर रोज उनकी गाड़ी रात को मुझे मेरे घर पहुंचा देती और सुबह उनका ड्राइवर मेरी गाड़ी मेरे घर पहुंचा देता। वे ऐसे मेहमान नवाज़ इंसान थे!''

4

प्राण ने जिस हाव-भाव और संकेत को चिन्तनपूर्वक अपनाकर राका के चरित्र में जान फूंक दी थी और जिसके पीछे एक उचित कारण भी था, कुछ पत्रकारों को फ़िल्म दिखाए जाने पर, उन्होंने उस पर ग़ौर तो किया, मगर वे उसका कारण या महत्व नहीं समझ पाए।

प्राण याद करते हैं कि, किस तरह उन पत्रकारों ने उसकी प्रशंसा में तो कोई कमी नहीं रखी, मगर वे उसके महत्व से पूरी तरह अनजान ही रहे!

उन्होंने कहा ''डकैत राका के रूप में लगातार एक कान से दूसरे कान तक गर्दन के रास्ते उंगली फेरने का आपका अंदाज़ अद्‌भुत था!'' और जब मैंने पूछा, ''क्या आप इस हरक़त के पीछे छुपे कारण और इसके महत्व को समझ पाए हैं?'' तो वे कुछ घबरा गए और बोले कि, ''आदतन ऐसा किया जा रहा था।''

'तब मैंने उन्हें इस हाव-भाव का कारण और महत्व समझाकर बताया कि यह अवचेतन मन की एक आदत मात्र नहीं बल्कि इस किरदार की मनोदशा प्रकट करती हुई सोच-समझकर की गई हरक़त है!''

इस तरह अपने किरदारों की प्राथमिक तैयारी करते समय प्राण उनकी चारित्रिक विशेषताओं पर पूरा ध्यान देते और इसी कारण वे अपनी भूमिकाओं पर दक्षता से ग़ौर करके टिप्पणी करने में भी सक्षम थे। उन्होंने समय-समय पर अपनी अनेक भूमिकाओं पर टिप्पणी की। राका पर भी उन्होंने उल्लेखनीय टिप्पणी की।

''आमतौर पर हिन्दी फ़िल्मों के खलनायक को पूरी तरह निकृष्ट और बुरा आदमी ही समझा जाता है। मगर, मैं नहीं समझता कि मेरे द्वारा अदा किए गए सभी खल पात्र बुरे ही थे। उदाहरण के तौर पर 'जिस देश में गंगा बहती है' के राका को देखें वह गांव के गांव जला देता है मासूम लोगों को मारने में भी नहीं हिचकता, मगर जिस लड़की से प्यार करता है, उसके लिए हथियार भी डाल देता है। मैं उसे संसार का अविस्मरणीय प्रेमी मानता हूं, न कि एक खलनायक।''

5

इस प्रकार सुयोग्य अभिनेताओं और तकनीशियनों के साथ मिलकर, राज कपूर ने चम्बल के डाकुओं द्वारा हथियार डालने के नीरस विषय को भी अनेक प्रकार के उद्वेगों से युक्त एक भावपूर्ण ड्रामा बना दिया, जो आज भी दर्शकों को विचारोत्तेजित करने के साथ ही उनका मनोरंजन भी करता है।

राज कपूर ने अपनी फ़िल्म के सितारों और तकनीशियनों को साथ लेकर भारत के विभिन्न शहरों में फ़िल्म का प्रचार करने के लिए यात्राएं तथा प्रीमियर शो किए चूंकि प्राण भी इस फ़िल्म के मुख्य कलाकारों में थे, अतः वे भी इन यात्राओं में उनके साथ रहे।

जनवरी 1961 में कलकत्ता में इस फ़िल्म का एक विशेष प्रीमियर शो रखा गया। इसमें प्रधान अतिथि पश्चिम बंगाल की गवर्नर पद्‌मजा नायडू थी तथा मुख्यमंत्री डॉ. बी सी. राय ने भी इस अवसर पर सभी कलाकारों के साथ फ़िल्म देखी।

इंटरवेल में राज कपूर ने स्टेज पर जा कर दर्शकों का अभिवादन किया और बोले "मेरा नाम...."[2] तो दर्शकों ने 'राजू' बोलकर वाक्य पूरा कर दिया। जब पद्‌मिनी ने दर्शकों को सम्बोधित करने में असमर्थता दिखाई तो लोगों ने कहा, "आप केवल ओय-होय ही कह दें!"

प्राण अब भी याद है कि किस उल्लास के साथ सारे दशकों ने उनका अभिवादन किया और जब जाने-माने पुराने समय के बंगाली अभिनेता पहाड़ी सान्याल उनके पास गए और बोले, "यद्यपि मैंने आपको केवल पर्दे पर ही देखा है, व्यक्तिगत रूप से मैं आपको नहीं जानता फिर भी आपके अद्‌भुत प्रदर्शन के लिए आपको हार्दिक बधाई देना चाहता हूं।"

फ़िल्मफ़ेयर की समीक्षा में भी पहाड़ी सान्याल की भावनाओं की गहरी गूंज थी : "प्राण हर दृष्टि से एक भयंकर और क्रूर अपराधी लगते हैं। यह उनका एक अविस्मरणीय प्रदर्शन रहा है।"

इस प्रकार के क्षण और टिप्पणियां एक अभिनेता के लिए यादों की अमूल्य निधि होती है। प्राण स्वयं भी राज कपूर की 'जिस देश में गंगा बहती है' को

अपनी असाधारण व विलक्षण फ़िल्म मानते हैं। फ़िल्म के बैनर, उनकी भूमिका, उनके गेटअप और फ़िल्म की जबरदस्त सफलता ने प्राण की मार्केट वेल्यू को बढ़ाने में अपना विशेष योगदान दिया।

प्राण ने जब रेहाना (1946) में प्रवेश किया।

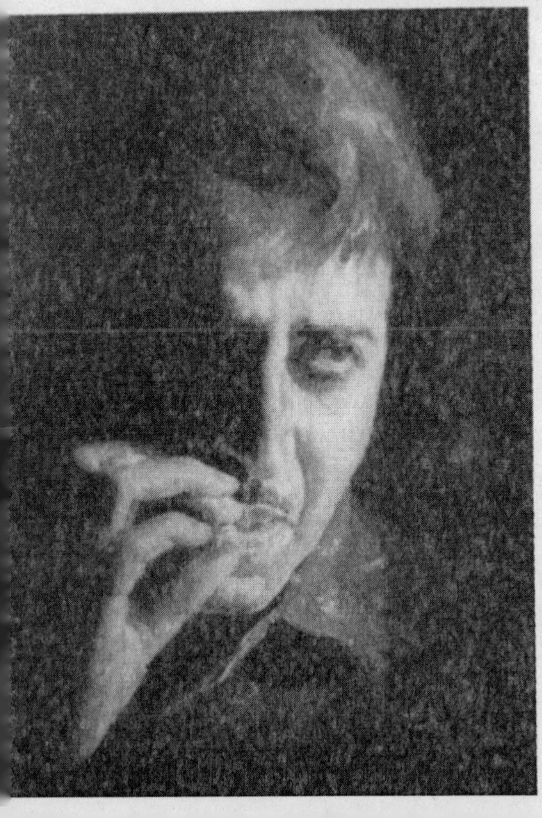

प्राण विचारवान व्यक्ति की भूमिका में एक गठीला व्यक्तित्व।

प्राण गेम्बलर (1960) में एक रोबदार व्यक्ति की भूमिका।

प्राण 'जिस देश में गंगा बहती है' (1960) में राका डाकू की कभी न भूलने वाली भूमिका में।

प्राण 'फिर वही दिल लाया हूं' (1963) में उदासी-भरी मुद्रा में।

प्राण 'राम और श्याम' (1967) में दिलीप कुमार के बेरहम बहनोई के रूप में।

प्राण ने 'आंसू बन गए फूल' (1969) में एक सशक्त भूमिका निभाई।

प्राण 'नन्हा फरिश्ता' (1969) में एक शिकारी मुद्रा में।

प्राण प्रोफ़ेसर के रूप में 'जंगल में मंगल' में (1972)।

प्राण शेर ख़ान की अनुकरणीय भूमिका में, 'ज़ंजीर' (1973)।

‘धर्मा’ (1973) में प्राण एक यादगार भूमिका में भी जाने गए।

‘क्रोधी’ (1981) में प्राण एक मोज़ेज के भेस में। (मोज़ेज यहूदियों में क़र्ज देने वाले महाजन को कहते हैं)

प्राण ▶
राष्ट्रपति के. आर. नारायणन (मार्च, 2001) से पद्म भूषण प्राप्त करने के बाद।

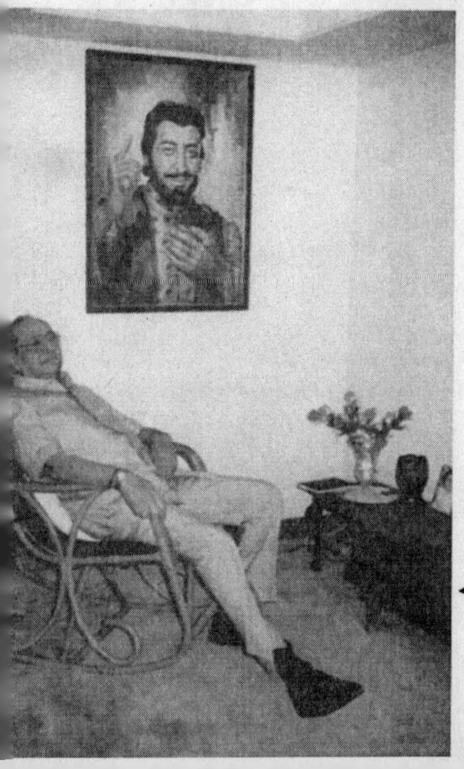

◀ प्राण शेर ख़ान की तस्वीर के नीचे अपने घर में आराम करते हुए (फ़रवरी, 2000)।

▲
प्राण अपने पुराने मित्रों निम्मी और उसके पति अली रज़ा (फ़रवरी, 2000) के साथ।

प्राण अपनी सजाई गई ट्रॉफ़ियों के साथ (फ़रवरी, 2000)।
▼

16

'शहीद' – एक फ़िल्म जो मील का पत्थर बन गई!

1

यह एक दस्तक थी!

यह दस्तक पचास के दशक में किसी समय हुई थी!

एक कलाकार के दिल की आन्तरिक तड़प, जो उसे अपनी प्रत्येक भूमिका को कुछ अलग तरीक़े से अदा करने व उसमें कुछ विशेषता भरने के लिए प्रेरित करती थी।

बुरे व्यक्ति की भूमिकाओं के चरम बिंदु पर पहुंचकर अपनी सृजन शक्ति को और अधिक चुनौतीपूर्ण कार्यों में लगाने की उत्कृष्ट इच्छा ने प्राण को अपने कैरियर व अभिनय की धारा को नई दिशा में प्रवाहित करने को प्रवृत किया।

इस उत्कंठा ने क्रमशः विकसित होते हुए एक निश्चित आकार ग्रहण किया और उनका कैरियर एक नई दिशा में गतिमान हो गया, जब उन्होंने कुछ ऐसी

फ़िल्में की जिनमें उन्होंने अपने अब तक किए गए कार्यों से सर्वथा भिन्न प्रस्तुतिकरण किया। उन फ़िल्मों में से एक थी 'शहीद'।

अपने पिता द्वारा फ़िल्म 'शहीद' में निभाए गए केहर सिंह के किरदार के बारे में प्राण के कनिष्ठ पुत्र सुनील सिकंद कहते हैं, "खलनायक के तौर पर अपने पिता का उत्तम प्रदर्शन देखकर मुझे बड़ा मज़ा आता था, मगर जब उन्हें एक पत्थरदिल अपराधी की इस भूमिका में देखा तो मैं समझा गया कि अब उनके कैरियर में परिवर्तन प्रारम्भ हो गया है।"

"शहीद में मात्र पांच मिनट की भूमिका में प्राण अपने उत्कृष्ट अभिनय के प्रदर्शन से छा गए। क्या गज़ब का प्रदर्शन था उनका!" प्राण के मित्र, व्यवसायी और निर्माता रमेश खोसला खुशी से चंहकते हुए कहते हैं।

निर्विरोध रूप से व्यक्तिगत और सामूहिक प्रशंसा प्राप्त करने की स्थिति तक पहुंचना कोई आसान काम नहीं था। हाल ही में भगत सिंह[1] के जीवन पर बनी दो फ़िल्में फ्लॉप हो गई थीं। पहली 1952 में प्रदर्शित हुई, जिसमें प्रेम अदीब ने भगतसिंह की भूमिका अदा की तथा दूसरी फ़िल्म 'शहीद भगत सिंह' 1963 में प्रदर्शित हुई जिसमें शीर्षक भूमिका शम्मी कपूर ने की थी।

उस समय तक भगत सिंह के बारे में तथ्यात्मक विवरण व सूचनाओं का अभाव था। केवल मात्र तब की इतिहास की पुस्तकों में थोड़ी-सी जानकारी उपलब्ध थी।

अतः जब एक समय के प्रचारक से निर्माता बने, केवल पी. कश्यप ने अपनी फ़िल्म 'शहीद' में सज़ा-ए-मौत पाए मुज़रिम की भूमिका निभाने के लिए प्राण से सम्पर्क किया तो उसे स्वीकार करने में उन्हें कुछ झिझक हो रही थी। प्राण ने स्वीकार किया कि, 'शुरू में मैंने उनके प्रस्ताव को नकार दिया था क्योंकि एक तो फ़िल्म में मेरे कुल छः ही दृश्य थे और दूसरी बात वे बहुत ही कम पैसे दे रहे थे।

यहां उल्लेखनीय बात यह थी उस समय प्राण सफलता के उच्चतम शिखर पर थे, ऐसे में इतनी छोटी-सी भूमिका स्वीकार करना एक नज़र में मूर्खता ही

---

1. 1966 में प्रदर्शित।

लग रही थी, मगर दूसरी ओर अवसर का लाभ उठाने की बात थी और प्राण ने इसी कारण से यह भूमिका स्वीकार की थी। चूंकि प्राण पहले भी इस भूमिका में रुचि प्रकट कर चुके थे।[2]

फ़िल्म 'शहीद' के साझे निर्माता बचपन के मित्र मनोज कुमार व केवल कश्यप अपने जीवन के महत्वपूर्ण मोड़ पर पहुंच गए थे। एक लोकप्रिय नायक के रूप में सफल हो चुके मनोज कुमार अब कथा लेखन और निर्देशन के क्षेत्र में भी हाथ आजमाने को उत्सुक हो रहे थे जबकि उनके प्रिय मित्र केवल कश्यप फ़िल्मों के प्रचार के ऊबाऊ पेशे को त्यागकर फ़िल्म निर्माण से जुड़ना चाहते थे। इन दोनों ने साथ मिलकर 'शहीद' बनाने का निर्णय लिया। इन्हें अपनी प्रथम फ़िल्म के लिए सफल व बड़े नाम वाले सितारों की आवश्यकता थी।

चूंकि उस समय प्राण बड़े नाम वाले सफल सितारे थे और इस भूमिका में अपनी रुचि भी प्रकट कर चुके थे। अतः इनके पास इस भूमिका के लिए प्राण से बेहतर विकल्प क्या हो सकता था?

मगर जब प्राण ने यह भूमिका स्वीकार करने से इन्कार कर दिया तो इनके सामने करो या मरो की स्थिति आ गई, जहां इन्हें काफी सावधानीपूर्वक कदम बढ़ाना था।

केवल कश्यप को इस भूमिका के लिए इनकार करने के कुछ दिनों बाद प्राण की मुलाक़ात एक अन्य फ़िल्म के सैट पर मनोज कुमार से हो गई। मनोज ने उनसे यह भूमिका ठुकराने का कारण पूछा तो उन्होंने रुक्षता से जबाव दिया, 'पारिश्रमिक पर्याप्त नहीं था।' तब मनोज ने कहा 'वह कहानी मैंने लिखी है और यह किरदार आपको ही ध्यान में रखकर लिखा है। मैंने आपके साथ 'दो बदन'[3] में काम किया है और मैं जानता हूं कि आप ही इस भूमिका के लिए उपयुक्त व सक्षम हैं। आपको यह भूमिका करनी चाहिए। इस किरदार के माता-पिता, भाई-बहन कोई नहीं हैं। यह संसार में अकेला है, जेल में है और आखिर में फांसी

2. फ़िल्म 'दो बदन' के सैट पर मनोज कुमार राज खोसला को 'शहीद' की स्क्रिप्ट के कुछ हिस्से सुना रहे थे तो वे वहां मौजूद प्राण के भी कानों में पड़े और उन्होंने मनोज कुमार से केहर सिंह की भूमिका के बारे में बात की जिस पर तो मनोज कुमार ने कह दिया कि अभी तक यह प्रोजेक्ट तैयार नहीं हुआ है, तब प्राण ने प्रोजेक्ट तैयार हो जाने पर बता देने को कहा।

3. 10 जून 1966 के अंक में।

पर लटका दिया जाएगा। यदि आप यह भूमिका नहीं करेंगे तो मैं इस किरदार को कहानी से निकाल दूंगा और इसमें मुझे कुछ परेशानी नहीं होगी क्योंकि यह कहानी का ज़रूरी हिस्सा नहीं है। यदि आप यह भूमिका अदा करेंगे तो मुझे पूरा विश्वास है कि आप इसमें गहरी छाप छोड़ेंगे।''

इस तरह मनोज ने यह स्पष्ट कर दिया कि यह भूमिका कहानी का ज़रूरी हिस्सा न होते हुए तथा छोटी होते हुए भी काफी सशक्त है और सिर्फ़ उन्हीं के लिए गढ़ी गई है।

प्राण को मनोज कुमार की साफ़गोई बहुत पसंद आई और साथ ही अपनी अभिनय क्षमता पर उनके विश्वास प्रकट करने पर भी वे अभिभूत हो गए, 'मुझे अपने फ़ैसले पर पुनर्विचार करना पड़ा, खासकर जब उन्होंने कहा कि यदि मैं इस भूमिका को नहीं करूंगा तो वे इस किरदार को ही फ़िल्म से निकाल देंगे।'

ऐसा लगता है, इस मुलाकात के बाद प्राण ने मनोज कुमार की बात मानने का मन बना लिया। अतः जब मनोज कुमार के आग्रह पर केवल कश्यप ने झिझकते हुए प्राण से दुबारा सम्पर्क किया तो वे उनके हक में फैसला करने का निर्णय कर चुके थे।

प्राण अपनी बात जारी रखते हुए कहते हैं, 'अपनी प्रारम्भिक अनिच्छा के बावजूद, मैंने यह भूमिका स्वीकार की क्योंकि उन्हें विश्वास था कि मैं ही इस किरदार के साथ न्याय कर सकता हूं और मुझे खुशी है कि मैंने ऐसा ही किया।

'शहीद' में मेरी भूमिका डाकू केहर सिंह की थी, जिसे सत्याग्रहियों[4] के साथ जेल में रखा गया है और आखिरकार उसका हृदय-परिवर्तन हो जाता है। मुझे खुद महसूस हो रहा था कि छोटी होते हुए भी यह भूमिका काफ़ी प्रभावशाली है। मैं समझता हूं कि मनोज कुमार ने यह कहकर कि मेरे इनकार करने पर वे इस किरदार को ही फ़िल्म से निकाल देंगे, मेरा दिल जीत लिया और मुझ पर इस कदर किए गए दृढ़ विश्वास को कायम रखने के लिए ही मैंने 'शहीद' में केहर सिंह की भूमिका करना स्वीकार किया।

---

4. अंग्रेज़ों के विरुद्ध आज़ादी के लिए लड़ने वाले वे दीवाने, जो अहिंसा के पैरोकार महात्मा गांधी के अनुयायी थे।

इतने सालों बाद आज भी मेरी पंसदीदा भूमिकाओं के बारे में पूछे जाने पर मुझे 'शहीद' के केहर सिंह की याद आती है। यह फिल्म मेरी लिए विशेष महत्व रखती है।''

2

काफी सालों पहले दिल्ली में छठी कक्षा के कुछ छात्रों ने एक नाटक का मंचन किया, जिसमें चद्दरों से पर्दों का तथा कैम्प की चारपाइयों से कुर्सियों का काम निकाला गया। वह नाटक था–शहीद भगत सिंह। इसमें शीर्षक भूमिका अदा की एक किशोर लड़के ने जिसमें भरपूर ऊर्जा व आत्मविश्वास था, जो केवल पर्दा उठने तक ही क़ायम रह सका।

उसी लड़के के अनुसार–आशा से अधिक, इतनी बड़ी संख्या में, दर्शकों को देखकर वह किशोर 'शहीद' सहम गया। मगर अभिनय उसकी नस-नस में था, इसीलिए शुरू की उस सकपकाहट के लिए अपने सहपाठियों द्वारा उपहास किए जाने के बावजूद वह अभिनय को ही अपना पेशा बनाने के निश्चय पर अडिग रहा।

छात्रों के उसी समूह में एक किशोर को पत्रकारिता में गहरी रुचि थी। इन दोनों में गाढ़ी मित्रता हो गई और कुछ वर्षों बाद फ़िल्म जगत से दौलत और शोहरत कमाने के उद्देश्य से ये दोनों मित्र बोम्बे आ पहुंचे। जहां अभिनय का शौक़ और भगत सिंह को चित्रित करने की आकांक्षा रखने वाले लड़के को प्रोडक्शन अस्स्टिेंट बनकर कैमरे के पीछे काम करना पड़ा, वहीं दूसरे लड़के को अपनी रुचि के मुताबिक काम पाने में आसानी हुई और वह कई महत्वपूर्ण सितारों का प्रचारक बन गया।

उस समय इन दोनों–मनोज कुगार और केवल कश्यप को यह आभास नहीं था कि हमारे द्वारा एक ऐसे महान प्रोजेक्ट को अंजाम दिए जाएगा जो हमें प्रशंसा और सम्मान दिलाएगा।

साठ के दशक के शुरू में मनोज कुमार ने छोटी-छोटी भूमिकाओं में अभिनय करना शुरू कर दिया था फिर शीघ्र ही तरक्की करके नायक बन गया। दोनों

लगातार एक-दूसरे के सम्पर्क में थे। फिर वो समय आया जब उन्होंने मिलकर फैसला किया कि केवल एक फ़िल्म बनाएंगे और मनोज कुमार उसमें नायक की भूमिका निभाएगा।

'मुझे किस विषय पर फ़िल्म बनानी चाहिए?' केवल ने पूछा। मनोज ने तुरंत जबाव दिया, 'निश्चिंत रूप से, भगत सिंह पर।' बड़ी मात्रा में खर्च करके, काफी अनुसन्धान द्वारा मनोज कुमार ने स्वयं कहानी लिखी उन दोनों ने भगत सिंह के बारे में हर छोटी-बड़ी जानकारी एकत्र करने की चेष्टा की। यदि उन्हें पता चलता कि किसी दूरस्थ इलाके में भी कोई ऐसा व्यक्ति है जिसके साथ भगत सिंह कुछ दिन रहे थे, तो वे दोनों और अधिक सामग्री एकत्र करने वहां पहुंच जाते।

मनोज कुमार ने पुराने अखबारों, पत्रिकाओं, पुस्तकों, पत्रों और पाण्डुलिपियों से काफ़ी सूचनाएं व सामग्री एकत्र की। अन्य फ़िल्मों में अभिनय करके कमाए हुए पैसों को वे भगत सिंह पर बनाई जाने वाली फ़िल्म पर खर्च कर देते। केवल कश्यप ने इस फ़िल्म को निर्माण के वास्ते आवश्यक धन जुटाने के लिए अपनी सम्पत्ति पर बैंक से कर्ज़ा लिया, अपनी फियेट गाड़ी बेच दी और सारे पैसे इस फ़िल्म के निर्माण में झोंक दिए। यह सब कुछ मनोज कुमार ने एक अभिनेता और केवल कश्यप ने एक प्रचारक के तौर पर काम करते हुए किया!

मनोज और केवल कई बार भगत सिंह के भाई और उनकी मां (जो उस समय 81 वर्ष की अवस्था में भी काफी सक्रिय थी) से मिले और उनसे भगत सिंह के बारे में काफी जानकारी प्राप्त की।

इन दो अथक परिश्रमी अनुसन्धानकर्ताओं ने स्वतन्त्रता संग्राम के महान नायक, भगत सिंह के बारे में अल्पज्ञात तथ्यों को भी उजागर किया। उदाहरण के तौर पर भगतसिंह का वास्तविक नाम भाग्य था। जिस दिन उनका जन्म हुआ उसी दिन उनके स्वतन्त्रता संग्रामी चाचा और भाई जेल से रिहा हुए अतः उनके दादा ने उन्हें भाग्यशाली समझकर उनका नाम भाग्य रखा।

दूसरा हृदयस्पर्शी तथ्य—जिस लड़की से भगत सिंह का विवाह होने वाला था, उसे परिस्थितिवश मजबूर होकर किसी और से विवाह करना पड़ा। 23 मार्च 1931 को, जिस दिन भगत सिंह को फांसी हुई उसी दिन अचानक उसका पति

चल बसा। उसने भगत सिंह की मां से रोते हुए कहा 'यदि मेरे भाग्य में वैधव्य ही लिखा था तो भगत सिंह की विधवा होना ही गौरव की बात थी।'

इन सभी तथ्यों का फ़िल्म में इस्तेमाल नहीं किया गया, मगर इनसे 'शहीद' को एक यादगार फ़िल्म बनाने में काफी मदद मिली। औक़ात से अधिक खर्च करके फ़िल्म की तीन रील पूरी करने के बाद इन्हें आशा की एक किरण नज़र आई जब एक वितरक ने उनके द्वारा किए गए कार्य को देखने की मंशा प्रकट की, मगर अपने विचार सुनाकर उसने इन पर वज्राघात ही किया। उसने कहा, ''आप लोग इस फ़िल्म को कभी पूरी नहीं कर पाओगे, यदि किसी तरह पूरी कर भी लोगे तो इसे बेच नहीं पाओगे, यदि किसी तरह बेच भी लोगे तो यह फ़िल्म चलेगी नहीं, और यदि यह फ़िल्म चल गई तो मैं अपना नाम बदल लूंगा।''

3

'शहीद' के जेल के दृश्यों की शूटिंग लुधियाना की वास्तविक जेल में हुई थी। केहर सिंह के रूप में प्राण इस जेल के सर्वाधिक उग्र कैदी थे जो अपनी फांसी के दिन का इंतज़ार करते हुए जेल में उपद्रव व अशान्ति फैला रहे थे।

मदन पुरी जेलर की भूमिका में थे और अनवर हुसैन एक क़ैदी की भूमिका अदा कर रहे थे। चूंकि यह शूटिंग वास्तविक जेल में हुई थी अतः कुछ असली कैदी भी इसमें नज़र आए। प्राण इस बात का सूत्र जोड़ते हुए कहते हैं 'हां, यह सच है कि हम लोगों ने जेल के दृश्यों को स्टूडियो में जेल का सैट बनाकर नहीं, बल्कि लुधियाना के वास्तविक जेल में फिल्माया था। अतः एक समीक्षक की यह टिप्पणी पढ़कर बहुत हंसी आई कि, 'जेल के दृश्य विश्वसनीय नहीं लगे क्योंकि सैट ठीक नहीं बने हुए थे।' वह समीक्षक निश्चित रूप से इस बात से वाक़िफ़ नहीं था कि जेल वास्तव में कैसी होती है।''

अपनी भूमिका के बारे में प्राण विस्तारपूर्वक बताते हैं : ''केहरसिंह एक खतरनाक अपराधी है। डकैती, लूट-पाट व हत्या के जुर्म में फांसी की सज़ा पाने के बाद वह जेल में भी अशान्ति ही फैला रहा है, यहां तक कि उसने जेलर को भी पीट दिया, परंतु उसके दिल में किसी प्रकार का छल-कपट नहीं है।

वह स्वतन्त्रता सेनानियों की भावनाएं नहीं समझ पाता है। उसे यक़ीन नहीं होता कि मातृभूमि के लिए भी कोई व्यक्ति खून-खराबा और अपना बलिदान कर सकता है! शुरू में वह उनकी नारेबाज़ी से नफ़रत करता है, परंतु बाद में उसका हृदय-परिवर्तन हो जाता है। उसे इस बात का अचम्मा होता है कि उसके जैसे अपराधी और भारत माता के सपूत भगत सिंह को एक जैसी सज़ा कैसे दी जा सकती है!"

"उल्लेखनीय बात यह थी कि केहरसिंह कभी भी भगत सिंह से नहीं मिला था। अब जब उसकी फ़ांसी का वक्त करीब आया तो उसने सज़ा-ए-मौत पाए भगतसिंह से मिलने की अपनी आखिरी इच्छा प्रकट की!

'अपने मस्तक-पटल पर उस दृश्य का पुनरावलोकन करते हुए प्राण बताते हैं : "पीछे की ओर बंधे हुए अपने दोनों हाथों के साथ, जल्लाद के फंदे की ओर बढ़ता हुआ, केहर सिंह भगत सिंह के पास पहुंच कर कहता है, 'भगत सिंह, पहली और आखिरी बार सत श्री अकाल!'

भगत सिंह कहता है, 'केहर सिंह?' तो वह जबाव देता है 'हां, मैं ही हूं वह ज़ालिम आदमी। मुझे तो अपने किए की सज़ा मिलनी ही चाहिए मगर दुनिया तुमसे ऐसा व्यवहार क्यों कर रही है? मैं ऊपर जा रहा हूं और भगवान से पूछूंगा कि तुम्हारी दुनिया में ये क्या हो रहा है? भगत सिंह और केहर सिंह दोनों से एक जैसा बर्ताव!'

"मैंने अपने जीवन में किसी नेक आदमी से हाथ नहीं मिलाया। क्या मुझसे हाथ मिलाकर मुझपर उपकार करोगे?"

फांसी की सज़ा पाए दोनों व्यक्ति पीछे की ओर हाथ बंधे होने के कारण एक-दूसरे की ओर पीठ करके हाथ मिलाते हैं और वह कहता है इसे जोर से पकड़ो। जब उनके जुदा होने का समय आता है तो फांसी के तख्ते के पास पहुंचकर वह अनवर हुसैन द्वारा अदा किए जा रहे किरदार से कहता है "मेरे बच्चों (भगतसिंह और उसके साथियों) का ख्याल रखना!"

दर्शक उस दृश्य को याद रखेंगे जिसमें उनके गले रुंध गए और गालों तक आंसू आ गए। इस फ़िल्म ने खुद प्राण पर भी गहरा प्रभाव छोड़ा था। इसका प्रमाण यह है कि 'शहीद' के निर्माण के इतने दशक बीत जाने के बाद आज

भी प्राण को उन दृश्यों का हर शॉट, डॉयलाग और हाव-भाव अच्छी तरह याद है। फ़िल्म के डॉयलाग लिखने और केहर सिंह के किरदार की परिकल्पना करने के लिए प्राण मनोज कुमार की प्रशंसा करते हैं।

इस संदर्भ में मनोज कुमार अपनी बात कहते हैं ''मैं प्राण साहब का आभारी हूं कि उन्होंने बिल्कुल मामूली मेहनताने पर 'शहीद' में भूमिका निभाना स्वीकार किया और जिस प्रकार पूरे प्रयत्न द्वारा प्रभावशाली प्रदर्शन किया, मेरा दिल जीत लिया!

4

'शहीद' की टीम ने सभी निराशावादियों को गलत साबित कर दिया। उन्होंने न केवल फ़िल्म को पूरा किया, बल्कि बेचा भी, प्रदर्शित भी किया और फ़िल्म सफल भी हुई! किस तरह! कैसे!

'शहीद' 1965 में पर्दे पर आई और लगभग उसी समय भारत-पाक युद्ध छिड़ गया। देश में देशभक्ति की भावना चरम उत्कर्ष पर थी, यह स्थिति देशभक्ति पर आधारित 'शहीद' के लिए मददगार हुई और फ़िल्म हिट हो गई।

भारत के प्रथम प्रधानमंत्री पं. जवाहरलाल नेहरू ने इसके निर्माणकाल में ही इसकी सफलता की शुभकामना व आशीर्वाद दे दिया था। नई दिल्ली में हुए प्रीमियर के लिए जब फ़िल्म के निर्माताओं ने नए प्रधानमंत्री लाल बहादुर शास्त्री को आमन्त्रित किया तो उन्होंने बड़े ही सौम्य अंदाज़ में पूछा, ''क्या ऐसे कठिन समय में उनके द्वारा एक फ़िल्म का उद्घाटन करना उचित होगा?''

इस पर दोनों ने निवेदन किया कि, ''आप मात्र पंद्रह मिनट के लिए ही आएं और खुद ही इस बात का फ़ैसला कर लें।''

शास्त्री जी ने पूरे तीन घंटे वहां रहकर पूरी फ़िल्म देखी और बाद में फ़िल्म की प्रशंसा में प्रेरणादाई उद्बोधन भी दिया। बाद में प्रत्येक प्रान्त में वहां के मुख्यमन्त्री या किसी महत्वपूर्ण मन्त्री द्वारा इस फ़िल्म का उद्घाटन हुआ।

फ़िल्म के युवा निर्माताओं को यह तो भरोसा था कि यह फ़िल्म उन्हें प्रतिष्ठा

दिलाएगी, मगर इसने इन्हें उनकी अधिकतम उम्मीदों से भी कहीं अधिक ही दिलाया। फ़िल्म जहां भी प्रदर्शित हुई, बाक्स ऑफिस पर अपार सफल रही। फिर इसे तीन सरकारी पुरस्कार भी प्राप्त हुए—श्रेष्ठ कहानी के लिए आल इंडिया सर्टिफिकेट ऑफ मेरिट, 1965 की श्रेष्ठ हिन्दी फ़िल्म के लिए राष्ट्रपति द्वारा रजत पदक तथा राष्ट्रीय एकता पर श्रेष्ठ फ़िल्म के लिए बीस हजार रुपए नगद। इसके अलावा इस फ़िल्म को हर क्षेत्र में भारी मनोरंजन कर से मुक्त रखा गया। इस फ़िल्म की महत्ता का एक और सबूत था इसका विदेशों के फ़िल्म समारोहों में प्रदर्शन के लिए चुना जाना।

दिल्ली में प्रधानमंत्री द्वारा उपरोक्त तीनों पुरस्कार प्रदान करते समय की गई प्रशंसा ने इस फ़िल्म के दुर्भाग्य के भविष्यताओं को माकूल जबाव दे दिया!

इस फ़िल्म के निर्माताओं को श्रेष्ठतम पुरस्कार लुधियाना में मिला, जब भगत सिंह की मां ने अश्रुपूर्ति नेत्रों से पूरी फ़िल्म देखी और अपने बेटे भाग्य की संक्षिप्त जीवन गाथा याद करते हुए इस श्रद्धांजलि के लिए कृतज्ञता ज्ञापित की!

और उस वितरक का क्या हुआ, जिसने कहा था कि 'शहीद' किसी भी तरह से पूरी होकर प्रदर्शित हो भी गई तो सुपर फ़्लाप रहेगी! कोई नहीं जानता उसने अपना नाम बदला या नहीं, मगर यह निश्चित है कि उसे अपने शब्दों को वापस लेना पड़ा होगा तथा यह कहने की ज़रूरत नहीं कि वह यह सोच कर कितना रोया होगा कि उसने अपनी कितनी कमाई का नुकसान कर लिया!

5

1965 तक अभिनेता के तौर पर अच्छी स्थिति प्राप्त कर चुके मनोज कुमार को 'शहीद' से एक नया आयाम मिला। हालांकि इस फ़िल्म के निर्देशक के तौर पर एस. राम शर्मा का नाम लिखा गया था, मगर सबको यह मालूम था कि वास्तविक काम मनोज कुमार ने ही किया था। पूर्ववर्ती प्रचारक केवल कश्यप को पहली फ़िल्म से ही सफल निर्माताओं की जमात में महत्वपूर्ण स्थान मिल गया। ये दोनों ही मानते थे कि यह काम उनका अकेले का नहीं है। उन्होंने इस सफलता का श्रेय पूरी यूनिट को दिया, खासतौर पर प्राण को, खुद जिनके लिए

भी यह उनके कैरियर की यादगार फ़िल्म बन गई और फ़िल्म की सफलता और इसे मिली प्रशंसा में उनका पूरा योगदान था।

फ़िल्मफ़ेयर में A MOMENT REBORN के शीर्षक से छपी 'शहीद' की समीक्षा में फ़िल्म के अन्य कलाकारों के प्रदर्शन के बारे में विचार प्रकट करने के बाद समीक्षक ने लिखा, "फ़िल्म के उत्तरार्द्ध में एक उन्मत अपराधी के रूप में अपने तूफ़ानी प्रवेश के साथ प्राण ही छाए रहे। फिर हृदय परिवर्तन के बाद अपने आखिरी दृश्य में वे जिस तरह सज़ा-ए-मौत पाए भगत सिंह को अलविदा कहते हैं 'बड़ा ही अद्‌भुत अंदाज़ था।[5]

प्राण मानते हैं कि उन्होंने इस भूमिका के लिए लीक से हटकर काम किया। "मैंने 'शहीद' में डकैत केहर सिंह की भूमिका दाढ़ी-मूंछ लगाए बिना की। जिस ज़माने में उग्र किरदारों के लिए चिल्लाकर बोलना अनिवार्य माना जाता था, मैंने कुछ अलग ढंग से बोलने का निर्णय लिया। मैंने उस तरह के एक असाधारण व्यक्ति को देखा था और उसी की नक़ल करने का निश्चय किया। केहर सिंह बहुत लोकप्रिय हो गया और आज भी जहां कहीं यह फ़िल्म चलती है तो केहर सिंह की चर्चा जरूर होती है।"

भगत सिंह की मां की भूमिका करने वाली कामिनी कौशल इससे पहले भी प्राण के साथ कई फ़िल्मों में काम कर चुकी थी। 'शहीद' में प्राण के प्रदर्शन के बारे में बात करते हुए हाल ही में उन्होंने बताया, "अपनी छोटी-सी भूमिका में प्राण ने इस फ़िल्म में अपनी गहरी छाप छोड़ी। उनका किरदार एक हिंसक अपराधी का था, जिसे फ़ांसी होने वाली है। भगत सिंह और उनके साथियों के साथ एक ही जेल में रहते हुए वह किस तरह पहले विरोधी और बाद में प्रशंसक के रूप में परिवर्तित हो जाता है, यह वास्तव में दर्शनीय है। अपनी विशेष भाव भंगिमाएं भरकर उन्होंने इस किरदार को स्मरणीय बना दिया। मुझे यक़ीन है कि वे निश्चित रूप से इस बात पर विचार करते हैं कि उन्हें अपने किरदार को किस प्रकार चित्रित करना है। यह बंधे-बंधाएं ढर्रे और आम भावनाओं के साथ अदा किया हुआ किरदार नहीं है। अपनी छवि बनाने के लिए गढ़े जाने वाले किरदार में अतिरिक्त श्रम द्वारा अपनी अदा व भावनाएं भरना महत्वपूर्ण हैं

---

5. 10 जून 1966 के अंक में।

तथा पूरी फ़िल्म में उस छवि को क़ायम रखना और भी महत्वपूर्ण है। प्राण इस भूमिका में यह सब कुछ हासिल करने में सफल रहे!''

भगत सिंह के एक सहयोगी सुखदेव की भूमिका अदा करने वाले, तब के एक उभरते हुए अभिनेता और बाद में मशहूर खलनायक बने, प्रेम चोपड़ा फ़िल्म 'शहीद' में प्राण के किरदार व कार्य के बारे में कहते हैं, '' 'शहीद' में प्राण साहब की छोटी-सी मगर बड़ी नाटकीय भूमिका थी। मनोज कुमार, मैं और राजगुरु की भूमिका अभिनीत करने वाले अभिनेता शैलेश कुमार इस फ़िल्म के हीरो थे, मगर प्राण साहब क्या थे? वे इस फ़िल्म की जान थे।[6] हालांकि केहर सिंह मनोज कुमार द्वारा गढ़ा गया एक काल्पनिक पात्र था, मगर प्राण साहब ने अपने प्रभावशाली प्रदर्शन से इसे स्मरणयोग्य चरित्र बना दिया और इसने उन्हें चरित्र अभिनेता के तौर पर विशेष पहचान व यश प्रदान किया।

''उन दिनों प्राण की खलनायक की सशक्त छवि थी और निर्माता किसी भी अभिनेता को उसकी छवि के प्रतिकूल भूमिका देने की जोखिम उठाने का साहस नहीं करते थे। मगर इस फ़िल्म में प्राण ने अपनी बहुमुखी प्रतिभा का प्रदर्शन करके दर्शकों को परिवर्तन पसंद करने के लिए बाध्य कर दिया!'' प्रेम चोपड़ा आश्चर्य चकित हो कर कहते हैं।

इस संदर्भ में शायद सर्वोच्च प्रशस्ति तजुर्बेकार अभिनेता अशोक कुमार ने की : ''यदि केहर सिंह की भूमिका कोई कर सकता था तो वो केवल प्राण ही था।''

6

जिस समय प्राण को 'शहीद' में केहर सिंह की भूमिका के लिए चुना गया, उनका हिन्दी सिनेमा में खलनायकी के बादशाह के तौर पर एकछत्र शासन था। खल पात्रों की श्रेष्ठ भूमिकाओं पर उनका वास्तविक एकाधिकार था और उन्होंने अपनी स्थिति पर मजबूत पकड़ भी बना रखी थी।

खालिस खलनायकी से बहुरंगी चरित्र भूमिकाओं की ओर मुड़ने का कारण

---

6. आत्मा!

समझाते हुए प्राण कहते हैं ''मुझे लगता है बार-बार एक ही किस्म का काम करते-करते मैं उकता गया था। समस्या यह थी कि मेरे पास खल पात्रों की भूमिका के प्रस्तावों की भरमार रहती और मैं उन्हें ही स्वीकार करता चला जा रहा था। मैंने 1953 में राज साहब की फ़िल्म 'आह' में सकारात्मक भूमिका की थी, मगर वे फ़िल्म फ़्लाप रही तो फिर किसी ने मुझे सकारात्मक भूमिका देने और मेरी छवि बदलने की हिम्मत नहीं दिखाई। इसके काफ़ी सालों बाद मुझे 'शहीद' में यह असाधारण सकारात्मक भूमिका मिली तो केवल मनोज कुमार के ही कारण।''

फांसी की सजा पाए मुज़रिम के रूप 'शहीद' में प्राण के प्रदर्शन में हंसी और दर्द का अद्भूत मिश्रण था, जिसे जान-बूझकर अन्डर-प्ले किया गया जो अनकही बात का पतला पर्दा बन गया, यह सब कुछ भूमिका की सूक्ष्म समझ व चतुराई भरी धारणा पर आधारित था। अपनी भूमिका से अभिभूत एक विचारशील अभिनेता ही इतना जीवन्त प्रदर्शन कर सकता है, जितना प्राण ने इस भूमिका में किया। इस बारे में प्राण का कहना है, ''वास्तव में एक सफल चरित्र भूमिका अदा करने का प्रथम अवसर मुझे मनोज कुमार की 'शहीद' में ही मिला। मैं एक बहुत ही 'बुरा व्यक्ति' था जो धीरे-धीरे सुधर रहा था और अन्ततः पूरी तरह 'अच्छा व्यक्ति' बन गया। और लोगों ने मुझे पसंद किया। यह बिल्कुल नई तरह का अनोखा अनुभव था जब किरदार पूरी तरह सज्जन न होते हुए भी लोगों का चहेता बन गया।''

प्राण हिन्दी सिनेमा के चोटी के खलनायक थे और लम्बे समय तक बुलंदी पर रहना चाहते थे। कार्यकुशल और चतुर होने के कारण वे ये समझ गए कि इसके लिए अपने कार्य का दायरा बढ़ाना ज़रूरी है और इसके लिए अपने अभिनय और कैरियर में एक और आयाम जोड़ना कारगर सिद्ध होगा।

उन्होंने एक नेक दिल कठोर व्यक्ति की नई तरह की भूमिका अदा करने की स्वीकृति देकर खुद अपने आप पर ही उपकार किया। अपनी प्रारम्भिक अनिच्छा के बावजूद केवल कश्यप की 'शहीद' में छोटी-सी, मगर महत्वपूर्ण भूमिका अदा करके उन्होंने दर्शकों को रजत पट पर भविष्य में होने वाले बड़े चमत्कार का एक छोटा-सा नमूना दिखा दिया।

दर्शकों के सामने अपनी बहुमुखी प्रतिभा व हर प्रकार की भूमिका अदा करने की क्षमता का प्रदर्शन करके उन्हें भी अपनी परिवर्तित छवि के बारे में दर्शकों की प्रतिक्रिया जानने का अवसर मिला। 'शहीद' की सफलता ने उन्हें बता दिया कि अब वे पूरी तरह अच्छे व्यक्ति की चरित्र भूमिकाएं भी कर सकते हैं।

बुद्धिमत्तापूर्वक सोच-समझकर तय किया गया संक्रमण काल (खल पात्रों से चरित्र भूमिकाओं की तरफ) क्रमिक विकास का एक हिस्सा था और बिल्कुल सही समय पर शुरू हुआ था। युवा खलनायकों की नई पौध का आगमन शुरू हो चुका था जो बढ़ती उम्र के खलनायकों को अव्वल नम्बर की स्थिति से डिगा सकने में सक्षम थी। इस परिवर्तन द्वारा न केवल उन्होंने स्वयं को इस स्थिति का सामना करने से बचाया, बल्कि अभिनेता के तौर पर एक और पारी खेल कर स्वयं को पर्दे का सर्वाधिक बहुरंगी प्रतिभाशाली और टिकाऊ सितारा भी सिद्ध किया।

अच्छे व्यक्ति की चरित्र भूमिकाओं में अपना अनोखा अंदाज़ पेश करने की उनकी मंशा की खबर फ़िल्मी दुनिया में फैलने लगे। फ़िल्मी दुनिया के लोग यह अटकलें लगाने लगे कि क्या उनके जैसा प्रतिभाशाली व सक्षम अभिनेता जिसे बुरे व्यक्ति की भूमिकाओं में महारत हासिल है, स्वयं को अच्छे व्यक्ति की चरित्र भूमिकाओं में टिका सकेगा?

सभी शंकालुओं को दो वर्षों बाद 1967 में इसका माकूल जबाव मिल गया जब एक पूरी तरह भले व्यक्ति की भूमिका में उन्होंने 'उपकार' में उत्कृष्ट प्रदर्शन किया।

17

परिवर्तन का पल–'उपकार'

1

मनोज कुमार ने, इस जीवनी के लिए विशेष साक्षात्कार देते हुए शुरू में ही कहा,–"हॉलीवुड में, कहा जाता है कि, 'किसी किरदार को अदा करने के लिए, यदि कोई उपयुक्त अभिनेता नहीं मिलता हो, तो एन्थनी क्वुइन्न को ले लें', मैं यह कहूंगा कि यदि बॉलीवुड में ऐसी समस्या आ जाए तो आपको प्राण साब ही उबार सकते हैं!"

इस बात पर ध्यान दें, अपनी शुरू की फ़िल्मों में सकारात्मक भूमिकाएं अदा करने के बावजूद, निर्माता इस बात को नज़र अन्दाज़ करते हुए, उन्हें निरन्तर खल पात्रों की भूमिकाए ही देते आ रहे थे1 । मनोज कुमार उन कुछ अपवादों

1. प्राण 1942 में प्रदर्शित 'खानदान' में नायक थे और 1948 में प्रदर्शित 'गृहस्थी' में सह नायक। उन्होंने 'छलिया', 'शहीद', 'नन्हा फरिश्ता', 'विक्टोरिया न. 203', और 'मजबूर' में अच्छे हृदय के बुरे व्यक्ति की भूमिका निभाई तथा 'अपराधी', 'आह', 'ज़ंजीर' और 'कसौटी' और 'उपकार', 'आंसू बन गए फूल', 'परिचय' में वे पूरी तरह भले व्यक्ति थे।

में से एक रहे जिन्होंने प्राण की असाधारण बहुमुखी प्रतिभा को पहचान कर उन्हें भिन्न प्रकार की भूमिकाएं दी।

'हलाकू' (1956) से 'उपकार' (1967) तक की प्राण की फ़िल्मों में उनकी नाटकीय क्षमता व अभिनय के विस्तृत दायरे का पर्याप्त प्रमाण मिलता है। इन फ़िल्मों में ऐसा अभिनेता नज़र आता है जो निर्माताओं और दर्शकों के दिल में बनी अपनी छवि को बदलने के लिए बेचैन है, साथ ही वह इसमें सक्षम भी है।

पचास के दशक के आखिरी वर्षों में या साठ के दशक के शुरू में ही कुछ अलग तरह का काम करने की उनकी तड़प जाहिर हो गई–इसको प्रमाणित करती है, 'शहीद' में केहर सिंह की भूमिका के लिए उनकी स्वीकृति!

लाख टके का सवाल यह था कि इतने वर्षों तक सफलता पूर्वक बुरे व्यक्ति या फिर 'अच्छे हृदय के भी बुरे ही व्यक्ति की भूमिकाएं अदा करते-करते क्या वे चरित्र-भूमिकाओं के लिए आवश्यक भावनाओं को प्रकट कर सकेंगे? और इससे भी महत्वपूर्ण यह कि क्या दर्शक उन्हें पूरी तरह भले व्यक्ति की भूमिका में स्वीकार करेंगे?

अब प्राण के लिए लोगों के इन प्रश्नों का उत्तर देने का समय आ गया था।

2

मनोज कुमार की फ़िल्म 'उपकार' से, निश्चित रूप से प्राण के कैरियर में एक नया मोड़ आया। मगर वह क्या कारण था जिसने उन्हें भले व्यक्ति की भूमिका करने के लिए प्रेरित किया?

प्राण बताते हैं,–"'उपकार' से पहले, हर फ़िल्म में 'बुरे व्यक्ति' की भूमिका करने के कारण, किसी भी सार्वजनिक स्थान पर, सड़क पर या कहीं भी लोग जब मुझे देखते तो मुझ पर 'अरे बदमाश', 'हाय लफंगा', 'ओय गुन्डे हरामी!' जैसे अपमान जनक फ़िकरे कसते,–मगर मैं बिना उनसे क्षुब्ध हुए तटस्थ भाव से कन्धे उचका कर उनकी अनदेखी कर देता! मेरी पत्नी शुक्ला भी इनसे विचलित नहीं होती, क्योंकि वह जानती थी कि मैं सिर्फ अपना कार्य करता हूं और उसे बहुत अच्छी तरह अंजाम देता हूं।

'मगर एक दिन मेरी बेटी पिंकी ने मुझसे धीरे से पूछा,–'डैडी आप इसमें बदलाव के लिए कोई भले और शालीन व्यक्ति की भूमिका क्यों नहीं करते?'[2]

मैं उसी समय समझ गया कि उसकी स्कूल की सहेलियों ने उसके डैडी के काम के बारे में उससे कुछ कहा है।

'उन दिनों, जब मैं पर्दे पर दिखता तो बच्चे डर के मारे अपनी माताओं की गोद में छुप जाते और कुछ देर बाद पूछते, 'क्या वो चला गया? क्या हम अब अपनी आखें खोल लें?

फ़िल्म 'कब, क्यूं और कहां'[3] में मैंने ऐसे व्यक्ति की भूमिका की थी जो मर कर वापस लौट आता है और उसके चेले इसे बड़े भयानक तरीके से प्रचारित करते हैं, इसमें मैंने छोटे बच्चों (और) कुछ के माता-पिता को भी को भी थर्रा दिया था!"

अपने किरदारों द्वारा अनेक लोगों की हड्डियां कंपा देने के बावजूद प्राण को खलनायकी से प्रेम था, ऐसे में अपनी पुत्री को वे कैसे समझाते?

काफी सोच-विचार कर के उन्होंने पिंकी को पास बैठा कर प्यार से पूछा, "अठ्ठारह रील पूरी होने पर जब मुझ जैसा बुरा व्यक्ति मारा जाता है और हीरो-हिरोइन हाथों में हाथ लिए गाना गाते हुए दूर जाते दिखाई देते हैं, तब लोग क्या करते हैं?"

पिंकी ने जबाब दिया,–"फ़िल्म ख़त्म हो जाती है और सब लोग अपने घर चले जाते हैं!"

उन्होंने समझाया,–"अपने जबाब से ही समझ जाओ कि जब तक बुरा व्यक्ति जीवित है, तभी तक दर्शक सिनेमा हाल में बैठते हैं, उसके विदा लेते ही सारे दर्शक भी उठकर चले जाते हैं!"

इस तरह की हल्की-फुल्की बात से उनके हीरो बनने की चर्चा समाप्त हुई!

---

2. पिंकी का जन्म 8 नवम्बर 1952 को हुआ, तब वह, जब उसने यह प्रशन किया काफ़ी समझदार हो चुकी होगी।

3. कब, क्यूं और कहां – 1970 में रिलीज़ हुई थी।

3

प्राण को 'उपकार' में मलंग चाचा की भूमिका कैसे मिली?

वे प्राण के करीब कैसे आए, इस बात को मनोज कुमार विस्तार से बताते हैं,—"उनसे मेरी मित्रता 'दो बदन' और 'शहीद'[4] में काम करने के दौरान हुई।

तब तक, मुझे प्राण साब के साथ काम करने का ज़्यादा मौक़ा नहीं मिला था। मैंने जूनियर आर्टिस्ट के तौर पर काम करना शुरू किया था। एक फ़िल्म में मेरे दो-चार दृश्य ही होते, मगर मैं धीरे-धीरे नायक बनने की ओर अग्रसर हो रहा था। अभिनय करते-करते ही मैंने एक और विधा विकसित की। 'वो कौन थी'[5] के निर्देशक राज खोसला साब ने मुझसे उस फ़िल्म के कई दृश्य लिखवाए! बाद में, राज खोसला साब को जब 'दो बदन' के निर्देशन का काम मिला और जरूर उन्हें मेरा पहले किया हुआ काम पसंद आया होगा, तभी उन्होंने मुझसे इस फ़िल्म के दृश्य भी लिखवाए।

'मैंने कई बार प्राण साब को अपनी ओर बड़े अजीब अन्दाज़ से देखते हुए देखा। शायद वे यह सोचते होंगे कि इस 'कल के छोकरे को देखो तो सही! बड़ी मुश्किल से तो अभी-अभी अभिनय करने का मौका मिला है और चला है लेखक बनने!'

'मगर साथ में तीन चार दिन काम करने के बाद, लगने लगा कि उन्हें मेरे लिखे हुए दृश्य पसंद आ रहे हैं और जल्द ही वे मेरे मित्र बन गए। उम्र में अंतर होते हुए भी प्राण साब से मेरी मित्रता होने का एक और भी कारण था वे अंग्रेजी और उर्दू के तो उस्ताद थे, मगर हिन्दी में उन्हें ज़रा असुविधा होती थी। एक दृश्य के डॉयलाग की एक ही पंक्ति में 'पश्चाताप'[6] और 'प्रायश्चित'[7] शब्द

---

4. हालांकि शहीद (1965) का निर्माण दो बदन (1966) के बाद शुरू हुआ, लेकिन वह रिलीज पहले हो गई थी।

5. 1964 में रिलीज हुई, इसमें साधना नायिका थी।

6. पश्चाताप – पछतावा (महसूस करना)।

7. प्रायश्चित – पाप से मुक्ति।

आ रहे थे। उन्हें इन शब्दों के अच्चारण में कठिनाई हो रही थी, अतः उन्होंने मुझसे निवेदन किया—'इन शब्दों के बदले उर्दू शब्द दे दें तो आपकी बड़ी कृपा होगी, पंडित जी।' रोचक बात यह है कि तब से प्राण साब हमेशा मुझे पंडितजी[8] ही कह कर बुलाते रहे हैं!"

मनोज कुमार अपनी बात जारी रखते हैं,—"मैंने कहा—'प्राण साब यह भाषा की कठिनाई है कि इन शब्दों के समतुल्य उर्दू शब्द पाना मुश्किल है!' तो प्राण साब ने कहा,—'मगर मैं इन शब्दों का उच्चारण ठीक तरह से नहीं कर पा रहा हूं।' तब मैंने कहा, 'आप उन शब्दों पर केवल होठ हिला दें बाकी हम लोग डबिंग में संभाल लेंगे।'

प्राण साब ने कहा—'आजकल हिन्दी की लहर बड़ी ही सख्ती से चल रही है और काफ़ी शब्द ऐसे हैं जिन्हें बोलने में मुझे बहुत दिक्कत होती है।'

चूंकि मैं उर्दू भी लिख सकता था, अतः उन्होंने मुझे उन शब्दों को उर्दू लिपि में लिख कर देने का अनुरोध किया और तभी से हम दोनों में मधुर मैत्री सम्बन्ध बन गए।"

मनोज कुमार अपनी बात को और आगे बढ़ाते हुए कहते हैं,—"प्राण साब के साथ एक बार काम करने वाले निर्माताओं ने बार-बार उन्हें अपनी फ़िल्मों में लिया। मैं लगभग सैंतालीस साल से इस फ़िल्म इंडस्ट्री में हूं और मैने देखा है कि प्राण साब हर आदमी के सुख-दुख में काम आने वाले व्यक्ति हैं और इस इंडस्ट्री को वे एक परिवार की तरह मानते हैं। प्राण साब के कारण कभी भी, किसी निर्माता को कोई भी कष्ट नहीं हुआ। उन्होंने कभी भी, किसी भी कारण से, कोई भी शूटिंग कैंसिल नहीं की!"

अपने इस यथोचित लम्बे[9] साक्षात्कार में मनोज कुमार ने प्राण की कर्तव्य-. निष्ठा को दर्शाती हुई एक घटना का उल्लेख कियाः

---

8. पण्डित से तात्पर्य पढ़े-लिखे विद्या सम्पन्न पुरुष से है।

9. प्राण ने मनोज कुमार के साथ करीब तेरह फ़िल्मों में काम किया जिनमें 'गुमनाम' (1965), 'शहीद' (1965), 'दो बदन' (1966), 'सावन की घटा' (1966), 'पत्थर के सनम' (1967), 'उपकार' (1967), 'आदमी' (1968), 'पूरब और पश्चिम' (1970), 'यादगार' (1970), 'बेईमान' (1972), 'संन्यासी' (1975), 'दस नम्बरी' (1976) और 'जयहिन्द' (1999)।

"एक बार हम लोग 'उपकार' के लिए एक फ़ाइट सिक्वेंस की शूटिंग कर रहे थे, जिसमे प्राण साब बैसाखियों पर थे। दो-तीन दिन बाद, मुझे प्राण साब का व्यवहार कुछ बदला हुआ सा लगा! मैने सोचा कि एक पांव के बल पर यह कठिन फ़ाइट सीक्वेंस करने में उन्हें काफ़ी दम लगाना पड़ रहा है, अतः उन्हें थकावट आ जाती होगी! एक शॉट पूरा होते ही वे एक कोने में बैठ कर सुस्ताने लगते या सिग्रेट पीने लगते यह पूछने पर कि क्या कोई असुविधा है,–'वे कहते,–"नहीं।"

हम दोनों का मेकअप रूम एक ही था। उस रात लगभग साढ़े दस बजे पैकअप के बाद मैने पाया कि वे कुछ खामोश व उदास से हैं। उन जैसे खुशमिज़ाज व्यक्ति की यह खामोशी व उदासी असामान्य लग रही थी। मैने उनके कन्धों पर अपने हाथ रख कर उनसे पूछा–क्या बहुत थक गए हैं? तो मैने महसूस किया कि उनका शरीर कांप रहा है और आवाज रुंधी हुई है। उन्होंने बताया–'कल रात ग्यारह बजे घर पहुंच कर नहाने के बाद जैसे ही खाने के लिए बैठा, कलकत्ता से ट्रंक काल आया और मेरी बहन की मौत की सूचना मिली!' यह खबर पा कर स्वाभाविक रूप से उस रात वे सो नहीं सके होंगे, मगर आश्चर्य की बात यह है कि अगली सुबह ठीक सात बजे मेरे सैट पर हाज़िर थे और किसी को भी अपने भगिनी-वियोग के बारे में बताए बिन दिन भर अपने काम में लगे रहे। मैने उनसे कहा,–'यदि आप मुझे यह बात पहले ब्रता देते तो मैं शूटिंग कैंसिल कर देता और आप कलकत्ता जा सकते थे।' उन्होंने कहा,–'मैं जानता हूं कि आप शूटिंग कैंसिल कर देते, मगर आज मेरी आउटडोर शूटिंग थी जिसमें कई अन्य कलाकारों के साथ मेरे दृश्य थे। यदि मैं यह समाचार आपको पहले बता देता तो न केवल आपको बल्कि और सात निर्माताओं को भी घाटा सहना पड़ता। सबका काम ठहर गया होता! मैंने सोचा, बहन तो मेरी मरी है, मैं बेचारे निर्माताओं को परेशानी क्यों उठाने दूं?"

न केवल अभिनेता बल्कि एक इंसान के तौर पर भी प्राण से प्रभावित मनोज कुमार यह घटना सुना कर कुछ क्षणों के लिए मौन हो गए, फिर बोले,–"ऐसे हैं प्राण साब!"

"लोग कहते हैं कि मैंने 'उपकार' में प्राण साब को भले व्यक्ति की भूमिका क्या समझ कर दी! मगर मैने कोई अनोखा काम नहीं किया। मैं हमेशा सोचा करता कि जब एक भला इंसान बुरे व्यक्ति की भूमिका भली-भांति कर सकता है तो क्या वह किसी भले व्यक्ति की भूमिका अदा नहीं कर सकेगा? भला, क्यों नहीं?"

4

'छलिया' (1960) और 'शहीद' (1965) ने आंशिक रूप से इस प्रश्न का जबाब दे भी दिया कि प्राण अच्छे और बुरे दोनों ही रंगों वाली चरित्र भूमिकाओं के साथ न्याय करने में सर्वथा समर्थ हैं!

इन फ़िल्मों ने प्राण के कैरियर में एक ओर आयाम जोड़ दिया, जिसका उपयोग अब वे कर सकते थे। स्टूडियो के मालिकों व कुछ अन्य निर्माताओं द्वारा बंधे-बंधाए ढर्रे पर बनने वाली अधिकांश फ़िल्मों के साथ ही कुछ गिने-चुने निर्माताओं द्वारा असाधारण विषयों व बहुरंगी चरित्रों पर भी कुछ फ़िल्में बनाई गई थी।

'शहीद' से मनोज कुमार फ़िल्म निर्माण की अपनी सामर्थ्य का प्रदर्शन कर चुके थे तथा इसकी सफलता का लक्ष्य भेदने के बाद केवल अभिनय तक ही अपने को सीमित न कर वे फ़िल्म निर्माण के क्षेत्र में भी कूद पड़े। उन्होंने भारतीय जनमानस में सामूहिक चेतना जगाने व लम्बे समय तक लोगों के ज़ेहन में रहने वाली फ़िल्में बनाई।

आइए, अब देखें 'उपकार' की परिकल्पना हुई कैसे?

नई दिल्ली में दो व्यक्तियों से मुलाक़ात व बात-चीत से मनोज कुमार के दिमाग़ में 'उपकार' की कथा-वस्तु का बीज वपन हुआ।

एक व्यक्ति थे, चालीस के दशक में उनके सहपाठी रहे, युवक केवल जो एक धनी ज़मीदार के पुत्र और काफ़ी खेत खलिहानों के मालिक थे मगर अब वे खेती-बाड़ी से मुंह मोड़ कर, शहर में अपने लिए क्लर्की का कार्य ढूंढ रहे थे। किसानों द्वारा, अपना पारम्पारिक कार्य छोड़ कर, मामूली सी रकम के लिए शहर

में रहने की प्रवृति ने, मनोज कुमार को भारत के भविष्य के प्रति आशंकित कर दिया था।

दूसरी मुलाकात थी, भारत के तत्कालीन प्रधान मंत्री लाल बहादुर शास्त्री से, जिन्हें मनोज कुमार ने अपनी प्रथम निर्मित फ़िल्म 'शहीद' के प्रीमियर पर आमन्त्रित किया था। मृदु भाषी प्रधानमंत्री ने मनोज कुमार से पूछा 'क्या 'जय जवान, जय किसान' विषय-वस्तु पर आधारित कोई फ़िल्म नहीं बन सकती?"

भारत को अपनी सुरक्षा व खाद्यान्न में आत्मनिर्भर बनाने की प्रेरणा देते हुए शास्त्री जी ने 'जय जवान, जय किसान' का नारा दिया था। राष्ट्र की पुकार से प्रभावित व प्रेरित हो कर मनोज कुमार ने हरित-क्रान्ति को प्रकाशित करती हुई फ़िल्म 'उपकार' के निर्माण का निर्णय लिया।

इसमें आधुनिक भारत का वह रूप चित्रित किया गया है जिसमें गांव और शहर में सामंजस्य बैठाने में कठिनाई हो रही है। इसमें भारत को ऐसे राष्ट्र के रूप में दर्शाया गया है जो अपनी तमाम अनिश्चितताओं के बावजूद प्रगति के प्रवाह में गतिशील हो कर विकास का प्रयास कर रहा है।

'उपकार' का उद्देश्य दूर-दराज़ बसे हुए, भारतीयों को, अपनी मातृभूमि की महत्ता के प्रति जागृत कर उन्हें हरित-क्रान्ति में अपना योगदान करने को प्रेरित करना था। साथ ही मनोज कुमार की सृजन शक्ति के सामने यह भी चुनौती थी कि अपने उद्देश्य में सफल होने के बावजूद फ़िल्म एक डॉक्यूमेन्ट्री न लगे। इस उपलब्धि को प्राप्त करने के लिए मनोज कुमार ने न केवल अपनी कथा व पटकथा को करारी व कसी हुई रखी, बल्कि ऐसे अभिनेताओं की भी तलाश की जो बिल्कुल विश्वसनीय लगने के साथ एक पूरी तरह अच्छी फ़िल्म के लिए पूरे उत्साह, समर्पण व शौक़ के साथ कार्य करें।

मनोज कुमार याद करते हैं कि, "जब मैं कहानी पर कार्य करते हुए मलंग चाचा के किरदार को विकसित कर रहा था तो अपनी कल्पना में इस भूमिका के लिए मैं प्राण साब को ही देख रहा था।"

प्राण फ़िल्म उपकार (1967) में अविस्मरणीय मलंग चाचा की भूमिका में

'और जैसे-जैसे पटकथा आगे बढ़ी, मलंग बाबा का चरित्र मेरे हाथ से फ़िसल कर सहज स्वमेव शक्ल अख़्यिार करता चला गया'।

5

मनोज कुमार ने, 'उपकार' में एक ऐसा प्रयोग करने का निर्णय लिया जो ऐसी स्थिति में बहुत ही कम लोग करने का साहस करेंगे। उन्हें पूरा विश्वास था कि प्राण उनकी आशा और कल्पना के अनुरूप ही प्रदर्शन करेंगे। दरअसल वे प्राण की नाटकीय क्षमताओं से इतने प्रभावित थे कि उन्होंने फ़िल्म का अति महत्त्वपूर्ण गीत प्राण पर फ़िल्माने का निर्णय ले लिया! वह प्रसिद्ध गीत था,–'कसमें वादे, प्यार, वफ़ा सब बातें हैं, बातों का क्या?'

संगीतकार कल्याणजी-आनन्द जी को जब पता चला कि इंदीवर द्वारा लिखित उनके अत्यधिक हृदयग्राही गीत को पर्दे पर प्राण गाने वाले हैं तो वे व्याकुल हो गए और लगभग रुंआसे हो कर मनोज कुमार से बोले, "वे हमारे इस गाने की रेढ पीट कर रख देंगे! यह पागलपन मत कीजिए! कृपा करके यह

गाना किसी और पर फ़िल्माइये! आप भले ही इसे बेकग्राउन्ड में बजा दीजिए, मगर प्राण साब पर इसे मत फ़िल्माएं। 'आह' में उन्हें सकारात्मक भूमिका देकर राज कपूर फ़्लाप हो गए थे!"

मनोज कुमार समझ गए कि प्राण की खलनायक की सशक्त छवि से प्रभावित हो कर ही ये ऐसा कह रहे हैं और इन्हें यह समझाना कठिन है कि राज कपूर नहीं, बल्कि वह फ़िल्म ही फ़्लाप हो गई थी—मगर शीघ्र ही, कल्याणजी को भी यह समझ में आ गया कि उनके प्रबल विरोध व रोज मनोज कुमार को दिल्ली फोन करके, यह गाना प्राण पर न फ़िल्माने का आग्रह करने के बावजूद मनोज अपनी मनचीती कर के ही रहेंगे।

मनोज कुमार को एक बड़ा झटका तब लगा जब उन्होंने उस गीत को गाने के लिए किशोर कुमार से सम्पर्क किया। किशोर कुमार ने वह गीत गाने से साफ़ इनकार कर दिया, यहां तक कि स्वयं प्राण के व्यक्तिगत आग्रह पर भी वे राज़ी नहीं हुए!

तब मनोज कुमार ने कल्याणजी-आनन्दजी से कहा कि, 'आप यह गीत किसी और गायक से गवा लें क्योंकि मैं इस पुरअसर गीत को पर्दे पर प्राण को ही गाते देखना चाहता हूं।'

अन्ततः मन्ना डे ने इसे बड़े भाव विभोर हो कर गाया। आज इस गीत का शुमार न सिर्फ कल्याणजी आनन्दजी की श्रेष्ठ संगीत रचनाओं में होता है, बल्कि मन्ना दा के भी भाव-भरे गीतों में इसे शामिल किया जाता है! प्राण ने इस गाने पर सहजता से होठ हिलाकर इसकी सुन्दरता में चार चांद लगा दिए।

मनोज कुमार याद करते हैं कि इस गाने के फ़िल्मांकन के लिए उन्होंने प्राण साब से किस तरह तैयारी कराईः "मैंने प्राण साब को एक जगह बैठा कर कैमरा भी एक जगह स्थिर कर दिया, वे गाते रहे और हमने लगभग डेढ़ घंटे तक शूटिंग की। पैक अप होने पर प्राण साब ने कहा,—पंडितजी आज शूटिंग में मज़ा नहीं आया। आपने कैमरा एक जगह रख कर मेरे क्लोज अप ही लिए।' मैंने कहा,—'दरअसल हमलोगों ने कैमरा बिल्कुल चालू ही नहीं किया!' उन्होंने पूछा,—'क्यों?'

मैंने कहा,—'आपकी अभिनय क्षमता पर मुझे कोई शंका नहीं है, मगर मैने कभी आपको गाते हुए नहीं देखा और इस गाने के लिए फ़िल्मांकन में भी कैमरे

के पीछे से नहीं देख पाऊंगा क्योंकि अभिनेता के तौर पर मुझे इस दृश्य के परिपार्श्व में रहना होगा। अतः मैं केवल यह देखना चाहता था कि यह कार्य मेरी धारणा के अनुरूप ही हो रहा है या नहीं!'

उन्होंने पूछा,—"क्या गाते समय मेरे अभिनय में कोई त्रुटि रही?"

मैने कहा,—"नहीं, केवल कसमे वादे शब्द गाते समय जरा सा गैप आ रहा था, बाकी सब बिल्कुल सही था।"

इस गाने के फ़िल्मांकन के लिए अपनी ओर से की गई तैयारियों के बारे में प्राण बताते हैं,—"मैंने इस गाने की कैसेट को घर ले जाकर, अनेको बार सुन-सुन कर इसे दिल में बसा लिया। चूंकि गाने का फ़िल्माकंन मुझे कठिन कार्य लगता था अतः मैने मनोज कुमार से आग्रह किया कि शूटिंग के वक्त गाने को पूरी तेज़ आवाज़ में बजाया जाए और मेरे साथ वे खुद भी गाएं। मुझे व्यक्तिगत रूप से यह गाना बहुत पसंद है। शब्द व संगीत दोनों ही हृदय-स्पर्शी हैं। इसका फ़िल्मांकन भी काफ़ी खूबसूरती से किया गया, वहां केवल मैं ही 'नर्वस' था! अतः इसके लिए मैंने कठिन परिश्रम किया।"

किसी को भी यह आभास नहीं था कि यह गाना इतना हिट होगा। पर्दे पर इसका पूर्ण प्रभाव देख कर सबसे पहली प्रशंसा व बधाई कल्याणजी की तरफ से ही आई। उन्होंने प्राण से कहा,—'इस गाने को आप पर फ़िलमाने का हम लोगों ने यथा सम्भव विरोध किया था। मगर इसे पर्दे पर देखकर यह मानना पड़ा कि ज़्यादातर सितारे हमारे गाने को मात्र होठों से ही गाते हैं, मगर आपने दिल से गाया है! आपने इस गाने में इस कदर भावनाएं भर दी कि आपकी गर्दन की नसें तक उभर कर दिखने लगीं थी!'

6

रोल कोई भी हो, एक अच्छे कलाकार की तो पहचान ही यह है कि उसके द्वारा अभिनीत हर किरदार दर्शकों को उन्हीं के बीच का कोई व्यक्ति प्रतीत हो और वे उसके साथ किसी भी स्तर तक तादात्म्य ही अनुभव करने लग जाएं!

'उपकार' के लिए प्राण द्वारा की गई तैयारी के बारे मे मनोज कुमार बताते हैं:–'उपकार' का पहला दृश्य ले लिए जाने के बाद, प्राण साब मेरे घर आए और मुझसे बोले,–'केदार शर्मा10 के सहायक इस तरह से बात करते हैं और मैं इस शैली का प्रयोग करना चाहता हूं।"

यह एक सर्वविदित सत्य है कि प्राण अपने किरदार के ग्रेटअप के साथ ही उसके हाव-भाव, लहज़े और आवाज़ पर भी काफ़ी श्रम करते थे। इस संदर्भ में प्राण की क्षमता के बारे में मनोज कुमार एक रोचक तथ्य की ओर इंगित करते हुए कहते हैं: "प्राण एक समय में दस से बीस फ़िल्मों में काम करते थे और हर फ़िल्म में उनके हाव-भाव, लहज़े और आवाज़ में भिन्नता होती थी, मगर उनके पूरे कैरियर में, कभी भी, निर्देशक या उसके सहायक को उन्हें यह याद दिलाने की आवश्यकता नहीं पड़ी कि इस फ़िल्म में आपका हाव-भाव या लहज़ा इस प्रकार का है। उन्हें यह अच्छी तरह याद रहता था कि किस फ़िल्म में उन्होंने कैसा हाव-भाव या लहज़ा इस्तेमाल किया है!

'मैने अशोक कुमार, दिलीप कुमार तथा अन्य कई बड़े सितारों को भी निर्देशित किया है, मगर प्राण साब ही ऐसे अभिनेता थे जो हमेशा अपने डायलाग शूटिंग से एक दिन पहले ही मांग लेते और पूरी तैयारी के साथ सैट पर आते। उनकी आदत या कार्य शैली ऐसी नहीं थी कि सेट पर जा कर डायलाग लो और जैसा बन पड़े, कर दो–' मनोज कुमार दृढ़ता से कहते हैं।

"वे कार्य की गुणवत्ता पर पूरा ध्यान देते थे। यदि कोई दृश्य उन्हें पसंद नहीं आता तो वे तब तक मेरा पीछा नहीं छोड़ते, जब तक मैं दृश्य पर पुनः कार्य करके उसे सुधार नहीं देता। जब तक वे दृश्य से पूरी तरह सन्तुष्ट नहीं होते, मुझे बार-बार दृश्य लिखने पर बाध्य कर देते। शुक्र है, ऐसे मौके बहुत कम ही

---

10. केदार शर्मा महान निर्माता, निर्देशक, लेखक कवि और गीतकार थे। उन्होंने हिन्दी फ़िल्मों को राजकपूर, मधुबाला और गीता बाली जैसे महान सितारे तथा महान संगीतकार रोशन तलाश करके दिए। उनकी मशहूर फिल्में हैं - 'देवदास', 'विद्यापति', 'चित्रलेखा', 'नील कमल', 'नेकी और बदी', 'बावरे नैन', तथा 'हमारी याद आएगी'। उनके ज़्यादातर गाने के. एल. सहगल ने गाए थे जिनमें प्रमुख हैं - 'मैं क्या जानूं क्या जादू है', तथा लोरी - 'सो जा राजकुमारी सो जा'।

आए। साथ ही यह उनकी महानता थी कि वे हरदम दूसरों के अच्छे कार्य की दिल खोल कर प्रशंसा करते।

'यदि कोई दृश्य ठीक नहीं बन पड़ता तो प्राण साब रीटेक करने को कहते, मगर केवल अपने लिए ही नहीं, बल्कि उनके ध्यान में किसी अन्य कलाकार की भी कमी आती तो वे चुपचाप निर्देशक के पास जा कर कहते कि फ़लां कलाकार का कार्य कुछ कमजोर हो रहा है, उसे समझाइए कि कैसे कार्य करना है और फिर रीटेक कीजिए। प्राण साब कभी भी स्वार्थी नहीं थे। वे केवल अपने काम में ही नहीं बल्कि पूरी फ़िल्म में ही रुचि रखते थे। वे खुद को निर्देशक के हवाले कर देते। यदि उन्हें लगता कि निर्देशक में प्रतिभा की कमी है तो उसकी भावना को ठेस पहुंचाए बिना चुपचाप अपने ढंग से कार्य करके अपने किरदार को विकसित करते।

'मैं प्राण साब को उनके धैर्य के लिए सलाम करता हूं। यदि उनकी शूटिंग दस बजे शुरू होनी होती तो भी वे सुबह सात बजे स्टूडियो पहुंच जाते और तसल्ली से पूरा वक्त लगा कर मेकअप, विग, दाढी-मूंछ आदि लगाते। मैं यह समझ सकता हूं कि किसी जटिल मेकअप में इतना समय लग सकता है जैसे नरगिस जी को 'मदर इंडिया' में वृद्धा के मेकअप में लगता था मगर प्राण साब अपने हर मेकअप में इतना समय लगाते थे!" मनोज कुमार ने रहस्य सा खोलते हुए बताया। खुद प्राण को भी 'उपकार' में काम करके बहुत मज़ा आया! वे इस फ़िल्म से किस कदर प्रभावित थे, यह बात उस समय स्पष्ट हुई जब इस पुस्तक के लिए साक्षात्कार देते समय अपना कोई डायलॉग दोहराने के क्रम में में वे हू-ब-हू 'उपकार' में बोली गई शैली में बोलेः "राशन पर भाषण बहुत हैं! मगर भाषण पर राशन नहीं! सिर्फ यह जब भी बोलता हूं, ज़्यादा ही बोलता हूं, समझे!"

किसी अभिनेता द्वारा छत्तीस साल पहले अपनी किसी फ़िल्म में बोले गए डायलॉग के न सिर्फ, शब्द बल्कि उसकी गति, शक्ति, पिच और टोन तक याद रख कर उसे हू-ब-हू दोहराने की क्षमता अपने आप में दुर्लभ है!

प्राण 'उपकार' का एक और यादगार दृश्य व डायलॉग सुनाया करते हैं। 'इस फ़िल्म में मनोज कुमार का नाम भारत है। इस दृश्य में भारत का अपने भाई से झगड़ा

होता है और फिर मैं कहता हूं (एक क्षण की चुप्पी के बाद उसी मूड व भावनाओं को चेहरे पर ला कर वे कहते हैं)—'भारत तू दुनिया की छोड़ अपनी सोच। राम ने हर युग में जन्म लिया है, लेकिन लक्ष्मण जैसा भाई दुबारा पैदा नहीं हुआ!" जब उन्होंने ये डायलाग बोले तो यह याद करके कि उनका प्रदर्शन और फ़िल्म दोनों ही सफल रहे, उनके चहरे पर आत्मतोष की चमक स्पष्ट दिख रही थी।

7

प्राण द्वारा मलंग चाचा के किरदार को सफलता पूर्वक चित्रित करने पर दर्शकों की प्रतिक्रिया नई दिल्ली में आयोजित फ़िल्म के प्रीमियर शो से ही आनी शुरू हो गई। इस प्रीमियर शो में मुख्य अतिथि थे—भारत के तत्कालीन राष्ट्रपति डा. ज़ाकिर हुसैन।

फ़िल्म का शो पूरा होने के बाद मनोज कुमार ने फ़िल्म के कलाकारों से राष्ट्रपति का परिचय कराया। फ़िल्म में उनकी प्रेमिका बनी आशा पारेख से ले कर, मां की भूमिका अदा करने वाली कामिनी कौशल तथा भाई की भूमिका में जो थे प्रेम चोपड़ा। इस तरह अधिकांश कलाकारों से परिचय कराने पर राष्ट्रपति विनम्रता से उनके अभिवादन का हाथ जोड़कर नमस्ते द्वारा जवाब देते

उपकार के प्रीमीयर के अवसर पर राष्ट्रपति जाकिर हुसैन के साथ प्राण

हुए आगे बढ़ रहे थे। परन्तु जब मनोज कुमार प्राण के सामने रुके और राष्ट्रपति से उनका परिचय कराते हुए कहा,–"ये हैं–प्राण, जिन्होंने फ़िल्म में मलंग चाचा की भूमिका अदा की थी।" यह सुन कर राष्ट्रपति हत्प्रभ से खड़े रह गए। ऐसा लग रहा था कि उन्हें मनोज कुमार द्वारा कही गई बात पर यक़ीन नहीं हो रहा है। फिर उन्होंने, प्राण की ओर एक कदम बढ़ाकर बड़े उत्साह से, उनके उत्कृष्ट प्रदर्शन की प्रशंसा करते हुए, उनसे हाथ मिलाया और उनकी पीठ थपथपाई। प्राण से परिचय के दौरान डा. जाकिर हुसैन के विस्मित होने से यह जाहिर होता है कि भारत के राष्ट्रपति तक के भी दिमाग़ में प्राण की खलनायक की छवि बड़ी प्रबलता से बैठी हुई है!

राष्ट्रपति को बड़ा आश्चर्य हुआ कि एक ख़तरनाक खलनायक ने एक भले व अपंग ग्रामीण की भूमिका का निर्वाह इतनी खूबसूरती से किया!

प्राण 'उपकार' की, भले व्यक्ति की भूमिका के लिए लोगों की, प्रतिक्रिया जानने को बहुत बैचेन थे। अब उन्हें आशातीत सफलता मिल चुकी थी। दर्शकों, समीक्षकों यहां तक कि राष्ट्रपति की भी प्रतिक्रिया में प्राण के लिए आश्चर्य मिश्रित प्रशंसा ही थी।

फ़िल्म की नायिका आशा पारेख ने कहा,–"प्राण साब को कई वर्षों तक लगातार खलनायक की भूमिका में देखने के बाद ऐसी सहानुभूतिपूर्ण भूमिका में देखना एक अद्‌भुत अनुभव था। 'उपकार' में उन्हें बिल्कुल अलग तरह की असरदार व आकर्षक भूमिका दे कर मनोज कुमार ने बड़ी हिम्मत का काम किया था। हमेशा शक्तिशाली व्यक्ति की भूमिका निभाने वाले प्राण साब को यह भूमिका अदा करने में काफ़ी कठिनाई हुई होगी; यह देखते हुए कि यह किरदार लंगड़ा है और वैसाखियों के सहारे चलता है मगर उन्होंने बड़े चमत्कारक ढंग से यह कार्य करके इस किरदार को स्मरणीय बना दिया!"

'उपकार' में मनोज कुमार की मां की भूमिका अदा करने वाली कामिनी कौशल ने प्राण के छवि परिवर्तन के बारे में कहा, "एक घृणित खलनायक की सशक्त छवि से उबर कर हर-दिल अज़ीज़ किरदार का सफल निर्वाह वास्तव में बड़ी ऊंची छलांग थी और इसे प्राण ने बहुत ही सहजता से सम्पादित किया।

एक खूंखार खलनायक के रूप में प्रतिष्ठित कलाकार को ऐसी भूमिका के लिए चुनने का श्रेय मनोज कुमार को जाता है तो निर्देशक की उम्मीदों पर खरा उतर कर भूमिका के साथ पूरा न्याय कर के प्राण ने भी अपनी बहुमुखी प्रतिभा का प्रमाण दिया। दरअसल मनोज ने प्राण के लिए बड़ा सशक्त चरित्र गढ़ा था क्योंकि यदि किरदार दमदार हो तभी कलाकार को अपनी क्षमता के प्रदर्शन का पूरा अवसर मिलता है!"

हालांकि 1940 से 1967 के बीच प्राण ने गिनी-चुनी, भले व्यक्ति की, भूमिकाए की थी। इनमें से कुछ ने बॉक्स-ऑफीस पर सफलता के साथ ही समीक्षकों की प्रशंसा भी प्राप्त की। मगर यह मनोज कुमार ही थे जिन्होंने मलंग चाचा की भले व्यक्ति की अविस्मरणीय भूमिका गढ़ी और उस समय के भले व्यक्ति की भूमिकाओं के विशेषज्ञ व जाने-माने चरित्र अभिनेताओं की बजाए प्राण को यह भूमिका दी!

15 अक्टूबर 1967 को प्रकाशित स्टार एंड स्टाइल में 'उपकार' की समीक्षा में समीक्षक ने लिखा,—" 'शहीद' के बाद प्राण को लीक से हट कर यह लंगड़े व्यक्ति की एक और भूमिका मिली है। इसमें वे आम जनता से सम्बद्ध मुद्दों पर काफी मुखर नज़र आए हैं।"

एक और समीक्षक ने लिखा,—"'उपकार' में प्राण का श्रेष्ठ प्रदर्शन रहा। खलनायक की अपनी शाश्वत छवि से मुक्त हो कर प्राण ने एक तीखी ज़ुबान वाले दार्शनिक ग्रामीण मलंग चाचा की भूमिका में जान डाल दी!"

मलंग चाचा की भूमिका के लिए उन्हें फ़िल्मफ़ेयर का श्रेष्ठ सहायक अभिनेता का पुरस्कार मिला, जिसके वे पर्याप्त रूप से योग्य अधिकारी थे।

8

मनोज कुमार ने सदा ही प्राण का कृतज्ञ रहने का एक और कारण बताते हुए कहा कि, 'उन्होंने मुझे एक आर्थिक संकट से उबरने में मदद की थी।'

'उपकार' के सह निर्माता हरिकिशन आर.मीरचन्दानी (जिनके पास 'दो बदन' के वर्ल्ड राइट थे) ने कुछ लोगों से भारी कर्ज़ा लेकर 'उपकार' में लगा

दिया और कई तरह के मामलों-मुक़दमों में फंस गए। एक मुक़दमें में तो मनोज कुमार की मां तक को भी अदालत जाना पड़ा!

आखिरकार प्राण साब ने ही इस समस्या को सुलझाया।

हमने नौ साल के लिए 'उपकार; मीरचन्दानी को दे दी। इसका मतलब मुझे 'उपकार' की कहानी लिखने, निर्देशित करने और अभिनय करने के लिए कुछ भी नहीं मिला। मगर प्राण साब ने हमारी समस्या सुलझा कर हमें तनावमुक्त कर दिया।

प्राण साब से इस बारे में पूछने पर उन्होंने कहाः—"मुझे विस्तार से पूरी घटना याद नहीं है, हां, इतना याद आ रहा है कि मनोज किसी झंझट में उलझ गया था, जिसे सुलझाने में मैने मदद की थी।"

फ़िल्म उद्योग के अधिकांश लोग जानते हैं कि मनोज कुमार कभी हवाई यात्रा नहीं करते, वे हमेशा रेल से ही यात्रा करते हैं। इस संदर्भ में मनोज कुमार कहते हैं—"मैं 'उपकार' के लिए कर-मुक्त प्रमाण पत्र लेने की कोशिश कर रहा था, मगर हवाई यात्रा न करने के कारण मैं शीघ्रता से देश के विभिन्न राज्यों की राजधानियों व अन्य महत्त्वपूर्ण स्थानों पर नहीं पहुंच पाता था। अतः प्राण साब ने पंजाब, गौहाटी व अन्य स्थानों पर स्वयं जाकर मेरे लिए यह कार्य किया। अतः जब-जब जहां भी कर-मुक्त की समीक्षा के लिए 'उपकार' देखी जाती, प्राण साब भी इसे देखते!

"मैं प्राण साब द्वारा दी गई प्रशस्ति को भी कभी नहीं भूल सकता। एक बार उन्होंने कहा—'अब तक मैं मनोज कुमार को महान लेखक ओर निर्देशक ही समझता था। अब 'उपकार' को अनेक बार देखने पर मुझे पता चला कि वह उच्च कोटि का अभिनेता भी है। मनोज ने इतना उत्कृष्ट अभिनय व ऐसे हाव-भाव पेश किए हैं कि मैं अपनी किसी फ़िल्म में उसकी नकल करुंगा।'

यह एक हृदय स्पर्शी प्रशस्ति थी।"

9

प्राण के सामने यह प्रश्न था कि क्या अब उन पर चस्पां 'बुरे व्यक्ति' के लेबल को उतार कर उनके 'भला व्यक्ति' बनने का समय आ गया है! 'आह' की असफलता के बाद क्या दर्शक उन्हें भले व्यक्ति की भूमिका में स्वीकार करेंगे?

इन प्रश्नों का जवाब उन्हें 'उपकार' के प्रदर्शित होने के कुछ समय बाद ही मिल गया।

प्राण को अच्छी तरह याद है कि, 'उपकार' प्रदर्शित होने से पहले, जनता उनका स्वागत गालियों से करती थी! अतः जब दिल्ली में ओम प्रकाश की बेटी की शादी में उन्हें गाड़ी को कुछ दूर पार्क करके शादी के मंडप तक पैदल चलकर जाने को कहा गया तो वे अपनी फ़िल्मी छवि से सर्वथा विपरीत अपने वास्तविक गुणों से अनजान फ़िल्मी सितारों के दीवानों द्वारा किए जाने वाले स्वागत की कल्पना से कुछ घबरा से गए थे, जब उन्होंने देखा कि वहां अन्य सितारों को गाड़ी से उतरते ही लोगों ने घेर लिया था।

वे गाड़ी से उतरते समय यही सोच रहे थे कि अब क्या होने वाला है! मगर उनकी आशंका के विपरीत जिस तरह उनका स्वागत किया गया वे खुद अचम्भित रह गए!

वे जैसे ही गाड़ी से उतरे, वहां उनके सम्मान में सब लोग शान्त हो गए! तभी किसी ने कहा,–'मलंग चाचा आ रहे हैं, उनके लिए रास्ता छोड़ो!'

तब भीड़ ने उनके लिए रास्ता बनाया और सम्मान पूर्वक उन्हें मंडप तक पहुंचाया। लोगों की आंखों में अपने लिए ऐसा सम्मान देख कर वे स्वयं विस्मित थे।

उस क्षण को याद करके प्राण आज भी प्रसन्न होते हैं और कहते हैं, 'मुझे आज भी आश्चर्य होता है कि मेरे प्रति लोगों के विचार रातो-रात बदल गए!'

'उपकार' के बाद उनके पास बड़ी संख्या में प्रशंसा भरे पत्र आने लगे। एक

युवक ने तो यहां तक लिखा कि जब से उसने 'उपकार' देखी है, वह प्राण के बारे में ही सोचता है। उसके विचार से 'जिस तरह भारत के प्रथम प्रधानमंत्री को चाचा नेहरु कहा जाता था, उसी तरह उन्हें भी चाचा प्राण कहा जाना चाहिए!'

जनता के मानस-पटल पर लम्बे समय से छाया हुआ एक बुरा व्यक्ति परिवर्तित होकर अब एक भला आदमी और प्रिय दयालु चाचा बन गया!

18

साठ के दशक में मित्र और परिवार

1

साठ का दशक शुरू होने तक प्राण सपरिवार यूनियन पार्क के अपने बंगले में सुव्यवस्थित हो गए थे।

जहां अधिकांश लोग अपने वास्तविक जीवन को भी बनावटी ढंग से जीते हैं तथा पारिवारिक घटनाओं व अवसरों को भी किसी फ़िल्म के प्रकरण की तरह ही दर्शाने की चेष्टा करते हैं, ऐसी फ़िल्मी दुनिया के अभिन्न अंग होने के बावजूद सिकंद परिवार की ज़िंदगी के प्रति अपनी ही आशाएं, आकांक्षाएं व उद्देश्य थे।

प्राण व शुक्ला के ज्येष्ठ पुत्र अरविन्द ने सनावर[1] स्थित भारत के श्रेष्ठतम शिक्षण संस्थानों में से एक लारेंस स्कूल में शिक्षा ग्रहण की और वहां अव्वल स्थान प्राप्त किया।

1. सनावर हिमाचल प्रदेश में शिमला के निकट अवस्थित है।

प्रत्येक सर्दी और गर्मी की छुट्टियों में घर आने वाले अरविन्द याद करते हैं कि किस तरह अन्य सितारों के बच्चे और वे भाई-बहन एकत्र होकर मौज-मस्ती किया करते थे।

'हम सभी बच्चे एक-दूसरे के जन्मदिन पर एकत्र होते थे, डब्बू[2], जल़ाल आग़ा[3] और सारे बच्चे एक साथ मिलते थे।

'उन दिनों गणतन्त्र दिवस बड़ी धूमधाम से मनाए जाते थे। सारे फ़िल्मी सितारे ढोलक व बाजों के साथ ट्रक पर सवारी निकालते थे। हम सारे बच्चे ड्राइवर के केबिन के ऊपर की सीट के लिए झगड़ा करते थे। ज्यादातर डब्बू, ज़लाल आग़ा और मैं ही उसे हासिल करते थे। इन सबमें बड़ा मज़ा आता था' ....अरविन्द पुरानी यादों में खोते हुए बताते हैं।

होली की उमंग। ढोल पर थाप देते राजकपूर साथ में हैं प्राण

---

2. रणधीर कपूर, राज कपूर के बड़े पुत्र जो आगे चलकर फ़िल्मों में हीरो बनकर आए, अभिनेत्री बबीता से विवाह कर गृहस्थ बने; उनकी पुत्रियां करिश्मा और करीना अभिनेत्रियां बनीं।

3. जलाल आग़ा, अभिनेता आग़ा के पुत्र जो शुरू में हीरो के रूप में फ़िल्मों में आए, बाद में हास्य अभिनेता बन गए।

'होली के अवसर पर भी प्राण के घर पर बड़ा उत्सव होता था। चेम्बूर स्थित राज कपूर के आर.के.स्टूडियो की तरह बान्द्रा में प्राण का घर भी अपने पूरे रंगों व उमंगों के साथ पारम्परिक रूप से होली मनाने का केन्द्र हुआ करता था।

प्राण के घर पर होली मनाने की परम्परा 1959 में शुरू हुई। सिने एडवांस के 2 अप्रेल 1959 के अंक में खबर छपी कि यद्यपि प्राण पिछले तीन सालों से अपने मित्रों को आमन्त्रित कर रहे थे, मगर उन्होंने इसी साल उनका निमन्त्रण स्वीकार किया।

'इस त्यौहार को मनाने के तरीक़ों-भांग पीने, रंग में भीगने व नाच-गा कर मौज मस्ती करने के सभी कार्यक्रमों का एक चरण आर.के. स्टूडियो में पूरा करने के बाद, वहां से अनेक सितारों का लम्बा कारवां बान्द्रा स्थित प्राण के घर की ओर चल पड़ा, जहां सैंकड़ों सितारों, मित्रों और रिश्तेदारों के स्वागत की उत्तम व्यवस्था प्राण ने कर रखी थी रिवाज के अनुसार प्रत्येक को रंगीन पानी से भरे बड़े हौज में डुबाया गया। जिसने स्वेच्छा से उसमें डुबकी नहीं लगाई उसे जबरदस्ती उसमें फेंका गया। अन्त में लज़ीज़ भोजन के साथ यह उत्सव पूर्ण हुआ!

प्राण के साढ़ू अजीत वालिया[4] बताते हैं,—'वे होली का उत्सव इतनी धूमधाम व शान-शौक़त से मनाते थे जो अत्यन्त सम्पन्न व्यक्तियों की शादियों में ही देखी जा सकती है—तम्बू ताने जाते, खाने-पीने तथा नाच-गाने की शानदार व्यवस्था की जाती!'

प्राण के घर पर होलिकोत्सव शुरू होने के बाद फ़िल्मी दुनिया के लोग होली का आनन्द उठाने या तो आर.के. स्टूडियो या फिर बान्द्रा में प्राण के बंगले पर ही आते!

1961 की होली में जब राज कपूर और प्राण दोनों अपनी फ़िल्मों की शू. टिंग के लिए मद्रास में व्यस्त थे तो बोम्बे में होली का माहौल फीका ही रहा। फ़िल्मफ़ेयर ने इस बारे में लिखा कि इन दोनों उदार व ज़िंदा-दिल सितारों की

---

4. प्राण की पत्नी शुक्ला की बहिन पुष्पा वालिया का पति।

अनुपस्थिति के कारण इस साल बोम्बे की होली में सदा रहने वाला आनन्द व उत्साह नहीं रहा!

2

साठ के दर्शक के पूर्वार्द्ध में अरविन्द ने लारेंस स्कूल, सनावर की शिक्षा पूरी कर ली। प्राण को अरविन्द की शैक्षणिक उपलब्धि पर अतीव गर्व है जो उनकी बातों में झलकता है–

फ़िल्मी माहौल में रहते हुए भी अरविन्द का पढ़ाई में इतना अच्छा होना अद्‌भुत व विस्मयकारी है। वह हमेशा प्रथम श्रेणी से उतीर्ण होता था। उन दिना. लारेंस स्कूल, सनावर में एक अंग्रेज शिक्षक थे जिन्होंने अपना सारा जीवन शिक्षा व स्कूल में लगा दिया। उन्होंने वहीं पर थोड़ी ज़मीन खरीदी और मृत्यु के बाद स्वयं को वहीं दफ़नाने की इच्छा प्रकट की।

प्राण अपने पुत्र अरविन्द सिकंद को भावपूर्ण विदाई चुम्बन देते हुए; अरविन्द 1963 में इंग्लैण्ड गए।

'जब अरविन्द ने सीनियर कैम्बि.ज की परीक्षा प्रथम श्रेणी से पास की तो उन्हीं शिक्षक महोदय ने इंग्लैंड में स्कॉलरशिप के लिए अरविन्द की सिफ़ारिश की। उन्हीं की बदौलत अरविन्द को स्कॉलरशिप मिली और वह सत्रह साल की उम्र में उच्च शिक्षा के लिए लन्दन चला गया। उसने पहले नोर्फोक के एक स्कूल ग्रेशाम्स में तथा बाद में बर्मिंघम यूनीवर्सिटी में अध्ययन किया।'

अरविन्द के लन्दन के लिए रवाना होने से कुछ दिनों पहले प्राण ने एक

शानदार विदाई समारोह आयोजित किया।

प्राण याद करते हैं–'पिता-पुत्र के रिश्ते को एक नया आयाम देते हुए उस पार्टी में व्हिस्की का ग्लास लेकर मैं उसके पास गया और बोला,–"बुब्बु, एक घूंट लो।" उसने कहा,–"डैडी, आप जानते हैं कि मैं नहीं पीता हूं।" मैने कहा,–"ठीक है, मगर अब तुम लन्दन जा रहे हो और वहां किसी पार्टी में तुम्हें कोई शैम्पेन या बीयर पेश कर सकता है, तो यहीं से क्यों नहीं शुरू कर लेते हो, तुम्हारा डैडी एक अच्छा मयकश है।" तब उसने कहा,–"ठीक है मैं पीऊंगा और उसने व्हिस्की का प्रथम घूंट मेरे हाथ से लिया।"

3

प्राण ने जो भी किया पूरी शिद्दत से किया। वे मौज-मस्ती भी जमकर करते, मगर उसे कभी उन्होंने अपने काम में बाधक नहीं बनने दिया।

अरविन्द यूनियन पार्क में बिताए उन बेफ़िक्री के दिनों को याद करते हुए बताते हैं,–"श्री सतीश भल्ला, श्री बलराज कोहली,[5] दिलीप साब और हमलोग आधे माइल के दायरे में ही रहते थे। बलराज कोहली तो हमारे सामने वाले मकान में ही रहते थे। वे बड़े प्यारे व्यक्ति थे और हम बच्चों को बहुत प्यार करते थे। ये चारों मिलकर बड़ी पार्टियां और मौज-मस्ती करते रहते थे। सप्ताह में कम से कम तीन या चार बार ये लोग एक दूसरे के घर में मिलकर सुबह दो-तीन बजे तक पीने के दौर चलाते।"

सुनील भी बताते हैं कि उनके माता-पिता किस तरह ज़िंदगी की उम्दा चीजों का आनन्द उठाते थे। "हमारे घर में नियमित रूप से होने वाली पार्टियों में बराबर आने वालों में थे–'राज साब, शम्मी साब,[6] दिलीप साब,[7] श्री सतीश भल्ला और श्री बलराज कोहली। हफ्ते में एक या दो बार ये लोग

---

5. बलराज कोहली अपने मित्रों के बीच बल्ली के नाम से जाने जाते थे। वे एक स्वर्णकार के पुत्र थे। वे रावलपिंडी से आकर बोम्बे में बस गए। वे राजकपूर, दिलीप कुमार, प्राण तथा अन्य कई फिल्मी सितारों के अच्छे मित्र थे।

6. राजकपूर और उनके भाई शम्मी कपूर।

7. दिलीप कुमार।

हमारे घर पर जमा होते ही थे। ये सभी पीने में काफ़ी तगड़े थे। चौथाई बोतल.......आधी बोतल हर आदमी आराम से पी जाता था। इन लोगों की बातचीत में खुले मज़ाक, शेरो-शायरी, फ़िल्मों व साथी सितारों से जुड़े किस्सों का दौर चलता। जब भी उनमें से किसी एक को भूख महसूस होती, वे सभी कहते खाना ग़रम करो और जब तक खाना ग़रम होता गपशप और पीने का एक और दौर शुरू हो जाता जो लगभग एक घंटे तक चलता, तब तक खाना फिर ठंडा हो जाता और ऐसा तीन चार बार हो जाता। मेरी मां एक या अधिक से अधिक दो पैग श्रीमती भल्ला व श्रीमती कोहली का साथ देने के लिए पीती थी, जहां तक मुझे याद है दिलीप साब तब तक अविवाहित थे।"

एक मज़ेदार घटना याद करते हुए सुनील बताते हैं कि "एक सुबह मैने घर में पार्टी के निशान देखे। पता चला कि इन मित्रों के गैंग ने रात भर पीने के बाद अलस्सुबह समुद्र में तैरने का मन बना लिया और सुबह पांच बजे जुहू बीच पर पहुंच गए। सभी लोगों ने लुंगी या कुछ इसी तरह के बेतरतीब कपड़े पहन रखे थे। श्री बलराज कोहली ने नशे में लड़खड़ाते हुए दावा किया कि उनकी पोशाक अन्य मित्रों से बेहतर है क्योंकि उन्होंने लुंगी के साथ टाई भी पहन रखी थी!

मेरे माता-पिता और उनके मित्र इस तरह मज़े और ज़िंदादिली से जीते थे।" अरविन्द इसमें यह जोड़ते हैं कि "इतनी मौज-मस्ती व पीने-पिलाने के बावजूद पिछली रात चाहे कितनी ही देर तक जागने पर भी सुबह ठीक साढ़े नौ बजे सही वक्त पर वे अपने काम के लिए सैट पर पहुंच जाते थे।

काम के प्रति यही निष्ठा व लगन उन्होंने हम सभी बच्चों को भी सिखाई।

वास्तविक ज़िंदगी में भी प्राण और दिलीप कुमार के बीच वैसा ही अच्छा तालमेल था जैसा कैमरे के सामने दिखता था, इसे दर्शाता एक वाक़या इस प्रकार हैः

"प्राण की मदद से हैदराबाद में आयोजित फ़िल्मी सितारों के एक क्रिकेट मैच में भाग लेकर वापस आते समय वायुयान में एक किनारे की सीटों पर बैठे प्रेमनाथ, दिलीप कुमार और वैजयन्तीमाला प्रसन्नता पूर्वक बातचीत कर रहे थे

तभी प्राण ने पाइलट के केबिन की तरफ जाने के लिए उनके बीच से रास्ता बना कर निकलने की कोशिश की तो दिलीप कुमार ने उन्हें पीछे खींचते हुए कहा—"क्या खलनायक को हर समय खलनायकी ही करनी जरूरी है? कम से कम एक महिला का तो ख्याल रखना चाहिए!'

इस पर प्राण ने अपनी हाज़िर जवाबी का नमूना पेश करते हुए कहा—'खलनायक का स्थान हमेशा नायक और नायिका के बीच में ही होता है।'

4

अपने कैरियर की शुरूआत से ही प्राण ने अपने कई साथी कलाकारों से अच्छे मैत्री सम्बन्ध बना लिए थे। शम्मी कपूर के साथ प्राण ने बीस फ़िल्मों मे काम किया था और उन दोनों का जबरदस्त तालमेल कैमरे के सामने होने के साथ-साथ वास्तविक ज़िंदगी में भी था।

अरविन्द बताते हैं, 'जब वे दोनों साथ में काम करते थे तो दोनों में निःशब्द सम्प्रेषण होता था। उनके अन्तर्मन की आत्मीयता के कारण उनके कई दृश्य काफ़ी स्मरणीय बन गए हैं।' अरविन्द को 'एन इवनिंग इन पेरिस'[8] की शूटिंग के दौरान अपने पिता और शम्मी कपूर के साथ की हुई स्विट्ज़रलैंड की यात्रा काफ़ी याद आती है। अरविन्द उस समय इंग्लैंड में पढ़ रहे थे और उनके पिता गर्मियों में उन्हें अपने साथ स्विट्ज़रलैंड ले गए थे। अरविन्द उस यात्रा को याद करते हुए कहते हैं—'जब वे लोग स्विट्ज़रलैंड में राइन नदी के विशाल झरने पर शूटिंग कर रहे थे तब मैं उनसे मिला। मुझे शम्मी जी के साथ बिताए हुए मजेदार क्षण आज भी याद हैं। एक दिन जब शूटिंग नहीं हो रही थी तो हमने सारा दिन पिनबाल मशीनों पर खेलते हुए यहां-वहां ज्ज़्रेंबव में चिकन और चिप्स खाते और शराब पीते हुए बिताया!

'उसके बाद एक शाम दोनों शूटिंग से लौट कर मुझे अपने साथ एक पब में ले गए जहां इन दोनों जबरदस्त शराबियों के साथ ताल मिलाने की कठिनाई के अलावा सब कुछ बड़ा मज़ेदार था।

8. 1967 में प्रदर्शित हुई।

मैं उस समय लगभग बीस साल का था और मैंने कुछ समय पहले ही पीना शुरू किया था। पहले दिन में वाइन और फिर शाम को व्हिस्की के तीसरे दौर के बाद मुझे कुछ चढ़ने लगी थी, मगर इन दोनों में से किसी पर भी कोई असर नहीं दिख रहा था। चौथे दौर में मैने अपनी गिलास का आधा हिस्सा शम्मी अंकल की गिलास में और बाकी का डैडी के गिलास में डाल दिया पर मैं समझता हूं इससे उन्हें कोई परेशानी नहीं हुई और उन्होंने पीना ज़ारी रखा"—स्विट्ज़रलैंड में बिताए उस अविस्मरणीय दिन की याद पर मुस्कुराते हुए अरविन्द बात पूरी करते हैं।

शम्मी कपूर स्वयं साठ के दशक के अत्तरार्द्ध की बात याद करते हैं जब नायक के तौर पर उनका दौर समाप्ति पर था। वे बताते हैं,"उन दिनों निर्माता, निर्देशकों और सह कलाकारों का रिश्ता स्टूडियो तक ही सीमित नहीं रहता था। हम लोगों ने आपस में मेल-जोल रखने का रिवाज जैसा बना लिया था। हमलोग नटराज स्टूडियो (पूर्ववर्ती मॉडर्न स्टूडियो) में साढ़े छः बजे पैकअप करने के बाद मेकअप वगैरह उतार कर सात बजे तक वहां से निकलते और बीस मिनट में स्टूडियो के निकट के ब्रिज पर होते। चूंकि अन्धेरी ब्रिज उस समय बना ही था अतः हमलोग वहां अपनी गाड़ी पार्क कर सकते थे। प्राण जी, रमेश सिप्पी, भप्पी सोनी और मैं वहां पर रुकते, बाद में राजेश खन्ना भी वहां आने लगे थे। हम लोग सड़क के किनारे फुटपाथ पर छोटी कुर्सियां लगा कर बैठ जाते और वहीं पर एक बार खुल जाता। सोड़ा, पानी, बर्फ, व्हिस्की सारी चीजें तैयार रहती। हम लोग वहां पर पूरे दो पैग पीते—न एक, न तीन। एक दूसरे का हाल-चाल और दिन कैसे गुज़रा यह पूछते तथा अच्छा, चियर्स, विदा, शुभरात्रि कहकर अपने-अपने घर चले जाते। हम लोग ऐसे शराबी भी नहीं थे कि पिए बिना नहीं रह सकते। हम लोग अच्छे पीने वाले थे जो पीना और संभलना दोनों ही जानते थे और इसमें हमें अपने दोस्तों के साथ अच्छा समय बिताने का मौका मिलता था। वे भी क्या आनन्ददायक दिन थे! यह सिलसिला लगभग दो साल तक चला।

'मगर अब जमाना बदल गया है। आजकल लोग न तो सम्पर्क रखते हैं, न ही आपस की खैर-खबर। आजकल तो कलाकार शॉट के लिए बुलाने पर ही सैट पर जाते हैं और शॉट दे कर वापस अपनी एयरकन्डीशन्ड वैन या मेकअप

रूम में चले जाते हैं। मगर हम लोग अलग-अलग फ़िल्मों में काम करते हुए भी एक दूसरे से नियमित मेल-मुलाकात रखते थे। साथ में दो पैग पीते, आपस में सुख-दुख बांटते और चले जाते। कई बार उसी रात किसी पार्टी में दुबारा भी मिल जाते। इस तरह हम लोग आपस में सम्पर्क रखते–"शम्मी कपूर यह बात पूरी करते हुए कहते हैं।

शम्मी कपूर के बारे में प्राण कहते हैं–"उनके साथ मिल कर व काम करके बड़ा मज़ा आता था। वे अपने उन्मत्त व शान्त दोनों ही तरह के व्यवहारों में बड़े प्यारे लगते थे।"

5

1962 तक सुनील ने भी सनावर के लारेंस स्कूल की पढ़ाई पूरी कर ली और बोम्बे आ कर कैथेड्रल तथा जॉन केनन स्कूल में पढ़ने लगे।

सुनील कहते हैं,–"मैं समझता हूं अरविन्द और पिंकी की अपेक्षा मैं अपनी मां को अधिक तंग किया करता था। क्या उन्होंने कभी मेरी शरारत की शिकायत डैडी से की? मैं नहीं जानता कि वे आपस में क्या बातें करते थे मगर यह पक्की बात है कि उन्होंने मेरी अधिकतर शरारतें डैडी से छुपा कर ही रखी, वरना मैं अनेक बार मुश्किल में पड़ जाता।"

इस दौरान पिंकी अपने माता-पिता के साथ बोम्बे में ही रहती थी। भाइयों के वहां से लौटने के बाद ही वह सनावर गई। पिंकी बताती हैं–"मैं बान्द्रा के सेंट जोजफ कान्वेंट स्कूल में चौथी या पांचवी कक्षा तक पढ़ी। मुझे अपनी पढ़ाई की बिल्कुल फ़िक्र नहीं थी इसलिए मेरे माता-पिता को मुझे बोर्डिंग स्कूल में भेजना पड़ा। मैं समझती हूं वे शुरू में मुझे सनावर नहीं भेजना चाहते थे, नहीं तो तभी भेज देते जब मेरे भाई वहां थे।"

यूनियन पार्क में जीवन की गाड़ी एक पटरी पर चल पड़ी थी। पारिवारिक गतिविधियां सहज स्वाभाविक रूप से चल रही थीं।

हर शाम स्टूडियो से घर लौटने पर प्राण के कुत्ते उनका स्वागत करते थे। पिंकी याद करती है कि, "डैडी के घर आ जाने के बाद कुत्ते उनके ही इर्द-गिर्द

मंडराया करते थे। वे कुत्तों को बिस्कुट खिलाते, खुद चाय पीते और बगीचे में बैठते। कभी यह बात नहीं करते कि किस स्टूडियो से आ रहे हैं अथवा किसके साथ क्या अभिनय किया। वे काम के वक्त सिर्फ काम और आराम के वक्त सिर्फ आराम ही करते। यदि उनकी डबल शिफ्ट शूटिंग न होती तो वे शाम छः बजे से घर पर ही रहते-नहाते, पीते और आराम करते।"

शुक्ला को इस बात का पूरा अहसास था कि उनके पति ऐसे पेशे में हैं जिसमें अत्यधिक समय, शक्ति और श्रम लगाने की आवश्यकता होती है। उन्होंने इस बात का पूरा ख्याल रखा कि उन्हें पारिवारिक क्षेत्र में किसी भी तरह की ऐसी कठिनाई, समस्या या तनाव का सामना न करना पड़े जिसका अनुभव उनके कार्य क्षेत्र स्टूडियो में अपरिहार्य है।

प्राण की तरह उन्हें भी अपना कठिन समय अच्छी तरह याद था और वे जानती थी कि यह उन लोगों के लिए सुदृढ़ता से स्थापित होने का समय है। फ़िल्मी दुनिया की गतिविधियों की जानकारी रखते हुए वे अच्छी तरह समझती थी कि उन्हें क्या करना चाहिए कि उनके परिवार को दुबारा कठिन समय न देखना पड़े। अतः सारे कार्य सुचारु रूप से चलाने के लिए शुक्ला गृहिणी की ज़िम्मेदारी बड़ी कुशलता पूर्वक व गरिमामय ढंग से सम्पादित करती थी।

सुनील कहते हैं,—"मेरी मां बड़ी ही विलक्षण महिला हैं। उन्होंने हर मौके पर परिवार को पूरा सहारा दिया।"

पति के स्टूडियो में काम करने के दौरान एकान्त के लम्बे समय को उन्होंने दो बड़ी ही भिन्न प्रकृति की रुचियों में लगाया। आध्यात्मिक कार्यों-पूजा-पाठ आदि में नियमित समय लगाने के साथ ही वे प्रतिदिन क्रिकेट क्लब ऑफ इंडिया में रमी खेलने भी जाती थी!

प्राण और शुक्ला दोनों को ही समान रूप से कुत्तों से लगाव था। अतः अपने घर को पुनः सुसज्जित करते समय उन्होंने अपने सात कुत्तों के लिए विशेष रूप से कैनल बनाने का भी फ़ैसला किया, मगर जब तक यह बन कर तैयार हुआ उनके प्यारे कुत्तों में से कुछ मर गए। अपनी प्रिय वस्तु को खोने की भावनाओं को समेटते हुए प्राण ने कहा,—"मैने अपने चार कुत्तों को खो दिया। मुझे याद है देर रात शूटिंग से लौटने पर वे किस तरह प्रसन्नता पूर्वक भौंक कर मेरा

स्वागत करते थे। मैं आज भी उनकी और उनके भौंकने की तेज़ आवाज की कमी महसूस कर रहा हूं। हालांकि तीन कुत्ते अभी भी हैं, मगर सब कुछ परवश सा लगता है!"

मगर पेशे के क्षेत्र में वे परवश नहीं थे। वे सफलता की चोटी की ओर अग्रसर थे और जिस गति से आगे बढ़ रहे थे, काफी समय तक नीचे आने वाले नहीं थे।

19

साठ का शानदार दशक पूर्णता की ओर

1

साठ का दशक प्राण का परिचय एक परिवर्तन से करा रहा था। जिस प्रकार की भूमिकाएं उन्होंने 'छलिया' 'शहीद', 'नन्हा फ़रिश्ता' 'उपकार' तथा 'आंसू बन गए फूल' जैसी फ़िल्मों में अदा की उससे यह निश्चित हो गया कि वे खल पात्रों की भूमिकाएं त्याग कर भले आदमी की भूमिकाओं में भी सफल हो सकते हैं।

'शहीद' में केहर सिंह की भूमिका में लोगों ने उन्हें देखा और सराहा। दर्शकों द्वारा इसके सफलतापूर्वक स्वीकृत हो जाने से उत्साहित हो कर प्राण ने 'उपकार' में पूरी तरह भले आदमी की भूमिका अदा कर दी।

प्राण की पुत्री पिंकी भल्ला अपने पिता द्वारा भूमिकाओं के चयन में परिवर्तन करने के बारे में कहती हैं,—"जब उन्होंने भले आदमी की भूमिकाएं निभाना शुरू कर दिया तो मुझे लगा कि अब उनकी क्षमताओं का पूरा उपयोग

होगा। 'उपकार' उनके लिए परिवर्तन का पल प्रमाणित हुई। इस फ़िल्म ने उन्हें ऐसी स्थिति में पहुंचा दिया कि उन्हें पीछे मुड़ कर देखने और पुनः खल पात्रों की ओर प्रवृत होने की आवश्यकता नहीं रह गई!"

इससे पहले निर्माताओं की मानसिकता यह थी कि प्राण को पूरी तरह खतरनाक से खतरनाक खलनायक की भूमिकाएं ही दी जाएं। बीस वर्षों से भी ज़्यादा समय तक उन्हें खलनायक के रूप में देखते-देखते दर्शकों के दिलों में भी उनकी खलनायक की छवि की छाप गहराई पकड़ चुकी थी!

आम तौर पर, अधिकतर फ़िल्मों में कहानी के मुख्य किरदार को उभारने में भी काफी कम श्रम लगाया जाता तथा बंधे-बंधाए ढर्रे पर चलने वाली कहानी को लापरवाही से बर्ता जाता ऐसे में खलनायक का चरित्र अक्सर उस स्तर तक नहीं पहुंच पाता जहां उसे होना चाहिए। सिनेमा-जो मात्र पैसा कमाने का ही उद्योग न हो कर कला प्रदर्शन का भी साधन है, उसमें यह विडम्बना विचारणीय थी। अतः ऐसी स्थिति में साधारण स्तर से ऊपर उठ कर कार्य करने का प्राण का निर्णय बुद्धिमत्ता पूर्ण था।

उन्होंने किरदार की छोटी-छोटी बातों पर ग़ौर करके उसके प्रस्तुतिकरण की प्रक्रिया में प्रवीणता प्राप्त कर ली। इस कारण फ़िल्म उद्योग में उनकी भारी मांग हो गई। उनके लिए विशेष रूप से भूमिकाएं लिखी जाने लगी व कहानी पर काम करके उनके किरदार का कहानी में समावेश करने की कोशिश की जाने लगी। अनेक नामी-गिरामी निर्माता-निर्देशक उनके साथ काम करके खुशी व ग़ौरव का अनुभव करते कि उनकी फ़िल्म में ऐसा अभिनेता काम कर रहा है जो अपनी कार्यकुशलता व निष्ठा से उनकी फ़िल्म के लिए अविस्मरणीय चरित्र का निर्माण कर देगा।

उत्कृष्ट अभिनेता के रूप में प्रतिष्ठित प्राण साठ का दशक पूरा होने तक एक नामी सितारे बन गए तथा निर्माताओं और दर्शकों दोनों के ही दिलों में 'बुरे व्यक्ति' का पर्याय बन कर बस गए।

निर्माता जब वितरकों और वित्त पोषकों से अपनी आगामी फ़िल्म की चर्चा करते तो उनकी एक ही मांग होती—यदि आपकी फ़िल्म में खलनायक की भूमिका दमदार है तो प्राण को ही लें। क्योंकि वे दर्शकों की पसन्द को पहचानते

थे और दर्शक हमेशा प्राण को बहुरंगी व अलग प्रकार की भूमिका में देखने को उत्सुक रहते थे।

बॉक्स ऑफिस पर सफलता के दृष्टिकोण से अपनी फ़िल्म में प्राण का नाम जुड़ने पर निर्माता अपनी फ़िल्म की कीमत बढ़ा देते और वितरक समझते-बूझते हुए भी बढ़ी हुई क़ीमत देने को तैयार हो जाते क्यों कि प्राण का नाम दिखता और बिकता था।

2

एक फ़िल्मकार कितनी ही तरह की कठिनाइयों और समस्याओं से जूझ कर फ़िल्म बनाता है और इसमें पर्दे पर दिखने वाले तथा पर्दे के पीछे काम करने वाले सैंकड़ों लोगों का खून-पसीना लगता है। कई बार जटिल समस्याओं के कारण फ़िल्म कें मुहूर्त और प्रदर्शन में एक-दो साल का अन्तराल भी आ जाता है। मगर फ़िल्म के पर्दे पर आने पर इन सारे कष्टों का महत्त्व अपेक्षाकृत कम हो कर फ़िल्म के प्रथम दिन के प्रथम शो के दर्शकों तथा समीक्षकों की राय ही सबसे महत्त्वपूर्ण हो जाती है!

इस दशक की अधिकांश समीक्षाओं में प्राण की अच्छी अदाकारी की प्रशंसा मात्र एक ही पंक्ति में कर दी गई थी। उदाहरण के तौर पर—'प्राण ने अपना कार्य बड़े अच्छे ढंग से किया है'; 'प्राण हमेशा की तरह मंजे हुए खलनायक हैं'; 'खलनायक की भूमिका में प्राण एकदम वास्तविक व विश्वसनीय लगे'; 'प्राण की भूमिका काफी रोचक थी'!

लगभग एक जैसी समीक्षाएं व उक्तियां बड़ी उबाऊ लगने लगती थी। इन सब के बीच कभी-कभार कोई रोचक समीक्षा भी आ जाती। जैसे—1965 की फ़िल्म 'दो दिल' की फ़िल्मफ़ेयर[1] गें छपी रामीक्षा जिसमें समीक्षक ने यह समझते हुए कि प्राण एक ही तरह की भूमिकाएं फ़िल्म-दर-फ़िल्म दोहराए चले जा रहे हैं, उनके अदा करने के अन्दाज़ की भिन्नता की ओर संकेत किया हैः 'दो दिल' में जिस तरह की भूमिका प्राण ने की है वे अनेक बार कर चुके हैं। मगर बार-

1. 10 दिसंबर 1965 के अंक में।

बार दोहराए जाने के बावजूद यह नीरस या बेमज़ा नहीं है! शुक्र है, कहानी व निर्देशक ने उन्हें बड़बड़ाने या चिल्लाने पर मजबूर नहीं किया। उन्होंने चरित्र का चित्रण चेहरे की आकृति व आवाज़ के अंदाज़ को कटु बना कर कर दिया। इस समीक्षा के अपवाद के अलावा बाकी की समीक्षाएं पाठक के सामने स्पष्ट कर देती है कि अनेक बार समीक्षक किसी अदाकार की अदाकारी व उसके लिए किए गए उसके कठोर श्रम का सही चित्र खींचने में असफल रहते हैं। अनेक कलाकार अपने कार्य को कम शब्दों में बयां करने से हतोत्साहित हो जाते हैं। मगर यह बात प्राण पर लागू नहीं होती।

प्राण का सिद्धान्त था कि वे फ़िल्म के निर्माण के पूर्व व दौरान अपने किरदार की तैयारी व अदाकारी में जी तोड़ परिश्रम करते और प्रदर्शन के बाद उसके भाग्य का फैसला दर्शकों पर छोड़ कर अपनी आगामी फ़िल्म के किरदार की तैयारी में जुट जाते। इसीलिए प्राण के प्रदर्शन के स्तर पर उनकी पिछली फ़िल्म की सफलता या असफलता का कोई असर नहीं पड़ता। (हां, दर्शकों ने उन्हें कभी निराश नहीं किया) हर किरदार को अलग तरह से अदा करने के अपने कौशल के बारे में प्राण कहते हैं,–"मैं हमेशा कुछ नई चीज़ पेश करने का प्रयास करता और इसके लिए मेरे ज़हन में नए-नए विचार, सोते समय या एकान्त में आते!"

अपने अभिनय में दोहराव से बचने में सहायक अपनी एक नीति का खुलासा करते हुए वे बताते,–"कोई दूसरा विकल्प न रहने पर ही मै अपनी फ़िल्म देखता था। मैं मज़बूरी में ही अपनी फ़िल्म देखता हूं।" इसीलिए अब तक डेढ़ सौ से अधिक फ़िल्मों में अभिनय करने के बावजूद उन्होंने अपनी गिनी-चुनी फ़िल्में ही देखी थी।

हालांकि उस समय की फ़िल्मी पत्रिकाओं में उन्हें बहुत अधिक प्रशंसा नहीं मिली, मगर उन्हें अच्छी संख्या में पुरस्कार मिले! अनूप कुमार प्रोडक्शन की फ़िल्म 'आंसू बन गए फूल' (जिसमें उन्होंने सहायक भूमिका अदा की थी) के लिए उन्हें कई पुरस्कार मिले।[2]

---

2. 1969 में रिलीज हुई सत्येन बोस द्वारा निर्देशित फ़िल्म 'आंसू बन गए फूल' में अशोक कुमार, देव मुखर्जी, अलका, निरूपाराय, अनूप कुमार और हेलन प्राण के सहकलाकार थे।

'आंसू बन गए फ़ूल में' हेलन पर आकर्षण का जाल फेंकते प्राण

प्राण याद करते हैं कि,"फ़िल्म 'आंसू बन गए फूल' वसन्त कानितकर से सफल मराठी नाटक 'अश्रुंची झाली फुले' पर आधारित थी जिसमें उन्हें एक मुहल्ले के दादा की भूमिका के लिए चुना गया था।"

किसी का सलाह पर फ़िल्म के सारे कलाकार कर्तव्यनिष्ठा से वह नाटक देखने गए, मगर प्राण नहीं गए।

उन्हें लगता था कि यदि वे यह नाटक देखेंगे तो उनके अभिनय पर उनकी भूमिका निभाने वाले नाटक के कलाकार के अभिनय का असर आ जाएगा और तब सम्भवतः वे अपनी स्वतन्त्र शैली में उस किरदार का चित्रांकन नहीं कर पाएंगे।

प्राण प्रथम बार किसी मराठी का किरदार निभा रहे थे। अतः हमेशा की तरह अपने काम में पूर्ण सटीकता लाने के लिए उन्होंने हिन्दी बोलने का मराठियों का लहज़ा सीखा। प्राण बताते हैं कि ऐसा उन्होंने किस तरह किया—"किसी

मराठी से निकट सम्पर्क न होने के कारण अपने मराठी इलेक्ट्रीशियन से सुने हुए कुछ मराठी शब्दों को चुन कर उन्हें अपने डायलॉग में शामिल किया। हिन्दी फ़िल्म होने के बावजूद मराठी पात्र द्वारा प्रसंगवश मराठी शब्दों का प्रयोग असंगत नहीं लगा। नाटक देखे बिना ही उन्होंने इस फ़िल्म में काफी अच्छा अभिनय करके उस किरदार में जान फूंक दी!

'आंसू बन गए फूल' ने बॉक्स ऑफीस पर अच्छी सफलता प्राप्त कर के निर्माता को अच्छी कमाई दी तथा प्राण को इस दशक में दूसरा फ़िल्मफ़ेयर अवार्ड (श्रेष्ठ सहायक अभिनेता) दिलाकर उनकी प्रतिष्ठा में भी वृद्धि की। फ़िल्म उद्योग ने उनकी प्रतिभा और श्रमनिष्ठत को पुरस्कृत करने में देर तो की मगर एक साल के अन्तराल में ही उन्हें दुबारा पुरस्कृत किया।[3] अपने सहकर्मियों की प्रशंसा हर किसी के लिए महत्त्व रखती है, मगर एक अभिनेता के लिए विशेष महत्त्व रखती है!

इस प्रकार की सफलता ने प्राण को इस समय बुलन्दी पर पहुंचा दिया।

3

साठ के दशक की पूर्णता पर प्राण अपने तीस साल के कैरियर में सफलता की चोटी पर थे। कुछ नई तरह का कार्य करने की उनकी अपनी आन्तरिक तड़प तथा पुत्री पिंकी द्वारा पूछे गए उत्प्रेरक प्रश्न ने उनके कैरियर को नई राहें तलाशने की दिशा व गति प्रदान की। इसके फलस्वरूप उन्होंने प्रमुख खलनायक की जबरदस्त भूमिकाओं के सफल निर्वहन के बाद प्रभावशाली चरित्र भूमिकाओं में भी अभूतपूर्व सफलता प्राप्त की।

साठ के दशक में प्राण ने लगभग साठ फ़िल्मों में अभिनय किया। यह दशक वास्तव में उनके लिए शानदार व यादगार रहा। सफलता के शिखर पर पहुंचे

---

3. प्राण को पहला फ़िल्मफ़ेयर पुरस्कार 1967 में 'उपकार' के लिए मिला था। फ़िल्मफ़ेयर पुरस्कार फ़िल्म उद्योग में सर्वाधिक प्रतिष्ठित पुरस्कार माना जाता रहा है जो कि सामान्यतः मुम्बई के सियोन किंग क्षेत्र स्थित षणमुखानन्द हाल में आयोजित एक उत्सव में प्रदान किया जाता था और उस अवसर पर फ़िल्म उद्योग की सभी प्रतिष्ठित हस्तियां उपस्थित रहने में गर्व का अनुभव करती थीं।

प्राण ने मौन प्रार्थना के साथ सत्तर के दशक को प्रवेश करते देखा।

सत्तर के दशक में सब कुछ नाटकीय ढंग से परिवर्तित हो रहा था। फ़िल्म जगत भी इन परिवर्तनों से अनजान व अछूता नहीं रहा। ये परिवर्तन मानव जाति से सम्बन्धित अनिश्चितताओं को प्रकाशित करते थे जिन पर किसी का कोई नियन्त्रण नहीं था। कला को जीवन का दर्पण कहा जाता था मगर यह चलन भी शीघ्र ही परिवर्तित होकर जीवन कला का दर्पण बन गया।

आगामी दशक—क्रोध और उपद्रव भरे सत्तर के दशक ने शीघ्र ही फ़िल्मी दुनिया में सफलता पूर्वक टिके रहने की प्राण की क्षमताओं का परीक्षण किया।

जिस तरह जंगल के कानून में नए और युवा शेर जंगल के स्थापित राजा शेर के अधिकारों को चुनौती दे देते हैं, उसी तरह युवा और होनहार खलनायकों की नई पौध फ़िल्म परिदृश्य पर छाने लगी जिसने प्रमुख खलनायक की प्राण की पारम्परिक स्थिति के समक्ष अपनी उपस्थिति से प्रबल चुनौतियां पेश कर दी।

इसके अलावा नायक की छवि में भी पूर्ण परिवर्तन हो गया। अब तक के शान्त, शिष्ट और चाकलेटी नायक का स्थान उग्र व आक्रामक नायक ने ले लिया।

इन परिवर्तनों ने न केवल फ़िल्मों, उनकी परम्पराओं और चरित्रों की प्रकृति को नई परिभाषा दी, बल्कि समाज और उसकी स्थापित जीवन-शैली पर भी प्रभाव डाला।

प्राण का कैरियर भी पूरी शक्ति व गति के साथ सत्तर के दशक में संतुलित छलांग लगाने के लिए अपनी स्थिति बना रहा था।

भाग 4

20

सत्तर का दशकः पहुंचना नई बुलन्दियों पर

1

साठ के दशक में महत्त्वपूर्ण ऊंचाइयों को लांघते हुए प्राण ने एक स्टार का दर्जा प्राप्त किया तो सत्तर के दशक में उनका रुतबा बढ़ कर सुपर स्टार का हो गया।

सत्तर के दशक के प्रारम्भ से ही हिन्दी फ़िल्म के निर्माता कुछ अलग तरह की फ़िल्में बनाने के साधन व तरीक़े तलाश रहे थे। समाज भी अपनी युगों पुरानी उन परम्पराओं को परिवर्तित करने के लिए तड़प रहा था, जिनकी छवि अब तक सिनेमा में दिखाई जा रही थी। अन्दर ही अन्दर चतुराई भरे सूक्ष्म परिवर्तन हो रहे थे। न केवल नई पीढ़ी के निर्माताओं, बल्कि पारम्परिक व्यावसायिक संस्थानों व निर्माताओं द्वारा भी सत्तर के दशक में रुपहले पर्दे पर दिखाने के लिए चुने जा रहे विषयों में यह परिवर्तन परावर्तित हो रहा था।

निर्माता और अधिक निकटता से नए मिजाज़ की छवि दिखाना चाहते

थे–जो थी, पीड़ित मानवता की–शासन प्रणाली के दोषों से पनप रही सामाजिक विषमताओं तथा युवाओं में उससे उत्पन्न निराशा व क्रोध की। मगर यह सब एक बंधे–बंधाए सांचे के अन्दर ही रह कर, जिसे फ़िल्मी भाषा में कहा जाता था 'फार्मूला'।

2

1970 से 1979 के बीच प्राण अभिनीत लगभग पचहतर फ़िल्में प्रदर्शित हुई इनमें अधिकांश अत्यधिक सफ़ल रही।

चेतन आनन्द की 'हीर रांझा'[1] में एक नया ही प्रयोग किया गया था–इस फ़िल्म के सारे डॉयलाग तुकबंदी में थे। 1970 में प्रदर्शित अन्य महत्त्वपूर्ण फ़िल्में थी–'गोपी'[2], 'जॉनी मेरा नाम'[3] तथा 'पूरब और पश्चिम'[4], ये मल्टीस्टार दौर की शुरूआती फ़िल्में थी।

निर्माता-निर्देशक अरविन्द सेन ने काफी समय पहले बन्नी रुबेन को बताया कि 'प्राण साब हमेशा अपने लिए हुए पारिश्रमिक के पैसों से अधिक कीमत वसूल करा देते हैं! वे निर्देशक को कहानी से लेकर एडिटिंग तक हर स्तर पर सुझाव देकर लाभान्वित करते थे। प्रत्येक फिल्म से इतने जुड़े होने पर भी वे स्वयं को कभी निर्देशक से ऊपर नहीं मानते थे।

निर्माता-निर्देशक प्रमोद चक्रवर्ती कृतज्ञता से कहते हैं, 'प्राण जी के बारे में एक बड़ी खूबसूरत बात यह थी कि वे कभी भी कहानी के साथ कोई छेड़-छाड़ नहीं करते थे कम से कम मेरे साथ तो उन्होंने कभी ऐसा नहीं किया! उन्होंने कभी ऐसा भी नहीं कहा कि "मेरी भूमिका बढ़ा दो" या "कोई दूसरा परिवर्तन कर दो।' हां, वे कभी-कभी डॉयलाग बोलने का अपना अंदाज़ ज़रूर बदल देते, जो एक कलाकार के लिए आम बात है, मगर वे फ़िल्म की कथा-वस्तु में कोई

---

1. हीर रांझा (1970) के सम्वाद कैफ़ी आज़मी ने लिखे थे। प्रिया राजवंश इसी फ़िल्म में नायिका के रूप में आई थी।
2. 1970 में रिलीज हुई थी 'गोपी', नायक दलीप कुमार नायिका सायरा बानो।
3. 'जानी मेरा नाम' में नायक देव आनन्द थे।
4. 'पूरब और पश्चिम' में प्राण ने देव आनन्द के विदेश गए भाई की भूमिका निभाई थी।

फेर बदल करने का दबाव कतई नहीं डालते।' अपने सहयोग पूर्ण रवैये के कारण वे निर्माता-निर्देशक की प्रथम पसंद बन गए तो इसमें कोई आश्चर्य की बात क्या है? उनके साथ एक बार काम कर लेने वाले निर्माता ने उन्हें अपनी बाद की हर फ़िल्म में ज़रूर-ज़रूर लिया! इस दशक की उनकी फ़िल्मों की सूची पर ग़ौर करने पर हम पाते हैं कि बहुत से निर्माताओं ने उन्हें अपनी फ़िल्मों में खलनायक और सहनायक दोनों ही तरह की भूमिकाएं दी हैं। उदाहरण के तौर पर– अरविन्द सेन ने 'मर्यादा' और 'कसौटी' में; प्रमोद चक्रवर्ती ने 'नया ज़माना' और 'जुगनू' में। और सोहन लाल कंवर ने तो ऐसा लगता है अपनी हर फ़िल्म में प्राण को लेने का नियम ही बना लिया था। 'बेईमान' 'संन्यासी' 'दो झूठ' और 'आत्माराम'। इस दशक की उनकी इन चारों महत्त्वपूर्ण फिल्मों में प्राण थे!–

ब्रज सदाना ने 'विक्टीरिया न. 203 ' की सफ़लता से उत्साहित होकर 'चोरी मेरा काम' में भी प्राण को लिया तथा उनके भाई चन्दर सदाना ने प्राण को लेकर 'चोर के घर चोर' बनाई। प्राण के अच्छे मित्र एस.के.कपूर ने अपनी तीन फ़िल्मों–'धर्मा', 'अपना खून' और 'शंकर दादा' में उन्हें महत्त्वपूर्ण भूमिकाए दी। प्रकाश मेहरा ने 'एक कुंवारा एक कुवांरी' तथा 'जंजीर' और मनमोहन देसाई ने 'अमर अकबर एंथनी' तथा 'धरम वीर' में उन्हें दोहराया।

इससे प्रमाणित होता है कि प्रतिभा, परिश्रम और प्रेम के रिश्तों का पुरस्कार मिलता ही है।

सत्तर के दशक में प्राण की सफलता के सीधे ऊपर की ओर उठते हुए ग्राफ़ से अरविन्द सेन और प्रमोद चक्रवर्ती के कथन की सत्यता साबित होती है। अपने किरदार को अनोखा व आकर्षक बनाने के लिए लेखक और निर्देशक को अपना भारी योगदान देने के लिए मशहूर प्राण ने सत्तर के दशक में अनेक अविस्मरणीय फ़िल्मों में कई विशिष्ट भूमिकाएं अदा की।

3

सत्तर के दशक की व्यावसायिक रूप से सफ़लतम फ़िल्मों में से एक थी–'जॉनी मेरा नाम', जिसे विजय आनन्द (देव आनन्द के छोटे भाई) ने निर्देशित किया था और निर्माता थे गुलशन राय। प्राण ने इसमें एक ऐसे खलनायक की भूमिका

साधु के भेष में, फ़िल्म 'जानी मेरा नाम' में प्राण

अदा की थी जो अन्त में सुधर जाता है जब उसे पता चलता है कि नायक (देव आनन्द) उसका वर्षों पहले बिछड़ा हुआ भाई है।

गुलशन राय ने जब के. ए. नारायण की कहानी पर 'जॉनी मेरा नाम' फ़िल्म बनाने का फ़ैसला किया, उस समय वे बहुत बड़े वितरक और प्रदर्शक थे।

राज कपूर की 'मेरा नाम जोकर' और 'जॉनी मेरा नाम' 1970 के आखिरी दिनों में एक सप्ताह के अन्तराल से प्रदर्शित हुई थी। यह गुलशन राय द्वारा सोच-समझ कर उठाया गया कदम था। क्यों? इसका कारण वे ही बेहतर जानते हैं। शायद दोनों फ़िल्मों के शीर्षक में 'मेरा नाम' शब्दों की समानता का लाभ उठाने के लिए इस प्रकरण में काफ़ी खींच-तान व मन मुटाव हुए थे।[5]

उस साल को याद करते हुए प्राण कहते हैं—"1970 मेरे लिए काफी यादगार

5. इस प्रकरण का विस्तृत विवरण जानने के लिए पढ़ें - हार्पर कॉलिंस पब्लिशर्स इंडिया द्वारा 1993 में प्रकाशित बन्नी रूबेन द्वारा लिखित पुस्तक 'फॉलीवुड फ्लेशबेक - ए कलेक्शन ऑफ मूवी मेमोरीज़' का अध्याय 'गुलशन रॉय वर्सेज़ राजकपूर द 'मेरा नाम' कंट्रोवर्सी'।

साल था, क्योंकि उस वर्ष मेरी महत्त्वपूर्ण भूमिकाओं वाली कई फ़िल्में सुपरहिट हुई, उन्हीं में से एक थी–'जॉनी मेरा नाम'।"

'गुलशन राय ने जब ये फ़िल्म बनाने का निर्णय लिया तो उन्होंने इस फ़िल्म की दो महत्त्वपूर्ण भूमिकाओं के लिए देव आनन्द और प्राण को लेने का निश्चय किया, मगर प्राण ने लगभग इनकार ही कर दिया।

निर्देशक विजय आनन्द[6] सारे घटनाक्रम को विस्तार से बताते हैं,–"गुलशन जी देव साब और प्राण जी दोनों को ही लेना चाहते थे, क्योंकि निर्माता बनने के समय वे एक सफल वितरक थे और दर्शकों की पसन्द पहचानते थे और उन्हें यक़ीन था कि ये दोनों नाम उनकी फ़िल्म की मार्केट वेल्यू बढ़ा देंगे। फिर उन्होंने नायिका के तौर पर हेमा मालिनी का नाम तय किया क्योंकि वे उनकी ड्रीम गर्ल की छवि पर मोहित थे।

शुरू के कठिन कार्य कर लेने के बाद ऐसा लगा कि फ़िल्म उद्योग के कुछ मित्रों ने उन्हें फ़िल्म निर्माण की अनिश्चितताओं और जोखिम के प्रति सावधान करते हुए चेताया।

मगर गुलशन जी ऐसी बातों को सुनकर खीझ गए और मुझसे कहा कि "यह फ़िल्म हर हाल में व्यावसायिक रूप से सफल होनी चाहिए।" फ़िल्म की व्यावसायिक सफलता को प्राथमिकता देते हुए इस दृष्टिकोण से गुलशन जी के अनुभव का लाभ उठाते हुए मैं उनके द्वारा सुझाए गए कलाकारों के नाम पर सहमत हो गया।

जब के.ए. नारायण और गुलशनजी प्राण को इस फ़िल्म के लिए अनुबन्धित करने गए तो उन्होंने विनम्रता पूर्वक कह दिया,–"मेरे पास समय नहीं है" गुलशन जी हतोत्साहित हो गए और मुझे प्राण साब के लिए दुबारा प्रयत्न करने को कहा। जब मैं उनके पास गया तो उन्होंने मुझे पूरी तरह बुक्ड अपनी डेट्स की डायरी दिखा दी और गुलशन राय की फ़िल्म के लिए समय न निकाल पाने के लिए खेद प्रकट किया। यह सब देख-सुन कर मैं चुपचाप वहां से चला आया।"

---

6. इस पुस्तक के वास्ते साक्षात्कार देने के कुछ महीनों बाद 23 फरवरी 2004 को विजय आनन्द की मृत्यु हो गई।

गोल्डी[7] द्वारा प्राण की व्यस्तता की वास्तविक मजबूरी को समझ कर दुबारा कुछ न कहने का व्यवहार उन्हें भा गया।

इस बात का सूत्र जोड़ते हुए विजय आनन्द बताते हैं,–"गुलशन राय ने मुझे सूचित किया कि प्राण साब मेरी शिष्टता से प्रभावित हो गए और बोले कि ऐसा शिष्ट युवक! जब मैने उसे अपनी डायरी दिखाई तो बिना किसी तर्क या आग्रह के चुपचाप वहां से चला आया। ऐसे शालीन व्यक्ति को मैं निराश नहीं कर सकता। मुझे उसके लिए किसी भी तरह कोई न कोई रास्ता निकालना ही होगा।"

यह सब जान कर बाकी कलाकारों ने प्राण के उपलब्ध समय के साथ सामंजस्य बैठाने की सहमति दे दी तो प्राण ने फ़िल्म साइन कर ली।

इस पुस्तक के लिए दिए गए विषेश साक्षात्कार में विजय आनन्द ने बताया,–"निर्देशक के तौर पर मैने पाया कि उनके अभिनय का दायरा बहुत विस्तृत है और इसका पूरा लाभ उठाते हुए मैंने उनसे फ़िल्म की आवश्यकता और अपनी परिकल्पना के अनुरूप ही काम पा लिया।

फ़िल्म में उनके किरदार पर यह जाहिर होने से पहले कि वह खुद भी हालात का शिकार है, मैं ज़्यादातर दृश्यों में उन्हें सहज रूप से अस्वाभाविक दिखाना चाहता था। अपनी असलियत जानने पर उसका आन्तरिक भावनात्मक द्वन्द्व प्रकट हुआ और उसने दर्शकों की सहानुभूति बटोरी। उसी दृश्य में मैं उनसे और अधिक गहनता चाहता था।

मैने उन्हें कहानी में घटित होने वाले घुमाव के बारे में समझाया। घुमाव यह था कि अपने असली बेटे (देव आनन्द) को बचाने तथा उस पर से दुश्मनों का ध्यान हटाने के लिए मां (यह भूमिका सुलोचना ने अदा की थी) मोती (प्राण के किरदार) की ओर इशारा करके कहती है कि 'उसे मार दो वही है मेरा असली बेटा।' वह इस बात से अनजान थी कि वास्तव में मोती भी सचमुच उसका ही बिछुड़ा हुआ बेटा है।

उस दिन प्राण साब दृढ़ निश्चय के साथ उस दृश्य के शॉट का इंतजार करते

---

7. विजय आनन्द अपने परिचित क्षेत्रों में इसी नाम से प्रसिद्ध रहे।

हुए स्वयं को गहनता से मानसिक रूप से उन भावनाओं के अनुरूप तैयार कर रहे थे।

उन्होंने इस दृश्य को बहुत अच्छी तरह से अदा किया। उन्हें अपनी मां (सुलोचना) से लिपट कर रोना था। दृश्य में यह महत्त्वपूर्ण क्षण तब आता है जब मां को पता चलता है कि मोती भी उसका ही बरसों पहले बिछुड़ा हुआ बेटा है। जब यह राज़ खुलता है तो दोनों एक दूसरे के गले लग कर रोते हैं। मैं समझता हूं उस दिन मेरे भाई देव आनन्द ने प्राण की दिल खोलकर प्रशंसा की। उन्होंने फ़िल्म के कथाकार नारायण से कहा—"यार ये गोल्डी को समझाओ,[8] फ़िल्म का हीरो मैं हूं या प्राण? उसने प्राण को कितना ज़ानदार दृश्य दिया है, फ़िल्म की सफलता का श्रेय तो वही ले जाएगा!"

प्राण ने बताया कि 'जॉनी मेरा नाम' में उनकी आकर्षक भूमिका के अलावा और भी कई खूबियां थी। "इस तेज़ गति की फ़िल्म ने दर्शकों को अपने तीव्र प्रवाह में बहाते हुए कुछ भी सोचने समझने का मौका नहीं दिया" और ऐसा सम्भव हुआ निर्देशक विजय आनन्द के चुस्त सम्पादन की बदौलत।

4

सत्तर के दशक में उस समय के चोटी के नायकों को लेकर फ़िल्में बनाने के अलावा कुछ निर्माताओं ने ऐसी फ़िल्में भी बनाई जिनमें चरित्र अभिनेताओं की ही मुख्य भूमिकाएं थीं। यह एक नए तरह का प्रयोग था, मगर इस तरह की कई फ़िल्में काफ़ी सफल भी रही।

अपने अभिनय कैरियर के तीस साल पूरे करने के बाद सत्तर के दशक के प्रारम्भ में प्राण ने प्रथम बार डबल रोल किया। वह फ़िल्म थी—राजेन्द्र भाटिया द्वारा निर्मित व निर्देशित 'जंगल में मंगल'[9]। इसमें उन्होंने स्त्री जाति से नफ़रत करने वाले एक अविवाहित प्रोफेसर तथा उनके ज़नखे़ हिप्पी भतीजे की भूमिका निभाई थी।

---

8. इस उक्ति में एक उलाहना भर है, जिसमें प्राण के लिए एक प्रशंसात्मक भाव है।

9. जंगल में मंगल 1972 में रिलीज हुई।

फ़िल्म की कहानी उस प्रोफेसर के इर्द-गिर्द घूमती है जो अपने छात्रों के एक समूह को वनस्पतिशास्त्र की व्यावहारिक शिक्षा के लिए जंगल में लेकर आया है। वहां उसकी मुलाकात पुरुषों से नफ़रत करने वाली एक महिला प्रोफेसर से होती है जो अपनी छात्राओं के साथ उसी उद्देश्य से वहां आई हुई है। अपने-अपने विद्यार्थियों को एक-दूसरे से दूर रखने के, पागलपन की हद तक, प्रयास करते हुए वे दोनों खुद एक-दूसरे के प्रेम में पड़ जाते हैं!

'जंगल में मंगल' कुट्टन पिल्लई कोट्टाराक्कारा द्वारा लिखित मलयालम भाषा की हास्य फ़िल्म पर आधारित थी जिसे हिन्दी में बनाने के अधिकार राजेन्द्र भाटिया ने प्राप्त कर लिए थे। मलयालम भाषा की इस फ़िल्म 'रेस्ट हाउस'[10] में मलयालम सिनेमा के प्रसिद्ध हास्य कलाकार पी. के. बहादुर ने मुख्य भूमिकाएं डबल रोल में निभाई थी! मगर राजेन्द्र भाटिया ये भूमिकाएं हिन्दी फ़िल्मों के किसी स्थापित व नामी हास्य कलाकार को देने के पक्ष में नहीं थे अतः वे असमंजस में पड़ गए कि इस महत्त्वपूर्ण डबल रोल में किसे लें। आखिरकार काफ़ी सोच-विचार के बाद उन्होंने इस भूमिका में प्राण को लेने का निर्णय लिया। अब भाटिया जी इस कशमकश में पड़ गए कि प्राण उनका प्रस्ताव स्वीकार करेंगे या नहीं। सारी बाजी प्राण के ही हाथ में है। उन्हें यह तो खबर थी कि प्राण अब खलनायक की भूमिका नहीं करना चाहते। वे सहानुभूतिपूर्ण या कुछ अलग तरह की भूमिकाएं करना चाहते हैं, जिनमें उन्हें अपनी क्षमता व प्रतिभा के प्रदर्शन के अधिक अवसर मिले।

पता नहीं सीधे प्रस्ताव पर प्राण क्या प्रतिक्रिया दे? इसलिए सीधे प्रस्ताव न दे कर उन्होंने एक दिन अनौपचारिक रूप से प्राण को अपने घर पर रात्रि-भोजन के लिए आमन्त्रित किया और वहां मलयालम फ़िल्म के प्रदर्शन की भी व्यवस्था की। फ़िल्म देखने के बाद प्राण को लगा कि भाटिया जी उन्हें खलनायक की भूमिका देना चाहते हैं तो उन्होंने शुक्रिया अदा करते हुए साफ़ मना कर दिया।

उचित अवसर समझ कर उसी समय भाटिया जी ने अपने दिल की बात प्रकट करते हुए कहा—"प्राण जी, मुझे पूरा यकीन है कि आप एक महान हास्य

---

10. शशि कुमार द्वारा निर्देशित यह फिल्म 1969 में प्रदर्शित हुई।

कलाकार हैं। फ़िल्म की मुख्य हास्य भूमिका के बारे में आपका क्या ख्याल है?"

प्राण ने कुछ आशंका के साथ रूचि प्रकट करते हुए पूछा—"आप किस भूमिका की बात कर रहे हैं?

भाटिया जी चंहक कर बोले—"दोनों। यह प्राण का प्रथम डबल रोल होगा।"

"यह हो जाएगा!" कह कर प्राण ने तत्क्षण अपनी स्वीकृति प्रदान कर दी।

अपनी विभिन्न मुद्राओं में से एक अति विशिष्ट हिप्पी गेट अप में प्राणः फ़िल्म जंगल में मंगल

'जंगल में मंगल' में प्राण ने चार रूप धारण किए थे—एक गम्भीर प्रोफेसर, एक उदण्ड हिप्पी, एक स्त्री ओर एक आदिवासी लड़ाकू का! प्राण ने पूरे मेकअप और वस्त्रों के साथ प्रथम बार स्त्री का रूप धारण किया था। प्रचार की दृष्टि से इसका लाभ उठाने के लिए निर्माता ने पोस्टरों में बड़े अक्षरों में लिखा—'सह कलाकार—प्राण, प्राण और प्राणी!

इस संदर्भ में प्राण याद करते हैं कि, 'स्त्री का भेष धारण करने वाले प्रथम अभिनेता थे—अमर कलाकर चार्ली चैपलिन, जिन्होंने अपनी एक मूक फ़िल्म में स्त्री का भेष धारण किया था!

प्राण द्वारा इस फ़िल्म में कई विदूषक चरित्रों का चित्रण देख कर एक प्रमुख दैनिक पत्र ने यह टिप्पणी की—"जंगल में मंगल' प्राण की अब तक की सर्वाधिक महत्त्वपूर्ण फ़िल्म बन सकती है तथा नाटकीय क्षमताओं वाले इस बहुरंगी कलाकार को हास्य कलाकार के रूप में भी मान्यता दिला सकती है।"

प्राण भी सत्तर के दशक की अपनी फ़िल्मों में 'जंगल में मंगल' को बहुत

विशेष मानते थे। न केवल इसलिए कि इसमें उन्होंने प्रथम बार डबल रोल किया था, बल्कि इस फ़िल्म के लिए दिल्ली में अपना फ़िल्म वितरण का ऑफ़िस खोल कर अपनी फ़िल्मी गतिविधियों में एक और नया अयाम भी उन्होंने जोड़ा!

5

मनोज कुमार की 'पूरब और पश्चिम', एस.एस. बालन की 'लाखों में एक, एस. एम. सागर की 'अधिकार' और एस. के. कपूर की 'धर्मा' को प्राण सत्तर के दशक की शुरू से मध्य तक की अपनी फ़िल्मों में महत्त्वपूर्ण मानते हैं।

अविस्मरणीय 'उपकार'[11] के बाद दर्शकों व सारे देश की निगाहें मनोज कुमार की आगामी फ़िल्म 'पूरब और पश्चिम' पर टिकी थी। सबको इस फ़िल्म से बड़ी उम्मीदें थी।

'उपकार' का सन्देश था—"यह धरती हमारी है, हमें इसका गौरव, पोषण और संरक्षण करना चाहिए। 'पूरब और पश्चिम' ने इस राष्ट्रीय भावना को और अधिक विस्तार दिया।"

मनोज कुमार द्वारा 'उपकार' में प्राण को पूरी तरह भले व्यक्ति की भूमिका देने का परिणाम पर्दे पर तथा दर्शकों व समीक्षकों की प्रति क्रियाओं दोनों ही तरह से अच्छा ही रहा। प्राण स्वयं स्वीकार करते हैं कि 'उपकार' में पूरी तरह भले व्यक्ति की भूमिका देकर मनोज कुमार ने मेरे कैरियर को महत्त्वपूर्ण मोड़ दे दिया। उन्होंने दर्शकों के दिल में बसी मेरी बुरे व्यक्ति की छवि को मिटा दिया। 'उपकार' के बाद मनोज कुमार ने 'पूरब और पश्चिम' में एक बार फिर मुझे लीक से हट कर भूमिका दी। शुरू में मैं एक देशद्रोही था। दरअसल स्वतन्त्रता संग्राम के दौरान मैंने एक राष्ट्रवादी को धोखे से अंग्रेज़ों को पकड़वा दिया, उन्होंने उसे मार दिया। मैं अपने छोटे बच्चे को लेकर इंग्लैंड भाग जाता हूं। सालों बाद परिस्थितियां मुझे भारत आने के लिए मजबूर कर देती है। यहां आकर मुझे भी धोखे का सामना करना पड़ता है—उस धोखे से मारे गए व्यक्ति के कारण नहीं बल्कि, अपने आप से, एक भारतीय और एक मनुष्य होने के कारण!

---

11. उपकार 1967 में रिलीज हुई। फ़िल्म जय जवान और जय किसान नारे को बुलन्द करने के लिए बनाई गई थी।

“जब मैने मनोज से यह कहानी सुनी तो मेरी प्रतिक्रिया बिल्कुल पेशेवर थी, कि इतने भिन्न प्रकार के चरित्रों को किस प्रकार सम्बद्ध किया जा सकेगा? प्रत्येक किरदार की कहानी को आगे बढ़ाने में महत्त्वपूर्ण भूमिका है, मगर फ़िल्म देखने से आपको समझ में आएगा कि मनोज ने सारा काम बखूबी किया है।”

यदि ‘उपकार’ ने भारत की हरित-क्रांति की प्रशंसा का गीत गया है तो ‘पूरब और पश्चिम’ ने एक और राष्ट्रीय समस्या ‘प्रतिभा पलायन’ को रेखांकित किया है! ‘उपकार’ की तरह ही ‘पूरब और पश्चिम’ में भी लेखक मनोज कुमार ने निर्देशक मनोज कुमार को अपने ऊपर हावी नहीं होने दिया। कहने के अंदाज़ की अपेक्षा कथा-वस्तु की ही प्रधानता रही।

प्राण ने बताया—“मुझे याद है ‘पूरब और पश्चिम’ की कथा-वस्तु अस्ल में एक लघुकथा से उभर कर आई थी जिसे मनोज कुमार की पत्नी ने लिखा था। यह एक वास्तविक चरित्र पर आधारित थी। मनोज कुमार की पत्नी के दूर के रिश्ते के एक चाचा थे जो लन्दन जा कर बस गए और फिर कभी भारत नहीं लौटे। इसने मनोज को सोचने पर मजबूर किया कि ‘भारत के श्रेष्ठ दिमाग़-श्रेष्ठ लेखक, वैज्ञानिक, चित्रकार, कवि, तकनीकी व्यक्ति, दर्शन शास्त्र व गणित के मेधावी छात्र अपना वतन छोड़ कर क्यों चले जाते हैं और फिर वापस नहीं लौटते!

निश्चित रूप से धन के लिए! वो तो वहां है, मगर धन से ज़्यादा गहरी समस्या सांस्कृतिक मूल्यों की रक्षा की है।’

‘उपकार’ की तरह की ‘पूरब और पश्चिम’ भी बड़े विस्तृत कैनवास पर बनाई गई थी। इसके चरित्र भी जीवन्त थे और मनोज कुमार ने पूरी भव्यता के साथ इनका चित्रण किया था। दोनों ही फ़िल्मों में कई यादगार शॉट, व्यापक पृष्ठभूमि और आकर्षक दृश्य थे। इस प्रकार ‘पूरब और पश्चिम’ ‘उपकार’ की ध्वजारोहक उत्तराधिकारी सिद्ध हुई। ‘पूरब और पश्चिम’ ने दिल और दिमाग़ दोनों पर ही गहरा असर करते हुए भारतीय होने के गौरव का अहसास कराया। इस फ़िल्म के बारे में अपनी यादों को समेटते हुए प्राण उल्लेख करते हैं कि मैं “पूरब और पश्चिम’ को अपने कैरियर की अविस्मरणीय फ़िल्मों में एक मानता हूं।”

‘शहीद’, ‘उपकार’ तथा ‘पूरब और पश्चिम’ में उत्कृष्ट कार्य करने के बावज़ूद प्राण ने लगभग तीस वर्षों तक मनोज कुमार निर्देशित किसी फ़िल्म में अभिनय नहीं किया। ऐसा क्यों हुआ इसकी चर्चा हम लोग कुछ अध्यायों के बाद करेंगे।

नाटकीय अभिनय से हास्य भूमिकाओं की ओर परावर्तन अधिकांश अभिनेताओं के लिए आसान नहीं होता है।

हिन्दी फ़िल्मों में हर कलाकार की अपनी एक विशिष्ट छवि होती है और उसकी उसी छवि के अनुसार ही उसे भूमिकाएं मिलती है। प्राण के मामले में भी यही बात लागू होती थी। एक अत्यधिक सफल छवि को तोड़ कर नई छवि बनाना बड़ा ही चुनौतीपूर्ण व जोख़िम भरा कार्य था, मगर प्राण ने यह कार्य भी सफलता पूर्वक कर दिखाया।

उदाहरण के लिए एस. एस. बालन निर्देशित ‘लाखों में एक’ की चर्चा करें।[12] इस फ़िल्म में प्राण ने एक ट्रक ड्राइवर की भूमिका अदा की थी। यह फ़िल्म आज भी प्राण के अतुलनीय अभिनय के लिए याद की जाती है। इस बारे में एक अखबार ने यह राय प्रकट की–“लाखों में एक’ में प्राण का प्रदर्शन यह साबित करता है कि वे एक बेहतरीन हास्य कलाकार तो हैं ही साथ ही जब वे भांगड़ा नाचते हैं तो बहुत कम ही लोग उनके सामने ठहर पाते हैं। अपनी अभिनय क्षमता के विस्तृत दायरे के कारण वास्तव में वे खुद भी लाखों में एक ही हैं!”

इस अभिनेता ने बरसों की साधना से अपनी कला को तराश कर निख़ारा और परिपक्वता प्राप्त की! इनका प्रदर्शन इतना उत्कृष्ट होता था कि सूक्ष्म दोष दर्शी आलोचक को भी उनके प्रदर्शन में कोई भी त्रुटि या कमी ढूंढने में बड़ी कठिनाई होती थी।

आइए, अब एस. नूर द्वारा निर्मित व एस.एम. सागर द्वारा निर्देशित फ़िल्म ‘अधिकार’ में प्राण के प्रदर्शन पर ग़ौर करें।[13] इस फ़िल्म में अशोक कुमार की

12. 1971 में रिलीज हुई।

13. अधिकार भी 1971 में रिलीज हुई।

मुख्य भूमिका थी। हिन्दी पत्रिका माधुरी ने प्राण द्वारा की गई एक बुरे व्यक्ति की भलाई की प्रशंसा करते हुए उनके प्रदर्शन के बारे में लिखा–"प्राण ने इस फ़िल्म में अच्छी भूमिका की है। ऐसा लगता है कि वह किरदार खास तौर से उन्हीं के लिए गढ़ा गया है। उनका आचरण ओर बोलने का तरीका अस्वाभाविक लगता है। उनकी स्टाइल तो जमती है मगर वाक् शैली अजीब सी लगती है। उन्हें बड़े दमदार डॉयलाग मिले जिनकी बदौलत उन्होंने दर्शकों की तालियां बटोरी!"

साफ़ जाहिर है कि इन पंक्तियों का लेखक भोपाल की तरफ बोली जाने वाली हिन्दी भाषा से वाक़िफ़ नहीं था। मगर प्राण के प्रशंसको ने प्राण द्वारा चित्रित बन्ने खां भोपाली को बहुत पसंद किया।

नई दिल्ली से प्रकाशित प्रमुख अंग्रेज़ी दैनिक हिन्दुस्तान टाइम्स के समीक्षक ने मुहावरेदार भाषा में प्राण के प्रदर्शन की प्रशंसा में लिखा–"प्राण तेरा जवाब नहीं!"[14]

उस अखबार द्वारा किसी अभिनेता को इतना महत्त्व देना बिल्कुल नई बात थी, मगर जिसने भी यह फ़िल्म देखी वह मान गया कि प्राण सचमुच इस प्रशंसा के हक़दार हैं।"

अब प्राण ने अपनी बुरे व्यक्ति की छवि को पूरी तरह उतार फेंका और सफल चरित्र अभिनेता बन कर अपनी नाटकीय अभिनय क्षमता के विस्तृत व व्यापक प्रदर्शन में जुट गए।

तीन प्रमुख दैनिक पत्रों ने 'अधिकार' की समीक्षा का शीर्षक ही प्राण के प्रदर्शन की प्रशंसा करते हुए लिखाः–

टाइम्स ऑफ इंडिया–'बुरे व्यक्ति के लिए थ्री चियर्स'। इंडियन एक्सप्रेस–'प्राण अब नई छवि में'। स्टेट्समेन (कलकत्ता)–'प्राण ने एक बार फिर सिद्ध कर दिया कि वे एक प्रवीण अभिनेता हैं!'

---

14. यानी प्राण तुम अद्वितीय हो!

7

प्राण जिस कौशल से इतनी तरह के विभिन्न किरदारों को अभिनीत कर रहे थे उससे यह स्पष्ट हो गया कि वे अपने कैरियर के उस महत्त्वपूर्ण स्तर पर पहुंच गए हैं जहां हर अच्छे अभिनेता को अपनी उत्तमता सिद्ध करने के लिए पहुंचना अनिवार्य हो जाता हैं।

फिर आई–'धर्मा'।[15] प्राण ने इस फ़िल्म में धर्मा की शीर्षक भूमिका अदा की थी, जो एक डाकू था और नवाब[16] का भेष बना कर पुलिस के आला अधिकारी के पड़ोस में रहता था और उससे दोस्ताना सम्बन्ध रखते हुए रोज उससे मिलता था। इस फ़िल्म में प्राण बिन्दु पर एक ज़बरदस्त कव्वाली फ़िल्माई गई थी–"राज़ की बात कह दूं तो जाने महफ़िल में फिर क्या हो, इशारों को अगर समझो राज़ को राज़ रहने दो।"[17]

इस लोकप्रिय कव्वाली को सोनिक-ओमी के संगीत निर्देशन में मोहम्मद रफी और आशा भोसले ने गया था। इसके बाद फ़िल्मों में कव्वाली का प्रचलन फिर से शुरू हो गया।

1974 में पत्रकार उमाराव ने बताया कि–"मैं 'धर्मा' देख रही थी। जैसे ही यह कव्वाली शुरू हुई, मैने देखा कि सारे दर्शक पूरे जोश के साथ स्वच्छन्दता से प्राण का साथ देने लगे। दर्शकों का उत्साह देखते ही बनता था। दर्शकों की ऐसी प्रतिक्रिया इससे पहले मैने सिर्फ़ एक ही बार देखी थी, जब फ़िल्म 'दुश्मन'[18] में राजेश खन्ना पर फ़िल्माई गई कव्वाली–'वादा तेरा वादा, वादे पे तेरे मारा गया बंदा मैं सीधा-सादा' पर्दे पर आई थी।

दर्शकों की जैसी दीवानगी इस गाने में देखने को मिली, 'धर्मा' में प्राण के लिए भी दर्शकों की दीवानगी इससे कुछ कम नहीं रही थी। यह देख कर मैं तो

---

15. धर्मा 1973 में प्रदर्शित हुई।

16. डकैत।

17. इस प्रसंग की सार्थक चर्चा इस पुस्तक की प्रस्तावना में हुई है।

18. निर्माता प्रेमजी और निर्देशक दुलाल गुहा की फिल्म 'दुश्मन' 1971 में प्रदर्शित हुई थी। इसके प्रमुख सितारे थे - राजेश खन्ना, मीना कुमारी, मुमताज और बिन्दु।

एकदम अचम्भित रह गई। एक जवान नायक तो अपनी मुस्कान या किसी अन्य अदा से दर्शकों पर ऐसा जादू चला सकता है, मगर एक अधेड़ उम्र के चरित्र अभिनेता के लिए यह कार्य कठिन है, लेकिन प्राण ने यह करिश्मा कर दिखाया! इसीलिए मैं उन्हें सुपर स्टार कहती हूं।"[19]

एक नायक, खलनायक, चरित्र अभिनेता और अब सुपर स्टार—प्राण ने अपने तीस वर्षों के कैरियर में बहुआयामी कार्य करते हुए काफ़ी कुछ हासिल किया!

उनकी आगामी सफल फ़िल्मों की शृंखला ने जाहिर कर दिया वे अभी सुस्ताने वाले नहीं है। अभी उन्हें बहुत कुछ करना है।

---

19. 'स्टारडस्ट' फरवरी 1974 में प्रकाशित 'प्राण - एक सुपर स्टार एट 54' शीर्षक लेख।

21

विक्टोरिया न. 203 पर सवार राजा और राणा

1

फ़िल्म उद्योग पर गहराई से गौर करने पर एक रोचक बात सामने आती है कि नए चलन की अधिकांश फ़िल्में आर्थिक संकट से उबरने के लिए बनी। जिस तरह एक जुआरी एक बाज़ी हारने पर दूसरी बाजी इसी आशा के साथ खेलता है कि शायद किस्मत इस बार उसका साथ दे, लगभग यही मनोदशा एक फ़िल्म के फ़्लाप होने पर शीघ्र ही दूसरी फ़िल्म शुरू करते समय एक निर्माता की होती है। इनमें से कुछ ही निर्माता ब्रज सदाना1 की तरह भाग्यशाली होते हैं, वास्तव में किस्मत जिनका साथ देती है और उनका बुरा वक्त पलट जाता है।

1971 में प्रदर्शित अपनी फ़िल्म 'कठपुतली' की असफलता के बाद निर्माता, निर्देशक ब्रज सदाना ने कुछ नई तरह की फ़िल्म बना कर इससे हुए घाटे की भरपाई करने की रणनीति के तहत 'विक्टोरिया न. 203' शुरू की।

के. ए. नारायण द्वारा लिखी गई यह कहानी एक गरीब व निर्दोष गाड़ीवान की थी। जिसे कत्ल के झूठे इलज़ाम में फंसा दिया जाता है। उसकी एक जवान बेटी भी थी, जो अपनी आजीविका चलाने के लिए, लड़के का भेष बना कर अपने पिता की विक्टोरिया चलाती थी।

इस तरह यह एक बंधे-बंधाए ढर्रे पर चलने वाली साधारण कहानी बन रही थी। कुछ मज़ेदार मसाला भरने के लिए इसमें, 1955 की हॉलीबुड की फ़िल्म We're no angels की तर्ज़ पर, अच्छी सीरत के दो चोरों, राजा और राणा का समावेश किया गया। इस प्रकार नया आकार ले रही इस कहानी में कुछ भावुकता भरने के लिए नारायण ने राणा को नायक (नवीन निश्चल) का बरसों पहले बिछुड़ा हुआ पिता बना दिया।[2]

निर्माता ब्रज राजा और राणा की भूमिका में अशोक कुमार और प्राण की जोड़ी को लेने का निर्णय पहले ही कर चुके थे और कौन सा किरदार किस कलाकार द्वारा निभाया जाएगा इसकी धारणा भी उन्होंने अपने दिमाग़ में बना रखी थी। पर अब राणा के साथ यह नया आयाम जुड़ने पर इन्हें शंका हुई कि कहीं दोनों ही कलाकार वही भूमिका अदा करने की इच्छा न प्रकट कर दें। अतः ब्रज और उनके भाई चन्दर, जो इस फ़िल्म में उनके सहायक थे, दोनों प्राण के पास गए और उन्हें पूरी कहानी सुनाई तो प्राण ने वही भूमिका अदा करने की इच्छा जताई जो इन दोनों भाइयों ने उनके लिए सोच रखी थी! मगर, उन्होंने प्राण से कोई बात तय नहीं की, क्योंकि अभी इन्हें दादामोनी से मिल कर उनकी भी इच्छा जाननी थी। फिर इन्होंने दादामोनी के पास जाकर उन्हें भी पूरी कहानी सुनाई तो उन्होंने भी वही भूमिका चुनी जिसकी धारणा इन्होंने उनके लिए बना रखी थी।

इस प्रकार दोनों कलाकारों द्वारा स्वयं ही उनके लिए सोची गई भूमिकाओं का चयन करने से सारा असमंजस अपने आप ही समाप्त हो गया![3]

'विक्टोरिया न. 203 अभिनेताओं (अशोक कुमार और प्राण) के बीच

---

2. इसी शीर्षक से एक और फिल्म 1989 में बनी मगर इसमें मूल फिल्म की तरह तीन भगोड़े न होकर दो ही थे जिनकी भूमिका रॉबर्ट डी नीरो तथा सीन पेन ने निभाई थी।

3. विक्टोरिया न. 203 में नायक-नायिका सायरा बानो और नवीन निश्चल थे।

अभिनय में तालमेल और सामंजस्य का श्रेष्ठ उदाहरण है।[4] अशोक कुमार और प्राण इससे पहले भी कई फ़िल्मों में एक साथ अभिनय कर चुके थे, मगर अधिकांश में विपरीत भूमिकाओं में आमने-सामने थे—अशोक कुमार नायक और प्राण खलनायक।

जब इस फ़िल्म में ब्रज ने उन्हें पहली बार दो दोस्तों की जोड़ी बनाकर हास्य भूमिका में पर्दे पर पेश करने की पेशकश की तो दोनों खुशी-खुशी तैयार हो गए और इतना बेहतरीन प्रदर्शन किया कि फ़िल्म की सफलता में सबसे बड़ा योगदान इन्हीं का माना गया।

प्राण अशोक कुमार से पहली बार बोम्बे टाकीज[5] में मिले थे, जब उन्हें लाहौर छोड़ने के बाद, लम्बी बेकारी झेलने के बाद बोम्बे में पहली फ़िल्म 'ज़िद्दी'[6] मिली थी। हालांकि उस फ़िल्म में अशोक कुमार ने अभिनय नहीं किया था।

बाद में जब 'अफ़साना' में प्राण को पहली बार अशोक कुमार के साथ काम करने का मौका मिला तो वे क़ाफ़ी घबड़ा रहे थे। वे फ़िल्म के निर्देशक बी.आर चोपड़ा के पास जा कर बोले, 'अशोक जी न केवल बड़े सितारे हैं बल्कि पढ़े-लिखे बी. ए. पास ग्रेजुएट भी हैं। उनके साथ काम करने में घबराहट सी हो रही है, मुझे क्या करना चाहिए?' चोपड़ा जी ने उन्हें विश्वास दिलाया कि,—'डरो मत, उनसे एक बार मिलो सब ठीक हो जाएगा, आओ मैं तुम्हें उनके पास ले चलता हूं।' उन्होंने प्राण को अपने साथ ले जाकर अशोक कुमार से उनका परिचय कराया। अशोक कुमार प्राण की घबराहट भांप गए और उसे दूर करने के लिए उन्होंने प्राण का हाथ थाम लिया और काफ़ी देर तक थामे रखा। प्राण को महसूस हुआ कि जैसे अशोक कुमार उनका हाथ थामकर, उनमें ऊर्जा संचारित कर रहे हैं। फिर अशोक कुमार की अनौपचारिक व स्नेहसिक्त बातचीत से प्राण की सारी घबराहट दूर हो गई। उन्हें लगा कि वे इस तरह बात कर रहे हैं जैसे उनमें कितनी ही पुरानी मित्रता है। उसी दिन वे दोनों मित्र बन

---

4. अशोक कुमार और प्राण तब तक 16 फ़िल्मों में एक साथ अभिनय कर चुके थे।

5. अशोक कुमार बोम्बे टाकीज से लम्बी अवधि तक सम्बद्ध रहे किन्तु ज़िद्दी में उन्होंने अभिनय नहीं किया था।

6. ज़िद्दी 1948 में रिलीज हुई।

गए और 10 दिसंबर 2001 को अशोक कुमार की मृत्यु पर्यंत दोनों में घनिष्ट मैत्री सम्बन्ध बने रहे। इन दोनों में इतनी आत्मीयता थी कि अशोक कुमार कहते कि वे बाथरूम में होने पर भी टी.वी. पर प्रसारित हो रही प्राण की फ़िल्म को उनकी आवाज़ से ही पहचान लेंगे!

इन दोनों की मैत्री को फ़िल्म जगत में चिरस्थाई माना जाता था। अशोक कुमार प्राण को इतने प्रिय इसलिए थे कि, वे कभी किसी की बुराई नहीं करते थे। यदि कोई उनकी सहनशक्ति के परे तंग कर देता और वे सचमुच उसके बारे में कुछ कहने को मजबूर हो जाते तो इतना ही कहते कि,–"प्राण, इस व्यक्ति से सावधान रहना और ज़रा दूर ही रहना। उनकी भाषा में यह किसी व्यक्ति को धिक्कारने की अधिकतम सीमा थी!"

'विक्टोरिया नं. 203 में कहानी तो थी मगर स्क्रिप्ट नहीं लिखी गई थी। कारण? बैठकर लिख लेने के लिए समय नहीं था!

ब्रज तथा चन्दर सदाना 'कठपुतली'7 की असफलता से आर्थिक समस्याओं से घिर गए और इससे उबरने के लिए उन्हें एक महीने के अन्दर ही दूसरी फ़िल्म शुरू करनी थी और इतने कम समय में स्क्रिप्ट नहीं लिखी जा सकती थी!

जब सदाना बन्धुओं ने इन दोनों को इस फ़िल्म का प्रस्ताव दिया था, उस समय ये दोनों बड़े नामी सितारे थे, मगर उन्हें लगा कि इस फ़िल्म में उनके लिए अपनी रचनात्मक प्रतिमा के प्रदर्शन के पर्याप्त अवसर हैं तथा प्राण ने नए निर्माता-निर्देशकों को स्थापित करने के लिए छोटे या बड़े बैनर की परवाह किए बगैर उनकी पूरी मदद करने का उसूल बना रखा था। इसके लिए वे केवल अपनी भूमिका की रोचकता पर ध्यान देते ताकि उसे अविस्मरणीय बना सकें।

2

इस तरह आसान शुरूआत के साथ इस फ़िल्म की शूटिंग शुरू हुई। प्राण बताते हैं,–"दादामोनी और मैं सेट पर बैठ कर अपने डायलॉग लिखते। दादामोनी

---

7. 1971 में प्रदर्शित फिल्म 'कठपुतली' के नायक-नायिका थे - जीतेन्द्र और मुमताज।

अपनी बाल सुलभ हरक़तों व शरारतों से सबको छेड़ते व तंग करते, मगर कोई उनका बुरा नहीं मानता।”

चन्दर सदाना याद करते हैं,–“इस फ़िल्म को बनाने में बड़ा मजा आया। दादामोनी और प्राण साब के बीच काफ़ी मैत्रीपूर्ण प्रतिस्पर्धा रहती । इन दोनों ने फ़िल्म में काफ़ी चुटकियां भर दी। उदाहरण के लिए–‘एक दृश्य में दोनों एक नाव में बंधे हुए हैं और नाव डूब रही है। खलनायक अनवर हुसैन ने उन्हें डुबाने के लिए नाव में छेद कर दिया था। अशोक कुमार को हर समय शराब पीने की आदत थी। प्राण उनसे पूछते हैं,–“तुम्हारी बोतल कहां है?” वे बताते हैं–“पिछली जेब में हैं।” प्राण मुंह से बोतल निकाल कर उसे तोड़ देते हैं और टूटे हुए हिस्से से रस्सी काटते हैं। यह एक रोमांचक दृश्य था, मगर इन दोनों ने इसमें भी चुटकी भर दी। वो इस तरह–अपने दोनों हाथ खुल जाने पर भी अशोक कुमार बोतल को मुंह से पकड़ कर ही रस्सियां काटते हैं!”

इस तरह हर दृश्य में उन्होंने किसी न किसी तरह चुटकी भर दी।’

इस फ़िल्म में अशोक कुमार और प्राण ने दो चोरों, राजा और राणा की भूमिका अदा की थी। जेल से छूटने पर दोनों दुबारा जेल जाने जैसा काम न करने की कसम खाते हैं। शीघ्र ही वे लोग म्यूजियम से हीरे चोरी होने की ख़बर पढ़ते हैं। इसके बाद एक लाश के विग से उन्हें एक चाबी मिलती है। इसके ताले की तलाश करते हुए ये काफ़ी मनोरंजक गाना गाते हैं। यह गीत वर्मा मलिक ने लिखा, कल्याणजी आनन्दजी ने संगीतबद्ध किया और किशोर कुमार तथा महेन्द्र कपूर ने गाया थाः–

“दो बेचारे बिना सहारे,
देखो पूछ-पूछ कर हारे
बिना ताले की चाबी लेकर
फिरते मारे-मारे
मैं हूं राजा ये है राना
मैं दीवाना ये मस्ताना
दोनों मिलकर गाएं गाना,
ओ हसीना.....ओ जरा रूक जाना!”

तलाश करते-करते उन्हें पता चलता है कि हीरों का ख़जाना एक किराए की विक्टोरिया (घोड़ा गाड़ी) में है। हीरों तक पहुंचने की चेष्टा में कई साहसिक कारनामे करते हुए वे दोनों नायिका सायरा बानू से मिलते हैं, जो अपने पिता की अनुपस्थिति में लड़के के भेष में वो किराए की विक्टोरिया चलाती थी जिसमें हीरों का खज़ाना छुपा था।

यह एक रहस्य, रोमांच, अपराध भरी एक्शन फ़िल्म थी जिसमें ब्रज ने इन दो किरदारों का समावेश करके गुदगुदाने वाला हास्य भी भर दिया। ब्रज अपनी फ़िल्मों में रोमांच भरने में माहिर थे साथ ही इन दो गुणी कलाकारों ने अतिरिक्त मसाला भर कर फ़िल्म को और भी मज़ेदार बना दिया। अशोक कुमार और प्राण की अद्भुत जोड़ी ने फ़िल्म को अपने ही बूते पर चला कर इसे साधारण से असाधारण बना दिया!

ब्रज ने इन दोनों महान कलाकारों के साथ अच्छा तालमेल बनाकर काम किया। प्राण उनकी कार्य शैली के बारे में बताते हैं,"ब्रज ने हमारे काम मे नवीनता लाने का हमें पूरा मौका दिया। वे आम प्रचलित पद्धति से दृश्य का संयोजन करके हम दोनों से सलाह-मशविरा करते और उसे बेहतर बनाने की चेष्टा करते। फिर उस दृश्य का सारा दारोमदार दादामोनी और मुझ पर छोड़ देते। हम दोनों उसकी विस्तृत विवेचना करते और कैमरे के सामने सहजता से कार्य करते हुए उसे और भी मज़ेदार बना देते! जिस चंचल और मुखर हास्य के साथ हम लोगों ने अपनी भूमिकाएं अदा की, हम अपना उदेश्य प्राप्त करने में सफल रहे। जब फ़िल्म प्रदर्शित हुई तो दर्शकों का हंसते-हंसते बुरा हाल हो गया!"

प्राण की बात का समर्थन करते हुए एक पत्रकार ने बताया कि, "मैने बोम्बे के सन एंड सैंड होटल में 'विक्टोरिया नं. 203' की शूटिंग के दौ. रान देखा कि ब्रज प्राण के साथ एक दृश्य की विवेचना कर रहे थे। ऐसा लग रहा था कि ब्रज के सुझावों से दादामोनी सहमत नहीं थे। ब्रज ने उन्हें उस शॉट की महत्ता समझाने की कोशिश की, मगर वे सन्तुष्ट नहीं हुए थे। तब ब्रज ने निराश होकर प्राण की तरफ बड़ी आशा भरी नजरों से देखा।

प्राण अशोक कुमार के पास जा कर बोले,–'दादामोनी यह शॉट महत्त्वपूर्ण है।' इसके बाद किसी तर्क या शंका की आशंका नहीं रही और अशोक कुमार तुरन्त उस शॉट के लिए तैयार होते हुए बोले,–'ठीक है, हम लोग इसे करेंगे।' उन दोनों ने शॉट की विवेचना करके एक रिहर्सल की तो उन्हें लगा कि कहीं कुछ कमी है, तो उन्होंने दुबारा आपस में सलाह करके उसे दुरुस्त किया और कैमरे और लाइट की सैटिंग बदल कर शॉट पूरा किया!" अशोक कुमार अपने किरदार के आन्तरिक भावों को दिखाना ज़्यादा पसन्द करते थे। वे शारीरिक रूप पर उतना ध्यान नहीं देते, जितना प्राण देते थे। अपनी अधिकांश फ़िल्मों में अशोक कुमार लगभग एक ही जैसे दिखाई दिए वहीं दूसरी ओर प्राण अपने वास्तविक जीवन में मिलने-जुलने वालों तथा आम लोगों के आकार-प्रकार, हाव-भाव, वेश-भूषा आदि पर पूरा ध्यान देते और मौक़ा पड़ने पर उसका उपयोग अपने किसी किरदार के लिए कर लेते। इस फ़िल्म में दोनों ने अपनी छवि के विपरीत कार्य किया। प्राण नायक के बिछड़े हुए पिता थे और अपेक्षाकृत गम्भीर थे, मगर उनके जेल के दिनों के मित्र और साथी अशोक कुमार चंचल स्वभाव तथा शराब और शबाब के शौकीन थे। अधिकतर फ़िल्मों में प्राण लड़कियों के पीछे पड़े रहते और किसी को उन्हें रोकना पड़ता, मगर इस फ़िल्म में अशोक कुमार लड़कियों के पीछे भागते और प्राण उन्हें रोकने की कोशिश करते!"

3

अपनी मृत्यु से कुछ माह पहले अशोक कुमार ने एक विशेष साक्षात्कार में फ़िल्म 'विक्टोरिया नं. 203' तथा अपने मित्र और सहअभिनेता प्राण के बारे में बताया,–"प्राण के साथ काम करने में बड़ा मज़ा आता था। जैसा कि आप जानते हैं आजकल सभी अभिनेताओं को बड़ा अहंकार होता है। मगर सबसे जुदा है प्राण का अंदाज़–उन्हें अपनी प्रतिभा व क्षमता का भान भी था और गर्व भी, मगर घमंड नहीं था। उनकी भावना सकारात्मक थी और वे उसका रचनात्मक उपयोग करके अपनी फ़िल्मों को बेहतर बना देते। उन्होंने कभी

किसी बड़े से बड़े या छोटे से छोटे व्यक्ति को भी नीचा दिखाने की कोशिश नहीं की।

'जब मैंने शुरू में लिखी गई 'विक्टोरिया न. 203' की कहानी सुनी और देखा कि ब्रज को फ़िल्म बनाने की बड़ी ज़ल्दी है तो मैने उसे प्रोत्साहित करते हुए कहा 'तुम आगे बढ़ो बाकी प्राण और मुझ पर छोड़ दो।'

जब इस फ़िल्म की शूटिंग शुरू हुई तो यह समझ में आया कि यह फ़िल्म नई तरह की चुनौती है। यह चुनौती नकारात्मक प्रतिद्वन्द्विता नहीं थी कि देखें कौन अच्छा काम करता है—अशोक कुमार या प्राण।

'नहीं, चुनौती से अधिक यह अवसर था एक बड़े ही प्रतिमाशाली अभिनेता के साथ तालमेल बैठा कर काम करने का!"

अशोक कुमार के साथ तालमेल व जोड़ी बना कर काम करने के अपने अनुभव के बारे में प्राण का कहना है,—"दादामोनी के साथ काम करने में हमेशा आनन्द आया। मैंने उनसे काफ़ी कुछ सीखा।

'अधिकार' तथा 'आंसू बन गए फूल' में भी हम दोनों की भूमिकाएं अविस्मरणीय थीं, मगर 'विक्टोरिया नं. 203' में हमारी जोड़ी बेमिसाल थी। हमारी शुरू की साथ की फ़िल्मों में हम दोनों आमने-सामने एक दूसरे के मुतकाबिल थे—नायक और खलनायक। बाद में कुछ फ़िल्मों में हम दोनों ने सहायक भूमिकाएं भी निभाई। मगर 'विक्टोरिया न. 203' में हम शुरू से आखिर तक जोड़ी बना कर साथ-साथ रहे। पूरी फ़िल्म में कुछ ही क्षण ऐसे थे जिनमें हम दोनों जुदा हुए हों।"

5

अशोक कुमार और प्राण दोनों ने ही 'विक्टोरिया नं. 203' में किए गए अपने प्रदर्शन के लिए समीक्षकों की प्रशंसा पाई। मगर वे दोनों ही अपने उत्कृष्ट सामंजस्य युक्त प्रदर्शन का श्रेय एक-दूसरे को देते थे।

फ़िल्म की रजत जयन्ती के बाद टी. वी पर दिए गए एक साक्षात्कार में प्राण ने दृढ़ता से घोषित किया कि, "दर्शकों और समीक्षकों दोनों ही द्वारा प्रशंसित

हमारे प्रदर्शन का श्रेय दादामोनी को दिया जाना चाहिए क्योंकि हमारे दृश्यों के डायलॉग भी उन्होंने ही लिखे थे!"

इसके जबाब में प्रमोद चक्रवर्ती की फ़िल्म 'नया जमाना' की रजत जयन्ती समारोह में अशोक कुमार ने कहा कि,"विक्टोरिया नं 203' की सफलता का श्रेय प्राण मुझे अनावश्यक रूप से ही दे रहे हैं, मैंने कुछ नहीं किया था। कौन कहता है कि मैंने हमारे दृश्यों के डायलॉग लिखे थे। यह बेकार की बात है, मैं तो हर समय सोया रहता था, उस समय प्राण ही हमारे डायलॉग लिख देते थे! मैं तो बस प्राण के लिखे हुए डायलॉग बोलता था। अब वह टी. वी. पर दुनिया को बता रहा है कि मैंने सब कुछ किया है इसका मतलब यह नहीं कि मैंने ही किया है। सारा श्रेय प्राण को और साथ ही साथ निर्देशक ब्रज को जाता है।"

फ़िल्म की नायिका सायरा बानू इस विषय पर अपना फैसला देती हुई कहती है—"यदि हम लोग 'विक्टोरिया नं 203' के सुपरहिट होने का कारण या सफल फ़िल्म बनाने का फार्मूला जान जाते तो हर फ़िल्म में धन की वर्षा हो जाती। मेरी समझ में इस फ़िल्म की सफलता का कारण ब्रज जी का चतुराई पूर्वक किया गया पात्रों का, चुनाव और उनका उपयोग तथा दादामोनी और प्राण साब की उत्कृष्ट अदाकारी है!"

प्राण बताते हैं, "हम दोनों में ग़ज़ब की टैलीपेथी थी—जब दादामोनी को डायलॉग याद करने के लिए डायलॉग लिखा हुआ काग़ज़ दिया जाता तो वे उसे हटाते हुए कहते—'मुझे इसकी ज़रूरत नहीं है। प्राण जो भी करेगा, मैं भी कर लूंगा।' इस फ़िल्म के अधिकतर डायलॉग सैट पर ही लिखे या ठीक किए गए थे! दादामोनी कोई वाक्य शुरू करते तो उसे मैं पूरा कर देता या फिर मैं कोई वाक्य शुरू करता तो उसे दादामोनी पूरा कर देते। इस तरह का आदान-प्रदान आपने पर्दे पर कभी नहीं देखा होगा और इसके परिणाम भी अद्भुत रहे!"

फ़िल्म ने हर जगह सफलता के झण्डे गाड़े और गोल्डन जुबली हिट रही। यह फ़िल्म एक मनोरंजक फ़िल्म के रूप में आज भी याद की जाती है क्योंकि यह दर्शकों का भरपूर मनोरंजन करने में सफल रही।

अशोक कुमार और प्राण की जुगलबन्दी की सफलता साबित करती है कि एक और एक ग्यारह होते हैं!

22

'बेईमान का विवाद': सिद्धान्त का सवाल

1

फ़िल्म अवार्ड शुरू से ही कलाकारों और दर्शकों, दोनों के लिए ही उत्सुकता का कारण तथा अवार्ड समारोह एक बड़ा उत्सव व खास समाचार बनते रहे हैं। आजकल तो विभिन्न संगठनों संस्थाओं, पत्रिकाओं, टीवी चैनलों आदि द्वारा दर्जनों समारोह आयोजित करके अनेक नामों से अवार्ड दिए जा रहे हैं। मगर पचास से अस्सी के दशक तक टाइम्स ऑफ इंडिया ग्रुप की पाक्षिक पत्रिका फ़िल्मफ़ेयर द्वारा दिए जाने वाले अवार्ड को ही सर्वाधिक प्रतिष्ठामूलक माना जाता था और केवल इसी अवार्ड पर सभी की निगाहें टिकी रहती और हर कलाकार इसे पाने की तमन्ना रखता।

जिस दौर में बड़े से बड़े फ़िल्मी सितारे भी फ़िल्मफ़ेयर अवार्ड को पाकर गौरवान्वित होते व धन्यता का अनुभव करते, उस दौर में फ़िल्मफ़ेयर अवार्ड को ठुकराने की बात तो कोई सोच भी नहीं सकता था।

अतः जब 1973 में फ़िल्मफ़ेयर अवार्ड को ठुकराने की घटना घटी तो यह समाचार पत्रों की सुर्खियों में छा गई और सर्वत्र चर्चा का विषय बन गई।

यह मामला था 1973 में प्राण द्वारा फ़िल्म 'बेईमान'[1] में एक सिपाही की भूमिका में किए गए उनके उत्कृष्ट प्रदर्शन के लिए उन्हें दिए जा रहे फ़िल्मफ़ेयर अवार्ड को उनके द्वारा ठुकराने का!

बेइमान फ़िल्म में प्राण इस रूप में दिखे

फ़िल्मफ़ेयर अवार्ड को ठुकराने की घटना पहली बार ही नहीं घटी थी। इससे पहले भी वैजयन्तीमाला और के. आसिफ इसे लेने से इनकार कर चुके थे। मगर इन दोनों ने ही इसे व्यक्तिगत कारणों से ठुकराया था, जबकि प्राण ने इसे सिद्धान्त के आधार पर ठुकराया, जिससे वे स्वयं नहीं बल्कि कोई और ही सम्बद्ध थे।

वैजयन्तीमाला ने विमल राय की 'देवदास'[2] के लिए श्रेष्ठ सहायक अभिनेत्री का अवार्ड लेने से इनकार कर दिया था क्योंकि उनका मानना था कि वे 'देवदास' की नायिका थी, न कि सहायक अभिनेत्री।

इसी तरह के. आसिफ़ की 'मुग़ले आजम'[3] को 1960 की श्रेष्ठ फ़िल्म घोषित किया गया मगर उन्हें श्रेष्ठ निर्देशक का अवार्ड न दिए जाने पर उन्होंने श्रेष्ठ फ़िल्म का पुरस्कार भी ग्रहण नहीं किया।

मगर प्राण का मामला इन दोनों से भिन्न था उन्होंने स्वयं अपने नहीं बल्कि

---

1. निर्माता-निर्देशक सोहन लाल कंवर की फ़िल्म बेइमान 1972 में आई थी।
2. विमल रॉय की देवदास 1956 में रिलीज हुई थी, वैजयन्ती माला ने चन्द्रमुखी की भूमिका की थी! सुचित्रा सेन ने पारो की। शरदचन्द्र कृत उपन्यास की नायिका पारो थी।
3. मुग़ले आज़म के निर्माता निर्देशक के. आसिफ़ थे। कोई फ़िल्म निर्देशक की संकल्पना ही होती है।

किसी और के साथ हो रहे अन्याय के विरोध में अपने उसूलों के आधार पर यह अवार्ड ठुकराया था।

उनके इस क़दम से फ़िल्म उद्योग में शीघ्र ही गरमा-गरम बहस छिड़ गई। कुछ लोगों को लगता था कि प्राण ने यह सब महज़ प्रचार पाने के लिए किया है जब कि अधिकांश मान रहे थे कि यदि प्रचार पाने का ही उद्देश्य होता तो वे अवार्ड समारोह में जाकर दर्शकों के समक्ष अपना पक्ष रखकर अवार्ड ठुकराते तब उन्हें अपेक्षाकृत अधिक प्रचार के साथ-साथ दर्शकों की प्रत्यक्ष प्रशंसा भी मिलती।

प्राण द्वारा यह अवार्ड लेना नामंजूर करने का जो भी कारण रहा हो, उन्होंने इसे एक सशक्त मुद्दा बनाकर उस वर्ष के फ़िल्मफ़ेयर अवार्ड के बारे में निश्चित रूप से फ़िल्म जगत के अधिकांश लोगों की राय उजागर कर डाली।

प्राण ने अपना अवार्ड अस्वीकार कर अवार्ड प्रदाता अधिकारियों में और अधिक जागरूकता की आवश्यकता पर बल दिया जिससे यह आम धारणा बनी कि भविष्य में ऐसे महत्त्वपूर्ण निर्णय लेने में और अधिक सावधानी बरतने की ज़रूरत है।

प्राण ने जिन दो व्यक्तियों के लिए फ़िल्मफ़ेयर अवार्ड ठुकराने का अप्रत्याशित व अकल्पनीय कदम उठाया, वे दोनों ही इस दुनिया से उठ चुके थे, मगर उन्होंने अपनी अद्‌भुत प्रतिभा से भारतीय सिनेमा में महत्त्वपूर्ण योगदान दिया था। वे दो व्यक्ति थे—कमाल अमरोही की बहुप्रतीक्षित फ़िल्म 'पाकीज़ा' के संगीतकार गुलाम मोहम्मद व नायिका मीना कुमारी।

2

'क्यों भाई', 'क्या फ़र्क पड़ता है': 'अपन को क्या करना'—इस तरह की प्रतिक्रियाएं आज उस घटना पर लोग दे सकते हैं। उस समय भी अधिकतर लोगों के सोचने का ढंग ऐसा ही था। मगर प्राण 'अधिकतर लोगों' में नहीं थे। उसूलों के पक्के, अच्छे संगीत के शैदाई तथा न्यायप्रिय प्राण अन्याय के सामने अकर्मण्य होकर चुप बैठने वालों में नहीं थे अतः अवार्ड के योग्य पात्र दोनों कलाकारों की मृत्यु हो गई तो क्या हुआ?

प्राण ने शिद्दत से महसूस किया कि अन्याय के खिलाफ़ आवाज़ उठानी चाहिए। अतः उन्होंने अपना अवार्ड अस्वीकार करने का निर्णय लिया जो कायरों के बीच एक साहसिक कदम था।

इस विवाद के कारण प्राण और फ़िल्मफेयर के तत्कालीन संपादक बी. के करंजिया के बीच हुए पत्राचार को इम्पा द्वारा समाचार पत्र के आकार में निकाले जा रहे जर्नल ऑफ फ़िल्म इंडस्ट्री में प्रकाशित किया गया।

जर्नल ऑफ फ़िल्म इंडस्ट्री के संपादक एस. कुमार ने पूरे प्रकरण पर टिप्पणी करते हुए लिखा–"इस हफ़्ते की सबसे बड़ी खबर है–प्राण द्वारा श्रेष्ठ सहायक अभिनेता का फ़िल्मफ़ेयर अवार्ड अस्वीकार करना। उनका मानना है कि श्रेष्ठ संगीतकार का अवार्ड 'पाकीज़ा' के लिए गुलाम मोहम्मद को ही मिलना चाहिए था। ऐसा लगता है समूचे फ़िल्म उद्योग ने उनके इस कदम का स्वागत व समर्थन किया है। श्रेष्ठ सहायक अभिनेता का अवार्ड अस्वीकार करके प्राण आज के हीरो बन गए।

मैंने इस बारे में प्राण साब और फ़िल्मफ़ेयर के सम्पादक करंजिया जी दोनों से ही बात की। दोनों ने अपने-अपने पक्ष में जो बातें कहीं वो मैं यहां उद्धृत कर रहा हूं।" अपनी बात जारी रखते हुए एस. कुमार कहते हैं,– "मैं कुछ दिन पहले दिल्ली में शमा-सुषमा अवार्ड समारोह में प्राण साब से मिला था। उन्होंने मुझसे कहा कि वे इस वर्ष घोषित फ़िल्मफ़ेयर अवार्ड से सहमत नहीं है। 'ठीक है, शंकर अच्छा संगीतकार है,[4] मगर इस वर्ष श्रेष्ठ संगीतकार का अवार्ड 'पाकीज़ा' के लिए स्व. गुलाम मोहम्मद को ही मिलना चाहिए था।'

मैंने पूछा–'करंजिया को ही दोष क्यों दें? वे तो जजों का फैसला मानने को

बाध्य हैं।' प्राण ने जबाव दिया–'जजों को कौन जानता है? हम तो मि. करंजिया को ही जानते हैं। अवार्ड पसंद किए जाने पर उन्हें ही प्रशंसा मिलती तो पसंद न किए जाने पर दोषी भी उन्हें ही ठहराया जाएगा।'

प्राण का कथन दर्शाता है कि उनका मि. करंजिया से कोई व्यक्तिगत द्वेष

---

4. शंकर (शंकर-जयकिशन की जोड़ी में एक) को 1972 में बेइमान के लिए श्रेष्ठ संगीतकार का पुरस्कार फ़िल्मफ़ेयर पुरस्कार से नवाज़ा गया, क्योंकि जयकिशन सितंबर 1971 में इस संसार को छोड़ चुके थे।

नहीं था, बल्कि उनका विरोध सिद्धान्त पर आधारित था। यदि प्राण ने मि. करंजिया को संबोधित करके पत्र लिखे तो केवल इसलिए कि उस समय करंजिया फ़िल्मफ़ेयर के कर्त्ताधर्ता थे और कोई कार्य सन्तोषपूर्ण न होने पर उन्हीं की जबावदेही होती।

एस. कुमार आगे बताते हैं कि जब प्राण उनसे दिल्ली में मिले थे तो केवल उस वर्ष के फ़िल्मफ़ेयर अवार्डस के चुनाव पर असन्तोष ही व्यक्त किया था। अपना अवार्ड अस्वीकार करने के बारे में उन्होंने कुछ भी नहीं कहा था। तब शायद उन्हें भी अंदाज़ा नहीं होगा कि नौबत यहां तक आ पहुंचेगी।"

प्राण ने फ़िल्मफ़ेयर अवार्ड समारोह से दो दिन पहले 19 अप्रैल 1973 को श्री करंजिया को एक व्यक्तिगत पत्र लिखा, जिसमें उन्होंने अपना पक्ष विस्तार से रखा–

प्रिय महोदय,

एक ऐसा अवार्ड जो इस बार निष्पक्ष और न्यायोचित ढंग से नहीं दिया जा रहा है, उसे स्वीकार करने पर, आज मैं जो कुछ भी हूं मुझे बनाने वाले फ़िल्म उद्योग के प्रति अपने कर्त्तव्य से विमुख हो जाऊंगा।

मैं यह निश्चित रूप से महसूस करता हूं कि श्रेष्ठ संगीतकार का अवार्ड 'पाकीज़ा' के संगीतकार गुलाम मोहम्मद को न देकर फ़िल्मफ़ेयर अवार्ड कमेटी उनके प्रति अन्याय कर रही है।

जब से इन अवार्डस की घोषणा हुई है मेरी आत्मा मुझे कचोट रही है और अब मैं और अधिक बरदाश्त नहीं कर पा रहा हूं।

यदि आप मुझे श्रेष्ठ सहायक अभिनेता की ट्राफी लेने की ज़हमत से मुक्त कर दें तो मैं आपका शुक्रगुजार हूंगा।

इस अवार्ड को अस्वीकार करके मैं आपका या मुझे वोट देने वाले असंख्य प्रशंसकों का अनादर नहीं करना चाहता, बल्कि उनका आभारी हूं।

आपको हुई असुविधा के लिए मुझे खेद है, मगर मुझे यह मंजूर नहीं कि एक फ़िल्मफ़ेयर ट्राफी (फ़िल्म 'बेईमान' के लिए) एकांत में मुझे घूर कर

यह याद दिलाए कि मैं भी किसी अन्याय में शरीक रहा हूं।

कृपया क्षमा करें।

प्राण

3

21 अप्रैल को सम्पन्न हुए फ़िल्मफ़ेयर अवार्ड समारोह की अगली सुबह तक सब कुछ शान्त था।

22 अप्रैल को सुबह एस. कुमार ने प्राण को टेलीफोन पर सूचना दी कि उनके द्वारा फ़िल्मफ़ेयर अवार्ड नामंजूर करने की अफ़वाह फैली हुई है, मगर कल समारोह में उनके नाम की घोषणा होने पर इस बात का कोई उल्लेख नहीं हुआ!

उन्होंने पूछा—'आपने समारोह में उपस्थित होकर दर्शकों के सामने ही अवार्ड अस्वीकार क्यों नहीं किया?'

प्राण ने जबाव दिया—'उन लोगों ने समारोह में मेरे पत्र का उल्लेख न करके अनुचित किया। लेकिन मैं वहां जा कर, दर्शकों के सामने अपना पक्ष रख कर, अवार्ड अस्वीकार करके समारोह के आयोजकों व मेज़बानों को अपमानित करना नहीं चाहता था। मैं जानता हूं कि वहां उपस्थित सभी लोग मेरे निर्णय की सराहना करते, मगर यह उचित नहीं होता। और यहां भी मैं किसी अशोभनीय कार्य का हिस्सा नहीं बनना चाहता था।'

जब उनके अगले कदम के बारे में पूछा गया तो प्राण ने एस.कुमार से उनके जर्नल में करंजिया को भेजा गया उनका पत्र छाप देने को कहा जिसे अब वे आम प्रेस में भी प्रकाशित करवाने जा रहे थे।

'इस पत्र को लोगों के ध्यान में जरूर लाना चाहिए'—प्राण ने ज़ोर देकर कहा।

एस. कुमार ने उस पत्र के साथ ही इस विषय पर प्राण के साथ अपने कुछ प्रश्नोत्तर भी प्रकाशित किए—

प्र.—'क्या आप यह पत्र पहले नहीं लिख सकते थे? जब पुरस्कार घोषित हुए तभी।'

उ.—'हम लोग अपने जीवन में बहुत सी चीजे नापसंद करते हुए भी बरदाश्त करते हैं। मगर एक समय ऐसा आता है जब हम और बरदाश्त नहीं कर पाते। किसी अनुचित कार्य को कुछ समय बरदाश्त करने का मतलब यह नहीं कि हम लोग उसे हमेशा ही बरदाश्त करते। हम लोग किसी ग़लती को ठीक करने का निर्णय ले सकते हैं या नहीं?'

प्र.—'हां, ले सकते हैं। मगर आपको यह निर्णय कुछ जल्दी लेना चाहिए था।'

उ.—'वास्तव में मुझे खुशी है कि यह निर्णय मैंने और पहले नहीं लिया। मेरे पत्र लिखने के बाद मेरे कुछ अच्छे मित्रों ने मुझ पर वह पत्र वापस लेने के लिए दबाव डाला। मगर अपने अच्छे मैत्रीपूर्ण सम्बन्धों के बावजूद मैंने उन्हें इनकार कर दिया।' यदि मैंने यह पत्र और पहले लिखा होता तो मेरे और अधिक मित्र मुझ पर अपना निर्णय बदलने व अपने ज़मीर के खिलाफ कार्य करने के लिए दबाव डालते और मेरे इनकार से उन सबकी भावनाएं आहत होती। अब दो ही दिनों में सारा काम हो गया तथा और बहस की गुंजाइश नहीं रही!'

एस. कुमार ने अपनी रिपोर्ट में आगे लिखा—'

इस रिपोर्टिंग ये पहले मैंने मि. करंजिया से बात की, उन्होंने समझाया कि इन अवार्ड्स का उद्देश्य श्रेष्ठ का सम्मान करने के साथ-साथ नवागतों का उत्साहवर्द्धन भी है। इसीलिए जजों ने श्रेष्ठ अभिनेत्री का अवार्ड स्व. मीना कुमारी की बजाए हेमा मालिनी ('सीता और गीता' के लिए) को देने का निर्णय लिया। श्रेष्ठ संगीतकार के मामले में भी जजों को यह लगा तो ज़रूर कि 'पाकीज़ा' का संगीत बहुत अच्छा है, मगर स्व. मीना कुमारी को अवार्ड न दिया जाने के कारण स्व. गुलाम मोहम्मद को भी अवार्ड नहीं दिया गया!'

मि. करंजिया की व्याख्या से लगा कि अवार्ड कमेटी मृत कलाकारों को अवार्ड देने के पक्ष में नहीं है। अतः मैंने पूछा—'आपने स्व. के. आर. रेड्डी को अवार्ड क्यों दिया?'

उन्होंने जबाव दिया—उनकी मृत्यु अवार्ड्स की घोषणा के बाद हुई थी।'—'और पिछले वर्ष जयकिशन को?' 'उनका मामला भिन्न है। वो अवार्ड शंकर-जयकिशन की जोड़ी को था।'

'मगर मुझे नहीं लगता कि कहीं पर भी यह स्पष्टीकरण था, या घोषित किया गया

है कि मृत व्यक्तियों को यह अवार्ड नहीं दिया जाएगा।'

'इस बात पर उन्होंने सहमति प्रकट की—'हां ऐसा तो नहीं है।'

'श्रेष्ठ संगीतकार का अवार्ड गुलाम मोहम्मद को देने का सुझाव देते हुए कुछ पाठकों के पत्र फ़िल्मफ़ेयर में प्रकाशित होने के बावजूद कहीं भी इस बात का उल्लेख नहीं था—मैंने कहा।

तो मि. करंजिया बोले—'नहीं वहां भी इसका उल्लेख तो नहीं था, मगर अवार्ड्स पर अन्तिम निर्णय लेते समय इस मुद्दे पर चर्चा जरूर हुई थी। श्रेष्ठ कलर फोटोग्राफी के लिए दो नाम सामने आए—स्व. जोसेफ विर्चिंग और के. बैकुण्ठ। जजों ने इस आधार पर निर्णय लिया कि 'जब स्व. मीना कुमारी और स्व. गुलाम मोहम्मद को अवार्ड नहीं दिया गया तो 'पाकीज़ा' की फ़ोटोग्राफ़ी के लिए स्व. जोसेफ विर्चिंग को भी अवार्ड नहीं दिया जाना चाहिए।'

मि. करंजिया ने यह भी स्पष्ट किया कि, '21 अप्रैल को होने वाले समारोह से मात्र दो दिन पहले प्राण का निर्णय उन्हें अच्छा नहीं लगा। इस विषय में उन्होंने कहा—'वे ऐसा पहले भी कर सकते थे। जब हम लोगों ने उन्हें अवार्ड की सूचना व निमन्त्रण दिया तो उनके सेक्रेटरी ने हमें धन्यवाद का टेलीग्राम भी दिया और निमन्त्रण स्वीकार करते हुए कुछ अतिरिक्त पासेज की मांग भी की थी और अचानक अपना विचार बदलते हुए वह पत्र लिख दिया! उन्हें यह सब कुछ पहले करना चाहिए था।

जब एस. कुमार ने उनसे पूछा कि, 'क्या उन्हें प्राण का वह पत्र अवार्ड समारोह में नहीं पढ़ना चाहिए था?' मि. करंजिया ने इसका सकारात्मक जबाव दिया—'हां हमें पढ़ना चाहिए था। मगर पत्र पाने के बाद जब मैंने फोन करके इस विषय पर बात करने के लिए उनसे समय मांगा तो उन्होंने साफ़ मना कर दिया और बोले—''मेरा विचार एकदम पक्का है।' आगे बात करने से कोई लाभ नहीं है। मैं अपना निर्णय नहीं बदलूंगा' निश्चित रूप से मुझे उनका यह रवैया अच्छा नहीं लगा। अन्यथा मैं उद्‌घोषक डेविड अब्राहम से समारोह में वह पत्र पढ़वाता और 'पाकीज़ा' के बेहतरीन संगीत के बावजूद गुलाम मोहम्मद को अवार्ड न देने के कारणों का खुलासा भी करता।'

4

इस सारे प्रकरण में रोचक तथ्य यह था कि प्राण ने फ़िल्म 'बेईमान' के लिए मिले श्रेष्ठ सहायक अभिनेता का अवार्ड इसलिए ठुकराया कि श्रेष्ठ संगीतकार का अवार्ड उसी फ़िल्म के लिए शंकर को मिला जो उन्हें अनुचित लगा। जबकि 'बेईमान' के बाकी सभी कलाकारों ने खुशी-खुशी उस समारोह में शिरकत की।

इस विवाद की अगली किस्त के रूप में 30 अप्रैल 1973 को प्राण द्वारा लिखा गया पत्र एस.कुमार को मिला जिसे उन्होंने अपने जर्नल आफ द फ़िल्म इंडस्ट्री में प्रकाशित किया—

प्रिय मि. कुमार,

फ़िल्मफ़ेयर को लिखे गए मेरे पत्र तथा आपके साथ हुई मेरी बातचीत को अपने जर्नल में प्रकाशित करने के लिए धन्यवाद।

मैंने मि. करंजिया का कथन भी पढ़ा।

वे दिल ही दिल में यह तो समझ ही चुके हैं कि 'पाकीज़ा' का संगीत श्रेष्ठ था, फिर भी, एक अन्यायपूर्ण फ़ैसले को केवल यह कहकर उचित ठहराने की चेष्टा कर रहे हैं कि, फ़िल्मफ़ेयर अवार्ड मृत व्यक्तियों को नहीं दिया जाता। एक ग़लत निर्णय को सही ठहराने की व्यग्रता में वे एक और ग़लतबयानी कर बैठे। उन्होंने कहा कि श्रेष्ठ तेलुगू निर्देशक का अवार्ड पाने वाले श्री के.आर. रेड्डी की मृत्यु अवार्ड्स की घोषणा के बाद हुई थी।

नहीं श्रीमान, मि. रेड्डी की मृत्यु 16 सेप्टेम्बर 1972 को हुई जबकि अवार्ड्स की घोषणा 31 दिसम्बर 1972 से पहले हो ही नहीं सकती।

यदि श्री. के. आर. रेड्डी को मरणोपरान्त एक फ़िल्मफ़ेयर अवार्ड दिया जा सकता है तो श्री गुलाम मोहम्मद को भी मरणोपरान्त यह अवार्ड दिया जा सकता था!

हमारी संस्कृति में मृत व्यक्ति का सम्मान जीवित व्यक्ति से ज़रा भी कम नहीं होता। यह बड़े अचम्भे की बात है कि फ़िल्मफ़ेयर मृत व्यक्तियों की अपेक्षा जीवित व्यक्तियों को ज़्यादा सम्मानित समझता है। उससे भी ज्यादा इस प्रकार का कथन कि मृत व्यक्तियों को अवार्ड नहीं दिया जाता, जीवित और मृत दोनों

को शर्मसार करता है। कोई भी कलाकार इस आधार पर अवार्ड नहीं पाना चाहेगा कि उससे बेहतर कलाकार दुर्भाग्य से मर चुका है (अवार्ड पाने वाले के सौभाग्य से)

आपके द्वारा प्रकाशित मि. करंजिया के कथन से यह स्पष्ट हो जाता है कि ये अवार्ड्स गुलाम मोहम्मद साब और मीना कुमारी जी को ही मिलते बशर्ते वे ज़िंदा होते!

एक और बात करंजिया जी अक्सर फ़िल्मी सितारों में सहनशीलता व उदार मानसिकता की कमी की बात करते हैं, तो कम से कम उन्हें तो समारोह में मेरा पत्र पढ़कर अपनी सहनशीलता व उदार मानसिकता प्रदर्शित करनी चाहिए थी।

आपका ही,

प्राण

सारे घटनाक्रम पर अपने विचार व्यक्त करते हुए एस. कुमार ने आगे कहा—

"प्राण के इस कदम ने फ़िल्मफ़ेयर की आंखें खोल दी। अवार्ड समारोह के मुख्य अतिथि अशोक कुमार ने कहा—"फ़िल्मफ़ेयर अवार्ड को एक प्रतिष्ठामूलक और लुभावने अवार्ड का दर्जा हासिल करने में दो दशक लगे हैं। इस दर्जे को बरक़रार रखने तथा विश्वसनीय बनाने के लिए इसके अवार्ड के चयन की प्रणाली में आमूलचूल परिवर्तनों की आवश्यकता है। अवार्ड के नियमों में किसी भी तरह के परिवर्तन की घोषणा मतदान से पहले की जानी चाहिए ताकि किसी तरह की ग़लतफ़हमी न हो। उदाहरण के लिए अवार्ड का उद्देश्य (मान लिया जाए कि) श्रेष्ठ के सम्मान की बजाए नई प्रतिभाओं को प्रोत्साहित करना हो तो इसे साफ़ तौर पर काफ़ी पहले घोषित करना चाहिए। अन्यथा आम लोगों के पास जजों के निर्णय का ग़लत संकेत जाता है और उनकी विश्वसनीयता पर प्रश्न चिन्ह लगता है।"

एस. कुमार ने अपनी रिपोर्ट को पूर्णता इस प्रकार दी—

"मैंने यहां दोनों पक्षों की बातें रख दी है। मगर उपरोक्त सारी बातें प्रकाशित होने पर भी हम लोग किसी के विचारों को नहीं बदल सकते। जिन लोगों ने फ़िल्मफ़ेयर अवार्ड कमेटी के निर्णायकों के निर्णय तथा साथ ही साथ प्राण के

फ़ैसले पर अपनी जो भी राय कायम कर ली है, उन्हें यह व्याख्याएं या सफ़ाइयां समझा नहीं सकती।

व्यक्तिगत रूप से मुझे लगता है कि 'पाकीज़ा' के संगीतकार को श्रद्धांजली अर्पित करते हुए इस पुरस्कार को अस्वीकृत करने से प्राण की प्रतिष्ठा में वृद्धि हुई है तथा फ़िल्मफ़ेयर की प्रतिष्ठा को आघात पहुंचा है। इसे भविष्य में और अधिक सावधानीपूर्वक कार्य करना होगा अन्यथा दशकों में अर्जित प्रतिष्ठा एक ही वर्ष में नष्ट हो सकती है। फ़िल्मफ़ेयर अवार्ड को ऐसा नहीं होने देना चाहिए।"

फिर उन्होंने कहा कि यदि करंजिया मि. प्राण के पत्र का जबाव न दें तो वे इस विवाद को समाप्त करना चाहते हैं। सारे विवाद से विचलित करंजिया ने अब चुप रहना ही बेहतर समझा। अपनी शालीनता व शिष्टता के कारण तथा अपनी व्यवहार कुशलता से प्राण ने एक अवार्ड को एक प्रसिद्ध व प्रतिष्ठित पत्रिका से अपने बरसों पुराने सम्बन्धों के आड़े नहीं आने दिया। इसी पत्रिका ने उन्हें इससे पहले दो अवार्ड 'उपकार' के लिए (1967) तथा 'आंसू बने गए फूल' के लिए (1969) में दिए थे। जिन्हें उन्होंने शान से स्वीकार किए थे।

अतः मार्च 1977 में आयोजित फ़िल्मफ़ेयर की रजत जयन्ती के समारोह में प्राण ने अपनी शुभकामनाएं तथा गुलदस्ता भेजा। जिसका विवरण इस प्रकार दिया गया—

प्राण के दिलक़श व्यवहार के तहत उन का भेजा हुआ गुलदस्ता मिला। प्राण ने एक बार एक फ़िल्मफ़ेयर अवार्ड अस्वीकृत किया था। मगर इस भद्र खलनायक ने निश्चित रूप से यह साबित कर दिया कि उनकी फ़िल्मफ़ेयर से कोई व्यक्तिगत रंजिश नहीं थी और वे उससे किसी तरह का झगड़ा नहीं चाहते थे।

'यह भी स्पष्ट था कि फ़िल्मफ़ेयर भी 'जो बीत गई सो बीत गई' के सिद्ध ान्त पर वह कटु प्रकरण भुला देना चाहती थी।

5

हिन्दी, अंग्रेजी और क्षेत्रीय सभी भाषाओं के पत्र पत्रिकाओं में प्राण द्वारा फ़िल्मफ़ेयर अवार्ड अस्वीकृत करने का समाचार छपा। जब हिन्दी साप्ताहिक पत्रिका पालकी ने इस संदर्भ में प्राण से सम्पर्क किया तो उन्होंने अपना स्पष्टीकरण दिया–'मैंने उस अवार्ड को उसूलों के आधार पर अस्वीकार किय. ा। हालांकि यह बात हर कोई जानता है कि 'पाकीज़ा' या गुलाम मोहम्मद से मुझे कुछ लेना-देना नहीं था, मगर उनके साथ हो रहे अन्याय को मैं बरदाश्त नहीं कर पाया। अपना अवार्ड अस्वीकार करके मैंने अन्याय के खिलाफ़ अपना विरोध दर्ज कराया, बस यही बात है।'

जब इस पुस्तक के लिए किए गए एक साक्षात्कार में इस विवाद की चर्चा हुई तो स्पष्ट हुआ कि अपने उस समय के विचारों पर वे आज भी दृढ़ है। उन्होंने पहले पत्र-पत्रिकाओं में प्रकाशित कई बातों को दोहराते हुए यह बात जोड़ी कि मैंने लोगों से सुना था कि अवार्ड खरीदे जाते हैं और उसके असली हक़दार को नहीं मिलते। उस साल का श्रेष्ठ संगीत मास्टर गुलाम मोहम्मद का 'पाकीज़ा' में था। मगर अवार्ड 'बेईमान' के लिए शंकर को दिया गया। इस अन्याय के कारण मैंने अपना अवार्ड स्वीकार नहीं किया मुझे जिस फ़िल्म के लिए अवार्ड दिया जा रहा था उसका नाम था–'बेईमान'। मैं किसी भी हालत में किसी गैर ईमानदार कार्य में शामिल नहीं हो सकता।

इससे काफ़ी हंगामा खड़ा हो गया। उन्होंने मुझसे अपना फैसला बदलने को कहा तो मैंने उन्हें अवार्ड के चयन का तरीका बदलने को कहा'। उन्होंने कहा 'अगले वर्ष से बदल देंगे तो मैंने कहा–'तो फिर मैं भी अगले वर्ष से ही अवार्ड लूंगा।'

जो भी कारण रहा हो, उसके बाद प्राण की अगले पच्चीस वर्षों तक कोई भी फ़िल्मफ़ेयर अवार्ड नहीं मिला। सिनेमा में उनके संपूर्ण योगदान के मद्देनजर फ़िल्मफ़ेयर ने 1997 में उन्हें Special Veterans' Award दिया।

हालांकि प्राण ने फ़िल्म बेईमान के लिए श्रेष्ठ सहायक अभिनेता का फ़िल्मफ़ेयर अवार्ड नहीं लिया, मगर शमा-सुषमा द्वारा दिया गया यही अवार्ड

ग्रहण कर लिया क्योंकि इसमें उन्हें अवार्ड के हकदार किसी कलाकार के साथ कोई अन्याय नज़र नहीं आया। जीवित न होने पर भी शमा-सुषमा ने श्रेष्ठ अभिनेत्री का अवार्ड मीना कुमारी को तथा श्रेष्ठ संगीतकार का अवार्ड गुलाम मोहम्मद को फ़िल्म 'पाकीज़ा' के लिए दिया।

प्रथम शमा-सुषमा अवार्ड समारोह 11 मार्च 1973 को नई दिल्ली के अशोका होटल में हुआ। यदि श्रेष्ठतम नहीं, तो राजधानी में होने वाले सितारों के श्रेष्ठ समारोहों में से यह समारोह एक था। होटल का कन्वेंशन हाल लोगों से उफ़न रहा था। तत्कालीन सूचना व प्रसारण मंत्री आई. के. गुजराल ने विजेताओं को ट्राफियां दी। उर्दू के मशहूर शायर कैफ़ी आज़मी (अस्वस्थता के कारण) और ज़ीनत अमान (जो एक दिन पहले ही हांगकांग से बोम्बे पहुंची थी) के अलावा सभी पुरस्कार विजेता उपस्थित थे। बेशक, मीना कुमारी और गुलाम मोहम्मद मौजूद नहीं थे।

उस समारोह का विवरण प्रकाशित करने वाली एक मशहूर पत्रिका ने लिखा—'सबसे दीर्घ व तीव्र तालियां प्राण को मिली। तालियों की गड़गड़ाहट के बीच प्राण को अपनी ट्राफी लेने के लिए मंच तक चल कर जाते हुए देखना अपने आप में एक अविस्मरणीय व अनोखा अनुभव रहा। ऐसा लगा कि आई. के गुजराल द्वारा ट्राफी प्रदान करने से पहले ही दर्शकों ने उन्मुक्त प्रशंसा द्वारा उन्हें और भी विराट ट्राफी दे दी।

6

फ़िल्म 'बेईमान' के संदर्भ में एक और रोचक मामला प्राण के साथ जुड़ा। इस फ़िल्म में प्राण ने एक कांस्टेबल की भूमिका अदा की थी, जो नायक मनोज कुमार का पिता भी था। एक दृश्य में प्राण को अपने डंडे से देवता की मूर्ति पर प्रहार करना था। शूटिंग के समय उनके प्रहार से उस मूर्ति का सर खंडित हो गया।

यह दृश्य देख कर राजकोट के एक धर्मभीरू पनवाड़ी की धार्मिक भावनाएं आहत हो गई और उसने प्राण और फ़िल्म के निर्देशक सोहन लाल कंवर के खिलाफ अदालत में मुकदमा दायर कर दिया।

प्राण ने अदालत में उपस्थित होकर वैसा ही जबरदस्त प्रभाव प्रस्तुत किया जैसा उन्होंने कई दशकों पहले लाहौर की अदालत में किया था।

प्राण ने अपने बयान में कहा–

'हुजूरे आला,

मुझे इस बात पर हैरत नहीं कि अदालत ने मुझे यहां तलब किया, बल्कि हैरत इस बात पर है कि अदालत ने मुझे यहां तलब करने में इतने साल लगा दिए।

पिछले तीस सालों के अपने फ़िल्मी कैरियर में मैंने तकरीबन दो सौ कत्ल, चालीस बलात्कार और जाने कितनी ही डकैतियों को अंजाम दिया है जो प्लास्टर ऑफ पेरिस की मूर्ति तोड़ने के मेरे ज़ुर्म से कहीं अधिक संगीन ज़ुर्म है!''

7

सब बातों पर ग़ौर करते हुए 'बेईमान' एक उल्लेखनीय फ़िल्म नहीं थी। स्टार एंड स्टाइल ने अपनी समीक्षा में इसे एक अत्यधिक मसालेदार फ़ार्मूला फ़िल्म बताया जिसका विषय बिल्कुल साधारण और युगों पुराना है – जब समाज के ऊंचे तबके में बहुत सारे बड़े चोर हैं तो नीचे तबके के केवल अपनी आजीविका चलाने वाले छोटे-चोरों को ही दोषी क्यों ठहराया जाएं?

समीक्षक ने प्राण के बारे में लिखा–'कथाकार व निर्देशक ने प्राण के किरदार को ऐसा नहीं बनाया कि दर्शकों तक उसकी बेचैनी पहुंचे।'

प्राण द्वारा फ़िल्मफ़ेयर अवार्ड अस्वीकार कर देने के कारण ही इस फ़िल्म की इतनी चर्चा हुई तथा इसे पत्र-पत्रिकाओं में इतना स्थान मिला। अन्यथा न इसे अच्छी समीक्षाएं मिली और न ही यह बड़ी हिट रही। तो भी इस फ़िल्म ने प्राण को शमा-सुषमा सहित चार अवार्ड दिलाए!

इस विवाद में विजेता बन कर उभरने के बावजूद प्राण को इस बात का कोई अहंकार नहीं हुआ।

प्राण हमेशा से एक सभ्य, शालीन, स्पष्टवादी और सिद्धांतवादी व्यक्ति रहे हैं।

वे अपने व्यक्तिगत लाभ-हानि की परवाह किए बगैर सिद्धान्त की ख़ातिर कुछ भी कर सकते हैं।

'बेईमान' विवाद ने यह साबित कर दिया।

23

ज़ंजीर – नए चलन की शुरूआत

1

सत्तर के दशक ने नकारात्मक भूमिकाओं में हाथ आजमा रहे नए अभिनेताओं से परिचय कराने के साथ ही नायक की भी एक नई छवि अंकित की जो नायक की अब तक प्रचलित परिभाषा के विपरीत थी। यह छवि थी—एण्टी-हीरो की।

यह देखकर कि समाज में प्रचलित क़ायदे-कानून केवल शासितों के लिए हैं, शासकों के लिए नहीं, वह उग्र, क्रोधी व इस प्रणाली का द्रोही हो गया! यह विद्रोही कानून अपने हाथ में लेकर समाज को (या कहिए अपने आस-पास की बस्ती को) दुष्टों से मुक्त करा कर एक तरह का सामाजिक मसीहा बन कर उभरता है।

इस नए नायक ने, न केवल, फ़िल्मों के विषय में परिवर्तन करा दिया, बल्कि देश की युवा पीढ़ी पर सीधा और कुछ हद तक चिन्तनीय असर भी डाला।

इस परिदृश्य में देखें कि खलनायक-अभिनेता प्राण ने क्या किया?

साठ के दशक के अन्त तक उन्होंने अब तक की अपनी एकमात्र खलनायक की छवि को परिवर्तित करके सफलतापूर्वक सकारात्मक चरित्र के किरदारों की भूमिकाएं निभानी शुरू कर दी थी। उनका यह कदम बिल्कुल सही व समयबद्ध साबित हुआ क्योंकि नायक और खलनायक की आकृति, प्रकृति और प्रवृत्ति की भेद रेखा मिटने लगी थी। कुछ फ़िल्मों में तो खलनायक नायक की अपेक्षा बस 'जरा सा ही' अधिक बुरा था।

सत्तर के दशक के शुरू में प्राण अपनी बहुमुखी प्रतिभा के प्रदर्शन के लिए विभिन्न तरह की बहुरंगी भूमिकाएं करते हुए अपनी खलनायक की छवि से मुक्त होना चाहते थे।

ऐसे ही समय में निर्माता-निर्देशक प्रकाश मेहरा ने अपनी एक फ़िल्म में उन्हें एक अच्छी फ़ितरत वाले दबंग पठान[1] शेर खान की भूमिका अदा करने का प्रस्ताव दिया।

2

"प्राण साब के बिना 'ज़ंजीर' कभी नहीं बन पाती, यह एक सपना ही रह जाता–" यह था निर्माता-निर्देशक प्रकाश मेहरा का प्रथम कथन जब उनसे 'ज़ंजीर' के निर्माण से जुड़ी यादें बताने को कहा गया।[2]

प्राण के साथ प्रकाश मेहरा का सम्पर्क ज़्यादा नहीं था। उन्होंने उनके साथ दो ही फिल्मों में काम किया था–'आन-बान'[3] तथा 'एक कुंआरी एक कुंआरा'[4]। मगर कार्य के प्रति उनके समर्पण से प्रकाश मेहरा काफ़ी प्रभावित हुए थे।

'आन-बान'[5] के घटनाक्रम में काफ़ी घुमाव था। नायक राजेन्द्र कुमार के भाई

1. भारत के पश्चिमोत्तर भाग (अब पाकिस्तान के अन्तर्गत पख्तून क्षेत्र के रूप में ख्यात) में रहने वाली एक पश्तो भाषी मुसलमान जाति, जिसके बहुत से लोग ब्रिटिश ज़माने से ही भारत में बसे हुए हैं।
2. ज़ंजीर 1973 में आई।
3. आनबान 1972 में आई।
4. एक कुंवारी एक कुंवारा 1973 में रिलीज हुई।
5. प्राण अभिनीत 'आन-बान' शीर्षक से एक फिल्म 1956 में प्रदर्शित हुई थी, जिसके निर्देशक थे - डी. डी. कश्यप। बाद में 1972 में प्रकाश मेहरा के निर्देशन में बनने वाली फिल्म 'आन-बान' में भी प्राण ने अभिनय किया था। इसी तरह एक ही शीर्षक से बनने वाली कुछ और फिल्मों में प्राण ने अभिनय किया था।

की भूमिका कर रहे प्राण इस बात से अनजान थे कि जिस लड़की से वे विवाह करने जा रहे हैं वह उनके भाई की प्रेमिका है। विवाह के विस्तृत प्रकरण में प्राण को काफ़ी समय तक घोड़ी की पीठ पर बैठे रहना था, जो काफी थका देने वाला कार्य था फिर भी उन्होंने लांग शाट्स[6] में भी डुप्लीकेट[7] का प्रयोग नहीं किया! एक काफी लम्बा शॉट था जिसमें बड़ी संख्या में जूनियर कलाकार एक बड़ी सड़क के दोनों ओर मकानों और बरामदों में भीड़ लगाए खड़े थे, सड़क पर प्राण की बारात जा रही थी और नायक राजेन्द्र कुमार गा रहे थे–'लो आए हम दूल्हे भइया के बाराती बन के.....'[8]

राजेन्द्र कुमार ने एक पत्रकार को बताया,–"प्राण साब अपने कार्य के प्रति इतने समर्पित थे कि वे एक बार भी घोड़ी से उतरे नहीं। उस गर्मी में सारे दिन घोड़ी की पीठ पर बैठे शूटिंग करते रहे और उन्होंने एक बार भी अपना आपा नहीं खोया।"

प्रकाश मेहरा समझ गए कि प्राण बिना किसी असुविधा के निर्देशक को निश्चित रूप से उसकी आवश्यकता व इच्छा के अनुसार अच्छा काम देने वाले कलाकार हैं। अतः उन्होंने अपनी अगली फ़िल्म की महत्त्वपूर्ण भूमिका में प्राण को ही लेने का निश्चय किया।

इस बात पर रोशनी डालते हुए प्रकाश मेहरा बताते हैं,–"हालांकि मैं और प्राण साब दोनों ही 'ज़ंजीर' के निर्माण से काफी समय पहले से ही फ़िल्म उद्योग मे थे, मगर हम दोनों में बस औपचारिक अभिवादन जितना ही सम्पर्क था। इससे पहले हम दोनों दो फ़िल्मों में एक साथ काम भी कर चुके थे, मगर इन दोनों में, मैं मात्र निर्देशक ही था। उनके और करीब आने का खुद अपने द्वारा निर्मित फ़िल्म में उन्हें ले लेने से बेहतर तरीक़ा और क्या हो सकता था?

"'ज़ंजीर' बनाते समय मेरी समझ में आया कि प्राण साब सिद्धान्तों पर दृढ़ रहने वाले व्यक्ति हैं।

'मैं समझाता हूं, कैसे......जिस समय हम लोग 'ज़ंजीर' का बुनियादी कार्य

---

6. लांग शॉट में कैमरा बहुत दूरी पर रखकर फ़िल्म खींची जाती है।

7. शरीर और आकृति में कलाकारों से मिलते-जुलते वे लोग जो अभिनेता के इमेज में कठिन और खतरनाक दृश्यों या लड़ाई के दृश्यों को अंजाम देते हैं – 'डुप्लीकेट या डबल' कहलाते हैं।

8. वे लोग जो वर यात्रा में सम्मिलित होकर वर के साथ वधू के घर तक जाते हैं। ऐसा समूह बारात या बाराती कहलाते हैं।

कर रहे थे, लगभग उसी समय मनोज कुमार अपनी फ़िल्म 'शोर' पर कार्य कर रहे थे। सलीम और जावेद 9 से 'ज़ंजीर' की स्क्रिप्ट सुनते समय पठान का किरदार सुनते ही मेरे दिमाग में फ़ौरन प्राण साब का नाम कौंधा और मुझे 1960 में बनी फ़िल्म 'छलिया' का उनका किरदार याद आ गया। मैंने तत्काल उस भूमिका के लिए उनसे सम्पर्क किया और उन्होंने उसे स्वीकार कर लिया।

'मैंने सुना कि 'ज़ंजीर' में पठान की भूमिका के लिए स्वीकृति देने के कुछ दिनों बाद ही मनोज कुमार ने उन्हें फ़िल्म 'शोर' में लगभग उसी तरह की भूमिका करने की पेशकश की थी। परन्तु 'उपकार' में भले व्यक्ति की अविस्मरणीय भूमिका देकर उनके कैरियर को महत्त्वपूर्ण मोड़ देने वाले मनोज कुमार को भी उन्होंने मुझसे पूर्वानुबन्धित होने के कारण 'ना' कह दी!''

पता चला कि प्राण ने मनोज कुमार से कहा कि वे 'शोर' में उसी स्थिति में काम कर सकते हैं जब प्रकाश मेहरा 'ज़ंजीर' बनाने का विचार त्याग दें। मगर दोनों ही जानते थे कि ऐसा होने की सम्भावना लगभग शून्य है क्योंकि प्रकाश मेहरा की पिछली फ़िल्में 'हसीना मान जाएगी',10 'मेला',11 और 'समाधि'12 सुपरहिट रही थी।

दिसम्बर 1989 में सिने ब्लिट्ज को दिए एक साक्षात्कार में प्राण ने कहा,—''मुझे मनोज कुमार के निर्देशन में काम करने में बड़ा मज़ा आया, मगर 'उपकार' और 'पूरब और पश्चिम' के बाद यह मौक़ा फिर नहीं मिला। जब वे 'शोर' की योजना बना रहे थे तो मेरे पास आए और मुझे पठान की भूमिका करने का प्रस्ताव दिया परन्तु मुझे उनका प्रस्ताव अस्वीकृत करना पड़ा क्योंकि मैं प्रकाश मेहरा की 'ज़ंजीर' में बिल्कुल उसी तरह की भूमिका कर रहा था और एक ही समय में दो फ़िल्मों में लगभग एक जैसी भूमिका कर के मैं कोई अनुचित

---

9. सलीम जावेद लेखक द्वारा जिन्हें त्रिमूर्ति फ़िल्म की फ़िल्म 'दीवार', 'शोले' की पटकथा लिखने से शोहरत हासिल हुई है।

10. हसीना मान जाएगी (1968) में शशिकपूर का डबल रोल था और नायिका बबीता थी।

11. 'मेला' (1971) संजय खान और फिरोजखान भाईयों की फ़िल्म थी। इसमें मुमताज नायिका थी।

12. समाधि (1972) में धर्मेन्द्र पिता के रोल में थे, आशा पारेख और जया भादुड़ी इसमें नायिकाएं थी और मजरूह सुल्तानपुरी के गीत 'कांटा लगा ...' जिसे आर डी बर्मन के संगीत में लता मंगेशकर ने गाया था के कारण यह फ़िल्म हिट हुई थी।

कार्य नहीं करना चाहता था। उन्हें बहुत बुरा लगा। मुझे लगता है उन्हें आज भी इस बात का अफ़सोस है। मगर वे शान्ति से बैठकर सोचेंगे तो समझ जाएंगे कि मैं कितना सही था।''[13]

प्राण की वचनबद्धता व 'शोर' की भूमिका अस्वीकृत करने के बारे में मनोज कुमार के विचार जानना भी आवश्यक है। उन्होंने बताया—''चूंकि मैं प्राण साब के निकट सम्पर्क में था अतः मैंने उनसे 'शोर' की कहानी सुनने को कहा और जब उनकी राय जाननी चाही तो उन्होंने कहा—'इसमें एक मुश्किल आन पड़ी है।' तो मैंने पूछा—'प्राण साब इसे आसान बनाने का क्या तरीका है?'

बाद में उन्होंने मुझे टेलीफोन किया और कहा—'पण्डितजी बुरा न मानें, आप कृपा करके पठान के इस किरदार को किसी और में बदल दें!' मैंने पूछा—'क्यों?'

उन्होंने जबाव दिया—'मैं प्रकाश मेहरा को एक फ़िल्म में पठान की भूमिका करने की स्वीकृति दे चुका हूं और मैं ज़ुबान का पाबन्द हूं।'

इस पर मैंने कहा,—''मैं आपकी वचनबद्धता की प्रशंसा करता हूं। आप प्रकाश मेहरा से वचनबद्ध हैं और मैं अपनी स्क्रिप्ट से, मैं इसे नहीं बदल सकता। अतः कोई बुरा न माने।'

पठान की भूमिका के लिए वे प्रकाश मेहरा से वचनबद्ध थे और मुझे अपनी फ़िल्म में पठान ही चाहिए था, अतः मैंने अपनी फ़िल्म में उस भूमिका के लिए प्रेमनाथ जी को ले लिया। इससे लोगों को लगा कि हमारे बीच कुछ अनबन हो गई। मगर ऐसा कुछ भी नहीं था। इसके तीसरे ही दिन वे मेरे घर में बैठकर 'दस नम्बरी'[14] की कहानी सुन रहे थे। प्राण साब पक्के सिद्धान्तवादी व्यक्ति हैं। मेरी अपनी प्रतिबद्धता थी, जिसकी उन्होंने भी सराहना की थी।''

मनोज कुमार की फिल्म स्वीकार न करने का एक और भी कारण था। प्राण अपनी प्रत्येक फ़िल्म में गेट-अप, बोली चाली, हाव-भाव सभी में कुछ न कुछ

---

13. इस साक्षात्कार के दस साल बाद 1999 में प्रदर्शित फिल्म 'जय हिन्द' में प्राण को मनोज कुमार के निर्देशन में अभिनय करने का मौका मिला।

14. दस नम्बरी में हेमा मालिनी, प्रेमनाथ और मनोज कुमार थे यह 1976 में रिलीज हुई। प्राण इस फ़िल्म में भी थे।

भिन्नता रखते थे। मनोज कुमार की 'शोर' स्वीकार करने से उन्हें लगभग एक ही समय में बन रही दो फ़िल्मों में लगभग एक ही जैसे गेट अप में काम करना पड़ता।[15] हालांकि दोनों फ़िल्मों की कहानियां पूरी तरह से अलग थी। फिर भी एक पठान की भूमिका में कितनी भिन्नता हो सकती है। दोनों किरदारों के चित्रांकन में कुछ न कुछ समानताएं व दोहराव आ ही जाता जो प्राण को मंजूर नहीं था, अतः मनोज कुमार को अपनी मजबूरी समझा कर, उन्होंने उनका प्रस्ताव अस्वीकृत कर दिया।

3

अब प्राण 'ज़ंजीर' के लिए शेर खान की परिकल्पना व तैयारी में जुट गए। ''प्राण साब ने 'ज़ंजीर' बनाने में मेरी और भी कई तरह से मदद की।'' प्रकाश मेहरा याद करते हैं,–''मैं 'ज़ंजीर' के लिए नायक तय नहीं कर पा रहा था। प्राण साब ने मुझे देव साब से मिलाया। मैंने उनकी 'काला पानी'[16] देखी थी। मुझे लगा कि 'ज़ंजीर' देव आनन्द की छवि बदल देगी–रोमांटिक गीत गाने वाले चुलबुले नायक से कुछ अधिक असरदार कार्य करने वाले नायक की। नायक की भूमिका के लिए देव साब का नाम सामने आने पर सलीम और जावेद दोनों ने ही कहा, 'यह गलत चुनाव होगा।'

प्रकाश मेहरा अपनी बात जारी रखते हुए कहते हैं, ''मैं देव साब से तीन बार मिल कर उन्हें पूरी स्क्रिप्ट सुना चुका था। देव साब ने कहा कि, 'फ़िल्म में उन पर दो-तीन गाने फ़िल्माए जाने चाहिए' तो मैंने साफ़ मना कर दिया–'नहीं, यह किरदार गाना नहीं गाएगा।' तब देव साब ने कहा–'ठीक है, प्रकाश, यह बहुत अच्छा विषय है। एक काम करो, तुम यह कहानी मुझे दे दो। मैं इसे नवकेतन के बैनर में बनाऊंगा और तुम्हीं से निर्देशित कराऊंगा। इसके लिए जो भी रक़म तुम मांगोगे मैं दूंगा।'

---

15. प्राण ने पठान का रोल सुभाष पिक्चर्स की छलिया में भी किया था जो 1960 में आई थी।

16. 1958 में प्रदर्शित फिल्म 'काला पानी' के निर्देशक थे राज खोसला। इसके मुख्य कलाकार थे - देव आनन्द, मधुबाला और नलिनी जयवन्त।

मैंने हंसते हुए कहा—'देव साब, मैं आपको काम देने के लिए यहां आया था और आप उल्टे मुझे ही काम देने लगे। फिर हम दोनों ने मित्रतापूर्वक हंसते हुए विदा ली।''

प्रकाश मेहरा द्वारा देव आनन्द को यह कहानी न देने का एक और कारण था। वे इसका खुलासा करते हैं—''मेरा धर्मेन्द्र के साथ आपसी समझ और बातचीत से एक वादा था। धर्मेन्द्र और मैं साझेदार थे। उन्होंने यह कहानी खरीद ली थी और वे इसमें नायक की भूमिका अदा करने वाले थे। मगर अपनी अन्य प्रतिबद्धताओं के कारण वे इसमें काम न कर सके। फिर भी, साझेदारी समाप्त हो जाने पर भी, उन्होंने मुझे इस कहानी पर फ़िल्म बनाने की इजाज़त दे दी।

इसके बाद मैंने यह कहानी राजकुमार को सुनाई। वे अपने खास अन्दाज़ में बोले—'जानी, यह बिल्कुल मेरी तबियत का विषय है। मैं भी एक ज़माने में माहिम[17] में इंस्पेक्टर था। मगर इस फ़िल्म की शूटिंग मद्रास में करनी होगी।'

जब मैंने उन्हें समझाया कि यह कहानी बोम्बे की है और इसे मद्रास में शूट नहीं किया जा सकता तो राजकुमार ने फ़िल्म में काम करने से इनकार कर दिया।''

'ज़ंजीर' के लिए नायक की तलाश का कार्य श्रमसाध्य से कष्टकारी बन गया। तीन अभिनेताओं से बातचीत असफल होने से प्रकाश मेहरा भी कुछ निराश हो चले थे।

प्राण के कनिष्ठ पुत्र सुनील (टुन्नी) मद्रास में कार्यरत थे और अपने मित्र अजिताभ बच्चन के साथ रहते थे। अजिताभ के बड़े भाई फ़िल्मों में अभिनय कर रहे थे।

जब सुनील को पता चला कि प्रकाश मेहरा अपनी नई फिल्म के लिए नायक की तलाश कर रहे हैं तो उन्होंने अपने पिता से कहा—'मेरे एक मित्र का भाई फ़िल्मों में काम कर रहा है। हालांकि उसकी पिछली फ़िल्में फ़्लाप रही हैं मगर वह एक अच्छा व प्रतिभाशाली अभिनेता है।'

---

17. पश्चिम बोम्बे में एक क्षेत्र है माहिम।

वह अभिनेता था–अमिताभ बच्चन, जिसने 1969 में के. ए. अब्बास की फ़िल्म 'सात हिन्दुस्तानी' से अपना कैरियर शुरू किया था और सुनील दत्त की 'रेशमा और शेरा' में एक गूंगे की भूमिका में अच्छा प्रदर्शन किया था। ऋषिकेश मुखर्जी की 'आनन्द' उनकी तीसरी फिल्म थी मगर वह पहले प्रदर्शित हो गई और हिट रही।[18]

प्राण ने प्रकाश मेहरा से कहा–'उसकी हाल ही में प्रदर्शित फिल्म 'बोम्बे टू गोवा' देखो। मैंने खुद तो नहीं देखी है मगर मेरा पुत्र टुन्नी उसकी बड़ी प्रशंसा कर रहा है।'

प्रकाश मेहरा बताते हैं,–"प्राण साब के कहने पर मैं और जावेद अख़्तर 'बोम्बे टू गोवा'[19] देखने गए। उस फिल्म में एक रेस्टूरेंट में अमिताभ और शत्रुघ्न की फ़ाइट थी। वह देखते ही हमने अमिताभ को 'ज़ंजीर' का नायक बनाने का फैसला कर लिया।[20]

वह दृश्य देखते ही मैं चिल्लाया–'मिल गया!' हाल के सारे दर्शक मेरे अकारण (उनकी दृष्टि से) चिल्लाने से आश्चर्य चकित हो कर हमारी तरफ देखने लगे। हम लोग आगे की फ़िल्म देखें बिना ही बाहर आ गए और मैंने जावेद से कहा–'यही है हमारा हीरो'।"

4

काफी लम्बे जद्दो-जहद के बाद उन्हें 'ज़ंजीर' के लिए हीरो तो मिल गया मगर अब दूसरी बाधाएं आनी शुरू हो गई और उन्हें अमिताभ से सम्पर्क करने के

18. अमिताभ बच्चन की शुरूआती फ़िल्मों में परवाना 1971, प्यार की कहानी 1971, संजोग 1971, बंशी-बिरजू 1972, एक नज़र 1972 और बंधे हाथ व्यवसायिक रूप से सफल नहीं रही थीं। आनन्द (1970), बोम्बे टू गोवा (1972) और अभिमान जो ज़ंजीर के साथ 1973 में रिलीज हुई सफल फ़िल्मों में रहीं। राजेश खन्ना (मुखर) की फ़िल्म आनन्द में अमिताभ (अन्तर्मुखी) के अभिनय को समीक्षकों ने काफ़ी वजनदार माना। ज़ंजीर से अमिताभ की एक नई छवि बनी!

19. बोम्बे टू गोवा एन सी सिप्पी की फ़िल्म थी, जिसे एस रामनाथन ने निर्देशित किया था – यह बहुत छोटे बजट की, किन्तु सफ़ल फ़िल्म थी।

20. प्राण साब यथासम्भव फ़िल्में देखने से बचते थे। अतः वे प्रकाश मेहरा और जावेद के साथ फ़िल्म देखने नहीं गए!

लिए कुछ प्रतीक्षा करनी पड़ी।

प्रकाश मेहरा ने फ़िल्म की नायिका की भूमिका के लिए मुमताज को साइन किया था, मगर अब उन्होंने मयूर माधवानी से विवाह करके फ़िल्मों में अभिनय न करने का निर्णय कर लिया और अपनी साइनिंग अमाउंट लौटा दी। फिर धर्मेन्द्र इस प्रोजेक्ट से हट गए। उसके बाद फ़ाइनेंसर ने भी अपने हाथ खींच लिए। सब कुछ संशय में आ गया।

अन्ततः सभी समस्याओं का समाधान करके प्रकाश मेहरा ने अमिताभ को 'ज़ंजीर' के नायक की भूमिका का प्रस्ताव दिया जो उन्होंने स्वीकार कर लिया।

इस पुस्तक के लिए दिए विशेष साक्षात्कार में अमिताभ बच्चन ने बताया कि 'ज़ंजीर' उन्हें कैसे मिली।[21]

''वास्तव में 'ज़ंजीर' मुझे सलीम-जावेद के कारण मिली। मैं 'आनन्द' में काम कर रहा था, जिसके नायक राजेश खन्ना थे। सलीम और जावेद राजेश खन्ना के काफ़ी करीबी थे और वे अक्सर सैट पर उनसे मिलने आया करते थे। वहीं पर उनसे मेरी भी मुलाकात हुई। बाद में उन्होंने मेरी फ़िल्म 'बोम्बे टू गोवा' देखी। पता नहीं उन्हें मेरी कौन सी बात अच्छी लगी कि उन्होंने मुझे 'ज़ंजीर' के नायक की भूमिका दे दी। मैं यह भी समझता हूं कि अजीत साब और प्राण साब ने भी मेरी सिफ़ारिश की थी शायद धीमे स्वर में क्योंकि मैंने इससे पहले उन दोनों के ही साथ काम नहीं किया था। प्रकाश मेहरा और सलीम-जावेद ने मुझे क्यों चुना या प्राण साब और अजीत साब ने मेरी सिफ़ारिश क्यों की यह मेरे लिए रहस्य ही है। मगर मैं खुश हूं क्योंकि 'ज़ंजीर' से मुझे नई पहचान मिली।''

इस प्रकार परिस्थितियों और प्रारब्ध के उत्तम योग से न केवल प्रकाश मेहरा और 'ज़ंजीर' को अपना नायक मिला बल्कि हिन्दी सिनेमा को एक सुपरस्टार मिला जो अभूतपूर्व किंवदंती बन गया। वर्णन से परे एक ऐसी सच्चाई जिसके लिए हम किसकी प्रशंसा करें।

---

21. ऐसा लगता है कि सलीम जावेद द्वारा 'ज़ंजीर' की भूमिका के लिए सम्पर्क किए जाने की पृष्ठभूमि या उससे पहले के घटनाक्रम से अमिताभ बच्चन अनजान थे।

प्रकाश मेहरा याद करते हैं कि 'ज़ंजीर' के निर्माण के दौरान अमिताभ अभिनीत ओ. पी. रल्हन की फिल्म 'बंधे हाथ' प्रदर्शित हुई और बुरी तरह फ़्लाप हो गई। इससे अमिताभ बेहद निराश और हतोत्साहित हो गए। मैंने उन्हें विश्वास दिलाया कि प्रतीक्षा करो और देखा—'ज़ंजीर' सब कुछ ठीक कर देगी। फिर मैंने अमिताभ और विनोद खन्ना को लेकर एक हास्य फ़िल्म 'हेरा-फेरी' बनाने की घोषणा की। यह अपने नायक को निराशा और उदासी से बचाने का मेरा तरीक़ा था।

जया ने मेरे निर्देशन में फ़िल्म 'समाधि' में काम किया था और वह अब 'ज़ंजीर' मं एक छोटी भूमिका करने को इच्छुक नहीं थी। मगर अमिताभ के साथ उनके मेल-जोल के कारण मैंने उनसे दुबारा सम्पर्क किया तो वे मान गई।''

यह है 'ज़ंजीर' शुरू करने की पर्दे के पीछे की पूरी कहानी।''—प्रकाश मेहरा ने अपनी बात पूरी करते हुए कहा।

5

ज़ंजीर—जिसका अर्थ है : चेन या सांकल। यह कहानी है विजय (अमिताभ बच्चन) की जिसने बचपन में एक नक़ाबपोश को अपने माता-पिता की हत्या करते देखा था। उस हत्यारे ने अपनी कलाई में एक ज़ंजीर पहन रखी थी। जिसमें एक छोटा सफेद घोड़ा झूल रहा था। उस ज़ंजीर की छवि से पीड़ित विजय बोम्बे में पुलिस इंस्पेक्टर बन गया और शहर में अपराध को जड़ से मिटाने के साथ ही अपने माता-पिता के हत्यारे को ढूंढ़ने के लिए भी संकल्पबद्ध हो गया। एक बार की झड़प के बाद पठान शेर खान (प्राण) उसका मित्र और सहयोगी बन गया। शेर खान एक जुआरी और स्थानीय मुहल्ले का दादा था। हालांकि विजय चाकू पर धार करने वाली एक लड़की माला (जया भादुड़ी) के प्रति आकर्षित तो था मगर यह गम्भीर युवक नाच-गान, हंसी-मजाक और रोमांस से कोसों दूर था। उसका एकमात्र लक्ष्य उस नकाबपोश हत्यारे तेजा (अजीत) को पहचानना था। जब वह उसे पहचान जाता है तो कानून अपने हाथ में लेकर उससे अपने माता-पिता की हत्या का बदला ले लेता है।

फ़िल्म ज़ंजीर में – प्राण और अमिताभ बच्चन संघर्ष मुद्रा में

प्रकाश मेहरा ने यह भी बताया कि 'प्राण ने 'ज़ंजीर' के अपने किरदार के प्रस्तुतिकरण और तैयारी में कितना श्रम किया। ''ज़ंजीर' में प्राण साब ने लगभग वही गेटअप बनाया जो उन्होंने एक पठान की भूमिका अदा करते हुए 1960 में प्रदर्शित फ़िल्म 'छलिया' में बनाया था। उससे ज़्यादा कुछ परिवर्तन न करके उन्होंने 'ज़ंजीर' में लाल दाढ़ी और विग लगाई।

आप तो जानते ही हैं। प्राण साब गेट अप के कितने शौक़ीन हैं। यहां विषय बदलते हुए एक बात कहना चाहूंगा कि मेरी दिली तमन्ना है कि प्राण साब द्वारा फ़िल्मों में अपनाए गए गेट अप की सार्वजनिक प्रदर्शनी लगाई जाए, यह फ़िल्म प्रेमियों को काफी पसंद आएगी।''

वस्त्र, मेकअप और दाढ़ी-मूछों के अलावा स्वर परिवर्तन के महत्त्व को दर्शाते हुए प्राण बताते हैं,–''स्वर व लहज़े का परिवर्तन अत्यन्त आवश्यक है। केवल पठानों जैसे कपड़े पहनने तथा लाल दाढ़ी-मूंछ व विग लगा लेने भर से ही मैं असल व असरदार पठान नहीं लग सकता। मेरी बोली-चाली भी पठानों जैसी

ही होनी चाहिए। अतः मैंने अपनी आवाज़ और अन्दाज़ भी पठानों जैसे ही बनाए। सही उच्चारण व वैसी ही 'टोन' लाने के लिए मुझे काफी श्रम करना पड़ा। एक दृश्य के तो अठ्ठारह री-टेक करने पड़े!"

6

इस फ़िल्म की शूटिंग अमर गीत 'यारी है ईमान मेरा यार मेरी ज़िंदगी'[22] के फिल्मांकन से शुरू हुई। जब प्रकाश मेहरा ने प्राण को सूचित किया कि इस फ़िल्म का मुहुर्त आप पर फ़िल्माए जाने वाले गाने से होगा और यह कल ही होना है तो प्राण ने साफ़ इनकार कर दिया।

मगर अब 'उपकार' के बाद उन्होंने निर्णय लिया कि यदि निर्देशक केवल गानों की गिनती बढ़ाने के लिए ही न गवाए बल्कि गाना फ़िल्म का एक हिस्सा हो तथा कहानी को आगे बढ़ाने में आवश्यक हो तो वे अवश्य ही गाना गाएंगे मगर इसके लिए उन्हें पर्याप्त समय पहले गाने के बोल और कैसेट देनी होगी ताकि वे उसकी अच्छी तरह तैयारी कर सकें।

प्राण नाराज़ होकर तेज़ स्वर में बोले—"आपने न तो मुझे गाने के बोल दिए हैं, न ही कैसेट और मुझसे कल शूटिंग की उम्मीद रखते हैं। कल फ़िल्म शुरू करने की बात भूल जाएं।"

प्रकाश मेहरा ने स्वीकार किया "मैं भयंकर संकट में पड़ गया। यदि मैं अग़ले दिन फ़िल्म का मुहूर्त्त[23] नहीं करता हूं तो वितरक मेरा साथ छोड़ देंगे।"

यह सुनकर कि प्राण फ़िल्म छोड़ने जा रहे हैं, प्रकाश मेहरा भाग कर उनके घर पहुंचे। उन्हें प्राण की सख्त जरूरत थी खास कर यह देखते हुए कि उनका नायक ऐसी स्थिति में नहीं था कि उस पर निर्भर हो कर फ़िल्म बनाई जा सके।

---

22. अभिनेता-गीतकार गुलशन बावरा लिखित इस गीत को कल्याणजी आनन्दजी के संगीत में 'मन्नाडे' ने गाया – इस फ़िल्म में एक दूसरे गीत के लिए गुलशन बावरा स्वयं भी गाते हुए दीख पड़े थे।

23. दिन, तारीख़ और समय जो ज्योतिषियों द्वारा कार्यारम्भ के लिए शुभ समझकर नियत किया जाता है।

अपनी बात मनवाने के लिए प्रकाश मेहरा ने प्राण को समझाया ''हम लोग कल गाने की शूटिंग कर लेते हैं, फिर मैं उसे एडिट करके आपको रश प्रिंट दिखा दूंगा। यदि आपको पसंद नहीं आएगा तो उसे ख़ारिज़ कर देंगे और दुबारा शूट कर लेंगे।'' यह बात प्राण को जंच गई और उन्होंने अगले दिन शूटिंग करने की स्वीकृति दे दी।

प्राण ने बताया—''मुहूर्त्त के कुछ दिनों बाद ही मेरे कुछ मित्रों व साथियों ने, जिन्होंने उन रशेज को किसी तरह देख लिया था, मुझे फोन करके बधाई दी और कहा आपने बड़ा ज़बरदस्त डांस किया है!''

इसके दो दिन बाद प्रकाश मेहरा ने प्राण को अपने वादे के मुताबिक एडिट किए हुए गाने के रश प्रिंट देखने का न्योता दिया तो प्राण ने कहा—''मैं देख चुका हूं।'' तो प्रकाश मेहरा ने आश्चर्यचकित होकर पूछा—''कब? कहां?''

प्राण ने जबाव दिया—''हालांकि मेरी आंखों ने इसे नहीं देखा है, मगर इसे इतने लोगों ने देखा और पसंद किया है तो मुझे देखने की जरूरत नहीं है। निश्चित होकर इसे ही रख लें। यह निश्चित रूप से हिट होगा।''

उनका अनुमान बल्कि कहिए विश्वास, सच साबित हुआ!

इस गाने की धारणा और उसकी क्रियान्विति के बारे में प्रकाश मेहरा बताते हैं—''प्राण साब अपने नाच और गाने के प्रति आशंकित थे। मगर वे श्रम और काम से भागने वाले नहीं थे। मैंने प्राण साब को समझाया कि यह महज़ एक डांस आयटम नहीं है बल्कि कहानी का महत्त्वपूर्ण हिस्सा है। हालांकि यह गाना फ़िल्म की तेरहवीं या चौदहवीं रील में क्लाइमेक्स के ठीक पहले आएगा और आप पूरे ग्यारह मिनट तक नाच गाकर अपने विशेष प्रयत्न द्वारा नायक को पहली बार हंसाने में सफल होंगे।''

और प्राण साब ने ठीक वैसा ही किया।

नृत्य निर्देशक सत्यनारायण जी ने इस गाने के नृत्य का संयोजन किया था। ''यह एक पठान द्वारा पूरे जोश और शक्ति के साथ किया हुआ नृत्य है। प्रकाश मेहरा का आग्रह है कि हाथ में रूमाल लेकर नाचा जाए'—उन्होंने नृत्य करके दिखाते हुए प्राण से कहा।

उस दिन प्राण के कूल्हे में दर्द था और उन्होंने इस पर चिन्ता व्यक्त की।

सत्यनारायणजी ने कहा–"गाने के आखिरी क्षणों को छोड़ कर बाकी सारे गाने में हल्की हरक़तें ही हैं। आप नृत्य के मुख्य पात्र हैं, मैं आपको जूनियर कलाकारों के घेरे में नृत्य करते हुए दिखा दूंगा। इससे आपको काफ़ी आसानी होगी"।

मगर जब गाना अपने चरमोत्कर्ष पर पहुंचा तो प्राण उसकी ताल और मिज़ाज मैं इतने रम गए कि अपने कूल्हे का दर्द भूल गए और इतने जोश के साथ नाचे कि उनका नृत्य अविस्मरणीय और फ़िल्म का मुख्य आकर्षण बन गया। लेकिन इसके बाद उनका दर्द और तेज़ हो गया और उन्हें चार-पांच दिन तक बिस्तर पकड़ना पड़ा।

फिर मलहम लगा कर, ब्रेस बेल्ट पहन कर, दर्द नाशक गोलियां खा कर शूटिंग पर आने लगे और कभी अनुपस्थिति या देर नहीं की!

अमिताभ बच्चन से इस गाने में प्राण के प्रदर्शन पर टिप्पणी करने को कहा गया तो उन्होंने नरगिस का कथन याद किया–'ज़ंजीर' के पठान द्वारा किए गए नाच गाने में प्राण ने इतना उत्साह व आनन्द भर दिया कि वे बड़े प्यारे लगने लगे।" फ़िल्म का ट्रायल शो देख कर उन्होंने प्राण से कहा–"क्या तुम्हें पता है, तुम अपने साथ काम करने वाले हीरो से भी अधिक जवान लगते हो।"

यह अमर गीत आज भी कहीं प्रसारित होता है या अन्त्याक्षरी[24] या किसी अन्य कार्यक्रम में मंच पर गाया जाता है तो दर्शक प्राण के नृत्य को याद करते हैं और वैसा ही नृत्य करने से स्वयं को नहीं रोक पाते।

7

प्राण 'ज़ंजीर' से जुड़ी अपनी यादें बताते हुए कहते हैं, "जब प्रकाश मेहरा ने मुझे शेर खान का किरदार सुनाया तो मुझे लगा कि इस किरदार के

24. अन्त्याक्षरीः किसी पद्य के अन्तिम अक्षर से आरम्भ होने वाला दूसरा पद। एक गायक जहां से छोड़ता है, उस पद के अन्तिम अक्षर से शुरू होने वाला गान!

प्रस्तुतीकरण में मेरे लिए अपनी प्रतिभा के प्रदर्शन के पर्याप्त अवसर हैं। जब पोशाक और गेटअप की चर्चा हुई तो प्रकाश मेहरा ने कहा आपको एक पठानी पगड़ी पहननी है। मगर मैंने बिना पगड़ी के ही पठान की परिकल्पना की थी। मैंने बीचो बीच मांग वाली लाल किए हुए बालों की विग तथा लाल ही दाढ़ी-मूंछ लगाकर पठानों की पोशाक पहन कर प्रकाश मेहरा को दिखाया तो वे सन्तुष्ट हो गए क्योंकि विग गेटअप के साथ-साथ किरदार को भी असरदार बना रही थी।

''मैंने पगड़ी पहने बिना ही शूटिंग शुरू कर दी। एक दिन शूटिंग के दौरान प्रकाश मेहरा मेरे पास आए और मेरे सामने एक पगड़ी रखते हुए बोले—'आज आपको यह पगड़ी पहननी पड़ेगी क्योंकि यह दृश्य की मांग है। आपका इंस्पेक्टर मित्र जेल में है और आपको उसकी ज़मानत के पैसों का इंतज़ाम करने के लिए पगड़ी गिरवीं रखनी होगी। और निश्चित रूप से आप पगड़ी पहने बिना ऐसा नहीं कर सकेंगे।' ऐसा कह कर प्रकाश मेहरा एक ओर हट गए और देखने लगे कि मैं क्या करता हूं।

मैंने तय कर लिया कि मुझे यह नहीं करना है। मुझे पगड़ी गिरवीं रखने का विचार पसंद नहीं आया, क्योंकि मेरी जानकारी के अनुसार पठान समाज में पगड़ी को मान मर्यादा और आत्म सम्मान का प्रतीक समझा जाता है और कोई भी पठान अपनी मान-मर्यादा व आत्मसम्मान गिरवीं नहीं रखेगा। काफी सोच-विचार के बाद मुझे एक तरीका सूझ गया।

'प्रकाश कुछ घबरा सा गया। वह बार-बार पूछ रहा था मैंने क्या तय किया? पगड़ी की जगह मैं क्या गिरवीं रखूंगा? मैं यह दृश्य करूंगा या नहीं और करूंगा तो कैसे करूंगा?'

मैंने कहा 'आप चिन्ता न करें। यह दृश्य बिना पगड़ी के होगा और अच्छी तरह से होगा। कैमरा स्टार्ट कीजिए और देखिए मैं क्या करता हूं?'

'प्रकाश मेहरा ने सशंकित होकर कैमरा स्टार्ट किया और शूटिंग शुरू की। दृश्य के अनुसार मैं सेठ के पास जाकर कर्ज़ मांगता हूं तो वह पूछता है, 'तुम्हारे पास गिरवीं रखने को क्या है?' मैंने तुरंत अपनी मूंछ से एक बाल निकाला और बोला—'यह लो लाला मेरी मूंछ का बाल! एक पठान के लिए उसकी मूंछ के बाल

से अधिक कीमती क्या हो सकता है, इसे गिरवीं रख लो।'' यह सुनकर सेठ तुरत उसे कर्ज़ देने को तैयार हो जाता है।

प्रकाश मेहरा बहुत प्रसन्न हुए और जब शॉट पूरा हुआ तो बोले—'वाह! मूंछ का बाल गिरवीं रखने का विचार अद्भुत है।'' प्राण कहते हैं—''प्रकाश मेहरा की महानता यह है कि वे अपने कलाकारों की बात पूरे आदर के साथ सुनते हैं और जहां ठीक लगे उनके सुझाव मानने और साथ ही उन्हें सफलता का श्रेय देने से भी नहीं हिचकते।''

मूंछ का बाल गिरवीं रखने का विचार कैसे आया इसका रहस्योद्घाटन करते हुए प्राण ने बताया कि ''काफ़ी सालों पहले मैंने एक कहानी सुनी थी– एक नवाब साब ने फ़रमान जारी किया कि मूंछ पर ताव देने का विशेष अधिकार सिर्फ़ उन्हीं को है और यदि, किसी कर्मचारी ने मूंछ पर ताव दिया तो उसे एक सौ रुपये जुर्माना देना होगा। किसी ने उनकी आज्ञा का उल्लंघन करने का साहस नहीं दिखाया। मगर एक पठान हर सुबह मूंछ पर ताव देकर आता तो एक सौ रुपये जुर्माना दे करके अपने काम पर लग जाता। नवाब सारी बात जानते-समझते हुए भी कुछ नहीं कर पा रहा था क्योंकि पठान जुर्माने की रक़म बराबर अदा कर रहा था। एक दिन नवाब ने देखा कि पठान मूंछे नीची किए हुए कुछ उदास सा चला आ रहा है। यह देख कर नवाब को चिन्ता हुई। 'क्या हुआ?' क्या पठान आर्थिक सम. स्या से घिर गया या कुछ और बात है? एक संवेदनशील व दयालु मालिक की तरह उसने पठान को अपने पास बुला कर पूछा। तो उदास पठान ने जबाव दिया कि, 'कल घर में लड़की पैदा हो गई, अब मेरी मूंछ हमेशा नीची ही रहेगी!'

मुझे यह कहानी याद आ गई और मैंने इसका उपयोग कर लिया।''

एक और घटना यह उजागर करती है कि किस तरह उन्होंने नवागत अभिनेता अमिताभ बच्चन की झिझक दूर करके उन्हें बेहतर प्रदर्शन करने में सहायता की। अपनी इलाहाबादी तहज़ीब के असर, शेरउड कॉलेज[25] की शिक्षा के प्रभाव तथा इस तथ्य के कारण कि प्राण उनके भाई के मित्र टुन्नी के पिता

---

25. शेरउड कॉलेज नैनीताल, उत्तरांचल में अवस्थित है।

हैं—शिष्ट व मृदुभाषी अमिताभ एक दृश्य में प्राण पर पर्याप्त मात्रा में क्रोध प्रकट करने में कठिनाई महसूस कर रहे थे।

प्राण उस दृश्य को याद करते हैं ''वह इंस्पेक्टर था, जो मेरे इलाक़े में नया ही आया था और रिवाज के मुताबिक उसने इलाक़े के अन्य बदमाशों की तरह मुझे भी थाने बुलाया। मैं थाने में जैसे ही कुर्सी पर बैठने लगता हूं वह कुर्सी पर ज़ोर से ठोकर मार कर कहता है—'यह पुलिस स्टेशन है तुम्हारे बाप का घर नहीं।' मैं जबाव देता हूं—'तुम वर्दी पहने हुए हो सो ऐसा कह रहे हो! इतने सालों से किसी ने मुझे ऐसा कहने का साहस नहीं किया!'

'इस दृश्य में उन्हें पूरे क्रोध व ज़ोर से कुर्सी को ठोकर मारनी थी, मगर वे कुछ संकोच कर रहे थे और कुर्सी को ठोकर मारने में पूरी ताकत नहीं लगा पा रहे थे। मैं उनकी भावनाओं को समझ गया और उन्हें समझाया—'यहां मुझे अपना अंकल नहीं, एक बदमाश समझो और अंकल को भूल कर पूरे ज़ोर से कुर्सी पर ठोकर मारो।' तब उन्होंने पूरे दम के साथ वह दृश्य पूरा किया। अमिताभ इतने शिष्ट व सम्मान देने वाले व्यक्ति हैं।

8

'ज़ंजीर' में नायिका की भूमिका अदा करने वाली जया बच्चन याद करती हैं कि 'ज़ंजीर' में मेरी भूमिका बहुत छोटी थी, केवल एक लड़की की जगह भरने के लिए ही मैं फ़िल्म में थी। मुझे एक घटना याद आती है—'हम लोग आर.के. स्टूडियो में शूटिंग कर रहे थे और उस दिन मुझे प्राण अंकल के साथ कुछ दृश्य फ़िल्माने थे। प्राण अंकल वक़्त के पाबंद और अनुशासित व्यक्ति हैं। वे एक ऐसे अभिनेता हैं जो पूरी तैयारी के साथ आते हैं। मैं समझती हूं उस दिन किसी अपरिहार्य कारण से उन्हें आने में देर हो गई। जैसे ही वे पहुंचे सब लोग फुसफुसाने लगे कि विश्वास नहीं होता आज प्राण साब को पहुंचने में देर हो गई!

वे स्टूडियो पहुंचकर सीधे मेरे पास आए और बोले,—'देखो, मुझे बहुत अफ़सोस है, मुझे आने में देर हो गई।' उनकी बात सुनकर मुझे बहुत संकोच

हुआ कि हर लिहाज़ से मुझसे इतने बड़े व्यक्ति मुझसे इस तरह बात कर रहे हैं जबकि मुझे कोई परेशानी नहीं हुई क्योंकि मुझे संजीव कुमार जैसे व्यक्ति के साथ काम करने का अनुभव था जो हमेशा देर से ही आते थे।''

इस घटना से यह उजागर होता है कि वे अपने से छोटे या बड़े सभी सह कलाकारों के साथ कितने सम्मान से पेश आते थे।

जया बच्चन का यह कथन संक्षेप में अन्य लोगों के विचारों को ही पुष्ट करता है।

प्राण की वक़्त की पाबंदी के बारे में अमिताभ बच्चन का कहना है–''किसी दिन के अपवाद को छोड़ कर प्राण साब हमेशा ही ठीक समय पर पूरे मेकअप के साथ सैट पर पहुंच जाया करते थे। आप तो जानते ही हैं कि वे कितना जटिल और भारी मेकअप करते थे। उन्हें पूरी तरह तैयार होने में दो घण्टे लग जाते थे। मगर सुबह सात बजे की शिफ्ट में भी वे ठीक सात बजे पूरी तरह तैयार होकर सैट पर पहुंच जाते। इसका मतलब उन्होंने सुबह पांच बजे स्टूडियो पहुंच कर मेकअप शुरू किया होगा और वे सुबह चार बजे ही उठ गए होंगे। हमें संकोच होता कि वे हमेशा हमसे आगे ही रहते।''

प्रकाश मेहरा प्राण के व्यक्तिगत व्यवहार के बारे में बताते हैं–''प्राण साब बड़े ही सहयोगी व सख़ाभाव रखने वाले इंसान हैं। उन्होंने मुझसे कभी पैसों का तक़ाजा नहीं किया बल्कि कहते मुझे तय की हुई रकम अपनी सुविधा से दे देना। यदि कोई समस्या हो तो बाद में दे देना। मुझे याद है पैसों के मामले में उनकी राजकपूर से ज़रा खटपट हो गई थी। चूंकि राजकपूर 'बॉबी' के निर्माण के दौरान आर्थिक संकट में फंस गए थे अतः उन्होंने केवल एक रुपया लेकर ही 'बाबी' में अपना काम कर दिया। वे एक बार पढ़कर ही स्क्रिप्ट को समझ जाते फिर मुझसे पूछते इस दृश्य को इस तरह करूं तो कैसा रहेगा? मैं कहता आपको जैसे ठीक लगे वैसे कीजिए। आपके अनुभव से मुझे लाभ ही होगा।''

9

11 मई 1973 को 'ज़ंजीर' प्रदर्शित हुई।

प्रथम दिन के प्रथम शो के दर्शकों की प्रतिक्रिया से प्रकाश मेहरा और उनकी टीम द्वारा खून-पसीना एक करके बनाई गई इस फ़िल्म के भाग्य का फ़ैसला होना था।

तीन घंटे बाद फ़ैसला आ गया। चारों तरफ़ से आने वाली प्रशंसा ने अपने-आप ही सब कुछ कह दिया। 'ज़ंजीर' हिट हो गई और साथ ही इसके सितारों के भी सितारे बुलंद हो गए।

प्रकाश मेहरा याद करते हैं कि जब कलकत्ता में आयोजित 'ज़ंजीर' के प्रीमियर शो में उनके साथ अमिताभ बच्चन व फ़िल्म के अन्य सितारे थे मगर किसी कारण से प्राण नहीं जा सके थे तो दर्शकों की व्यग्रता साफ़ दिख रही थी और दर्शकों ने पूछा–'हमारे हीरो कहां है?'

इसके कुछ हफ़्तों बाद नई दिल्ली के विज्ञान भवन में आयोजित एक चैरिटी प्रीमियर शो में जब प्राण स्टेज पर पहुंचे तो करतल ध्वनि से सारा हाल गूंज उठा। जब तक तालियां बजती रही प्राण ख़ामोश खड़े रहे और तालियां शांत होने पर उन्होंने दर्शकों को सम्बोधित किया–"आपकी तालियों और प्रशंसा के लिए बहुत धन्यवाद। आपके प्यार ने मुझे एक ज़ंजीर में जकड़ लिया है और यह बन्धन इतना प्यारा है कि मैं इसमें ताउम्र बंधा रहना चाहता हूं। आपके प्यार की ज़ंजीर में बंधे हुए हम सब आपको भी एक ज़ंजीर पेश कर रहे हैं। और वो है–प्रकाश मेहरा की 'ज़ंजीर' इस ज़ंजीर ने मुझे आप लोगों के साथ बांधने के साथ ही दो और व्यक्तियों को हमेशा के लिए एक दूसरे के साथ बांध दिया है–वे हैं–'अमित जी' और 'जया जी।'

मैं उनके विवाह में उपस्थित नहीं हो सका था और विवाह के बाद पहली बार आज यही मिल रहा हूं। सम्भवतः आप लोग भी विवाह के बाद उन्हें पहली बार ही देख रहे होंगे। अतः मैं अपने साथ-साथ आपकी तरफ से भी इन्हें बधाई देता हूं तथा अपना आशीर्वाद देता हूं।"

जी हां, 'ज़ंजीर' की सफलता के साथ ही अमिताभ और जया, जो एक दूसरे

को पसंद करने लगे थे, ने विवाह के निर्णय को और विलम्बित न करते हुए 3 जून 1973 को एक निजी समारोह में विवाह के बन्धन में बंध गए।

फ़िल्मफ़ेयर की हल्की समीक्षा के बावजूद 'ज़ंजीर' सुपरहिट हुई और इसने रजत-जयंती ही नहीं स्वर्ण-जयन्ती भी पूरी की।

'ज़ंजीर' से अमिताभ बच्चन की 'एंग्री यंग मैन' की छवि बनी। अमिताभ की सफलता में प्राण की महत्त्वपूर्ण भूमिका रही, इसे वे हमेशा स्वीकार करते हैं।

सिने समाचार पत्र स्क्रीन के मुख पृष्ठ पर शुक्रवार को उस सप्ताह प्रदर्शित होने वाली फ़िल्म में नायक या नायिका की एकल तस्वीर छपा करती थी। मगर जिस सप्ताह 'ज़ंजीर' प्रदर्शित हुई स्क्रीन ने अपनी परम्परा तोड़ते हुए अपने मुख पृष्ट पर एक नहीं बल्कि दो अभिनेताओं की तस्वीर छापी—अमिताभ और प्राण की!

इस फ़िल्म के सबसे बड़े सितारे प्राण थे।

एक चरित्र अभिनेता के नाम के बूते पर बनने के साथ-साथ कसी हुई स्क्रिप्ट और सामयिक स्थिति के अनुसार नायक की छवि के कारण दर्शकों ने 'ज़ंजीर' को पसंद किया और इसे अपार सफलता मिली।

न केवल भारत में बल्कि विदेशों में भी 'ज़ंजीर' काफ़ी सराही गई।

भारत की स्वतन्त्रता की तीसवीं वर्षगांठ के समारोह के लिए एक सांस्कृतिक दल के साथ गए प्राण का मास्को के सबसे बड़े थियेटर में दर्शकों की भारी भीड़ ने अभिनन्दन किया। उस थियेटर में एक सप्ताह व्यापी भारतीय सिनेमा के उत्सव का उद्घाटन 'ज़ंजीर' द्वारा किया गया।

'ज़ंजीर' के बाद प्राण और अमिताभ की एक सफल जोड़ी बन गई। इन दोनों ने एक साथ चौदह और फ़िल्मों में काम किया।[26] यानी कुल पन्द्रह फ़िल्मों में।

---

26. प्राण और अमिताभ बच्चन की पन्द्रह फ़िल्मों के नाम क्रमशः इस प्रकार हैं, ज़ंजीर (1973), कसौटी (1974), मजबूर (1974), अमर अकबर एन्थोनी (1977), डॉन (1978), गंगा की सौगन्ध (1978), दोस्ताना (1980), कालिया (1981), नसीब (1981), अन्धा कानून (1983), नास्तिक (1983), शराबी (1984), शहंशाह (1988), जादूगर (1989) और तूफ़ान (1989)।

जब अमिताभ से पूछा गया कि प्राण के साथ की हुई किस फ़िल्म को वे सर्वाधिक स्मरणीय मानते हैं और क्यों तो उन्होंने जबाव दिया–''मैं तो कहूंगा बहुत सारी हैं, उनमें से किसी एक को चुनना बहुत मुश्किल है। फिर भी यदि किसी एक का ही नाम लेना हो तो निश्चित रूप से 'ज़ंजीर' ही होगी। क्योंकि यह उनके साथ काम करने का मेरा प्रथम अनुभव था।

प्राण साब फ़िल्म के सबसे बड़े सितारे थे, जया का भी नाम था। प्रकाश मेहरा की गिनती बड़े निर्देशकों में होती थी, मगर मैं कुछ भी नहीं था।''

आज भी 'ज़ंजीर' को उसके एंग्री यंग मैन नायक के साथ-साथ प्राण साब पर फ़िल्माई गई प्रसिद्ध कव्वाली के लिए याद किया जाता है– 'यारी है ईमान मेरा यार मेरी ज़िंदगी'!

24

जीवन चक्र की एक परिक्रमा पूर्ण

1

अपने पेशे के प्रति पूर्ण समर्पण, भूमिकाओं के प्रति न्याय तथा निर्माता-. निर्देशकों से पूर्ण सहयोग करने के प्राण के गुणों के विकास में उनके सुखी व सन्तोषप्रद पारिवारिक जीवन का बहुत बड़ा योगदान रहा है और इसका मुख्य कारण रहा उनकी पारिवारिक परम्पराएं तथा जीवन मूल्यों में उनकी निष्ठा!

प्राण की पत्नी शुक्ला से जब पूछा गया कि 'पर्दे के बुरे व्यक्ति और वास्तविक जीवन के भले व्यक्ति के साथ आप कैसे सामंजस्य बैठाती हैं' तो उन्होंने जवाब दिया "मैं अच्छी तरह जानती थी कि पर्दे पर दिखने वाला एक काल्पनिक किरदार है जिसे वे अदा कर रहे हैं। मैं कई दशकों से उनके साथ हूं और उन्हें अच्छी तरह समझती हूं। उन्होंने पेशे और पारिवारिक जीवन में शुरू से पर्याप्त दूरी बनाए रखी है।"

अपनी मां की बात का समर्थन करते हुए पिंकी कहती है–"बिल्कुल ठीक,

घर पहुंचने पर वे स्नान करके तरो-ताज़ा होने के बाद ही पीने के लिए बैठते। यदि कभी कोई अतिथि उनकी प्रतीक्षा करते हुए पीना शुरू भी कर देता तो भी वे फ़्रेश होने के बाद ही उसके साथ पीने के लिए बैठते।

मेरी मां को शुरू से ही मेहमान नवाज़ी का बहुत शौक रहा है और डैडी भी घर पर आने वाले हर व्यक्ति का खुले दिल से स्वागत करते।"

1970 में प्राण और शुक्ला के विवाह के पच्चीस वर्ष पूरे हुए तो उन दोनों के साथ उनके बच्चों ने भी एकमत होकर उनके विवाह की रजत जयंती का जश्न मनाने का फ़ैसला किया।

18 अप्रैल 1970 की शाम को अनेक फ़िल्मी हस्तियां, मित्र और रिश्तेदार प्राण व शुक्ला को बधाई देने तथा उनकी खुशियों में शामिल होने उनके बंगले पर पहुंचे।

प्राण ने बताया कि मुझे सारी बातें याद नहीं है। हां, यह याद है कि "उस मौके पर मैंने शुक्ला को उपहार में नक़द राशि ही दी थी। परिणय के पच्चीस वर्ष पूर्ण करने के प्रतीक स्वरूप पच्चीस हजार तथा अपने कर्त्तव्यों का कुशलता पूर्वक निर्वाह करके खुद को अच्छी पत्नी साबित करने के लिए बोनस पच्चीस हजार, कुल पचास हजार रुपए दिए थे।"

उस शाम जैसे ही मेहमान आने शुरू हुए, परिवार के सदस्य उनका स्वागत करते हुए बंगले के विशाल लॉन में ले गए जहां एक ज़बरदस्त जश्न की पूरी तैयारी थी। अपने जीवन के इस महत्त्वपूर्ण मुक़ाम पर प्राण और शुक्ला ने एक-दूसरे को फूलों के हार पहनाए। घने गूंथे हुए हार। इस अवसर के लिए खासतौर से मद्रास से मंगवाए गए थे, जो उनके प्रगाढ़ बन्धन के प्रतीक थे। उन फूलों की मधुर महक उनके प्रेम और सामंजस्य को प्रदर्शित कर रही थी।

उस जश्न को याद करते हुए एक निकट मित्र ने बताया—"वह एक यादगार पार्टी थी। इसमें अशोक कुमार, राज कपूर, दिलीप कुमार, धर्मेन्द्र, मनोज कुमार तथा अन्य कई फ़िल्मी सितारे मौजूद थे। 'पचास वर्षीय प्राण जी पूरे उत्साह व उमंग से भरे हुए थे। हम लोग उस रात प्राण जी की एक भिन्न छवि देखकर आश्चर्य चकित हो गए थे। पर्दे पर अपने बहुरंगी गेट अप, मेक अप और वस्त्रों

प्राण और शुक्ला के विवाह की रजत जयन्ती मनाने के निमित्त आयोजित समारोह में सम्मिलित मान्य व्यक्तियों में धर्मेन्द्र, मनोज कुमार और राजकपूर साफ चमक रहे हैं प्राण एक सफेद कुर्ते में दीख रहे हैं

के शौकीन प्राण, अपनी उस छवि के विपरीत, सफेद धोती-कुर्ता पहने हुए, एक बड़े, फ़िल्मी सितारे की बजाए एक साधारण मध्यमवर्गीय परिवार के मुखिया लग रहे थे!''

सुबह दो बजे तक शराब पानी की तरह बहाई गई। बिना किसी पूर्व नियोजित कार्यक्रम या तैयारी के राजकपूर और दिलीप कपूर ने साथ मिल कर डुयेट गानों का कार्यक्रम प्रस्तुत किया।

इन दोनों की पारिवारिक पृष्ठ भूमि पेशावर से होने के कारण कोई भी यह समझ सकता है कि इन लोगों ने पश्चिमोत्तर सीमांत प्रांत के लोकगीत ही गाए होंगे, मगर नहीं, इन दोनों ने लोकप्रिय बंगला गीत गाए।

उनके गाने के दौरान अपने पतियों के साथ गाने में शामिल न होने वाली कृष्णा कपूर व सायरा बानू की ख़ातिर-तवाज़ो शुक्ला ने की।

2

प्राण और शुक्ला के बच्चे बड़े हो रहे थे और अब उनके अपने भविष्य की योजनाओं से सम्बन्धित महत्त्वपूर्ण निर्णय लेने का समय आ गया था।

उनके सबसे बड़े पुत्र अरविन्द, 1963 से इंग्लैंड में थे। अपनी स्नातकोत्तर शिक्षा पूरी करके केमिकल इंजीनियरिंग में पी. एच. डीकर लेने के बाद वे लन्दन के इम्पीरियल कॉलेज में रिसर्च करने लगे। उनके बारे में प्राण बताते हैं—"केमिकल इंजीनियरिंग की शिक्षा पूरी करने के बाद अरविन्द ने इंग्लैण्ड में ही बसने का निर्णय ले लिया। उसने पहले वहां जॉब किया और फिर अपना व्यवसाय शुरू कर दिया।"

प्राण अपने पुत्र को बहुत प्यार करते हैं और उसकी दूरी का दर्द भी उन्हें सालता जरूर है, मगर उसके फ़ैसले में वे किसी प्रकार का हस्तक्षेप करना उचित नहीं समझते।

अपने पुत्र के प्रति प्राण का प्रेम कई बार उनकी व्यक्तिगत पसंद पर भी हावी हो जाता है, जैसे उनकी कपड़ों की पसन्द पर।

कई वर्षों तक रंग-बिरंगे फ़ैन्सी कपड़े पहनने की हौंस पूरी कर लेने के बाद, प्राण धीरे-धीरे, केवल सफ़ेद कपड़े ही पसन्द करने लगे और वह भी इस हद तक कि अपने कैरियर की बुलंदी पर रहते हुए भी वे केवल सफेद पैंट और सफेद शर्ट ही पहनते थे। यह पोशाक ही जैसे उनकी पहचान बन गई थी।

ऋषि कपूर उनके वस्त्रों के बारे में कहते हैं—"प्राण साब के पहनावे का खास अन्दाज़ था—सफ़ेद ही शर्ट सफ़ेद पैंट और सफ़ेद चप्पल। जब मैं छोटा था तो उन्हें हमेशा एक जैसे कपड़ों में देखकर सोचता था कि लगता है ये हर रोज एक ही शर्ट पहनते हैं । मगर वास्तव में उनके पास एक ही तरह के कई टी-शर्ट व पैंट थे।" कुछ समय बाद प्राण भड़कीले व चटख रंगों के कपड़े फिर पहनने लगे। उनसे जब इस बारे में पूछा गया तो उन्होंने कहा—"मेरे बेटे ने मेरे कपड़ों की स्टाइल का सत्यानाश कर दिया। उसने

लन्दन से मुझे कुछ रंग-बिरंगे टी शर्ट भेज दिए तो मैं अपने सफ़ेद कपड़े ही पहनने के नियम पर दृढ़ नहीं रह सका![1]

अरविन्द के तेइस-चौबीस वर्ष का होने पर प्राण व शुक्ला ने उसके लिए योग्य वधू की तलाश शुरू कर दी। इस योग्य पात्र के लिए जो लम्बा, गोरा व सुदर्शन होने के साथ ही सुशिक्षित और सुव्यवस्थित भी था, रिश्तों की बाढ़ सी आ गई।

प्राण ने कंधे उचकाते हुए बताया—"जैसा कि लोग कहते हैं, शादियां स्वर्ग में ही तय हो जाती है। हमारा इन पर कोई अख़्तियार नहीं है।"

लेकिन अरविन्द के विवाह के बन्धन में बंधने के निर्णय से काफ़ी पहले ही, प्राण व शुक्ला के द्वितीय पुत्र, सुनील, इस क़तार में आगे आ गए।

अपनी स्कूली शिक्षा पूरी करने के बाद सुनील ने बोम्बे के सेंट जेवियर्स कॉलेज में दाखिला लिया, मगर 1968 में कॉलेज छोड़ दी। यह बात उसके माता-पिता दोनों को ही नापसंद रही लेकिन इससे भी अधिक चिन्तित वे तब हुए, जब उन्हें पता चला कि वह नई दिल्ली की एक एयर होस्टेस ज्योति दास (एक रिटायर्ड जनरल की पुत्री) से प्रेम करने लगा है। सब कुछ देख-समझ कर प्राण और शुक्ला ने उन दोनो का विवाह कर देना उचित समझा और इसके लिए शुभ मुहूर्त्त दिखाया गया तो पंडितों ने तीन तिथियां सुझाई 12, 25 और 28 फरवरी "मैंने इन तीनों तारीखों में से कोई एक तारीख चुनने के लिए जब सुनील को कहा" तो प्राण ने याद करते हुए सुनील का जवाब बताया "जब इन तीन तारीखों में से कोई एक चुननी है, तो मेरी शादी 12 फरवरी को ही रखिए क्योंकि यह आपका जन्मदिन भी है। इस तारीख को एक साल मैं पार्टी दूंगा और अगले साल आप।

इस पर मैंने हंसते हुए कहा—'यह क्यों नहीं कहते कि इन तीनों तारीखों में 12 तारीख ही सबसे पहले आने वाली है!"

चूंकि प्राण कृष्ण सिकंद के परिवार में यह पहली शादी थी और उन्हें शादी की विभिन्न रस्म-रिवाजों की पूरी जानकारी भी नहीं थी। अतः इस मामले में

---

1. स्क्रीन के 17 जून 1983 के अंक में प्रकाशित रफ़ीक बग़दादी व राजीव राव के लेख में 'Pran: Arch Villain Turned Character Actor'.

राजकपूर और उनकी पत्नी कृष्णा ने उनकी पूरी मदद की। उन्होंने बताया कि बारात रवाना होने से पहले जिस घोड़ी पर दूल्हे को चढ़ कर चलना है, उस घोड़ी को चना खिलाने की रस्म अदा की जाती है। इसी प्रकार कपूर दम्पत्ति ने सारी रस्में ठीक ढंग से अदा कराई और बारात विवाह-स्थल पर पहुंची।

शादी का स्वागत समारोह बोम्बे के ताजमहल होटल में आयोजित किया गया, जहां से कई वर्ष पूर्व, 1947 में, प्राण और शुक्ला ने अपनी बोम्बे की ज़िंदगी की यात्रा शुरू की थी।

स्वागत समारोह में महाराष्ट्र के तत्कालीन गर्वनर नवाब यावर अली जंग और सिंचाई मन्त्री बसंतराव पाटिल सपत्नीक उपस्थित थे। फ़िल्म जगत के जगमगाते सितारों में राजकपूर, उनकी पत्नी कृष्णा, पुत्र चिंटू, नरगिस, सुनील दत्त, निम्मी और उनके पति अली रज़ा, दिलीप कुमार, सायरा बानू, जयराज तथा अन्य कई सितारे उपस्थित थे।

विवाह के दो साल बाद 6 जनवरी 1974 को सुनील व ज्योति ने प्राण व शुक्ला को प्रथम पौत्र का उपहार दिया। जिसका नाम उन्होंने रखा–'सिद्धार्थ।'

छोटे पुत्र सुनील सिकन्द के विवाह के अवसर पर (दाएं से बाएं) बड़े भाई प्रेम, शुक्ला, प्राण, छोटा भाई कृपाल, बहिन प्रमिला, भाभी कुलदीप, पिंकी और राजकपूर

1963 से इंग्लैंड में रहते हुए अरविन्द का वहां अपना मित्र मंडल बन चुका था, उन्हीं में से किसी के माध्यम से, वे एक ब्रिगेडियर की बेटी चित्रा से मिले।

शुक्ला याद करती हैं कि "जब अरविन्द ने हमारे सामने, चित्रा से विवाह करने की अपनी इच्छा प्रकट की तो हमने भी स्वीकृति दे दी। अपने पुत्र की पसंद पर हम भी खुश थे। चूंकि चित्रा के पिता उस समय दिल्ली में नियुक्त थे इसलिए हम लोगों ने दिल्ली में ही विवाह करने का फैसला किया।"

अरविन्द सिकन्द और प्राण अरविन्द की शादी में

21 सितम्बर 1974 को अरविन्द और चित्रा का विवाह सम्पन्न हुआ और लगभग दो वर्षों बाद, 7 अगस्त 1976 को उनके एक प्यारी पुत्री पैदा हुई, जिसका नाम सुनयना रखा गया। फिर 6 वर्ष बाद 5 मार्च 1980 को उन्हें पुत्र रत्न की प्राप्ति हुई, जिसे 'अर्जुन' के नाम से पुकारा गया। डेढ़ वर्ष का हा. ने तक इस जातक की परवरिश बोम्बे में उसकी दादी शुक्ला ने की। इसका कारण समझाते हुए शुक्ला ने बताया,—"चूंकि अरविन्द और चित्रा, दोनों ही कामकाजी होने के कारण, अर्जुन की देखभाल करने में असहजता अनुभव कर रहे थे और उसे उस आयु में किसी नर्सरी में भेजना उन्हें उचित नहीं लग रहा था क्योंकि वह रोता भी बहुत था। अतः जब वह चार-पांच महीने का था, तभी मैं उसे अपने पास बोम्बे ले आई। यहां कुछ समय उसे अपने पास रखकर मैंने उसके माता-पिता के पास फिर वापस वहीं भेज दिया।

जब सुनयना और अर्जुन छोटे थे तो मैं हर वर्ष लन्दन जा कर कुछ महीने वहां रहती थी। मैं चाहती थी कि बच्चे जानें कि उनके और भी रिश्तेदार हैं जो उनके अपने हैं।''

इसके फलस्वरूप, अरविन्द अपने परिवार सहित लन्दन में बसा होने के बावजूद, अपने माता-पिता के प्रगाढ़ स्नेह बंधन में भी बंधा हुआ है और इस प्रकार दादा-दादी से भी पोते-पोती का घनिष्ठ रिश्ता बना रह सका है!

3

अपने भाइयों की अपेक्षा पिंकी को काफ़ी बाद में बोर्डिंग स्कूल भेजा गया अतः स्वाभाविक रूप से वह अपने पिता के काफ़ी नजदीक रही!

खलनायक से चरित्र अभिनेता तथा पुनः खल पात्रों की ओर प्रवृत होने के लिए प्राण को प्रथम प्रेरणा पिंकी ने ही दी थी!

पिंकी बताती है,–''डैडी मुझे एक राजकुमारी की तरह रखते थे। मां मुझे 'गुड़िया रानी' कह कर पुकारती थी। डैडी के मित्रों के बीच भी मेरा विशेष दर्जा था। दिलीप अंकल मुझे 'प्रिंसेस मार्गरेट' कहा करते थे!''

इस 'राजकुमारी' ने भी बड़ी होकर खुद ही अपने 'सपनों का राजकुमार अपने आपा चुना, मगर किसी दूर देश से नहीं, बल्कि अपने घर के निकट पाली हिल से ही, अपने पिता के निकटतम मित्र सतीश और शालू भल्ला के पुत्र विवेक भल्ला को।

सतीश भल्ला एक सम्पन्न ज़मीदार के पुत्र थे। वे शुरू से ही प्राण के प्रशंसक थे, फिर मित्र बने और अन्ततः उनके समधी बन गए। उनकी बॉन चाइना क्रॉकरी की फ़ैक्टरी थी जिसके उत्पादन को वे निर्यात किया करते थे।

अपनी मृत्यु से कुछ महीनों पहले दिए गए एक साक्षात्कार में उन्होंने प्राण को 'ऊपर से कठोर दिखने वाला नर्म दिल इंसान' बताते हुए कहा–''प्राण को निकट से जानने वाले उन्हें 'बदनाम फ़रिश्ता' कहते थे।''

सतीश भल्ला प्राण को तब से जानते थे जब वे लाहौर में थे और वे स्वयं किशोरावस्था में थे।

"मैं उस समय लगभग तेरह वर्ष का था–प्राण जी हमारे हीरो थे, मगर उस समय, जब हम लाहौर में थे, वे मुझे नहीं जानते थे। उस समय वे 'खलनायक' भी नहीं थे, यह तो वे बाद में बने। और जब देश का विभाजन हुआ, हमारा सम्पर्क टूट गया। विभाजन के बाद, वे बोम्बे आ गए और यहां काम करने लगे। 1955 के आसपास कुछ साझे मित्रों के माध्यम से, मैं उनसे मिला और उन्हीं दिनों हम दोनों में मित्रता हो गई।"

सतीश भल्ला अप्रत्यक्ष रूप से फ़िल्म उद्योग से जुड़े हुए थे। उनके पिता का बोम्बे में फ़िल्मों के फाइनेंस व वितरण का कारोबार था इसी सिलसिले में वे प्राण के सम्पर्क में आए।

"1957 के आखिर तक मैं बोम्बे चला आया और (तब मैं) मालाबार हिल में दर्शन अपार्टमेंट में रहता था। उस समय प्राण जी हमारे घर भी आने लगे थे और हम लोग एक-दूसरे के काफ़ी करीब आ गए।

उन्होंने प्राण से अपनी निकटता दर्शाती हुई एक घटना का उल्लेख किया–

"पचास के दशक में प्राण को एक फ़िल्म में काम करने के लिए साठ से सत्तर हजार रुपए मिला करते थे। एक दिन सब कछ बदल गया।

एक रात लगभग एक बजे प्राण पाली हिल स्थित मेरे घर पर आए, मैं और मेरी पत्नी गहरी नींद में सोए हुए थे। उन्होंने हमारी खिड़की पर दस्तक दे कर हमें जगाया और बोले–'मैं अभी जश्न मनाना चाहता हूं क्योंकि मुझे आप लोगों को एक अच्छी खबर सुनानी है। वे हमारे शयन कक्ष में आ गए। हम लोगों ने साथ में ड्रिंक लिया और उन्होंने मेरी पत्नी को एक साड़ी भेंट की। मैंने पूछा–'इतनी रात गए ये सब किस खुशी में?' तो उनके शब्द थे–'आज मैंने हजारों की सीमा लांघ कर एक लाख रुपए में एक फ़िल्म साइन की है। यह पहली फ़िल्म है, जिसके लिए मुझे इतनी बड़ी रकम मिल रही है और मैं अपनी यह खुशी आपके साथ बांटना चाहता हूं।"

अपनी बात जारी रखते हुए सतीश भल्ला बताते हैं, "मैं प्राण जी को पचास

वर्षों से भी अधिक समय से जानता हूं, उनमें कुछ गुण तो बिल्कुल असाधारण हैं। जिनमें एक है उनकी अत्यधिक उदारता।

मैं फ़िल्म उद्योग के अन्दर या बाहर किसी व्यक्ति को नहीं जानता या कभी यह नहीं सुना कि प्राण ने कभी भी किसी को कोई क्षति पहुंचाई है अथवा किसी के प्रति कुछ बुरा कहा है।

मेरे पास यह बताने के लिए शब्द नहीं है कि उनका समधी बन कर मैं अपने आपको कितना सौभाग्यशाली समझता हूं। इसके लिए मैं पूरी तरह अपने पुत्र व पुत्र वधू का आभारी हूं मैं समझता हूं कि इस विषय में, मेरे या प्राण जी से अधिक, निर्णय उन्हीं दोनों का था। पूरी ईमानदारी से कहूं तो हम लोगों को इस बात का कोई आभास ही नहीं था कि ऐसा कुछ होने जा रहा है। दोनों परिवार एक दूसरे के इतने निकट थे कि दोनों को एक-दूसरे के घर की तमाम बातों की जानकारी रहती थी। मगर हम में से किसी को भी इस बात की भनक तक नहीं पड़ी कि विवेक और पिंकी एक दूसरे से प्यार करने लगे हैं। मुझे गर्व है कि प्राण जी और भाभीजी मेरे समधी-समधिन हैं और पिंकी मेरी पुत्रवधू!''

पिंकी अपने सास-ससुर के साथ अपने सहज सम्बन्धों के बारे में बताती है कि, 'मुझे बच्चे बहुत प्यारे लगते थे और मैं, अपने आस पड़ोस के बच्चों को, इकट्ठा करके, घर में उनके साथ खेलती थी। यह देख कर सतीश अंकल (मेरी शादी से पहले) मुझे पिंकु आंटी कह कर पुकारते थे। मेरे ससुर बनने के बाद भी उन्होंने हमेशा (अपने देहान्त तक) मुझे पिंकु आंटी कह कर ही बुलाया।'

प्राण अपने समधी के बारे में बताते हैं कि, ''मेरे समधी सतीश भल्ला कई दशकों से मेरे मित्र थे। वे बड़े ज़िंदादिल इंसान थे। उनका व्यक्तित्व आकर्षक था। वे बहुत सुन्दर और स्मार्ट थे। सब लोग उनसे पूछते कि, 'वे हीरो क्यों नहीं बन जाते?

तो वह यही जबाव देते,—'उनके पेट पर लात नहीं मारना चाहता। मेरे कई मित्र हैं, जो हीरो हैं, मैं हीरो बन कर उनकी रोजी नहीं छीनना चाहता!''

पिंकी ने बताया कि—''मेरे दोनों भाइयों का विवाह हो चुका था, अतः मेरे

माता-पिता चाहते थे कि मैं भी विवाह करके अपना घर बसा कर व्यवस्थित हो जाऊं। 1974 में जब मैं कॉलेज के आखिरी वर्ष में थी तभी उनके पास मेरे लिए काफ़ी रिश्ते आने शुरू हो गए थे।"

पिंकी विवेक को बचपन से ही जानती थी। दोनों परिवार पास-पास ही रहते थे और आपस में एक-दूसरे के घर बराबर आना-जाना लगा रहता था। इस बीच पिंकी और विवेक एक दूसरे को चाहने लगे और बहुत छोटे थे तभी से साथ में जीवन बिताने के सपने देखने लगे जिसे उन्होंने समय आने पर अपने माता-पिता के सामने प्रकट कर दिया।

मगर अन्य सभी माता-पिताओं की तरह प्राण और शुक्ला भी इस बात से चिन्तित थे कि अभी तक विवेक ने अपनी पढ़ाई पूरी नहीं की थी।

पिंकी स्वीकार करती है कि "इसीलिए शुरू में मेरे माता-पिता मेरे इस विचार से प्रसन्न नहीं थे। वे जानते थे कि विवेक एम. बी. ए. की शिक्षा पूरी करने के लिए अमेरिका के सेन डीगो में चार साल रहेगा। आखिरकार उन्होंने देखा कि हम दोनों में सच्चा प्यार है तो वे मान गए। तब मैं आगे पढ़ाई न करके विवेक के लौटने की प्रतीक्षा करने लगी।"

और फिर चार वर्षों बाद 19 जनवरी 1978 को पिंकी और विवेक का विवाह हो गया।

पिंकी और विवेक की शादी के अवसर पर (दाएं से बाएं) अरविन्द, चित्रा, प्राण, विवेक, पिंकी, शुक्ला, ज्योति और सुनील

बच्चों ने दोनों परिवारों की मित्रता को रिश्ते में बदल कर सम्बन्धों को मजबूती प्रदान की।

संयोग की बात है कि उसी साल प्रदर्शित फ़िल्म 'अपना खून' में भी ऐसा ही कुछ घटित हुआ और प्राण ने अशोक कुमार के साथ बड़े मस्ती भरे अंदाज़ में नाच कर गाया था—

''हम दोनों हैं बचपन के यार, यार से हो गए रिश्तेदार!''

बोम्बे के महालक्ष्मी रेसकोर्स के टर्फ क्लब में आयोजित पिंकी के विवाह समारोह की रिपोर्ट में स्टार एंड स्टाइल ने लिखा—'उस शाम का सर्वाधिक हृदयस्पर्शी दृश्य यह था कि अपनी लाडली पुत्री पिंकी को विदा करता हुआ पूर्ववर्ती खलनायक प्राण आंसुओं में डूबा हुआ है!''

यह प्रकट होने पर भी कि नव विवाहित युगल कनाडा में बसने चला जाएगा प्राण ने किसी प्रकार की कोई आपत्ति प्रकट नहीं की, मगर जब उन्होंने अपना निर्णय बदल कर बोम्बे में ही बसने का फैसला किया तो प्राण ने निश्चित रूप से राहत की सांस ली होगी।

30 दिसम्बर 1979 को पिंकी और विवेक भल्ला के घर उनकी प्रथम सन्तान एक कन्या का जन्म हुआ जो बिल्कुल अपनी मां का ही प्रतिरूप है और उसे नाम मिला—'स्वाती।' राजकुमारी की गोद में अब अपनी नन्हीं राजकुमारी थी। लगभग चार वर्षों बाद 17 अगस्त 1983 को उसने एक पुत्र को जन्म दिया जिसका समुचित नामकरण किया गया—'युवराज।'

अपने बच्चों के जीवन साथियों के चुनाव के बारे में प्राण कहते हैं, ''पुराने जमाने में प्रेम विवाह बिरले ही होते थे—शायद लाखों में एक। आज मेरे सभी बच्चों ने प्रेम विवाह किया है।'' फिर चुटकी लेने के लिए जरा शर्माते हुए कहा—''मेरा विवाह भी तो तयशुदा प्रेम विवाह ही था!''

जीवन चक्र ने अपनी धुरी पर एक परिक्रमा पूर्ण की। इन दस वर्षों की अवधि में प्राण और शुक्ला ने न केवल अपने दाम्पत्य-जीवन के पच्चीस वर्ष पूर्ण किए, बल्कि वे अपने बच्चों द्वारा जल्दी-जल्दी पदोन्नत भी कर डाले गए। माता-पिता से सास-ससुर और फिर दादा-दादी।

एक परिक्रमा पूर्ण कर दूसरी की शुरूआत के बारे में चिन्तन करते हुए प्राण कहते हैं,–"जब मेरी बेटी का विवाह हो गया तो मुझे लगा कि मेरी ज़िम्मेदारियां पूरी हो गई, मगर अब ऐसा लग रहा है कि ये दुगुनी हो गई। क्योंकि अब मेरे पांच नाती-नातिन हैं।"[2]

---

2. सिने ब्लिट्ज़ के दिसम्बर 1989 के अंक में प्रकाशित सन्तोष सूद के लेख 'Unforgettable Pran' से उद्धृत।

25

सत्तर के दशक की सतत सफलता

1

प्राण और अमिताभ की जोड़ी ने 1973 में मिली 'ज़ंजीर' की ज़बरदस्त सफलता को 'कसौटी'[1] 'मजबूर'[2] 'अमर अकबर एन्थनी'[3] 'डॉन'[4] और 'गंगा की सौगन्ध'[5] में पुनः दोहराया।

'कसौटी' में प्राण ने पूरी तरह प्रफुल्लित कर देने वाली एक नेपाली गुरखा की भूमिका निभाई थी जो नायक अमिताभ बच्चन का मित्र बन जाता है। यह मात्र एक रंगीला और महत्त्वपूर्ण किरदार ही नहीं था बल्कि अपनी कई फ़िल्मों

1. कसौटी, निर्देशक अरविन्द सैन (1974) फ़िल्म में हेमामालिनी और अमिताभ थे।
2. मजबूर (1974) रवि टंडन निर्देशित इस फ़िल्म में परवीन बॉबी और अमिताभ थे।
3. अमर अकबर एन्थोनी (1977) मनमोहन देसाई की इस फ़िल्म में विनोद खन्ना और ऋषि कपूर, शबाना आज़मी, नीतू सिंह, परवीन बॉबी तथा अमिताभ बच्चन थे।
4. डॉन (1978) चन्द्रा बारोट की इस फ़िल्म में अमिताभ बच्चन के साथ जीनत अमान थी।
5. गंगा की सौगन्ध (1978) निर्देशक सुलतान अहमद की इस फ़िल्म में रेखा, अमिताभ और अमजद खान थे।

में प्राण से काम ले चुके निर्देशक अरविन्द सेन ने दर्शकों की पसन्द पहचानते हुए कहानी पर काम करके प्राण पर एक गाना फ़िल्माने की सिचुयेशन भी बनाई। निःसन्देह 'ज़ंजीर' में प्राण पर फ़िल्माए गए गाने की सफलता ने ही उन्हें इसके लिए प्रेरित किया था।

'कसौटी' के गाने को वर्मा मलिक ने लिखा, कल्याण जी आनन्द जी ने संगीतबद्ध किया और 'उपकार' में प्राण के लिए गाना गाने से साफ़ मुकर जाने वाले किशोर कुमार ने बड़े ही दिलचस्प अन्दाज़ में नेपाली लहज़े में गाया –''हम बोलेगा तो, बोलोगे कि, बोलता है'' इस गाने ने दर्शकों को खुश करने के साथ ही उस साल के टॉप गीतों में अपना स्थान बनाया और फ़िल्म की सफलता में अपना महत्त्वपूर्ण योगदान दिया।

प्राण को शुरू से ही अपने ऊपर गाना फ़िल्माना अरुचिकर लगता था। स्टार एंड स्टाइल में प्रकाशित एक साक्षात्कार में उन्होंने कहा–''मैं इन लोगों से कहता हूं अच्छी चीजों की ज़्यादती मत करो, मगर ये लोग सुनते ही नहीं! अफ़वाहों के विपरीत, मैं कभी गाने का आग्रह नहीं करता, बल्कि हाथ जोड़कर उनसे प्रार्थना करता हूं कि मुझसे मत गवाइए। मगर, 'ज़ंजीर', 'मजबूर' 'कसौटी' सभी के गाने हिट रहे। उदाहरण के लिए 'कसौटी' में मेरे गाने की कोई आवश्यकता नहीं थी मगर वह गाना फ़िल्म का मुख्य आकर्षण बन गया!''

''रवि टंडन निर्देशित 'मजबूर' में मेरा किरदार बहुत महत्त्वपूर्ण था। यह ऐसा बुरा व्यक्ति था। जिसके दिल में अच्छी भावना थी और नाम था–'माइकल डी' सूजा।''

प्राण प्रसन्न होकर उस भूमिका को याद करते हुए कहते हैं, ''मजबूर में मेरा किरदार छोटा होते हुए भी दर्शकों के चित्त-चढ़ने वाला था।

मैंने इस फ़िल्म को पहली बार दिल्ली में टी. वी., पर देखा था जब मैं वहां सरकार की नई एक्साइज़ लेवी[6] पर बात करने गया था।

मैं समझता हूं फ़िल्म की बारहवीं या तेरहवीं रील में मेरी एन्ट्री थी, मगर क्या ज़बरदस्त एन्ट्री थी!''

---

6. प्राण अपवाद स्वरूप फ़िल्म देखते थे!

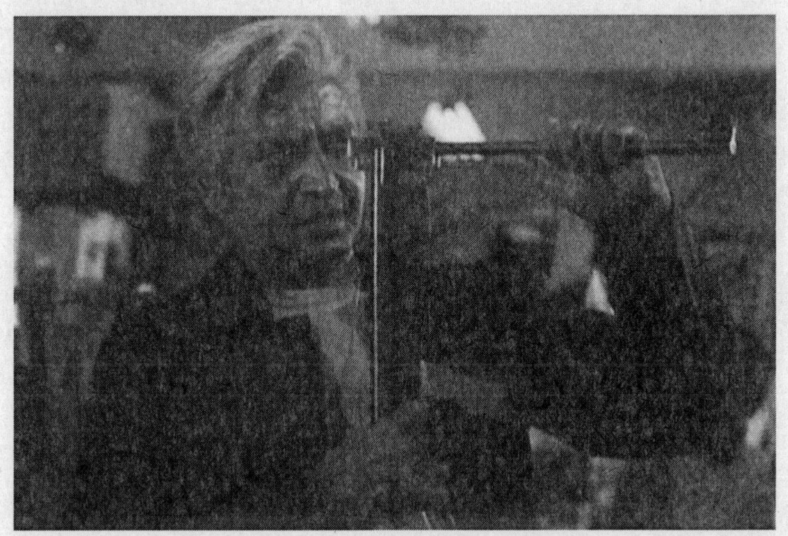

फ़िल्म मजबूर में माइकल डीसूज़ा के अविस्मरणीय रोल में प्राण

कहानी के महत्त्वपूर्ण किरदार का मध्यान्तर के बाद प्रवेश एक असामान्य सी बात थी, मगर उसका प्रवेश व परिचय बड़े ही अनोखे ढ़ंग से दिखाया गया था। दर्शक आज भी उस दृश्य को याद करते हैं जब कैमरा एक व्यक्ति पर टिका हुआ दिख रहा था कि वह व्यक्ति दूरबीन से दूर से आते हुए व्यक्ति (अपने शिकार) को देख रहा है। मगर ग़ौर करने वाली बात यह थी कि वह वास्तव में दूरबीन से नहीं बल्कि अपने अंगूठे पर चारों उंगलियों को गोलाकार करके दूरबीन का आकार बना कर देख रहा था।

माइकल डी सूजा द्वारा सामने वाले व्यक्ति या वस्तुओं को अपने हाथों से दूरबीन बना कर देखने की यही अदा फ़िल्म का मुख्य आकर्षण बन गई। अन्ततः इस दूरबीन से ही वह असली हत्यारे को भी पहचानता है।

उंगलियों से दूरबीन बना कर देखने का विचार प्राण के ही दिमाग़ की उपज थी। इस फ़िल्म के लिए अपने प्रथम दृश्य की शूटिंग, जो कि माइकल डी सूजा की मृत्यु का दृश्य था, के दौरान प्राण रवि टंडन के कार्य पर निकटता से ग़ौर कर रहे थे।

अपनी आखिरी सांसें गिनते हुए भी प्राण ने ग़ौर किया कि रवि टंडन अपने एक हाथ के अंगूठे पर चारों उंगलियों को गोलाकार रख कर कैमरे का एंगल देख रहे थे। तो प्राण ने सोचा 'क्यों न ऐसा दोनों हाथों से किया जाए और इस प्रकार इस विचार ने जन्म लिया। यह न केवल माइकल डी सूजा के प्रथम परिचय में बल्कि पूरी फ़िल्म में ही इसका प्रयोग किया गया। इस प्रकार प्राण अपने दृश्यों में छोटी-छोटी अदाएं भर कर उन्हें साधारण से असाधारण बना देते हैं! अपने कार्य में विशेष रूचि के साथ विभिन्न विचारों का समावेश करने की प्राण की प्रवृत्ति से रवि टंडन काफी प्रभावित हुए। माइकल डी' सूजा के मृत्यु के दृश्य का उदाहरण लें – वह गोली से घायल होने के बावजूद खलनायक को पिस्तोल की नोक पर अटका कर रखने में कामयाब हो गया। वह हर क्षण कमजोर पड़ता जा रहा था, मगर उसे खलनायक को तब तक अटका कर रखना था जब तक डॉक्टर को लेने गया नायक वापस नहीं आ जाता। सस्पेंस बरकरार रखने के लिए यह दृश्य काफी लम्बा हो गया था। इस दृश्य को अविस्मरणीय व असरदार बनाने में प्राण के योगदान को रवि टंडन स्वीकार करते हैं–''प्राण ने सुझाव दिया कि मृत्यु के दृश्य के दौरान वे कई बार अपने मेकअप में परिवर्तन करेंगे। इतने लम्बे क्लाईमेक्स में मरते हुए व्यक्ति की स्थिति में सूक्ष्म परिवर्तन होना लाज़िमी व आवश्यक है।

मैं यह जरूर कहूंगा कि हर शॉट में मेकअप में परिवर्तन करके प्राण ने उस लम्बे और महत्त्वपूर्ण दृश्य को काफी प्रभावशाली व वास्तविक बना दिया। प्राण अपने किरदार से इस कदर जुड़े हुए थे कि बार-बार खुद ही अपने मेकअप में परिवर्तन कर रहे थे जिसका पूर्ण प्रभाव पर्दे पर प्रकट हुआ!

'मजबूर' में अपनी संक्षिप्त मगर असरदार भूमिका को नाचते हुए गाना-गाकर प्राण ने और भी प्रभावशाली बना दिया। वो गाना था– 'दारू की बोतल में, काहे पानी भरता है? फिर ना कहना माइकल दारू पी के दंगा करता है?'

'मजबूर' में प्राण का प्रदर्शन उनकी चरित्र अभिनेता की नई छवि को आगे

बढ़ाने में सहायक सिद्ध हुआ। इसे देखकर निर्माताओं व दर्शकों ने प्राण की आशातीत क्षमताओं को समझा।

तिरुपति पिक्चर्स की 'परिचय' में ऊपर से कठोर मगर, भीतर से नरम दिल दादाजी की भूमिका अदा कर के प्राण ने एक बार फिर दर्शकों को अचम्भित कर दिया। इस फ़िल्म के सहकथाकार व निर्देशक गुलजार थे।

इसमें प्राण ने अपने इकलौते बेटे (संजीव कुमार) के प्यार से वंचित एक दौलतमन्द अनुशासन प्रिय वृद्ध व्यक्ति की भूमिका अदा की थी। उसका बेटा, अपनी प्रेमिका से विवाह करने पर, पिता का प्रबल विरोध देख कर घर छोड़ कर चला जाता है और बीमार होकर पैसों के अभाव में बिना इलाज के मर जाता है। अब वह अपने बेटे की कमी पूरी करने उसके अनाथ बच्चों (अपने पोते-पोतियों) को अपने पास ले आता है। बच्चे उसे अपना शत्रु समझते हैं और उसकी अवज्ञा करते हैं। उनके विद्रोह को शान्त करने तथा उन्हें सभ्य व सुशिक्षित बनाने के लिए वह एक शिक्षक (जितेन्द्र) को नियुक्त करता है और अन्ततः वह शिक्षक उन बच्चों का अपने दादा के प्रति विरोधी रूप बदलने में सफल हो जाता है।

सबसे बड़े बच्चे की भूमिका में जया भादुड़ी ने अपना किरदार बखूबी निभाया। उसे कम उम्र में ही परिपक्वता के लिए बाध्य होना पड़ा। अपनी मां की मृत्यु होने पर उसने अपने बीमार पिता और छोटे भाई-बहनों की जिम्मेदारी संभाली तथा पिता की मौत के बाद भाई-बहनों के साथ अपने दादा के संरक्षण में आ गई जो बहुत ही कठोर, हठी और अनुशासन प्रिय थे।

इस फ़िल्म के कुछ हिस्से 1965 की फ़िल्म जीम`वनदंक व उिनेपब से प्रभावित थे। sound of music की महिला गवर्नेस के स्थान पर इसमें पुरुष शिक्षक रखा गया, जिसकी भूमिका जितेन्द्र ने निभाई थी। 'परिचय' के संगीतकार आर.डी बर्मन थे। इसके गाने काफ़ी लोकप्रिय हुए और आज भी उतने ही शौक़ से सुने जाते हैं।[7]

प्राण के लिए यह भूमिका कठिन थी क्योंकि अपनी भावनाएं प्रकट करने

7. राबर्ट वाइज द्वारा निर्मित, निदेशित फ़िल्म साउंड आफ़ म्यूजिक में क्रिस्टोफ़र प्लूमर और जूली एन्ड्रूज़ ने अभिनय किया था। नाज़ी शासन के दमनचक्र से बचकर निकल भगाने वाले वॉन ट्रेप परिवार की इस फ़िल्म में आस्कर हेमरस्टीन के सदाबहार गानों को संगीतबद्ध रिचर्ड रोजर्स ने किया था।

के लिए न तो उनके पास लम्बे डायलॉग थे और न ही विशेष एक्शन। जया भादुड़ी के साथ आखिरी दृश्य में प्राण ने बड़ी सहजता से अपने किरदार की कठोरता व आत्मानुशासन को उतार फेंका।

उस दृश्य में प्राण जया से पूछते हैं कि, 'क्या जितेन्द्र उससे मिला था?' शर्म के कारण जया अपनी नज़रें नीची कर लेती हैं। प्राण चश्मा साफ करते हुए जया की तरफ देखते हैं, फिर चश्मा लगा कर उसके चेहरे के भावों को देखते हैं और फिर मुस्कुराते हैं। यह पूरा दृश्य बहुत ही कम शब्दों में इशारों-इशारों में ही फ़िल्माया गया। इसमें प्राण ने दिखा दिया कि किस तरह बनावटी कठोरता प्रेम की आंच से पिघल जाती है। लेखक-निर्देशक गुलजार ने काफी सोच समझ कर बड़ी चतुराई से इस दृश्य की अवधारणा की और प्राण ने उतनी ही उत्कृष्टता से इसे अदा किया।

''प्राण स्वयं स्वीकार करते हैं कि, 'बॉबी' और 'परिचय' की मेरी भूमिक. ाएं काफ़ी कठिन थी। उन्हें अदा करते समय मुझे तलवार की धार पर चलना पड़ा। दोनों में से किसी भी फ़िल्म में यदि मैं अपने किरदार को जरा सा भी अधिक सहानुभूतिपूर्ण या कठोर बना देता तो वे अपना वांछित प्रभाव खो बैठते।''

2

'सत्तर के दशक की शुरूआत से ही फ़िल्मी आकाश के क्षितिज पर नए और युवा खलनायकों के उदय तथा खलपात्रों की प्रकृति में पुनरावृत्ति देख कर प्राण चरित्र भूमिकाओं की ओर प्रवृत्त हो गए। इस प्रकार उन्होंने अपने किरदारों का दायरा बढ़ा कर भूमिकाओं में भिन्नता लाने का प्रयत्न किया।

प्राण ने लाहौर में अपने कैरियर की शुरूआत में कुछ पंजाबी फिल्में की थी। उन्होंने 1970 में एक बार फिर निर्माता-निर्देशक दारा सिंह की पंजाबी फ़िल्म 'नानक दुखिया सब संसार' में अभिनय किया। इस फिल्म के मुख्य कलाकार थ—पृथ्वीराज कपूर, बलराज साहनी, अचला सचदेव और दारा सिंह। यह फ़िल्म काफी हिट रही।

प्राण ने कुछ बांग्ला फ़िल्मों में भी अभिनय किया था। अखबारों की खबरों से ज्ञात होता है कि प्राण जब 'पूरब और पश्चिम' की शूटिंग कर रहे थे, लग. भग उसी समय उन्होंने अपनी पहली बांग्ला फ़िल्म 'सोनाई दीघे' साइन की थी, इसके निर्देशक थे—असीम बनर्जी। यह फ़िल्म इसी नाम के हिट नाटक पर आधारित थी। इसके नायक जय मुखर्जी थे और यह उनकी भी पहली बांग्ला फ़िल्म थी। इसमें प्राण की भूमिका काफ़ी महत्त्वपूर्ण थी, मगर उनके किरदार को टूटी-फूटी बांग्ला बोलनी थी, जिसे उन्होंने अच्छी तरह निभा दिया। फ़िल्म के प्रदर्शन की तारीख व अन्य सूचनाएं उपलब्ध नहीं हैं।

उन्होंने 1973 में एक और बांग्ला फ़िल्म 'जीवन रहस्य'[8] की। इसके निर्देशक सलिल राय थे और मुख्य कलाकार थे—तरुण कुमार और माधवी (चक्रवर्ती) मुखर्जी। कलकत्ता में भी उनका वास्ता लेट लतीफ सह कलाकारों से ही पड़ा। जिस दिन उन्हें बोम्बे के लिए रवाना होना था, उस दिन भी फ़िल्म की नायिका काफ़ी देरी से आई तो वे खीझ गए और बोले कि "मैं हजारों मील दूर से आ कर भी सही समय पर आया हूं और कलकत्ता में ही रहने वाली नायिका इतनी देरी से आई है!"

प्राण अपने किसी भी कार्य में लापरवाही नहीं बरतते और उन्होंने पूरा प्रयत्न करके बांग्ला भाषा के डायलॉग खुद ही बोले!

प्राण ने बाद के दशकों में भी प्रान्तीय फ़िल्मों में काम किया।

3

फ़िल्म जगत में किसी अभिनेता को दौलत और शोहरत मिलती है तो देखा जाता है कि उस पर इसका क्या असर हुआ?

आम तौर पर कामयाबी उसके सर पर चढ़ जाती है और उसे संभालना उसके लिए मुश्किल हो जाता हैं लेकिन क्या प्राण के साथ भी ऐसा ही हुआ?

पहले खलनायक और बाद में चरित्र अभिनेता के तौर पर प्राण जब बुलंदी

---

8. प्राण ने निर्देशक सलिल राय की फ़िल्म जीवन रहस्य (1973) में भी बंगला कलाकारों के साथ काम किया, जिनमें तरूण कुमार, माधबी (चक्रवर्ती) मुखर्जी ने मुख्य किरदार निभाए थे।

पर थे तो संचार माध्यमों में उन पर ऐसे आरोप लगाए गए थे कि वे अपने आपको हीरो से भी बड़ा समझते हैं।

क्या यह सत्य था? कुछ दशकों पहले घटी एक घटना पर गौर करें—एक उग्र हीरो जो बाद में निर्माता बन गया था, एक पार्टी में कुछ पेग हलक से नीचे उतारने के बाद प्राण से उलझ गया। वहां मौजूद नादिरा (बीते जमाने की नायिका जो बाद में चरित्र अभिनेत्री बनी) ने सारी घटना देखी थी। उन्होंने बताया—'गर्म मिज़ाज युवा हीरो ने अनाप-शनाप बकते हुए प्राण को एक आंख वाला अभिनेता बताया। इस पर प्राण ने शान्ति से जवाब दिया कि मैंने एक आंख से जो कमाल कर दिया वो आप दोनों आंखों से भी नहीं कर सकते! इस तरह शुरू होने के साथ ही यहीं पर झगड़े का अन्त भी हो गया।'' प्राण की हाज़िर जवाबी के कारण यह प्रकरण काफी नीचे स्तर की भद्दी लड़ाई में परिणत होने से बच गया। और कहना नहीं होगा कि उस अभिनेता के सर पर चढ़ी लाल परी को उतारने के लिए कुछ ठहाके ही बहुत हुए। कई बार प्राण अपनी हाज़िर जवाबी से विवादों के घेरे में आ गए क्योंकि घटना का मूल कारण मामूली सी नकारणीय बात होने पर भी अनजाने में ही किसी की भावनाएं आहत हो गई। सौभाग्य से दोनों ही पक्षों ने समझदारी से काम लेकर सारी ग़लतफ़हमियां दूर कर ली और आपस में मनमुटाव नहीं हुआ।

अपनी साफ़गोई के लिए मशहूर प्राण ने सत्तर के दशक 9 के मध्य में एक साक्षात्कार में कहा,

''मैं फ़िल्म उद्योग के कुछ लोगों को बिल्कुल पसंद नहीं करता, मगर इससे अपने काम को प्रभावित नहीं होने देता। मैं उस व्यक्ति के साथ फ़िल्म करने से बचता हूं, लेकिन यदि उसके साथ पहले से ही कोई फ़िल्म साइन की हुई है तो उसे शीघ्रता से पूरी होने देता हूं, उस फ़िल्म से जुड़े लोगों को अपनी तरफ़ किसी तरह की तकलीफ़ नहीं होने देता!''

''राजेश खन्ना! उन्होंने एक लेख में यह दावा किया था कि मेरी फ़िल्मों को हिट बनाने के लिए किसी महमूद या प्राण की जरूरत नहीं पड़ती।

इस पर प्राण ने कहा, 'क्या उन्हें यह समझ में आ रहा है कि ऐसा कहकर,

---

9. यह साक्षात्कार स्टार एंड स्टाइल के 18 जून 1976 के अंक में प्रकाशित हुआ था।

यह स्वीकार करते हुए कि हम लोग फ़िल्में हिट कराते हैं, वे हमारी प्रशंसा ही कर रहे हैं!''

यह कहने की जरूरत नहीं, कि राजेश खन्ना के कथन से प्राण की भावनाएं आहत हुई, जब कि उन्होंने 1967 में, जब राजेश खन्ना एक नए कलाकार ही थे, मद्रास में फ़िल्म 'औरत'[10] की शूटिंग के दौरान, उनके जख्मी हाथ का इलाज कराने के लिए निर्माता-निर्देशक एस.एस. वासन को अपनी अतिरिक्त डेट्स देने का वादा करके यह निश्चित किया कि उन्हें उचित उपचार व आराम मिले।

'शंकर दादा' की शूटिंग के दौरान शशि कपूर के एक डायलॉग पर मज़ाक-मज़ाक में नहले पर दहला मारने के कारण उनसे विवाद हो गया, स्टार एंड स्टाइल ने इस बारे में लिखा' 'शशि कपूर को 'शंकर दादा' की शीर्षक भूमिका के लिए साइन किया गया था। एक दिन शूटिंग के दौरान उनके यह कहने पर कि 'मेरा नाम शंकर है', प्राण ने विनम्रता से जवाब दिया, 'तुम्हारा नाम शंकर है तो मेरा नाम शंकर दादा है।'' ऐसा उन्होंने मज़ाक करते हुए ही कहा था, मगर इस पर शशि कपूर भड़क गए।

प्राण ने स्टार एंड स्टाइल को दिए गए साक्षात्कार में स्पष्टीकरण दिया कि, ''एक बड़ी ग़लतफ़हमी हो गई। किसी ने उन्हें ऐसा कह दिया कि मैं उनसे शीर्षक भूमिका छीनना चाहता हूं। मगर नहीं, इस फ़िल्म में शंकर दादा वही हैं। मुझे शीर्षक भूमिका की चाह नहीं है।''

प्राण ने उस साक्षात्कार में यह भी स्वीकार किया कि 'वे अपनी साफ़गोई के कारण अनेक बार विवाद में आ जाते हैं।'' प्राण और शशि कपूर के बीच ग़लतफ़हमी दूर हो गई और उन्होंने इसके बाद और आठ फ़िल्मों में भी एक साथ काम किया।[11]

---

10. निर्देशक द्वारा एस. एस. वासन और एस. एस. बालन की फ़िल्म औरत को राजेश खन्ना की शुरूआती फ़िल्मों में रखा जाता है। नायिका पद्मिनी थी और दूसरे कलाकार फ़िरोज़ ख़ान थे।

11. प्राण और शशि कपूर ने कुल बारह फिल्मों में साथ-साथ अभिनय किया था। ये फ़िल्में थीं – संस्कार (1952), बिरादरी (1966), चोरी मेरा काम (1975), शंकरदादा (1976), चक्कर पे चक्कर (1977), अपना खून (1978), दो मुसाफ़िर (1978), फांसी (1978), राहुकेतु (1978), मान गए उस्ताद (1981), क्रोधी (1981), और मां-बेटी (1987)।

प्राण के बारे में शशि कपूर का कहना है,—''वक्त की पाबंदी और कर्त्तव्य. निष्ठता के मामले में वे बिल्कुल अंग्रेज़ों जैसे हैं। उनके लिए अपना काम ही पूजा है।''

4

प्राण हमेशा ही नए व युवा लोगों का उत्साह बढ़ाते और उनके साथ काम करने को उत्सुक रहते। शायद अपने हर किरदार में नवीनता व भिन्नता लाने का उनका यह भी एक तरीक़ा था।

सत्तर के दशक में उन्होंने निर्देशक सुभाष घई के साथ काम किया। सुभाष घई अभिनेता बनने के लिए बोम्बे आए थे; मगर शीघ्र ही वे समझ गए कि उनके लिए सही कार्य फ़िल्मों को निर्देशित करना है, न कि उनमें अभिनय करना।

निर्देशक के तौर पर उनकी पहली फ़िल्म 'कालीचरण' थी, जिसमें शत्रुघ्न सिन्हा, रीना राय, डैनी और प्रेमनाथ ने अभिनय किया था। यह फ़िल्म काफ़ी सफल रही। 'कालीचरण' की सफलता से उत्साहित होकर उन्होंने अपनी अगली फ़िल्म में भी नायक के तौर पर शत्रुघ्न सिन्हा को ही लिया और एक महत्त्वपूर्ण भूमिका के लिए, उस समय के सफलतम चरित्र अभिनेता, प्राण से मिलने का समय मांगा।

'कालीचरण' में उनके काम से प्रभावित प्राण के सेक्रेटरी ने मुलाकात तय कर दी। सुभाष घई प्राण से पहली मुलाक़ात में बहुत नर्वस थे। बचपन से जिस अभिनेता के वे प्रशंसक थे, अब वे उनके सामने थे और उन्हें निर्देशित करने का मौक़ा मिलने वाला था।

सुभाष घई कहते हैं ''मैं समझता हूं प्राण साब ने जितने प्रकार के किरदार अभिनीत किए हैं उतने किसी और अभिनेता ने नहीं किए। वे, पूरी तसल्ली से, ध्यान देकर कहानी सुनते हैं और फिर अपने किरदार को चित्रित करने के बेहतर तरीक़े तलाश करते हैं। वे ऐसे अभिनेता हैं, जो अभिनय की भाषा और परिभाषा अच्छी तरह जानते हैं। उनकी कार्य-शैली व श्रेणी देख कर मैं समझ रहा था कि मुझे भी लेखक-निर्देशक के तौर पर काफ़ी श्रम करना पड़ेगा। अतः

उनके पास कहानी लेकर जाने से पहले मैंने तीन रातों तक उनके किरदार पर विस्तार से कार्य किया। मैं ऐसा सोच रहा था कि मैं एक इम्तिहान देने जा रहा हूं और इसमें मुझे हर हाल में पास होना ही है। प्राण साब ने मुझसे कहानी सुनी। वे मेरी कहानी और अपने किरदार से बहुत प्रभावित हुए। उन्होंने मुझसे बड़े प्यार से बात की और मेरा सारा भय दूर कर दिया। उन्होंने कहा–'एक मुद्दत बाद किसी निर्देशक को इतने विस्तार पूर्वक कार्य करते देख रहा हूं। अभी तुम नए हो मगर तुम्हारा श्रम और प्रयत्न देख कर कह सकता हूं तुम्हें सफलता जरूर मिलेगी।'

यह उनसे मेरी पहली मुलाक़ात थी। मैं जानता था कि उनका पारिश्रमिक हीरो के बराबर होता है, मगर मैं उन्हें लेकर फ़िल्म की गुणवत्ता बढ़ाने की ज़िम्मेदारी ले रहा था। मैंने निर्माता को समझा दिया कि 'यह किरदार काफ़ी महत्त्वपूर्ण है और इसके लिए हमें प्राण साब जैसा प्रतिभाशाली व गुणी कलाकार ही लेना होगा।''

'विश्वनाथ' में प्राण की भूमिका के बारे में सुभाष घई बताते हैं, ''इस फ़िल्म में उन्होंने गोलू गवाह की भूमिका अदा की थी, जो एक पेशेवर गवाह है। पैसों के एवज़ में वह किसी भी तरह की झूठी गवाही दे देता है। अदालत के बाहर खड़ा होकर वह खुद को सिनेमा हॉल के बाहर ब्लैक में टिकट बेचने वालों की तरह बेचता है। शुरू में पैसे के अलावा कोई दूसरी भाषा न समझने वाला यह किरदार बाद में एक ईमानदार वकील विश्वनाथ (शत्रुघ्न सिन्हा) को सज़ा पाते देख कर भावुक हो जाता है और उसकी मदद करता है। वह अदालत में गवाह के कटघरे में खड़ा होकर कहता है–'मैंने आज तक जितनी भी गवाहियां दी वे झूठी थी, मगर आज मैं एक सच्ची गवाही दे रहा हूं–इस आदमी (शत्रुघ्न सिन्हा की तरफ इशारा करके) का नाम विश्वनाथ है।' इसके बाद फ़िल्म में महत्त्वपूर्ण मोड़ आता है।''

सुभाष घई इस किरदार की तैयारी के बारे में बताते हैं,–''उन्होंने मुझसे अपने किरदार के गेट अप के बारे में पूछा तो मैंने रेखाचित्र बना कर दिखा दिया, उन्होंने उसे पसन्द कर लिया। फिर मेकअप मेन को बुलाकर समझाया कि यह किरदार पंजाबी है इस बात को ध्यान में रखकर मेकअप करें। उन्होंने इस फ़िल्म में पंजाबी लहज़े में ही बातचीत की।''

इतने बड़े सितारो के साथ काम करने के अपने अनुभव के बारे में सुभाष घई ने बताया, "पहले ही दृश्य के फ़िल्मांकन के समय प्राण साब से मेरा कुछ मतभेद हो गया।

मैंने उनसे कहा कि 'इस दृश्य को इस तरह कीजिए' तो वे असहमत होकर बोले 'इस तरह क्यों नहीं?' मैंने कहा—'यह किरदार वहां से इस तरह चलते हुए यहां तक आएगा और यहां खड़ा होकर अपनी बात कहेगा।' मैंने देखा कि उन्हें मेरी बात पसन्द नहीं आई।

मैंने लाइट ऑफ करके उनसे अकेले में बात की और उन्हें उस दृश्य का आशय विस्तार से समझाया। उन्होंने सारी बातें बड़े ध्यान से सुनी। मैं उनकी प्रशंसा करता हूं कि उन्होंने छोटे-बड़े का भेद भुला कर कहा, 'बेटे, क्षमा चाहता हूं। मुझे इस दृश्य को समझने में भूल हो रही थी। तुम्हारा कहना सही है। अब इसमें मैं कुछ और न कह कर तुम्हारा ही निर्देश मानूंगा।' इतने महान कलाकार का यह कथन मेरे लिए किसी बड़े पुरस्कार से कम नहीं था।"इसके बाद सारा काम बड़ी आसानी से हुआ।

5

अपने कैरियर के चौथे दशक-सत्तर के दशक में विभिन्न प्रकार के चरित्रों का सफल चित्रण करके उन्होंने न केवल अपने को एक अच्छा अभिनेता सिद्ध किया, बल्कि फ़िल्मों के बदलते परिवेश व प्रकृति में आमूल चूल परिवर्तन के बावजूद सतत उन्नति के पथ पर अग्रसर रहे।

अपनी अभिनय क्षमता, कार्य कुशलता, कर्त्तव्यनिष्ठता व व्यवहार कुशलता के कारण ही वे सफलता के शिखर पर टिके रहे।

सत्तर का दशक सफलतापूर्वक पूर्ण हुआ। अब देखें कि अस्सी और नब्बे के दशक अपने कार्य से प्रेम करने वाले तथा अपनी क्षमताओं के प्रदर्शन के नए तरीक़े तलाश करने वाले अभिनेता के लिए क्या लेकर आते हैं?.......

भाग 5

26

अस्सी के दशक में प्राण शोबिज़ के पांच दशक

1

अस्सी का दशक लोकप्रिय सिनेमा में बहुत बड़ा परिवर्तन लेकर आया। इस दशक की फ़िल्मों में हिंसा, उपद्रव और सैक्स की भरमार हो गई।

सत्तर के दशक के अन्त में शुरू हुआ मल्टीस्टार फ़िल्मों का दौर अस्सी के दशक में भी जारी रहा। मगर बड़ा बजट, बड़े सितारे और बड़ा कैनवास हमेशा सफलता की गारंटी नहीं देता।

इस तरह के परिदृश्य में प्राण ने अपने कैरियर के पांचवे दशक में प्रवेश किया। शोबिज़, यानि कौतुक व्यवसाय के पांच दशक।

वक़्त की धारा में बहते हुए प्राण ने भी कई मल्टीस्टारर फ़िल्मों में काम किया। ज़ाहिर है कि इन फ़िल्मों में उनकी भूमिका छोटी ही होगी। 'बड़ी संख्या में छोटी भूमिकाएं करने के बारे में किसी ने उनसे सवाल किया तो प्राण ने प्रति प्रश्न किया, छोटी भूमिकाओं में क्या बुराई है? छोटी भूमिका को विशिष्ट बना

देना चुनौती भरा कार्य है। थोड़ी देर के लिए पर्दे पर दिख कर भी दर्शकों के दिलो-दिमाग़ पर छा जाना मामूली बात नहीं है। भूमिका के आकार की अपेक्षा काम की गुणवत्ता ज्यादा महत्त्वपूर्ण है। केवल दो ही दृश्यों में दिखने से आपकी प्रतिष्ठा कम नहीं हो जाती!''

अस्सी के दशक में प्राण ने फिल्म जगत में एक और परिवर्तन महसूस किया—उस समय के प्रभावशाली सितारों का अपने काम के प्रति रवैया, जिसे देखकर उन्हें बड़ी कोफ़्त होती।

अपने जमाने और आज के लोगों की तुलना करते हुए वे कहते,—''मेरी पीढ़ी के कलाकारों के लिए काम ही उनका धर्म था, अगली पौध अपने काम के प्रति समर्पित थी, मगर आज के कलाकार कहते हैं कि वे पेशेवर हैं। भगवान ही जाने कि यह कैसी पेशेवरी है? एक दिन में तीन, शिफ्ट एक साथ दर्जनों फ़िल्में, एक में राम तो दूसरी में गोपाल', एक सैट से दूसरे सैट पर पहुंचने की भाग दौड़ व आपा-धापी। किस तरह अपने काम और प्रदर्शन से वे न्याय कर पाते हैं आश्चर्य होता है!''

प्राण मानते हैं कि किसी की समयबद्धता व उसके प्रति जागरूकता उसके काम के प्रति रवैये को प्रदर्शित करती है। इस संदर्भ में फ़िल्म 'सौतन'[1] के सैट पर घटी इस घटना का उल्लेख प्रासंगिक है।

तजुर्बेकार अभिनेत्री शशिकला इस घटना को याद करती हुई बताती हैं—''फ़िल्म 'सौतन' में, मैं प्राण की पत्नी की भूमिका कर रही थी। हम लोग आउटडोर के लिए मॉरीशश गए थे। निर्माता-निर्देशक सावन कुमार कहा करते ठीक नौ बजे सैट पर पहुंच जाइए। कलाकारों में प्राण, प्रेम चौपड़ा और मैं हम तीनों वरिष्ठ कलाकार ठीक नौ बजे ही पहुंच कर पूरा मेकअप कर लेते। हम तीनों, निर्माता की हर मिनट के प्रति, पूरे जागरूक थे। हम तीनों में से किसी को भी शॉट देने के लिए बुलाने[2] की जरूरत नहीं पड़ती। मगर काका[3] (फ़िल्म के नायक राजेश खन्ना) और खुद सावन जी रोज ही दोपहर मे दो बजे आया करते।

1. सौतन (1983) में राजेश खन्ना के साथ टीना मुनीम और पद्मिनी कोल्हापुरे थी।

2. कैमरा और लाइट सैटिंग तैयार है, आइए कहकर सूचना देना।

3. राजेश खन्ना का संक्षिप्त नाम।

ठीक है, प्राण जी तीन दिन तो सब कुछ चुपचाप देखते रहे। चौथे दिन उन्होंने जैसे ही उन दोनों को आते हुए देखा, तुरन्त खड़े हो गए और बोले—'पैक-अप' सावन जी ने पूछा, 'क्या हुआ?' तो वे उन्हें झिड़कते हुए बोले—'पिछले तीन दिनों से हम तीनों सुबह नौ बजे से काम के लिए तैयार होकर सैट पर आ जाते हैं और यहां निर्देशक और नायक दोपहर दो बजे टहलते हुए आ रहे हैं। मगर जब हम लोगों ने देखा उन दोनों पर इस बात का कुछ असर नहीं हुआ तो हम लोग भी दोपहर दो बजे ही सेट पर आने लगे।''

हिन्दी फ़िल्म जगत के बुजुर्ग व पुराने तजुर्बेकार लोगों को जब फ़िल्म जगत में आए परिवर्तनों के बारे में पूछा जाता है तो अक्सर वे दुख भरे स्वर में वरिष्ठ कलाकारों के प्रति आजकल के लोगों के अवमानना पूर्ण व्यवहार और रूखे रवैये की शिकायत करते हैं। एक बार प्राण से भी पूछा गया कि क्या वे आज भी उतना ही सम्मान पाते हैं जितना अपने सुनहरे समय में पाते थे? तो सारी नकारात्मक बातों को नज़रअंदाज़ करते हुए उन्होंने सकारात्मक जवाब दिया, मैं यह आशा कैसे कर सकता हूं कि कोई आज भी मेरे नाज़-नखरे वैसे ही उठाएगा जैसे वह मेरी बुलंदी के समय उठाया करता था। कल जहां मैं था। वहां आज कोई और है और कल कोई और होगा। परिवर्तन तो संसार का शाश्वत नियम है!''

साथ ही उन्होंने यह भी कहा कि, ''यदि मेरे किसी समकालीन को इन बातों से कष्ट होता है तो सिर्फ़ इसलिए कि वह बदली हुई परिस्थितियों से सामंजस्य नहीं बैठा पा रहा है और सच्चाई को स्वीकारने में हिचक रहा है।''

जी हां धारा की दिशा बदल गई, मगर प्राण जी विपरीत धारा में भी तैरना जानते थे इसीलिए वे कई दशकों तक फ़िल्म उद्योग में टिके रहे!

2

अस्सी के दशक में प्राण ने कमोबेश छियत्तर फ़िल्मों में काम किया! इनमें काफ़ी फ़िल्में बॉक्स ऑफिस पर असफल रही, कुछ फ़िल्में दो सप्ताह ही चली, मगर कुछ फ़िल्मों ने जरूर साधारण से अच्छा व्यापार किया।

इस दशक में प्राण अभिनीत सफल फ़िल्मों में, 1980 में प्रदर्शित, यश जौहर की 'दोस्ताना' थी, जिसके गाने भी हिट हुए और अभी-भी यदा-कदा रेडियो तथा टी.वी. पर सुनाई पड़ते रहते हैं।

The Reincarnation of peter proud[4] पर आधारित सुभाष घई की 'कर्ज़' भी 1980 में ही प्रदर्शित हुई। फ़िल्म के साथ ही लक्ष्मीकांत प्यारेलाल का संगीत भी काफ़ी सफल रहा। फिर टीनू आनन्द की 'कालिया' मनमोहन देसाई की 'नसीब', सत्येन्द्र पाल की 'शराबी' प्रदर्शित हुई। 1985 में गुलशन राय की मल्टीस्टारर 'युद्ध' आई जिसे उनके प्रतिभाशाली पुत्र राजीव राय ने निर्देशित किया था।[5]

इस दशक में प्राण अभिनीत बड़े बैनर की फ़िल्में थी—यश जौहर की 'दुनिया' और 'मुकद्दर का फैसला', टीनू आनन्द की 'शहंशाह', प्रकाश मेहरा की 'जादूगर' और मनमोहन देसाई की 'तूफ़ान'।

दुर्भाग्य से फ़िल्में अच्छा व्यापार नहीं कर सकी।

प्राण की दो अधूरी पड़ी फ़िल्में, जो बरसों पहले शुरू हुई थी, मगर किन्हीं अपरिहार्य कारणों से ठंडे बस्ते में डाल दी गई थी, इसी दशक के दौरान पूरी होकर प्रदर्शित हुई।

इनमें एक थी के. आसिफ की 'लव एंड गॉड', जो सत्तर के दशक में के आसिफ की मौत के कारण अधूरी रह गई थी, इसे अख्तर आसिफ' ने पूरी करके 1986 में प्रदर्शित की। दूसरी थी कल्पना लोक की 'चिंगारी' जिसे गुलशन नन्दा ने लिखा और राम माहेश्वरी ने निर्देशित किया था। इसके प्रमुख कलाकार थे—संजय खान, लीला चंद्रावरकर और यह 1989 में प्रदर्शित हुई।

निर्माण में विलम्ब, कई कलाकारों की मौत, जीवित बचे कलाकारों में आए समय के प्रभाव तथा कई अन्य कारणों से ये फ़िल्में असफल रही।

---

4. द रीनकारनेशन ऑफ़ पीटर प्राइड (1975), यह मैक्स इहर्लिच की पुस्तक थी, जिस पर निर्देशक जे.ली थाम्पसन ने माइकल साराज़िन, जेनीफर ओ नील तथा मार्गोट किडटर को लेकर फ़िल्म बनाई थी।

5. 'युद्ध' में कल्याणजी आनन्दजी ने संगीत दिया था। इसमें जेकी श्रॉफ, अनिल कपूर, टीना मुनीम, नूतन, डैनी, देवेन वर्मा, हेमामालिनी, शत्रुघ्न सिन्हा और सुरेश ओबेराय भी थोड़ी देर के लिए दिखाई दिए थे।

3

1983 में शाहाब अहमद ने एक फ़िल्म बनाई–'फ़िल्म ही फ़िल्म'। इस फ़िल्म की विशेष बात यह थी कि इसमें प्राण ही एकमात्र नामी सितारे थे, बाकी सारे कलाकार नए थे, जो इस विषय के लिए माकूल थे। शाहाब अहमद ने इससे पहले भी एक फ़िल्म 'सिनेमा-सिनेमा' बनाई थी। 'फ़िल्म ही फ़िल्म' बनाने का विचार उन्हें बोम्बे फ़िल्म लेबोरेटरी में कचरे की तरह पड़े, अधूरी पड़ी डिब्बाबन्द फ़िल्मों के 'रोल' देखकर आया। ये फ़िल्में आर्थिक समस्या, पारस्परिक अहं के टकराव, दुर्घटना, मृत्यु, कानूनी झगड़ों आदि के कारण पूरी नहीं की जा सकी थी। कुछ फ़िल्मों में तो दो-तीन दिन का ही काम बाकी था, कुछ में अधिक। उन्हें पता चला कि इन फ़िल्मों के निर्माताओं में के. आसिफ, किशोर साहू, मणी भाई व्यास, नन्दलाल जसवन्तलाल, क़माल अमरोही, रमेश सहगल, राज खोसला तथा कलाकारों में दिलीप कुमार, मधुबाला, राजकपूर, देव आनन्द, बीना राय, वैजयन्ती माला, नूतन, राजकुमार, माला सिन्हा, जया भादुड़ी, अमिताभ बच्चन जेसे नामचीन लोगों के भी नाम थे। यह लगभग दो हजार से भी अधिक फ़िल्मों का खज़ाना था।

शाहाब अहमद ने इन डिब्बाबन्द फ़िल्मों के बारे में फ़िल्म बनाने का निश्चय किया क्योंकि फ़िल्मों के निर्माण से जुड़े दर्द और कष्टों से दर्शक वाक़िफ़ नहीं थे।

'फ़िल्म ही फ़िल्म' की कहानी थी एक बुजुर्ग तजुर्बेकार निर्माता सेठ ज्ञानचन्द की जो अपने पेशे में चोटी पर है, और विभिन्न कारणों से अपनी सारी सम्पत्ति यहां तक कि आदर-सम्मान भी खो देता है, मगर कठिन परिश्रम और कुछ सौभाग्यशाली संयोगों के योग से पुनः एक फ़िल्म बनाने का स्वप्न साकार करता है।

प्राण ने सेठ ज्ञानचन्द की भूमिका अदा की थी, जो मोटे तौर पर रंजीत स्टूडियो के मालिक चन्दूलाल शाह के जीवन पर आधारित थी, जिनकी निर्माण संस्था 'रंजीत मूवी टोन' काफ़ी कठिन दौर से गुज़री थी।[6]

---

6. चन्दू लाल शाह तीस से पचास के दशक में काफी नामी फ़िल्म निर्माता थे। मध्य बोम्बे के दादर में दादा साहेब फाल्के मार्ग पर उनके रंजीत स्टूडियोज् के अवशेष अब भी मौजूद हैं, जिस पर किरायेदारों ने दख़ल कर रखा है।

प्राण ने चन्दूलाल शाह जैसा ही रूप और गैटअप बनाया था। स्क्रीन ने इस बारे में लिखा–"प्राण का रूप और हाव-भाव दर्शनीय है। उनका व्यक्तित्व फ़िल्म जगत के स्वप्नदर्शी निर्माता स्व. चन्दूलाल शाह, जो 'बादशाह की तरह जिए और टूटा दिल लेकर मरे', के समरूप था।"

ट्रेड गाइड ने इस फ़िल्म पर यह टिप्पणी की–"यह पूरी तरह भिन्न और नवीन विचार है। अधूरी पड़ी फ़िल्मों के हिस्सों का समावेश और संयोजन इस प्रकार किया गया है कि ये इसी फ़िल्म का एक हिस्सा लगते है।"

भले ही 'फ़िल्म ही फ़िल्म' बॉक्स ऑफिस पर असफल रही, मगर यह एक नए तरह का साहस भरा प्रयोग था। शाहाब अहमद ने इसकी अच्छी प्रस्तुति के लिए तजुर्बेकार व अपने क्षेत्र के विशेषज्ञों की टीम लेकर इसे बनाया। जैसे-निर्देशक हीरेन नाग, लेखक कमलेश्वर और सम्पादक मुख़्तार अहमद।

इस फ़िल्म के रमेश देव और सीमा देव दो ही जाने पहचाने कलाकार थे और प्राण इसके मेरुदंड थे।

चरित्र अभिनेता के रूप में प्राण ने इस फ़िल्म मे काम करके निश्चय ही सन्तोष का अनुभव किया होगा। उनके द्वारा एक टूटे दिल के फ़िल्म निर्माता का चित्रण दर्शकों के दिलों को छू गया।

पिछले दो दशको में प्राण ने, प्रकाश मेहरा और मनोज कुमार जैसे, महान निर्देशकों के साथ काम किया था। दोनों ही अपनी फ़िल्मों की कहानी और संगीत पर विशेष ध्यान देते थे। इसीलिए उनकी अधिकांश फ़िल्मों में सशक्त कहानी और अविस्मरणीय सुरीला संगीत होता था। एक ही फ़ार्मूले के बार-बार प्रयोग व कहानी के प्रति भ्रान्ति के कारण प्रकाश मेहरा की 'जादूगर' बॉक्स ऑफिस पर अपना जादू न चला सकी। 'शोर' का प्रस्ताव ठुकराने के बाद, मनोज कुमार के निर्देशन में काम करने का अवसर प्राण को नब्बे के दशक में 'जय हिन्द' में मिला, जो बॉक्स ऑफिस पर कोई कमाल न कर सकी![7]

इनके बारे में प्राण का कहना है–"ऐसे प्रतिभाशाली निर्देशकों के साथ मुझे जब भी काम करने का मौका मिलेगा, मैं स्वयं को सौभाग्यशाली समझूंगा।"

---

7. जयहिन्द (1999) में ऋषि कपूर, कुणाल गोस्वामी, शिल्पा शिरोड़कर, मनीषा कोईराला, रवीना टंडन, प्रेम चोपड़ा तथा प्राण जैसे सितारे थे और इसमें लक्ष्मीकांत प्यारेलाल ने संगीत दिया था।

निर्देशकों की नई पौध में, प्राण ने सुभाष घई के अलावा टीनू आनन्द के साथ भी काम किया।

सुभाष घई 'कर्ज़' में प्राण की भूमिका के बारे में बताते हैं,—"उनका किरदार कबीरा यह नहीं जानता था कि वो हिन्दू है या मुसलमान। चूंकि उसे एक मुसलमान ने पाला था इसलिए वह खुद को मुसलमान समझता है, बाद में वह भी एक छोटी बच्ची को पालता है।

इस किरदार को कुंआरा दिखाया गया था, वह बात-बात में दोहे बोलता है, कभी कबीर के तो कभी अमीर खुसरों के। जो कुछ रोजमर्रा की ज़िंदगी में वह देखता है, उसी बात को बोलता है। यह एक सन्त समान चरित्र था, जिसे प्राण ने अपने अभिनय से विश्वसनीय बना दिया।"

अपनी बात ज़ारी रखते हुए सुभाष घई कहते हैं—"क्रोधी में प्राण का गैट अप फकीर जैसा था और चरित्र महर्षि[8] जैसा।

"यह एक डॉन की कहानी थी जो साधुओं की संगत में रह कर धीरे-धीरे साधू[9] समान बन जाता है और अन्ततः लोग उसे भी साधू ही समझने लगते हैं।

'धर्मेन्द्र ने डॉन की भूमिका अदा की थी जो महर्षि (प्राण) के सान्निध्य ने पहुंच जाता है। सब कुछ जानते हुए भी, महर्षि अपने व्यवहार से उस पर यह प्रकट नहीं होने देते कि वे उसकी असलियत जानते हैं और उसे अपना लेते हैं। अपनी मृत्यु से पहले महर्षि अपनी सारी ज़िम्मेदारियां उसे ही सौंप देते हैं और वह हमेशा के लिए साधू जीवन जीने को बाध्य हो जाता है!

इस फ़िल्म में प्राण साब का रुतबा[10] एक आध्यात्मिक गुरु का है। एक दृश्य में धर्मेन्द्र उनसे कहते हैं कि 'ईश्वर मिथ्या भ्रम और कपोल-कल्पना है' तो वे उन्हें एक शिला[11] दिखाते हैं, जिस पर गोबर के कंडे सूख रहे थे। वे छड़ी से

---

8. अति श्रेष्ठ ऋषि, ऋषिवर।

9. आध्यात्मिक रूप से उन्नत मनुष्य।

10. पद, प्रतिष्ठा।

11. पत्थर का बड़ा टुकड़ा, चट्टान।

गोबर हटाते हैं तो उस शिला पर लिखे हुए लेख दिखने लगते हैं। गांव के लोग भी इससे अनजान थे।

'अब प्राण साब धर्मेन्द्र से कहते हैं—'इसी तरह तुम्हारे दिमाग़ पर भी अज्ञान का कुहासा छाया हुआ है। जब यह कुहासा छंटेगा तो तुम्हें भी ज्ञान हो जाएगा।'

'प्राण साब ने इस दृश्य को बहुत ही सुन्दर ढंग से अदा किया। मैं समझता हूं यह किसी अभिनेता के श्रेष्ठ प्रदर्शनों में से एक है। शूटिंग के दौरान प्राण साब अपने किरदार में घुल-मिल जाते हैं और गम्भीरता से काम करते हुए वे उस किरदार को ही जीते हैं।

'जब क्रोधी' के लिए प्राण साब को साइन करने मैं उनके घर गया तो उन्होंने मुझे विभिन्न गेट अप्स में अपनी पैंटिंग्स दिखाई। चूंकि वे इतने अधिक और अलग-अलग तरह के किरदार अदा कर चुके थे कि मेरे लिए उनके वास्ते और कोई नई तरह का किरदार गढ़ना काफी कठिन हो गया।

'यह हमारा दुर्भाग्य है कि उनकी बढ़ती उम्र तथा स्वास्थ्य की प्रतिकूलता के कारण अब हम उनके साथ काम नहीं कर पा रहे हैं। प्राण साब का नाम भारतीय सिनेमा के इतिहास में सुनहरे अक्षरों में लिखा जाएगा।''

जाने-माने लेखक इन्दर राज आनन्द के निर्देशक बेटे टीनू आनन्द के निर्देशन में प्राण ने दो फ़िल्मों में अभिनय किया था।

इस पुस्तक के लिए दिए गए विशेष साक्षात्कार में टीनू विस्तार से बताते हैं, ''मैंने भले ही प्राण साब के साथ ज़्यादा फ़िल्में नहीं बनाई, मगर मेरे पिताजी की लिखी हुई काफ़ी फ़िल्मों में उन्होंने अभिनय किया है, जिनमें उनके काफी प्रभावशाली डायलॉग थे। अतः उनसे मेरा सम्पर्क काफ़ी पुराना है।

मैंने एक जेलर और उसके क़ैदी की कहानी पर फ़िल्म 'कालिया' शुरू की। इस फ़िल्म में दो सशक्त किरदार थे। अमिताभ बच्चन की स्थापित छवि को देखते हुए, हमने नायक की भूमिका के लिए उन्हें चुना, मगर साथ ही जेलर की भूमिका के लिए भी मैं उनके समान ही सशक्त अभिनेता चाहता था। वास्तव में, कहानी तब शुरू होती है जब नायक जेल से भागता है और जेलर उसे पकड़ कर फिर से जेल में बन्द कर देता है। अतः हम चाहते थे कि जेलर की भूमिका में कोई वज़नदार व ऐसे व्यक्तित्व वाला अभिनेता होना चाहिए जिसे देखकर

दर्शकों को भी मंजूर हो सके कि यह अमिताभ से लड़कर उसे पकड़ सकता है और साथ ही उसे वरिष्ठ भी होना चाहिए क्योंकि वह जेलर नायिका का पिता भी है।

मैं नहीं समझता कि इस बात को कोई जानता भी होगा कि पहले इस भूमिका के लिए मैंने संजीव कुमार से सम्पर्क किया था। काफ़ी विस्तृत विवेचन के बाद सुबह साढ़े चार बजे उन्होंने फ़िल्म में काम करने की स्वीकृति दी। अगले दिन दोपहर एक बजे (लगभग इसी समय संजीव कुमार सो लेने के बाद उठा करते थे) मैं संजीव कुमार के घर गया तो उनके सेक्रेट्री जमुनादास ने मुझसे कहा कि संजीव कुमार मेरी फ़िल्म में काम नहीं करेंगे। इसका एकमात्र कारण यह था कि उसी सुबह स्क्रीन में पूरे पृष्ठ का विज्ञापन था जिसमें यह घोषणा की गई थी कि—'अमिताभ ने कालिया' को हरी झंडी दिखाई'

वे इस बात से नाराज़ हो गए कि हम लोगों ने विज्ञापन देने से पहले उनकी स्वीकृति का इंतज़ार नहीं किया।

जबकि विज्ञापन केवल यही प्रचारित कर रहा था कि 'कालिया' में शीर्षक-भूमिका अमिताभ कर रहे हैं। अफसोस है कि इसके बाद मुझे संजीव कुमार के साथ काम करने का मौक़ा नहीं मिला।

उसी दिन मैंने फ़ैसला कर लिया कि इस भूमिका में मैं प्राण साब को लूंगा। क्योंकि मेरे पिताजी और मैं इस बात को मानते थे कि प्राण साब ही इस भूमिका से न्याय कर सकते हैं।

मैंने प्राण साब को कहानी सुनाई तो वे बहुत खुश हुए क्योंकि इस फ़िल्म के डायलॉग मेरे पिताजी ने लिखे थे और वे उनके प्रशंसक थे।

प्राण साब पूरी तरह तैयार हो कर सैट पर आते थे। वे पहले दिन ही अपने डायलॉग मांग लेते थे क्योंकि ज़्यादातर लेखक हिन्दी में लिखते थे और उन्हें हिन्दी पढ़ने में दिक़्क़त होती। उन्हें यह कहने में हिचक नहीं होती कि वे केवल उर्दू ही पढ़ सकते हैं, अतः किसी ऐसे सहायक को भेज दें जो उन्हें उर्दू लिपि में डायलॉग लिख कर दे सके, यदि कोई ऐसा व्यक्ति न मिलता तो खुद ही लेखक के पास बैठकर वे उर्दू लिपि में लिख लेते। सौभाग्य से मुझे कोई परेशानी नहीं हुई क्योंकि मेरे पिताजी उर्दू में भी लिखते थे। प्राण साब और मेरे पिताजी के

बीच अच्छे तालमेल का कारण उर्दू भाषा के साथ ही मेरे पिताजी का मूल रूप से पश्चिमोत्तर सीमांत प्रदेश (अब पाकिस्तान) से होना भी था।

'कालिया' ज़बरदस्त हिट रही![12] जेलर (प्राण) नायिका (परवीन बॉबी) के पिता थे जो उनके क़ैदी कालिया (अमिताभ) से प्रेम करती है, जिससे वे नफ़रत करते हैं क्योंकि वे कठोर अनुशासन प्रिय जेलर हैं और कालिया जेल का हर नियम कायदा तोड़ता है। इस प्रकार इस फ़िल्म में एक त्रिकोण बन गया।

मेरे पिताजी कहा करते कि तुम्हारे 'अभिनेता लफ़्ज़ों के राक्षस हैं, उन्हें सशक्त सम्वादों की भयंकर भूख रहती है। 'मेरे पिताजी ने उनके लिए काफ़ी सशक्त व असरदार डायलॉग लिखे।

इसलिए मुझे इसके गानों के साथ-साथ डायलॉग के भी कैसेट बनाने का विचार आया, जो काफी हिट रहा। दिल्ली में मैंने देखा था कि थियेटर के बाहर स्टालों में गानों से अधिक डायलॉग के कैसेट बजते थे। 'कालिया' आज भी अपने संगीत की अपेक्षा अमिताभ और प्राण के गर्मागर्म डायलॉग के लिए ज़्यादा याद की जाती है। मेरा सौभाग्य है कि मुझे अपनी पहली ही फ़िल्म में दो महान अभिनेताओं-अमिताभ और प्राण-को निर्देशित करने का मौका मिला। अपने फ़न के उस्ताद होने के साथ ही वे दोनों बड़े अनुशासित जने भी थे। सुबह सात बजे की शिफ़्ट में भी ठीक सात बजे सैट पर मौजूद रहते। प्राण साब के साथ काम करना हमेशा प्यारा अनुभव रहा। वे हर तरह से पूरा सहयोग करते।"

टीनू आनन्द स्वीकार करते हैं कि, "उनकी समयबद्धता के कारण हम दबाव में आ जाते। क्योंकि वे हमेशा ठीक समय पर सैट पर पहुंच जाते और उन्हें इंतज़ार करना हमें उचित नहीं लगता।

किसी भी निर्माता-निर्देशक के लिए प्राण साब के साथ काम करना फ़ायदे का सौदा है, विशेषकर वर्तमान परिदृश्य में जबकि उन जैसे अनुशासित कलाकार गिने-चुने ही हैं।"

कुछ क्षण चुप रह कर टीनू आनन्द ने कहा,–"मैं 'कालिया' के सेट पर घटी

---

12. कालिया फिल्म 1981 में प्रदर्शित हुई थी।

एक घटना का उल्लेख करना चाहूंगा जो सेट पर प्राण साब के व्यवहार को प्रकट करती है।

एक डायलॉग को लेकर मेरे और अमिताभ के बीच मतभेद हो गया। यह अमिताभ और प्राण के बीच एक महत्त्वपूर्ण दृश्य था। मैं चाहता था कि प्राण द्वारा अपनी बात पूरी कर लेने पर अमिताभ एक व्यंग्यात्मक उक्ति बोलें और दर्शकों की तालियां बटोरे। मगर अमिताभ वह डायलॉग नहीं बोलना चाहते थे। प्राण साब सेट पर मौजूद थे लेकिन वे मौन बने रहे और उन्होंने इस मामले में किसी तरह का हस्तक्षेप नहीं किया।

बात इतनी बढ़ गई और यहां तक आ पहुंची कि फ़िल्म में या तो मैं रहूंगा या अमिताभ! अमिताभ ने फ़िल्म छोड़ने के संकेत दे दिए तो मैंने कहा निर्माता अमिताभ की बजाए टीनू को ही छोड़ना पसन्द करेगा। कुछ देर बाद अमिताभ ने मुझसे पूछा, मैं उस डायलॉग के लिए इतना हठपूर्वक क्यों अड़ा हुआ हूं। मैंने बताया कि मैंने और पिताजी ने रात तीन बजे तक काम करके इस धमाकेदार[13] डायलॉग को तैयार किया है और हमें पूरा यकीन है कि इसे दर्शकों की ज़ोरदार तालियां व प्रशंसा मिलेगी।

अमिताभ ने मुझसे पूछा—"तुमने कितनी फ़िल्मों में काम किया है?" मैंने कह दिया, "एक में भी नहीं!"

फिर उन्होंने पूछा—"मैंने कितनी फ़िल्मों में काम किया है?"

मैं बोला,—"चालीस से भी अधिक होंगी।"

तब उन्होंने बताया, "मेरी हर फ़िल्म का निर्देशक यही कहता है कि फ़लां दृश्य या फ़लां सम्वाद पर हॉल तालियों से गूंज उठेगा। मगर जब मैं थियेटर में जाता हूं तो मुझे एक भी ताली नहीं सुनाई देती।"

इस पर मैंने हौंसले से कहा—"मैं अपने माता-पिता और पेशे की कसम खा कर कहता हूं कि यदि इस डायलॉग पर तालियां नहीं बजेंगी तो मैं यह पेशा ही छोड़ दूंगा।"

सैट पर बिल्कुल सन्नाटा छा गया। हर कोई यह सोचने लगा कि एक बिल.

---

13. विस्फोटक, ध्यान खींचने वाला।

कुल नया निर्देशक एक सुपरस्टार से किस तरह बात कर रहा है। अमिताभ उठ कर लाइटमैन से बोले–"क्या देख रहे हो भाई, यह बहुत ज़िद्दी है।[14] मुझे यह डायलॉग बोलना ही होगा। बेहतर है तुम लाइट्स आन कर दो।"

प्राण साब, बिल्कुल मेरे पीछे ही बैठे, सारी बातें सुन रहे थे, मगर किसी की तरफ़दारी न करते हुए तटस्थ मूक दृष्टा ही बने रहे, पर शाम को शूटिंग के बाद उन्होंने मुझे एक गुलदस्ता भेजा जो उनकी खुशी का बयान कर रहा था।

इसके बीस दिन बाद अमिताभ ने निर्माता टीटो और टोनी को मेरे पास भेजा। उन्होंने दो फ़िल्मों की घोषणा की, एक में निर्देशन के लिए राकेश कुमार को साइन किया तथा दूसरी फ़िल्म के लिए निर्देशक के नाम का सुझाव अमिताभ से मांगा तो उन्होंने मेरा नाम सुझाया।

मैं समझता हूं मुझे यह फ़िल्म केवल इसलिए मिली कि मैं अपने विश्वास पर दृढ़ रहा। साथ ही अमिताभ के गुणों की भी प्रशंसा करूंगा कि सबके सामने इतनी बातचीत होने के बावजूद उन्होंने मेरी बात मानने में कोई हिचक नहीं दिखाई। इससे उनकी महानता प्रकट होती है!"

क्या टीनू आनन्द को उस डायलॉग पर तालियां मिली, जिस पर उन्होंने अपना कैरियर तक दांव पर लगा दिया था?

"हां, जोरदार तालियां मिलीं! मेरी पूरी जान उसमें अटकी हुई थी[15] और इसके लिए मैंने दुआएं भी मांगी थी।

'बात को छुपाने की बजाए सामने बैठकर बातचीत से समस्या सुलझा ली जाए तो सब कुछ ठीक हो सकता है। जैसे मेरे और संजीव कुमार के बीच जो कुछ भी घटा–मगर आखिरकार सभी ने कहा कि भाग्य ने मेरा साथ दिया। प्राण साब के साथ फ़िल्म जैसी बनी, वैसी शायद संजीव कुमार के साथ न बन पाती।'

टीनू आगे कहते हैं–"प्राण साब के साथ मेरी एक और फ़िल्म 'एक हिन्दुस्तानी' में भी उनके किरदार के बारे में कुछ कहना चाहूंगा,–इस फ़िल्म में

---

14. यह बड़ा हठी है भैया, काम शुरू करो।

15. बेसब्री से प्रतीक्षा कर रहा था।

उनका एक ही दृश्य था, मगर मुझे विश्वास है, उसी दृश्य में सबसे अधिक तालियां बजी होंगी।

इस फ़िल्म में डैनी खलनायक थे और प्राण एक स्वतन्त्रता सेनानी तथा नायक के पिता। एक दृश्य में प्राण और डैनी का टकराव था, जिसमें दोनों के बीच ज़ोरदार सम्वादों का आदान-प्रदान होता है। सैट पर मौजूद लोगों को आशंका हुई कि प्राण साब के डायलॉग इतने दमदार हैं कि शायद डैनी इस दृश्य से इनकार कर दे, मगर डैनी इतने अनुशासित अभिनेता हैं कि ऐसा नहीं हुआ। इससे ज्यादा क्या हो सकता है कि डैनी ने खुद प्राण के डायलॉग पर तालियां बजाई और कहा 'जब मैं प्राण साब के डायलॉग पर इतनी तालियां बजा रहा हूं तो दर्शक तो पागल हो जाएंगे।' यह बड़ा ज़बरदस्त दृश्य था और इसे प्राण साब ने उतनी ही उत्कृष्टता से अदा भी किया!'' टीनू कहते हैं—'''कालिया' और 'एक हिन्दुस्तानी' के बीच लम्बा अन्तराल था और प्राण साब काफी उम्रदार भी हो चले थे, तो भी वे अपने डायलॉग पूरी तरह तैयार करके ही सैट पर आते थे।

उन्होंने व्यक्तिगत रूप से मुझसे पूछा—'क्या यह दृश्य डैनी कर रहे हैं?' डैनी जैसे सक्षम कलाकार के साथ यह चुनौतीपूर्ण दृश्य करने की खुशी उनके चेहरे पर साफ़ झलक रही थी।

'मैं जब निर्देशन छोड़ कर अभिनय करने लगा तो मैंने प्राण साब के एक और गुण को महसूस किया। जब मुझे वैसी दाढ़ी मूछें और विग लगानी पड़ी, जैसी प्राण साब लगाते थे, तो मुझे बड़ी खीझ होती। स्प्रिट गम के कारण मुझे बड़ी असुविधा होती। मगर प्राण साब ने कभी किसी तरह की शिकायत नहीं की। कैसा भी जटिल मेकअप हो वे खुशी-खुशी सारे दिन उसे पहने हुए पूरी लगन व तत्परता से अपना काम करते। इससे पता चलता है कि पहले खलनायक और फिर चरित्र अभिनेता के रूप में उन्होंने इतनी लम्बी पारी कैसे खेली।

मैं चाहता हूं, वे कभी बूढ़े न हों। कम से कम मेरे मानस पटल पर तो वे कभी बूढ़े नहीं होंगे।'' कहते हुए टीनू आनन्द ने अपनी बात पूरी की, जिसमें सारे संसार में फैले प्राण के प्रशंसकों की भावनाएं प्रतिध्वनित हो रही थी।

5

यश जौहर[16] को आश्चर्य होता था कि इतने वर्षों की निकटता के बावजूद उन्होंने प्राण के साथ तीन ही फ़िल्में की। ''मैं उन्हें काफी लम्बे समय से जानता हूं, बिल्कुल तब से जब से मैंने फ़िल्म उद्योग में प्रवेश किया—''पहले प्रोडक्शन मैनेजर, फिर कंट्रोलर ऑफ प्रोडक्शन और अन्ततः स्वतन्त्र रूप से निर्माता के रूप में पदोन्नति करने वाले यश जौहर कहते हैं।

निर्माता बनने से पहले यश जौहर ने देव आनन्द, आशा पारेख अभिनीत नासिर हुसैन की फ़िल्म 'जब प्यार किसी से होता है' में प्राण के साथ काम किया था।

यश जौहर याद करते हैं, ''हमारे मित्र सतीश भल्ला के कारण हम लोगों में पारिवारिक मित्रता हो गई। उन्होंने 1980 में प्रदर्शित मेरी फ़िल्म 'दोस्ताना' में काम किया था। बाद में जब मैंने उन्हें 'दुनिया' में खलनायक की भूमिका दी तो उन्होंने सहर्ष स्वीकार कर ली।''

चरित्र भूमिकाओं के लम्बे दौर के बाद प्राण 'अन्धा कानून' से पुनः खलनायक की ओर मुड़े और तब अपेक्षाकृत नए खलनायकों को पछाड़ते हुए उन्होंने 'दुनिया' में मुख्य खलनायक की भूमिका अदा की।

इस फ़िल्म में काफी लम्बे अन्तराल के बाद उन्हें दिलीप कुमार के सामने काम करने का मौक़ा मिला और इस प्रकार एक बार फिर साठ के दशक की ज़बरदस्त नायक-खलनायक की जोड़ी की याद ताज़ा हो गई।

चरित्र भूमिकाओं में सफल परावर्तन के बावजूद प्राण पुनः खलनायिकी की ओर प्रवृत क्यों हुए?

प्राण अचानक दिशा परिवर्तन का कारण स्पष्ट करते हैं—''काफ़ी वर्षों पहले फ़िल्म दर फ़िल्म एक ही तरह के खल पात्रों की भूमिका अदा करते-करते मुझे एकरसता सालने लगी थी, तभी मेरी पुत्री ने कुछ अलग तरह का काम करने की सलाह दी। अस्सी के दशक में अचानक वैसी ही एकरसता व बेचैनी जब

16. यश जौहर की मृत्यु 26 जून 2004 को हुई थी।

मैं फिर महसूस करने लगा तो एक बार फिर मेरी पुत्री ने ही मेरी सही नब्ज़ पर हाथ रखते हुए निदान बताया, पापा, अब आपकी चरित्र भूमिकाएं देख कर जी भर गया है।' बस इसलिए मैंने पुनः कुछ नकारात्मक भूमिकाए करने का फैसला किया।" इसी विचार के तहत प्राण ने 'दुनिया' में खलनायक की भूमिका स्वीकार की। प्राण ने स्पष्टीकरण दिया कि, 'यह फ़िल्म मैंने यश के अनुरोध पर स्वीकार की जो मेरा बहुत ही प्यारा मित्र है। वह बहुत ही सज्जन व्यक्ति है।'

इस पुस्तक के वास्ते दिए गए साक्षात्कार में ऋषि कपूर ने बताया—"यश जौहर की 'दुनिया' में काम करना मेरे लिए सम्मान की बात थी। इसमें मुझे एक साथ तीन महान कलाकारों—अशोक कुमार दिलीप कुमार और प्राण के साथ काम करने का दुर्लभ सौभाग्य प्राप्त हुआ। प्राण साब इसमें खलनायक थे और मैं उनके साथ काम करने में असहजता महसूस कर रहा था क्योंकि उनके साथ हुई मेरी अधिकांश फ़िल्मों में वे मेरे पिता थे। दादामोनी, दिलीप साब और प्राण साब को बातें करते देखना मेरे लिए रोमांचक और अविस्मरणीय सुयोग था। मैंने इन लोगों से बहुत कुछ सीख कर अपने काम को उन्नत बनाने की चेष्टा की। यह एक अद्‌भुत अनुभव था।'

प्राण अभिनीत यश जौहर की तीसरी फ़िल्म थी—'मुकद्दर का फ़ैसला'। इस फ़िल्म के निर्माण के दौरान प्राण के व्यवहार को याद करके यश जौहर कहते हैं,—"वे एक उम्दा अभिनेता होने के साथ उदार इंसान भी हैं। जब मैंने उन्हें इस फ़िल्म के लिए साइन किया तो वे बोले—'आप जो भी राशि देंगे, मंजूर है।' मैंने साइनिंग अमाउंट ग्यारह हज़ार रुपए दिए और कहा फ़िल्म का काम शुरू होने पर और दे दूंगा। बाद में उन्होंने देखा कि खर्चे धारणा से अधिक हो रहे हैं तो उन्होंने रुपए लेने से इनकार कर दिया और बोले पहले औरों को दे दो, मैं तो बाद में ही ले लूंगा। ऐसा करते-करते फ़िल्म पूरी हो गई और उन्होंने मुझसे उन ग्यारह हजार के अलावा एक पैसा भी नहीं लिया। फ़िल्म प्रदर्शित हुई और बुरी तरह फ़्लाप हो गई। मुझे बहुत घाटा लगा और मैं निराशा में डूब गया। प्राण जी ने मुझे सहारा दे कर धीरज बंधाया उन्होंने कभी अपने रूपयों की बात ही नहीं की। मैं उनका ऋणी था और मुझे उनके सामने जाने में शर्म महसूस होती मगर उनके घर में जब भी कोई उत्सव या पार्टी होती वे स्वयं फोन करके

मुझे बुलाते और मुझे जाना ही पड़ता। एक दिन उन्होंने मुझसे कहा—'तुम मेरे रुपयों के बारे में चिन्ता मत करो। जब मुझे पता चलेगा कि तुम्हारे पास पर्याप्त रुपए हो गए हैं तो मैं खुद ही ले लूंगा अन्यथा नहीं।''

यहां तक कुछ विषयान्तर होते हुए यश जौहर बताते हैं कि, ''मुकद्दर का फैसला' के लिए पारिश्रमिक न मिलने पर भी प्राण की उनके प्रति उदार भावना बनी रही जो उस समय स्पष्ट दिखी जब मैंने अपनी अगली फ़िल्म 'अग्निपथ'[17] शुरू की। मैंने निर्देशक मुकुल आनन्द से कहा कि हमें इस फ़िल्म में प्राण साब को जरूर लेना है मगर हमने उनके लिए जो भूमिका सोची थी वह काफी छोटी थी। मैंने कहा—'कोई बात नहीं हम उन्हें मेहमान कलाकार के तौर पर ले लेंगे।' मुकुल ने कहा—'इतने प्रतिष्ठित कलाकार को मेहमान कलाकार के तौर पर लेना उचित नहीं होगा।'

मैंने कहा—'उन्हें इस फ़िल्म में लेना तो ज़रूर है चाहे स्पेशल एपियरेंस में ले लेंगे।'

मैं और मुकुल दोनों प्राण जी के पास गए। मुकुल ने सीधे यही कहा—यश जी आग्रह पूर्वक चाहते हैं कि यह भूमिका आप करें। मगर मैं एक बात कहना चाहता हूं कि यह भूमिका आपकी प्रतिष्ठा के अनुरूप महत्त्वपूर्ण नहीं है। इसका फ़ैसला हम आप पर छोड़ते हैं।

प्राण जी ने तुरत कहा—''मैं निर्देशक के फ़ैसले के खिलाफ़ नही जाऊंगा। आपकी बात सही है, साथ ही यह भी सही है कि इस फ़िल्म में मेरी भूमिका नहीं होने से हमारे सम्बन्ध समाप्त नहीं हो जाएंगे।''

पुनः पिछली बात पर आते हुए यश जौहर कहते हैं—'पिछली फ़िल्म का पूरा पारिश्रमिक न मिलने पर भी प्राण जी ने मेरी मदद ज़ारी रखी। उन्होंने अपने मित्रों व रिश्तेदारों से मुझे रुपए उधार दिलवाए। मैंने उनसे कहा जब भी आप रुपए लेना चाहें कृपया मुझसे कहें, मैं दे दूंगा। मगर उन्होंने कभी मुझसे रुपए नहीं मांगे।

'जब 1998 में 'कुछ-कुछ होता है'[18] सुपर हिट हुई और मैं सबकी बकाया

---

17. यश जौहर अब नहीं रहे।

18. यश जौहर के पुत्र करन जौहर द्वारा निर्देशित।

राशि चुकाने लायक हो गया। अतः उनके पास भी रुपए लेकर गया। फिर भी उन्होंने कहा,—"इसे रखो किसी------"

तब मैंने उन्हें रोकते हुए कहा—"अब 'कुछ-कुछ होता है' के बाद 'किसी' की गुंजाइश नहीं है।"

यश जौहर की मौत से प्राण ने एक प्यारे मित्र के साथ-साथ एक अच्छे पड़ोसी को भी खो दिया।

जब यश जौहर खार में अपने कार्यालय के निकट ही आवास तलाश रहे थे और प्राण के मकान में ही फ्लैट मिल रहा था तो उन्होंने वही लेना उचित समझा।

अपनी अवस्था और अस्वस्थता के बावजूद यश जौहर के चौथे की रस्म में प्राण पूरे समय उपस्थित रहे—प्यारे मित्र को खोने से उदास और कुछ वैराग्य की भावना लिए।

6

अस्सी के दशक के शुरू में प्राण के कनिष्ठ पुत्र सुनील सिकंद ने फ़िल्म उद्योग में औपचारिक प्रवेश किया—नहीं, नायक या खलनायक के तौर पर नहीं, बल्कि एक निर्देशक के तौर पर।

फ़िल्मी माहौल में पलने, अपने पिता द्वारा दी गई पार्टियों में उनके मित्रों से मिलने तथा अनेक फ़िल्में देखने के कारण उनमें फ़िल्म उद्योग से जुड़ने की इच्छा पनपना स्वाभाविक ही था।

हालांकि प्राण ने कभी अपने बच्चों को फ़िल्म लाइन में नहीं धकेला। उन्होंने एक सचेत निर्णय के तहत अपनी पत्नी व बच्चों को फ़िल्म जगत की चकाचौंध से दूर ही रखा। उन्होंने अपने बच्चों को विभिन्न किस्म के अनेक व्यवसायों में से अपना उद्यम चुनने की आज़ादी दी और कभी उन पर अपने पेशे में आने के लिए दबाव नहीं डाला।

स्टार एंड स्टाइल[19] को दिए गए एक साक्षात्कार में सुनील ने कहा—"डैडी

19. 13-26 अप्रेल 1984 के अंक में पृष्ठ सं. 12-13 में।

हम लोगों को कभी आउटडोर या स्टूडियों में नहीं ले जाते थे, मगर अपने घर में आयोजित पार्टियों में मैं उनके मित्रों के सम्पर्क में आया। मैं शुरू से ही फ़िल्मों का शौक़ीन था और काफ़ी फ़िल्में देखा करता था। इस तरह, फ़िल्म उद्योग से जुड़ने की इच्छा मेरे मन में अंकुरित हो चुकी थी। जब मुझे अपना कैरियर चुनने का वक़्त आया तो मैंने निर्देशक बनने का निर्णय लिया और अपनी इच्छा डैडी को बताई। डैडी ने कहा—काम सीखने के लिए मनोज कुमार या मनमोहन देसाई में से किसी एक को चुन लो। मैंने मनमोहन देसाई को चुना।

इस पर प्राण ने बात का मज़ा लेते हुए कहा 'फिर तो तुम निर्देशक के साथ-साथ गाली देना भी सीख जाओगे, क्योंकि मन बिना गाली के बोल ही नहीं सकता!'[20]

सुनील ने मनमोहन देसाई की यूनिट में पांचवें असिस्टेंट के तौर पर काम करना शुरू कर दिया और धीरे-धीरे आगे बढ़ने लगा। मगर प्राण ने अपने बच्चों को शुरू से फ़िल्म उद्योग की राह क्यों नहीं दिखाई? प्राण समझाते हैं—"मैंने अपने बच्चों को अपने पेशे से दूर रखा क्योंकि मैं उन पर अपनी इच्छा नहीं थोपना चाहता था। मैंने हमेशा उन्हें चुनने के लिए विस्तृत विकल्प दिए। इस क्षेत्र में आने वाले ज़्यादातर लड़के अभिनय के अलावा किसी और विधा में हाथ नहीं आजमाते और मैं अपने पुत्रों को अभिनेता नहीं बनाना चाहता था। आप कह सकते हैं कि मुझे यह शिकायत नहीं करनी चाहिए। क्योंकि एक वरिष्ठ अभिनेता के तौर पर मुझे आज भी सम्मान मिलता है। मगर मुझे बताइए कितने लोग इतने भाग्यशाली हैं। आप भी जानते हैं कि कितने ही अभिनेताओं के सितारे गर्दिश में जाते ही इस उद्योग ने उनके साथ कितना कठोर व निष्ठुर व्यवहार किया है। सुनील की एक टेक्नीशियन बनने में रुचि थी अतः मैंने उसे प्रोत्साहन दिया। मेरे लिए अब काफ़ी देर हो चुकी है, मगर मौका मिलने पर मैं भी टेक्नीशियन बनना चाहूंगा। यह काम ज़्यादा प्रतिबद्ध और कलाकार की सृजनशीलता को सन्तुष्ट करने वाला होता है।"

ज़ाहिर था कि प्राण ने, केवल फ़िल्मी दुनिया की बुलंदियां, सितारों की चमक

---

20. कुछ लोगों को, जो हरेक से बराबरी का व्यवहार करते हैं, बात-बात में गालियां निकालने की आदत पड़ जाती है।

व कामयाबी का जादू, ही नहीं देखा था, बल्कि वे नाकामी की कड़ुवाहट और मुखौटों के पीछे छुपी लोगों की वास्तविकताओं से भी पूरी तरह वाक़िफ़ थे! जी हां, प्राण ने फ़िल्म उद्योग की नाज़ुक स्थितियों को भी पहचाना था। अतः वे किसी ज़िम्मेदार पिता की तरह भविष्य की कठिनाइयों से अपने बच्चों को बचाए रखना चाहते थे। वे जानते थे कि फ़िल्मों के व्यवसाय में ऐसा नशा है कि इसका एक भी घूंट पी लेने वाला इसकी अगली बूंद का मुंतज़िर होकर जीएगा।

मनमोहन देसाई से प्रशिक्षण प्राप्त कर किसी प्रोजेक्ट को अकेले ही संभाल. ने के लायक विश्वास आ जाने पर नादियादवाला ने सुनील को अपनी फ़िल्म 'करिश्मा' निर्देशित करने का अवसर दिया, जिसके मुख्य कलाकार थे अमिताभ बच्चन, परवीन बॉबी और प्राण।

इससे पहले प्राण नादियादवाला की दो फ़िल्मों–'इंस्पेक्टर' तथा 'एक राज' में काम कर चुके थे। दोनों ही फ़िल्मों के निर्देशक शक्ति सामन्त थे।

लेकिन यह तो नादियादवाला ही जानें उन्होंने इस फ़िल्म का काम आगे क्यों नहीं बढ़ाया।

तब प्राण ने सुनील को अपनी ही कहानी पर शीघ्रता से फ़िल्म बनाने के लिए प्रोत्साहित किया।

सुनील सिकंद ने 'फ़रिश्ता' का निर्माण व निर्देशन किया जिसमें मुख्य भूमिकाओं में–अशोक कुमार, भारत भूषण, कंवलजीत, तथा स्मिता पाटिल थे। मास्टर राजू, अम्बिका शौरी, मास्टर राजीव भाटिया, डैनी तथा प्राण का स्पेशल एपियरेंस था। लेकिन, दुर्भाग्य से यह फ़िल्म आशा के अनुरूप नहीं चल पाई।

सवाल यह उठता है कि स्वयं प्राण एक निर्माता-निर्देशक बनने को लालायित क्यों नहीं हुए?

इस जीवनी के लिए साक्षात्कार देते हुए प्राण ने विस्तार से बताया, ''नहीं, मेरी कभी भी निर्माता बनने की इच्छा नहीं हुई। कई लोगों ने मुझे फ़िल्म बनाने की सलाह दी, पर मैंने उनकी सलाह नहीं मानी। एक समय मेरा सेक्रेटरी ललित

'फ़रिश्ता' के सैट पर प्राण और उनका निर्देशक पुत्र सुनील सिकन्द

कुमार दोशी तक फ़िल्म बनाने के लिए जब मेरे पीछे ही पड़ गया तो मैंने उसे ही निकाल दिया इसके पहले मैं एक बार सतीश भल्ला की साझेदारी में फ़िल्म वितरण के क्षेत्र में हाथ आजमा चुका था, मगर यह मेरे लिए घाटे का सौदा ही साबित हुआ था।

ललित ने सोचा कि मेरे अभिनेता मित्र उसकी बात का समर्थन करके मुझे निर्माता बनने के लिए उकसाएंगे तो मैं मना नहीं कर पाऊंगा। सचमुच मेरे कुछ मित्र मुझे निर्माता बनने का सुझाव देने भी लगे, मगर जब इससे काम नहीं बना तो उसने मेरी पत्नी को समझाया कि मैं फ़िल्म बना कर और भी ज़्यादा पैसे कमा सकता हूं। उसकी सिखाई बातों को जब मेरी पत्नी ने एक दो बार मुझसे कहा तो मैं समझ गया, कि उसके स्वभाव के विपरीत, उसकी बातों के पीछे ललित का ही हाथ है।

ललित के इस तरह परोक्ष रूप से पीछे पड़ जाने से परेशान होकर उसे मैं एक दिन अपनी गाड़ी में बैठाकर दिलीप कुमार के घर ले गया। वहां आठ-दस निर्माता बैठे दिलीप कुमार का इंतज़ार कर रहे थे। मैं उनकी परवाह किए बगैर सीधे दिलीप के निजी कमरे का दरवाज़ा खोल कर उसमें घुस गया और उन्हें बताया कि बाहर कुछ निर्माता उनका इंतज़ार कर रहे हैं। पांच मिनट दिलीप से बात कर के मैं ललित के साथ वापस आ गया।

बाद में मैंने ललित से पूछा—"तुम मुझे वहां बैठे लोगों की तरह कतार लगा कर इंतज़ार करते देखना चाहते हो या दिलीप के निजी कमरे में भी बिना बुलाए जा सकूं वैसा? बस इसके बाद वह मुझे निर्माता बनाने का अपना पाठ ही भूल गया!

7

फ़िल्मों की चकाचौंध के पीछे काम करने वाले कलाकारों और टेक्नीशियनों की कमजोर आर्थिक स्थिति व सामाजिक सुरक्षा के अभाव के बारे में प्राण व फ़िल्म जगत के अन्य प्रमुख लोग काफी समय से चिन्तित थे। फ़िल्म उद्योग की तत्कालीन कार्य शर्तों व स्थितियों (कुछ मामलों में आज भी वही है) के कारण उन्हें पेंशन की सुविधा उपलब्ध नहीं थी।

उनके कल्याण व अधिकारों की रक्षा के लिए सिने आर्टिस्ट्स एशोशियेशन की स्थापना की गई, मगर इसके द्वारा कुछ चरित्र अभिनेताओं को ही मदद पहुंचती थी। अभी भी फ़िल्म उद्योग में काम करने वालों में बड़ी संख्या में ऐसे थे जिनकी आर्थिक सुरक्षा की कोई व्यवस्था नहीं थी।

1986 में एक ऐसी असामान्य घटना घटी जिसने सबके मन में यह भावना प्रबलता से पैदा कर दी कि फ़िल्मों में काम करने वाला छोटा काम करने वाला छोटा से छोटा व्यक्ति भी काम न कर पाने की स्थिति में भी पैसो का मोहताज न रहे।

सरकार द्वारा लागू की गई मनोरंजन कर की अनुचित ऊंची दरों के विरोध में प्रथम बार सम्पूर्ण फ़िल्म उद्योग ने एकजुट होकर एक साथ हड़ताल की।

इससे पहले भी किसी न किसी वर्ग-विशेष ने कभी-कभार बेहतर कार्य स्थितियों तथा अधिक पारिश्रमिक की मांग को लेकर अपने विभाग का कार्य स्थगित किया था। मगर इस बार सम्पूर्ण उद्योग ने सबके समान शत्रु अन्यायपूर्ण कराधान के खिलाफ संगठित होकर पूर्ण रूप से कार्य स्थगित कर दिया।

फ़िल्म उद्योग के महारथियों ने चौपाटी से महालक्ष्मी रेसकोर्स तक एक मौन जुलूस[21] निकालने का निर्णय लिया, जिसमें किसी प्रकार की नारेबाजी न होकर सभी लोग प्रतिवाद को प्रतीक स्वरूप सफेद कपड़ों पर काले बिल्ले लगाकर पैदल चलेंगे।

निर्धारित दिन में फ़िल्म उद्योग से जुड़े हर छोटे-बड़े व्यक्ति ने गर्मी और उमस की परवाह किए बगैर उस जुलूस में शामिल होकर पैदल चलते हुए अपनी एकता का प्रदर्शन किया और फ़िल्म उद्योग के प्रति सरकार के पक्षपात पूर्ण रवैये पर कड़ा प्रतिवाद दर्ज कराया। अत्याचार की अति हो जाने के कारण कई लोग तो अपनी शारीरिक अवस्था व अस्वस्थता को भी नज़रअन्दाज़ करके इस जुलूस में शामिल हुए। यह वही जुलूस था जिसमें शिरकत करने के बाद गर्भवती स्मिता पाटिल अस्वस्थ हो गई और कुछ दिनों बाद उनकी मृत्यु हो गई।

उस ऐतिहासिक प्रतिवाद जुलूस के कुछ दिनों बाद एक शाम को चौपाटी में एक जनसभा का आयोजन किया गया, जिसे हिन्दी फ़िल्म जगत के महारथियों दिलीप कुमार, प्राण और राजबब्बर के अलावा मराठी सिनेमा के महान कलाकार दादा कोंडके[22] ने भी सम्बोधित किया। सभी ने फ़िल्म निर्माण के प्रत्येक स्तर पर लागू करों व उनके असर की व्याख्या की।

यह हड़ताल इतनी लम्बी चली कि इसने फ़िल्म उद्योग से प्रत्यक्ष या अप्रत्यक्ष किसी भी रूप में जुड़े हर व्यक्ति को गंभीर रूप से प्रभावित किया। कुछ और लोगों के साथ प्राण ने पहल करके हड़ताल खत्म करने की कोशिश में कदम उठाया और हड़ताल खत्म कराई। विजय आनन्द व यश चौपड़ा ने महसूस किया कि इस हड़ताल से आर्थिक रूप से प्रभावित होने वाले लोगों की मदद की जानी चाहिए।[23]

---

21. प्रतिरोध के लिए मार्च करना।

22. दादा कोंडके की मृत्यु नब्बे के दशक में हुई थी।

23. विजय आनन्द इस पुस्तक के लिए साक्षात्कार देने के बाद 23 फरवरी 2004 में स्वर्ग सिधार गए।

उन्होंने बुद्धिमत्ता से विचार किया कि भविष्य में और भी कठिनाइयां और जटिल परिस्थितियां आ सकती हैं। अतः फ़िल्म उद्योग से जुड़े किसी भी जरूरतमंद व्यक्ति की मदद के लिए एक स्थायी कोष का गठन आवश्यक है।

इस आवश्यकता ने आयोजन किया–HOPE' 86 का

एक अभूतपूर्व तरीके से सारे फ़िल्म उद्योग ने एक होकर संगीत कार्यक्रम आयोजित किए, जिसकी कमाई से फ़िल्म इंडस्ट्री वेलफेयर ट्रस्ट का स्थाई कोष बनाया गया।

तत्कालीन संगीत सम्राटों कल्याणजी आनन्दजी, लक्ष्मीकांत प्यारेलाल, आर. डी.बर्मन और बप्पी लाहिरी ने आपस की अदृश्य दीवारें गिरा कर, एक साथ मिलकर, जनता के सामने एक उत्कृष्ट संगीत का कार्यक्रम पेश किया। सारे कलाकार शो करके हड़ताल से प्रभावित लोगों के लिए धन एकत्र करने के परोपकारी कार्य के लिए एकत्र हुए थे अतः कहीं भी किसी के अहं के टकराव का कोई चिह्न नहीं दिखा।

ब्रेबोर्न स्टेडियम[24] में उस रात आकाश गंगा में चमकते सितारों के साथ-सा. थ धरती के वास्तविक सितारों की भी एक निहारिका जगमगा रही थी। लता मंगेशकर, आशा भोसले, अमिताभ बच्चन, धर्मेन्द्र सभी ने अपनी उपस्थिति व अदाकारी से शो की शोभा बढ़ाई।

दर्शकों से खचाखच भरा हाउसफुल शो सुबह तीन बजे खत्म हुआ। इस शो से मिले धन से फ़िल्म इंडस्ट्री वेलफेयर ट्रस्ट की स्थापना हुई और तब से यह ट्रस्ट फ़िल्म उद्योग से जुड़े हर ज़रूरतमंद व्यक्ति को धन मुहैया कराता आ रहा है। टेक्नीशियन, लाइटमैन, स्पॉट बॉय, जूनियर कलाकार, छायाकार, लेखक, चरित्र कलाकार आदि सभी वर्ग के लोग इससे लाभान्वित हुए।

HOPE' 86 के आयोजन में प्राण के सहयोगी रहे विजय आनन्द ने बताया–"प्राण साब कई वर्षों तक फ़िल्म इंडस्ट्री वेलफेयर ट्रस्ट के ट्रस्टी रहे। उन्होंने इसके कार्यों में पूरी रूचि के साथ सक्रिय भूमिका निभाई। हमारा काम

---

24. दक्षिण बोम्बे में, चर्चगेट और मेरीन ड्राईव के बीच।

यह निर्णय करना होता कि यह दान-राशि किसे देना उचित है और किसे नहीं।

कई बार मैं प्राण जी के घर चला जाता और कई बार वे ट्रस्ट के ऑफिस में आ जाते और हम लोग मदद के लिए आए हुए आवेदन पत्रों की सूक्ष्मता से जांच करके मदद के पात्रों पर निर्णय लेते। मैंने देखा कि उनमें मानवता और न्यायप्रियता कूट-कूट कर भरी है। उनकी याददाश्त काफी तेज़ थी। वे आवेदन पत्र देख कर ही आवेदक के बारे में बहुत कुछ बता देते। वे बुजुर्ग कलाकारों का बहुत ख्याल रखते। वे कहा करते–फ़लां काफी पुराना व बुजुर्ग कलाकार है, अभी इस पर बुरा वक़्त गुज़र रहा है, हमें उसकी मदद ज़रूर करनी चाहिए। वे बड़े रहमदिल हैं। वे कई बार ज़रूरतमंदों के प्रति करुणा के कारण कोष में उपलब्ध धन से अधिक मदद को तत्पर हो जाते।

यदि मुझे लगता कि फ़लां व्यक्ति हमारी मदद का उचित पात्र नहीं है तो मैं उन्हें रोक भी देता। हम लोगों में आपस में अच्छा तालमेल था। शिक्षा के लिए मदद मांगने आए मामलों पर विचार करते समय प्राण साब ने कुछ सुझाव दिए जिन्हें सर्वसम्मति से मान लिया गया। उन्होंने कहा–'जो बच्चा परीक्षा में अच्छे अंक प्राप्त करता है उसे एक सौ रुपए अतिरिक्त दिए जाने चाहिए और जो बच्चा अच्छे अंकों के साथ ही कक्षा में प्रथम स्थान प्राप्त करेगा उसे दो सौ रुपए अतिरिक्त दिए जाने चाहिए। इन रुपयों को उसके माता-पिता हाथ न लगाएं।' उनके सुझाव के अनुसार हम लोग कई बार बच्चों को दो सौ से तीन सौ रुपए अतिरिक्त भेजते। उनके द्वारा प्रारम्भ की हुई परिपाटी हम लोग अब भी चला रहे हैं।" विजय आनन्द ने अपनी बात पूरी करते हुए कहा–"यदि किसी ज़रूरतमंद की गुहार उनके दिल को छू जाती तो वे अपनी जेब से भी उसकी मदद कर देते!"

8

अस्सी के दशक के आखिरी वर्षों में प्राण को पुनः यह महसूस होने लगा कि वे अभिनेता के रूप में अपने पेशे में कुछ और ज़्यादा काम कर सकते थे।

प्राण के जितने लम्बे कैरियर का सौभाग्य पाने वालों में भी शायद ही किसी ने इतनी बहुरंगी भूमिकाएं अदा की होंगी।

अगले कुछ अध्यायों में प्राण के परिजनों व साथी कलाकारों की दृष्टि से उनके अब तक के कई अनजाने पहलुओं को उजागर किया जाएगा जो हमें इस अद्‌भुत इंसान की और गहराई से पहचान कराएंगे।

27

एक सज्जन खलनायक

1

साठ वर्षों से अधिक समय तक फ़िल्म उद्योग की शोभा बढ़ाने वाले अभिनेता का इन वर्षों में रूपहले पर्दे पर जगमगाने वाले सितारों, कलाकारों व फ़िल्मों से जुड़े हुए अन्य व्यक्तियों के साथ अच्छे पेशेवर व व्यक्तिगत सम्बन्ध बनना स्वाभाविक है।

एक अभिनेता के तौर पर सर्वाधिक लम्बा व सफल कैरियर जीने वाले प्राण का अपने साथी कलाकारों से व्यवहार तथा प्राण के प्रति उनके विचार किस प्रकार के थे इसकी एक झलक इस अध्याय में दिखेगी।

जिस समय प्राण ने एक खलनायक के तौर पर फ़िल्मों में प्रवेश किया, उस समय अनेक अभिनेता नायक से सहनायक और फिर खलनायक बन गए थे। उस बीते ज़माने में कलाकारों के आपस के व्यवहार के बारे में जानना काफी रोचक और प्रेरणास्पद होगा, जो पचास के दशक की यह घटना साफ़ दर्शाती है।

यह वह समय था जब प्राण के कैरियर का ग्राफ ऊपर की ओर अग्रसर था और उन्हें बोम्बे के साथ ही दक्षिण की भी इतनी फ़िल्में मिल रही थी कि नई फ़िल्म का प्रस्ताव आने पर वे दुविधा में पड़ जाते कि यह फ़िल्म स्वीकार करूं या नहीं। यह एक कठिन असमंजस का दौर था लेकिन चूंकि उस समय वे अपने कैरियर को पुनर्स्थापित करने के साथ ही विभाजन के कारण कमजोर पड़ी अपनी आर्थिक स्थिति को भी सुदृढ़ कर लेना चाहते थे।

काम की अत्यधिक आवश्यकता होते हुए भी प्राण ने लालच के वशीभूत होकर आने वाले हर प्रस्ताव को आंख मूंद कर स्वीकार नहीं किया।

उनके अच्छे संस्कारों के साथ ही उनकी सभ्यता व सज्जनता उस समय स्पष्ट रूप से प्रमाणित हुई। जब निर्माता-निर्देशक डी.डी. कश्यप ने उन्हें अपनी फ़िल्म 'आन-बान'1 में एक सशक्त भूमिका करने का प्रस्ताव दिया, यह भूमिका उनसे पहले एक वरिष्ठ कलाकार को प्रस्तावित की जा चुकी थी।

प्राण फ़िल्म आनबान में इस वेष में दिखे

---

1. यह फिल्म 1956 में प्रदर्शित हुई।

प्राण याद करते हैं कि "इस भूमिका के लिए सज्जन को साइन किया गया था, मगर मद्रास की एक फ़िल्म में और अधिक लुभावना प्रस्ताव मिलने के कारण उन्होंने अचानक आखिरी क्षण में यह फ़िल्म छोड़ दी। अपने प्रथम शूटिंग शेड्यूल से एक दिन पहले यह जानकारी मिलने पर कश्यप बड़ी कठिनाई में पड़ गए तथा 'क्या करे क्या न करें की स्थिति में आ गए। तब उन्होंने मुझसे स्वयं को उस कठिन स्थिति से उबारने का निवेदन किया।"

यह प्राण की चारित्रिक विशेषता थी कि उन्होंने सही कदम उठाया।

इस सन्दर्भ में उन्होंने बताया, "जब किसी अभिनेता के सामने ऐसी स्थिति आए तो उसे नैतिक रूप से जिस अभिनेता की भूमिका उसे दी जा रही है, उससे मिल कर यह जान लेना चाहिए कि क्या वह अपनी मर्ज़ी से यह भूमिका छोड़ रहा है तथा उसकी छोड़ी हुई भूमिका को स्वीकार करने में उसे कोई ऐतराज़ तो नहीं?

किसी को भी किसी ऐसे प्रस्ताव पर भूखे की तरह नहीं झपट पड़ना चाहिए जिससे किसी और की रोजी-रोटी का सवाल जुड़ा हो।" प्राण ने दृढ़ता से यह बात कही।

फिर मुस्कुराते हुए बताया कि, "मैंने कश्यप को जरा इंतज़ार करने को कहा और सज्जन से मिलकर पूछा कि 'मेरे द्वारा यह भूमिका स्वीकार कर लेने में उन्हें कोई ऐतराज़ तो नहीं?' सज्जन द्वारा आपत्ति न जताने पर ही मैंने कश्यप को फोन करके 'आन-बान' की उस भूमिका के लिए अपनी रज़ामंदी प्रकट की।" शायद पूरी तरह नैतिक तरीके से कार्य करने का सफल प्राण को मिला और उन्होंने 'आन-बान' की उस भूमिका के लिए दर्शकों व समीक्षकों की भारी प्रशंसा अर्जित की।

उदाहरण के लिए फ़िल्मफेयर में छपी समीक्षा का शीर्षक था—"कहानी पर मजबूत पकड़ के साथ उत्तमता से अभिनीत कॉस्ट्यूम ड्रामा" इसमें प्राण की विशेष प्रशंसा करते हुए समीक्षक ने लिखा—"अपने बड़े भाई का अधिकार हड़पने को उद्धत उग्र व हठी छोटे पुत्र की भूमिका में प्राण ने उत्कृष्ट अभिनय किया है!"[2]

---

2. 1 फरवरी 1957 के अंक में पृष्ठ सं. 28।

निश्चित रूप से नीति सम्मत कार्य करने के कारण ही पर्दे के खलनायक प्राण वास्तविक जीवन में हमेशा नायक ही बने रहे। उनका वास्तविक व्यवहार उस जमाने के पर्दे के नायकों से कहीं बेहतर था!

2

सत्तर के दशक की एक और घटना से प्रकट होता है कि समय के साथ प्राण की नैतिक सिद्धान्तों पर दृढ़ता में कोई कमी नहीं आई।

जिस निर्देशक ने प्राण को उनके कैरियर की श्रेष्ठ भूमिकाओं में गिनी जाने वाली तथा उनके कैरियर की दिशा परिवर्तन करने वाली दो भूमिकाएं—'शहीद' और 'उपकार' में दी तथा पुनः 'पूरब और पश्चिम' में वाकई एक अच्छी भूमिका दी, उसकी फ़िल्म के लिए ही इनकार करते समय उन्होंने खुद भी अपने आपको असमंजस की स्थिति में महसूस किया होगा!

जब प्राण ने मनोज कुमार की अगली फ़िल्म[3] 'शोर' अस्वीकार की तो वे अच्छी तरह समझ रहे थे कि उनके मित्र को बुरा लगेगा और साथ ही अपनी उच्च नैतिक निष्ठा के कारण वे यह भी समझ रहे थे कि दूसरे निर्माता[4] (प्रकाश मेहरा) की फ़िल्म (ज़ंजीर) में जो किरदार वे पहले ही साइन कर चुके हैं, लगभग वैसा ही किरदार अब मनोज उन्हें दे रहे हैं और दोनों फ़िल्में लगभग एक ही समय बन रही हैं, अतः (एक जैसा रोल) फ़िल्मों में काम करना सभी के प्रति अन्याय होगा।

अतः उन्होंने साहस और दृढ़ निश्चय के साथ न्याय संगत कार्य करते हुए अपने मित्र का प्रस्ताव मंजूर नहीं किया और प्रंशसनीय बात यह रही कि मनोज से उनकी मित्रता भी बरकरार रही!

प्राण के नैतिक सिद्धान्तों ने ही उन्हें कभी किसी उत्पाद का प्रचार व विज्ञापन करने की अनुमति नहीं दी, जिसमें आजकल के छोटे-बड़े, नामी-गिरामी सभी अभिनेता-अभिनेत्री व खिलाड़ी बिना किसी परीक्षण व चिन्तन के जुटे हुए हैं तथा इसे पैसा कमाने का आसान व तेज़ रास्ता मानते हैं।

---

3. शोर 1972 में प्रदर्शित हुई इसमें मनोज कुमार, जया भादुड़ी, प्रेमनाथ और नंदा थे।

4. अध्याय तेईसवां में पूरा विवरण विस्तार से है।

अतीत में भी बड़ी-बड़ी कम्पनियां अपने उत्पादों के विज्ञापनों पर बड़ी राशि खर्च किया करती थी, मगर प्राण को रुपयों का लालच प्रभावित न कर पाया। अपने पूरे कैरियर में प्राण ने केवल एक विज्ञापन किया–एक व्हिस्की के ब्रांड का।

हिन्दुस्तान टाइम्स के लिए बच्चन श्रीवास्तव को दिए एक साक्षात्कार में उन्होंने इसका कारण बताया–"जिस वस्तु का हम खुद व्यक्तिगत रूप से प्रयोग नहीं करते उसका प्रचार करना पूरी तरह अनैतिक है!"

3

प्राण के बारे में उनके साथी खलनायकों के विचारों को भी यहां उद्धृत करना आवश्यक है।

फ़िल्म जगत के शुरू के खलनायकों में से एक प्रेम चोपड़ा के पास प्राण की काफ़ी यादें हैं। वे कहते हैं–"छोटा या बड़ा कोई भी कलाकार हो, कोई उन्हें प्राण नहीं कहता, सभी उन्हें प्राण साब कहते हैं। उनके प्रति लोगों के मन में आदर-सम्मान की भावना स्वतः ही जम गई।

'पर्दे पर प्राण साब की छवि भयंकर रूप से बुरे व्यक्ति की थी, अतः आमतौर पर लोग उन्हें वास्तव में भी बुरा व्यक्ति ही समझते थे। मगर कोई उनके निकट सम्पर्क में आता तो समझ जाता कि वे कितने सरल, सज्जन व उच्च विचारों वाले व्यक्ति हैं!

'मैं उन्हें किरदारों को गहनता से चित्रित करते हुए देखा करता था, क्योंकि वे अभिनेताओं के बीच अनुकरणीय आदर्श थे। उन्होंने हास्य, भयानक, भावनात्मक, नाटकीय हर तरह की भूमिकाएं अदा करके अपनी असीम अभिनय क्षमताओं का प्रदर्शन किया।

'हम लोग साथ मिल कर बड़े मजे करते थे। हम लोग मिल-जुल कर काम करते हुए आपस में सलाह व सुझाव द्वारा अपने काम को उन्नत बनाते तथा विवेचना करके किसी चीज को कम या ज्यादा करना होता तो करते।

'हम दोनों ने 'अनजाना'[5] तथा 'पूरब और पश्चिम'[6] की तरह कई फ़िल्मों में पिता-पुत्र की भूमिका अदा की थी। अपनी शुरू की फिल्मों में तो वे धन-दौलत और नायिका दोनों को ही हड़प जाते। अब वे केवल धन पर ही अपनी नज़र रखते और नायिका को हासिल करने के लिए मुझे प्रेरित करते। हम दोनों इस तरह मिल कर काम करते कि धन-सम्पत्ति व नायिका दोनों हमारे ही घर में आएं" प्रेम चोपड़ा शरारत से मुस्कुराते हुए बताते।

उन्होंने आगे बताया–"हम दोनों की जोड़ी काफ़ी लोकप्रिय हो गई थी और वितरक मानते थे कि हमारी जोड़ी दर्शकों की भीड़ खींचती है।"

प्रेम चोपड़ा अपनी बात जारी रखते हुए कहते हैं, "प्राण साब जब कभी अपने परिजनों या मेहमानों को आउटडोर पर ले जाते तो उन्हें अलग कमरों में ठहराते और उनका सारा खर्चा खुद ही उठाते। वे निर्माता से उनके लिए कभी कोई अतिरिक्त मांग नहीं करते। आम तौर पर उनका भोजन उनके घर से ही आता था, जबकि कई कलाकार निर्माता के खर्चे पर ही विशेष प्रकार का और महंगा भोजन बेझिझक मंगवा लेते!"

'इस असंगठित उद्योग में कोई भी अभिनेता प्राण साब जितनी लम्बी अवधि तक नहीं टिक सका। इस योद्धा ने इतनी देर पर टिके रहने का करिश्मा अपनी प्रतिभा, परिश्रम और अपनी कार्यनिष्ठता के बूते ही तो कर दिखाया!

'प्राण साब सब लोगों से मेल-जोल रखते थे। इन्होंने कभी भी किसी से हल्का व्यवहार नहीं किया और हमेशा अपनी गरिमा बना कर रखी। मैंने उन्हें कभी किसी से झगड़ते नहीं देखा। कभी कोई अप्रिय स्थिति आ भी जाती तो या तो वे अपनी हाज़िर-जबाबी से उसे टाल जाते या वहां से चले जाते। यदि कोई अपना आपसी विवाद सुलझाने में इनसे मदद मांगते तो ये उनमें सौहार्दपूर्ण सुलह करा देते।

"स्वभाव से अन्तर्मुखी होने के बावजूद उनके साथ समय बिताना अपने आप में प्यारा अनुभव होता है" प्रेम चोपड़ा ने अपनी बात पूरी करते हुए कहा।

---

5. अनजाना 1969 में रिलीज हुई।

6. पूरब पश्चिम 1970 में रिलीज हुई।

1973 में एक साक्षात्कार[7] मे तजुर्बेकार बुजुर्ग अभिनेता मदन पुरी से पूछा गया कि उनकी दृष्टि में कौन सा अभिनेता अपनी भूमिका में गहरे उतर कर गम्भीरता व निष्ठा से अपने कार्य को अंजाम देता है?

तो उन्होंने जवाब दिया–"मेरी नज़र में ऐसे दो अभिनेता हैं–दिलीप कुमार और प्राण।" जब उनसे प्राण का नाम लेने का कारण पूछा गया तो उन्होंने जवाब दिया–"प्राण में ग़ज़ब की गम्भीरता व निष्ठा है। किसी फ़िल्म को साइन करने के वक्त से ही वे अपने किरदार को तैयार करने व तराशने में जुट जाते हैं। शूटिंग शुरू होने से काफ़ी पहले ही वे लेखक, सहायक निर्देशक, निर्देशक, मेकअप मेन, विग मेकर आदि सभी लोगों के साथ मिल बैठ कर अपने किरदार व कार्य की विवेचना करते हैं–और हां, ये सारी बैठकें प्राण अपने घर पर अपने खर्चे से और पूरी खातिरदारी के साथ करते हैं।

वे अपने किरदार का प्रत्येक कोण से विस्तृत अध्ययन करते हैं। उनके इन्हीं सब गुणों के कारण मैं शुरू से उनका प्रशंसक रहा हूं।....

क्या आप जानते हैं मैं 1937 से उनके सम्पर्क में हूं। उस वर्ष हम लोगों ने शिमला के गैती थियेटर में शौक़िया नाटक में अभिनय किया था! जी हां, आप माने या ना माने, मैं उसमें नायक था और प्राण ने नायिका की भूमिका अदा की थी!

मुझसे उम्र में चार-पांच साल छोटे हुए भी प्राण अभिनय के पेशे में मुझसे सीनियर हैं, क्योंकि उन्होंने मुझसे पहले फ़िल्मों में अभिनय शुरू कर दिया था"–यह साक्ष्य मदनपुरी का था जिन्हें प्राण प्यार से 'मद्दी' कहते आए हैं।

प्राण के एक और साथी खलनायक अनवर हुसैन ने स्टार एंड स्टाइल को दिए एक साक्षात्कार में कहा–"एक और जहां इस फ़िल्मी दुनिया के अधिकतर बाशिन्दों को अपना बीता हुआ समय याद नहीं रहता (या वे ऐसा दिखाते हैं), वहीं दूसरी ओर प्राण में इतने वर्षों में भी कोई बदलाव नहीं आया। उनका व्यवहार आज भी वैसा ही है जैसा दशकों पहले लाहौर में था। वे एक

7. स्टार एण्ड स्टाइल 30 मार्च 1973, पृष्ठ 17।

व्यवहार-कुशल व सलीक़ेदार शख़्स है। अपने बंगले पर मिलने आने वाले हर आदमी का वे खुले दिल से स्वागत करते हैं।"

1977 में अनवर हुसैन को पक्षाघात हो गया और उनका दशकों लम्बा फ़िल्मी कैरियर अवरूद्ध हो गया। अनवर हुसैन ने बताया कि, "मेरी इस दुरावस्था में,8 एक प्राण को छोड़कर फ़िल्म जगत के किसी भी व्यक्ति को मेरी सुध लेने का समय नहीं था। प्राण अक्सर मेरा हाल-चाल पूछते। एक मित्र की तरह उन्होंने हर तरह से मेरी मदद की तथा कई बार मुझे पैसे भी भेजे–" अनवर हुसैन कृतज्ञता से कहते हैं।

एक अपेक्षाकृत नए खलनायक ने अहंकारवश गर्वोक्ति की कि–"प्राण ने जो काम बीस वर्षों में किया मैं उसे दो वर्षों में ही कर सकता था।" इस पर सीधी चोट करते हुए अनवर हुसैन ने धीरे से पूछा–"बाकी बचे अठ्ठारह वर्षों में क्या करते?" यह वास्तव में सीधा मगर असरदार कटाक्ष था।

एक और खलनायक मनमोहन अपने आपको प्राण का प्रशंसक कहने में गर्व महसूस करते थे। वे इस कदर प्राण के दीवाने थे कि उन्हें देख कर ही उन्होंने फ़िल्मों में खलनायक बनने का निर्णय लिया। उन्होंने बताया "प्राण साब शुरू से ही मेरे लिए पूज्य व प्रेरणा स्रोत थे। उनकी किसी भी फ़िल्म को देखने से मैं कभी नहीं चूकता। यही नहीं, उनकी एक ही फ़िल्म को कई बार देखने से भी मैं नहीं ऊबता।

हिन्दी सिनेमा के अधिकांश खलनायकों ने इंसान की स्वाभाविक हैवानियत को चित्रित किया मगर प्राण साब ने उन गुणों (या दुर्गुणों) को तराश कर पेश किया।"

अभिनेता-निर्देशक टीनू आनन्द कहते हैं–"प्राण साब बड़ी सुगमता से अपने किरदार में कहानी की मांग के अनुसार दुष्टता भर देते। उनकी कर्त्तव्य निष्ठा को आज कोई माप नहीं सकता।

बलात्कार करना हो, मारपीट करनी हो, धमकाना हो या नायक की नाक तोड़नी हो–वे हर काम बड़ी आसानी से कर जाते!"

---

8. अनवर हुसैन ने यह बयान स्टार एण्ड स्टाइल पत्रिका को दिया था।

प्राण के कनिष्ठ पुत्र सुनील सिकंद अपने पिता द्वारा खलनायक की भूमिका अदा की हुई फ़िल्मों के बारे में कहते हैं—"मेरे पिता द्वारा अभिनीत कई फ़िल्में अलग तरह की थी। जैसे नासिर हुसैन साब की शुरू की फ़िल्में, जिनमें शम्मी कपूर के साथ एक फ़िल्म थी, जिसे देखकर ऐसा लगेगा कि इस खलनायक पर तो नायिका भी फ़िदा हो सकती थी। उसमें न तो भयानक रूप बनाने वाला मेकअप और हाव-भाव थे और न ही चिल्ला कर बोले जाने वाले हास्यास्पद डायलॉग!"

सुनील ने बात ज़ारी रखते हुए कहा—"शुरू की फ़िल्मों में बलात्कार के दृश्य बिरले ही होते थे, क्योंकि उस जमाने की फ़िल्मों का खलनायक नायिका से शादी करने की (भले ही ज़बरदस्ती, उसकी मर्ज़ी के खिलाफ) सम्माननीय नीयत रखता था। यहां तक कि वह नायिका को जबरदस्ती शादी के मंडप या मन्दिर में भी ले जाता और फिर नायक वहां पहुंच कर उसे बचाता, मगर उसका उद्देश्य नायिका से शादी करना ही होता था और ग़ौरतलब बात यह है कि नायिका उसके साथ शादी के मंडप तक चली भी जाती।

यह निश्चित करने के लिए कि नायिका खलनायक से प्रभावित हो जाए, उसके व्यक्तित्व को रुक्ष नहीं, बल्कि काफ़ी साफ़-सुथरा और चमकदार दिखाया जाता। उसके प्रणय-निवेदन व परिणय निवेदन का तरीका भी काफ़ी सौम्य और शिष्ट होता तथा उसके शब्द भी मृदु व मनोहर होते।

वस्त्रों के मामले में यदि नायक को साधारण पतलून व कमीज पहने दिखाया जाता तो खलनायक को मोजे-जूते, सूट तथा हैट पहने हुए नायक से अधिक स्मार्ट दिखाया जाता!

आश्चर्य की बात नहीं कि फ़िल्म की शुरुआत में लड़कियां खलनायक पर ही आसक्त हो जाती!"

4

प्राण से जब पूछा गया कि एक खलनायक की जीवन्त छवि के निर्माण में सर्वाधिक सहयोग किसका रहा, अथवा अपने किस गुण के कारण वे खलनायक की जीवन्त छवि चित्रित करने में सफल रहे। तो प्राण ने बड़ा युक्ति-संगत

जबाव दिया कि "मेरी आवाज़ तथा उसे बदलने के कौशल का मेरी सफलता में बहुत बड़ा योगदान रहा है। ऐसे बहुत कम ही कलाकार हैं जो भूमिका की ज़रूरत के मुताबिक अपनी आवाज़ बदल सकते हैं और मैं ऐसा आसानी से करता रहा हूं।"

आवाज के अलावा प्राण ने अपनी असाधारण आंखों से किरदार की लम्पटता, तिरस्कार, घृणा, लालच, क्रोध, कुटिलता, निष्ठुरता आदि सभी अन्तर्भावों को बखूबी अभिव्यक्त किया।

प्राण ने खल पात्रों का इतना सटीक व सजीव चित्रण किया कि उनका नाम दुष्टता व दुश्चरित्रता का पर्याय बन गया।

प्राण कहते हैं–"मुझे लगातार खलपात्रों की भूमिकाओं में देखते हुए दर्शक न केवल मेरे किरदारों से बल्कि वास्तव में मुझसे और मेरे नाम से भी इतने भयभीत हो गए थे कि लोगों ने अपने बच्चों का नाम 'प्राण' रखना छोड़ दिया!"

किस कदर लोगों के दिलो-दिमाग पर प्राण के नाम की दहशत छाई हुई थी, इसे प्रमाणित करती हुई एक रोचक बात–

प्राण के प्रशंसक कुछ विद्यार्थी इलाहाबाद से बोम्बे आए और उन्होंने प्राण से मिलने की इच्छा व्यक्त की तो प्राण ने उन्हें चाय पर आमन्त्रित किया। उन लोगों ने प्राण को बताया कि–'हमारा एक फैन क्लब है और हम लोगों ने ग़ौर किया कि हमारे फैन क्लब के किसी भी सदस्य का नाम प्राण नहीं है, हमें थोड़ा आश्चर्य हुआ और हमने अपने पूरे कॉलेज का रजिस्टर देखा तो उसमें भी प्राण नाम का कोई विद्यार्थी नहीं मिला। फिर हमने इलाहाबाद के अन्य सभी कॉलेजों में प्राण नाम के विद्यार्थी की तलाश की परन्तु हमें असफलता ही हाथ लगी। हमारी उत्सुकता बढ़ती गई और हमने पूरे उत्तर प्रदेश के कॉलेजों के रजिस्टर छान मारे परन्तु प्राण नाम का एक भी विद्यार्थी कहीं न पा सके! पुराने रजिस्टर देखने से यह तथ्य सामने आया कि 1956 से यूनिवर्सिटी या कॉलेज में प्राण नाम के किसी विद्यार्थी ने भी दाखिला नहीं लिया!"[9]

---

9. यह सारा वृतान्त दा गुड बैड मैन शीर्षक लेख में ज़ी मैगजीन अप्रैल 2000 के अंक में पृष्ठ 110-15 पर आया था।

इस पर प्राण ने कहा—"यह मेरा सबसे बड़ा अभिनन्दन और सबसे बड़ी प्रशंसा है—रावण के बाद[10] प्राण ही ऐसा नाम सामने आया है जिसे लोग अपने बच्चों के लिए प्रयुक्त करने से परहेज़ करते हैं!"

जब तक प्राण फ़िल्मों में खलनायक के रूप में छाए रहे, लोग अपने बच्चों के नाम विभिन्न देवताओं व पौराणिक चरित्रों के नाम पर रखते मगर किसी ने भी अपने बच्चे का नाम प्राण रखने की जोख़िम नहीं ली क्योंकि इस नाम को लोग दुष्टता का पर्याय मानने लगे थे।

14 मार्च 2000 को एक रोचक पत्र ई-मेल के माध्यम से मिला जिसमें एक अपवाद का रहस्योद्‌घाटन था: पत्र लेखक मुंबई से था और सीधे मुद्दे पर आते हुए उसने लिखा कि—"माने या न मानें मेरा नाम प्राण है, मेरी उम्र चौबीस वर्ष है। आपके नाम के अलौकिक असर को मुझसे बेहतर कौन जान सकता है—मैं देखता हूं कि मेरा नाम सुनकर हर व्यक्ति के चेहरे पर ऐसे भाव आते हैं जिनका वर्णन नहीं किया जा सकता—प्राण।"[11]

'क्या 'प्राण' नाम को लोग अब भी बुराई का प्रतीक मानते हैं?'

इस जिज्ञासा का समाधान प्राण की नेत्र चिकित्सक डा. निशिता अग्रवाल[12] के कथन में समाहित है। डा. निशिता अग्रवाल ने प्राण की आंखों की मोतियाबिन्द का ऑपरेशन किया था।

उनका कहना है—"कुछ दिनों पहले एक बुजुर्ग व्यक्ति अपने पुत्र के साथ मेरे क्लीनिक में अपनी आंखों की जांच कराने आए। चूंकि मेरा कार्य आंखों की जांच करना है अतः मैंने उनके नाम या चेहरे की तरफ ग़ौर नहीं किया। मेरे सहायक ने उनकी आंखों का विस्तृत परीक्षण करने के लिए उनकी आंखों में दवा की बूंदें डाल दी और उन्हें वेटिंग रूम में बैठ कर प्रतीक्षा करने को कहा।

जैसे ही वे मेरे चेम्बर से निकले, मेरे सहायक ने उत्सुकता से पूछा,—'आ.

---

10. बुराई का एक प्रतीक पुरुष राक्षस राज रावण।

11. लेखक ने केवल अपना नाम ही बताया था – प्राण।

12. हिन्दुजा हॉस्पिटल, मुम्बई की नेत्र चिकित्सक।

पने पहचाना वे कौन थे, अभी-अभी आपने जिनकी आंखों की जांच की वे अभिनेता प्राण थे।

'मैं भी चकित हो गई, अतः उन्हें दुबारा देखने के लिए मैं वेटिंग रूम में गई। मैंने देखा कि दवा को अपना काम करने देने के लिए वे चुपचाप अपनी आंखें बन्द किए बैठे हैं। उन्हें यह पता नहीं चला कि मैं उन्हें देखने वहां आई हूं।

"उनके बारे में मेरी कुछ अपनी ही परिकल्पना थी, मगर जब मैं उनसे मिली तो मैंने पाया कि वे मेरे ज़हन में बनी अपनी छवि से पूर्णतः भिन्न व्यक्ति हैं। मैंने महसूस किया कि एक अभिनेता पर्दे पर जिस प्रकार के किरदार चित्रित करता है, जनता के ज़हन में उसकी उसी प्रकार की छवि बन जाती है। परन्तु इस तथ्य के बावजूद यहां बैठे बुजुर्ग कुछ अलग ही हैं। ये बिल्कुल सरल व शान्त हैं!"

अगले कुछ महीनों में डॉ. अग्रवाल प्राण से इतनी प्रभावित हो गई कि प्राण के पुराने मित्र रमेश खोसला से उन्होंने दृढ़ निश्चय के साथ कहा कि—"यदि अब मेरे कोई पुत्र जन्म लेगा तब मैं उसका नाम प्राण ही रखूंगी!

समय के साथ इस सज्जन खलनायक के सारे समीकरण बदल गए हैं। यह अब एक खलनायक की अपेक्षा सज्जन ही अधिक है।

एक समय जिस शब्द को विश्व ज्ञान कोष में दुष्टता का प्रतीक समझा जाने लगा और माता-पिता अपने बच्चों का नाम 'प्राण' रखने तक से कतराने लगे थे, डॉ. निशिता अग्रवाल के कथन ने साबित कर दिया कि उसी शब्द ने अपना वास्तविक अर्थ व प्रतिष्ठा प्राप्त कर ली है।

प्राण के बारे में लोगों की धारणा बदल गई है—जी हां, नाटकीय ढंग से, हमेशा के लिए बदल गई है!

28

औरत और प्राण का नज़रिया

1

छः दशकों के लम्बे कैरियर में नायक, खलनायक और अनेक प्रकार की चरित्र भूमिकाएं अदा करने वाले अभिनेता की जीवन-यात्रा पर लिखी जा रही पुस्तक तब तक अपूर्ण रहेगी जब तक उसमें स्त्री जाति के साथ उसके सम्बन्धों और दृष्टिकोण की चर्चा नहीं की जाएगी।

बिल्कुल अपनी पहली फिल्म से ही, जिसमें उन्होंने खलनायक की भूमिका अदा की थी, प्राण को सह-अभिनेत्रियों के रूप में इस उपमहाद्वीप की सुन्दरतम बालाओं का साथ मिला।

उनमें, सबसे पहली थी—नूरजहां!

नूरजहां,—इस नाम का अर्थ है,—'संसार की रोशनी!' नूरजहां आगे चल कर इस पूरे उपमहाद्वीप की गुणी-गायिका के रूप में भी प्रसिद्ध हुई!, उनके बारे में उर्दू के मशहूर लेखक सआदत हसन 'मंटो' ने लिखा,—"मेरे लिए उनकी एक ही

बात ग़ौरतलब थी, और वह थी उनकी आवाज़, जो बिल्कुल शीशे की तरह साफ़ थी। उनके गाने में एक-एक सुर साफ़ नज़र आता। उनका हर सुर दुरुस्त वे दिलक़श होता।[1]" उन्हें 'मलिका-ए-तरन्नुम' कहा जाने लगा जो उनकी योग्यता का सच्चा और सही मूल्यांकन था!

जब प्राण उनसे 'यमला जट' के सैट पर मिले तो वे अपनी किशोरावस्था में थी और दुनिया की हक़ीकत से धीरे-धीरे वाक़िफ़ हो रही थी। उनकी अवस्था के लिहाज़ से उन दिनो उनके नाम के आगे 'बेबी' शब्द जुड़ा रहता था!

जब 'खानदान' बननी शुरू हुई तो उनके नाम के आगे लगे 'बेबी' शब्द को हटा दिया गया और वे युवा नायिका तो बन गई, मगर उनका कद अब भी पर्याप्त नहीं बढ़ा था! प्राण याद करते हैं कि "उनके साझे दृश्यों में, नूरजहां को कुछ ईंटों पर खड़ा किया जाता ताकि वो कुछ लम्बी दिख सके।"

हालांकि, 'खानदान' के निर्माण के दौरान ही नूरजहां फ़िल्म के युवा निर्देशक शौकत के प्रेम में पड़ कर उसके साथ भाग गई और आखिरकार दोनों ने शादी भी कर ली, मगर तीन फ़िल्मों के सह कलाकार प्राण के साथ भी उनका अच्छा तालमेल रहा था और शायद, उर्दू शायरी और संगीत के समान शौक़ के कारण ही दोनों के बीच दोस्ती पनपी!

जिस रोज प्राण की बारात दिल्ली प्रस्थान कर रही थी, नूरजहां का उनके घर दौड़ते हुए आना, उस पुराने प्रेम का ही अक्स नज़र आ रहा था।

उस क्षण को याद करती हुई प्राण की सबसे बड़ी भाभी कुलदीप प्रेम कृष्ण सिकंद बताती हैं,—"उस ख़ास मौक़े के लिए बनवाई गई शेरवानी पहने प्राण बहुत सुन्दर लग रहे थे। सर पर सेहरा बांधे, घोड़ी पर बैठे, प्राण बिल्कुल राजकुमार लग रहे थे।, अचानक लगभग दौड़ती हुई सी नूरजहां वहां आई और पूछने लगी—"प्राण घोड़ी चढ़ गया?[2]" वहां खड़े लोगों ने कहा,—'हां।" ज़ाहिर है, जो कुछ भी कहना था, वो अब अनकहा ही रहा!

---

1. पेंगुइन, नई दिल्ली द्वारा 1998 में प्रकाशित सआदत हसन मंटो की पुस्तकै जंत तिवउ ।दवजीमतौ ाल के अध्याय The Bombay Film World of the 1940s।
2. शायद नूरजहां के इस प्रशन का तात्पर्य यह था कि क्या प्राण ने शादी के लिए हां कह दी।

प्राण के प्रथम पुत्र अरविन्द, जो काफी सालों से लन्दन में रहते हैं, याद करते हैं कि, "सत्तर के दशक के शुरू में उन्हें किंवदन्ती गायिका का फोन कॉल मिला!

अप्रत्याशित रूप से एक महिला का फोन कॉल आया और उसने कहा,–'मैं नूरजहां हूं, पाकिस्तान से यहां आई हुई हूं और तुमसे मिलना चाहती हूं।'

मैं बिल्कुल अचम्मित हो गया! मेरा मतलब है कि मैं जानता था कि उन्होंने कुछ फ़िल्मों में मेरे पिता के साथ काम किया था। मुझे याद है कि 'खानदान' नायिका के तौर पर उनकी पहली फ़िल्म थी और डैडी ने भी 'खानदान' में ही पहली बार नायक की भूमिका अदा की थी। यह और बात थी कि वो लाहौर में मेरे पिता की प्रथम नायिका थी, मगर काफ़ी वर्षों से सम्पर्क में न होने के कारण, मुझसे परिचित नहीं थी। एक शाम वे हमारे घर आई। वे मुझ पर काफ़ी लाड प्रकट कर रही थी! उस रात भोजन करते समय अचानक उन्होंने कहा– "तुम जानते हो, जब मैं तुम्हें देखती हूं तो तुम मुझे अपने बच्चे की तरह नज़र आते हो!" मैं समझता हूं यह बात शायद उनकी पुरानी कोमल भावनाओं के कारण आई होगी। मुझे इसमें कुछ बुरा नहीं लगा!

हालांकि प्राण और नूरजहां सम्पर्क में नहीं रहे, क्योंकि प्राण कभी पाकिस्तान नहीं गए, मगर एक अवसर पर दोनों में बातचीत हुई थी।

प्राण के मित्र और समधी3 सतीश भल्ला4 ने उस अवसर के बारे में बताया– "प्राण जी ने बी.बी.सी पर एक साक्षात्कार दिया था और उसमें उल्लेख किया था कि लाहौर में उन्होंने नूरजहां के साथ एक फ़िल्म में बतौर नायक काम किया था। वह बहुत प्रसिद्ध नायिका और अपने जमाने की महान गायिका थी। फिर उन्होंने चुटकी लेते हुए अफ़सोस के साथ कहा कि 'मगर अब वह काफ़ी बूढ़ी हो गई होगी।'

कुछ समय बाद जब वह साक्षात्कार प्रसारित हुआ तो उसे नूरजहां ने ज़रूर देखा होगा।

मुझे वो दिन अच्छी तरह याद है क्योंकि मैं उस समय प्राणजी के घर में ही

---

3. प्राण की पुत्री पिंकी के श्वसुर।

4. सन् 2003 में अपनी मृत्यु के कुछ महीनों पूर्व।

बैठा उनसे बात कर रहा था। तभी विदेश से एक फोन कॉल आया। वो नूरजहां थी, जो जरा चिढ़ी हुई लग रही थी।

उसने सीधे मुद्दे की ही बात की और बोली—'मैं नूरजहां बोल रही हूं। तो, मैं बूढ़ी हो रही हूं? और आपका अपने बारे में क्या ख्याल है? जवान तो आप भी नहीं हो रहे हैं!"

इसके दशकों बाद 1982 के शुरू में, पाकिस्तान बन जाने के पैंतीस वर्षों बाद, नूरजहां ने अपनी पुत्री हिना के साथ भारत आने की स्वीकृति दे दी। उन्हें भारत की बोलती फिल्मों की स्वर्ण जयन्ती के उपलक्ष्य में आयोजित संगीत कार्यक्रम में बतौर मुख्य अतिथि आमन्त्रित किया गया था इस कार्यक्रम में अपने जीवन में ही किंवदन्ती बन चुके, संगीत की दुनिया के, कई कलाकारों का मिलन हुआ। प्राण के लिए अतिरिक्त खुशी की बात यह थी कि यह कार्यक्रम उनके जन्मदिन 12 फरवरी को हुआ था। नूरजहां ने 1946 की फ़िल्म 'अनमोल घड़ी' का प्रसिद्ध गाना 'आवाज़ दे कहां है' गाया।

प्राण और नूरजहांः मग्न पुनर्मिलन

प्राण उस प्रसन्नता व प्रेम से पगे पुनर्मिलन को याद करते हुए कहते हैं कि, "नूरजहां इस यात्रा के बारे में इतनी घबरा रही थी कि विमान पर सवार होने से पहले उसने आठ-दस बार मुझे फोन करके यह पक्का किया कि मैं खुद एयरपोर्ट पर उसे लेने आऊंगा। वह एक यादगार शाम थी और वह इस यात्रा के लिए काफ़ी रोमांचित थी। मैने भी उसके सम्मान में एक पार्टी दी थी जहां उसे अपने और भी कई पुराने साथियों व मित्रों से मिलने का मौक़ा मिला।

कई सालों पहले आकाश[5] में उड़ रहे एक विमान में घटी घटना से यह स्पष्ट हो जाता है कि, दुनिया के और असंख्य संगीत प्रेमियों की तरह प्राण भी नूरजहां की आवाज के प्रशंसक हैं।

एक उड़ान के दौरान विमान में पास-पास बैठे पाकिस्तानियों और हिन्दुस्तानियों में कश्मीर के मुद्दे पर ज़ोरदार बहस छिड़ गई। एक यात्री ने उस विमान में मौजूद प्राण से इस विषय पर अपनी राय प्रकट करने को कहा।

प्राण ने अपनी राय देते हुए कहा,—"पाकिस्तान को कश्मीर चाहिए? ठीक है वे कश्मीर ले लें। मगर बदले में नूरजहां भारत को दे दे!"[6]

2

प्राण की कई सह अभिनेत्रियां उनकी पर्दे की छवि से इतनी भयाक्रान्त थी कि वे उनके वास्तविक व्यक्तित्व को समझने अथवा उनसे सम्पर्क बनाने से ही कतराती थी! बाद में एक ने तो झेंपते हुए स्वीकर भी किया कि उनका भय व पूर्वग्रह पूर्णतः निराधार था।

यह थी बीते जमाने की एक ऐसी ही नायिका—जो तब युवा, सीधी, मासूम और सिनेमा के अद्‌भुत संसार में एकदम अनुभवहीन अभिनेत्री—निम्मी!

प्राण के साथ अपनी पहली मुलाकात के बारे में निम्मी बताती हैं,—"पचास के दशक के शुरू में, के. अमरनाथ की फ़िल्म 'अलिफ लैला' में, मैंने पहली बार प्राण भैया के साथ, काम किया था। 'अलिफ लैला' के सेट पर मिलने से पहले, मैंने उन्हें केवल फ़िल्मों में खलनायक की भूमिकाओं में ही देखा था — अलिफ लैला' में भी वे भयानक दिखने वाले जादूगर थे। अपने लम्बे-लम्बे नाखूनों और फूंस जैसी उलझी हुई डाढी-मूछों के साथ वे, भविष्य बताने के

---

5. प्राण ने खुद यह वाक़या सतीश भल्ला को सुनाया था, जिन्होंने इस किताब के लिए साक्षात्कार देते समय बन्नी रूबेन को सुनाया।

6. नूरजहां का देहान्त 23 दिसंबर 2000 को हो चुका!

लिए, जिस अदा से क्रिस्टल बॉल को घूरते उसने मुझे और भी भयभीत कर दिया। शुरू में, हम दोनों में अति आवश्यक होने पर ही, नाम-मात्र की बातचीत होती थी। जब वे सैट पर रहते तो मैं जान बूझ कर उनसे कुछ दूर हट कर ही बैठती।

एक दिन पत्रकार रेबेका सेमसन 'अलिफ लैला' के सैट पर मेरा साक्षात्कार लेने आई तो उन्होंने पास ही बैठे प्राण का अभिवादन किया। वे मेरे चेहरे पर कुछ अलगाव का सा भाव देखकर हैरान हुई और साफ-साफ इसका कारण पूछा।

अनिच्छा से मैने अपना भय प्रकट कर दिया।" अब निम्मी हंसती हुई कहती है कि, "मैने रेबेका को बताया कि, हमेशा खलनायक की भूमिका अदा करने वाले इस व्यक्ति से मैं किस क़दर भयभीत हूं!

रेबेका ने कहा—मगर निजी ज़िंदगी में, वास्तव में, वह बहुत अच्छे इंसान हैं, अपनी पर्दे की छवि से बिल्कुल विपरीत। आओ मैं उनसे तुम्हारा ठीक तरह से परिचय कराऊं।" मगर वास्तव में निम्मी प्राण के पास जाने के लिए उठने में हिचक रही थी। फिर निम्मी ने कहा "रूको, कृपया पहले मेरी कार में रखा हुआ मिठाई का डिब्बा और सुंदर सी राखी यहां लेकर आओ।" जैसे ही ये चीज़ें वहां पहुंची रेबेका ने प्राण को मिलने का अनुरोध भेजा तो प्राण खुद ही वहां आ गए और एक क्षण बाद वे निम्मी के राखीबन्ध भाई बन गए!

निम्मी याद करती है कि "जब मैने उनकी कलाई पर राखी बांधी तो वे बहुत खुश हुए और मुझे गले लगा लिया। तब से उनके प्रति मेरे मन में प्यार और सम्मान बढ़ता ही गया न केवल एक भाई के तौर पर बल्कि एक इंसान के तौर पर भी!"

निम्मी अपने रिश्ते और रस्म को आज भी निभा रही हैं। उन्हें और उनके पति अली रज़ा को प्राण के निकटतम पारिवारिक मित्रों में माना जाता है तथा वे सिकंद परिवार के हर महत्त्वपूर्ण उत्सव में उपस्थित रहते हैं!

अपना ऐसा ही कुछ अनुभव सुन्दर नायिका वहीदा रहमान[7] फिल्म 'आदमी'[8] के प्रदर्शित होने के आसपास साठ के दशक के आखिरी वर्ष में घटी एक घटना याद करते हुए बताती हैं,–"मद्रास में आयोजित एक पार्टी में वायु सेना के कुछ लोग भी आमन्त्रित थे। मुझे यह बताने में भी घिन लगती है कि उनमें से कुछ लोग नशे में धुत होकर बहकने लगे और मुझसे बदतमीज़ी करने लगे। वे लोग मेरे पीछे ही पड़ गए कि मैं उसी अदा से 'हाय अल्लाह!, कहूं जैसे मैंने फ़िल्म 'चौदवीं का चांद'[9] में कहा था। मैंने कहा–'देखिए, यह फ़िल्म का सैट नहीं है, जहां मैं शूटिंग करती हूं। यह एक पार्टी है, यहां इस तरह से डायलॉग कोई कैसे बोल सकता है?"

उस स्थिति की याद भी वहीदा को क्षुब्ध कर देती है। फिर वे एक युक्ति संगत विचार व्यक्त करते हुए कहती हैं,–"मैंने ग़ौर किया है कि फ़िल्म जगत के किसी भी व्यक्ति के साथ कोई बाहरी व्यक्ति बुरा बर्ताव करता है तो फ़िल्म जगत के लोग उसके तरफ़दार बनकर उसकी रक्षा करते हैं।'

प्राण साब ने जब देखा, कि वायु सेना के लड़के मुझे घेर रहे हैं, तो वे उठे और बोले–'वहीदा जी, मैं समझता हूं काफ़ी समय हो गया है और अब आपको घर जा कर सोना चाहिए।' मेज़बान इसका विरोध करती हुई बोली,–'नहीं प्राण साब, शाम अभी शुरू ही हुई है। ये आप क्या कह रहे हैं और वहीदा जी भी कोई छोटी बच्ची नहीं है।'

'मगर, उन्होंने कहा,–'वह मैं जानता हूं मगर सुबह शूटिंग में भी तो उन्हें इसी तरह सुन्दर और तरोताज़ा दिखना है, इसलिए उन्हें जाना ही होगा।,

'उन्होंने गाड़ी लाने का आदेश दिया और खुद मुझे गाड़ी तक छोड़ने आए। मुझे और मेरी सहायक को गाड़ी में बैठाया और रक्षक के तौर पर हमारे साथ

---

7. अपने जमाने की श्रेष्ठ अभिनेत्री वहीदा रहमान ने पहले-पहल गुरुदत्त की फ़िल्म सी आई डी में भूमिका निभाई थी। नवकेतन की गाइड में वे रोज़ी बनीं – अंग्रेज़ी में बनी गाइड, जिसे टेड डेनिअलस्की ने निर्देशित किया था। उसमें उनकी भूमिका के लिए उन्हे बैस्ट एक्ट्रेस का अवार्ड मिला था। वह कई इन्टरनेशनल अवार्ड लेने वाली पहली भारतीय अभिनेत्री रही। संसार प्रसिद्ध फ़िल्म पत्रिका वैराइटी ने इसका उल्लेख किया।

8. आदमी 1968 में आई।

9. चौदहवीं का चांद 1960 में आई थी इसके निर्देशक थे एम. सादिक और गुरुदत्त और रहमान तथा जानीवाकर इसके अन्य कलाकार थे।

जाने वाले को ताक़ीद की कि 'इन्हें सीधे इनके कमरे तक पहुंचा दें। अब ये आपकी ज़िम्मेदारी पर हैं।

इस प्रकार बुद्धिमत्ता पूर्वक मेरी रक्षा करके उन्होंने साबित किया कि वे स्त्रियों के सम्मान के प्रति कितने सचेत रहने वाले व्यक्ति हैं।

मैं समझती हूं इसीलिए लोग उन्हें सज्जन खलनायक कहते हैं!"

मगर कई नवागत कलाकार प्राण की खलनायक की छवि से वैसे ही भयभीत थे जैसे पर्दे पर 'गुड्डी' थी।[10] तजुर्बेकार अभिनेत्री अरुणा ईरानी याद[11] करती हैं कि उन्होंने प्राण साब के साथ सबसे पहले 'जौहर महमूद इन हांगकांग'[12] में काम किया था। जैसा कि फ़िल्म के नाम से ज़ाहिर है कि इसका काफ़ी बड़ा हिस्सा हांगकांग में फ़िल्माया गया था! हांगकांग में लम्बे शेड्यूल के बाद अरुणा शीघ्र ही स्वदेश लौटना चाहती थी। अतः अपना कार्य पूरा करके वह अकेले ही प्राण के साथ बोम्बे के लिए रवाना हो गई। उन्हें हांगकांग से सीधे बोम्बे की उड़ान उपलब्ध नहीं हुई। अतः उन्होंने कलकत्ता हो कर बोम्बे जाने का कार्यक्रम बनाया। हांगकांग से कलकत्ता जाने वाली उड़ान में कुछ विलम्ब हो जाने के कारण उसे जोड़ने वाली बोम्बे की उड़ान उन्हें नहीं मिल सकी और मजबूरन उस रात उन्हें कलकत्ता रूक जाना पड़ा।

अरुणा ईरानी के दिलो-दिमाग पर प्राण की पर्दे की छवि छाई हुई थी। प्राण के साथ एक ही होटल में ठहरने की स्थिति देख कर वह सन्न रह गई। उन्होंने अपने अनुभव को इस प्रकार बताया,—"मैं भयभीत हो गई। मुझे लगा कि आज निश्चित रूप से मेरी इज़्जत ख़तरे में है!

मगर, होटल पहुंचने पर, उन्होंने सम्मानपूर्वक मुझे मेरे कमरे में छोड़ा और हिदायत दी कि अपना दरवाज़ा अन्दर से लॉक कर लो। मैं पास वाले कमरे में हूं। कोई भी दस्तक दे तो दरवाज़ा मत खोलना, पहले फोन से मुझे सूचित करना।

---

10. उन्तीसवें अध्याय में विस्तार से देखें।

11. शुभा-मिस्बाह के स्टारडस्ट में प्रकाशित लेख से उद्धृत। इसके संकलनकर्ता अंक की तारीख लिखना भूल गए।

12. यह 1971 में रिलीज हुई थी। इसमें अरुणा ईरानी के अतिरिक्त सोनिया साहनी, जौहर और महमूद भी थे।

उनका व्यवहार देख कर मैं अभिभूत हो गई और अपने आप पर मुझे ग्लानि भी हुई कि ऐसे सज्जन व्यक्ति के लिए मेरे मन में कितने कुत्सित विचार आए। अब तो उनके बारे में काफी कुछ जान भी गई हूं, मेरे मन में उनके प्रति श्रद्धा व सम्मान है। उनके गुणों को देख कर आप उन्हें फ़िल्म जगत के लोगों में शीर्ष स्थान पर रख सकते हैं।

वे एक अनमोल रतन हैं।"

प्राण लोगों के बीच अपनी छवि से वाकिफ़ थे और लोगों की व्यंग्योक्तियों को हंसी और हाजिर-जवाबी से उड़ा देते।

बोम्बे के ताड़देव स्थित सेन्ट्रल स्टूडियो में आई. एस. जौहर की फ़िल्म 'बेवकूफ'[13] के सैट पर प्राण और आई. एस. जौहर में बातचीत हो रही थी। बातचीत का विषय लड़कियों की पसन्द आदि पर आ गया। जौहर ने साथी कलाकारों की खिल्ली उड़ाने की अपनी आदत के अनुसार कहा—'एक लड़की ने मुझे बताया कि एक दिन वह प्राण को देखकर भाग गई।' बिना किसी झेंप के प्राण ने तत्क्षण हंसते हुए जबाब दिया—'तुम्हें यह तो पूछना चाहिए था कि वह किस तरह भागी-मुझसे दूर या मेरी ओर?'

प्राण कहते हैं—"जिस ज़माने में मैं खल पात्रों की भूमिकाएं किया करता था, लड़कियां खास कर स्कूल की छात्राएं मेरे निकट आने का साहस नहीं करती थी। अब मुझे यह याद कर के हंसी आती है कि वही लड़कियां मुझसे ऑटोग्राफ लेने के लिए अपने अभिभावकों को साथ लेकर आती थी!"

उनकी उपस्थिति का असर देख कर उनसे बराबर यह बात पूछी जाती कि आपकी उपस्थिति में नायिकाएं कैसा महसूस करती हैं? साठ के दशक में इस सवाल का सर्वकालीन जवाब देते हुए उन्होंने कहा—"शुरू में नायिकाएं असुविधा महसूस करती हैं। वे मुझसे डरती हैं तथा बात करने से भी कतराती हैं, मगर कुछ दिनों में उन्हें समझ में आ जाता है कि पर्दे का खलनायक वास्तव में वैसा नहीं है तो उनकी सारी शंकाए दूर हो जाती है और वे मुझसे भी औरों की तरह सामान्य व्यवहार करने लग जाती हैं!"

---

13. यह फिल्म 1960 में प्रदर्शित हुई थी।

2004 में अपनी मृत्यु से कुछ माह पूर्व 'बड़ी बहन'[14] में शीर्षक भूमिका अदा करने वाली गायिका-नायिका सुरैय्या ने कहा कि, "इतने वर्षों में, आज भी, प्राण के व्यवहार में कोई परिवर्तन नहीं आया है। वे अपनी, पर्दे की बुरे व्यक्ति की, छवि से बिल्कुल विपरीत हैं। प्राण भैया शुरू से ही सभी स्त्रियों से सभ्यता और सम्मान से पेश आते हैं। वे पर्दे पर जितने बुरे व्यक्ति थे, वास्तविक जीवन में, उससे कहीं अधिक अच्छे व्यक्ति हैं!"

जब पत्रकार रोश्मिला भट्टाचार्य ने प्राण से पूछा कि 'क्या आपकी कोई नायिका भी आपसे भयभीत रहती थी? तो प्राण ने ज़रा शरमाते हुए कहा कि, "मैं इस उद्देश्य में सफल रहा कि कोई भी नायिका मुझसे भयभीत न रहे।[15] बल्कि मुमताज़ जैसी तेज़ तर्रार नायिका तो हंसती हुई मेरे बारे में कहती भी है, वे मुझे कैसे डराएंगे, वे तो मुझे ठीक तरह से पकड़ भी नहीं सकते!"

सोचिए! वे हर फ़िल्म में खुद को एक बुरा व्यक्ति दिखाने के लिए कितना श्रम करते थे और अपने उद्देश्य में सफल भी रहे, मगर उनकी नायिकाएं बेहिचक आसानी से कह देती कि 'पर्दे पर वे चाहे कितने ही बुरे क्यों न दिखें मगर, यह बात हर कोई जानता है कि, वे वास्तव में बहुत ही अच्छे इंसान है!

स्क्रीन के 18 जनवरी 1952 में प्रकाशित अपने साक्षात्कार में प्राण ने कहा,—"मैं पर्दे पर लड़कियों के साथ इतनी बुरी तरह पेश आता हूं कि मेरे मित्रों तक को ऐसा लगने लगता है जैसे कि मैं सचमुच ही दुष्ट होऊं और वे पूछते भी हैं कि ''तुम सचमुच इतने ही दुष्ट हो जितने पर्दे पर दिखते हों? मैं स्पष्ट करता हूं कि मैं पर्दे पर ही ज्यादा बुरे काम करना पसन्द ज़रूर करता हूं क्योंकि मैं वास्तव में ऐसा बिल्कुल ही नहीं कर सकता!"

इसके दो साल बाद, 1954 के शुरू में प्राण को, फ़िल्म 'मीनार'[16] के वास्ते, बीना राय के साथ एक बलात्कार का दृश्य अभिनीत करना था। इसके फिल्मांकन में खलनायक प्राण को नायिका बीना राय को आगे बढ़ कर दबोचना

14. बड़ी बहन फिल्म 1949 में प्रदर्शित हुई थी।

15. रोश्मिला भट्टाचार्य द्वारा लिया गया प्राण का साक्षात्कार दो पत्रिकाओं में दो अलग-अलग शीर्षकों से प्रकाशित हुआ था। स्क्रीन के अप्रैल 1998 के अंक में Destined to be the Movies – Nostalgia के शीर्षक से तथा Zee Premiere के अप्रैल 2000 के अंक में The Good Bad Man के शीर्षक से।

16. मीनार 1954 में प्रदर्शित हुई।

था और नायिका को अपनी पूरी ताकत से खलनायक का प्रतिरोध करना था। ऐसा लगता था कि प्राण कुछ ज्यादा ही शक्ति लगा कर झपट पड़े थे।

फ़िल्मफ़ेयर के 16 अप्रैल 1954 के अंक में इसकी रिपोर्ट इस तरह छपी 'पर्दे के खलनायक प्राण के तीव्र आक्रमण का कठिन प्रतिरोध करते हुए बीना राय के पावों व बांहों में काले-नीले निशान पड़ गए, मगर उन्होंने प्राण के बर्बर हमले को बड़ी बहादुरी से झेला। उन्हें बेहोशी की हालत में उनके मेकअप रूम में ले जाया गया। इसके बावजूद वे अगले दिन शूटिंग पर हाज़िर थी!"

प्राण के पूरे कैरियर में नायिका के साथ लापरवाही से कठोर व्यवहार (कैमरे के सामने अभिनय करते हुए) की यह इकलौती घटना थी।

बेशक, इस घटना के बाद प्राण समझ गए। कि औरत जात कितनी नाजुक होती है और इसके बाद वे बलात्कार आदि दृश्यों के फिल्मांकन में और भी अधिक सावधानी बरतने लगे!

पर्दे पर प्राण के हमले, रुक्ष व्यवहार व बलात्कार की शिकार प्रत्येक नायिका ने माना कि हालांकि दृश्य में नाटकीय प्रभाव पैद करने के लिए प्राण इन सभी कार्यों में पूरी क्रूरता व बर्बरता प्रदर्शित करते मगर वे सारा काम बड़ी सावधानी से करते।

व्यावसायिक विवशता के कारण लगभग हर फ़िल्म में लेखक, अनिवार्य रूप से कम से कम एक दृश्य तो ऐसा जरूर लिखते जिसमें प्राण को नायिका की कलाई या बांह पकड़ कर उसे ज़बरदस्ती अपने इच्छित स्थान पर ले जाना होता।

इस तरह के दृश्यों को याद करते हुए आशा पारेख कहती हैं[17]–"नायिका से संघर्ष तथा उसे पकड़ कर भागने के दृश्यों के फिल्मांकन में वे बड़ी सावधानी बरतते। वे अच्छी तरह जानते थे कि नायिका को किस तरह पकड़ना और किस तरह भगाना है। उनके साथ काम करते हुए मुझे कभी भी आहत होने का भय नहीं सताया। यह बड़ी सराहनीय बात है कि वे इस उम्र में भी इतने चुस्त हैं।" इस फिल्म उद्योग में साठ वर्षों से ज़्यादा समय तक प्रतिष्ठा पूर्वक टिके रहना बहुत बड़ी बात है!

---

17. आशा पारेख ने प्राण के साथ नौ फिल्मों में अभिनय किया था।

3

प्रत्येक हिन्दी फिल्म में पूरी तरह बुरे खलनायक का साथ देने के लिए उसकी महिला साथी खलनायिका भी हुआ करती है। ये दोनों अपने बुरे अंजाम (मौत या क़ैद) तक पहुंचने से पहले साथ मिलकर नायक-नायिका के लिए तरह-तरह की कठिनाइयां पैदा करते हैं। यदि कथाकार इनके प्रति कुछ उदार हुआ तो अपनी कुत्सित चालें नाकाम होने पर हृदय-परिवर्तन द्वारा इन्हें सुधरा हुआ भी दिखा देता है और उस समय खलनायिका इस कार्य में प्रेरणास्रोत बन कर खलनायक की जीवन संगिनी बन जाती है!

प्राण ने कुलदीप कौर,[18] शशिकला, नादिरा व हेलेन के साथ खलनायक-खलनायिका की यादगार जोड़ियां बनाई। हालांकि इन सभी ने नायिका की भूमिकाएं भी अभिनीत की थी। हेलेन सर्वकालीन कैबरे स्टार थी। शशिकला और नादिरा सत्तर के दशक के अन्त में चरित्र अभिनेत्रियां बन गई थी। हेलेन ने भी नब्बे के दशक में संजय लीला भंसाली की फ़िल्म 'खामोशी-द-म्यूजिकल में चरित्र अभिनेत्री के रूप में पुनः प्रवेश किया। रोचक बात यह है कि इन तजुर्बेकार अभिनेत्रियों को अपने कैरियर के शुरू के वर्षों में तो एक जैसी टाइप्ड भूमिकाएं मिली, मगर बाद के वर्षों में (दूसरी पारी में) लीक से हट कर बेहतरीन भूमिकाएं मिली।

शशिकला, नादिरा और हेलेन के साथ प्राण की जोड़ी बोम्बे में ही बनी जबकि कुलदीप कौर के साथ प्राण ने लाहौर में भी काम किया था और बोम्बे में भी।

हेलेन हिन्दी फ़िल्मों में उम्दा नर्तकी-अभिनेत्री के रूप में दशकों तक विख्यात रही। उन पर फ़िल्माए गए गीत व नृत्य फ़िल्म के मुख्य आकर्षण बन कर फ़िल्म की कीमत बढ़ा देते।

प्राण और हेलेन ने एक साथ चौबीस फ़िल्मों में काम किया, जिनमें से अधिकतर फ़िल्मों में प्राण खलनायक थे और हेलेन सहनायिका, खलनायिका या कैबरे डांसर।

---

18. कुलदीप कौर की मृत्यु युवा अवस्था में ही हो गई थी।

रंगून, बर्मा में जन्मी हेलेन रिचर्डसन चालीस के दशक में द्वितीय विश्व युद्ध के दौरान अपने माता-पिता के साथ बोम्बे आई थी। यहां उन्हें काफ़ी कठिनाइयां झेलनी पड़ी और प्राण ने उनकी मदद की थी। अतः वे प्राण की मित्रता व कृपा की काफ़ी क़द्र करती हैं और उन्हें फ़िल्म जगत के शिष्टतम व्यक्तियों में से एक मानती हैं। उन्होंने उल्लेख किया कि "मैंने प्राण साब के साथ बीस से अधिक फ़िल्मों में काम किया था, जिनमें श्रेष्ठ थी–'प्यार की राहें', 'जालसाज', 'दस लाख'।[19]

इन फ़िल्मों में हम दोनों के एक साथ काफ़ी अच्छे दृश्य थे। 'दस लाख' में उन्होंने विदूषक खलनायक की भूमिका की थी और मैं सहनायिका थी। हमलोगों ने ओमप्रकाश और मनोरमा के साथ काफ़ी मनोरंजक दृश्य किए।"

निर्माता पी. एन. अरोड़ा के साथ विवाद व पुराने कर्जे के कारण हेलेन जब आर्थिक संकट में घिर गई तो प्राण ने उन्हें उस स्थिति से उबरने में मदद की। हेलेन याद करती है,–"हालांकि प्राण साब और मैं, एक दूसरे को सह कलाकार के रूप में ही जानते थे, और हम लोग कभी इतने निकट भी नहीं थे कि मैं उनसे मदद की कोई उम्मीद करती परन्तु जब उन्होंने सुना कि मुझ पर क्या गुज़री है, तो वे खुद ही मदद के लिए आगे आए जो केवल करीबी व्यक्ति ही कर सकता है! केवल पेशेवर रिश्ता होने के बावजूद मेरी मुसीबत के समय उन्होंने हर तरह से यहां तक कि आर्थिक मदद भी की।

उनका इंसानियत भरा जज़्बा मुझे आज भी याद है। उस समय उनके अलावा केवल नन्दा[20] ने ही मेरी मदद की थी।

इधर कई साल से उनसे मेरी मुलाकात नहीं हुई, मगर जब भी, भले लोगों के बारे में कहीं कोई बात होती है तो मेरी जुबान पर सबसे पहला नाम प्राण साब का ही आता है!"

पचास से सत्तर के दशक के बीच शशिकला काफ़ी लोकप्रिय खलनायिका

---

19. क्रमशः 1959, 1959 और 1966 में प्रदर्शित हुईं।

20. बीते जमाने की नायिका 1940 के मराठा अभिनेता और फ़िल्म निर्माता मास्टर विनायक की पुत्री थीं। उन्होंने वी. शान्ताराम की तूफ़ान और दीया (1956), भूली बातें (1959), हम दोनों (1961), जब-जब फूल खिले (1965), इत्तेफ़ाक़ (1969) और राजकपूर की प्रेम रोग (1982) में अभिनय किया।

थी। ये प्राण से पहली बार फ़िल्मिस्तान की फ़िल्म 'आबे हयात' के सैट पर मिली, जिसमें ये नायिका थी, प्रेमनाथ नायक और प्राण खलनायक।[21]

शशिकला उस समय को याद करती हैं जब व्यावसायिक असफलता के कारण वे और उनके पति गाड़ी तक का खर्च उठा पाने में असमर्थ हो गए थे। उन्हें घर पहुंचाने के लिए या तो फ़िल्मिस्तान वाले स्टूडियो की गाड़ी दे देते या फिर वे टेक्सी से जाती, "प्राण साब उन दिनों भी गाड़ी रखते थे और वे भी कई बार मुझे अपनी गाड़ी में लिफ्ट दे देते। कई बार देर रात तक शूटिंग से लौटते हुए भी शालीनता व सम्मान से वे मुझे मेरे घर पहुंचा देते।

वे इतने प्यारे व्यक्ति हैं कि कोई भी लड़की उनके प्यार में पागल हो सकती है। शूटिंग के दौरान जब भी उनका स्पर्श होता, मैं महसूस करती कि उनकी त्वचा मक्खन सी मुलायम है। मेरे इस कथन का लोग यह मतलब निकाल सकते हैं कि मैंने उनके साथ फ़्लर्ट किया होगा मगर, उन्होंने कभी भी अपने आकर्षण का अनुचित लाभ नहीं उठाया!" ऐसा कहते हुए शशिकला के स्वर में स्पष्ट रूप से प्राण के लिए सम्मान झलक रहा था।

"जब प्राण का कैरियर बुलन्दी पर था, उस समय हम दोनों ने कुछ फ़िल्में भी एक साथ की थी। हमारा तालमेल इतना अच्छा था कि लोग समझते कि हमारे बीच कुछ चल रहा है। कई बार इस आशय की अफ़वाहें भी उड़ी। हमारे घर एक-दूसरे के नज़दीक होने के कारण दोनों के परिवारों में भी अच्छा सम्पर्क था। चूंकि प्राण साब को बच्चे बहुत पसन्द थे अतः वे मेरी दोनों बेटियों को भी बहुत प्यार करते थे।"

4

नायक हो या खलनायक, अभिनय के पेशे से जुड़े सभी पुरुषों का अपनी सह अभिनेत्रियों व अन्य सुन्दरियों से रोमांस की अफ़वाहों का चोली-दामन का साथ है। मीडिया के एक वर्ग द्वारा अपनी सह अभिनेत्रियों के साथ प्रेम सम्बन्धों के

21. आबे हयात 1955 में प्रदर्शित हुई।

आरोप लगाए जाने पर प्राण की क्या प्रतिक्रिया थी?

पत्रकार पामेला सेठी ने बीस से अधिक फ़िल्मों में उनकी सह अभिनेत्री रही हेलेन के साथ उनके तथाकथित सम्बन्धों की चर्चाओं के बारे में जब उनसे पूछा[7] तो उनके पास इसका जवाब पहले से ही तैयार था। उन्होंने कहा–"मैंने जो कुछ भी किया उसकी मदद करने के लिए किया। उसके मित्र पी.एन.अरोड़ा ने उसका फ़्लैट हड़प लिया तो उसने मुझसे मदद मांगी। मैंने एक होशियार वकील की सहायता से उसे अपनी सम्पत्ति पुनः प्राप्त करने में मदद की। बस इतनी सी बात थी तो इसके बारे में फ़िल्मी पत्रिकाए और गॉसिप लिखने वाले बकवास क्यों कर रहें हैं? क्यों? क्यों? वे यह सब अनर्गल बातें लिखने वाले कौन होते हैं?"[22]

एक अन्य अवसर पर फ्री लांसर पत्रकार अलका खेरडेकर ने संडे मिड-डे[23] के वास्ते एक साक्षात्कार में प्राण से पूछा कि,–"फ़िल्म जगत में फैल रही एक सिने तारिका के साथ उनके तथा कथित विवाह की अफ़वाहों पर वे कैसा महसूस करते हैं?" तो हक़ीकत का पता लगाए बिना ऐसी ग़ैर जिम्मेदार खबरें उड़ाने वालों से खफ़ा प्राण ने क्रोधित हो कर कहा,–"क्या मैं पागल हो गया हूं, जो फिर से शादी करूंगा, वो भी इस उम्र में! मैं अपनी पत्नी और परिवार से पूरी तरह सन्तुष्ट हूं।"

अपने वास्तविक जीवन में किसी प्रकार का दुराव-छुपाव न रखने वाले प्राण ने उसी साक्षात्कार में निष्कपटता से कहा–"मैंने कभी साधू होने का दावा तो नहीं किया मगर, उन लोगों को हक़ीकत जाने बिना ऐसी बातें लिखनी नहीं चाहिए!"

इस तरह की गॉसिप का उनकी पत्नी शुक्ला पर क्या प्रभाव पड़ता है? प्राण ने 18 जनवरी 1952 को प्रकाशित स्क्रीन के अंक में एक साक्षात्कार में कहा,–"मैंने कभी भी अपनी पत्नी से बहस या झगड़ा नहीं किया। मैं उसके अच्छे व सहयोगी स्वभाव की क़द्र करता हूं।"

---

22. फ़िल्मफ़ेयर के 2-15 सितंबर 1977 के अंक के पृष्ठ 25-27 में प्रकाशित Small Roles Are a Challenge – Pran।

23. 28 जून 1987 में प्रकाशित।

उनके इस कथन का समर्थन शुक्ला ने भी किया।

जब उनसे पूछा गया कि एक अभिनेता के तौर पर वे अपने पति के कार्य पर कैसा महसूस करती हैं? उन्होंने प्रत्यक्ष रूप से इन अफ़वाहों को अपने ही ढंग से लिया। वे समझती हैं कि, "एक अभिनेता के लिए ये सारी अफ़वाहें सामान्य हैं।" यह स्वीकार करते हुए कि वे उन्हें अच्छे व्यक्ति की भूमिका में देखना ज्यादा पसन्द करती है, वे यह भी मानती है कि,"खल पात्रों का चित्रण भी उनके कार्य का ही एक अंग है! काम तो काम ही है। बलात्कार आदि के दृश्य देखकर भी मैं विचलित नहीं होती। मैं जानती हूं कि यह उनका पेशा है और उनके पेशे में ऐसे दृश्यों की आवश्यकता है। मुझे इसका कुछ बुरा नहीं लगता। वे किसी अभिनेत्री के साथ भाग जाएगे, ऐसी आशंका भी मुझे कभी नहीं सताती!"

समझदार हो रहे प्राण के तीनों बच्चों पर इन सब अफ़वाहों का क्या असर पड़ा?

पुत्री पिंकी ने बताया,"घर में किसी भी तरह की फ़िज़ूल की गप्पों की इज़ाज़त नहीं थी। वे खुद कभी फ़ालतू बकवास नहीं करते थे इसलिए हम लोगों की भी हिम्मत नहीं होती। किसी के निजी जीवन के बारे में कोई बात नहीं होती तथा फ़िल्मी पत्रिकाओं में किसके बारे में क्या लिखा है, इसकी भी चर्चा हमारे घर में नहीं होती। हमने उनसे कभी नहीं पूछा कि अमुक व्यक्ति ऐसा क्यों कह रहा है या वे ऐसा क्यों कर रहे हैं? कम से कम मैं तो ऐसी बातें कर ही नहीं सकती थी! मैं उनसे बहुत शरमाती थी। यदि, कोई उनसे कभी कुछ पूछ भी लेता तो वे कहते,—'तुम्हें इससे क्या मतलब है? तुम्हें इससे क्या फ़र्क पड़ने वाला है? इसलिए हम बात को यहीं छोड़ो। इन सब बेकार बातों की चर्चा में अपना समय मत गंवाओ!"

5

अन्य लोगों के साथ स्वयं प्राण को भी आश्चर्य होता कि पर्दे पर एक खलनायक की भंयकर छवि, उनकें किरदारों का महिलाओं के प्रति दुर्व्यवहार और उनके? किरदारों से महिलाओं के भयभीत रहने के बावजूद बड़ी संख्या में महिलाएं उनकी प्रशंसक थी!

एक बार कलकत्ता में सलिल राय की बांग्ला फिल्म 'जीवन रहस्य' की शूटिंग में नायिका के आने में काफी विलम्ब होने व उनकी लम्बी प्रतीक्षा करने के कारण प्राण नाराज़ होकर कुछ उखड़ गए थे। मगर जब उन्होंने देखा कि वहां लगभग बीस-पच्चीस महिला प्रशंसक उनसे मिलने व ऑटोग्राफ लेने के लिए खड़ी हैं तो उनका मिज़ाज़ कुछ ठीक हो गया और वे प्रफुल्लता से बोले—"हे भगवान! मैं नहीं जानता था कि इतनी लड़कियां मेरी प्रशंसक हैं!"

प्राण की सह अभिनेत्रियों ने इस पुस्तक के वास्ते दिए गए साक्षात्कार में प्राण के सुदर्शन व्यक्तित्व की प्रशंसा की।

शशिकला ने चहॅकते हुए स्वीकार किया,—"मैंने इतना सुन्दर व आकर्षक खलनायक दूसरा नहीं देखा! उनके चलने का ढंग, बोलने का अंदाज़, कपड़ों का सलीक़ा, सुसंस्कृत व्यवहार सब कुछ अद्वितीय थे! मैंने उन्हें कभी किसी के लिए अपशब्दों का प्रयोग करते भी नहीं सुना!"

स्पष्टवादी अभिनेत्री नादिरा ने बताया,—"हालांकि वे शराब काफ़ी मात्रा में पीते थे, मगर इससे उनकी सुन्दरता पर कोई कुप्रभाव नहीं पड़ा! वे जितनी ज़्यादा पी जाते उतने ही अधिक सुन्दर दिखते! उनके साथ बैठ कर पीना व बातें करना काफी आनन्ददायक भी होता है। मैं प्राण जी को पसन्द व उनसे अनुराग रखती हूं क्योंकि वे एक खुली किताब की तरह हैं।

प्राण और नादिरा गरमजोशी से मिलते हुए

कछ समय पहले मैंने उनके बारे में कहीं कुछ लिखा था तो उन्होंने मुझे फूलों का गुलदस्ता भेजा! ऐसी छोटी-छोटी बातें भी लम्बे समय तक याद रहती हैं।

वे सचमुच बहुत ही प्यारे व विनम्र इंसान हैं!"

हास्य अभिनेत्री से चरित्र अभिनेत्री बनी शुभा खोटे ने कहा,—"प्राण जी

बिल्कुल ज़मीन से जुड़े हुए व्यक्ति हैं। घमंड ने तो उन्हें छुआ तक नहीं है! उन्होंने अपने साथी कलाकारों पर अपनी वरिष्ठता का रौब कभी भी नहीं झाड़ा, बल्कि नए कलाकारों की तो वे काफ़ी मदद करते थे। उनके साथ काम करते हुए मुझे कभी ऐसा नहीं लगा कि मैं उस महान अभिनेता के साथ काम कर रही हूं जिसे मैंने अपने स्कूल-कॉलेज के ज़माने में 'मुनीमजीं',[24] 'आज़ाद' और 'हलाकू' जैसी फ़िल्मों में देखा था! मैं सोचा करती कि ये इतने खूबसूरत होने पर भी खलनायक की भूमिका क्यों करते हैं, नायक क्यों नहीं बन जाते? फिर सोचती कि ठीक ही है। नायक से प्रतिस्पर्धा करने के लिए खलनायक को नायक से ज्यादा खूबसूरत तो होना ही चाहिए! और क्या सचमुच वे ऐसे ही नहीं हैं?"

6

फ़िल्मों से जुड़ी हुई और बाहर की बहुत सारी लड़कियां व स्त्रियां प्राण की सुन्दरता की प्रशंसिका होने के साथ-साथ किसी सीमा तक उनकी दीवानी भी थी!

अपनी सह अभिनेत्रियों तथा अन्य स्त्रियों की सुन्दरता के बारे में प्राण का दृष्टिकोण जानना काफी रोचक होगा।

पचास के दशक के शुरू में मूवी टाइम्स में जीम ठंक दक जीम इमंनजपनिस शीर्षक से छपे लेख के लिए प्राण से स्त्रियों के बारे में उनकी राय पूछी गई।

उन्होंने स्वीकार किया कि इतने वर्षों तक फ़िल्मों में काम करने के तजुर्बे के कारण उन्हें स्त्री जाति के बारे में कुछ जानकारी प्राप्त हो गई है।

"हालांकि कई बार यह ज्ञान कष्टदायी भी रहा। मगर कोमल भावना मिश्रित कलापूर्ण प्रकृति से भरपूर फ़िल्मी दुनिया में यह कोई आश्चर्य जनक बात नहीं है तथा इसके लिए तैयार भी रहना चाहिए। शो बिजनेस से मैंने बहुत कुछ सीखा है तथा स्त्री जाति से हमेशा रोचक अनुभव मिल सकता है—लेकिन इसे अपनी इच्छानुसार समझिए।

---

24. 1955 में प्रदर्शित हुई।

‘मैंने फ़िल्म जगत की प्रायः सभी अभिनेत्रियों के साथ काम किया है। अतः मैं इस अनुभव को साफ़ देख सकता हूं। या ऐसा कहना चाहिए कि कम से कम इतना तो सीखा ही है कि अपनी पसन्द की बजाए उनके वास्तविक स्वरूप को ही देखना चाहिए।

‘वह समय बीत गया जब मैं केवल रूप-रंग या शक्ल-सूरत से ही प्रभावित होता था। अब मैं बाह्य व्यक्ति के परे भी देख सकता हूं और समझ सकता हूं कि किस स्थिति में सुन्दरता महज़ सामयिक या क्षणिक नहीं होती।

शायद इसी लिए सुन्दरता के बारे में मेरे विचार औरों से अलग हो सकते हैं।”

ऐसे गहन विचार कोई बुद्धिमान व्यक्ति ही व्यक्त कर सकता है। प्राण ने अपनी स्वाभाविक बुद्धिमत्ता दशकों तक संकोच और विनम्रता के आवरण में दाबे-ढके रखी थी!

अपने उसी साक्षात्कार में उन्होंने अपनी कई सह अभिनेत्रियों व नायिकाओं के बारे में बताया। प्राण का कथन न केवल उन्हें उनकी छवि दिखा रहा था, बल्कि स्त्री जाति के प्रति प्राण का अपना दृष्टिकोण भी दर्शा रहा था। उनकी विवेचना से जो कुछ सामने आया उसमें उनके साथ-साथ प्राण के अपने भी अन्तर्भाव प्रकट हुए!

कई बार हम लोग इतनी सुन्दर स्त्री से मिलते हैं कि स्तब्ध रह जाते हैं। क्यों? क्योंकि मेरे विचार से सुन्दरता का सम्बन्ध केवल त्वचा व मांस से ही नहीं है, वह अपने आप में और भी बहुत कुछ समेटे है। इसलिए यह इतनी दुर्लभ हैं।

वास्तव में सुन्दर कौन है इस पर विस्तार पूर्वक अपने विचार प्रकट करते हुए उन्होंने कहा–“मैं समझता हूं कि कुछ रोचक उदाहरण दे कर मैं अपनी बात को और अच्छी तरह समझा सकता हूं। मुझे पर्दे की अधिकांश नायिकाओं को निकट से देखने-समझने का मौका मिला। उन सभी के पास अच्छी सूरत के साथ ही बेशुमार वस्त्र और बेशकीमती जेवरों की भी सुविधा है। मगर इन सबको गौण करके मैं ग़ौर करता हूं उनकी अचानक कही गई किसी बात पर, मातहत कर्मचारियों तथा सहकर्मियों के साथ उनके व्यवहार पर, उनकी बातचीत व आचरण पर तथा उनके मिज़ाज पर। इस तरह मैं उनकी सीरत को समझता हूं।”

जाहिर है कि मात्र रूप-रंग व साज-सिंगार से प्राण का दिल नहीं जीता जा सकता। वे दैवी गुणों से सम्पन्न स्त्री को ही वास्तविक सुन्दरी मानते हैं।

प्राण दुर्गा खोटे[25] को स्त्रीत्व की प्रतिमूर्ति मानते हैं। ऐसा वे उनकी मोहक मुस्कान अथवा उनके गालों के डिंपल के कारण नहीं, बल्कि उनकी सरलता व शिष्टता के कारण मानते हैं। 'वे छोटे-बड़े धनी-गरीब, ऊंच-नीच आदि का भेदभाव किए बिना सबके साथ समान व्यवहार करती तथा अपने मातहतों पर भी कभी धौंस नहीं जमाती।'

प्राण याद करते हैं कि जब उन्होंने पहली बार उन्हें देखा था तो वे फटे पुराने से कपड़े पहले बिना मेकअप के एक ऐसा शॉट देने को तैयार हो रही थी जिसमें उन्हें बूढ़ा, क्लांत और म्लान नज़र आना था।

शॉट देने के बाद वह वहां खड़ी एक महिला से पूछ रही थी कि घर पर बीमार व्यक्ति की सेवा-सुश्रुषा किस तरह की जानी चाहिए?'

उस बातचीत के दौरान प्राण ने दुर्गा बाई की तरफ ग़ौर किया तो उन्हें लगा कि यह संसार की सबसे सुन्दर व प्यारी स्त्री है। उनमें सहानुमति व दया कूट-कूट कर भरी थी और इन गुणों की दमक से उनका चेहरा चमक रहा था।' प्राण ने कहा–"वक्त इतनी सुन्दरता को कुछ नहीं कर सकता क्योंकि यह इनके अन्तर्गुणों में रची-बसी है!"

अपने एक और सह सितारे नरगिस की भी प्राण ने काफी प्रशंसा की। 'वे छोटे से छोटे व्यक्ति के साथ भी सहज ढंग से पेश आती। नरगिस के साथ प्राण की पहली फ़िल्म नरगिस द्वारा ही निर्मित 'प्यार की बातें'[26] थी, जिसे उनके भाई अख्तर हुसैन ने निर्देशित किया था।

नरगिस के साथ अभिनय करने को उत्सुक प्राण ने जब उन्हें पहली बार देखा तो यही महसूस किया कि 'उनकी सुन्दरता उनकी कला रो मेल नहीं खाती।' कुछ समय बाद 'आह'[27] और 'अंगारें'[28] में नरगिस के साथ काम करने के दौरान

25. प्राण ने दुर्गा खोटे के साथ मालकिन (1953) और लकीरें (1954) में अभिनय किया था।

26. प्यार की बातें 1951 में रिलीज़ हुई।

27. 1953 में आई।

28. 1954 में प्रदर्शित हुई।

प्राण ने महसूस किया 'हालांकि नरगिस में किताबी सुन्दरता नहीं है, मगर वह वास्तव में सुन्दर है तो अपने आन्तरिक गुणों की चमक से, जिस पर वक़्त की गर्द नहीं पड़ सकती! उनके स्वाभाविक गुणों के साथ-साथ सहज विनोदप्रियता, बुद्धिमत्ता व समता ने उनके व्यक्तित्व को अद्भुत और आकर्षक बना दिया!'

'सब्ज़ बाग'[29] और 'अलिफ लैला'[30] में अपनी सह अभिनेत्री रही निम्मी को वे उतनी ही सुन्दर व प्रतिभाशाली मानते हैं, जितनी वे पर्दे पर दिखती हैं।

जब प्राण ने अपने बोम्बे डायनामोज़ फुटबाल क्लब के वास्ते अर्थ संग्रह करने के लिए कलकत्ता में एक चौरिटी शो का आयोजन किया तो निम्मी ने अपनी तमाम व्यस्तताओं के बावजूद उसमें शामिल होने की स्वीकृति दे दी। कलाकारों के कलकत्ता रवाना होने से पहले दो विमान दुर्घटना ग्रस्त हो गए थे, जिससे भयभीत होकर कई सितारों ने कलकत्ता जाने का अपना कार्यक्रम रद्द कर दिया, मगर निम्मी ने कार्यक्रम में शामिल हो कर अपना वादा निभाया।

प्राण याद करते हैं कि, किस तरह "पूरे कार्यक्रम के दौरान उनके चेहरे पर मोहक मुस्कान खिली रही और उन्होंने अपने सारे निर्धारित कार्यक्रम पेश करके अन्य सभी कलाकारों को साहस व प्रेरणा प्रदान की। उनके अलावा सभी चिन्तित थे, मगर उनके चेहरे पर कोई शिक़न तक नहीं थी। पूरी तरह अन्धकार में डूबे ऑडिटोरियम में निम्मी पर केन्द्रित रोशनी में सबकी निगाहें निम्मी पर टिकी थी और वह पर्ल ग्रे वस्त्र पहने भाव-विभोर होकर उर्दू की नज़्म 31 पढ़ रही थी। ऐसा लग रहा था, जैसे एक सुन्दर प्रतिमा में प्राण प्रवाहित हो गए हैं। उन्होंने वहां कौन सी नज़्म पढ़ी थी यह तो मैं भूल गया मगर उस रात वह कितनी सुन्दर लग रही थी यह मैं कभी नहीं भूल सकता।

क्या आप समझते हैं यदि वे अपना-आपा खो देती, आवेश में आ जाती या उदास हो जाती तो इतनी सुन्दर लग सकती थीं?

उस वक्त मैंने महसूस किया कि वे इतनी सुन्दर इसलिए लग रही हैं क्योंकि अच्छी शक्ल-सूरत व कला के साथ उनमें वे सभी गुण भी मौजूद हैं जो व्यक्ति

---

29. 1951 में रिलीज हुई।

30. 1953 में प्रदर्शित हुई।

31. नज़्म कविता को कहते हैं।

को हर दृष्टि से महान बनाते हैं। सुन्दरता बढ़ाने वाले शारीरिक मानदंडों की अपेक्षा व्यक्तित्व के पूर्ण प्रदर्शन को पहचान मिलती है!"

प्राण ने प्रतिभाशाली अभिनेत्रियों नूतन और मधुबाला के साथ भी अपने तालमेल के बारे में बड़ी गर्मजोशी से बताया।

जी हां, प्राण की धारणा यह है कि दृष्टिगोचर से पूरे 'सुन्दरता देखने वाले की दृष्टि में बसती है।' उस लेख में प्राण ने अपने कथन को यह कहते हुए पूर्ण किया कि:—"स्त्रियां भले ही यह समझें कि वे पुरुषों के दिलों पर राज करती हैं, मगर हम पुरुषों का भी अपना विवेक है, हमें कम करके मत आंकिए। अकेली बाहरी सुन्दरता ही हमें नहीं जीत सकती। उसे बरकरार रखने वाले आन्तरिक गुणों का भी होना आवश्यक है। किसी ने ठीक ही कहा है,:—

दिल में हो दया और सत्यता
तो सादे चेहरे में भी लगे ग़ज़ब की सुन्दरता।"

7

18 अप्रेल 1945 से प्राण को सचमुच एक सुन्दर और शानदार स्त्री की संगत का सौभाग्य मिल रहा है—और वे हैं उनकी जीवन संगिनी शुक्ला।

प्राण और शुक्ला के सम्बन्ध मैत्री व आपसी विश्वास की बुनियाद पर टिके हैं। शुक्ला केवल इतनी ही शिकायत कर सकती हैं कि पचास के दशक के शुरू में कार दुर्घटना में हिलमैन गाड़ी क्षतिग्रस्त होने पर प्राण ने पत्नी के बारे में चिन्ता व्यक्त नहीं की थी!

प्राण अपनी पत्नी से मित्रवत व्यवहार रखते हैं। स्क्रीन के 18 जनवरी 1952 के अंक में प्रकाशित एक साक्षात्कार में उन्होंने कहा था—"मैं तो अपनी पत्नी को यह दिखाने की कोशिश भी करता हूं कि मैं सचमुच एक दुष्ट व्यक्ति हूं। मगर, सारी स्त्रियों की तरह वो भी अपने पति को पा कर गौरवान्वित है और मुझसे हमेशा सुधार महसूस करती है।"[32]

---

32. स्क्रीन, 18 जनवरी 1952।

इस पुस्तक के लिए दिए गए साक्षात्कार में शुक्ला ने कहा—"मैंने उनसे कभी भी उनके कैरियर की विवेचना नहीं की। उन्हें जैसी भूमिकाए (खल पात्रों की) मिलती थी, मैं उसी में खुशी महसूस करतीं मैं सोचती कि जब ये खुद खलपात्रों की भूमिकाए अदा करना पसन्द करते हैं तो मुझे भी कोई तकलीफ नहीं है। उन्हें अपने पेशे में खुश देखकर मुझे भी सन्तोष होता। मेरे लिए तो उनकी खुशी ही प्रधान है। वे खुश हैं तो मैं भी खुश हूं।" उन्होंने एक सच्चे मित्र और साथी की तरह कहा।

29

वास्तविक गुण बनाम पर्दे की छवि

1

प्राण ने तब से एक लम्बा सफ़र तय कर लिया जब वे लाहौर में दलसुख आर्ट प्रोडक्शन में मासिक पचास रुपये कमाते थे और जिन दिनों महज सात आनों[1] में एक स्कॉच व सोडा तथा एक प्लेट भर कर करारे नमकीन आ जाते थे।

एक अभिनेता के तौर पर प्राण के प्रदर्शन से तो सभी परिचित हैं, मगर उनके वास्तविक जीवन के कई, अब तक के अनजाने मगर रोचक, पहलू तलाश करने पर उजागर हुए।

लगभग तुरन्त ही यह तो स्पष्ट हो गया कि अभिनेता प्राण और इंसान प्राण में बहुत बड़ा अन्तर है! मगर पर्दे की खलनायक की छवि ने उनका पीछा नहीं छोड़ा और बहुत से लोग उस सशक्त छवि और वास्तविक प्राण में अंतर न कर पाने के कारण उनसे भयभीत रहते।

1. मीट्रिक प्रणाली से पहले एक रुपया (100 पैसे) में 16 आना होते थे। एक आना में आज के 6.25 नए पैसे होंगे।

ऋषिकेश मुखर्जी ने अपनी फ़िल्म 'गुड्डी' में उन्हें अभिनेता प्राण की ही भूमिका, में पेश करके वे वास्तव में जैसे दयालु इंसान हैं, उन्हें दर्शकों के सामने' वैसा ही प्रस्तुत करने का सफल प्रयास किया। 'गुड्डी'[2] में फ़िल्मों के इन्द्रजाल से भ्रमित होकर उसे हक़ीकत मानने वाले युवाओं के दिमाग़ पर उसके असर को दिखाया गया था। किस तरह एक भ्रमित युवा लड़की को फ़िल्म जगत से जुड़े लोगों ने ही हक़ीकत और मिथ्या इन्द्रजाल में अन्तर करने में मदद की।

छोटी सी भूमिका में प्राण को स्टूडियो के एक ज़रूरतमंद श्रमिक को अपनी घड़ी व कुछ रुपये दे कर मदद करते हुए दिखाया गया था। शूटिंग देखने आई उस वक्त सेट पर मौजूद छात्रा[3] ने अपने दिलो-दिमाग पर छाई प्राण की खलनायक की छवि के कारण तुरन्त यही शक किया कि प्राण ने ज़रूर अपने किसी कुत्सित उद्देश्य की पूर्ति के लिए ही यह दया दिखाई होगी। तब उसे समझाया गया कि वास्तव में प्राण पर्दे पर दिखने वाले प्राण से पूरी तरह भिन्न है!

'गुड्डी' मनोरंजन करने के साथ-साथ फ़िल्मों के काल्पनिक व मायावी चित्रण के कारण गुमराह हुए लोगों को शिक्षा देने के भी उद्देश्य से बनाई गई थी। 'गुड्डी' में प्राण को उनके वास्तविक रूप में दिखा कर ऋषिकेश मुखर्जी ने दो उद्देश्यों की पूर्ति की—एक तो उस समय के सफलतम सितारे द्वारा अपनी फ़िल्म की शोभा व मार्केट वेल्यू बढ़ाई, दूसरा सिनेमा के माध्यम से दर्शकों तक यह बात पहुंचा कर कि वास्तव में प्राण पर्दे पर दिखने वाले खल पात्रों से बिल्कुल विपरीत एक नेक, रहमदिल और उदार इंसान हैं, प्राण के हित में बहुत बड़ा काम किया।

पचास के दशक के शुरू में फ़िल्मफ़ेयर को दिए एक साक्षात्कार[4] में प्राण ने बताया "अक्सर लोग वास्तव में उन्हें भी उनके किरदारों जैसा ही दुष्ट समझने की भूल कर बैठते हैं।

कुछ समय पहले दिल्ली में एक मित्र के निमन्त्रण पर मैं उसके घर डिनर

---

2. 1971 में प्रदर्शित फिल्म 'गुड्डी' में गुड्डी की शीर्षक भूमिका जया भादुड़ी (अब जया बच्चन) ने निभाई थी।

3. यह छात्रा जया बच्चन थी।

4. यह साक्षात्कार फ़िल्मफ़ेयर के 22 अगस्त 1952 के अंक में पृष्ठ सं. 14-15 पर No Hope for a Villain के शीर्षक से प्रकाशित हुआ था।

पर गया। वहां उसकी आठ वर्षीय बहन से मेरा परिचय कराया गया। बाद में उसने अपने भाई से कहा कि उसे ऐसे दुष्ट व्यक्ति को अपना घर नहीं दिखाना चाहिए। उसके लिए वह 'दुष्ट व्यक्ति' मैं था।

प्राण ने बताया कि उनकी पर्दे की छवि ने न केवल भारत में बल्कि विदेशों में भी लोगों के दिलो-दिमाग़ पर ऐसा ही असर डाला था। 'राम और श्याम'[5] प्रदर्शित होने के कुछ समय बाद उनके घर पर ईस्ट अफ्रिका से आए कुछ मेहमानों के बच्चे यह जानने को बेचैन थे कि प्राण वह चाबुक कहां रखते हैं जिससे वे उस फ़िल्म के नायक दिलीप कुमार को पीटते थे। वे प्राण को वास्तव में उस फ़िल्म में उनके द्वारा चित्रित किरदार की ही तरह ज़ालिम समझने की भूल कर रहे थे!"

प्राण अच्छी तरह जानते थे कि इस तरह की प्रतिक्रियाएं उनकी पर्दे की खलनायक की छवि के कारण आती है, मगर ये इसके लिए कुछ नहीं कर सकते थे क्योंकि यह उनका पेशा था। उनकी अपनी पारिवारिक ज़िम्मेदारियां थी और उनकी पूर्ति के लिए उन्हें पर्याप्त धन उपार्जन करना आवश्यक था।

2

यह पुस्तक लिखने के दौरान प्राण के जीवन के, अनेक अज्ञात व अल्पज्ञात पहलू उजागर हुए। इस पुस्तक के वास्ते जितनी भी लोगों से साक्षात्कार किया गया, सभी ने एकमत हो कर प्राण की प्रशंसा की। प्राण के सह-सितारो, साथियों, मित्रों व रिश्तेदारों ने प्राण के व्यक्तित्व की ऐसी अनेक विशेषताओं का खुलासा किया जिनसे जनता बिल्कुल अनजान थी।

प्राण के साथ नौ फ़िल्मों में काम कर चुकी आशा पारेख ने बताया शुरू में "उन्हें सैट पर एक किनारे बैठे वहां की गतिविधियां चुपचाप निहारते देखकर मैं समझती कि प्राण साब एक अन्तर्मुखी व्यक्ति होंगे मगर जैसे-जैसे मुझे उनके साथ और अधिक काम करने व मिलने का मौका मिला और वे मुझसे खुलते गए तो मैंने पाया कि वे बहुत मिलनसार व्यक्ति हैं। यदि वे आपसे संकोच से

---

5. यह 1967 में रिलीज हुई।

उबर कर बात करेंगे तो उनका विनोदी स्वभाव सामने आएगा और उनसे अनेक दुर्लभ चुटकुले व मज़ेदार वाकये सुनने को मिलेंगे।"

हास्य कलाकार देवेन वर्मा एक मजेदार घटना का ज़िक्र करते हैं जिसमें प्राण ने कुछ विदेशी सैलानियों से वास्तविक मज़ाक किया। "हम लोग फ़िल्म 'आजा मेरी जान'[6] की आउटडोर शूटिंग के लिए गोवा गए थे। इस रहस्यपूर्ण फ़िल्म में मैं आश्चर्य चकित कर देने वाला खलनायक था। जिस फाइव स्टार होटल में हम लोग ठहरे हुए थे, उससे थोड़ी ही दूरी पर हम लोग क्लाइमेक्स दृश्यों की शूटिंग कर रहे थे।

उस शाम पैक-अप के वक्त मैं खून (फ़िल्मी मेकअप) से लथपथ था और बहुत थका हुआ था। अतः जल्दी जल्दी होटल पहुंच कर नहा धोकर तरो-ताज़ा होने की इच्छा से मैं मेकअप उतारे बिना ही उसी दशा में होटल चला गया। होटल के लाउंज में मौजूद प्राण साब ने मुझे देखते ही ऐसा दर्शाया जैसे मुझे सचमुच किसी ने गोली मार दी हो और लगे ज़ोर से चिल्लाने–'अरे देखो! उसे किसी ने गोली मार दी!' उनकी आवाज़ सुनकर वहां बैठी बुजुर्ग विदेशी महिलाएं घबराई और बदहवास होकर भागने लगी। तनिक देर में ही सारी स्थिति इतनी मजेदार हो गई कि हम दोनों बहुत हंसे।''

अपने प्रिय व वर्षों पुराने मित्र के बारे में शम्मी कपूर बताते हैं–"प्राण बहुत ही शिष्ट, व्यावहारिक और संवेदनशील व्यक्ति हैं। मुझसे विवाह करने से पहले से ही गीता प्राण जी को जानती थी और उनके साथ 'बड़ी बहन' में अभिनय भी कर चुकी थी।[7] मुझे याद आता है वो समय जब गीता के माता-पिता की मृत्यु हुई तथा बाद में जब गीता का देहांत हुआ[8] तब प्राण जी ने हर तरह से हमारा साथ निभाया और आगे बढ़ कर हर काम में मदद की! वे सभी तरह के सांसारिक और सामाजिक कार्यों की व्यवस्था करना जानते हैं। वे एक मददगार और साधन सम्पन्न व्यक्ति हैं। वे हर वक़्त सबकी मदद को तत्पर रहते हैं।"

---

6. आजा मेरी जान 1993 में रिलीज हुई।

7. गीता बाली शम्मी कपूर की पहली पत्नी थी।

8. 21 जनवरी 1965 को पैंतीस वर्ष की लघुवय में ही उनका देहांत हो गया था।

कुछ ऐसी ही बात बताते हुए मनोज कुमार ने कहा,—"पहले मेरे पिताजी और फिर शीघ्र ही माताजी का स्वर्गवास हुआ तो प्राण जी ने मुझे एक अभिभावक की तरह संभाला। उन्होंने हर तरह से मुझे सहारा दिया जो एक सच्चा व कुशल मित्र ही दे सकता है। उन्होंने मेरे दुख और शोक की घड़ियों से मेरा ध्यान बटाने का हर सम्भव प्रयास करते हुए मुझे सहज रखने का पूरा प्रयत्न किया! वे औरों का दुख तो ले लेते मगर अपना दुख किसी पर प्रकट नहीं करते!"

3

प्राण का एक और उल्लेखनीय गुण है—उचित-अनुचित का गहन विवेक जिसके कारण वे कई बार देश की राजनैतिक सत्तासीन शक्तियों के कोपभाजन भी बने! मानवीय मर्यादा को अक्षुण्ण रखने हेतु वे हमेशा मानवाधिकारों के समर्थन में लड़े। 1977 के शुरू में जब आपातकाल[9] पूरे जोर पर था तो उन्होंने इसके नाम पर की जा रही ज़्यादतियों के बारे में साफ़ शब्दों में वक्तव्य दिए तथा लेख लिखे। यह बहुत साहस व जोखिम भरा काम था। क्योंकि तत्कालीन सूचना व प्रसारण मंत्री विद्याचरण शुक्ल ने अभिव्यक्ति की स्वतन्त्रता पर पूर्ण प्रतिबन्ध लगा दिया था और अपने कटु सत्य युक्त वक्तव्यों व लेखों के लिए उन्हें गिरफ़्तार भी किया जा सकता था।

प्राण का एक लेख पढ़ कर उस समय नई दिल्ली के तिहाड़ जेल में बंदी बना कर रखे गए, श्रमिक संगठनों के नेता, जार्ज फर्नाडीज़[10] ने गुप्त रूप से एक पत्र लिखकर अभिव्यक्ति की स्वतन्त्रता पर प्राण के विचारों व प्रयासों की प्रशंसा की। प्राण ने भी उनके साहसिक और अच्छे कार्यों के ज़ारी रखने की प्रेरणा देते हुए उन्हें पत्र लिखा।

"बुरे प्रशासन को बरदाश्त न कर पाने के कारण उन्हें कहना पड़ा—"आपातकाल के दौरान मैने महसूस किया कि सरकार और अधिकारी जनता के साथ ज़्यादती

---

9. तत्कालीन प्रधानमंत्री इंदिरा गांधी द्वारा 25 जून 1975 को देश में आपातकाल लागू किया गया, जिसके अंतर्गत सरकार ने अभिव्यक्ति की स्वतंत्रता आदि नागरिक अधिकारों को निरस्त कर दिया। प्राण ने स्क्रीन के लिए एक लेख लिख कर सरकार के अत्याचारों पर अपना क्रोध व निराशा प्रकट की।

10. बाद में मन्त्रिमण्डल में शामिल हुए।

कर रहे हैं तो मैने जनता पार्टी की सरकार का खुलकर समर्थन किया!"

मगर जब उन्होंने देखा कि शासन चाहे किसी भी पार्टी का हो सत्ता के केन्द्र में रहने वाले लोग एक ही थैली के चट्टे-बट्टे हैं। तो जनता सरकार के सत्तासीन होने के छः महीनों के अन्दर ही उन्होंने प्रधानमंत्री मोरारजी देसाई व जनता सरकार की नीतियों के खिलाफ भी लेख लिखा।[11]

"स्टार एंड स्टाइल[12] के अपने लेख में उन्होंने कडुवाहट से कहा—"पिछली सरकार के असहनीय अत्याचारपूर्ण शासन को समाप्त करने के लिए पिछले साल मैंने जनता पार्टी के लिए प्रचार किया था। हम अपनी खोई हुई स्वतन्त्रता पुनः प्राप्त करना चाहते थे। आप मुझसे पूछें, 'जनता पार्टी ने फ़िल्म उद्योग के लिए क्या किया? 'मेरा जबाब होगा, 'कुछ नहीं........कुछ भी नहीं। न तो कांग्रेस सरकार और न ही जनता सरकार ने कभी फ़िल्म उद्योग की चिन्ता की और न ही उन्होंने इसे कभी उद्योग का दर्जा दिया! केवल दुधारू गाय समझ कर और जितना बन सका हमें दूहा, हम पर यथा सम्भव भारी मात्रा में कर लगाए। सरकार को हमसे इतना अधिक राजस्व मिलता है, मगर सरकार की तरफ से कभी एक पैसा भी वापस फ़िल्म उद्योग की भलाई के लिए खर्च नहीं किया गया!"

जब जनवरी 1980 में श्रीमती इन्दिरा गांधी पुनः सत्तासीन हुई तो प्राण की प्रतिक्रिया आश्चर्य जनक नहीं थी—"मैं बहुत खुश हुआ हूं, क्योंकि जनता सरकार ने देश को इतना बदहाल कर दिया है कि ऐसी स्थिति को नियन्त्रित करने में एक ही व्यक्ति सक्षम है और वो हैं—श्रीमती इन्दिरा गांधी। मैं उनके मन्त्रियों के चुनाव की प्रशंसा करता हूं। किसी दल-बदलू व मौका परस्त व्यक्ति को प्रोत्साहित न करने की अपनी पूर्व कृत प्रतिज्ञा के अनुसार उन्होंने किसी दल-बदलू को मन्त्रिमंडल में शामिल नहीं किया! और बाकी जब तक सरकार कार्य शुरू न कर दे कुछ भी कहता ज़ल्दबाजी होगी।"[13]

---

11. रफ़ीक बगदादी और राजीव राव का लेख – Pran: Arch Villain Turned Character Actor, स्क्रीन के 17 जून 1983 के अंक में प्रकाशित हुआ था।

12. स्टार एंड स्टाइल के 10-23 मार्च 1978 के अंक में प्रकाशित लेख Politicians in Filmland, में प्राण ने अपने ये विचार प्रकट किए थे।

13. प्राण का यह कथन स्टार एंड स्टाइल के 8-21 फरवरी 1980 के अंक में Reactions, कॉलम में प्रकाशित हुआ था।

बाद में उन्होंने कहा,–"मैं महसूस करता हूं कि इन दिनों राजनीतिज्ञ केवल मतलब-परस्त हो गए हैं। इन्हें देश और जनता के विकास से कोई सरोकार नहीं है। ऐसी स्थिति में हमें आवश्यकता है एक परोपकारी व स्वेच्छाचारी शासक की!"[14]

जिन व्यक्तियों का प्राण से जरा भी सम्पर्क है, वे अच्छी तरह जानते हैं कि पर्दे पर एक बुरा व्यक्ति दिखने के बावजूद वास्तव में प्राण कितने भले व्यक्ति हैं! कई ऐसे राजनीतिज्ञ, जिनके बारे में प्राण की ज्यादा अच्छी राय नहीं है, वे भी प्राण के वास्तविक गुणों से परिचित हैं। एक राजनीतिज्ञ से, जिनका संक्षिप्त नाम व उपनाम एक अन्य प्रसिद्ध खलनायक से मेल खाता है, एक बार जब टी.वी. पर जनता की अदालत कार्यक्रम में पूछा गया कि 'यदि आपको उस खलनायक के तौर पर सम्बोधित किया जाए तो आपको कितना बुरा लगेगा?' इस पर उन्होंने शान्ति से जबाब दिया "मुझे बुरा क्यों लगेगा? आखिर नाम में रखा ही क्या है? प्राण, को लीजिए पर्दे पर वो कितने भंयकर खलनायक हैं, मगर यह बात भी हर कोई जानता है कि वास्तव में वे कितने सज्जन व शरीफ़ व्यक्ति हैं!"[15]

व्यवस्था की विसंगति की ओर इंगित करता हुआ एक शेर प्राण दोहराया करते हैंः–'हम सब हैं बेईमान फिर भी कहते हैं–'हमारा देश महान"[16]

4

'यदि करोगे किसी पर भी उपकार, तो सारी मानव जाति करेगी तुम्हारी जय जयकार!' प्राण ने प्रामाणिक रूप से इस बात को अपने जीवन का आदर्श बनाए रखा है!

प्राण ने बिना किसी को बताए चुपचाप अनेक ज़रूरतमंदों की मदद की थी।

---

14. Telegraph Magazine में प्रकाशित संजय सायानी के लेख से उद्‌धृत।

15. कुंवर नटवर सिंह द्वारा लोकप्रिय टेलीविजन शो आपकी अदालत में कहा गया यह कथन स्क्रीन के अप्रैल 1998 के अंक में रोश्मिला भट्टाचार्य के एक लेख में प्रकाशित हुआ था।

16. आशय स्पष्ट है!

प्राण के कृतज्ञ कृपापात्र भी हमेशा ख़ामोश नहीं रहेंगे। वक़्त आने पर उनके उपकार लोगों के सामने आ जाएंगे। उम्र भर प्राण द्वारा किए गए परोपकारों को गिनाना असम्भव है। प्राण ने निःस्वार्थ भाव से निःशब्द इतने लोगों का भला किया है कि उन सबको यहां शामिल करना, बल्कि केवल नामोल्लेख करना भी सम्भव नहीं है। निर्माता, निर्देशक, स्टंट मैन, फाइट मास्टर, स्पॉट बाय, लाइट मैन, एक्स्ट्रा, पुराने जमाने के बूढ़े चरित्र-अभिनेता जो भी प्राण के पास मदद के लिए गए उन्हें निराश नहीं लौटना पड़ा। कई बार नियम कायदों को नज़रअन्दाज़ कर के भी प्राण ने अपने पास आए सवाली की मदद की!

प्राण की उदारता के उदाहरण उनके पूरे कैरियर में भरे पड़े हैं! कई बार व्यक्तिगत रूप से, तो कई बार किसी संस्था जैसे 'सिने आर्टिस्ट एशोसिएशन' के माध्यम से, प्राण ने अपना उदार अनुदान दिया,

चरित्र अभिनेत्री व हास्य कलाकार शम्मी ने इस संस्था के कार्य कलापों के बारे में विस्तृत विवरण दिया,–"यह संस्था शुरू में करेक्टर आर्टिस्ट्स ऐशोसिएशन थी। सभी चरित्र कलाकारों ने मिलकर इसका गठन किया था क्योंकि हर बार आखिर में इन्हीं लोगों को अपना मेहनताना पान में कठिनाई होती। मैं समझती हूं मनमोहन कृष्ण[17] और के.एन.सिंह[18] के साथ प्राण भी इसके संस्थापक सदस्यों में से एक थे। काफी समय तक ये संस्था इसी रूप में चलती रही। हमने कई बार संघर्ष कर के अपना मेहनताना पाया।

बाद में जब कुछ नायक-नायिकाएं भी इसके नियमों को मानकर इसके साथ जुड़े तो इसका नाम 'सिने आर्टिस्ट्स एशोसिएशन' कर डाला गया। प्राण इस संस्था के सर्वाधिक सक्रिय सदस्य रहे! उन्होंने संस्था के लिए बहुत काम किया क्योंकि हर कोई उनका आदर भी करता और उन्हें पसन्द भी करता। फ़िल्म जगत के प्रायः सभी कलाकारों से उनके मधुर सम्बम्ध थे। अतः वे संस्था के लिए अर्थ-संग्रह करने हेतु आयोजित कार्यक्रमों में काफ़ी कलाकारों को शामिल कर सकने की क्षमता रखते थे!"

---

17. मनमोहन कृष्ण जाने-माने चरित्र अभिनेता थे। उन्होंने 'बसन्त बहार', धूल का फूल', 'वक्त' और 'दो बदन' में अविस्मरणीय प्रदर्शन किया था।

18. के. एन. सिंह अधिकतर खलपात्रों को ही भूमिकाएं अदा करते थे। राजकपूर की फिल्म 'आवारा' में जग्गा की भूमिका में उन्होंने बेहतर प्रदर्शन किया था।

'सिने आर्टिस्ट्स ऐशोसिएशन' के अध्यक्ष चन्द्रशेखर[19] ने बताया कि किस तरह "उन्होंने सामाजिक सुरक्षा विहीन बुजुर्ग व निर्धन कलाकारों को मदद पहुंचाई। पुरानी पीढ़ी के कलाकार व्यावसायिक बुद्धि वाले नहीं थे और न ही उन्होंने अपने धन का निवेश सुरक्षित निधियों मे किया। साठ के दशक से कलाकारों ने अपने धन की समुचित व्यवस्था शुरू की। उदाहरण के तौर पर राजेन्द्र कुमार[20] ने अभिनय से कमाए हुए पैसों को बुद्धिमत्ता से लाभप्रद व्यवसायों में निवेश किया बाद में अन्य कलाकारों ने भी उनका अनुसरण किया।

मगर मूक फ़िल्मों तथा शुरू की बोलती फ़िल्मों के कलाकारों को भी व्यवसायों की जानकारी नहीं थी और उनके वक्तों में आज की तरह पूंजी निवेश के उतने अवसर भी नहीं रहे थे। अतः कमाई न कर पाने की स्थिति में उनकी बड़ी दयनीय दशा हो जाती और बहुतों ने बुढ़ापे में बहुत कष्ट उठाए। उदारहण के लिए कितनी ही मूक फ़िल्मों के नायक ई. बिल्लिमोरिया के पास अपना इलाज कराने तक के वास्ते पैसे नहीं रहे थे। मूक फ़िल्मों की प्रसिद्ध तारिका व नायिका सुलोचना[21] के कठिन व दुखद आखिरी दिनों के बारे में अब बहुत लोग जान चुके हैं। अपने अच्छे दिनों में सबकी मदद करने वाली सुलोचना की मुसीबत तथा ज़रूरत के वक्त किसी ने उनकी मदद नहीं की! संस्था द्वारा दी जा रही सीमित सहायता के अलावा प्राण खुद अपने पैसों से कई दीन कलाकारों की मदद कर देते।

एक जूनियर कलाकार फ़ज़लू की मृत्यु होने पर संस्था ने उसकी विधवा व परिवार को दी जाने वाली सहायता राशि बढ़ाई तो प्राण ने भी अपना अनुदान बढ़ा दिया। जब संस्था उसके परिवार को पर्याप्त सहायता देने लगी तो उन्होंने अपना व्यक्तिगत अनुदान बन्द कर दिया।"

सुनील सिकंद बताते हैं कि "वे परोपकार व दान के कार्य इतनी ख़ामोशी से करते कि बाहरी लोगों की तो बात ही छोड़िए हम परिवार वाले भी नहीं जान

---

19. चन्द्रशेखर अपने कैरियर के शुरू में नायक की भूमिकाएं अदा करने के बाद चरित्र अभिनेता बन गए उनकी यादगार फिल्में थी – 'बारादरी', चा चा चा' और 'स्ट्रीट सिंगर'।

20. एक के बाद एक कई सिल्वर जुबली फिल्में देने के कारण मशहूर पत्रकार बन्नी रूबेन ने राजेन्द्र कुमार को जुबली कुमार का सम्बोधन किया। उनकी उल्लेखनीय फिल्में थी – 'मदर इंडिया', 'धूल का फूल', 'संगम', 'दिल एक मंदिर', 'आरजू', 'सूरज', 'साथी' और 'गीत'।

21. सुलोचना का वास्तविक नाम था – रूबी मेयर्स।

पाते कि वे किसे कितना दे रहे हैं।" फ़िल्म उद्योग से जुड़े लोगों के अलावा बहुत से बाहरी लोग भी प्राण की उदारता व परोपकारी प्रवृति से लाभान्वित हुए। किसी भी दुखी व्यक्ति को देख कर उनका हृदय द्रवित हो जाता और वे उसकी मदद को तत्पर हो उठते। आपकी "दया, उदारता व दान के पीछे किसकी प्रेरणा रहती?"

यह पूछे जाने पर प्राण ने जबाब दिया,—"मैं ऐसे परिवार में पला-बढ़ा हूं जिसमें दान-दया एक आदत की तरह थी। मेरे पिता बहुत उदार और विशाल हृदय के व्यक्ति थे। किसी को कुछ देते समय उनके चेहरे पर चमकती प्रसन्नता को मैं देखा करता था और यही अनुभूति मुझे भी होती है।"

5

असाधारण वस्तुओं का शौक़-प्राण की एक और मोहक प्रवृति है। प्राण को विशिष्ट गाड़ियों का बहुत शौक़ रहा है। अपनी विशिष्ट शैली बनाने के शौक़ीन प्राण के लिए गाड़ी नई हो या पुरानी पर विशिष्ट होनी चाहिए।

अपनी एमजी रोडस्टर में प्राण और पुत्री पिंकी

युवक प्राण पाइप पीते हुए

लाहौर में अपनी खरीदी हुई पहली गाड़ी का ब्रान्ड तो अब उन्हें याद नहीं है पर यह यकीनन कहा जा सकता है कि वैसी गा. ड़ी किसी और के पास नहीं रही होगी! अगली गाड़ी जो उन्होंने बोम्बे में खरीदी थी वो थी—'हिलमैन', जो 1951 में 'बहार' के प्रीमियर से कुछ दिन पहले ही दुर्घटनाग्रस्त हो कर चकनाचूर हो गई थी। वे गुप्त रूप से स्वीकार भी करते हैं कि वे एक नई गाड़ी लेना चाहते थे तभी वह दुर्घटना घट गई। फिर उन्होंने एक 'क्रिस्लर' खरीदी। इसके बाद उन्होंने 'एम.जी. रोडस्टर' ली, जो कन्वर्टेबुल थी और एक 'शेवरलेट'। आखिर में एक 'वोल्वो' भी खरीदी। उन्होंने एक नहीं, बल्कि दो, 1930 से पहले बनी 'ऑस्टिन विंटेज' कारें भी खरीदी।

जब उनसे पूछा गया कि गाड़ियों का शौक़ कैसे पैदा हो गया तो उन्होंने कहा, 'बस यूं ही मुझे कारें बड़ी प्यारी लगती हैं।' मगर उनकी पुत्री पिंकी ने इसमें जोड़ा कि मुझे याद है वे एक बार कह रहे थे कि मुझे ऐसी गाड़ी नहीं चाहिए जो हर किसी के पास मिल जाए। उन दिनों मर्सडीज गाड़ी सर्वोपरि थी मगर वे कुछ भिन्न प्रकार की गाड़ी चाहते थे। गाड़ी हो या कपड़े या फिर कोई अन्य शौक डैडी की तो पसंद ही सबसे जुदा थी!

प्राण के पास पाइप का विपुल संग्रह था। उनके ज्येष्ठ पुत्र अरविन्द ने बताया "वे नियमित रूप से पाइप नहीं पीते थे। कभी-कभी ही पाइप पीते या तम्बाकू लेते। हां, वे सिंग्रेट काफी पीते थे। एक दिन में सिग्रेट के तीन पैकेट (बीस के) खाली कर दिया करते थे। मैं समझता हूं वे खुद निश्चित रूप से इतनी सिग्रेट नहीं पीते थे। अक्सर ऐसा होता कि उनके सिग्रेट सुलगाते ही या एक-दो

कश लगाते ही शॉट तैयार जो जाता तो वे उसे फेंक देते या किसी और को दे देते। बाद में जब उन्होंने पूरी तरह धूम्रपान त्याग दिया तो अपने पाइप भी लोगों में बांट दिए।"

ऐसा ही एक और वस्तु के साथ भी हुआ। अरविन्द याद करते हैं "उनके पास छड़ियों का आकर्षक संग्रह था। उनमें से कुछ में तो तलवार भी छुपी हुई थी (गुप्ती) जो कश्मीर में काफ़ी लोकप्रिय हैं और कइयों में तो महीन नक्काशी भी की हुई थी। मैं नहीं जानता अब वे सब कहा है? ये सब धीरे-धीरे गायब हो गई। अफसोस! हमलोग उनके संग्रह को संभाल कर नहीं रख पाए।

असाधारण वस्तुएं एकत्र करने के शौक़ के कारण उन्होंने कई तरह की गिलासें भी एकत्र की थीं। उनके पास अनेक तरह की बियर की गिलासों व प्यालों का संग्रह था। अरविन्द ने रहस्योद्घाटन किया कि "उनमें से कुछ तो काफ़ी चौंकाने वाले भी थे........जब आप अपना पेय समाप्त करके नीचे की ओर देखेंगे तो आपको गिलास के तले में नग्न स्त्रियां दिखें!"

6

प्राण का एक मोहक रूप यह भी है कि उन्होंने ज़िंदगी में हर चीज़ का लुत्फ़ पूरी शिद्दत से उठाया और अपने किसी भी शौक को पूरा करने में कोई कसर कभी नहीं छोड़ी। अरविन्द घोषित करते हैं कि (1) डैडी की पसंद ऊंची और उनकी शैली अनोखी रही!

बहुत ही कम लोग जानते हैं कि एक ज़माने में प्राण दोस्तों के साथ ताश भी खेला करते थे। तजुर्बेकार अभिनेत्री नादिरा प्राण के बारे में इस अल्पज्ञात तथ्य का खुलासा करते हुए बताती हैं–"क्या आप जानते हैं कि प्राण साब भारत के श्रेष्ठ पत्तेबाजों में से एक हैं। अब उन्होंने ताश खेलना छोड़ दिया क्योंकि वे अपने मित्रों से मन-मुटाव नहीं करना चाहते, क्योंकि यदि वे पूरी सच्चाई व ईमानदारी से खेलेंगे तो भी लोग यही शक करेंगे कि ज़रूर प्राण साब ने पत्ते लगाए होंगे।"

शायद नादिरा उस घटना की ओर संकेत कर रही है जब सआदत हसन

मंटो प्राण और उनके पार्टनर के हाथों काफ़ी रुपये हार गए और प्राण के कहने पर भी उनके पार्टनर ने मंटो को उनके रुपये लौटाने से इनकार कर दिया। प्राण ने अपने पास से मंटो को पूरे रुपये देने चाहे तो उन्होंने कहा—आपने ये रुपये मुझसे जीते हैं सो इन्हें आप ही रखिए। 'तब प्राण ने खुलासा किया कि, 'वे शहर के श्रेष्ठ पत्तेबाज हैं मगर मित्रों से छल करना उचित नहीं है।'

बहरहाल जो भी कारण रहा हो मगर यह बात सच है कि प्राण ने अब पत्ते खेलने छोड़ दिए हैं।

तजुर्बेकार चरित्र अभिनेत्री शम्मी बताती हैं कि 'प्राण साब शायरी22 के आबशार हैं। उनकी स्मृति में अनगिनत शेर बसे हैं।' सतीश भल्ला ने उल्लेख किया[23] कि 'वे उर्दू शायरी के अच्छे जानकार हैं, मगर उन्होंने खुद कभी शायरी नहीं की। मुझे उनके पास बैठ कर उन्हें शेर पढ़ते हुए देखने-सुनने का अवसर मिला है। वे गाते नहीं थे मगर शेर बड़े दिलकश अंदाज़ में पढ़ते थे। उर्दू भाषा और साहित्य का गहन ज्ञान रखने वाला व्यक्ति ही इतने सही ढंग से शेर पढ़ सकता है।'

प्राण का उर्दू शायरी का ज्ञान और उनकी शेर पढ़ने की कला जग-जाहिर है और उनके प्रायः सभी सह कलाकारों ने इसकी प्रशंसा की है।

नादिरा इस बारे में प्रशंसापूर्वक कहती है—'इस व्यक्ति के दिल, दिमाग़ और रूह में जितनी शायरी रची-बसी है वो आश्चर्य पैदा करने वाली है!'

मनोज कुमार कहते हैं—'प्राण साब पर ईश्वर की असीम कृपा है जिससे उन्हें अनगिनत शेर[24] याद हैं। अंग्रेज़ी और उर्दू साहित्य उनके दिल में बसे हैं। उन्हें असग़र गौंडवी, फैज़ अहमद फैज़, फिराक गोरखपुरी और जोश मलीहाबादी जैसे शायरों के कलाम मुखज़बानी याद थे। वे अमृता प्रीतम की पंजाबी कविताएं भी पूरे भाव व उमंग के साथ पढ़ सकते हैं। मैं ऐसे कई शायरों को

---

22. उर्दू कविता।

23. अभाग्यवश इस किताब के प्रकाशित होने के पूर्व ही सतीश भल्ला 2003 में गुजर गए।

24. दो पंक्तियों में निबद्ध एक भाव।

जानता हूं[25] जिन्हें प्राण साब ने संरक्षण दिया था! दुनिया इस बात को नहीं जानती है और प्राण साब खुद इतने शिष्ट और सुसंस्कृत हैं कि उन्होंने इस बात का कभी किसी से ज़िक्र तक नहीं किया मगर यह सच है कि प्राण साब द्वारा कितने ही परिवारों का भरण-पोषण किया जाता रहा है। शायद उनसे बेहतर अभिनेता तो कोई हो सकता है मगर उनसे बेहतर इंसान मैने फ़िल्म उद्योग में नहीं देखा है'—मनोज कुमार दृढ़ता से कहते हैं।

हालांकि प्राण नियमित रूप से हर शाम व्हिस्की पिया करते थे, मगर सैट पर उन्होंने कभी नहीं पी। इस बारे में प्राण का कहना है—"अपनी कला और रोज़ी के प्रति निष्ठा और भक्तिभाव होने के कारण मैंने कभी भी मेकअप में शराब नहीं पी और काम के समय उसका ख्याल तक नहीं किया!"

मगर सारे दिन के कठिन श्रम के बाद मेकअप उतर जाने पर वे संगीत और शराब से ही अपनी थकावट दूर करना पसन्द करते। कई बार गर्मियों की शाम को अपने मित्रों को बान्द्रा स्थित अपने बंगले पर बुला कर उन्हें व्हिस्की और स्वादिष्ट भोजन के साथ ज़बरदस्त कविताएं व शेर सुनाते थे!

शराब के शौक के कारण प्राण कई बार अनपेक्षित मुसीबत में भी पड़ गए, मगर वे अपनी तुरत बुद्धि और चतुराई से साफ़ बचकर निकल आते।

नशाबन्दी[26] के दिनों में केवल परमिट प्राप्त व्यक्ति ही अल्कोहल युक्त पेय पदार्थों का सेवन कर सकते थे और वो भी केवल निजी स्थानों पर ही!

प्राण के पारिवारिक मित्र व पड़ौसी बलराज कोहली[27] और प्राण दोनों ने ही परमिट प्राप्त कर रखा था और उन्होंने अपनी नियमित शाम की शराब का लुत्फ़ उठाने का एक अनोखा तरीका निकाला। वे दोनों ही अपने पसंदीदा पड़ाव क्रिकेट क्लब ऑफ इंडिया[28] की लिफ्ट में ऊपर-नीचे यात्रा करते हुए व्हिस्की की चुस्की लेते। किसी प्रकार पुलिस से यह बात छुप न रह सकी और दोनों

---

25. उर्दू के कवि।

26. पचास के दशक में महाराष्ट्र के तत्कालीन मुख्य मंत्री मोरारजी देसाई ने नशाबन्दी लागू की थी।

27. बलराज कोहली उर्फ बल्ली अनेक फिल्मी हस्तियों के अलावा मोरारजी देसाई के पुख कान्ति के भी निकट मित्र थे।

28. बम्बई स्थित सी. सी. आई.।

मित्रों को गिरफ्तार कर लिया गया और बाद में अदालत में पेश किया गया। जब इन दोनों ने अपना परमिट दिखाया और स्थान के बारे में दलील दी कि सी.सी.आई. न केवल एक निजी क्लब है, बल्कि हम दोनों के लिए तो दूसरा घर ही है। सरकारी वकील को मुकदमा वापस लेना पड़ा जब प्राण और बल्ली कानून से बेदाग़ रिहा हो कर आए तो क्लब के सभी सदस्यों ने उनकी चतुराई की प्रशंसा की और रिहाई की बधाई दी!

यूरोपियन पत्नी के पति, आधुनिक व सम्पन्न बल्ली ने नशाबन्दी के शुष्क दिनों में क्रिसमस की पूर्व संध्या पर एक शानदार कॉकटेल पार्टी आयोजित की। इस घटना को याद करके प्राण की आंखों में शरारत पूर्ण चमक आ गई—"पार्टी पूरे शबाब पर थी और मदिरा का दरिया बह रहा था तभी बल्ली को सूचना मिली कि पार्टी में पुलिस छापा मारने वाली है। वह सक्रियता से हरकत में आ गया और शीघ्रता से शराब की सारी बोतलें मेरे अहाते में रखवा दी। पुलिस ने छापा मारा मगर उसे वहां कुछ भी प्रतिबन्धित सामान नहीं मिला और चमत्कार यह कि पुलिस ने पार्टी स्थल के दूसरी तरफ़ मेरे अहाते में झांकने तक की ज़हमत नहीं उठाई!"

प्राण को उर्दू अदब और शायरी का इतना गहरा शौक था कि ये उनके व्यक्तित्व का हिस्सा बन गए। इसी तरह वे देश की सामयिक समस्याओं, राजनीति और अन्तर्राष्ट्रीय घटनाओं पर भी बराबर नज़र रखते थे अतः पुस्तकों के प्रति उनका प्रेम व रुचि कोई आश्चर्य की बात नहीं है।

प्राण अपने पुस्तक संग्रह के साथ

प्राण के पास पुस्तकों का बेहतरीन संग्रह था, जिनमें से सभी को उन्होंने पढ़ा था। यदि इसमें और ज्यादा अमिवृद्धि होती

तो उन्हें अपनी लाइब्रेरी के लिए ही एक छोटा फ़्लैट खरीदना पड़ता ।

अपने पिता के इस शौक के बारे में बताते हुए अरविन्द पुरानी यादों में खो गए। "उनकी रूचि बड़ी विस्तृत थी–काल्पनिक उपन्यासों से लेकर अनेक शास्त्रीय ग्रन्थ तक उनके संग्रह में थे। उनके पुस्तकालय में 'अरेबियन नाइट्स' और 'द एन्साइक्लोपीडिया ब्रिटानिका' जैसी पुस्तकों के कई भाग थे! मुझे याद है बचपन में, मैं घंटों वहां बैठ कर पुस्तकें पढ़ा करता था। मैं सिकंदर महान की साहसिक कथाए तथा रोमन व ग्रीक पुराण पढ़ा करता था। उनका पुस्तकालय ज्ञान के विकास के लिए काफ़ी रोचक स्थान था। वहां काफ़ी शिक्षाप्रद पुस्तकें थी!"

किसी भी पुस्तक मांगने वाले को इनकार न करके प्राण अपने विशाल पुस्तकालय को स्वयं व्यवस्थित कर पाने के परिमाण में ले आए। प्राण द्वारा खरीदा हुआ सद्यः प्रकाशित उपन्यास भी जब कोई मांगता तो वे खुशी-खुशी उसे देते हुए कहते–"यह लो, इसे पढ़ो और इसे रखो।" फलस्वरूप प्राण के पुस्तकालय की काफ़ी पुस्तकें उनके मित्रों के पुस्तकालय में चली गई!

7

अरविन्द सिकंद ने बताया, "डैडी को बागवानी का भी बहुत शौक था। सत्तर वर्षीय बुजुर्ग हमारे पारसी पड़ोसी मीनू पटेल अक्सर डैडी के पास आ कर अपने बगीचे के रख-रखाव के लिए उनसे सलाह-मर्शावरा किया करते थे क्यों कि वे भी यह शौक़ रखते थे।"

सिकंद परिवार के बगीचे की देख भाल के लिए नियमित रूप से एक माली आता था जो उनके पड़ोसियों बजाज और मीनू पटेल के बगीचे का भी काम देखता था।

अरविन्द ने आगे बताया कि, "हमारे बगीचे में डैडी के प्रिय फूल गुलाब की कई किस्में थी। मुझे याद है पूना (अब पुणे) की वे यात्राएं जो हमलोग वहां की नर्सरियों से गुलाब के पौधे लाने के लिए किया करते थे। डैडी को कैक्टस का भी अच्छा शौक था। हमारे बगीचे में तीन से चार सौ तरह के कैक्टस थे–दस

बारह फीट ऊंचे से लेकर छोटे दो-तीन इंच तक के।'

हमारा बगीचा बच्चों के लिए भी आकर्षण का स्थान था। इसमें हर तरह के फलों के पेड़ थे—चीकू, नीबू, सीताफल, गन्ना, आम, नारियल और हरी मिर्च भी। बगीचे में घर की जरूरत के जितने फल तो पैदा नहीं होते, मगर नमूने के तौर पर बगीचे के सभी फल टेबल पर आते थे!"

प्राण और शुक्ला दोनों को ही कुत्तों से बहुत प्रेम है। केवल उस समय को छोड़ कर जब उनके पास बोम्बे में घर नहीं था, सिकंद परिवार ने हमेशा ही कुत्ते पाले।

लाहौर में उनके पास एक अल्सेशियन था। बान्द्रा में घर लेने के बाद उन्होंने बोंजो नामक एक गोल्डन रेट्रिवर तथा कई अल्सेशियन भी रखे जिन्हें वे बुलैट-बुलैट तथा जैनी कहकर पुकारते थे। उनके पास एक जेट ब्लेक कोकर स्पेनियल तथा सफेद पामेरियन भी था, जिन्हें वे व्हिस्की और सोडा कहते थे। एक समय उनके पास सिल्की सिडनी का जोड़ा था, जिसे उन्होंने लैला और मजनू का नाम दिया। दुर्भाग्य से लैला को कोई ले गया और बेचारा मजनूं अकेला रह गया!

प्राण अपने प्रिय बुलैट के साथ (1965)

अरविन्द ने बताया कि 'उनके पिता का पशुओं के प्रति प्रेम केवल कुत्तों तक ही सीमित नहीं था। कई बार डैडी शूटिंग से भी जानवर ले आते।[29] एक बार एक तोता लाए, फिर एक हरिण और बाद में एक बन्दर भी लाए। उस बन्दर ने बड़ा उत्पात मचाया। वह बन्दर बड़ा शैतान था और सबको काटने

29. उस समय फिल्मों में पशु-पक्षियों के उपयोग पर प्रतिबंध नहीं था।

दौड़ता था। वह काफ़ी खतरनाक हो गया तो हमने उसे अल्सेशियन के क़िलेनुमा केनल की छत पर सांकल से बांध कर रखा। कुत्ते। और बन्दर की आपस में बिल्कुल नहीं पटती थी। बन्दर कुत्ते को चिढ़ाता और कुत्ता बन्दर पर गुर्राता।

वर्षा ऋृतु में एक दिन खूब तेज़ बारिश हो रही थी। केनल की छत पर बैठा बन्दर पूरी तरह भीग कर ठिठुरने लगा। जब स्थिति असहनीय हो गई तो वह अपना अभिमान ताक पर रख कर चुपचाप उस भयंकर अल्सेशियन के पास उसके पिंजरे में जा कर बैठ गया। अद्भुत बात यह हुई कि कुत्ते ने अपने घर आए मुसीबतज़दा दुश्मन को भी पनाह दी! जब बारिश बन्द हुई तो बन्दर बाहर आ गया और वे दोनों फिर से पहले की तरह शत्रुता निभाने लगे।" बन्दर और कुत्ते की यह विलक्षण बात बताते हुए अरविन्द के होठों पर मुस्कान आ गई।

"एक बार वह बन्दर भाग गया तो पाली हिल के लोगों ने उसका पीछा किया। उस समय वहां ऊंची गगनचुंबी इमारतें नहीं थी केवल बंगले ही थे। आखिरकार लोगों ने उसे पकड़ लिया और हम लोगों ने उसे उस व्यक्ति को लौटा दिया जिससे डैडी उसे लाए थे।"

अरविन्द ने रहस्योद्घाटन किया कि "उनके पिता ने सतीश भल्ला तथा कुछ अन्य लोगों के साथ मिल कर रेस के घोड़ों को भी पाला था। उन घोड़ों में से एक का नाम था–

Never-Give-In यानी कभी हार मत मानो। यह मेरे पुराने स्कूल[30] का आदर्श वाक्य था। मैं समझता हूं उसने एक या दो रेस जीती होंगी। रेस के घोड़ों को पालने का काम इन लोगों ने पैसा कमाने के लिए नहीं बल्कि शौक़ पूरा करने के लिए किया था।"

8

जी हां, प्राण ने उच्च्य कोटि का जीवन जीते हुए हर क्षण का लुत्फ़ उठाया! कार हो या कपड़े, पशु हो या पौधे उनकी पसन्द ही नहीं पसन्द का अंदाज़ भी ज़माने

30. लारेंस स्कूल, सनावर (हिमाचल प्रदेश)।

से जुदा है। उनकी उदारता भी उसी प्रकार उनके व्यक्तित्व में रची-बसी है जिस प्रकार उर्दू शायरी व शराब का शौक!

उनके जीवन में कहीं भी कोई बनावट या कृत्रिमता नहीं है।

प्राण की रुचियां व शौक़ इतने विविधता पूर्ण थे, जितनी विविधता हो सकती है, फिर भी वे सभी एक साथ इस प्रकार गुफ़ित हो गए कि इन सबके समावेश से एक अनोखे व अपवाद पूर्ण व्यक्ति का निर्माण हुआ जिसे कहा गया प्राण!

30

परछाइयों की शीतल छांव में

1

अस्सी के दशक में प्राण ने पुनः खलनायकी शुरू की, मगर यह पारी ज़्यादा लम्बी नहीं चली। अपनी बढ़ती उम्र के कारण उनके लिए वैसी फुर्ती व शक्ति प्रदर्शित करना कठिन हो गया जैसी उन्होंने एक ज़माने में दिखाई थी। फिर भी प्रत्यक्ष रूप से प्राण ने अब भी सक्रिय रह कर कुछ अलग ढंग का काम करने की आवश्यकता समझी, जिससे जीवन व कर्म के प्रति उनका सम्पूर्ण दृष्टिकोण प्रकट होता है।

इसी समय प्राण को टेलीविजन सीरियल में अभिनय करने का प्रस्ताव मिला।

प्राण काफी समय पहले दृढ़ता पूर्वक घोषित कर चुके थे कि वे छोटे पर्दे के लिए काम करना पसन्द नहीं करेंगे। क्यों कि उन्हें कभी भी कोई छोटी चीज़ पसन्द नहीं थी। फिर टेलीविजन के लिए अभिनय करने के बारे में उनके विचार कैसे बदले?

इस बारे में उन्होंने जो स्पष्टीकरण दिया, उससे अभिनेता प्राण के साथ ही व्यक्ति प्राण का भी काफ़ी रोचक पहलू उजागर होता है।

उन्होंने कहा—"छोटा पर्दा अब छोटा नहीं रहा है। यह इतने विस्तृत रूप में विकसित हो गया है कि बड़े पर्दे के सिनेमा को भी मात दे सकता है। समय बदल रहा है और उसके साथ मैं भी अपने विचार बदल रहा हूं। एक दार्शनिक ने कहा है—'जो समय के साथ नहीं बदलते वे पीछे रह जाते है!"

नब्बे के दशक के शुरू में उन्होंने घोषित किया कि उन्हें तीन टेलीविजन सीरियलों के लिए साइन किया गया है।

पहले सीरियल का शीर्षक था—'दे कॉल भी डेंजरस' इसमें उन्होंने एक जासूस की भूमिका निभाई थी, ऐसी भूमिका कमांडर सीरीज में देखी गई थी।

दूसरा एक असामान्य सीरियल था—'हम मतवाले' जिसमें उन्होंने एक सेवा निवृत सूबेदार की भूमिका की थी। यह सीरियल अपने जीवन के संध्याकाल में जी रहे कुछ वास्तविक लोगों के जीवन पर आधारित था। इसकी कहानी एक वृद्ध पारसी सज्जन के मकान में रह रहे कुछ वृद्ध व्यक्तियों के अनुभवों के इर्द-गिर्द घूमती थी।

प्राण ने जिस तीसरे सीरियल की शूटिंग शुरू की वह था—'बाप से बड़ा रुपैय्या' जिसमें प्राण ने डबल रोल किया था—एक सी.बी.आई. अफसर[1] X 3 का तथा एक माफ़िया सरगना राका का।

एक मुठभेड़ में माफ़िया सरगना दुष्ट राका मारा जाता है। चूंकि सी.बी.आई अफसर का चेहरा राका से मिलता था अतः वह राका का भेष बनाकर कुछ और ईमानदार अफ़सरों के साथ अपराध जगत में प्रविष्ट हो जाता है और सारे अपराधियों को गिरफ़्तार करवा देता है। साथ ही इसमें नई पीढ़ी के लिए आदर्श नैतिक सिद्धान्तों को अपनाने का भी संदेश था।

प्राण अभिनीत इन तीन सीरियलों में से केवल एक—'बाप से बड़ा रुपैय्या' के ही छब्बीस एपिसोड दूरदर्शन के मैट्रो चैनल 2 से प्रसारित हुए। किन्हीं कारणों से बाकी दो का प्रसारण न हो सका!

---

1. सेन्ट्रल ब्यूरो ऑफ इन्वेस्टीगेशन।

2. सरकार द्वारा संचालित चैनल।

सन् 2000 में एक अमेरिकी अख़बार 'इंडिया वेस्ट' के लिए दिए गए एक साक्षात्कार में प्राण ने पत्रकार डा. राजीव विजयकर को बताया "सीरियल 'दे कॉल भी डेंजरस' के लिए जासूस की भूमिका करते हुए मैने तीन एपिसोड की शूटिंग की, मगर मुझे उनकी कार्य-शैली में मज़ा नहीं आया। सीरियल की गति काफ़ी तेज़ थी और वे लोग चाहते थे कि मैं अपने डॉयलॉग खुद लिखूं।"

प्राण को यह बात बहुत बुरी लगी कि वे लोग छल करके उनसे यह काम कराना चाहते थे जो उन्होंने फ़िल्म 'विक्टोरिया न. 203 के लिए अपनी खुशी से कुशलता पूर्वक किया था!

2

इतने लम्बे, सफल और काबिले रश्क कैरियर के छठे दशक में शायद अपनी बढ़ती उम्र से मौन समझौता करते हुए प्राण ने काफ़ी कम और चुनिन्दा भूमिकाएं ही स्वीकारने का निर्णय लिया!

नब्बे के दशक में प्रदर्शित अपनी कई फ़िल्में प्राण ने काफी पहले साइन की थी मगर बोम्बे के फ़िल्म निर्माण के व्यवसाय की अनिश्चितताओं के कारण ये आखिरकार अब जा कर प्रदर्शित हुई। ऐसी प्रमुख फ़िल्में थी—सावन कुमार टाक की 'सनम बेवफ़ा' तथा 'बेवफा से वफ़ा'; सुनील सिकंद निर्देशित 'लक्ष्मण रेखा' तथा सुरेश भगत की फ़िल्म 'आज़ाद देश के गुलाम'।

फ़िल्म इसी का नाम ज़िंदगी में अपने ख़ास मेकअप में

प्राण राजन मुखर्जी की कालीदास निर्देशित फ़िल्म 'इसी का नाम जिन्दगी' का विशेष

उल्लेख करते हैं। इस फ़िल्म में उनके सह कलाकार थे–आमीर खान, फरहा तथा शक्तिकपूर और यह एक बंगला फ़िल्म का हिन्दी संस्करण था। इस फ़िल्म में एक बार फिर प्राण को अपने गेट अप पर कार्य करने का मौका मिला। इसमें उन्होंने अधेड़ावस्था से लेकर वृद्धावस्था तक की भूमिकाएं की थी। यह फ़िल्म उनके प्रिय विग तथा दाढ़ी बनाने वाले कबीर की आखिरी फ़िल्मों में से थी।

नब्बे के दशक में प्रदर्शित उनकी फ़िल्मों में सावन कुमार टाक की फ़िल्म 'सलमा पे दिल आ गया' भी थी। मंजी हुई अभिनेत्री व बीते जमाने की खलनायिका शशिकला बताती हैं कि, "इस फ़िल्म में प्राण एक पीर (साधू) बने हुए थे। जैसे ही वे अपने गेटअप में सैट पर आए सारा वातावरण पवित्र हो गया। ऐसा लग रहा था उनका आभा मंडल पवित्रता से चमक रहा है और उससे आध्यात्मिकता की तरंगें, प्रवाहित हो रही है।"

जिस अभिनेता ने दुष्टता, धूर्तता, क्रूरता, और पशुता की पराकाष्ठा इतनी प्रखरता से पर्दे पर प्रदर्शित की कि दर्शकों ने इन दुर्गुणों को उस अभिनेता का पर्याय मान लिया था, उस अभिनेता की उपस्थिति के कारण शान्ति व पवित्रता का अनुभव होना निश्चिततः आश्चर्य की बात थी। गिने-चुने कलाकार ही अपने किरदार और भेष का इतना प्रबल प्रत्यक्ष प्रभाव पैदा करने में सक्षम होते हैं!

ऋषि कपूर, अनिल कपूर, श्री देवी, डैनी और प्राण अभिनीत स्वः विनोद मेहरा की फ़िल्म 'गुरुदेव' 1993 में प्रदर्शित हुई। इस फ़िल्म के सभी कलाकारों ने सहयोग देकर विनोद मेहरा के स्वप्न को साकार किया। इस फ़िल्म के निर्माण में आई समस्याओं से तनावग्रस्त होने के कारण विनोद मेहरा की मृत्यु हो गई थी।

अनिल कपूर, जैकी श्राफ, मनीषा कोइराला, अनुपम खेर, डैनी और प्राण अभिनीत विधु विनोद चोपड़ा की फ़िल्म '1942. 'a love story' इस दशक की सफल फ़िल्मों में एक है। प्राण ने इसमें एक महत्त्वपूर्ण भूमिका निभाई थी।

प्राण अभिनीत आखिरी फ़िल्मों में से एक है ABCL की 'तेरे मेरे सपने'– इसके निर्देशक जॉय आगस्टीन और मुख्य कलाकार थे–चन्द्रचूड़ सिंह, प्रिया गिल, अर्शद वारसी, सिमरन और प्राण।

जया बच्चन बताती हैं—मेरी इच्छा थी कि इस फ़िल्म में दादाजी की भूमिका प्राण अंकल ही करें क्योंकि मैं इस भूमिका में उनके अलावा किसी और की कल्पना ही नहीं कर पा रही थी। जब निर्देशक जाय आगस्टीन उनसे इस फ़िल्म के लिए बात करने गए तो उन्होंने बड़े प्यार से बात की और तुरन्त अपनी स्वीकृति दे दी। जाय ने बताया जब भी वह कोई कठिनाई महसूस करता प्राण अंकल उसे मदद करके उबार देते। अस्वस्थता के बावजूद प्राण अंकल ने हर तरह से उसे पूरा सहयोग किया।

'तेरे मेरे सपने' एक अमीर और एक ग़रीब-दो मित्रों की कहानी थी जो अपना स्थान बदल लेते हैं और फिर रोचक घटनाक्रम से सारी बातें साफ़ होती है। प्राण अंकल ने अमीर लड़के के दादाजी की भूमिका की थी।

प्राण ने एक तेलुगु फ़िल्म 'थन्डरप्पा रायडू' में भी अभिनय किया था, जिसके प्रदर्शन के वर्ष की जानकारी नहीं मिली।

1994 में प्रदर्शित राजस्थानी फ़िल्म 'बेटी हुई पराई रे' में भी प्राण ने एक महत्त्वपूर्ण भूमिका निभाई थी।

हालांकि बॉलीवुड की कला फ़िल्मों या नई धारा की फ़िल्मों के निर्माताओं ने अपनी फ़िल्मों की चरित्र भूमिकाओं के लिए प्राण को नज़रअंदाज़ किया, मगर बांग्ला फ़िल्मों के निर्देशक गौतम घोष ने प्राण पर गौर किया। गौतम घोष ने एक दूसरे व्यक्ति की आवाज़ बनाकर निकालने की कला में प्रवीण एक व्यक्ति के जीवन पर आधारित प्रमुख बांग्ला उपन्यासकार महाश्वेता देवी की कहानी 'जॉनी ओ उर्वशी' पर एक हिन्दी फ़िल्म बनाई—'गुड़ियां'। इसकी स्क्रिप्ट आयन रशीद खान ने लिखी। इस फ़िल्म में मिठुन चक्रवर्ती, नवनीता देव सेन, अवतार गिल, मोहन आगाशे, मसूद अख़्तर और शुभेन्दु चटर्जी के साथ प्राण की भी एक महत्त्वपूर्ण भूमिका थी।

1 जनवरी 1997 को प्रदर्शित इस फ़िल्म ने कुछ पुरस्कार जीते। हालांकि यह फ़िल्म भारत के सिनेमाघरों में विशेष हलचल नहीं मचा पाई, मगर यह उस वर्ष कॉन्स फ़िल्मोत्सव में भारत का प्रतिनिधित्व करने वाली एकमात्र फ़िल्म चुनी गई।

3

प्राण द्वारा फ़िल्म उद्योग में पचास वर्ष पूर्ण करने के उपलक्ष्य में उनके बच्चों ने उत्साहपूर्वक उत्सवपूर्ण समारोह आयोजित करने का फ़ैसला किया।

इस बारे में पिंकी बताती है—"पापा द्वारा फ़िल्म उद्योग में पचास वर्ष पूर्ण करने के उपलक्ष्य में अरविन्द, सुनील और मैं काफ़ी शानदार समारोह करने का विचार कर रहे थे, मगर उन दिनों पीठ में काफ़ी दर्द होने के कारण पापा सहमत नहीं हुए, फिर अचानक एक दिन उन्होंने स्वीकृति दे दी। अब सुनील और मेरे पास सारी व्यवस्थाएं करने के लिए केवल एक महीने का समय रहा था।[3] हम लोगों ने मम्मी से भी सलाह व दिशा-निर्देश लिए। सारा काम इतनी ज़ल्दबाज़ी में हुआ कि हड़बड़ी में हम लोग निमंत्रण-पत्र पर अरविन्द का नाम लिखना तक भूल गए, इसके लिए हमें बहुत अफ़सोस रहा।

खैर, पापा के जन्मदिन के साथ ही इस उत्सव को सम्मिलित करते हुए हम लोगों ने समारोह की तारीख 12 फरवरी 1990 निश्चित की। सुनील ने इस अवसर को अविस्मरणीय बनाने के लिए एक नायाब तोहफ़ा दिया—उन्होंने सिनेमा में प्राण के पचास वर्षों की यात्रा को प्रदर्शित करने वाली एक लघु फ़िल्म तैयार की।"

सुनील सिकंद याद करते हैं कि किस तरह इतने कम समय में उन्होंने यह फ़िल्म तैयार की। "1990 में विडियो इतना नया था कि मुझे इसकी पूरी जानकारी भी नहीं थी। अतः भागदौड़ करके मुझे जो भी कतरनें मिली उन्हें जोड़ कर उनकी पचास वर्षों की अभिनय यात्रा की डॉक्यूमेन्ट्री बना दी। कुछ गाने, कुछ डॉयलाग, कुछ हास्य दृश्य जो भी मुझे मिले उन्हें सम्पादित करके मैने लगभग पच्चीस मिनट की एक फ़िल्म बनाई, जिसे हम लोगों ने पार्टी में मेहमानों को दिखाया। मैं समझता हूं यह अपनी तरह की प्रथम ही संयोजना थी। इसके बाद काफ़ी लोग अपनी पार्टियों में इस प्रकार की चीज़ें करने लगे।

---

३. अरविन्द सिकन्द लन्दन में रहते हैं।

अपनी सत्तरवीं वर्षगाठ पर प्राण (12 फरवरी 1990) खड़े हुए बाएं से दाएं - सुनील, विवेक, पिंकी और अरविन्द। बैठे हुए (बाएं से दाएं) अर्जुन, स्वाती, सिद्धार्थ, प्राण, शुक्ला, युवराज और सुनयना

विडियो के बारे में जानकारी के अभाव में मैं यह काम पूरी निपुणता से नहीं कर पाया, मगर इसे देखकर आपको लगेगा कि यह उनकी अभिनय यात्रा का पूरा वर्णन है।

इस फ़िल्म के प्रदर्शन के बाद पार्टी में आतिशबाजी की गई।

प्राण अपने बच्चों से यह सौगात पा कर रोमांचित हो गए, जिसका सौभाग्य गिने-चुने लोगों को ही मिलता है!

यह कटु सत्य है कि फ़िल्म उद्योग ने इस महान उपलब्धि पर प्राण का अभिनन्दन नहीं किया, जिसे आजकल के कलाकारों के छोटे कैरियर को देखते हुए दुर्लभ कहा जा सकता है।

फ़िल्मों में पचास वर्ष पूरे करने के उपलक्ष्य में Telegraph Magazine ने 15 अप्रेल 1990 के अंक में प्राण पर कवर स्टोरी प्रकाशित की। टेलीग्राफ के प्रतिनिधि संजय सायानी ने उनसे पूछा कि "फ़िल्म उद्योग में इस अर्द्ध शताब्दी में आपने क्या हासिल किया?" तो प्राण ने एक शेर के

माध्यम से इसका जबाब दियाः

"खुदा तौफ़ीक देता है जिन्हें, वो ये समझते हैं
के खुद अपने ही हाथों से बना करती हैं तक़दीरें।"

इस शेर के माध्यम से प्राण ने स्वीकार किया है कि ईश्वर की कृपा, सहकर्मियों के सहयोग व प्रशंसकों के प्रेम से ही उन्हें इतना लम्बा कैरियर मिला है!

4

तब प्राण को यह गुमान तक नहीं था कि उनके सामने कठिन समय आने वाला है। नहीं, उन्हें किसी तरह की आर्थिक कठिनाई नहीं हुई। उन्हें तो उसी कठिनाई का सामना करना पड़ा जिसे प्रत्येक मनुष्य को झेलना पड़ता है, और वो है—वृद्धावस्था की कठिनाई।

1998 के शुरू में प्राण को नडियाडवाला की एक फ़िल्म में विशेष प्रकार की भूमिका मिली। इस फ़िल्म के निर्देशक थे युवा और प्रतिभाशाली-प्रियदर्शन जिनकी पिछली फ़िल्मों को दर्शकों के साथ-साथ समीक्षकों की भी सराहना मिली और जिनकी काफ़ी चर्चा रही।

इस फ़िल्म के प्रति प्राण को भी काफी उत्साह था। निर्माता ने उन्हें अग्रिम राशि दे दी और उन्होंने भी जून 1998 तक की तारीखें निर्माता को दे दी। तभी उन्हें एक और अच्छा प्रस्ताव मिला।

राज कपूर के पुत्र रणधीर कपूर ने अपने भाई ऋषि कपूर द्वारा निर्देशित फ़िल्म 'आ अब लौट चलें' में नायक के दादाजी की भूमिका अदा करने के लिए प्राण से सम्पर्क किया। हालांकि रणधीर और ऋषि कपूर द्वारा मांगी जा रही तारीखें प्रियदर्शन को दी हुई तारीखों से टकरा रही थी, मगर प्राण इस प्रस्ताव को लौटाना नहीं चाहते थे क्योंकि एक तो यह भूमिका काफ़ी रोचक थी तथा दूसरी बात यह फ़िल्म आर.के. फ़िल्म्स के बैनर तले बन रही थी।

प्राण ने समझाया कि न सिर्फ इस बैनर से बल्कि इस परिवार से भी मेरा बहुत पुराना रिश्ता है। मैने कपूर खानदान की चार पीढ़ियों के साथ काम किया है। पितामह पृथ्वीराज कपूर, फिर उनके तीनों बेटों राज, शम्मी और शशि, फिर राज के पुत्रों रणधीर, ऋषि और राजीव साथ ही पुत्रवधुओं बबीता और नीतू तथा चौथी पीढ़ी रणधीर और बबीता की बेटी करिश्मा के साथ भी।

अतः प्राण ने प्रियदर्शन को बुला कर सारी स्थिति से अवगत कराया तो वे अपनी तारीखें इस प्रकार एडजस्ट करने को तैयार हो गए कि मार्च 1998 में प्राण दिल्ली जाकर आर.के. की फ़िल्म में अपना कार्य कर सकें।

मगर इन दोनों फ़िल्मों के लिए प्राण के सभी कार्यक्रम ध्वस्त हो गए जब अजीर्ण के लक्षण के साथ उन्हें हार्ट अटैक हो गया और अठहत्तर वर्षों में पहली बार अस्पताल में भर्ती होना पड़ा। बाद में पता चला कि हृदय की एक धमनी जाम हो गई है और इसके लिए सर्जरी करानी पड़ेगी।

इससे एक बार तो प्राण हताश हो गए। उस समय को याद करके प्राण ने कहा—"अब तक सब कुछ अच्छी तरह चल रहा था, मगर उस हार्ट अटैक ने मुझे निष्क्रिय कर दिया। शायद किस्मत में यही लिखा था—'क्यू सेरा सेरा'—जो होना है वो हो कर ही रहेगा"

प्राण की सामयिक निराशा के बावजूद यह तथ्य अपनी जगह पर था कि हार्ट अटैक ने प्राण को अन्दर तक हिला दिया था, खास कर यह देखते हुए कि वे हमेशा अपने स्वास्थ्य के प्रति सजग रहते हुए तन्दुरुस्त रहे। इसके बावजूद उन्होंने अपनी दृढ़ इच्छा शक्ति व जिजीविषा प्रकट करते हुए कहा—"मैने प्रियदर्शन से वादा किया है कि उसके साथ कम से कम एक फ़िल्म किए बगैर मैं यह दुनिया नहीं छोडूंगा।"

ऋषि कपूर वो समय याद करते हैं जब वे अपने निर्देशन में पहली फ़िल्म 'आ अब लौट चलें' में नायक के दादाजी की संक्षिप्त मगर महत्त्वपूर्ण भूमिका के लिए प्राण से मिलने गए।

"डब्बू और मैं उनके पास गए और उन्हें वह भूमिका सुनाई, जो उन्हें बहुत पसन्द आई। वे बोले—'तुम लोग मेरे बच्चों के जैसे हो, मैं बहुत खुश हूं' और मुझे एक पिता की तरह सफलता का आशीर्वाद दिया। कुछ दिनों बाद

उन्होंने हम दोनों भाइयों को बुला कर कहा,—"मैं तुम्हारी फ़िल्म में काम नहीं कर सकूंगा।' मुझे यह सुन कर झटका लगा। मैने कहा—"मैने अपना अभिनय कैरियर भी आप ही के साथ शुरू किया था[4] और मैं चाहता हूं कि निर्देशन का कैरियर भी आप ही के साथ शुरू करूं और मेरे पास आपके लिए बहुत अच्छी भूमिका भी है।'

मगर उनकी शराफत तो देखिए—उन्होंने तत्काल कहा—'आजकल मेरी तबियत ठीक नहीं रहती है इसलिए मैं तुम्हारी फ़िल्म नहीं कर सकता। यदि फ़िल्म निर्माण के दौरान मुझे कुछ हो गया तो मैं अपने-आपको कभी माफ़ नहीं कर सकूंगा।' मैने कहा—'कुछ नहीं होगा, मुझे यकीन है।' मगर उन्होंने फिर भी यही कहा—'मुझे अपने शरीर पर भरोसा नहीं रहा और मैं अपने कारण तुम्हारा कोई नुकसान बरदाश्त नहीं कर सकता।'

आज के जमाने में ऐसे कितने लोग हैं जो इस तरह दूसरों के हितों का ध्यान रखते हैं? यह उनकी भलमनसाहत है कि उन्हें अपने आप से ज़्यादा मेरी फ़िल्म और मेरी लाभ-हानि की चिन्ता है। मेरे हित के लिए उन्होंने अपना व्यक्तिगत स्वार्थ त्याग दिया। आखिरकार मैने उस भूमिका के लिए आलोकनाथ को लिया।"

इस अस्वस्थता के कारण उनमें पहले जैसा आत्मविश्वास नहीं रहा। हमेशा स्वस्थ, चुस्त और सक्रिय रहने वाले व्यक्ति को अचानक ही कोई बीमारी घेर ले तो ऐसा होना स्वाभाविक ही है।

अप्रेल 1998 में उन्होंने स्क्रीन को बताया—"अब मैं अपने घर से बाहर कदम रखने में भी डरता हूं। इस बीमारी ने मुझ में इतना भय पैदा कर दिया कि उसे मिटाना कठिन हो गया है।"

इस हार्ट अटैक ने उनसे दो ऐसी भूमिकाएं छीन ली जिनके लिए वे ख़ुद काफ़ी उत्सुक थे। साथ ही शारीरिक रूप से कमज़ोर बना कर वह आत्मविश्वास भी छीन लिया जिसके लिए अभिनेता व खुद इंसान के तौर पर भी प्राण जाने जाते थे।

---

4. बतौर नायक ऋषि कपूर की पहली फिल्म थी - 'बॉबी' जो 1973 में प्रदर्शित हुई थी। इस फिल्म में प्राण ने उनके पिता की भूमिका निभाई थी।

जी हां, बिल्कुल वैसे ही जैसा कि प्राण ने विजय आनन्द से कहा था–'लगता है मैं हर काम में कुछ ज़्यादा ही जोश दिखा देता हूं, जिसे कुछ कम करने की ज़रूरत है।'

5

सन् 2000 का वर्ष प्राण के लिए विशेष रूप से अच्छा रहा। उन्होंने इस एक ही वर्ष में तीन लाइफ़टाइम एचिवमेंट अवार्ड प्राप्त करने की हैट्रिक बनाई।

जनवरी 2000 में हीरो-होंडा–स्टारडस्ट ने नई सहस्राब्दी में भारतीय सिनेमा का अभिनन्दन किया तो प्राण को 'सहस्राब्दी का खलनायक' चुन कर ट्राफी प्रदान की, जिसे प्राण छः दशकों में जीती हुई सैंकड़ों ट्राफियों में विशेष महत्त्व देते हैं।

इससे मात्र एक माह पूर्व दिसम्बर 1999 में लक्स-जी लाइफटाइम एचीवमेंट के लिए प्राण के नाम की घोषणा हुई थी। यह पुरस्कार समारोह 11 मार्च 2000 को आयोजित हुआ और सारे संसार में टेलीविजन पर सीधा प्रसारित किया गया था। प्राण ने इस समारोह के प्रत्येक दर्शक की आंखे नम कर दी। सारे संसार में उम्दा कलाकार और बेहतरीन इंसान के तौर पर प्रशंसित तथा सबके चहेते प्राण ने बिना किसी पूर्व तैयारी या विचार के ऐसा हृदयस्पर्शी वक्तव्य दिया कि वहां उपस्थित तथा टेलीविजन पर यह समारोह देख रहे प्रत्येक दर्शक का गला रुंध गया और आंखें भर आई।

अपनी इतने वर्षों की सफलता का श्रेय प्रशंसकों व दर्शकों को देते हुए बिना सहारे चलने में कठिनाई महसूस करने जैसी अस्वस्थता की स्थिति में भी प्राण ने घुटनों के बल जमीन पर बैठ कर कहा–

उस समारोह में दर्शकों की तालियों की गड़गड़ाहट प्राण के उद्‌गारों से उभरी भावनाओं को दर्शा रही थी। पिंकी ने बताया–"यह कार्यक्रम टेलीविजन पर सीधा प्रसारित हुआ था और लाखों लोगों ने इसे देखा था। हमारे पास फोन काल्स, पत्रों और ई-मेल की बाढ़ सी आ गई। परिचित, अपरिचित सभी ने यही बताया कि प्राण साब का वक्तव्य सुन कर वे किस तरह भाव-विह्वल हो गए थे।"

और क्या आप जानते हैं पापा पहले तो उस समारोह में जाने को भी तैयार नहीं थे। वे बोले—'मैं वहां क्या करूंगा? क्या बोलूंगा? हमलोगों ने बहुत आग्रह करके उन्हें वहां जाने के लिए तैयार किया!"

ऐसी स्थिति में प्राण ने वक्तव्य दिया। वे धीरे-धीरे बोल रहे थे। मानो अपनी भावनाएं नियन्त्रित कर रहे हैं तथा सम्पूर्ण परिदृश्य पर अपने अद्‌भुत जीवन व कैरियर का प्रभाव छोड़ रहे हैं।

प्राण ने इस बारे में कहा—'सारी जिंदगी ईश्वर की मुझ पर बड़ी कृपा रही। ईश्वर की कृपा से करोड़ों लोगों ने मुझे पसन्द किया और मेरी प्रशंसा की। मैने सार्वजनिक रूप से एक समारोह में हजारो लोगों की उपस्थिति में अपने प्रशंसकों का आभार व्यक्त किया। उस समारोह में उपस्थित लोगों तथा अपने विश्वव्यापी प्रशंसकों को मैने सर झुका कर सलाम किया और वे सब भाव विह्वल हो गए।

मुख्य धारा की सिनेमा में उनके योगदान के लिए प्राण को सन् 2000 में ही सेंसुई-स्क्रीन लाइफ टाइम एचीवमेंट पुरस्कार प्रदान किया गया।

फ़िल्मफ़ेयर 1997 में ही प्राण को विशेष दीर्घकालिक अभिनेता के पुरस्कार से सम्मानित कर चुकी थी।

जीवन के 80वें व सिनेमा में साठवें वर्ष में एक के बाद एक लगातार तीन लाइफ टाइम एचीवमेंट पुरस्कारों का अपना विशेष महत्त्व है।

मार्च 2001 में भारत सरकार ने प्राण को पद्‌मभूषण से सम्मानित किया तो उनके अधिकतर प्रशंसकों ने कहा—"देर आए, दुरुस्त आए।"

जुलाई 2004 में जब महाराष्ट्र सरकार ने हिन्दी सिनेमा में उनके योगदान के लिए उन्हें एक लाख रुपए की नगद राशि के साथ राजकपूर पुरस्कार प्रदान किया तो उन्होंने तत्काल वह धन राशि अपाहिज कलाकारों की मदद के लिए सरकार को ही दान कर दी!

6

अब प्राण ने पूरा प्रयत्न कर के अपने बकाया कार्यों को पूरा कर दिया है ताकि

उनके निर्माता-निर्देशकों को किसी तरह की कठिनाई का सामना न करना पड़े!

वृद्धावस्था की कुछ समस्याओं जैसे मोतियाबिन्द, जरा भूलने की प्रवृति के अलावा प्राण का स्वास्थ्य सामान्यतः स्वस्थ ही है।

आज भी किसी कविता या शेर सुनाने की फ़रमाइश पर वे खुशी से शब्दशः पूरी कविता या शेर सुना देंगे।

उनकी किसी अविस्मरणीय फ़िल्म के बारे में बात करने पर वे उस फ़िल्म का डायलाग उसी लहज़े में हाव-भाव के साथ सुनाने में सक्षम हैं।

फ़िल्मों और अपने कार्य से इस कदर प्रेम करने वाले व्यक्ति के लिए अभिनय से निवृत होना परिस्थितियों से समझौता करना ही तो है! उनकी पुत्री पिंकी बताती है कि "वे लोगों से कहते हैं कि वे खुद को मुक्त महसूस करते हैं।"

प्राण कभी पीछे मुड़ कर देखने वालों में नहीं है। उनका मानना है—'जो खत्म हो गई, तो खत्म हो गई।' प्राण कहते हैं कि "मैं कभी अतीत के बारे में नहीं सोचता और न ही यह अफ़सोस करता हूं कि काश! मैं ऐसा कर लेता या वैसा कर लेता।"

प्राण के लिए निवृति का अर्थ निष्क्रियता नहीं है। उनमें क्रिकेट के लिए आज भी युवाओं जैसा उत्साह है। टेलीविजन पर किसी महत्त्वपूर्ण मैच का प्रसारण हो रहा हो और घर में कोई मेहमान भी आ जाए तो मेहमानों की खातिर का ज़िम्मा पत्नी शुक्ला को सौंप कर वे स्वयं क्रिकेट मैच का लुत्फ़ उठाने लगते हैं।

अपने जीवन का बड़ा हिस्सा आर्क लाइटों की तेज व गर्म रोशनी में गुजारने के बाद जैसे अब वे अपना बाकी समय छाया की शीतलता में गुज़ारना चाहते हैं!

उपसंहार

मैं एक अभिनेता हूं।

इसका मुझे गौरव है।

फ़िल्म उद्योग ने मुझे मेरी तमन्नाओं और कल्पनाओं से कहीं अधिक दिया है।

अपने सहकर्मियों-टैक्नीशियनों, अभिनेताओं, कामगारों अपने सम्पर्क में आने वाले सभी लोगों से मुझे सम्मान मिला, मुझे प्रशंसकों का प्यार और प्रशंसा मिली!

मैं फ़िल्म उद्योग को सलाम करता हूं।

मैं एक बोम्बे वाला हूं (अब एक मुम्बईकर)
इसका मुझे गौरव है।

विभाजन के बाद इस शहर ने मुझे शरण दी, मेरा पोषण किया, मुझे और मेरे परिवार को एक घर दिया।

मैंने यहां मित्र बनाए और उनसे ज़िंदगी भर के लिए रिश्ता कायम किया।

मैं इस शहर का सदा के लिए आभारी हूं।

मैं एक भारतीय हूं

इसका मुझे गौरव है।

आक्रमण विदेशी शासन, विभाजन सभी तरह के झंझावात झेल चुके मेरे देश ने प्राकृतिक या मानव निर्मित किसी भी तरह के झंझावातों से विस्थापित लोगों को आश्रय दिया है।

मेरे देश के लिए मेरे मन में अमिट प्रेम है।

गुज़रे हुए जमाने का अब तज़किरा ही क्या,
अच्छा गुजर गया, बहुत अच्छा गुजर गया!"

— अज्ञात

•••

परिशिष्ट 1

फ़िल्मी सफ़रनामा

लाहौर में की गई फिल्में (विभाजनपूर्व)

यमलाजट्ट (1940)
नि: पंचोली आर्ट पिक्चर्स
डा: मोती बी. गिडवानी
सं: ग़ुलाम हैदर
क: अंजना, नूरजहां, मोहम्मद इस्माइल और प्राण

चौधरी (1941)
नि: पंचोली आर्ट पिक्चर्स
डा: निरंजन
सं: ग़ुलाम हैदर
क: मोहम्मद इस्माइल, नूरजहां, रमोला और प्राण

ख़ज़ांची (1941)
नि: पंचोली आर्ट पिक्चर्स
डा: मोती बी. गिडवानी
सं: ग़ुलाम हैदर
क: मोहम्मद इस्माइल, रमोला, एस. डी. नारंग, मनोरमा, जानकीदास, दुर्गा मोटा, अजमल और प्राण

ख़ानदान (1942)
नि: पंचोली आर्ट पिक्चर्स
डा: सैयद शौकत हुसैन रिज़वी
सं: ग़ुलाम हैदर
क: नूरजहां, ग़ुलाम मोहम्मद, मनोरमा, अजमल, दुर्गा मोटा, अख़्तर, इब्राहीम और प्राण

सहारा (1943)
नि: वास्वानी आर्ट प्रोडेक्शन
डा: आई. पी. अडवाणी
सं: गोविन्द राम
क: रेनुका देवी, एस. डी. नारंग, शारदा, मीना, इरशाद और प्राण

दासी (1944)
नि: पंचोली आर्ट पिक्चर्स
डा: मोती बी. गिडवानी
सं: पण्डित अमरनाथ
क: रागिनी, जागीरदार, नैमत हसन, दुर्गा मोटा, बट्ट, बेबी अख़्तर और प्राण

कैसे कहूं (1945)
नि: पंचोली आर्ट प्रोडक्शन
डा: मोती बी. गिडवानी

नि: निर्माता डा: डायरेक्टर सं: संगीत क: कलाकार

सं: पण्डित अमरनाथ
क: रागिनी, जागीरदार, नैमत हुसैन, दुर्गा मोटा, बेबी अख़्तर और प्राण

रागिनी (1945)
नि: माहेश्वरी पिक्चर्स
डा: शंकर मेहता
सं: पण्डित अमरनाथ
क: स्मृति, नाजम, मुमताज़, अरूणा, ज्ञानी, रमेश, शहनाज़, सज्जन और प्राण

परदेसी बलम (1945-46)
नि: डा. आनन्द प्रकाश पार्कर
अन्य विवरण अप्राप्त

बदनामी (1946)
नि: शौरी फिल्म्स
डा: मजनू
सं: अनुपम घटक और लच्छीराम
क: मनोरमा, ज़ुबैदा आशा पोसले, मजनू, लीला और प्राण

ख़ामोश निगाहें (1946)
नि: शौरी फिल्म्स
डा: मोती बी. गिडवानी
सं: विनोद
क: मनोरमा, अलनासिर, सुहासिनी और प्राण

पराए बस में (1946)
नि: इन्डियन यूनाइटेड पिक्चर्स
डा: दाउद चन्द
सं: नियाज़ हसन शादजी
क: आशा पोसले, ज़ुबैदा, कन्दला, रामलाल, माला, ज़हूरशाह और प्राण

रेहाना (1946)
नि: गिरधर बहार प्रोडक्शन
डा: हरवंश
सं: लाल मोहम्मद
क: मनोरमा, सलीम रज़ा, रमेश, फ़रीदा, आशा, लीला और प्राण

गुप्तराज (1947)
अन्य विवरण अप्राप्त

शाही लुटेरा (1947)
अन्य विवरण अप्राप्त

दो सौदागर (1947)
नि: ए. एम. गुप्ता
डा: मिल्लो मेहता
सं: ग़ुलाम हैदर
क: कलावती, सलीम रज़ा, मजनू, कुक्कू और प्राण

आरसी (1947)
नि: जीवन पिक्चर्स
डा: दाउद चन्द
सं: लच्छीराम और श्याम सुन्दर
क: मीना, अलनासिर, कुक्कू, अजमल, आशा पोसले, चन्द्रशेखर और प्राण

मोहिनी (1947)
नि: महेन्द्रा पिक्चर्स
डा: महेन्द्र गिल
सं: लच्छीराम और भाईलाल
क: चांद, महापात्र, रूफ़ी, नाज़र, विशाल, निरंजन और प्राण

बुत तराश (1947)
नि: बुतकदा पिक्चर्स
डा: जे. पी. अडवानी
सं: ग़ुलाम हैदर
क: सिवाय प्राण के अन्य किसी का नाम ज्ञात नहीं

बरसात की एक रात (1948)
नि: राजा ब्रादर्स

डा: जी. सिंह
सं: ग़ुलाम हैदर
क: अमरनाथ, बेगम परवीन, आशा पोसले, दुर्गा खोटे, जी. एन. भट्ट, शहज़ादी, बेबीलता और प्राण

बिरहन (1948)
नि: नेशनल फिल्म प्रोडक्शन
डा: के. भण्डारी
सं: लच्छीराम
क: रूपा, बेगम परवीन, कुक्कू, शान्ति, मधोक और प्राण

चुनरिया (1948)
नि: कुलदीप पिक्चर्स
डा: आर. दवे
सं: हंसराज बहल
क: मनोरमा, वास्ती, रणधीर, सोहा, कुक्कू, चांद बर्क़, रमेश, सरिता, बैज शर्मा और प्राण

नेकदिल (1948)
नि: लाइट हाउस प्रोडक्शन
डा: एस. आर. देसाई
सं: असग़र
क: अमृत, बेगम परवीन, ज़ुबैदा, नाज़िर, स्मृति विश्वास और प्राण

बम्बई में की गई फिल्में (विभाजनोपरान्त)

ज़िद्दी (1948)
नि: बोम्बे टाकीज़
डा: शाहिद लतीफ़
सं: खेमचन्द प्रकाश
क: देव आनन्द, कामिनी कौशल, वीरा, नवाब, कुलदीप कौर, प्रतिमा देवी, इन्दु, मोहसिन, चन्दाबाई, अमीर बानो, शिवराज और प्राण

गृहस्थी (1948)
नि: आइना पिक्चर्स
डा: एस. एम. यूसुफ़
सं: ग़ुलाम मोहम्मद
क: सुलोचना चटर्जी, कुलदीप कौर, मसूद परवेज़, ललिता पंवार, शारदा, याकूब, श्यामा, मिर्ज़ा मुशर्रफ़, फैज़ी और प्राण

अपराधी (1949)
नि: प्रभात पिक्चर्स
डा: यशवंत पेदकर
सं: सुधीर फड़के
क: मधुबाला, लीला पाण्डे, रामसिंह और प्राण

बड़ी बहन (1949)
नि: फेमस पिक्चर्स
डा: डी. डी. कश्यप
सं: हुसनलाल भगतराम
क: सुरैया, रहमान, गीताबाली, उल्हास, गुलाब, रूपकमल, बेबी तबस्सुम, शान्ति, मधोक, निरंजन शर्मा, रामअवतार, पप्पू और प्राण

रोशनी (1949)
नि: स्टेण्डर्ड पिक्चर्स
डा: रमणलाल देसाई
सं: सी. रामचन्द्र
क: रेहाना, निहाल, बी. एच. देसाई, मुमताज़, अली, सोफ़िया, बेन्जामिन, चांद बर्क़, केसरी, श्यामा, सीता बोस और प्राण

जन्मपत्री (1949)
नि: पापुलर पोडक्शन
डा: के. पी. शान्ति
सं: गुलशन सूफ़ी
क: सुधा राव, हमीद, ज़ेबू, विनय, लीला गुप्ते और प्राण

राखी (1949)
नि: प्रकाश पिक्चर्स

डाः शान्ति कुमार
संः हुसनलाल भगतराम
कः कामिनी कौशल, उल्हास, करन दीवान, गोप, कुलदीप कौर, यशोधरा काटजू, उर्वशी, राज अदीब, टी. सिन्हा और प्राण

बीवी (1950)
निः परिस्तान पिक्चर्स
डाः किशोर शर्मा
संः अज़ीज़ हिन्दी
कः वीना, मुमताज़ शान्ति, माधुरी, अलनासिर, रामलाल और प्राण

पुतली (1950)
निः पंजाब फ़िल्म कॉरपोरेशन
डाः वली मौहम्मद वली
संः अज़ीज़ हिन्दी और ग़ुलाम हैदर
कः मुमताज़ शान्ति, याक़ूब, हुस्न बानो, शीला, श्रीनाथ, मजनू, प्रेमधवन, शीला, नाइक, कुक्कू और प्राण

लाजवाब (1950)
निः वैरायटी प्रोडक्शन
डाः जे. पी. अडवानी
संः अनिल विश्वास
कः सोहन, रेहाना, कुलदीप कौर, रणधीर, प्रेमधवन,इफ़्तिख़ार, डेविड, कविता और प्राण

संगीता (1950)
निः सुधा पिक्चर्स
डाः रमनलाल देसाई
संः सी. रामचन्दर
कः निगार सुलताना, श्याम, सुरैया चौधुरी, मुमताज़ अली, रामसिंह और प्राण

शीशमहल (1950)
निः मिनर्वा मूवीटोन
डाः सोहराब मोदी
संः वसन्त देसाई
कः सोहराब मोदी, नसीम बानो, पुष्पाहंस, निगार सुलताना, मुबारक, अमरनाथ, लीला मिश्रा, ए. शाह, जवाहर कौल और प्राण

अफ़साना (1951)
निः श्री गोपाल पिक्चर्स
डाः बी. आर. चोपड़ा
संः हुसनलाल भगतराम
कः अशोक कुमार, वीना, जीवन, कुलदीप कौर, कुक्कू, बेबी तबस्सुम, रतन कुमार, चमनपुरी और प्राण

बहार (1951)
निः ए. बी. एम. प्रोडक्शन
डाः एम. वी. रमन
संः एस. डी. बर्मन और एन. दत्ता
कः वैजयन्ती माला, करन दीवान, पण्डारी बाई, लीला मिश्रा, ओमप्रकाश, बेबी तबस्सुम, सुन्दर, गोप, श्यामलाल, चमनपुरी और प्राण

दामन (1951)
निः मधुकर पिक्चर्स
डाः नानाभाई भट्ट
संः के. दत्ता
कः अजीत, निगार सुलताना, आग़ा, हीरालाल, यशोधरा काटजू और प्राण

सब्जबाग़ (1951)
निः निर्मल पिक्चर्स
डाः अज़ीज़ काश्मीरी
संः विनोद और गुलशन सूफ़ी
कः निम्मी, शेखर, ओमप्रकाश, सुरैया चौधुरी, कमल कपूर, मजनू, कुक्कू, खनजर, राशिद ख़ान, चांद बर्क़ और प्राण

प्यार की बातें (1951)
निः नर्गिस आर्ट कन्सर्न
डाः अख़्तर हुसैन
संः भोला, शर्मा जी और बुलो सी. रानी
कः नर्गिस, त्रिलोक कपूर, कुक्कू, नीलम,

रशीद, निसार, नज़ीर, खुर्शीद, मारुती, एच. प्रकाश और प्राण

बेवफ़ा (1952)
निः नर्गिस आर्ट कन्सर्न
डाः एम. एल आनन्द
संः ए. आर. क़ुरैशी
कः नर्गिस, अशोक कुमार, राजकपूर, नीलम, सिद्दीक़ी, अनवर हुसैन और प्राण

चम चमा चम (1952)
निः मोहन पिक्चर्स
डाः पी. एल. सन्तोषी
संः ओ. पी. नैय्यर
कः रेहाना, किशोर कुमार, मोहना, राधाकिशन और प्राण

संस्कार (1952)
निः सनराइज पिक्चर्स
डाः वी. एम. व्यास
संः रोशन
कः मुमताज़ शान्ति, ईश्वरलाल, शशिकपूर, वीरा, पूर्णिमा, राजी, मुराद, सप्रू, कल्याणी, बेबी नाज़, मिर्ज़ा मुशर्रफ़, पप्पू और प्राण

सिन्दबाद द सेलर (1952)
निः दीपक पिक्चर्स
डाः नानाभाई भट्ट
संः चित्रगुप्त
कः नसीम, निरुपाराय, रंजन, भगवान, यशोधरा काटजू, जयन्त, सैम्सन, शकीला और प्राण

जमाने की हवा (1952)
निः पंजाब फ़िल्म कॉरपोरेशन
डाः वली मोहम्मद वली
संः ज़ेड शेरमन, जी. शफ़ी, ख़ान मस्ताना और अज़ीज़
कः मुमताज़ शान्ति, सुरेश, मजनू, हुस्न बानो, केसरी, नीरजा, शरीफ़ा, सीता बोस, मुराद, कानू और प्राण

मोती महल (1952)
निः निगारिस्तान फ़िल्म
डाः आर. दवे
संः हंसराज बहल
कः अजीत, सुरैया, वीरा, जीवन, बेबी तबस्सुम, सतीश, श्रीनाथ और प्राण

आह (1953)
निः आर. के. फिल्म्स
डाः राजा नावाथे
संः शंकर जयकिशन
कः नर्गिस, राजकपूर, विजयलक्ष्मी, मुकेश, रमेश सिन्हा, भूपेन्द्र कपूर, लीला मिश्रा और प्राण

अलिफ़ लैला (1953)
निः के. अमरनाथ प्रोडक्शन
डाः के अमरनाथ
संः श्याम सुन्दर
कः निम्मी, आशा माथुर, विजय कुमार, मुराद, गोप, मायादेवी और प्राण

आंसू (1953)
निः फेमस पिक्चर्स
डाः शान्ति कुमार
संः हुसनलाल भगतराम
कः कामिनी कौशल, शेखर, अमीरबाई करनाटकी, नवाब, कुमकुम, चमन पुरी, मदन मोहन और प्राण

बाग़ी (1953)
निः टाइम फिल्म्स
डाः अनन्त ठाकुर
संः मदन मोहन
कः नसीम बानो, रंजन, शम्मी, मुक़री, अनवर हुसैन, बी. एम. व्यास और प्राण

फ़रमाइश (1953)
निः मैजेस्टिक फिल्म्स
डाः बी. के. सागर

सं: हुसनलाल भगतराम
क: भारत भूषण, विजयलक्ष्मी, कुलदीप कौर, गोप, मारुति, गुलाब, चन्द्रशेखर और प्राण

मालकिन (1953)
नि: गोप प्रोडक्शंस
डा: ओ. पी दत्ता
सं: रोशन
क: नूतन, सज्जन, पूर्णिमा, गोप, दुर्गा खोटे, राज मेहरा, याक़ूब और प्राण

रहबर (1953-54)
नि: न्यू आर्ट थियेटर्स
डा: अरुण मित्रा
सं: तिमिर बरन
क: बलराज साहनी, शकुन्तला, सुलोचना, नवाब, शम्मी, नाज़र, दुर्गा खोटे और प्राण

बिराज बहू (1954)
नि: हितेन चौधरी प्रोडक्शन्स
डा: बिमल राय
सं: सलिल चौधरी
क: कामिनी कौशल, अभिभट्टाचार्य, शकुन्तला, रणधीर, बिक्रम कपूर, मनोरमा, कम्मो, बेबी चांद, इफ़्तिख़ार, मोनी चटर्जी, रविकान्त और प्राण

पहली झलक (1954)
नि: जगत पिक्चर्स
डा: एम. वी. रमन
सं: एस. सी. रामचन्द्रन
क: वैजयन्तीमाला, किशोर कुमार, ओमप्रकाश, दारा सिंह, शम्मी, कमलकान्त, रूपा बर्मन, अनिल, जवाहर कौल, शिवराज और प्राण

पिलपिली साहेब (1954)
नि: क्वात्रा फिल्म्स
डा: एच. एस. क्वात्रा
सं: शार्दूल क्वात्रा
क: श्यामा, आग़ा, सुन्दर, ललिता, ललिता कुमारी, मुमताज़, महमूद, राजन कपूर, मदन पण्डित, देवकिशन और प्राण

शीशे की दीवार (1954)
नि: मनमोहन फिल्म्स
डा: मनमोहन साबिर
सं: शंकरदास गुप्ता
क: वीना, वीरा, मनमोहन कृष्ण, कुक्कू, राशिद, सुलोचना और प्राण

अंगारे (1954)
नि: आकाश चित्रा
डा: के. बी. लाल
सं: एस. डी. बर्मन
क: नासिर ख़ान, नर्गिस, रतनकुमार, जीवन, पारो, के. एन. सिंह, जागीरदार, सुनालिनी देवी, वनमाला, जवाहर कौल, बेबी नन्दा और प्राण

लकीरें (1954)
नि: सुशील पिक्चर्स
डा: हरवंश
सं: हफ़ीज ख़ान
क: अशोक कुमार, नलिनी जयवन्त, तिवारी, दुर्गा खोटे, सुलोचना चटर्जी, बेला, कमल, याक़ूब, कुक्कू और प्राण

मीनार (1954)
नि: विश्वभारती फिल्म्स
डा: हेमेन गुप्ता
सं: सी. रामचन्दर
क: बीना राय, भारत भूषण, शीला रमाणी, प्रतिमा देवी, चन्द्रशेखर, एस. नज़ीर और प्राण

तूफ़ान (1954)
नि: स्टारलाइट पिक्चर्स
डा: राम प्रकाश

सं: एस. डी. बातिश
क: मुनव्वर सुलताना, सज्जन, विजयलक्ष्मी, अमरनाथ, तिवारी, प्रतिमा देवी और प्राण

आबेहयात (1955)
नि: फिल्मिस्तान
डा: रमनलाल देसाई
सं: सरदार मलिक
क: प्रेमनाथ, शशिकला, स्मृति विश्वास, अमिता, मुबारक, एल. एल. पुरी, पी. कैलाश, हेलेन और प्राण

अमानत (1955)
नि: बिमलराय प्रोडक्शन
डा: अरविन्द सेन
सं: सलिल चौधरी
क: भारत भूषण, चांद उस्मानी, आशा माथुर, नज़ीर हुसैन, असित सेन, कन्हैयालाल, अचला सचदेव, असीम कुमार और प्राण

आज़ाद (1955)
नि: पक्षीराज स्टूडियोज़
डा: एस. एम. नायडू
सं: सी. रामचन्दर
क: दलीप कुमार, मीना कुमारी, ओमप्रकाश, एस. नज़ीर, बद्री प्रसाद, राजमेहरा, रणधीर, अचला सचदेव, मुराद, शम्मी, दीपा साही, सुब्बुलक्ष्मी और प्राण

बारादरी (1955)
नि: के. अमरनाथ प्रोडक्शन्स
डा: के. अमरनाथ
सं: नौशाद
क: अजीत, गीताबाली, चन्द्रशेखर, गोप, मुराद, तिवारी और प्राण

चिंगारी (1955)
नि: कोऑपरेटिव पिक्चर्स
डा: एस. श्रीवास्तव

सं: मनोहर
क: नलिनी जयवन्त, शेखर, लीला मिश्रा, सुनालिनी देवी और प्राण

बहू (1955)
नि: पी. आर. फिल्म्स
डा: शक्ति सामन्त
सं: हेमन्त कुमार
क: उषा किरण, करन दीवान, शशिकला, जॉनीवाकर, बिपिन गुप्ता, मुमताज़, बेग़म कुन्दन, महमूद और प्राण

जश्न (1955)
नि: हिन्दुस्तान आर्ट प्रोडक्शन
डा: एस. शम्सुद्दीन
सं: रोशन
क: वैजयन्ती माला, करन दीवान, आग़ा, कुलदीप कौर, जानीवॉकर, रणधीर, मुराद और प्राण

कुन्दन (1955)
नि: मिनर्वा मूवीटोन
डा: सोहराब मोदी
सं: ग़ुलाम मोहम्मद
क: सोहराब मोदी, निम्मी, उल्हास, सुनील दत्त, बेबी नाज़, ओम प्रकाश, मनोरमा, रूपमाला, मुराद, दार काशमीरी और प्राण

मुनीम जी (1955)
नि: फिल्मिस्तान
डा: सुबोध मुकर्जी
सं: एस. डी. बर्मन
क: नलिनी जयवन्त, देव आनन्द, निरूपा राय, कानू राय, अमीता, एस. एल. पुरी, प्रभुदयाल, समर चटर्जी और प्राण

देवदास (1956)
नि: बिमलराय प्रोडक्शन
डा: बिमलराय

सं: एस. डी. बर्मन
क: दलीप कुमार, वैजयन्ती माला, सुचित्रासेन, मोतीलाल, नज़ीर हुसैन, जानीवॉकर और प्राण

आनबान (1956)
नि: कश्यप प्रोडक्शन
डा: डी. डी. कश्यप
सं: हुसनलाल भगतराम
क: अजीत, नलिनी जयवन्त, उषा किरण, महीपाल, उल्हास, मनमोहन कृष्ण, निरंजन शर्मा, बैज शर्मा और प्राण

चोरी चोरी (1956)
नि: ए वी एम प्रोडक्शन्स
डा: अनन्त ठाकुर
सं: शंकर जयकिशन
क: नर्गिस, राजकपूर, जानीवॉकर, गोप, राज मेहरा, अमीर बानो, भगवान, डेविड, साय, मुक़री, राजा, सुलोचना और प्राण

हम सब चोर हैं (1956)
नि: फ़िल्मिस्तान
डा: आई. एस. जौहर
सं: ओ. पी. नय्यर
क: नलिनी जयवन्त, शम्मी कपूर, आई. एस. जौहर, मजनू, अमीता, बद्रीप्रसाद, रामअवतार, रमेश सिन्हा, राजेन्द्रनाथ, शकुन्तला, मुमताज़ बेगम और प्राण

होटल (1956)
नि: मनमोहन साबिर प्रोडक्शन्स
डा: मनमोहन साबिर
सं: सुरेश और तलवार
क: नलिनी, जसवन्त, शम्मी कपूर, आई. एस. जौहर, मजनू, अमीता, बद्रीप्रसाद रामअवतार, रमेश सिन्हा, राजेन्द्रनाथ, शकुन्तला, मुमताज़ बेगम और प्राण

हलाकू (1956)
नि: आल इन्डिया पिक्चर्स
डा: डी. डी. कश्यप
सं: शंकर जयकिशन
क: मीना कुमारी, अजीत, बीना, निरंजन शर्मा, मीनू, मुमताज़, सुन्दर, शम्मी, राजमेहरा, हेलन और प्राण

कर भला (1956)
नि: भगवान ब्रदर्स
डा: भगवान
सं: निसार और चिक चोकलेट
क: शशिकला, नासिर खान, बेगम पारा, मलिका, भगवान, बाबूराव और प्राण

इंस्पेक्टर (1956)
नि: पुष्प पिक्चर्स
डा: शक्ति सामन्त
सं: हेमन्त कुमार
क: अशोक कुमार, गीताबली, के. एन. सिंह, मारुति, नज़ीर हुसैन, प्रतिमा देवी, अचला सचदेव, महमूद और प्राण

नया अंदाज (1956)
नि: के. अमरनाथ प्रोडक्शन
डा: के. अमरनाथ
सं: ओ. पी. नैय्यर
क: मीना कुमारी, किशोर कुमार, गोप, जानीवॉकर, कुमकुम, मुराद, जयन्त और प्राण

तनख़्वाह (1956)
नि: फिल्मज़ार
डा: एम. चंगेज़ी
सं: भोला श्रेष्ठा
क: निगार सुलताना, अजीत, नैना, राधाकिशन और प्राण

जागते रहो (1956)
नि: आर. के. फिल्म्स

डा: शंभु मित्रा और अमित मित्रा
सं: सलिल चौधरी
क: राजकपूर, प्रदीप कुमार, मुमताज़, स्मृति विश्वास, पहाड़ी सान्याल, सुलोचना चटर्जी, मोतीलाल, डेज़ी इरानी, नाना पलसीकर, इफ़्तिख़ार, विक्रम कपूर, मोनी चटर्जी, भूपेन्द्र कपूर, भूडो अडवानी, रशीद ख़ान, नर्गिस और प्राण

एक झलक (1957)
नि: दीप और प्रदीप प्रोडक्शन्स
डा: मालिदास
सं: हेमन्त कुमार
क: वैजयन्ती माला, प्रदीप कुमार, राजेन्द्र कुमार, अनिता गुहा, ललिता पवार, मुबारक, ओम प्रकाश और प्राण

मिस इन्डिया (1957)
नि: रावल फिल्म्स
डा: आई. एस. जौहर
सं: एस. डी. बर्मन
क: नर्गिस, प्रदीप कुमार, निशि, शम्मी, आई. एस. जौहर, टुनटुन, मीनू, मुमताज़, शीला वाज़ और प्राण

आशा (1957)
नि: रमन प्रोडक्शन्स
डा: एम. बी. रमन
सं: सी. रामचन्दर
क: किशोर कुमार, वैजयन्ती माला, नैना, राजमेहरा, ललिता पंवार, ओमप्रकाश, शम्मी, उमा दत्ता, मीनू मुमताज़, रंजन सुन्दर, आशा पारेख, चमनपुरी, धूमल, राजेन्द्र कुमार, प्रवीण पॉल, पतंजलि सेठी और प्राण

चम्पाकली (1957)
नि: फ़िल्मिस्तान
डा: नन्दलाल जसवंतलाल
सं: हेमन्त कुमार
क: सुचित्रा सेन, भारत भूषण, शम्मी, दुर्गा खोटे, एस. एल. पुरी, मुमताज़ बेगम, मुबारक, रामअवतार और प्राण

तुमसा नहीं देखा (1957)
नि: फिल्मिस्तान
डा: नासिर हुसैन
सं: ओ. पी. नैय्यर
क: शम्मी कपूर, अमिता, राजमेहरा, वी. एम. व्यास, कानू राय, अंजली देवी, शीला वाज, रामअवतार और प्राण

मिस्टर एक्स (1957)
नि: सिप्पी प्रोडक्शन्स
डा: नानाभाई भट्ट
सं: एन. दत्ता
क: अशोक कुमार, नलिनी जयवन्त, जानीवॉकर, निशी, हरिशिवदासानी, राजेन कपूर, लीला मिश्रा, अमीरबाई करनाटकी, शीला वाज़, हेलन और प्राण

चन्दू (1958)
नि: चित्रा निकेतनस एन. आर. प्रोडक्शंस
डा: मजनू
सं: बिपिन बाबुल
क: मीना, बेगम पारा, गोप, ओमप्रकाश, शम्मी, शशिकला, दलजीत, गुलाब, राजपुरी, सुन्दर, महमूद, भूडो अडवाणी, अमिता और प्राण

अदालत (1958)
नि: क्वात्रा फिल्म्स
डा: कालिदास
सं: मदनमोहन
क: प्रदीप कुमार, नर्गिस, याक़ूब, अचला सचदेव, राशिद खान और प्राण

अमरदीप (1958)
नि: शिवाजी प्रोडक्शन्स

डा: टी. प्रकाशराव
सं: सी. रामचन्दर
क: देव आनन्द, वैजयन्ती माला, पद्मिनी, रागिनी, जानीवॉकर और प्राण

डॉटर ऑफ सिन्दबाद (1958)
नि: स्टारलेण्ड प्रोडक्शन्स
डा: रतीलाल
सं: चित्रगुप्त
क: नादिरा, जयराज, मारुति, तिवारी, कमाल, एन. एन. त्रिपाठी और प्राण

मधुमती (1958)
नि: बिमल रॉय प्रोडक्शन्स
डा: विमल रॉय
सं: सलिल चौधरी
क: दलीप कुमार, वैजयन्ती माला, जानीवॉकर, जयन्त, तरुण बोस, तिवारी, मिश्रा और प्राण

राजतिलक (1958)
नि: जैमिनी
डा: एस. एस. वासन
सं: सी. रामचन्दर
क: वैजयन्ती माला, पद्मिनी, जैमिनी गणेश, विपिन गुप्ता, ललिता पवार, दुर्गा खोटे, आग़ा, शम्मी कुमार, जागीरदार, मनमोहन कृष्ण, मास्टर रोमी और प्राण

चन्दन (1958)
नि: दोषी फिल्म्स
डा: एम. वी. राजन
सं: मदन मोहन
क: नूतन, श्यामा, किशोर कुमार, माला सिन्हा, जानीवॉकर, करन दीवान, डेविड, के. एन. सिंह, कमला लक्ष्मण और प्राण

बेदर्द ज़माना क्या जाने (1959)
नि: सुभाष पिक्चर्स
डा: बाई भाई मिस्तरी
सं: कल्याणजी वीरजी आनंदजी
क: अशोक कुमार, निरुपा राय, जबीन जलील, सुदेश कुमार, नीलम, हेलन, रतनमाला, शेख़ अमीरबाई करनाटकी, मास्टर चिक्कू, इफ़्तिख़ार और प्राण

डाका (1959)
नि: स्टारलेण्ड प्रोडक्शन्स
डा: नानाभाई भट्ट
सं: चित्रगुप्त
क: अशोक कुमार, निरुपा राय, स्मृति विश्वास, जुगनू, मारुति और प्राण

दो गुण्डे (1959)
नि: मिनर्वा
डा: वी. एम. व्यास
सं: ग़ुलाम मोहम्मद
क: अजीत, कुमकुम, जयश्री गडकर, राजकुमार और प्राण

गैस्ट हाउस (1959)
नि: गोल्डन मूवीज़
डा: रवीन्द्र दवे
सं: चित्रगुप्त
क: शकीला, अजीत, तिवारी, ललिता पवार, मारुति, विमला कुमारी और प्राण

मैडम एक्स वाई ज़ैड (1959)
नि: नियोलाइट
डा: नानाभाई भट्ट
सं: चित्रगुप्त
क: शकीला, सुरेश, नलिनी चौंकर, शम्मी, डेविड, सुदेश, पूर्णिमा, कुमार मजनू, भगवान और प्राण

प्यार की राहें (1959)
नि: ठाकुर (ब्रादर्स) पिक्चर्स
डा: लेखराज भाकड़ी

सं: कानू घोष
क: प्रदीप कुमार, अनिता गुहा, हेलन, जीवन, तिवारी, ओमप्रकाश, सुन्दर, कुलदीप कौर और प्राण

जालसाज़ (1959)
नि: ललित कला मन्दिर
डा: अरबिन्द सेन
सं: एन. दत्ता
क: किशोर कुमार, मालासिन्हा, असित सेन, अचला सचदेव, नाना पल्सीकर, श्यामा, हेलन और प्राण

बसन्त (1960)
नि: एम. पी. प्रोडक्शन्स
डा: विभूति मिश्रा
सं: ओ. पी. नैय्यर
क: शम्मी कपूर, नूतन, जानीवॉकर, मीनू मुमताज़, कम्मो, कुक्कू और प्राण

बेवकूफ़ (1960)
नि: जौहर फिल्म्स
डा: आई. एस. जौहर
सं: एस. डी. बर्मन
क: किशोर कुमार, मालासिन्हा, आई. एस. जौहर, सरिता चटर्जी और प्राण

छलिया (1960)
नि: सुभाष पिक्चर्स
डा: मनमोहन देसाई
सं: कल्याणजी आनन्दजी
क: राजकपूर, नूतन रहमान, शोभना समर्थ, पोपट राजा और प्राण

दिल्ली जंक्शन (1960)
नि: निगारिस्तान फिल्म्स
डा: मोहम्मद हुसैन
सं: कल्याणजी आनन्दजी
क: शकीला, अजीत, निशी, मारुति, प्रतिमा देवी, कुक्कू और प्राण

गैम्बलर (1960)
नि: विकास प्रोडक्शन
डा: द्वारका खोसला
सं: चित्रगुप्त
क: प्रेमनाथ, शकीला, के. एन. सिंह, शम्मी, मदनपुरी, कुक्कू, आग़ा और प्राण

जिस देश में गंगा बहती है (1960)
नि: आर. के. फिल्म्स
डा: राधू करमाकर और राजकपूर
सं: शंकर जयकिशन
क: राजकपूर, पद्मिनी, तिवारी, चंचल, राजमेहरा, ललिता पंवार, सुलोचना चटर्जी, नाना पल्सीकर, विश्व मेहरा, अमर और प्राण

मां बाप (1960)
नि: रत्नदीप पिक्चर्स
डा: वी. एम. व्यास
सं: चित्रगुप्त
क: राजेन्द्र कुमार, कामिनी कदम, अनूप कुमार, नाज़, लीला चिटनीस, कुलदीप कौर, पीस कंवल, बिपिन गुप्ता, सुन्दर, लीला मिश्रा और प्राण

ट्रंक काल (1960)
नि: मेफेयर फिल्म्स
डा: बलराज मेहता
सं: रवि
क: श्यामा, अभिभट्टाचार्य, हेलन, शम्मी, रंधीर, राजेन हक्सर और प्राण

महलों के ख्वाब (1960)
नि: मधुबाला फिल्म्स
डा: हैदर
सं: एस. मोहिन्दर
क: मधुबाला, किशोर कुमार, प्रदीप कुमार, के. एन. सिंह, चंचल, सुलोचना चटर्जी, लीला चिटनीस, कुक्कू और प्राण

जब प्यार किसी से होता है (1961)
नि: नासिर हुसैन फिल्म्स
डा: नासिर हुसैन
सं: शंकर जयकिशन
क: देव आनन्द, आशा पारेख, मुबारक, राजमेहरा, सुलोचना, वास्ती, राजेन्द्रनाथ, ताहिर हुसैन, दुलारी, रामअवतार, बलराज खन्ना और प्राण

दिल तेरा दिवाना (1962)
नि: पद्मिनी पिक्चर्स
डा: आर. बी. पंथालु
सं: शंकर जयकिशन
क: शम्मी कपूर, मालासिन्हा, महमूद, शोभा खोटे, ओमप्रकाश, उल्हास, मोहन चोटी, कथना पुराणिक, मुमताज़ बेगम और प्राण

हाफ़ टिकट (1962)
नि: सिने टैक्नीशियन
डा: कालिदास
सं: सलिल चौधरी
क: मधुबाला, किशोर कुमार, ओमप्रकाश, हेलेन, शम्मी, मनोरमा, टुनटुन, अनिल गांगुली और प्राण

मनमौजी (1962)
नि: ए. वी. एम. प्रोडक्शन्स
डा: कृष्णनपंजू
सं: मदनमोहन
क: किशोर कुमार, साधना, अचला सचदेव, ओमप्रकाश, मोहन चोटी, अनवर, दुर्गा खोटे, मुक़री, असीम कुमार, सुलोचना चटर्जी, लीला चिटनीस, सुन्दर, जयललिता, जानी विस्की और प्राण

झूला (1962)
नि: एन. वासुदेव मेनन
डा: के. शंकर
सं: सलिल चौधरी
क: वैजयन्तीमाला, सुनील दत्त, सुलोचना, अचला सचदेव, मनमोहन कृष्ण, लीला मिश्रा, राजेन्द्रनाथ, राजमेहरा, मोहन चोटी, टुनटुन, रणधीर, कुसुम ठाकुर और प्राण

ब्लफ़ मास्टर (1963)
नि: सुभाष पिक्चर्स
डा: मनमोहन देसाई
सं: कल्याणजी आनन्दजी
क: शम्मी कपूर, सायरा बानो, ललिता पंवार, टुनटुन, मोहन चोटी, राशिद ख़ान, निरंजन शर्मा, सन्तोष कुमार, रामलाल, श्यामलाल, जुगल किशोर, चार्ली वॉकर और प्राण

फिर वही दिल लाया हूं (1963)
नि: नज़ीर हुसैन फिल्म्स
डा: नज़ीर हुसैन
सं: ओ. पी. नैय्यर
क: जोय मुखर्जी आशा पारेख, राजेन्द्रनाथ, वीना, वास्ती, तबस्सुम, कृष्ण धवन, रामअवतार, अमर और प्राण

एक राज़ (1963)
नि: ए. जी. फिल्म्स
डा: शक्ति सामन्त
सं: चित्रगुप्त
क: किशोर कुमार, जमना, ललिता पंवार, आग़ा, मुमताज़, मदनपुरी, टुनटुन और प्राण

मेरे अरमान, मेरे सपने (1963)
नि: ललित कला मन्दिर
डा: अरबिन्द सेन
सं: एन. दत्ता
क: प्रदीप कुमार, नाज़, सुमित्रा देवी, आग़ा, जयश्री गडकर, असित सेन, मनमोहन कृष्ण, बद्रीप्रसाद, पॉल महेन्द्र, असीम कुमार, जानी व्हिस्की और प्राण

दिल ही तो है (1963)
नि: रावल फिल्म्स
डा: पी. एल. सन्तोषी और सी. एल. रावल
सं: रोशन
क: राजकपूर, नूतन, आग़ा, सबिता चटर्जी, नज़ीर हुसैन, लीला चिटनीस, मनोरमा और प्राण

प्यार किया तो डरना क्या (1963)
नि: विक्रम प्रोडक्शन्स
डा: बी. एस. रांगा
सं: रवि
क: शम्मी कपूर, बी. सरोजा देवी, पृथ्वीराज कपूर, ओमप्रकाश, नज़ीर हुसैन, आग़ा, हेलन, शोभा खोटे, पुष्पावली और प्राण

मेरे महबूब (1963)
नि: राहुल थियेटर
डा: एस. एस. रवैल
सं: नौशाद
क: अशोक कुमार, राजेन्द्र कुमार, साधना, निम्मी, अमीता, रहमान, जॉनीवाकर और प्राण

दूर की आवाज़ (1964)
नि: गोयले सिने कॉरपोरेशन
डा: देवेन्द्र गोयल
सं: रवि
क: जोय मुखर्जी, सायरा बानो, ओमप्रकाश, दुर्गा खोटे, जॉनीवाकर, मलिका, राजू, गोगिया पाशा, मनोरमा, प्रेम चोपड़ा और प्राण

इशारा (1964)
नि: अमरनाथ प्रोडक्शन्स
डा: के. अमरनाथ
सं: कल्याणजी आनन्दजी
क: जोय मुखर्जी, वेजयन्तीमाला, आग़ा, अज़रा, सुबीराज, जयन्त, प्रतिमा देवी, सज्जन, शम्मी, मुराद और प्राण

कशमीर की कली (1964)
नि: शक्ति फिल्म्स
डा: शक्ति सामन्त
सं: ओ. पी. नैय्यर
क: शम्मी कपूर, शर्मिला टैगोर, अनूप कुमार, धूमल, नज़ीर हुसैन, सुन्दर, मदनपुरी, पद्मा देवी, मृदुला और प्राण

पूजा के फूल (1964)
नि: ए. वी. एम. प्रोडक्शन्स
डा: ए. भीम सिंह
सं: मदन मोहन
क: अशोक कुमार, माला सिन्हा, धर्मेंद्र, निम्मी, मुक़री, सन्ध्या राय, नाना पल्सीकर, मोहन चोटी, शिवराज, सुलोचना चटर्जी, लीला चिटनीस और प्राण

राजकुमार (1964)
नि: सरवन फिल्म्स
डा: के. शंकर
सं: शंकर जयकिशन
क: शम्मी कपूर, साधना, पृथ्वीराज कपूर, ओमप्रकाश, राजेन्द्रनाथ, शिवराज, हरिशिवदासानी, अचला सचदेव, मनोरमा, शान्ति और प्राण

दो दिल (1965)
नि: उत्तम चित्रा
डा: ऋषिकेश मुखर्जी
सं: शंकर जयकिशन
क: राजश्री, बिश्वाजीत, महमूद, असित सेन, दुर्गा खोटे, मुमताज़, इन्दिरा, कमल कपूर और प्राण

ख़ानदान (1965)
नि: वसु फिल्म्स
डा: ए. भीम सिंह
सं: रवि
क: सुनील दत्त, नूतन, मुमताज़, सुदेश कुमार, ललिता पंवार, ओमप्रकाश, हेलन, मोहन चोटी, सुलोचना चटर्जी और प्राण

गुमनाम (1965)
नि: पृथ्वी पिक्चर्स
डा: राजा नवाथे
सं: शंकर जयकिशन
क: नन्दा, मनोज कुमार, महमूद, हेलन, मदनपुरी, धूमल, हीरालाल, तरुण बोस, नैना, मनमोहन, लक्ष्मी छाया और प्राण

मेरे सनम (1965)
नि: सिप्पी फिल्म्स
डा: अमर कुमार
सं: ओ. पी. नैय्यर
क: आशा पारेख, विश्वजीत, राजेन्द्रनाथ, मुमताज़, धूमल, अचला सचदेव, नज़ीर हुसैन, असित सेन और प्राण

शहीद (1965)
नि: के. पी. के. मूवीज़
डा: एस. राम शर्मा
सं: प्रेम धवन
क: मनोज कुमार, निरुपा राय, कामिनी कौशल, सरिता, प्रेम चोपड़ा, मदनपुरी, असित सेन, मनमोहन, शैलेश कुमार, कमल कपूर, सप्रू, इन्दिराणी मुखर्जी, इफ़्तिख़ार, अनवर हुसैन और प्राण

तीसरा कौन (1965)
नि: बिन्दु कला मन्दिर
डा: मोहम्मद हुसैन
सं: आर. डी. बर्मन
क: फ़ीरोज ख़ान, कल्पना, शकुन्तला, श्याम कुमार, राजन हक्सर, कमल मेहरा और प्राण

बिरादरी (1966)
नि: गोप प्रोडक्शन्स
डा: राम कमलानी
सं: चित्रगुप्त
क: शशिकपूर, फ़रियाल, महमूद, डेविड, ललिता पवार, कन्हैयालाल, नाना पल्लीकर, हेलन और प्राण

दस लाख (1966)
नि: गोयल सिने कॉरपोरेशन
डा: देवेन्द्र गोयल
सं: रवि
क: संजय ख़ान, बबिता, हेलन, ओमप्रकाश, मनोरमा, रमेश देव, सीमा देव, हरिशिवदासानी और प्राण

दो बदन (1966)
नि: जे. बी. प्रोडक्शन्स
डा: राज खोसला
सं: रवि
क: आशा पारेख, मनोज कुमार, सिमी, वास्ती, हुदा बिहारी, मनमोहन किशन, धूमल, मोहन चोटी और प्राण

दिल दिया दर्द लिया (1966)
नि: के प्रोडक्शन्स
डा: ए. आर. कारदार
सं: नौशाद
क: दलीप कुमार, वहीदा रहमान, रहमान, रानी, श्यामा, सज्जन, सप्रू, जॉनीवाकर, शाह आग़ा, मुराद और प्राण

लव इन टोकियो (1966)
नि: प्रमोद फिल्म्स
डा: प्रमोद चक्रवर्ती
सं: शंकर जयकिशन
क: जोय मुखर्जी, आशा पारेख, महमूद, ललिता पवार, शोभा खोटे, धूमल, उल्हास, असित सेन, मोहन चोटी, मदनपुरी, तरुण बोस, मुराद और प्राण

सावन की घटा (1966)
नि: शक्ति फिल्म्स
डा: शक्ति सामन्त
सं: ओ. पी. नैय्यर
क: मनोज कुमार, शर्मिला टैगोर, मुमताज़, जीवन, सज्जन, मदनपुरी, सुन्दर, मोहन

चोटी, पद्मा कुमारी, एस. एन. बनर्जी, मृदुला, कुन्दन और प्राण

एन इविनिंग इन पेरिस (1966)

नि: शक्ति फिल्म्स

डा: शक्ति सामन्त

सं: शंकर जयकिशन

क: शम्मी कपूर, शर्मिला टैगोर, राजेन्द्रनाथ, सरिता, के. एन. सिंह, डेविड, शेट्टी, मदनपुरी, सुरेन्द्रनाथ और प्राण

अराउन्ड दा वर्ल्ड (1966)

नि: पी. एस. पिक्चर्स

डा: पंछी

सं: शंकर जयकिशन

क: राजकपूर, राजश्री, अमीता, राजमेहरा, महमूद, ओमप्रकाश, अचला सचदेव और प्राण

औरत (1967)

नि: जैमिनी क्म्बाइन्स

डा: एस. एस. वासन और एस. एस. बालन

सं: रवि

क: पद्मिनी, राजेश खन्ना, फ़ीरोज ख़ान, ललिता पवार, ओ. पी. रल्हन, नाजिमा, कन्हैयालाल, लीला चिटनीस, अचला सचदेव, डेविड, नाना पल्सीकर और प्राण

मिलन (1967)

नि: प्रसाद प्रोडक्शन

डा: ए. सुब्बाराव

सं: लक्ष्मीकान्त प्यारेलाल

क: सुनील दत्त, नूतन, जमना, श्यामा, देवेन वर्मा, सुरेन्द्र, लीला मिश्रा, विनोद शर्मा, मुकरी डेविड, अरूणा ईरानी और प्राण

पत्थर के सनम (1967)

नि: ए. जी. फिल्म्स

डा: राजा नवाथे

सं: लक्ष्मीकान्त प्यारेलाल

क: वहीदा रहमान, मनोज कुमार, मुमताज़, महमूद, राज मेहरा, ललिता पवार, तिवारी, मुमताज़ बेगम, अरूणा ईरानी और प्राण

राम और श्याम (1967)

नि: विजया इन्टरनेशनल

डा: चाणक्य

सं: नौशाद

क: दलीप कुमार, वहीदा रहमान, मुमताज़, निरुपा राय, कन्हैयालाल, नज़ीर हुसैन, सज्जन, मुकरी, अमर, लीला मिश्रा, ज़ेबुन्निसा, बेबी फ़रीदा और प्राण

उपकार (1967)

नि: विशाल पिक्चर्स

डा: मनोज कुमार

सं: कल्याणजी आनन्दजी

क: आशा पारेख, मनोज कुमार, मदन पुरी, कन्हैयालाल, कामिनी कौशल, प्रेम चोपड़ा, असित सेन, मनमोहन कृष्ण, डेविड, मनमोहन, सुन्दर, मोहन चोटी, शम्मी, अरूणा ईरानी, कृष्ण धवन, गुलशन बावरा, केरोलीन किंग और प्राण

सफ़र (1967-68)

नि: केवल आर्ट प्रोडक्शन्स

डा: केवल मिश्रा

सं: सपन जगमोहन

क: नक़्वी जहां, देवेन्द्र कुमार और प्राण

आदमी (1968)

डा: एस. वी. फिल्म्स

नि: ए. भीम सिंह

सं: नौशाद

क: दलीप कुमार, वहीदा रहमान, मनोज कुमार, सिमी, आग़ा, सुलोचना, उल्हास, मोहन चोटी, शिवराज और प्राण

ब्रह्मचारी (1968)

नि: सिप्पी फिल्म्स

डा: भप्पी सोनी
सं: शंकर जयकिशन
क: शम्मी कपूर, राजश्री, मुमताज़, असित सेन, धूमल, जगदीप, मोहन चोटी, मनमोहन, माधवी, बेबी फ़रीदा, मास्टर सचिन, मास्टर शाहिद, महमूद जूनियर, गुड्डी और प्राण

कहीं दिन कहीं रात (1968)
नि: श्रीकृष्ण फिल्म्स
डा: दर्शन
सं: ओ. पी. नैय्यर
क: विश्वाजीत, सपना, हेलन, नादिरा, मलिका, जानीवॉकर, असित सेन, मोहन चोटी, हबीब और प्राण

साधू और शैतान (1968)
नि: भीम सिंह और महमूद प्रोडक्शन्स
डा: ए. भीम सिंह
सं: लक्ष्मीकांत प्यारेलाल
क: महमूद, भारती, किशोर कुमार, ओमप्रकाश, नज़ीर हुसैन, अनवर, मास्टर शाहिद, बेबी फ़रीदा, मुक़री, मंजू, राजकिशोर, विजयललिता, केश्टो मुखर्जी, दुलारी, सुन्दर, रामअवतार, टुनटुन, जानकीदास, दलीप कुमार (अतिथि कलाकार) और प्राण

मुस्कुराहट (1968-69)
पाली पिक्चर्स
दूसरे विवरण अप्राप्त

अनजाना (1969)
नि: एमके प्रोडक्शन
डा: मोहन कुमार
सं: लक्ष्मीकांत प्यारेलाल
क: राजेन्द्र कुमार, बबीता, नाजिमा, प्रेम चोपड़ा, सुन्दर, निरूपा राय, मोहन चोटी, टुनटुन, महमूद जूनियर और प्राण

आंसू बन गए फूल (1969)
नि: अनूप कुमार प्रोडक्शन्स
डा: सत्येन कप्पू
सं: लक्ष्मीकांत प्यारेलाल
क: अशोक कुमार, देव मुखर्जी, अलका, निरूपाराय, राज मेहरा, अनूप कुमार, राकेश, हेलन, कुमुद त्रिपाठी और प्राण

भाई बहन (1969)
नि: विक्रान्त प्रोडक्शन्स
डा: ए. भीम सिंह
सं: शंकर जयकिशन
क: अशोक कुमार, सुनील दत्त, नूतन, पद्मिनी, सुलोचना, हेलन, दिवाकर, मुक़री, भल्ला, शिवराज, बबनलाल, शेख और प्राण

माधवी (1969)
नि: श्री गणेश प्रसाद एम.
डा: चाणक्य
सं: लक्ष्मीकांत प्यारेलाल
क: संजय ख़ान, दीपा, पद्मिनी, महमूद, नज़ीर हुसैन, मुराद, रूपेश कुमार, मुक़री, राज किशोर और प्राण

नन्हा फरिश्ता (1969)
नि: विजया इन्टरनेशनल
डा: टी. प्रकाश राव
सं: कल्याणजी आनन्दजी
क: बेबी रानी, अजीत, अनवर हुसैन, पद्मिनी, बलराज साहनी, सुरेश, राज मेहरा, मारुति, मुक़री, सुन्दर, जॉनीवाकर, प्रेमकुमार, पंढारीबाई और प्राण

तुमसे अच्छा कौन है (1969)
नि: प्रमोद फिल्म्स
डा: प्रमोद चक्रवर्ती
सं: शंकर जयकिशन
क: शम्मी कपूर, बबीता, महमूद, ललिता पवार, मनमोहन, शोभा खोटे, अरूणा ईरानी, मदनपुरी, स्नेहलता, धूमल, इन्दिरा बन्सल, लता सिन्हा, लीला मिश्रा, जयन्ती, मोहन चोटी, मुराद, उल्हास, असित सेन और प्राण

प्यार ही प्यार (1969)
नि: आर.एस. प्रोडक्शन्स
डा: भप्पी सोनी
सं: शंकर जयकिशन
क: वैजयन्ती माला, धर्मेन्द्र, हेलन, मदन पुरी, धूमल, महमूद, महमूद जूनियर, राजमेहरा, मनमोहन, सुलोचना, सप्रू, सुलोचना चटर्जी, पारो और प्राण

सच्चाई (1969)
नि: ईम. सीई. आर. फिल्म्स
डा: के. शंकर
सं: शंकर जयकिशन
क: शम्मी कपूर, साधना, संजीव कुमार, जॉनीवाकर, हेलन, सुलोचना, राजमेहरा, अनवर, धूमल और प्राण

भाई भाई (1970)
नि: रतन मोहन
डा: राजा नवाथे
सं: शंकर जयकिशन
क: सुनील दत्त, आशा पारेख, मुमताज़, लीला चिटनीस, महमूद, मनमोहन कृष्ण, मदनपुरी, राजमेहरा, जीवन, इफ़्तिख़ार, अरुणा ईरानी, मुकरी, मोहन चोटी, रशीद ख़ान, असित सेन और प्राण

गंवार (1970)
नि: नरेश कुमार
डा: नरेश कुमार
सं: नौशाद
क: राजेन्द्र कुमार, वैजयंतीमाला, निशी, जीवन, तरुण बोस, सुन्दर, डेविड, प्रतिमा, राम मोहन, निकीता, शैफ़ाली, रणधीर, गुलशन बावरा, तब्बसुम और प्राण

तुम हसीन मैं जवान (1970)
नि: भप्पी सोनी
डा: भप्पी सोनी
सं: शंकर जयकिशन
क: धर्मेन्द्र, हेमा मालिनी, हेलन, अनवर हुसैन, राजेन्द्रनाथ, धूमल, सुलोचना, मोहन चोटी और प्राण

गोपी (1970)
नि: टी.एस. मुत्थूस्वामी और एस.एस. पलिनिय्यपन
डा: ए. भीम सिंह
सं: कल्याणजी आनन्दजी
क: दलीप कुमार, सायरा बानो, ओमप्रकाश, जॉनी वाकर, ललिता पवार, निरूपा राय, दुर्गा खोटे, फ़रीदा जलाल, मुक्री, तिवारी, अरुणा ईरानी और प्राण

हीर रांझा (1970)
नि: चेतन आनंद
डा: चेतन आनंद
सं: मदन मोहन
क: राजकुमार, प्रिया राजवंश, अजीत, जयन्त, पृथ्वीराज कपूर, नाना पल्सीकर, जीवन, वीना, कामिनी कौशल, सोनिया साहनी, अचला सचदेव, जेब रहमान, टुनटुन, उल्हास, सप्रू, सुजाता, लता सिन्हा, निरंजन शर्मा, जगदीश राज, तबस्सुम, पद्मा, रानी, कम्मो, शैफाली चौधरी, डेजी ईरानी और प्राण

हमजोली (1970)
नि: प्रकाश कपूर
डा: रामन्ना
सं: लक्ष्मीकांत प्यारेलाल
क: जितेन्द्र, लीना चन्दावरकर, शशिकला, नज़ीर हुसैन, अरुणा ईरानी, मनमोहन, सप्रू, महमूद, प्रेम कुमार, दुबे, स्वराज, गीता बांकेर और प्राण

जॉनी मेरा नाम (1970)
नि: त्रिमूर्ति फिल्म्स
डा: विजय आनंद
सं: कल्याणजी आनंदजी

क: देव आनंद, हेमामालिनी, आई.एस. जौहर, जीवन, इफ़्तिख़ार, सुलोचना, पद्मा खन्ना, सज्जन, प्रेमनाथ, जगदीश राज और प्राण

कब क्यों और कहां? (1970)

नि: अर्जुन हिंगोरानी

डा: अर्जुन हिंगोरानी

सं: कल्याणजी आनंदजी

क: धर्मेन्द्र, बबीता, हेलन, असित सेन, आशू, धूमल, मोहन चोटी, शेट्टी और प्राण

नानक दुखिया सब संसार (1970)

नि: दारा सिंह

डा: दारा सिंह

सं: प्रेम धवन

क: पृथ्वीराज कपूर, बलराज साहनी, अचला सचदेव, दारा सिंह, मोहन राम और प्राण

पूरब और पश्चिम (1970)

नि: मनोज कुमार

डा: मनोज कुमार

सं: कल्याणजी आनंदजी

क: अशोक कुमार, सायरा बानो, मनोज कुमार, प्रेम चोपड़ा, निरूपा राय, विनोद खन्ना, कामिनी कौशल, असित सेन, भारती, मदन पुरी, शम्मी, लीला मिश्रा, राजेन्द्रनाथ और प्राण

समाज को बदल डालो (1970)

नि: जैमिनी स्टूडियो

डा: वी. मधुसूदन राव

सं: रवि

क: शारदा, परीक्षित साहनी, कंचना, प्रेम चोपड़ा, महमूद, अरुणा ईरानी, शम्मी, धूमल, मुक्री और प्राण

यादगार (1970)

नि: एस. राम फिल्म्स

डा: एस. राम शर्मा

सं: कल्याणजी आनंदजी

क: नूतन, मनोज कुमार, प्रेम चोपड़ा, कामिनी कौशल, मदन पुरी, असित सेन, मोहन चोटी, तिवारी, शम्मी और प्राण

गुड्डी (1971)

नि: एन.सी. सिप्पी और ऋषिकेश मुखर्जी

डा: ऋषिकेश मुखर्जी

सं: बसन्त देसाई

क: धर्मेन्द्र, जया भादुड़ी, स्मृति विश्वास, सुमिता सान्याल, उत्पल दत्त, ए.के. हंगल, केश्टो मुखर्जी, भगवान, असरानी (अतिथि कलाकार अशोक कुमार), दलीप कुमार, राजेश खन्ना, ओमप्रकाश और प्राण

जौहर महमूद इन हांगकांग (1971)

नि: मदन चोपड़ा, के.जी. सेठ

डा: आई.एस जौहर

सं: कल्याणजी आनंदजी

क: महमूद, आई.एस. जौहर, सोनिया साहनी, अरुणा ईरानी, तिवारी, कमल कपूर, टुनटुन, आग़ा, मनोरमा, मधुमती, मुराद, मुक़री, महमूद जूनियर, पोलसन, राज किशोर और प्राण

जवान मोहब्बत (1971)

नि: हरदीप चतरथ और कृष्ण

डा: भप्पी सोनी

सं: शंकर जयकिशन

क: शम्मी कपूर, आशा पारेख, बलराज साहनी, निरूपाराय, धूमल, शशिकला, राजेन्द्रनाथ, मधुमती, राज मेहरा, सारिका और प्राण

ज्वाला (1971)

नि: एम.वी. रमन

डा: एम.वी. रमन

सं: शंकर जयकिशन

क: सोहराब मोदी, सुनील दत्त, मधुबाला, ललिता पवार, उल्हास, डेविड, जागीरदार,

राज मेहरा, आशा पारेख, कमला लक्ष्मण, विजया लक्ष्मी, नाज़, डेज़ी ईरानी और प्राण

लाखों में एक (1971)
नि: जैमिनी
डा: एस.एस. बालन
सं: आर. डी. बर्मन
क: महमूद, राधा, सलूजा, अरुणा ईरानी, रमेश देव, कन्हैयालाल, नज़ीर हुसैन, विजू खोटे, अनवार, बीरबल, ब्रह्मचारी, डेविड, मोहन चोटी, मुक्री, जलाल आग़ा, केश्टो मुखर्जी, शोभा खोटे, ललिता पवार, पोलसन, भल्ला, मदनपुरी, प्रवीण पाल, सुलोचना चटर्जी और प्राण

नया जमाना (1971)
नि: प्रमोद चक्रवर्ती
डा: प्रमोद चक्रवर्ती
सं: एस. डी. बर्मन
क: धर्मेन्द्र, हेमामालिनी, ललिता पवार, महमूद, अरुणा ईरानी, मनमोहन, वी गोपाल, इन्दिरानी मुखर्जी, शबनम गुड्डी, रूपाली, धूमल, जानकीदास, कनू राय और प्राण (अतिथि कलाकार) अशोक कुमार

मर्यादा (1971)
नि: अरबिन्द सेन
डा: अरबिन्द सेन
सं: कल्याणजी आनंदजी
क: मालासिन्हा, राजकुमार, राजेश खन्ना, असित सेन, बिपिन गुप्ता, हेलेन, अभिभट्टाचार्य, गुरुनामसिंह, दुलारी, अभिमन्यु शर्मा, जानकीदास, राजेन्द्रनाथ और प्राण

अधिकार (1971)
नि: एस. नूर
डा: एस. एम. सागर
सं: आर. डी. बर्मन
क: अशोक कुमार, नन्दा, देब मुखर्जी, हेलेन, राजमेहरा, किशन मेहता, सुमति गुप्ते, इंद्रा बंसल, रत्नमाला, कुन्दन, ब्रह्मचारी, शम्मी, राजमेहरा, तब्बसुम और प्राण

पर्दे के पीछे (1971)
नि: एम. जी. आर. फिल्म्स
डा: के. शंकर
सं: शंकर जयकिशन
क: योगिता बाली, विनोद मेहरा, जगदीप, बिन्दु, पद्मा खन्ना और प्राण

गंगा तेरा पानी अमृत (1971)
नि: वीरेन्द्र सिन्हा
डा: वीरेन्द्र सिन्हा
सं: रवि
क: अशोक कुमार, रहमान, नवीन निश्चल, योगिता बाली, शत्रुघ्न सिन्हा, निरुपा राय, जयश्री टी., अचला सचदेव, पंडारी बाई, नाना पल्सीकर, तिवारी, रमेश देव, जगदीप, नरेन्द्रनाथ और प्राण

प्रीतम (1972)
नि: भप्पी सोनी
डा: भप्पी सोनी
सं: शंकर जयकिशन
क: शम्मी कपूर, विनोद खन्ना, लीना चन्दावरकर, हेलन, महमूद, सुलोचना, राजमेहरा, तिवारी, अनवर हुसैन, सिद्धू, ब्रह्म भारद्वाज, मलिका, मनमोहन और प्राण

आन बान (1972)
नि: मलिक चन्द कोचर
डा: प्रकाश मेहरा
सं: शंकर जयकिशन
क: राजेन्द्र कुमार, राखी, कुमकुम, सोमदत्त, डेविड, कन्हैयालाल, अनवर हुसैन, सुंदर, तबस्सुम, जगदीप, शरद कुमार और प्राण

आंखों आंखों में (1972)
नि: जे. ओमप्रकाश
डा: रघुनाथ झालानी
सं: शंकर जयकिशन
क: राखी, राकेश रोशन, अचला सचदेव, तरुण बोस, राजमेहरा, पंकज, टुनटुन, जयश्री टी. दारासिंह और प्राण

बे-ईमान (1972)
नि: सोहनलाल कंवर
डा: सोहनलाल कंवर
सं: शंकर जयकिशन
क: मनोज कुमार, राखी, नाजिमा, स्नेहलता, प्रेम चोपड़ा, राजमेहरा, प्रेमनाथ, सुलोचना, ब्रह्म भारद्वाज, मुराद, लता बोस, टुनटुन और प्राण

बुनियाद (1972)
नि: वीरेन्द्र सिन्हा
डा: वीरेन्द्र सिन्हा
सं: लक्ष्मीकांत प्यारेलाल
क: शत्रुघ्न सिन्हा, राकेश रोशन, योगिता बाली, फरीदा जलाल, बिन्दु, फ़रियाल, सज्जन, जानकीदास और प्राण

एक बेचारा (1972)
नि: बी. एन. घोष
डा: एस. एम. अब्बास
सं: लक्ष्मीकांत प्यारेलाल
क: जीतेन्द्र, रेखा, विनोद खन्ना, कल्पना, बिन्दु, सलोनी, जानीवॉकर, अनवर हुसैन और प्राण

जंगल में मंगल (1972)
नि: राजेन्द्र भाटिया
डा: राजेन्द्र भाटिया
सं: शंकर जयकिशन
क: किरन कुमार, रीना रॉय, बलराज साहनी, सोनिया साहनी, जयश्री टी. मीना टी., पेण्टल और प्राण

परिचय (1972)
नि: वी. के. सोबती
डा: गुलज़ार
सं: राहुल देव बर्मन
क: जीतेन्द्र, जया भादुड़ी, असरानी, वीना, देव किशन, ए. के. हंगल, लीला मिश्रा, केश्टो मुखर्जी (अतिथि कलाकार संजीव कुमार, गीता सिद्धार्थ, विनोद खन्ना), पेण्टल और प्राण

रूप तेरा मस्ताना (1972)
नि: एम. एम. मल्होत्रा, बलदेव और मोहन बाली
डा: ख़ालिद अख़्तर
सं: लक्ष्मीकांत प्यारेलाल
क: जीतेन्द्र, मुमताज़, आई. एस. जौहर, मलिका, जानकीदास, ब्रह्म भारद्वाज, वी. गोपाल, लीला मिश्रा, मिर्ज़ा मुशर्रफ और प्राण

विक्टोरिया नं. 203 (1972)
नि: बृज
डा: बृज
सं: कल्याणजी आनंदजी
क: अशोक कुमार, सायरा बानो, नवीन निश्चल, अनवर हुसैन, मोहन चोटी, रणजीत, मीना राय, ललिता चटर्जी, अनूप कुमार और प्राण

सज़ा (1972)
नि: एस. के. कपूर
डा: चांद
सं: सोनिक ओमी
क: अशोक कुमार, योगिता बाली, कबीर बेदी, हेलेन, राजेन्द्रनाथ, महमूद जूनियर, जीतेन्द्र, रेखा, सोनिया साहनी, फ़रियाल, मदनपुरी, कमलदीप और प्राण

यह गुलिस्तां (1972)
नि: आत्माराम
डा: आत्माराम

सं: एस. डी. बर्मन

क: देव आनन्द, शर्मिला टैगोर, सुजीत कुमार, असरानी, कानन कौशल, ललिता पवार, रमेश देव, राजमेहरा, केश्टो मुखर्जी, इफ़्तिख़ार, सप्रू, जॉनीवाकर, जयश्री टी., और प्राण

ज़ंजीर (1973)

नि: प्रकाश मेहरा प्रोडक्शंस

डा: प्रकाश मेहरा

सं: कल्याणजी आनंदजी

क: अमिताभ बच्चन, जया भादुड़ी, अजीत, बिन्दु, ओमप्रकाश, रंधीर, इफ़्तिखार, गुलशन बावरा, राममोहन, पूर्णिमा, भूषण तिवारी, केश्टो मुखर्जी, यूनुस परवेज़ और प्राण

बॉबी (1973)

नि: राजकपूर

डा: राजकपूर

सं: लक्ष्मीकांत प्यारेलाल

क: ऋषि कपूर, डिंपल कपाडिया, प्रेमनाथ, सोनिया साहनी, दुर्गा खोटे, अरुणा ईराणी, पिल्लू वाडिया, प्रेमनाथ और प्राण

एक कुंवारी एक कुंवारा (1973)

नि: जसबीर सिंह खुराना

डा: प्रकाश मेहरा

सं: कल्याणजी आनंदजी

क: लीना चन्दावरकर, राकेश रोशन, राजेन्द्र नाथ, कुमकुम, ज़ेब रहमान, जयश्री टी., राजमेहरा, यूनुस परवेज़, जानकीदास और प्राण

एक मुट्ठी आसमान (1973)

नि: वीरेन्द्र सिंह

डा: वीरेन्द्र सिंह

सं: मदन मोहन

क: राधा सलूजा, विजय अरोरा, कामिनी कौशल, योगिता बाली, कमल कपूर, अरुणा ईरानी, जौहर महमूद और (अतिथि कलाकार) प्राण

धर्मा (1973)

नि: एस. के. कपूर

डा: चांद

सं: सोनिक ओमी

क: नवीन निश्चल, रेखा, रमेश देव, बिन्दु, मदनपुरी, मोहन चोटी, अंजलि कदम, जयश्री टी., अजीत और प्राण

जुगनू (1973)

नि: प्रमोद चक्रवर्ती

डा: प्रमोद चक्रवर्ती

सं: एस. डी. बर्मन

क: धर्मेन्द्र, हेमामालिनी, प्रेम चोपड़ा, मनमोहन, महमूद, ललिता पवार, अजीत, नज़ीर हुसैन, सुजीत कुमार, सोनिया साहनी, जयश्री टी., धूमल, कमल कपूर, मनमोहन और प्राण

ग़द्दार (1973)

नि: हरमेश मल्होत्रा

डा: हरमेश मल्होत्रा

सं: लक्ष्मीकांत प्यारेलाल

क: विनोद खन्ना, योगिता बाली, पदमा खन्ना, अनवर हुसैन, इफ़्तिख़ार, मनमोहन, मदनपुरी, रणजीत, सत्येन कप्पू, वी. गोपाल, जानकीदास, अजीत और प्राण

इंसाफ़ (1973)

नि: एस. कृष्णामूर्ति

डा: सुब्बाराव

सं: लक्ष्मीकांत प्यारेलाल

क: वहीदा रहमान, तनूजा, विजय अरोरा, रवीन्द्र कपूर, मीना टी., मनमोहन कृष्ण, मधुमति, अरुणा ईरानी और प्राण

जीवन रहस्य (बंगाली) (1973)
नि: अज्ञात
डा: सलिल राय
सं: अज्ञात
क: तरुण कुमार, माधबी (चक्रवर्ती) मुखर्जी और प्राण

झील के उस पार (1973)
नि: भप्पी सोनी
डा: भप्पी सोनी
सं: आर. डी. बर्मन
क: धर्मेन्द्र, मुमताज़, योगिता बाली, रणजीत, फ़रियाल, वीना, कुमार, प्रेम चोपड़ा, महमूद जू., अनवर हुसैन, इफ़्तिख़ार, जगदीश राज, उर्मिला भट्ट और प्राण

रिक्शावाला (1973)
नि: आर. एम. वी.
डा: के. शंकर
सं: आर. डी. बर्मन
क: रणधीर कपूर, नीतू सिंह, अनवर हुसैन, माला सिन्हा और प्राण

जोशीला (1973)
नि: गुलशन राय
डा: यश चोपड़ा
सं: आर. डी. बर्मन
क: देव आनन्द, हेमामालिनी, राखी, बिन्दु, महेन्द्र संधू, सुलोचना, लक्ष्मी छाया, सुधीर, जगदीश राज, रूपेश कुमार, ए. के. हंगल, आई. एस. जौहर, मदनपुरी, इफ़्तिख़ार और प्राण

पांच दुश्मन (1973)
नि: मनु नारंग
डा: बिमल एस. रावल
सं: आर. डी. बर्मन
क: मनु नारंग, राजी, प्रेम चोपड़ा, दुर्गा खोटे, विनोद खन्ना, मनमोहन, शत्रुघ्न सिन्हा, नज़ीर हुसैन, मुक़री, जगदीश राज, मोहन चोटी, हेलेन, अरुणा ईरानी, महमूद और प्राण

कसौटी (1974)
नि: अरबिन्द सेन
डा: अरबिन्द सेन
सं: कल्याणजी आनंदजी
क: अमिताभ बच्चन, हेमामालिनी, भारत भूषण, रमेश देव, अभिभट्टाचार्य, सत्येन कप्पू, जानकीदास, विजू खोटे, सोनिया साहनी, विजय शर्मा, मेकमोहन, शोभा खोटे और प्राण

जीवन रेखा (1974)
नि: परशुराम जे. देवनानी
डा: नानाभाई भट्ट
सं: सुमनराज जे. और जगदीश
क: फ़रीदा जलाल, तबरेज़, जलाल आग़ा, केश्टो मुखर्जी, चन्द्रशेखर, असित सेन, अजित, के. एन. सिंह, मनमोहन और प्राण

मजबूर (1974)
नि: प्रेमजी
डा: रवि टंडन
सं: लक्ष्मीकान्त प्यारेलाल
क: अमिताभ बच्चन, परवीन बाबी, फ़रीदा जलाल, सत्येन कप्पू, तिवारी, सुलोचना, इफ़्तिख़ार, सप्रू, मदनपुरी, अनुप कुमार, के. एन. सिंह, सज्जन, मुराद, मेक्मोहन, जगदीश राज, सुधीर, रहमान, मास्टर अलंकार, रवीन्द्र कपूर और प्राण

ज़हरीला इंसान (1974)
नि: वीरेन्द्र सिन्हा
डा: एस. आर. पुत्तन्ना कानागल
सं: आर. डी. बर्मन
क: ऋषि कपूर, मौसमी चटर्जी, नीतू सिंह, दारा सिंह, पेंटल, निरुपारॉय, मदनपुरी, इफ़्तिख़ार, मनोरमा, राजमेहरा, सज्जन, असित सेन, दुलारी, जगदीश राज और प्राण

चोरी मेरा काम (1975)

नि: चन्दर सदाना

डा: ब्रज

सं: कल्याणजी आनंदजी

क: अशोक कुमार, शशि कपूर, ज़ीनत अमान, अनवर हुसैन, डेविड, देवेन वर्मा, इफ़्तिख़ार, रज़ा मुराद, शेट्टी, मारुति, आशा पोतदार, कोमिला विर्क, उमिला भट्ट, अनूप कुमार, चमनपुरी और प्राण

दो झूठ (1975)

नि: सोहनलाल कंवर

डा: जीतू ठाकुर

सं: शंकर जयकिशन

क: विनोद मेहरा, मौसमी चटर्जी, प्रेम चोपड़ा, कामिनी कौशल, अजीत, अरुणा ईरानी, अलका, सुलोचना, नाज़ और प्राण

लफ़ंगे (1975)

नि: हरमेश मल्होत्रा

डा: हरमेश मल्होत्रा

सं: लक्ष्मीकान्त प्यारेलाल

क: मुमताज़, रणधीर कपूर, अनवर हुसैन, रणधीर सिनियर, गुलशन बावरा, आशा सचदेव, सप्रू, राजन हक्सर, सुजीत कुमार और प्राण

संन्यासी (1975)

नि: सोहनलाल कंवर

डा: सोहनलाल कंवर

सं: शंकर जयकिशन

क: मनोज कुमार, हेमामालिनी, प्रेमनाथ, प्रेम चोपड़ा, अरुणा ईरानी, प्रेम नारायण, हेलन, नाज़िमा, इंद्रानी मुखर्जी, सुलोचना, कामिनी कौशल, राजमेहरा, चंद्रशेखर, टुनटुन, शैलेश कुमार, जयश्री टी., वी. गोपाल, अपर्णा चौधरी, हरी शिवदसानी, सी. एस. दुबे, यूनुस परवेज़ और प्राण

ज़िन्दा दिल (1975)

नि: के. शौरी और के. एल. भाटिया

डा: सिकन्दर खन्ना

सं: लक्ष्मीकान्त प्यारेलाल

क: ऋषि कपूर, नीतू सिंह, राजेश लहर, ज़ाहिरा, आई.एस. जौहर, रूपेश कुमार, राजमेहरा, पिंचू कपूर, सी. एस. दुबे और प्राण

वारंट (1975)

नि: एन. पी. सिंह

डा: प्रमोद चक्रवर्ती

सं: राहुल देव बर्मन

क: देव आनन्द, ज़ीनत अमान, दारा सिंह, सतीश कौल, अजीत, बन्टी, मदनपुरी, जोगिन्दर, जानकीदास, सुलोचना, जगदीश राज, वी. गोपाल, हबीब और प्राण

दस नम्बरी (1976)

नि: मदन मोहला

डा: मदन मोहला

सं: लक्ष्मीकान्त प्यारेलाल

क: मनोज कुमार, हेमामालिनी, प्रेमनाथ, बिन्दु, ओमशिवपुरी, कामिनी कौशल, डेविड, सज्जन, राममोहन, शिवराज, वी. गोपाल, सी. एस. दुबे, अभिभट्टाचार्य, इम्तियाज़ और प्राण

ख़लीफ़ा (1976)

नि: जीतेन्द्र लूथरा

डा: प्रकाश मेहरा

सं: राहुल देव बर्मन

क: रणधीर कपूर, रेखा, आई. एस. जौहर, सोनिया साहनी, अपर्णा चौधरी, उर्मिला भट्ट, मदनपुरी, अलका, ललिता पवार, मोहन चोटी, जानकीदास, हरिशिवदसानी, यूनुस परवेज़ और प्राण

शंकर दादा (1976)

नि: एस. के. कपूर

डा: शिबू मित्रा

सं: सोनिक अली

क: अशोक कुमार, शशि कपूर, नीतू सिंह, अनवर हुसैन, बिंदु, रूपेश कुमार, अंजलि कदम, सोनिया साहनी, चंद्रशेखर, मोहन चोटी, हेलेन, जानकीदास, असित सेन और प्राण

अमर अकबर एन्थोनी (1977)

नि: मनमोहन देसाई

डा: मनमोहन देसाई

सं: लक्ष्मीकान्त प्यारेलाल

क: विनोद खन्ना, ऋषि कपूर, अमिताभ बच्चन, नीतू सिंह, शबाना आजमी, परवीन बाबी, निरुपा राय जीवन, मुक्री, रणजीत, नादिरा, हेलन और प्राण

चांदी सोना (1977)

नि: संजय ख़ान

डा: संजय ख़ान

सं: आर. डी. बर्मन

क: संजय ख़ान, परवीन बाबी, प्रेमनाथ, राजकपूर, डैनी, रणजीत, पेन्टल, कामिनी कौशल, असरानी, अचला सचदेव, इफ़्तिख़ार, मुक़री और प्राण

चक्कर पे चक्कर (1977)

नि: एस. जगदीश चन्दर

डा: अशोक राय

सं: कल्याणजी आनंदजी

क: शशि कपूर, रेखा, अमजद खान, बिन्दु, मदनपुरी, ललिता पवार, रज़ा मुराद, असरानी, तरुण घोष, राजेश बहल, नाज़, विजू खोटे, भगवान, भूषण तिवारी, राममोहन और प्राण

धर्मवीर (1977)

नि: सुभाष देसाई

डा: मनमोहन देसाई

सं: लक्ष्मीकान्त प्यारेलाल

क: धर्मेन्द्र, जीतेन्द्र, ज़ीनत अमान, नीतू सिंह, रणजीत, इंद्रानी मुखर्जी, जीवन, देव कुमार, प्रदीप कुमार, सुजीत कुमार, चांद उस्मानी, हरकुलिस, आज़ाद, बी. एम. व्यास, सप्रू और प्राण

हत्यारा (1977)

नि: सुनील शर्मा

डा: सुरेन्द्र मोहन

सं: कल्याणजी आनंदजी

क: विनोद खन्ना, मौसमी चटर्जी, राकेश रोशन, अभिभट्टाचार्य, प्रदीप कुमार, निरुपा राय, चांद उस्मानी, प्रियदर्शनी, साहू मोदक, मनमोहन, कन्हैयालाल, देवकुमार, राजमेहरा, लक्ष्मी छाया और प्राण

अपना खून (1978)

नि: एस. के. कपूर

डा: बी. सुभाष

सं: सोनिक ओमी

क: अशोक कुमार, शशि कपूर, हेमामालिनी, अमजद ख़ान, अनवर हुसैन, बिंदु, हेलन, चंद्रशेखर, मुराद, मोहन चोटी, जानकीदास और प्राण

चोर हो तो ऐसा (1978)

नि: एन. पी. सिंह

डा: रवि टन्डन

सं: आर. डी. बर्मन

क: शत्रुघ्न सिन्हा, रीना राय, अनवर हुसैन, सुलोचना, बिन्दु, मदनपुरी, मेक्मोहन, जगदीश राज, रज़ा मुराद, राजेन्द्रनाथ और प्राण

चोर के घर चोर (1978)

नि: चन्दर सदाना

डा: विजय सदाना

सं: कल्याणजी आनंदजी

क: अशोक कुमार, रणधीर कपूर, ज़ीनत अमान,

देवेन वर्मा, हेलन, अनवर हुसैन, सुलोचना, सज्जन, सप्रू, अनूप कुमार, चमनपुरी, बिंदु और प्राण

देश परदेश (1978)

नि: नवकेतन फिल्म्स

डा: देव आनन्द

सं: राजेश रोशन

क: देव आनन्द, टीना मुनीम, इंद्रानी मुखर्जी, महमूद, अजीत, प्रेम चोपड़ा, अमजद ख़ान, बिन्दु, ए. के. हंगल, श्रीराम लागू, पेंटल, टॉम आल्टर, गूफ़ी पेंटल, भरत कपूर, राजमेहरा और प्राण

दो मुसाफ़िर (1978)

नि: आर. एन. कुमार और अनवर हुसैन

डा: देवेन्द्र गोयल

सं: कल्याणजी आनन्दजी

क: अशोक कुमार, शशि कपूर, रेखा, प्रेम चोपड़ा, जगदीप, चंद्रशेखर और प्राण

डॉन (1978)

नि: नारीमान ईरानी

डा: चन्द्रा बारोट

सं: कल्याणजी आनन्दजी

क: अमिताभ बच्चन, जीनत अमान, इफ़्तिख़ार, ओमशिवपुरी, हेलन, सत्येन कप्पू, शेट्टी, जयराज, कमलकपूर, आज़ाद, मेकमोहन, जगदीश राज और प्राण

गंगा की सौगंध (1978)

नि: सुल्तान प्रोडक्शंस

डा: सुलतान अहमद

सं: कल्याणजी आनन्दजी

क: अमिताभ बच्चन, रेखा, बिन्दु, अमजद ख़ान, बिंदु, आई. एस, जौहर, जीवन, नाना पल्सीकर, सत्येन कप्पू, सुलोचना, तिवारी, मेक्मोहन, जगदीप, मुक़री, अंजू महेन्द्रू, अनवर हुसैन, इफ़्तिख़ार, फ़रीदा जलाल और प्राण

काला आदमी (1978)

नि: जी. एस. पोद्दार और के. एम. पोद्दार

डा: रमेश लखनपाल

सं: लक्ष्मीकान्त प्यारेलाल

क: सुनील दत्त, सायरा बानो, रंजीत, सोनिया साहनी, टामऑल्टर, सत्येन कप्पू, हेलन और प्राण (अतिथि कलाकार प्रेमनाथ, ज़ाहिरा, अनवर हुसैन, जगदीश राज और परिक्षित साहनी)

ख़ून की पुकार (1978)

नि: ताहिर हुसैन

डा: रमेश आहूजा

सं: बप्पी लाहिड़ी

क: विनोद खन्ना, शबाना आज़मी, अरुणा ईरानी, इफ़्तिख़ार, अमजद ख़ान, रूपेश कुमार, रीता भादुड़ी, चंद्रशेखर और प्राण

फांसी (1978)

नि: हरमेश मल्होत्रा

डा: हरमेश मल्होत्रा

सं: लक्ष्मीकान्त प्यारेलाल

क: शशि कपूर, सुलक्षणा पण्डित, रंजीत, असरानी, इफ़्तिख़ार, सप्रू, उर्मिला भट्ट, राम मोहन, देव कुमार, मोहन चोटी और प्राण

राहू केतु (1978)

नि: बी. पाण्डेय

डा: बी. आर. इशारा

सं: कल्याणजी आनंदजी

क: शशि कपूर, रेखा, बिन्दु, मोंटी, अरुणा ईरानी, केश्टो मुखर्जी, असित सेन, जयश्री टी., कामिनी कौशल, प्रेमनाथ और प्राण

विश्वनाथ (1978)

नि: पवन कुमार

डा: सुभाष घई

सं: राजेश रोशन

क: शत्रुघ्न सिन्हा, रीना राय, प्रेमनाथ, रीता भादुड़ी, इफ़्तिख़ार, जगदीश राज, मदनपुरी,

विजू खोटे, सप्रू, और प्राण (अतिथि कलाकार ललिता पवार, परीक्षित साहनी, मुक़री, सत्येन कप्पू और रंजीत)

आत्माराम (1979)

नि: सोहनलाल कंवर

डा: सोहनलाल कंवर

सं: शंकर जयकिशन

क: शत्रुघ्न सिन्हा, विद्या सिन्हा, बिन्दिया गोस्वामी, फ़रीदा जलाल, अरुणा ईरानी, अमजद ख़ान, सुलोचना और प्राण

तीन चेहरे (1979)

नि: एस. ए. पाटिल और दीपक कपूर

डा: वाई. एन. कपूर

सं: श्यामजी घनश्यामजी

क: अंजना, सुजीत कुमार, जयश्री टी., मीना टी., रविराज, रवीन्द्र महाजन, लीला पटेल, मोहन चोटी, बीरबल, नाना पल्सीकर और प्राण

सोनाल दीघे (1970S)

नि: अज्ञात

डा: असीम बनर्जी

सं: राजेश रोशन

क: जोयमुखर्जी तथा अन्य और प्राण

आपके दीवाने (1980)

नि: विमल कुमार

डा: सुरेन्द्र मोहन

सं: राजेश रोशन

क: अशोक कुमार, ऋषि कपूर, राकेश रोशन, टीना मुनीम, देवेन वर्मा, रंजीत और प्राण

बम्बई 405 मील (1980)

नि: ब्रज

डा: ब्रज

सं: कल्याणजी आनंद जी

क: शत्रुघ्न सिन्हा, ज़ीनत अमान, विनोद खन्ना, अमजद ख़ान, देवेन वर्मा, हेलन, बीरबल और प्राण

देश द्रोही (1980)

नि: भगवान सिंह और जी. एल. खन्ना

डा: प्रकाश मेहरा

सं: कल्याणजी आनन्दजी

क: सायरा बानो, नवीन निश्चल, रंजीत, असरानी, जयराज, मदनपुरी, पदमा खन्ना, देव कुमार, यूनुस परवेज़, राजन हक्सर, केश्टो मुखर्जी और प्राण

धन दौलत (1980)

नि: विनोद शाह

डा: हरीश शाह

सं: आर. डी. बर्मन

क: राजेन्द्र कुमार, माला सिन्हा, ऋषि कपूर, नीतू सिंह, प्रेम चोपड़ा, प्रेमनाथ, सुजीत कुमार, मदनपुरी, आग़ा, क़ादर ख़ान, असित सेन, सज्जन और प्राण

दोस्ताना (1980)

नि: यश जौहर

डा: राज खोसला

सं: लक्ष्मीकान्त प्यारेलाल

क: अमिताभ बच्चन, शत्रुघ्न सिन्हा, ज़ीनत अमान, प्रेम चोपड़ा, मेक्मोहन, हेलेन, के. एन. सिंह, अमरीश पुरी, सुधीर, जागीरदार, सुधा चोपड़ा, इफ़्तिख़ार, जगदीश राज, शरत सक्सेना, मिलोक कपूर, पेंटल, यूनुस परवेज़ और प्राण

ज्वालामुखी (1980)

नि: बाबू मेहरा

डा: प्रकाश मेहरा

सं: कल्याणजी आनन्दजी

क: वहीदा रहमान, शत्रुघ्न सिन्हा, रीना राय, विनोद मेहरा, शबाना आज़मी, और प्राण

जलमहल (1980)
नि: आर. के. सोरल
डा: रघुनाथ झालानी
सं: राहुल देव बर्मन
क: जीतेन्द्र, रेखा, देवेन वर्मा, जगदीप, जयश्री टी., चांद उस्मानी, सुन्दर, जानकीदास, विजू खोटे, राजेश बहल और प्राण

कर्ज़ (1980)
नि: जगजीत खुराना, अख़्तर फारूक़ी
डा: सुभाष घई
सं: लक्ष्मीकान्त प्यारेलाल
क: ऋषि कपूर, टीना मुनीम, सिमी, प्रेमनाथ, दुर्गा खोटे, राजकिरन, पिंचू कपूर, जलाल आग़ा और प्राण

पत्थर से टक्कर (1980)
नि: गुलाब मेहता
डा: गुलाब मेहता
सं: लक्ष्मीकान्त प्यारेलाल
क: संजीव कुमार, नीता मेहता, जीवन, सत्येन कप्पू, फ़रीदा जलाल, अमरीश पुरी, उर्मिला भट्ट, मेकमोहन, भगवान, बीरबल, जावेद खान, लीला मिश्रा और प्राण

ख़ुदा क़सम (1980)
नि: बलदेव पुष्करणा
डा: लेख टण्डन
सं: लक्ष्मीकान्त प्यारेलाल
क: विनोद खन्ना, टीना मुनीम, अजीत, नाज़नीन, ज़ाहिरा, शक्ति कपूर, जलाल आग़ा और प्राण

ज़ालिम (1980)
नि: राम सिंह
डा: बी. सुभाष
सं: लक्ष्मीकान्त प्यारेलाल
क: विनोद खन्ना, लीना चन्दावरकर, निरूपा राय, इफ़्तिख़ार, रहमान, मदनपुरी, जयश्री टी., वी. गोयल, केश्टो मुखर्जी और प्राण

कालिया (1981)
नि: इक़बाल सिंह
डा: टीनू आनन्द
सं: आर. डी. बर्मन
क: अमिताभ बच्चन, परवीन बाबी, अमजद ख़ान, आशा पारेख, के. एन. सिंह, सज्जन, अनवर, क़ादर खान और प्राण

ख़ून का रिश्ता (1981)
नि: सिराज दर्पण, अमर राय और हरिलाल ठक्कर
डा: समीर गांगुली
सं: कल्याणजी आनन्द जी
क: जीतेन्द्र, नीतू सिंह, अमजद ख़ान, जगदीप और प्राण

क्रोधी (1981)
नि: रंजीत विर्क
डा: सुभाष घई
सं: लक्ष्मीकान्त प्यारेलाल
क: धर्मेन्द्र, शशि कपूर, प्रेमनाथ, ज़ीनत अमान, सचिन, रंजीता और प्राण (विशेष उपस्थिति: हेमामालिनी)

लेडीज टेलर (1981)
नि: ख़ालिद अख़्तर
डा: ख़ालिद अख़्तर
सं: लक्ष्मीकान्त प्यारेलाल
क: संजीव कुमार, रीना राय, देवेन वर्मा, अमजद ख़ान, उर्मिला भट्ट, मन्जू सिंह और प्राण (विशेष उपस्थिति बिंदु)

मान गए उस्ताद (1981)
नि: एस. के. कपूर
डा: शिबू मित्रा
सं: सोनिक ओमी
क: अशोक कुमार, शशि कपूर, हेमामालिनी, अजीत, बिन्दु, अमजद ख़ान, और प्राण

नसीब (1981)
नि: मनमोहन देसाई

डा: मनमोहन देसाई
सं: लक्ष्मीकान्त प्यारेलाल
क: अमिताभ बच्चन, शत्रुघ्न सिन्हा, ऋषि कपूर, हेमामालिनी, रीना राय, किम, प्रेम चोपड़ा, शक्ति कपूर, जीवन, ललिता पवार, अमजद ख़ान और प्राण

वक़्त की दीवार (1981)
नि: टी. सी. दीवान
डा: रवि टण्डन
सं: लक्ष्मीकान्त प्यारेलाल
क: संजीव कुमार, जीतेन्द्र, नीतू सिंह, सुलक्षणा पण्डित, अमजद ख़ान, क़ादर ख़ान और प्राण

जियो और जीने दो (1982)
नि: रतन मोहन
डा: श्याम रल्हन
सं: लक्ष्मीकान्त प्यारेलाल
क: नूतन, जीतेन्द्र, रीना राय, डेनी, विजयेन्द्र, काजल किरण, क़ादर खान, ओम शिवपुरी और प्राण

तक़दीर का बादशाह (1982)
नि: राम दयाल
डा: बी. सुभाष
सं: बप्पी लाहिड़ी
क: रंजीता, मिथुन चक्रवर्ती, सुरेश ओबराय, तमन्ना, विजय अरोड़ा, अमजद ख़ान, और प्राण

पार्टनर (1982)
नि: अनिल तेजानी
डा: अनिल तेजानी
सं: विजय सिंह
क: कंवलजीत, दीप्ति नवल, शक्ति कपूर और प्राण

ताक़त (1982)
नि: राजग्रोवर और शाबरंजन मजूमदार
डा: नरिन्दर बेदी
सं: लक्ष्मीकान्त प्यारेलाल
क: राखी, विनोद खन्ना, परवीन बाबी, नादिरा, भारत भूषण, भरत कपूर, राजेन्द्रनाथ, शम्मी, चन्द्रशेखर और प्राण

अन्धा कानून (1983)
नि: ए. पूरनचन्द राव
डा: टी. रामाराव
सं: लक्ष्मीकान्त प्यारेलाल
क: हेमामालिनी, रीना राय, माधवी, प्रेम चोपड़ा, रजनीकान्त, डेनी, मदनपुरी, और प्राण (विशेष अतिथि कलाकार अमिताभ बच्चन और अमरीशपुरी)

दौलत के दुश्मन (1983)
नि: मनु नारंग
डा: विमल रावल
सं: राहुल देव बर्मन
क: शत्रुघ्न सिन्हा, मंजूश्री, विनोद खन्ना, अजीत, पेण्टल और प्राण

एक जान हैं हम (1983)
नि: परवेश मेहरा
डा: राजीव मेहरा
सं: अनु मलिक
क: शम्मी कपूर, राजीव कपूर, दिव्या राणा, गुलशन ग्रोवर, राकेश बेदी और प्राण

फ़िल्म ही फ़िल्म (1983)
नि: शहाब अहमद
डा: हीरेन नाग
सं: भप्पी लाहिड़ी
क: बिपिन, बीना, रमेश देव, फुरक़ान, सोनित और प्राण

जानवर (1983)
नि: प्रद्युम्न मोहला
डा: अली रज़ा
सं: लक्ष्मीकान्त प्यारेलाल

क: राजेश खन्ना, ज़ीनत अमान, योगिता बाली और प्राण

लालच (1983)
नि: प्रेम बेदी
डा: शंकर नाग
सं: भप्पी लाहिड़ी
क: विनोद मेहरा, बिन्दिया गोस्वामी, रंजीत, अनन्त नाग, काजल किरण और प्राण

नौकर बीवी का (1983)
नि: निशी कोहली
डा: राजकुमार कोहली
सं: भप्पी लाहिड़ी
क: धर्मेन्द्र, रीना राय, राजीव आनन्द, राज बब्बर, ओमप्रकाश, कादर ख़ान, अनिता राज और प्राण (अतिथि कलाकार ऋषि कपूर, विनोद मेहरा और नीता मेहता)

सौतन (1983)
नि: सावन कुमार टॉक
डा: सावन कुमार टॉक
सं: उषा खन्ना
क: राजेश खन्ना, टीना मुनीम, पद्मिनी कोल्हापुरे, श्रीराम लागू, प्रेम चोपड़ा, शशिकला, और प्राण

वोह जो हसीना (1983)
नि: सी. पी. शर्मा
डा: दीपक बाहरी
सं: राम लक्ष्मण
क: रंजीता, मिथुन चक्रवर्ती, राजेन्द्रनाथ, चंदर, सत्येन कप्पू, प्रेमा नारायण, मदनपुरी, क़ादर ख़ान और प्राण

नास्तिक (1983)
नि: विनोद दोषी
डा: प्रमोद चक्रवर्ती
सं: कल्याणजी आनन्दजी
क: अमिताभ बच्चन, हेमामालिनी, अमजद ख़ान, देवेन वर्मा और प्राण

बड़े दिलवाला (1984)
नि: भप्पी सोनी
डा: भप्पी सोनी
सं: राहुल देव बर्मन
क: ऋषि कपूर, टीना मुनीम, सारिका, अरुणा ईरानी, जगदीप, मदनपुरी, कल्पना अय्यर, रूपेश कुमार, भारत भूषण, अमजद खान और प्राण

फ़रिश्ता (1984)
नि: सुनील सिकन्द
डा: सुनील सिकन्द
सं: राहुल देव बर्मन
क: अशोक कुमार, कंवलजीत, स्मिता पाटिल (विशेष अतिथि मास्टर राजू, मास्टर राजीव भाटिया, अम्बिका शौरी, भारतभूषण, डेनी और प्राण)

हैसियत (1984)
नि: श्रीकान्त नाहटा
डा: नारायण राव
सं: भप्पी लाहिड़ी
क: जीतेन्द्र, जयाप्रदा, शक्ति कपूर, रोहिनी हटंगडी, कादर खान, जयश्री टी., विजय खोटे, रज़ा मुराद और प्राण

जागीर (1984)
नि: प्रमोद चक्रवर्ती
डा: प्रमोद चक्रवर्ती
सं: राहुल देव बर्मन
क: धर्मेन्द्र, ज़ीनत अमान, मिथुन चक्रवर्ती, शोभा आनन्द, डेनी, बीना, इफ़्तिख़ार, सुजीत कुमार, रंजीत, अमरीशपुरी और प्राण

लैला (1984)
नि: सावन कुमार टाक
डा: सावन कुमार टाक
सं: उषा खन्ना
क: सुनील दत्त, पूनम ढिल्लो, अनिल कपूर, योगिता बाली, सीमा देव, रमेश देव, सत्येन कप्पू, और प्राण

मेरा फैसला (1984)
नि: रंजीत विर्क
डा: एस. बी. राजेन्द्र सिंह
सं: लक्ष्मीकान्त प्यारेलाल
क: संजय दत्त, रति अग्निहोत्री, जयाप्रदा, निरुपा राय, शक्ति कपूर, क़ादर ख़ान, और प्राण

राजा और राणा (1984)
नि: एस. के. कपूर
डा: शिबू मित्रा
सं: भप्पी लाहड़ी
क: अशोक कुमार, पुनीत इस्सर, आलोक, सौंध, अजीत, शक्ति कपूर, मदनपुरी, राजन हक्सर, चांद उस्मानी, मधु मल्होत्रा, ओमप्रकाश और प्राण

राजतिलक (1984)
नि: अनिल सूरी
डा: राजकुमार कोहली
सं: कल्याणजी आनन्दजी
क: सुनील दत्त, राजकुमार, धर्मेन्द्र, हेमामालिनी, कमल हासन, रीना राय, राजकिरण, रंजीता, सारिका, योगिता बाली, एस. ए. विक्रम, अजीत, जमना, राजीव आनन्द, ओमप्रकाश और प्राण

दुनिया (1984)
नि: यश जौहर
डा: रमेश तलवार
सं: राहुल देव बर्मन
क: अशोक कुमार, दलीप कुमार, सायरा बानो, ऋषि कपूर, अमृता सिंह, प्रेम चोपड़ा, अमरीशपुरी और प्राण

सोहनी महिवाल (1984)
नि: एफ. सी. मेहरा
डा: उमेश मेहरा
सं: अनु मलिक
क: सनी देओल, पूनम, ढिल्लों, ज़ीनत अमान, तनूजा, गुलशन ग्रोवर, राकेश बेदी, मेहर मित्तल, और प्राण (अतिथि कलाकार शम्मी कपूर, मज़हर खान)

शराबी (1984)
नि: सत्येन्द्र पाल
डा: प्रकाश मेहरा
सं: भप्पी लाहिड़ी
क: अमिताभ बच्चन, जयाप्रदा, ओमप्रकाश, रंजीत, सत्येन कप्पू और प्राण

इंक़लाब (1984)
नि: एन. वीरास्वामी
डा: टी. रामाराव
सं: लक्ष्मीकान्त प्यारेलाल
क: अमिताभ बच्चन, श्रीदेवी, उत्पल दत्त, क़ादर ख़ान, रणजीत और प्राण

दुर्गा (1985)
नि: एस. के. कपूर
डा: शिबू मित्रा
सं: सौनिक ओमी
क: अशोक कुमार, हेमामालिनी, राज बब्बर, अरुणा ईरानी, और प्राण (विशेष अतिथि कलाकार राजेश खन्ना)

होशियार (1985)
नि: जी. ए. शेषगिरी राव
डा: के. राघवेन्द्र राव
सं: भप्पी लहरी
क: जीतेन्द्र, शत्रुघ्न सिन्हा, जयाप्रदा, असरानी, मीनाक्षी शेषाद्रि, क़ादर ख़ान, शक्ति कपूर, पूर्णिमा, रंजीत और प्राण

बेवफ़ाई (1985)
नि: सी. धानदायुघपाणि
डा: आर. त्यागराजन
सं: भप्पी लाहिड़ी
क: राजेश खन्ना, रजनीकांत, टीना मुनीम,

पदमिनी कोल्हापुरे, मीनाक्षी शेषाद्रि और प्राण

कर्मयुद्ध (1985)
नि: डिम्पी
डा: स्वरूप कुमार
सं: भप्पी लाहिड़ी
क: मिथुन चक्रवर्ती, अनीता राज, अमरीशपुरी, भरत कपूर, आशा सचदेव और प्राण

मां क़सम (1985)
नि: विकास और वीना शर्मा
डा: शिबू मित्रा
सं: भप्पी लाहिड़ी
क: मिथुन चक्रवर्ती, दिव्या राणा, रंजीत और प्राण

सरफ़रोश (1985)
नि: प्रासान कपूर
डा: दासारि नारायण राव
सं: लक्ष्मीकान्त प्यारेलाल
क: जीतेन्द्र, श्रीदेवी, लीना चन्दावरकर, क़ादर ख़ान, प्रेम चोपड़ा, रंजीत, असरानी और प्राण

युद्ध (1985)
नि: गुलशन राय
डा: राजीव राय
सं: कल्याणजी आनन्दजी
क: जैकी श्राफ, अनिल कपूर, टीना मुनीम, नूतन, डेनी, देवेन वर्मा, और प्राण (विशिष्ट अतिथि हेमामालिनी, शत्रुघ्न सिन्हा और सुरेश ओबराय)

पाताल भैरवी (1985)
नि: जी. हनुमान राव
डा: के. बापय्याह
सं: भप्पी लाहिड़ी
क: जीतेन्द्र, जयाप्रदा, अमजद ख़ान, शक्ति कपूर, असरानी, निरूपा राय, बिन्दु, प्रेमा नारायण, डिम्पल कपाड़िया, शोभा आनन्द और प्राण

दोस्ती दुश्मनी (1986)
नि: टी. रामाराव
डा: टी. रामाराव
सं: लक्ष्मीकान्त प्यारेलाल
क: जीतेन्द्र, ऋषि कपूर, रजनीकान्त, भानु प्रिया, किमी काटकर, पूनम ढिल्लों, शफी इनामदार, क़ादर ख़ान, शक्ति कपूर, असरानी, अमरीशपुरी और प्राण

दिलवाला (1986)
नि: डी. रामा नायडू
डा: ए. एम. मोहिनराव
सं: भप्पी लाहिड़ी
क: मिथुन चक्रवर्ती, स्मिता पाटिल, मीनाक्षी शेषाद्री, शक्ति कपूर, सारिका, सुरेश ओबराय, श्रीराम लागू, अरूण गोविल, असरानी, गुलशन ग्रोवर, रज़ा मुराद, पेंटल, सुप्रिया पाठक, बंदिनी मिश्रा, क़ादर ख़ान और प्राण

धर्म अधिकारी (1986)
नि: यू. वी. सूर्यनारायण राव
डा: के. राघवेन्द्र राव
सं: भप्पी लाहिड़ी
क: दलीप कुमार, जीतेन्द्र, श्रीदेवी, अनुराधा पटेल, क़ादर ख़ान, शक्ति कपूर, असरानी, राकेश बेदी, सुजीत कुमार, रोहिणी हट्टंगड़ी, प्रीति सप्रू, गीता सिद्धार्थ, मयूर और प्राण

जीवा (1986)
नि: रोमू सिप्पी
डा: राज एन. सिप्पी
सं: राहुल देव बर्मन
क: संजय दत्त, मन्दाकिनी, अमजद ख़ान, श्रीराम लागू, सचिन, शक्ति कपूर, गुलशन

ग्रोवर, बीना, विद्या सिन्हा, अनुपम खेर और प्राण

लव एण्ड गाड (1986)
नि: अख़्तर आसिफ़
डा: के. आसिफ़
सं: नौशाद
क: संजीव कुमार, निम्मी, नज़ीर हुसैन, जयन्त, ललिता पवार, अमजद ख़ान, अचला सचदेव, आशा, मुराद, नाज़िमा, रंधीर और प्राण

रिक्की (1986)
नि: छोटू बिहारी
डा: अशोक भूषण
सं: जगदीश उत्तम
क: मीनाक्षी शेषाद्रि, कुणाल गोस्वामी, नूतन, शर्मिला टैगोर, अमरीशपुरी, प्रेम चोपड़ा और प्राण

सुहागन (1986)
नि: वी. कनक राजू
डा: के. राघवेन्द्र राव
सं: भप्पी लाहिड़ी
क: जीतेन्द्र, श्रीदेवी, पदमिनी कोल्हापुरे, तनूजा, शक्ति कपूर, असरानी, क़ादर ख़ान, अरुणा ईरानी, बेबी ज़ीनत, चन्द्रशेखर और प्राण (अतिथि भूमिका राजबब्बर)

दिलरुबा तांगेवाली (1987)
नि: देवी फिल्म्स
डा: एस. आर. प्रताप
सं: अनवर उस्मान
क: हेमन्त बिरजे, श्रीप्रदा, देवा, कृष्णा देवी, चांद उस्मानी, राजेन्द्रनाथ और प्राण

गोरा (1987)
नि: आर. के. मेहता
डा: देश गौतम
सं: सोनिक ओमी
क: राजेश खन्ना, सुलक्षण पण्डित, राजकिरन, प्रीति सप्रू, ओमपुरी, रमेश देव, सीमा देव और प्राण

इन्साफ़ कौन करेगा (1987)
नि: सुरेश बोकाड़िया
डा: सुदर्शन नाग
सं: लक्ष्मीकान्त प्यारेलाल
क: धर्मेन्द्र, रजनीकान्त, माधवी, जयाप्रदा, गुलशन ग्रोवर, रोहिणी हट्टंगडी, बिन्दु, अमरीशपुरी, शक्ति कपूर और प्राण

कुदरत का कानून (1987)
नि: सुरेश बोकाड़िया
डा: के. सी. बोकाड़िया
सं: लक्ष्मीकान्त प्यारेलाल
क: हेमामालिनी, जैकी श्राफ, किरन कुमार, असरानी, राधिका, चरणराज, शफ़ी इमानदार, सत्येन कप्पू, रमेश देव और प्राण

ईमानदार (1987)
नि: सुरेन्द्रपाल चौधरी
डा: सुशील मलिक
सं: कल्याणजी आनन्दजी
क: संजय दत्त, फ़राह, सुमीत सहगल, महमूद, ओमप्रकाश, रंजीत, सत्येन कप्पू और प्राण

हिफ़ाज़त (1987)
नि: ए. सूर्यनारायण
डा: प्रयाग राज
सं: राहुल देव बर्मन
क: अशोक कुमार, नूतन, अनिल कपूर, माधुरी दीक्षित, बिन्दु, क़ादर ख़ान, शक्ति कपूर, गुलशन ग्रोवर, शोभा खोटे, ललिता पवार और प्राण

मुक़द्दर का फ़ैसला (1987)
नि: यश जौहर
डा: प्रकाश मेहरा

सं: भप्पी लाहिड़ी

क: राज बब्बर, राजकुमार, राखी, अकबर ख़ान, मीनाक्षी शेषाद्रि, टीना मुनीम, बिन्दु, ओमप्रकाश, रनजीत, काज़ल किरन, विजयेन्द्र और प्राण

मां बेटी (1987)

नि: राधिका फिल्म्स

डा: कल्पतरु

सं: आनन्द मिलिन्द

क: शशि कपूर, शर्मिला टैगोर, मीनाक्षी शेषाद्रि, सचिन, अशोक श्राफ, क़ादर ख़ान, तनूजा और प्राण

सीतापुर की गीता (1987)

नि: एस. के कपूर

डा: शिबू मित्रा

सं: सोनिक ओमी

क: हेमामालिनी, राजेश खन्ना, राजन सिप्पी, शोमा आनन्द, अमजद ख़ान, शक्ति कपूर, रज़ा मुराद, चन्द्रशेखर और प्राण

धर्म शत्रु (1988)

नि: ए. वी. मोहन

डा: हरमेश मल्होत्रा

सं: हेमन्त भोंसले

क: शत्रुघ्न सिन्हा, रीना राय, अमजद खान, महेश आनन्द, निरुपा राय और प्राण

पाप की दुनिया (1988)

नि: पहलाज निहलानी

डा: शिबू मित्रा

सं: भप्पी लाहिड़ी

क: सनी देओल, चंकी पांडे, नीलम, डेनी, शक्ति कपूर, गीता सिद्धार्थ, सरला यौलकर, रूबीना, पेण्टल, सीमा देव, रेणु जोशी, पिंचू कपूर, मेकमोहन, सुधीर, बीरबल, मनमौजी और प्राण

शेरनी (1988)

नि: रामायण चित्रा

डा: हरमेश मल्होत्रा

सं: कल्याणजी आनन्दजी

क: श्रीदेवी, शत्रुघ्न सिन्हा, क़ादर ख़ान, रंजीत, सुधीर, ललिता पवार, जगदीप, तेज सप्रू, राम मोहन और प्राण

औरत तेरी यही कहानी (1988)

नि: मोहनजी प्रसाद, एस. के. जैन और बी. के. जायसवाल

डा: मोहनजी प्रसाद

सं: आनन्द मिलिन्द

क: मीनाक्षी शेषाद्रि, राजकिरन, श्रीराम लागू, सुषमा सेठ, अरुणा ईरानी, नीलू फुले, निरुपाराय, शोमा आनन्द, क़ादर ख़ान, अशोक श्रॉफ और प्राण (विशिष्ट अतिथि राजबब्बर)

धर्मयुद्ध (1988)

नि: पवन कुमार

डा: सुदर्शन नाग

सं: राजेश रोशन

क: सुनील दत्त, शत्रुघ्न सिन्हा, किमी काटकर, आदित्य पंचोली, सुरेश ओबराय, सुषमा सेठ, रंजीत, डिस्को शांति, सानिया और प्राण

गुनाहों का फ़ैसला (1988)

नि: पहलाज निहलानी

डा: शिबू मित्रा

सं: भप्पी लाहिड़ी

क: शत्रुघ्न सिन्हा, डिंपल कपाड़िया, चंकी पाण्डे, प्रेम चोपड़ा, गुलशन ग्रोवर, डेनी, रंजीत, शक्ति कपूर, अरुणा ईरानी, अंजना मुमताज़, सतीश कौल, राजेशपुरी और प्राण

क़सम (1988)

नि: इन्द्र कुमार और अशोक ठाकेरिया

डा: उमेश मेहता
सं: भप्पी लाहिड़ी
क: अनिल कपूर, पूनम ढिल्लो, अमृत पाल, गुलशन ग्रोवर, क़ादर ख़ान, अरुणा ईरानी, गुड्डी मारुति, जॉनीलीवर, सत्येन कप्पू, पुनीत इस्सर, विजू खोटे, मास्टर बन्टी, आदि ईरानी, और प्राण

मोहब्बत के दुश्मन (1988)
नि: प्रकाश मेहरा
डा: प्रकाश मेहरा
सं: कल्याणजी आनन्दजी
क: राजकुमार, हेमामालिनी, संजय दत्त, फ़राह, अमरीशपुरी, दीना पाठक, सत्येन कप्पू, विजयेन्द्र, राम सेठी, महमूद जूनियर, अलका नुपूर, विकास आनन्द, सुधीर, परवीन, गुरबचन, मनजीत कौर और प्राण

शहंशाह (1988)
नि: टीनू आनन्द, बिट्टू आनन्द और नरेश मल्होत्रा
डा: टीनू आनन्द
सं: अमर उत्पल
क: अमिताभ बच्चन, मीनाक्षी शेषाद्रि, अमरीशपुरी, कादर खान, अरुणा ईरानी, प्रेम चोपड़ा, जगदीप, रोहिणी हट्टंगडी, सुप्रिया पाठक, विजयेन्द्र, सुधीर, दान धन्वा, बन्दिनी मिश्रा और प्राण

रामा ओ रामा (1988)
नि: हुमायूं, शाहरुख और माहरुख मिर्ज़ा
डा: मिर्ज़ा ब्रादर्स
सं: राहुल देव बर्मन
क: राजबब्बर, किमी काटकर, आसिफ़, शेख़, गुलशन ग्रोवर, किरन कुमार, रज़ा मुराद, शिवा और प्राण

बड़े घर की बेटी (1989)
नि: एम. प्रसाद जैन और जायसवाल
डा: कल्पतरु
सं: लक्ष्मीकान्त प्यारेलाल
क: ऋषि कपूर, मीनाक्षी शेषाद्रि, शम्मी कपूर, सुषमा सेठ, सतीश शाह, राजकिरन, गुलशन ग्रोवर, अरुणा ईरानी, शोमा आनंद, जयश्री टी., अशोक श्रॉफ़, क़ादर ख़ान, असरानी और प्राण

चिंगारी (1989)
नि: कल्पना लोक
डा: राम माहेश्वरी
सं: शफ़ी एम. नागौरी
क: संजय ख़ान, लीना चन्दावरकर और प्राण

जादूगर (1989)
नि: प्रकाश मेहरा प्रोडक्शंस
डा: प्रकाश मेहरा
सं: कल्याणजी आनंदजी
क: अमिताभ बच्चन, जयाप्रदा, आदित्य पंचोली, अमृता सिंह, अमरीशपुरी, रज़ा मुराद, विकास आनन्द, राम सेठी, भारत भूषण और प्राण

मिट्टी और सोना (1989)
नि: पहलाज निहलानी
डा: शिवकुमार
सं: भप्पी लाहिरी
क: चंकी पाण्डे, सोनम, गुलशन ग्रोवर, अंजना मुमताज़, ओमशिवपुरी, सुषमा सेठ, तेज सप्रू, मेकमोहन, पेण्टल और प्राण (विशेष उपस्थिति – नीलम और अतिथि भूमिका – विनोद मेहरा)

निगाहें (1989) (**नगीना** – भाग 2)
नि: हरमेश मल्होत्रा
डा: हरमेश मल्होत्रा
सं: लक्ष्मीकान्त प्यारेलाल
क: श्रीदेवी, सनी देओल, अनुपम खेर, गुलशन ग्रोवर, जगदीप, अंजना मुमताज़, अरुणा ईरानी और प्राण

शुक्रिया (1989)
नि: कैलाश चोपड़ा
डा: ए. सी. त्रिलोक चन्दर
सं: अनु मलिक
क: राजीव कपूर, अमृता सिंह, असरानी, प्रेम चोपड़ा, रोहिणी हट्टंगडी, बीना, शिवा, जुगनू, चन्द्रशेखर, आशालता, बीरबल, छोटू उस्ताद और प्राण

तूफ़ान (1989)
नि: मनमोहन देसाई
डा: केतन देसाई
सं: अनु मलिक
क: अमिताभ बच्चन, मीनाक्षी शेषाद्रि, अमृता सिंह, गोगा कपूर, फ़ारूक़ शेख़, ज़रीना वहाब, रज़ा मुराद, सुरेश सेठ, कमल कपूर, मास्टर मकरंद, जेक गाड, महेश आनंद, सुधीर दलवी, छोटू दादा, चंद्रशेखर, भारत भूषण, मानेक ईरानी, बॉब क्रिस्टो, रमेश देव और प्राण

जूनी (1989-90)
नि: मुजफ़्फ़र अली
डा: मुजफ़्फ़र अली
सं: ख़ैय्याम
क: डिंपल कपाडिया, सुषमा सेठ, मास्टर फारूक़, शबी अब्बास, वी. के. कौल, मोहनलाल, शौकत कैफ़ी, दलीप ताहिल और प्राण

आज़ाद देश के ग़ुलाम (1990)
नि: सुरेश भगत
डा: एस. ए. चन्द्रशेखर
सं: लक्ष्मीकान्त प्यारेलाल
क: रेखा, ऋषि कपूर, जैकी श्रॉफ़, प्रेम चोपड़ा, सुरेश भगवत और प्राण

प्यार का तूफ़ान (1990)
नि: एस. एम. इक़बाल
डा: डी. एम. इक़बाल
सं: कल्याणजी आनन्दजी
क: आदित्य पंचोली, जमुना, गुलशन ग्रोवर, अरुणा ईरानी, कुलभूषण खरबन्दा, आशालता और प्राण

रोटी की क़ीमत (1990)
नि: सुरेश ग्रोवर
डा: रमेश आहूजा
सं: भप्पी लाहिड़ी
क: मिथुन चक्रवर्ती, किमी काटकर, सदाशिव अमरापुरकर, पुनीत इस्सर, जगदीश राज, अंजना मुमताज़ और प्राण

सनम बेवफ़ा (1990)
नि: सावन कुमार टांक
डा: सावन कुमार टांक
सं: महेश किशोर
क: सलमान ख़ान, चांदनी, डेनी, कंचन, विजयेन्द्र, दान धन्वा, दीना, पुनीत इस्सर, मास्टर आलोक, महाजन, जुगनू, ताहिर ख़ान और प्राण

लक्ष्मण रेखा (1991)
नि: सत्येन्द्र पाल
डा: सुनील सिकन्द
सं: लक्ष्मीकान्त प्यारेलाल
क: जैकी श्रॉफ, नसीरुद्दीनशाह, संगीता बिजलानी, शिल्पा शिरोड़कर, डेनी, शम्मी कपूर, ओमप्रकाश, रोहिणी, हट्टंगडी, रज़ा मुराद, अंजन श्रीवास्तव, मंगल ढिल्लों, गिरजा शंकर, अवतार गिल, अमृतपाल, करन राज़दान और प्राण

बंजारन (1991)
नि: ओमप्रकाश मित्तल और रामसिंह
डा: हरमेश मल्होत्रा
सं: लक्ष्मीकान्त प्यारेलाल
क: ऋषि कपूर, श्रीदेवी, गुलशन ग्रोवर, कुलभूषण खरबन्दा, रज़ा मुराद, राकेश

बेदी, अंजना मुमताज़, सुधीर पाण्डे, रेणु आर्या, मधु मल्होत्रा, शरत सक्सेना और प्राण

जिगरवाला (1991)
नि: सुरेन्द्र कौर जेरथ
डा: स्वरूप कुमार
सं: नदीम श्रवण
क: अनिल कपूर, टीना मुनीम, जगदीप, गुलशन ग्रोवर, अमरीशपुरी, संजय जोग, कानन कौशल और प्राण

माशूक़ (1992)
नि: हुमायूं शाहरुख़ और माहरुख मिर्ज़ा
डा: मिर्जा ब्रादर्स
सं: श्याम सुन्दर
क: अय्यूब ख़ान, आयशा जुल्का, किरन कुमार, बीना, रज़ा मुराद और प्राण

मीरा का मोहन (1992)
नि: सुपर कैसेट इन्डस्ट्रीज
डा: के. रवि शंकर
सं: अरुण पौडवाल
क: अवनीश वाधवन, अश्विनी भावे, दीपक श्रॉफ, आलोकनाथ, अशोक श्रॉफ, राकेश बेदी, कुनिका, विकास आनन्द, शोमा आनन्द, ब्राण्डो बख़्शी और प्राण

दो हंसो का जोड़ा (1992)
नि: बरखा सिल्की और कंबाइंस
डा: जी. डी. तलवार
सं: दलीप और समीर सेन
क: अनुपम खेर, किरन कुमार, रीमा लागू, कंचन, मोहन कुमार सुलभा देशपाण्डे, बीना, राजेन्द्रनाथ और प्राण

बेवफ़ा से वफ़ा (1992)
नि: सावन कुमार टांक
डा: सावन कुमार टांक
सं: उषा खन्ना
क: जूही चावला, विवेक मुश्रान, नगमा, अरुणा ईरानी, ललित तिवारी, महमूद और प्राण

पनाह (1992)
नि: लारेन्स डी. सूजा और महेन्द्र पांडे
डा: कृष्णकान्त पाण्डेय
सं: नदीम श्रवण
क: नसीरुद्दीन शाह, सिद्धार्थ जीत, उपेन्द्र, पल्लवी जोशी, किरन कुमार, मोहसिन, श्रीष्ट, हरीश पटेल, राम मोहन और प्राण

इसी का नाम ज़िंदगी (1992)
नि: राजन मुखर्जी
डा: कालिदास
सं: भप्पी लाहिड़ी
क: आमिर ख़ान, फ़राह, शक्ति कपूर, बीना, अंजन श्रीवास्तव, तेज सप्रू, राजेश पुरी, भरत कपूर, बबलू मुखर्जी शिवा और प्राण

चन्द्रमुखी (1992)
नि: करिश्मा इन्टरनेशनल
डा: डिबेलॉय डे
सं: आनन्द मिलिन्द
क: श्रीदेवी, सलमान ख़ान, मोहनीश बहल, टीनू आनन्द, गुलशन ग्रोवर, कुनिका, पुनीत इस्सर, तेज सप्रू, आशा सचदेव, अवतार गिल और प्राण

दोस्ती की सौगन्ध (1993)
नि: निशा मनीष आर्ट्स
डा: मोहनजी प्रसाद
सं: सुरेन्द्र कोहली
क: शम्मी कपूर, चांदनी, उपासना सिंह, रोनित राय, शक्ति कपूर, क़ादर ख़ान, पंकज धीर, सुजीत कुमार, सुषमा सेठ, अंजिकया देव, रामसिंह, सुधा चन्द्रन, उर्मिला भट्ट, पेण्टल, अपराजिता, जयश्री टी., शशिपुरी और प्राण

गुरुदेव (1993)
नि: वी. एम. प्रोडक्शंस

डा: विनोद मेहरा
सं: राहुल देव बर्मन
क: ऋषि कपूर, अनिल कपूर, श्रीदेवी, डेनी, क़ादर ख़ान, किरन कुमार, असरानी, सीमा देव, सत्येन कप्पू, शम्मी, मेकमोहन, तेजसप्रू, महावीर शाह, हरीश पटेल और प्राण

कोहरा (1993)
नि: हीरा इन्टरनेशनल
डा: पार्थो घोष
सं: चरणजीत आहूजा
क: अरमान कोहली, आयशा जुल्क़ा, टीनू आनन्द, दीपक श्रॉफ, किरन कुमार, सदाशिव अमरापुरकर, गुलशन ग्रोवर और प्राण

आजा मेरी जान (1993)
नि: सुपर कैसेट इन्डस्ट्रीज़
डा: केतन आनन्द
सं: अमर उत्पल
क: किशन कुमार, तान्या सिंह, गिरीश मलिक, शम्मी कपूर, प्रेम चोपड़ा, देवेन वर्मा, मनोहर सिंह और प्राण

भाग्यवान (1993)
नि: उपेन्द्र झा
डा: एस. सुभाष
सं: आनन्द मिलिन्द
क: आशा पारिख, गोविन्दा, जूही चावला, श्रीप्रदा, रंजीत, जानी लीवर, अरुणा ईरानी, सूरज चड्ढा, रेशमा सिंह, कीर्ति कुमार, डिस्को शांति और प्राण

1942 ए लव स्टोरी (1994)
नि: विधु विनोद चोपड़ा
डा: विधु विनोद चोपड़ा
सं: राहुल देव बर्मन
क: अनिल कपूर, जैकी श्रॉफ, मनीषा कोइराला, अनुपम खेर, डेनी, चांदनी और प्राण

हम हैं बेमिसाल (1994)
नि: दीपक गुप्ता
डा: दीपक बाहरी
सं: अनु मलिक
क: अक्षय कुमार, सुनील सेट्टी, जगदीप, शिल्पा शिरोड़कर, मधु रंगनाथन, अरुण बख़्शी और प्राण

साजन की बाहों में (1995)
नि: दिनेश पटेल
डा: जयप्रकाश
सं: नदीम श्रवण
क: ऋषि कपूर, तब्बू, रवीना टंडन, सुमीत सैगल, विजेता पण्डित और प्राण

वापसी साजन की (1995)
नि: अतीक़ रहमान
डा: ग्रेव बेदवाल
सं: आनन्द मिलिन्द
क: शोएब ख़ान, शोमा सरकार, अश्विनी भावे, गुलशन ग्रोवर, परीक्षित साहनी और प्राण

लालची (1996)
नि: अमित खन्ना और मुकेश भट्ट
डा: राज एन. सिप्पी
सं: दलीप और समीन सेन
क: रोहित राय, अनिल धवन, करीना ग्रोवर और प्राण

दादागीरी (1997)
नि: अज्ञात
डा: अज्ञात
सं: अज्ञात
क: मिथुन चक्रवर्ती, अय्यूब खान, सिमरन, रज़ा मुराद, शक्ति कपूर, क़ादर ख़ान और प्राण

गुड़िया (1997)
नि: अज्ञात
डा: गौतम घोष
सं: अज्ञात

क: मिथुन चक्रवर्ती, नवनीता देव सेन, शुभेंदु चटर्जी और प्राण

लाखा (1997)
नि: आर. एस. सोढानी
डा: अज्ञात
सं: जुगल किशोर टिकराज
क: अरुण गोविल, साहिला चड्ढा, सीमा विज और प्राण

लव कुश (1997)
नि: दलीप कांकरिया
डा: बी. मधुसूदन
सं: राम लक्ष्मण
क: जीतेन्द्र, जयप्रदा, दारा सिंह, अरुण गोविल, बीना, जयश्री गडकर, टीकू तलसानिया और प्राण

कौन रोकेगा मुझे (1997)
नि: कमल राज इन्टरनेशनल
डा: कमल राज भसीन
सं: लक्ष्मीकान्त प्यारेलाल
क: गोविन्दा, चंकी पाण्डेय, नग़मा, गुलशन ग्रोवर, रंजीत, प्रेम चोपड़ा और प्राण

मृत्युदाता (1997)
नि: अमिताभ बच्चन कारपोरेशन लिमिटेड
डा: मेहुल कुमार
सं: आनन्द मिलिन्द
क: अमिताभ बच्चन, डिंपल कपाड़िया, करिश्मा, अरबाज़ अली ख़ान, परेश रावल, आशीष और प्राण

सलमा पे दिल आ गया (1997)
नि: सावन कुमार टाक
डा: सावन कुमार टाक
सं: आदेश श्रीवास्तव
क: अय्यूब ख़ान, साधिका, मिलिन्द गुणाजी, मुकेश खन्ना, शशिकला और प्राण

बदमाश (1998)
नि: अनीस साबरी
डा: गौतम
सं: श्याम सुन्दर
क: जैकी श्रॉफ, शिल्पा शिरोड़कर, परेश रावल, तेज सप्रू और प्राण

तेरे मेरे सपने (1999)
नि: ए.बी.सी.एल
डा: जोय आगस्टीन
सं: विजू शाह
क: चन्द्रचूड़ सिंह, प्रिया गिल, अरशद वारसी, सिमरन और प्राण

जयहिन्द (1999)
नि: मनोज कुमार
डा: मनोज कुमार
सं: लक्ष्मीकान्त प्यारेलाल
क: ऋषि कपूर, कुणाल गोस्वामी, शिल्पा शिरोड़कर, मनीषा कोइराला, रवीना टंडन, प्रेम चोपड़ा और प्राण

इसी दशक में प्राण की कुछ अन्य फिल्में

बुड्ढा मिल गया
धर्म
रघुवंशी
यह इश्क इश्क है
एक ही मंज़िल

नई सहस्राब्दी में प्राण की फिल्में

दोष (2002)
नि: गोल्डन प्रोडक्शंस
डा: पप्पू फलविन्दर

सं: मनोज गजेन्द्र और परेश पारेख
क: रूपाली, पुरु राजकुमार, गोविन्द नामदेव, सदाशिव अमरापुरकर, सोनू घोत्रा, ओमपुरी और प्राण

एक हिन्दुस्तानी
नि: आर. के. नैयर
डा: टीनू आनन्द
सं: आनन्द राज आनन्द
क: सुनील सेट्टी, रवीना टंडन, शाहबाज़ ख़ान, मोहनीश बहल, डेनी, मोहन जोशी और प्राण

मोहब्बत पहली नज़र में (2002)
नि: नूर फिल्म
डा: गौतम
सं: सिद्धार्थ
क: मुनव्वर अली, एस कंवल, अक्षय आनन्द, संगीता घोष, अमजद ख़ान, अनुपम खेर और प्राण (विशेष अतिथि अमरीशपुरी)

सूर्यकान्त (2002)
नि: वारिस अली रिज़वी
डा: इनायत एच. शेख़
सं: महेश किशोर
क: धर्मेन्द्र, मधू, सोनू वालिया, अर्जुन, किरन कुमार, मोहन जोशी, आरिफ़ ख़ान, जगदीप और प्राण

तुम जियो हजारो साल (2002)
नि: प्रगति पिक्चर्स
डा: रमनेश
सं: जतिन ललित
क: संदीप खोसलर, रागेश्वरी, तनूजा और प्राण

नई शताब्दी में प्राण की कुछ और फ़िल्में

दीवाना तेरे प्यार का (2003)
किसका दोष? (2003)

प्राण की कुछ अधूरी रह गई फ़िल्में

वसन्तसेना
लालकिला
ताला-चाबी

परिशिष्ट 2

प्राण द्वारा प्राप्त सम्मान और पुरस्कार

वर्ष	सम्मान/पुरस्कार	प्रदात्री संस्थान
1960	श्रेष्ठ खलनायक	आन्ध्र प्रदेश फ़िल्म जर्नलिस्ट एसोसिएशन
1961	श्रेष्ठ खलनायक	आन्ध्र प्रदेश फ़िल्म जर्नलिस्ट एसोसिएशन
1963	श्रेष्ठ खलनायक	उत्तर प्रदेश फ़िल्म जर्नलिस्ट एसोसिएशन
1967	श्रेष्ठ खलनायक	आन्ध्र प्रदेश फ़िल्म जर्नलिस्ट एसोसिएशन
1967	श्रेष्ठ सहायक अभिनेता फ़िल्म *उपकार*	फ़िल्म फ़ेयर
1967	फिल्म *उपकार* के लिए विशेष पुरस्कार	उत्तर प्रदेश फ़िल्म जर्नलिस्ट एसोसिएशन
1969	*आंसू बन गए फूल* के लिए श्रेष्ठ सहायक अभिनेता	फ़िल्म फ़ेयर
1970	उच्चस्तरीय पुरस्कार विजेता	आन्ध्र प्रदेश फ़िल्म जर्नलिस्ट एसोसिएशन
1970	*जानी मेरा नाम* में श्रेष्ठ सहायक अभिनेता	आल इन्डिया फ़िल्म गोअर्स एसोसिएशन
1970	लेनिन शताब्दी अवार्ड, (कला, संस्कृति क्षेत्र में सेवार्थ)	लेनिन शताब्दी समिति, उत्तर प्रदेश
1970	निज़ाम स्वर्ण पदक	आन्ध्र उर्दू पीरियोडिकल एसोसिएशन
1970	*आंसू बन गए फूल* में श्रेष्ठ चरित्रांकन की सहायक भूमिका हेतु	आन्ध्र प्रदेश फ़िल्म जर्नलिस्ट एसोसिएशन
1970	*आंसू बन गए फूल* में में श्रेष्ठ चरित्रांकन की सहायक भूमिका हेतु	सोशल एण्ड कल्चरल ब्यूरो, बम्बई
1970-71	*जानी मेरा नाम* के श्रेष्ठ सहायक अभिनेता	महाराष्ट्र फ़िल्म फ़ैन क्लब
1970-71	*गंवार* में श्रेष्ठ सहायक भूमिका हेतु	भावनगर सिने सर्कल
1971	*अधिकार* में श्रेष्ठ सहायक भूमिका हेतु	फ़िल्म गोअर्स एसोसिएशन
1972	श्रेष्ठ सहायक अभिनेता विक्टोरिया नं. 203	फ़िल्म गोअर्स एसोसिएशन
1972	फिल्म बेईमान में श्रेष्ठ सहायक अभिनेता	शमा-सुषमा

वर्ष	सम्मान/पुरस्कार	प्रदात्री संस्थान
1971	असाधारण सहायक अभिनेता (1972)	लायन्स क्लब आफ, बम्बई (कोलाबा)
1972	बेईमान के लिए श्रेष्ठ सहायक अभिनेता ट्राफी	क्रिस्टल एसोसिएशन
1972	बेईमान के लिए श्रेष्ठ सहायक अभिनेता	फ़िल्म फ़ेयर का यह पुरस्कार प्राण ने स्वीकार नहीं किया
1972-73	श्रेष्ठ चरित्र अभिनेता पुरस्कार	चित्रलोक सिने सर्कल, अहमदाबाद
1973	श्रेष्ठ सहायक अभिनेता	लायन्स क्लब आफ बम्बई (कोलाबा)
1973	वर्ष के अभिनेता (एवरेस्ट पुरस्कार)	फ़िल्मगोअर्स एसोसिएशन
1973	ज़ंजीर को श्रेष्ठ सहायक अभिनेता	शमा-सुषमा
1973	ज़ंजीर के लिए ट्रॉफी	क्रिस्टल एसोसिएशन
1973	असाधारण सहायक अभिनेता	लायन्स फ़िल्म अवार्ड कमेटी
1973	ज़ंजीर में श्रेष्ठ प्रदर्शन	बंगाल फ़िल्म जर्नलिस्ट एसोसिएशन (कलकत्ता)
1973	दशक में श्रेष्ठ अभिनेता (फिल्म ज़ंजीर)	उत्तर प्रदेश फ़िल्म जर्नलिस्ट एसोसिएशन
1974	परफ़ेक्ट अभिनेता	फ़िल्म गोअर्स एसोसिएशन
1974	श्रेष्ठ सहायक अभिनेता धर्मा	शमा-शुषमा
1975	उत्कृष्ट सहायक अभिनेता	लायन्स फिल्म अवार्ड कमेटी
1975	श्रेष्ठ सहायक अभिनेता	मेहंदी (गुजराती मासिक)
1975-76	अत्यन्त प्रतिभाशाली अभिनेता	बोम्बे फिल्म अवार्ड कमेटी
1976	उच्चस्तरीय सहायक अभिनेता	लायन्स फिल्म अवार्ड कमेटी
1977-78	अत्यन्त प्रतिभाशाली अभिनेता	बोम्बे फिल्म अवार्ड कमेटी
1978	श्रेष्ठ-चरित्र अभिनेता	नार्थ बोम्बे जेसीस
1980	चलचित्रों में अद्वितीय प्रदर्शन (भारत के उपराष्ट्रपति के हाथों में)	शिरोमणि पुरस्कार समिति
1983-84	श्रेष्ठ चरित्र अभिनेता (फिल्म लालच)	पंजाबी कला संगम, नई दिल्ली
1984	अभिनय सम्राट	आल इन्डिया फ़िल्म गोअर्स एसोसिएशन
1984	असाधारण यशस्वी पुरस्कारः अभिनय महारथी	बम्बई फिल्म अवार्ड्स कमेटी
1985	कलाभूषण	पंजाबी कला संगम
1987	दशक में अद्वितीय प्रदर्शन हेतु	नार्थ बोम्बे जेसीस
ज्ञात नहीं	विजयश्री अवार्ड्स मानव जीवन में उत्कृष्टता प्राप्ति और संवर्धन हेतु	इन्डिका इन्टरनेशनल फ्रेण्डशिप
ज्ञात नहीं	कला में संवेगात्मक उत्कृष्टता हेतु	'आर्स ग्रेशिया आर्टिस' अवार्ड
1990	फिल्मोद्योग में पचास वर्ष	पंजाब एसोसिएशन
1990	कलारत्न अवार्ड (उद्योग में बिताए पचास स्वर्णिम वर्षों के लिए)	पंजाबी कला संगम
1990	फिल्म उद्योग में रहकर कल्याणकारी अमूल्य सेवाओं की स्वर्णिम जयंती के उपलक्ष्य में सम्मान	साउथ लायन्स, क्लब, लन्दन

वर्ष	सम्मान/पुरस्कार	प्रदात्री संस्थान
1991	अभिनय सम्राट (भारतीय सिनेमा में 50 वर्षीय योगदान हेतु)	इन्डियन सिने गोअर्स अकादमी
1992	फिल्मोद्योग में उत्कृष्ट योगदान हेतु	इम्पा (इन्डियन मोशन पिक्चर्स प्रोड्यूसर्स एसोसिएशन)
1997	विशेष दक्षता पुरस्कार	फ़िल्म फ़ेयर
2000	सहस्राब्दि के खलनायक	हीरो होण्डा-स्टारडस्ट
2000	सहस्राब्दि केशरी – सर्वतोमुखी अभिनेता – प्राण	रूपा फिल्म गोअर्स सहस्राब्दि अवार्ड्स
2000	उपलब्धि पूर्ण जीवन पुरस्कार	स्क्रीन
2001	पद्मभूषण	भारत सरकार
2001	अभिनंदन समारोह (पद्मभूषण प्राप्ति हेतु)	द सिने आर्टिस्ट एसोसिएशन
2001	अभिनंदन समारोह मुम्बई में बैसाखी का 43 वां वर्ष के अवसर पर	पंजाब एसोसिएशन